新潮文庫

ふぉん・しいほるとの娘

上巻

吉村 昭著

新潮社版

5024

ふぉん・しいほるとの娘

上巻

一

文政《ぶんせい》六年（一八二三）七月三日朝——

野母《のも》の遠見《とおみ》番所《ばんしょ》で、若い遠見番が、蓆《むしろ》に膝《ひざ》をついて海に眼《め》を向けていた。

野母村は長崎から西南方向に長く突き出た半島の先端に位置し、遠見番所は、岬《みさき》にある権現山《ごんげんやま》の頂きに設けられている。番所は一間半（約二・七メートル）四方の小さな建物だが、海上を遠くまで見渡すことができ、晴れた日には南は薩摩《さつま》、西は平戸《ひらど》、五島《ごとう》まではっきりと見える。

野母遠見番所は、日本で唯《ただ》一つ異国に開かれている長崎港への異国船の出入りを監視する場所であった。

異国船と言っても、公《おおや》けに許されているのは唐船（中国船）とオランダ船のみで、唐船は春、夏、秋に計十艘《そう》、オランダ船は夏に二艘を限度として来航していた。遠見番は、野母村に住む視力のすぐれた十名の男たちがえらばれ、五人ずつ十日交代で詰め、また水主《すいしゅ》十名も四人扶持《ぶち》の手当をうけて番所に召し抱えられていた。

その日は晴れていて、白雲が北の空に流れているだけであった。

霧のかかっている日は、海上が見えないので海岸にある霧番所へ移動するが、雨の降ることはあっても霧の湧《わ》く日は少く、かれらは、山から下りることはめったになかった。

番所では丁度朝食の時刻で、一人が海上の監視にあたり、他の四人は七町（約七六〇メートル）ほど山をくだった賄所《まかないどころ》で食事をとっていた。

番所には高札が立てられ、長崎奉行からの通達が書き記されていた。そこには、油断なく勤務にはげみ、火の用心を厳重にし、飲酒、遊興、賭博《とばく》を禁じ、女はもとより遠見番以外の者を立ち寄らせぬように、と書かれ、それに違反した者は厳罰に処する旨《むね》が記されていた。つまり食事の間も、監視の役目を怠ると罪に問われるのである。

海上に眼を向けていた遠見番の男は、番所にそなえられている三挺《ちょう》の遠眼鏡《とおめがね》のうちの一つを手にし、それを西北の方向に向けていた。

かれは、かなり前から白く波立っている海面をながめていた。白波は魚が群れていることをしめすもので、その附近に雪片のように舞っているのは魚をねらう海鳥であった。

海面が朝の陽光にまばゆくかがやき、場所によっては乱反射を起して朱色《しゅいろ》の光をはなっている個所もある。海面には、多くの鳥が波に上下しながら浮んでいるのもみえた。

空腹感が、かれを苛立《いらだ》たせていた。冷飯の茶漬《ちゃづけ》に香の物で朝食をとっている同僚たちの姿が想像された。

かれは、海面を見ることにも飽いて、遠眼鏡から眼をはなすと沖をながめた。海は、凪《な》いでいた。

不意に、かれの眼が大きくひらかれ、口から短い叫び声がもれた。

かれは、遠眼鏡をつかむと西南の方向に向けた。

「白帆だ」

かれは、叫んだ。

三本マストの大きな帆船が、野母崎に舳《へさき》をむけて進んでくる。船体は黒く、マストには旗がひるがえっている。距離は遠く、旗がオランダ国旗の三色旗であるかどうかはわからなかった。

かれは、遠眼鏡を置くと番所を飛び出し、山道を駈《か》け下った。二町ほどくだった所で、朝食を終えて雑談しながら道をのぼってくる同僚たちに出会った。

男の説明に顔色を変えた遠見番たちは、競うように山道を駈けのぼった。そして、番所に走りこむと遠眼鏡をとり上げ、西南方の海上を見つめた。旗は三色旗のようだが、確実なことはわからない。

「白帆注進《ちゅうしん》だ」

遠見番の統率者である触頭《ふれがしら》が、男たちに命じた。

二人の遠見番が狼煙台《のろしだい》に走り、他の一人は「帆船見ゆ」の白旗を高々とかかげた。また船を最初に発見した若い遠見番は、麓《ふもと》の村の庄屋《しょうや》の家に走った。

注進を受けた庄屋は、遠見番所に召抱えられた水主十名を急いで集め、御注進船の大《おお》鷹丸《たかまる》、小鷹丸を出して長崎奉行所につたえるよう命じた。

狼煙が、あがった。黒煙が空に立ちのぼり、わずかに微風をうけて北に流れてゆく。

狼煙役の遠見番は、北北東の長崎湾口にある小瀬戸《こせど》の方向を凝視していた。そこにも遠見番所が設けられていて、野母番所にあげられる狼煙と白旗を終日注視しているのだ。

「受けてくれた」

狼煙役が安堵《あんど》したようにつぶやき、触頭に報告した。

小瀬戸番所に細い狼煙が立ちのぼり、白旗があがった。それは、野母番所にあがった白帆発見の合図を確認したことをしめすものであると同時に、長崎の町に近い十善寺《じゅうぜんじ》村の海浜にある番所につたえ、さらにそれは上築後町《かみちくごまち》観音寺《かんのんじ》の番所へと中継されて長崎奉行所に急報されるのである。

野母遠見番所の者たちは、沖を凝視した。弱風なので船の帆はしおれ気味で速度もおそいが、風は追い風で帆は正しく船体と直角に揚げられていた。

遠見番たちは、御注進船が出るのをたしかめるため時折り野母村の海を見下していたが、しばらくすると、一艘の船が村の深い入江から出て長崎湾方面にむかうのが見えた。五挺櫓《ちょうろ》立ての細長い船で、船尾に立てられた旗には野母御注進船という文字が染めぬかれている。それは飛船《とびふね》と称されているだけに速く、長崎湾口にむかって進んでいった。

その頃《ころ》になると、次第に近づいてきた帆船のマストに三色に染めわけられたオランダ国旗がかかげられているのが確認でき、遠見番たちは遠眼鏡を桐箱《きりばこ》におさめ山道をかけ下った。海岸で帆船を近々と監視し、それを奉行所へ通報しなければならないのだ。

かれらが、息をあえがせて海岸に赴くと、そこには庄屋をはじめ多くの村人たちが集っていた。かれらの顔には、年に一度やってくるオランダ船を見たいという好奇の色がうかんでいたが、同時におびえの表情もみられた。オランダ船の来航は年中行事の一つにひとしいもので、かれらはそれを見物することを楽しみにしていたが、文化五年（一八〇八）以来、かれらの心情は複雑になっていた。

その頃、ヨーロッパでは著しい情勢の変化が起っていた。フランス皇帝の座についたナポレオンが、ヨーロッパ諸国を侵攻、文化三年にはオランダをフランスに併呑《へいどん》した。その虚をついてフランスと敵対関係にあったイギリスは、強大な海軍力を駆使してオランダ領植民地を侵略し、それは東洋の植民地にも及んでいた。

長崎の出島《でじま》に設けられていたオランダ商館は、微妙な立場に立たされていた。幕府は、オランダ一国のみに貿易の許可をあたえていたが、オランダそのものは国家として消滅してしまっている。オランダ国旗がひるがえっているのは、世界で長崎の商館のみであった。当然のことながら、長崎へはオランダ船の入港はなく、世界情勢にうとい幕府は、わずかにその現象に疑惑の念をいだいているに過ぎなかった。

商館長ヘンデレキ・ドウフは、オランダがフランスの属領になったことを幕府にさとられまいと腐心していたが、文化五年八月十五日、突然オランダ国旗をひるがえした帆船入港の報を得て喜んだ。

しかし、それはオランダ船を装ったイギリス軍艦フェートン号で、連絡のために小舟で同艦にむかった二人のオランダ商館員が、艦の乗組員によって荒々しく捕えられた。そのうちの一人は間もなく釈放され、イギリス軍艦の艦長の書簡を持ち帰った。それには、オランダ船の拿捕《だほ》を目的に入港したが、船影を認めぬので立ち去ること、その条件として薪水《しんすい》と食糧の補給を求め、それを日本側が拒んだ場合は、港内の日本船、唐船を一艘残らず焼き払うと記されていた。

長崎奉行松平図書頭《ずしよのかみ》は激怒したが、商館員の生命の安全を説くドウフの懇願をうけ入れて、水、食糧を艦に送り、残りの商館員一名を救出した。図書頭はフェートン号を攻撃する準備を急がせたが、翌日、フェートン号は急に碇《いかり》をあげて港外に去っていった。図書頭は、責任を負って、翌朝、切腹して果てたのである。

ナポレオンの敗北によって再び独立国としての権威を回復したオランダから帆船が長崎にやってきたのは、それから九年後の文化十四年七月であった。そして、その後、オランダ船は毎年六月から七月にかけて長崎に入港してくるようになっていた。しかし、フェートン号事件以後、長崎奉行所は、帆船の入港に一層厳重な監視の眼をそそぐようになった。三色旗をひるがえしていてもオランダ船を装った他国の船である可能性もあるし、暴挙をほしいままにするかも知れない。そして、そのような奉行所の態度は一般の者にも影響をあたえ、オランダ船を見る眼も変ってきていた。

五ツ（午前八時）過ぎ、野母の鼻と呼ばれる岬の先端を大きく迂回《うかい》するように、帆船が姿をあらわした。三本マストにはすべて三色旗がかかげられ、船尾にも大きな三色旗が垂れている。風が幾分出てきたらしく、帆はふくらみをおびていた。

触頭は、待機していた二艘目の御注進船に、帆船がオランダ国旗をかかげている旨を長崎奉行所に伝えさせるため、至急出発することを命じた。

五人の水主は、櫓にとりつくと、

「オッシャリン、オッシャリン」

と、甲高い掛声をあげて櫓を素早くあやつり、長崎湾口にむかって去った。

大型の帆船は、野母村の前面の海にかかると、帆をおろし停止した。以前は、長崎湾の入口に近い伊王島《いおうじま》（祝島）附近まで進んで奉行所側の臨検を受けたのだが、フェートン号事件以来、野母村附近で役人の来着を待たねばならない定めになっていた。

帆船は、碇を投げたが、海は深く海底に達しない。そのため小さな帆をあげて、潮に流されぬよう操船していた。その日、帆船は、野母村前面の海上にとどまったまま役人の到着を待っていたが、奉行所側からの船は姿をみせなかった。

夜になると、遠見番たちは篝火《かがりび》を焚《た》き、遠くの海岸や丘陵の番所でも火がさかんにあがるのがみえた。

翌七月四日朝、三艘の和船が長崎方面からやってきた。その船には、長崎奉行所の沖《おき》出役《しゅつやく》の役人たちがオランダ通詞《つうじ》とともに乗っていた。帆船に乗ってきた役人の顔には緊張した表情がうかび、通詞の通訳で「旗合《はたあ》わせ」をおこなう旨が船長につたえられた。

それは入港してくる船がオランダ船であることをたしかめるための方法で、例年おこなわれている慣習であった。毎年秋、オランダ船は東洋貿易の根拠地であるバタビヤに帰るが、その直前に奉行所で同種の秘密の旗を二つ作る。それを年番大通詞が封印して、一つを奉行所に保管し、他の一つを奉行所からオランダ商館長に渡す。商館長は、その旗をバタビヤに帰る船の船長に託し、翌年長崎にやってくるオランダ船に携行させる。そして、それが奉行所で保管してある旗と同種のものであることがたしかめられれば、その帆船がまちがいなくオランダ国籍の船であることが確認される。

役人と船長が、それぞれ桐箱を持ち寄り、同時に封印をとき、中から旗をとり出して照合した。その結果、全く同種のものであることが判明し、旗合わせは無事に終了した。

役人は、ついで船名、船長、同乗者の名簿の提出を求め、通詞の協力でそれを書きとめた。船名は、デ・ドリー・ベジュステル号、船長エー・ヤコメッティーで、同乗者は新任の商館長デ・スチュルレルと商館の医員として赴任してきた陸軍外科少佐フィリップ・フランツ・バルタザール・フォン・シーボルト等であった。

「ふぉん・しほる？」

役人は、商館長の傍《かたわら》に立つ背の高い青年に眼を向けた。青年は、表情もくずさず役人に眼を向けていた。

意外なことに船内に二十四名の日本人がいることが、ヤコメッティー船長からつたえられた。

役人の顔は、こわばった。鎖国政策をとっている幕府は、日本人の海外渡航を禁じている。それは、密貿易を防止するというよりは日本にキリスト教が入ることをふせぐための処置であった。そして、幕府は船を外洋航海に適さぬ弁才船《べざいぶね》に制限し、新式の航海術の普及をも許さず沿岸航海しかできぬよう仕向けていた。しかし、そうした処置は船の難破を誘発させ、多くの船が潮流に押し流されて、カムチャツカ、アリューシャン、アメリカ、東南アジア方面へ漂流した。

それら漂民の中には異国船によって送り還《かえ》される者もいたが、異国船は、その代償として幕府に貿易を強く求めるのが常であった。帆船がオランダ船なので貿易を強要することはないが、どこの国から送り還されてきたのか、または、それら漂民がキリスト教信者になっていないか、などというわずらわしい吟味が必要になる。

しかし、船長の説明をきいた役人の顔に安堵の色がうかんだ。船長の話によると、六月二十八日、玄界灘《げんかいなだ》で漂流中の日本船を発見した。それは薩摩藩主松平豊後守《ぶんごのかみ》の手船「神通丸」（十八人乗り）で、琉球《りゆうきゆう》で砂糖を積んで帰る途中、鬼界島《きかいがしま》で上林藤次郎ら六人を乗せて薩摩に向ったが、大時化《おおしけ》にあって破船した。船は舵《かじ》を失い、帆柱も切り倒した坊主船《ぼうずぶね》になって漂流していたため、オランダ船からボートをおろし全員を収容したのだということ。

役人は神通丸の船頭橋口武兵衛門を訊問《じんもん》し、ヤコメッティー船長の説明と全く同一の陳述を得たので疑惑をとき、船底に謹慎しているよう申しつけた。

また船長は、僚船としてオンデル・ネーミング号をともなってきたが、野母崎にむかう途中で見失ったことも告げた。

役人は、これらの報告を受け長崎湾外の伊王島まで進むことを許した。帆が張られ、船は北にむかってゆっくりと進み、伊王島の北端をまわった。その時、奉行所の和船が近づき、役人が通詞とともに乗りこんできて、士官一名を人質として連れ去った。

船はさらに進んで湾内に入ったが、長崎に直接入港することは許されず高鉾島《たかぼこじま》に繋《つな》がれた。港内の警戒は厳重をきわめ、一方の岸には鍋島《なべしま》藩、他方の岸には黒田藩の営所がそれぞれ設けられ、幔幕《まんまく》を張りめぐらし大筒《おおづつ》の砲口をオランダ船に向けていた。またそ長門《ながと》、中津、平戸、薩摩、肥後、柳川《やながわ》、久留米、唐津、島原、五島、大村、松山など十七藩の藩兵がひかえていた。

異国船は、たとえオランダ国籍であることが確認されても、長崎港の出島に到着するまでは敵船として扱われる定めになっていた。オランダ船の周囲には、三百石積みの軍船や四十二挺櫓の軍船十数隻《せき》が旗印をなびかせ、夜になると海岸に篝火が至る所に焚かれ、軍船にも提燈《ちょうちん》がかかげられていた。

翌早朝、行方のわからなかった僚船のオンデル・ネーミング号が無事に湾内に入ってきて、デ・ドリー・ベジュステル号の傍に投錨《とうびょう》した。

湾内に朝の陽光があふれた頃、海岸の各方面からおびただしい数の小舟がオランダ船にむかって集ってきた。それは奉行所の命令をうけた三百艘の舟で、恒例によってオランダ船を港内に引き入れる役目をあたえられていた。

舟の集合が終ると、デ・ドリー・ベジュステル号に二本の太綱が結びつけられ、百五十艘ずつの小舟が左右に一列につらなった。そして、合図とともに各舟の水主たちは櫓をいっせいにこぎはじめた。太綱が強くはられたが、オランダ船は強い逆風を船体にうけて進まない。そのため作業は中止され、入港を翌日にのばしたが、その日も曳航《えいこう》に失敗し港外に碇泊《ていはく》した。

七月七日、風もおとろえ、デ・ドリー・ベジュステル号は三百艘の小舟に曳《ひ》かれてゆっくりと港内に入ってきた。それは、多くの人々のつかむ綱にひかれて動いてくる華麗な山車《だし》のようにもみえた。

長崎の町の海岸には、オランダ船の入港を眼《め》にしようと人々がむらがり、丘陵にも港を望む人の姿がみえた。しかし、両岸の警備は物々しく砲口は一斉《いっせい》にオランダ船に向けられ、港内にも旗を林立させた軍船が藩兵をのせてオランダ船とともに移動していた。

それは、華やかな情景であったが、曳航されている間、船内ではオランダ人探りと称する検査がおこなわれていた。密貿易の防止という名目で、積荷の調査がすすめられると同時に、商館長をはじめオランダ人全員の徹底した身体検査がおこなわれるのだ。オランダ人たちは、余りの苛酷《かこく》な処置に顔色を変えていた。

しばらくするとオランダ人探りが終り、役人が検査鉦《しょう》を鳴らした。三百艘の和船を操っていた水主たちはあわてて舟を綱からはなし、先を争って海岸へ引き返してゆく。入港時にオランダ船が放つ号砲の轟音《ごうおん》をおそれているのだ。

船に帆が張られ、自力で港内を進みはじめた。船内では、オランダ人が、

「打ちます、打ちます」

と、妙な訛《なまり》のある日本語で数度ふれてまわった。

役人たちは、持参してきた絹の布を腹にかたく巻き、まるめた紙を耳の孔《あな》に詰めた。

やがて号砲が轟然と放たれ、それは空気の層をたたいて長崎の町をふるわせ丘陵にい

んいんと木魂《こだま》していった。船は号砲を放ちながらゆるやかに進み、それは九発に及んだ。海上には濃い硝煙が流れた。

船は出島に近づき、帆をおさめると碇を投げた。それによって日本側はオランダ船を敵船扱いすることをやめ、海岸その他にしかれていた陣も解かれ、オランダ船をとりまいていた軍船も岸に引き返していった。

しかし、オランダ船に対する警戒は解除されず、監視の番船はそのまま周囲に配置されていた。そして、まず役人の指図によって船内の鉄砲、火薬その他兵器に準ずるものをすべて陸にあげ、奉行所の御焔硝蔵《ごえんしようぐら》の中におさめた。ついでオランダ船の帆を封印し、櫓・櫂《かい》をはずさせて陸揚げさせ、奉行所に保管した。これらの処置によってオランダ船は無装備になり、自由に行動することは不可能になった。

その作業が終ると、伝馬《てんま》船《せん》にオランダ商館長が奉行所の役人、通詞とともに乗って船に入った。そして、入念に船内を調査し不審な物がないことをたしかめて、ようやく入港手続の終了を告げた。それらの手続の中で役人に不審感をいだかせたのは、新任の商館長スチュルレルに随行してきたシーボルトという外科少佐の口にするオランダ語であった。

役人は、通詞を介してシーボルトに種々な質問を発したが、通詞はシーボルトがオランダ人としては会話が下手だと主張した。日本への入国はむろんオランダ人と中国人にかぎられているのだが、通詞は、シーボルトがオランダ以外の国籍をもつ人間ではないかと疑っていた。

通詞の直感は、的中していた。

シーボルトは南ドイツのヴュルツブルクに生れたドイツ人で、オランダ人であると偽って日本への入国を果そうとしていたのである。

シーボルトは、日本のオランダ通詞が自分よりも滑らかにオランダ語を話すのに狼狽《ろうばい》したが、通詞たちがヨーロッパの地理に乏しい知識しかもっていないことを利用し、オランダ人の多くは低地オランダ人だが、自分は高地に住むオランダ人で言語も少々異なっていると弁明し、国籍偽称の発覚をまぬがれた。

その日、伝馬船で商館長スチュルレルら一部の者が出島に上陸した。スチュルレルは、それまで六年間商館長であったブロムホフと交代するために赴任してきたのである。

スチュルレルらは、出島の名をよく知っていた。それは、かれらの間で「国立刑務所」と呼ばれていた。出島は、寛永十三年（一六三六）に海を埋立てて作った人工島である。それは、長崎市内に住んでいた南蛮人と言われていたポルトガル、スペイン人を収容するためのもので、出島は南蛮屋敷と称されていた。

寛永十六年、鎖国令が発せられ、幕府はキリシタン禁制によって南蛮人の退去を命じ、もしも再び渡来した折には船を焼き払い、乗員を一人残らず斬罪《ざんざい》に付すと通告した。出島は無人となり、貿易は平戸におかれたオランダ商館のみにかぎられていたが、寛永十八年に商館が出島に移ってきて、出島は阿蘭陀《オランダ》屋敷と称されるようになったのである。

出島は、総面積三千九百六十九坪余、陸に面した部分は九十六間（約一七三メートル）、海に面した部分は百十八間（約二一二メートル）の長さで、洋風の建物が立ちならび、オランダ国旗の三色旗がひるがえっていた。島はすべて高い板塀《いたべい》でかこまれ、海側に荷物を船から揚げる小門があったが、それは必要な時をのぞいて常にかたく閉ざされていた。外部との交渉は極度に制限され、島と陸地の連絡は石橋のみで、しかもその附近の海には小舟を接近させぬ標識として十三本の杭《くい》が打ちこまれていた。

石橋の南口には正門があって番人が立ち、鑑札のない者の入島を禁じていた。また探番《さぐりばん》と称する小役人が門内に詰めていて、奉行所役人、通詞、出島係の乙名《おとな》（町役人）以外の者に対して入念に衣服、身体を探索した。むろんこれらの処置は、オランダ人と一般人の接触を避けさせることによって密貿易とキリスト教を封ずるためであった。

正門の傍には、禁札が建てられていて、そこには、

禁制

一　傾城《けいせい》（遊女）之外《のほか》女入（る）事

一　高野《こうや》ひじりの外　出家山伏《やまぶし》入（る）事
一　諸勧進《かんじん》之者並（に）乞食《こつじき》入（る）事
一　出島廻《まわ》り傍示《ぼうじ》木《き》杭《ぐい》の内船乗廻（し）候《そうろう》事
一　附　橋の下船乗入（る）事
一　断（り）なくして阿蘭陀人出島より外へ出る事
　　右条々堅く可相守者也《あいまもるべきものなり》

と書き記されていた。

この禁札にもあるように、原則としてオランダ人が出島から外へ出ることは厳禁されていた。わずかに年に数回、長崎の町や郊外に散策することが許されただけであったが、その折にも監視の役人がつき自由な行動は許されなかった。

出島は、オランダ船の入港によって明るいにぎわいにつつまれた。

その夜、歓迎宴の準備があわただしくすすめられ、下僕は豚小舎《ぶたごや》で処理した豚を調理場にはこびこみ、料理人は菜園でとれた野菜をきざみ、酒をととのえチーズを皿に盛った。商館員にとって、オランダ船の入港はなつかしい祖国の空気にふれることでもあった。

長崎の町にも、活気があふれていた。

オランダ船の積荷は、砂糖、白檀《びゃくだん》、毛織物、更紗《さらさ》、金巾《かなきん》、ガラス製品、時計、眼鏡など種類も多く、それらは指定された商人によって扱われ、利益金を幕府に納める仕組みになっていた。

他国から集ってきていた商人の動きも活発で、花街のある丸山の灯《ひ》も一段と明るさを増していた。

丸山遊廓《ゆうかく》は町の南に位置し、丸山町、寄合町の二町で構成され華麗な遊女屋が数多くならんでいた。一万坪にも達する遊廓は土塀でかこまれ、入口の大門《おおもん》は北側にひらいていた。

丸山は、日本でも屈指の規模をもつ遊廓で、美しい遊女の多いことでも知られていた。また他に類のない性格をもった遊里であることも際立《きわだ》った特色であった。それは、遊女が日本行き、唐人行き、オランダ行きの三種に分けられていたことである。日本行きは日本人のみを相手とする最上位の遊女で、唐人行きは唐人のみ、オランダ行きはオランダ人のみにふれる女たちで、その区別はきびしく守られていた。

唐人たちは長崎の町の中に住んでいたが、オランダ人が出島に幽閉状態におかれていたのと同じように、周囲を土壁でめぐらし外部との接触を断たれた唐人屋敷内で生活していた。唯一《ゆいいつ》の出入口である大門の傍には役人、通詞、遊女以外の出入りを禁ずるという禁札が建てられ、番人によって監視されていた。

オランダ人、唐人にとって、遊女とふれ合うことは淋《さび》しさをまぎらす最大の歓楽であると同時に、外部の空気にふれる機会でもあった。

オランダ船が出島に着いた日の翌々日から福済寺《ふくさいじ》、清水寺《きよみずでら》に千日参りの人々が集り、丸山の遊女屋も夜を徹して店をひらいた。

そして、それが終ると町では盆を迎える準備がにぎにぎしくはじめられた。

十三日の夜、人々は家々の門に家紋をつけた燈籠《とうろう》をかかげ、翌日には丘陵一帯に点在する墓所へのぼってゆき、墓所に多くの燈籠を幾層にもつらねた。やがて日が没すると一斉に灯が点ぜられた。長崎の町をかこむ丘陵は無数の灯でおおわれ、その華麗さは人々の眼をうばった。

さらに翌十五日夜には、竹と藁《わら》で作った多くの精霊船《しようりようぶね》が海面に流された。船にのせられたさまざまな燈籠の灯が港内を光の海に化し、町の中にはお囃子《はやし》の音がみちた。

二

盆祭が過ぎたが、長崎の町にはそれにつづく送念仏、二十六夜待《まち》などの行事のにぎわいがつづいた。

そうした中を、丸山の大門から一挺《ちょう》の駕籠《かご》が出て石段の多い道をゆっくりとくだっていった。夕立が通りすぎた後で道路は濡《ぬ》れていたが、路面から立ちのぼる水蒸気で蒸暑い。駕籠の後を禿《かむろ》がつき従っていたが、白粉《おしろい》の塗られた顔にも首筋にも汗が光っていた。

駕籠は銅座町をぬけると出島の大門に向い、門の前にある江戸町の仲宿前でとまった。

駕籠の中から遊女が出てくると、軒をくぐった。長崎の遊女の衣裳《いしょう》は天下随一といわれていたが、仲宿に入った若い遊女の衣服も飾物も殊《こと》に華麗をきわめた。髪には玳瑁《たいまい》の笄《こうがい》・簪《かんざし》・櫛《くし》に銀の簪がさされ、衣服は藤色の地に銀糸の刺繍《ししゅう》がほどこされていて、前に結ばれた帯には珊瑚珠《さんごじゅ》がちりばめられていた。

遊女は、町役人に鑑札を出し深々と頭をさげた。容貌《ようぼう》は、きわめて美しかった。顔立ちは小造りで、目鼻だちがはっきりと整っている。眼《め》は澄み肌理《きめ》はこまやかで、黒々とした髪の生《は》え際《ぎわ》が新茶のような淡緑色をおびていた。遊女としてのたしなみか、顔に汗もうかべていない。わずかに首筋に光るものが湧《わ》いていたが、それは細い首筋をなまめかしいものにみせていた。

町役人は鑑札をあらため、筆をとると出島への出入者をしるす帳面に、

寄合町引田屋卯太郎抱　　其　扇　拾七歳

と、書きとめた。そして、筆をおくと其扇《そのおおぎ》の美しい顔に視線を向けた。

探番が町役人に一礼し、其扇に近づくと「探り」をはじめた。手が素早くのび、其扇の衣服の中をさぐる。周囲をまわって髪を見まわし、帯に手をふれた。その間に他の探番が其扇の連れた禿にも同様の探りをし、それが終ると、

「改めましてございます」

と、町役人に頭をさげた。

其扇と禿は役人に頭をさげ、探番の後について仲宿を出た。そして、道を横切って出島に架けられた石橋を渡っていった。潮は満ちてきていて、橋の下には淀《よど》んだような海水がひろがっていた。

橋を渡り終ると、扉《とびら》の閉ざされた大きな門が行く手をさえぎった。探番が門の傍に詰めている町役人に探り改めが終ったことを報告すると、役人は番人にくぐり戸をあけるように命じた。

其扇は再び役人に頭をさげると、ゆっくりした足どりでくぐり戸をくぐった。

其扇は本名をたきと言い、滝という字をあてることもあった。先祖は野母の人で、その後、代々長崎の銅座跡（銅座町）に住居をかまえていた。

父佐兵衛が三十一歳、母きよが二十五歳の年に、たきは四番目の娘として生れた。姉はつね（お常）、よね、まさ。彼女の下に善四郎という弟と、さだ、ふみの二人の妹がいた。

父の佐兵衛は銅座跡でこんにゃく商を手広く営み、奉公人も数多く使っていた。が、数年前、手ちがいが生じて借財をし、その後、商売も思わしくなく家も人手に渡るという悲運に見舞われた。七人の子供をかかえた佐兵衛は、再起をはかることに努めたが、徒労に終って裏店《うらだな》に住む身になった。

万策つきた佐兵衛は、長女つねを遊女奉公に出した。つねは、収入の多いオランダ行きの遊女として出島へ出入りする身になった。源氏名を、千歳《ちとせ》と言った。

つねは美しい女であったが、たきは、さらに美しかった。少女の頃《ころ》から近隣でも評判で、丸山の遊女屋の中で最も格式の高い引田屋《ひけたや》から奉公に出るよう強いすすめがあった。そうしたことから、たきもつねについで遊女になり、引田屋卯太郎《うたろう》抱になった。十五歳の年で、其扇という源氏名がつけられた。

むろん其扇は、遊女奉公に出されることを悲しみ、死ぬことも考えた。が、彼女がそれを承諾したのはつねのことが念頭にあったからであった。つねは、家の犠牲になって遊女になった。長女としての責任感からであったのだろうが、つねの得る収入によって一家は辛《かろ》うじて飢えることもなく日を送ることができた。そうしたことを思うと、引田屋からの誘いを拒むことはできず、自分も姉と同じように家を助けねばならぬと考えたのである。

「お前は、遊女などにならなくてもよかったのに……」

たきが引田屋抱になった時、つねは、肩をふるわせて泣いた。

たきは、オランダ行きの遊女として出島に出入りするようになったが、オランダ人と接することに強い嫌悪《けんお》を感じていた。

オランダ人は、西洋の文物、知識を導入し、経済的に町をうるおす貴重な存在として温く遇されていた。他の地方では異国人を獣類にひとしいものとして蔑視《べっし》していたが、早くから異国と接触のあった長崎の人々にはそうした傾向は淡《あわ》かった。

しかし、それは表面的なことで、男と女として接する場合には、大きな違和感があった。其扇にとって、オランダ人の体は薄気味悪く、不快であった。脂《あぶら》ぎった赤い皮膚、全身をおおう生毛《うぶげ》、茶または青みをおびた瞳《ひとみ》、異様な体臭。それらの特徴をもつオランダ人を、彼女は、人間のようには思えなかった。が、それから二年がたち、彼女は、むしろオランダ行きの遊女になってよかったと思うようにもなっていた。日本人相手の遊女よりも、オランダ人相手の方が遊女として恥じる度合も少いように思えた。人間ではない、人間の形をした生き物だ、と其扇はオランダ人と接する度に眼をかたく閉じて胸の中でつぶやきつづけていた。

そのような生活の中で其扇の容貌は一層美しさを増し、いつの間にかオランダ人と優美な仕種《しぐさ》で握手をし、接吻《うまくち》も巧みになった。

出島では、オランダ語以外にマレー語も使われていた。それは金銭で東南アジアから買われてきた下僕たちがマレー語を話すためであった。其扇は言葉に敏感な性格で、おぼつかないオランダ語も断片的に口にするようになっていた。

遊女の中には定《きま》ったオランダ人のみと肉体関係をもつ遊女も多かったが、其扇には姉の千歳と同じように定った男はいなかった。それは身を拘束されずにすむことであり、彼女はそれを好都合だと思っていた。

出島の門をくぐった其扇は、禿とともに広い道を歩いて行った。西の方向で遠雷の音がしている。

道の左側は菜園になっていて、日本ではみられぬ西洋の野菜が栽培されていた。右方の建物の屋根の上にはオランダ国旗の三色旗がみえたが、微風にわずかにゆれているだけであった。出島には、商館長をはじめ主だった館員たちの居宅や玉突き場、倉庫、豚舎など多くの建物がならび、ほとんどが二階建で、木造の洋館であった。

七月七日にオランダ船が入港して以来、新旧商館長を中心に数度酒宴がひらかれ、其扇も出島へ招かれることが多くなっていた。時には、姉の千歳と顔を合わせることもあった。

千歳は今でも其扇を痛々しそうに見つめ、体に故障はないかといたわるように低い声をかけてきたりする。姉はいつの間にか出島の空気になれきっているらしく、巧みにオランダ人の宴席にはべってオランダ語を口にしたり接吻もうけていたが、時折りその顔には淋しそうな表情がうかんでいた。

其扇は、姉と同席するのが気恥しかったが、その日は千歳の姿はなかった。宴は、なんの目的でひらかれたのかわからなかったが、遊女は多く、大きな食卓に皿が並べられ酒類の瓶《びん》も置かれていた。

商館長をはじめ館員たちが席につき、ガラスの杯《はい》をあげた。其扇は、他の遊女たちとともに館員たちに身を寄せた。

皿の上には油で揚げた魚、浜焼きの鯛《たい》、猪《いのしし》の腿肉《ももにく》を焼いたもの、鶏肉《とりにく》、卵、海老《えび》のスープ、菜などがとりどりに盛られている。また他の食卓には、紙をつけて焼いたカステイラと称する菓子や、卵と小麦粉を水でねりまぜて引きのばし縄《なわ》のようにひねって油で揚げたスペレッツという菓子もあった。

オランダ人たちは、遊女の関心をひこうとしてしきりに菓子をすすめたり、赤い酒を杯にみたして飲むようにという仕種をしたりする。遊女たちは、その酒をオランダ人の口まねをしてウェンと呼んでいた。

席がにぎやかになって、オランダ人たちの顔は赤らんだ。開け放たれた窓からみえる長崎の港は暮れ、海岸に点在する家々に灯《ひ》がちらつきはじめていた。ランプに、灯がともされた。其扇は、書記役に手をにぎられウェインをグラスについだりしていた。

書記役は其扇の顔を見つめ、彼女の手の甲に何度も唇《くちびる》を押しつける。そして、小皿を引き寄せると、その上にのった黄色いものを指さしオランダ語でなにか言った。その食物が欲しいかと問うているようだった。

其扇は、それがボートル（バター）という名であることを知っていた。年長の遊女たちの話によると、それは牛の乳を煮てねりかためたものだという。

「鰹節《かつおぶし》のようなものさ」

と、ある遊女は言った。煮物やいため物の中に入れて味をつけるのに使うからであった。また他の遊女は、鬢《びん》づけ油のようだとも言った。パンという小麦粉を水で練りかためて焼いた餅状《もちじよう》のものにそれを塗るのをしばしば眼にするが、たしかに光沢、色など、鬢づけ油によく似ていた。

書記が其扇にボートルを欲しいかという仕種をしてみせたのは、日本人がそれを貴重なものとして欲しがることを知っているからであった。長崎では、医者がしばしばボートルを丸めて薬として用いていた。その上に砂糖をかけたものは、小児の百日ゼキに卓効があるといわれている。また労咳《ろうがい》(肺結核)の患者に一定量をあたえると、治癒《ちゆ》すると主張する医者も多かった。

オランダ人から贈られた物を無断で出島から持ち出すことは厳禁されていたが、病人を近親者の中にもつ遊女は、ひそかにボートルを小箱におさめて持ち出した。時には、ボートルが体温でとけて流れ出し、禁をおかしたことが発覚したこともあった。

其扇は、頭をふった。彼女はボートルのような脂肪分の多い食物が好きになれなかった。

遊女たちの関心は、もっぱら新任の商館長と医官の陸軍外科少佐の二人に集っていた。彼女たちは、酌《しやく》をしながら二人を物珍しげにながめていた。

遊女たちの蔭《かげ》での評価は、芳《かんば》しくなかった。二人は椅子《いす》に体を動かすこともなく坐《すわ》り、ひどく険しい表情をしている。商館長は初老の男で、軍人らしい鋭い眼をし笑うこともない。赤らんだ皮膚に生毛の密生していることが、薄気味悪かった。外科医は若い男で、ひどく背が高かった。鼻が高く、深くくぼんだ眼窩《がんか》の奥に光る眼には強い意志の色がうかんでいた。皮膚は白かったが、その男も軍籍にあるためか表情がかたかった。

其扇は、時折り外科医の眼が自分にそそがれるのを意識していた。

彼女は、自分の容貌が男の眼をひく美しさをもっていることを十分に知っていた。鏡に映る顔は自分でもうっとりするほど美しく、毎日、鏡を見るのが楽しみであった。しかし、彼女は、新任の若い外科医が自分を美しさのためではなく物珍しさから見つめているのかも知れぬと思った。新しく赴任してくるオランダ人は、例外なく初めの頃は役人、番人の服装、髪、持物などをしげしげとながめ、殊《こと》に遊女の姿には強烈な驚きを感じるらしく放心したような眼で見つめている。大きく結いあげた髪、笄《こうがい》、簪《かんざし》、櫛なども珍奇なものにみえるらしく、少し親しくなるとおずおずと手にふれたりする。衣服は、西洋のものとは比較にならぬほど美しいと、しきりに感嘆の声をあげる。足袋も履物も、かれらの好奇心をそそった。

外科医の眼は他の遊女たちにも向けられていたが、其扇は、自分に向けられることが最も多いように思えた。彼女は、ひそかにその外科医が自分に関心をいだいていることを感じた。

しかし、彼女には、そんなことはどうでもよかった。オランダ人がどのような感情をいだこうと関係はないし、一定の貯《たくわ》えができたら遊女屋の籍からはなれ、町の男に嫁ぐつもりであった。それまでの辛抱……と、彼女は自分に言いきかせていた。

彼女は、その外科医が「しいほる」又は「しいほると」という名であることを知っていた。遊女たちの話によると、男は二十七歳だということだった。

其扇をはじめ遊女たちは、若い外科医フランツ・フォン・シーボルトがかたい表情をしているのを来日したばかりで緊張がとけぬからだと解釈していたが、それだけではなかった。

日本へ入国できるのはオランダ人と中国人だけで、ドイツ人であるかれには入国の資格がなかった。かれは、五年前の文政元年（一八一八）日本に渡ったアレキサンデル・キスレインという外科医が国外へ退去させられたことをきき知っていた。キスレインはベルギー人で、オランダ人をよそおっていたのだが日本の通詞によって見破られたのだ。キスレインはそれをあらかじめ知らされていたシーボルトは、日本の通詞のするどい観察力におそれをいだき、日本人通詞が依然として自分に疑惑をいだきつづけているのではないかと想像していた。もしかすると、さらに流暢《りゅうちょう》なオランダ語を使える優秀な通詞がやってきて、執拗《しつよう》な訊問《じんもん》を浴びせかけるかも知れぬ、と思った。かれのかたい表情は、国籍を偽称して入国した不安によるものであった。

宴が終り、商館員と遊女たちは、それぞれの居宅に手をとり合って出て行った。風はなく、暑い空気がよどんでいた。

其扇も書記と宴席を出たが、彼女は、かれを居宅に送りとどけると出島内の遊女部屋に行って泊った。書記は時折り其扇を呼ぶが、いつも泥酔《でいすい》し正体もなく眠ってしまう。

商館員たちは、それぞれなじみの遊女をもっていた。殊に蔵役《くらやく》である若いマヌエル、ピストウリュス、ファン・オウテレンの三人は、なじみの遊女をしきりに出島へ招き入れることで評判だった。

マヌエルが肉体交渉をもっていた遊女は、其扇が籍をおく引田屋卯太郎の抱えである滝尾であった。マヌエルは滝尾を出島内にとどめて、精力的な情交をつづけていた。滝尾は豊かな乳房をもつ大柄《おおがら》な女で、マヌエルの欲情に十分にこたえていた。

ファン・オウテレンのなじみも、同じ引田屋卯太郎抱の遊女左門太であった。左門太は長崎の島原町（万歳町）に住む伝右衛門という男の娘で、オランダ行きの遊女になった。小柄な体つきをしていたが、眼が大きく鼻筋も通り、オウテレンを熱中させていた。またピストウリュスは筑後《ちくご》屋甚蔵抱の遊女高瀬とねんごろであった。かれらは、宴席でもそれらの遊女たちを膝《ひざ》にのせたり壁に押しつけて、接吻したりしていた。

其扇は、定った男がいないことを幸いだと思っていたが、遊女たちの生活から考えてみて、いずれは特定の男に身をゆだねるようになるにちがいない、とも思うようになっていた。もしも相手がオランダ商館内で高位の者であった場合は、十分な金をあたえられる。オランダ人の任期には限度があるし、男が帰国して去るまでの間勤めれば、遊女をやめて後半生をのんびりと暮してゆけるだけの貯えも得られる。其扇も、特定の男ができたならそのような境遇になりたいと思った。

そうした考え方は其扇だけではなく、オランダ行きの遊女に共通したものであった。彼女たちの間では、六年前まで商館長であったヘンデレキ・ドウフのことがしばしば話題になった。

ドウフは、二十四年前の寛政十一年（一七九九）に長崎へ赴任し、一応帰帆《きはん》して翌年再び長崎へきて、文化十四年（一八一七）まで実に十七年間長崎に滞在した人物であった。

初めて長崎にやってきた時、ドウフは二十三歳で、一歳年上の寄合町西田恵吉抱の遊女園生《そのう》となじみになった。やがて二人の間に Omon（おもん）という女児が生れ、おもんは出島の商館内で成長した。ドウフは、園生に十分な手当をあたえ園生の貧しい生家の面倒もみた。オランダ人から日本人へ舶来の物品を贈ることは厳禁されていたが、ドウフは、高価であった砂糖を園生の生家に贈りたいと奉行所に熱心に嘆願し、許可を得たりした。ドウフは、おもんの将来についてもさまざまな配慮をしていたが、おもんは文化八年に死亡した。

ドウフは園生と別れて後、寄合町京屋藤田茂八抱の遊女瓜生野《うりゅうの》と肉体関係をもった。瓜生野は長崎新橋町の道具屋土井徳兵衛を父に野母村峯《みね》仁平治の娘すえを母として生れたが、生家が貧しく遊女奉公に出された。名をようと言った。

瓜生野は弱身であったが、文化五年十月、ドウフの子丈吉を産んだ。ドウフ三十三歳、瓜生野二十六歳であった。

混血児は母方の姓を名乗るのが通例であったが、情の厚いドウフはその男児に道富姓を用いさせた。むろん道富は、ドウフの家族名 Doeff からきたものだが、ドウフは、道富をミチトミと呼んだ。それは、丈吉とその子孫が異国人と血のつながりのあることをさとられ、蔑《さげす》まれるのではないかと恐れたからであった。が、実際にはドウフと発音する者が多かった。

ドウフは丈吉を愛し、出島で育てた。そのうちにドウフの帰国の時が迫り、かれは丈吉のために大胆な嘆願書を長崎奉行所にさし出した。それは、丈吉の将来の生活安定をはかるためのもので、丈吉が成長した折には長崎の地役人として採用して欲しいこと、白砂糖三百籠《かご》を差出すから、それを売りはらった代金の利息を給料として丈吉にあたえてもらいたいなどであった。さらにドウフは、丈吉を祖国オランダへ連れ帰りたいのだが、日本の鎖国政策によって混血児の出国は禁じられているので、丈吉を残してゆくことが気がかりでならないとも訴えた。

その嘆願書には、混血児丈吉を思うドウフの切々とした父親としての情が述べられ、その書面はオランダ通詞によって日本文に翻訳された。通詞たちはドウフに同情し、町年寄に嘆願をききとどけて欲しいと願い出た。

ドウフは、白砂糖三百籠をさし出すと嘆願書に書いたが、その量は通詞たちを驚かせた。砂糖は、調味料として珍重されると同時に薬品としても尊ばれていた。胸苦しさ、咽喉《のど》の痛みをやわらげるのにいちじるしい効能があり、さらに体に精をつける妙薬ともいわれ、高価な舶来品として扱われていた。白砂糖三百籠の代金は金で二千百八十両程にもなる大金で、ドウフが丈吉を愛していたとは言え、想像を越えた金額であった。

嘆願書は、町年寄五名、長崎会所役人十一名の評議をへて長崎奉行遠山左衛門尉《さえもんのじよう》に差出された。それまで混血児を地役人に抱え入れた前例はなく、その点が最大の難問であった。

しかし、遠山奉行は熱意をもって江戸に陳情を重ね、ようやく許可を得た。奉行は、丈吉に毎年四百両を渡し、成人した折には別に地役人としての給与をあたえると約束した。そして、町に布告を出して、丈吉を温く遇するよう指令した。

ドウフは感激し、瓜生野と丈吉に思いを残しながら文化十四年十一月三日、オランダ船に乗って長崎を去った。ドウフは、帰国直前、長崎奉行に、丈吉が他人から借金したり親族、知人のために借金の連帯保証人になることを許さぬよう指導して欲しいと嘆願した。奉行は、周到なドウフの子に対する情愛の深さに感嘆し、その願いをいれた。

帰国後もドウフは丈吉の安否を問うことしきりであったが、奉行も約束通り文政四年、十四歳になった道富丈吉を唐物目利役《めききやく》に召しかかえた。しかし、丈吉は、三年後の文政七年正月十八日に病死した。法号は、道富院円覚良通居士《こじ》であった。

丈吉の死後も、商館長ヘンデレキ・ドウフの温い情愛は、長崎の町の人々に強い印象となって残された。髪や眼《め》の色が異なっても人間の情に変りはなく、ドウフの子を思う情愛の強さに涙をうかべる者も多かった。遊女たちの間でも、ドウフは情のあつい異人だといわれ好評だった。ドウフが丈吉のために長崎に残した金は莫大《ばくだい》で、それは丈吉の死後もその家族をうるおしていた。

其扇は、特定の異人に身をまかすならばドウフのような男が好ましい、と思った。

夜はふけ、出島に灯は絶えた。


翌朝、其扇は禿《かむろ》をしたがえて出島の遊女部屋を出た。澄みきった空を背景にオランダ国旗が微風にゆらぎ、洋館の瓦《かわら》は朝の陽光をうけてまばゆく光っていた。

今日も暑くなりそうだ、と其扇は胸の中でつぶやいた。

出島の唯一《ゆいいつ》の出入口である正門が、近づいてきた。其扇の表情に、かすかな翳《かげ》がうかび出た。島を出入りする折には役人立会いの上で探番が身体、持物をあらためるが、殊に島から出る場合にはきびしい。

長崎奉行所は、幕命にもとづいて密貿易にするどい監視の眼をむけていた。オランダ人を出島に、中国人を唐人屋敷内に隔離状態においているのも、かれらと日本人との間に物品の授受がおこなわれぬようにするためであった。

遊女は出島、唐人屋敷に出入りを許されているが、彼女たちがひそかに物品をはこび入れ、はこび出す可能性もある。密貿易ではなくとも遊女が異国人から贈られた品物を持ち出すことは十分に予想され、事実そのようなことが時折り発覚する。奉行所側では、そうしたことを防止するため遊女と禿の衣服、携帯品をあらためる。ほとんどの場合、それで探りが終り出島の外に出ることを許されるが、遊女の挙動に疑惑があると、徹底した調査がおこなわれる。

其扇も、そのような探りを何度か眼にしたが、余りにも苛酷《かこく》で思わず視線をそらしてしまう。探番は、胸に手を入れたりして体をさぐり、さらに髪に手をのばし、髪飾、髷《まげ》を荒々しくあらためる。さらに探番は、遊女に股《また》をひらかせて歩きまわらせることもあった。陰部になにかひそませていないかを調べるのだが、その方法は効果的で珊瑚珠《さんごじゅ》などが陰部から落ち、きびしく罰せられた例も多い。

其扇は、門の傍《かたわら》に詰めている町役人の前に立つと、丁重に頭をさげた。

探番が役人に一礼すると其扇に近づき、手をのばしてきた。着物の袖《そで》、袂《たもと》、帯、懐《ふところ》の中などがあらためられ、髪もさぐられた。ついで禿にも同様の探りがおこなわれ、箱、革籠《かわご》、包物、袋などの携帯品が入念にしらべられた。

「改めましてございます」

探番が、役人に報告した。

役人はうなずくと、

「行け」

と、言った。

其扇は、頭を深くさげると、禿とともに正門のくぐり戸をぬけ橋を渡った。彼女は、仲宿に入ると椅子に坐った。禿が、駕籠《かご》を呼びに道へ小走りに出て行った。

暑熱がやわらぎ、秋の気配を感じる日も多くなった。長崎港内には、オランダ船が二隻《せき》出島の傍に碇泊《ていはく》していた。

其扇は、しばしば出島に赴き酒宴にはべったが、オランダ人の中で最も明るい表情をしているのは旧商館長ブロムホフであった。かれは、歌をうたい、おどけたように踊ったりする。酒を飲んでは、甲高い声で笑った。

其扇たちも、ブロムホフが上機嫌《じょうきげん》である理由を知っていた。かれは、商館長の任を新任のスチュルレルに引きつぎ、十一月に出港するオランダ船に乗って故国へ帰るのだが、かれの帰国は特殊な意味をもっていた。

ブロムホフは、六年前の文化十四年七月に長崎にやってきた。ヘンデレキ・ドウフと商館長を交代するためであった。

かれは、単身で赴任してきたのではなく妻子、乳母、雇い女を同伴し、また同乗してきた按針役《あんじんやく》（水先案内）も妻を連れていた。かれの妻はテッタ・ベルフスマ三十一歳、子息はヨハンネス・コック・ブロムホフ二歳、乳母はペレトセネルラ・ミュンツ二十三歳、雇い女マラティ三十三歳で、按針役の妻はヤコウバ・ヒイキ十九歳であった。

長崎奉行金沢大蔵少輔《しょうゆう》は、困惑した。鎖国政策をとる日本では、異国の女性、小児等は貿易に無関係であるという理由で入国を禁じていたのである。

奉行は、その国法にもとづいてブロムホフの妻たちの上陸を禁じたが、ドウフの懇請によって一応出島へ入ることを許した。ブロムホフは、長崎奉行に妻子の出島滞在を許可してくれるよう嘆願書をさし出し、ドウフも幕府に同様の請願をおこなった。

異国の女性が上陸したことは珍事で、長崎人の大きな話題になった。絵師は彼女たちを描き、その絵は飛ぶように売れた。

嘆願書を出してから二ヵ月後、幕府からの指令がとどいた。それは、ブロムホフの妻子等をオランダ船で送り返すようにという厳しい命令であった。ブロムホフの嘆きは大きかったが、幕命にさからうこともできず、その年の十一月三日帰帆《きはん》するフラウ・アハ夕号に妻子等を乗せた。その船には帰国するドウフも乗っていたので、ブロムホフは、病弱を理由に商館長を交代したいというバタビヤ総督府への嘆願書を託した。船は、数日間、風待ちをした後、僚船カントン号とともに長崎を出帆していった。

ブロムホフは悶々《もんもん》と日をすごしていたが、翌文政元年七月に長崎へ入港してきたオランダ船に後任の商館長の姿はなく、そのまま長崎にとどまって職務をつづけるようにという指令書がとどけられた。その後、商館長の交代はおこなわれず、ブロムホフは遠い故国にいる妻子を思い鬱々《うつうつ》とした日を送っていた。

そうしたかれにとって、スチュルレルの着任は六年間待ちかねていた商館長の交代であり、帰帆の日の近いことに胸をおどらせていたのである。

スチュルレルは、依然としていかめしい表情を変えなかったが、医官のシーボルトは緊張もとけたのか時折り微笑を顔にうかべるようになっていた。かれは、旧商館長ブロムホフと親しくなり、その陽気な言動の影響をうけたようでもあった。

其扇は、シーボルトの存在が長崎奉行所の役人や通詞《つうじ》たちの間でしきりに話題になっていることを知っていた。かれらから伝えきいた話によると、シーボルトはオランダの有名な外科医であり、オランダ船に多くの医療器具をのせてきているという。さらに商館側から奉行所にシーボルトを医師として十分に活用して欲しいという申出《もうしい》でがあったともいう。事実、旧商館長ブロムホフは、バタビヤの蘭《らん》領東印度《インド》総督カペルレンからの命令にもとづいて、長崎奉行にシーボルトがすぐれた医師であり特別な便宜をあたえて欲しいと請願していた。

町の中には、オランダの名医来《きた》れり、という噂《うわさ》が流れはじめていた。

シーボルトは、ドイツの格式ある医学者の家に生れた。父は南ドイツのヴュルツブルク大学の解剖学、外科学、産科学の教授であり、一族には著名な医師が多かった。かれは、二十歳の折にヴュルツブルク大学に入り、医学をはじめ植物学、動物学等を学び、四年後に卒業してドクトルの称号を得た。かれが最も得意にしたのは、医学の中の内科、外科、眼科、産科であった。

かれは、東洋、殊《こと》に日本にあこがれ、オランダに赴いた。そして、オランダ国王の侍医の知遇を得て蘭領東印度陸軍外科少佐の地位を得た。日本へ渡航する準備はととのい、文政五年秋、オランダを船で出発、翌年春にオランダ政府の東洋地域経営の根拠地であるジャワのバタビヤについた。その地で一ヵ月間すごした後、新任の商館長に任ぜられたスチュルレルとともに日本に着任したのである。

それまで来日した商館の医官は、商館員たちの健康を維持するために派遣されてきたのだが、いつの間にかオランダ通詞を通じて日本の医家たちに西欧医学をつたえる役目を果すようにもなっていた。シーボルトも例外ではなかったが、かれにはオランダ政府から特殊な指令があたえられていた。

オランダは、ナポレオンのひきいるフランス軍によって占領されて以来、幾多の辛酸をなめてきた。オランダ統領ウイレム五世は追放され、ナポレオンの甥《おい》ルイ・ナポレオンがオランダ国王になった。ウイレム五世は、フランスに対抗するためイギリスと同盟を結び、オランダの海外植民地をイギリス陸・海軍の保護下におくことに同意するなど情勢は複雑化した。この機を巧みに利用して、イギリスはオランダの海外植民地を手中におさめ、各地で紛争と混乱がみられた。

やがて、ナポレオン一世は敗北をかさねて一八一四年（文化十一年）エルバ島に流され、ようやくヨーロッパの戦乱はやんだ。オランダは、フランスの統治下からはなれて再び独立することができ、植民地もイギリスから返還された。

オランダ政府は、植民地政策の再検討をし、対日貿易についても将来の発展を期して研究の要があることを痛感した。そのためには、日本の国情を徹底的に調査することが必要であった。それまでも歴任の商館長から日本に関する報告はもたらされていたが、依然として曖昧《あいまい》な部分が多く、それらの資料では不十分であった。

オランダ政府は、日本の全容を把握《はあく》するために政治、宗教、産業、国民性、風俗、言語、動物、植物、文化、地質、地理などあらゆる分野の実態を蒐集《しゅうしゅう》することを決意した。そして、それにふさわしい人物を物色した結果、シーボルトがえらばれたのである。

シーボルトは、医師ではあるが好奇心がきわめて旺盛《おうせい》で、その関心は多岐にわたっていた。二十七歳という若さも魅力で、積極的に資料蒐集をおこなうことが期待された。

オランダ政府のすすめに、東洋への強い興味をいだいていたシーボルトはただちにそれに応じた。そして、その事業に多額の金が必要だと主張し、政府もすすんで資金を提供した。シーボルトは、オランダ政府に綿密な調査結果を報告することを約束し、日本へ出発した。直接の指令者は蘭領東印度総督カペルレンで、その指示にしたがって、旧商館長ブロムホフがシーボルトの活動を容易にするため長崎奉行所に働きかけたのである。

奉行高橋越前守《えちぜんのかみ》は、洋学に深い理解をしめす雅量のある人物であった。かれは通詞たちに、シーボルトがブロムホフの言う通り医官としてすぐれているか否《いな》かを探らせた。その結果、通詞たちは、シーボルトがかなりの学識と技術をもつ医官らしいと報告した。

奉行は、日本の医家にシーボルトから西欧の医学知識を得させようとし、長崎在住の特定の医家が出島へ入ることを黙認した。むろんそれは法で禁じられていることで、それらの医家たちは通詞の従者をよそおって出島に足をふみ入れるようになった。

このような処置は、シーボルトを明るい気分にさせた。自分の存在が奉行所に認められたことは好都合であったし、それに密入国者である疑いがはれたらしいことに安堵《あんど》も感じていた。

かれは、日本で生活することに自信をいだきはじめていた。

九月下旬、出島の詰所から其扇に出島へ入るようにという連絡があった。呼入れをしたのは、シーボルトだという。

其扇は、頬《ほお》をゆるめた。シーボルトは、宴席で自分を見つめていることが多い。かれが自分に関心をもち、いつかは呼入れをしてくるにちがいないと思っていたが、それが現実のものになると、少し遅すぎたような不満を感じながらも得意であった。

彼女は、いつもよりも入念に化粧をした。シーボルトならば相手として不服はない、と思った。出島のオランダ人の中で最も地位の高い男は、むろん商館長のスチュルレルだが、略装の軍服を身につけ、いかめしい顔をしているその男に抱かれる気持にはなれなかった。それにくらべてシーボルトは若く、容貌《ようぼう》もすぐれている。医官としての地位もあり、申し分のない相手であった。

夕方、其扇は、駕籠に乗って出島にむかった。遊女部屋には、すでにランプがともっていた。

彼女は、一刻《いっとき》（二時間）ほど部屋でくつろいだ時間を持った。空は雲におおわれ、星の光もみえなかった。

大股に歩く足音が、廊下を近づいてきた。禿が腰をあげると、部屋を出て行った。部屋の入口に男が立った。酒を飲んでいるらしく顔が赤らみ、眼がかがやいている。髪には櫛《くし》が入れられ、髭《ひげ》もきれいに剃《そ》られていた。

其扇は、椅子《いす》から腰をあげると頭をさげた。

シーボルトは、部屋に入ってくるとテーブルの前の椅子に腰をおろし、其扇の顔に眼を向けた。

其扇は、シーボルトのグラスに葡萄酒《ぶどうしゅ》をみたした。禿が澄んだ声で挨拶《あいさつ》し、酒食を運びはじめた。

「よか、よか」

シーボルトは、其扇を見つめながら同じ言葉を繰返す。かれは、商館員から美しいという長崎言葉を教わって使っているのだ。

其扇は微笑するようにつとめたが、顔はこわばりがちであった。眼前の異国人の緊張に息苦しさを感じたからだった。

「よか、よか」

シーボルトは、つぶやくように言いながら口もとをゆるめていたが、顔色は青かった。長い間女に接したことがないための緊張か、それとも日本の女性にふれることに興奮しているのか、其扇にはいずれとも判断しかねた。

其扇は、手をのばすとシーボルトの膝《ひざ》にふれた。その手が、大きな手につかまれた。シーボルトの唇《くちびる》がふるえ、体にかすかな痙攣《けいれん》が起りはじめている。

其扇は、シーボルトの顔を見るのが恐しかった。眼が刺すように自分の顔にそそがれている。彼女は、眼を伏した。

シーボルトが、立ち上ると、体をかがめて其扇の体を抱き上げ、膝の上にのせた。其扇は、眼を閉じた。唇に、妙に柔い唇が押しつけられた。葡萄酒の匂《にお》いがした。シーボルトは、激しい興奮をおさえきれぬように、唇を吸い、体を強く抱きしめた。

「よか、よか」

シーボルトは、熱い息を吐きながらつぶやきつづけた。

其扇は禿が部屋から姿を消しているのを見定めると、再び眼を閉じた。シーボルトの愛撫《あいぶ》は、一層激しさを増した。其扇は、衣裳《いしょう》がいたむことをおそれた。

「ベット」

其扇は、シーボルトに言った。

シーボルトの手の力が急にゆるみ、其扇を膝からおろした。其扇は、かれの手をひくと、厚いカーテンの垂れた寝室に導き入れた。そこには、大きな寝台が置かれていた。部屋の中には、隣室のランプの灯《ひ》がかすかにさしこんでいるだけで暗い。其扇は寝仕度をととのえ、横たわっているシーボルトの傍に身を入れた。

シーボルトの大きな腕が、体をつつみこんできた。

「よか、よか」

シーボルトは、譫言《うわごと》のようにつぶやきながら其扇《そのおおぎ》の体を抱きしめた。

其扇は、夢の中でおびただしい光を見ていた。

それは、精霊船《しょうりょうぶね》の灯で、夜の海にすき間なく浮び、湾口の方へゆれながら流れてゆく。それらを追うように、人々の手から精霊船が海に押し出されている。光の広い帯が、湾外へと徐々に流れていった。

其扇は少女で、姉のつねに手をとられていた。父母を中心に姉のよね、まさ、弟善四郎、妹さだ、ふみも浜に立って精霊船の灯をながめている。灯に映える父母、姉妹、弟の顔は、一様に微笑をうかべていた。が、その中で、其扇だけはなぜかすすり泣いている。悲しみが胸にあふれ、涙が果しなく流れ出る。そうした其扇に、父母や妹たちは声をかけることもしない。かれらは、ただ微笑しているだけだ。

其扇は、眼をあけた。自分の泣声で眼をさましたように感じられた。寝ながら泣声をあげていたのではないか、とも思った。

寝台に身を横たえている自分に気づいた。胸がはだけて乳房がむき出しになり、裾《すそ》から足が露出している。傍に寝ていた医官シーボルトの姿はみえなかった。

彼女は、衿《えり》もとを合わせ裾をととのえると、少しひらいた厚いカーテンの外に眼を向けた。雲母《うんも》を張った窓に、朝の陽光がまばゆく当っている。浜でなにかを荷揚げでもしているのか、男たちの掛声がかすかにきこえている。部屋の中には、異人特有の強い体臭がよどんでいた。

昨夜の記憶が、よみがえってきた。「よか、よか」という妙な訛《なまり》のあるシーボルトの声が、耳の奥に残っている。美しいと言っているのか、それとも其扇にふれることが嬉《うれ》しいという意味なのか、いずれともわからなかった。

シーボルトは、顔を蒼白《そうはく》にして体を小刻みに痙攣させていたが、もしかするとそれは初めて異性にふれることによる緊張のためかとも思ったが、事実はちがっていた。シーボルトは、異性との経験もかなりあるらしく、さまざまな仕方で愛撫を飽くことなくつづけた。おそらくかれは、初めて日本の女に接することに異常な興奮をしめしたのだろうが、其扇は、自分の美しい容貌と肌理《きめ》こまかい体にシーボルトが激しい情欲をたぎらせたのだと思いたかった。

彼女は、ビードロで作った瑠璃燈《るりとう》を見上げていたが、静かに半身を起し寝台からおりた。身づくろいをすると、カーテンの間から隣室にすべり出た。そこにもシーボルトの姿はなく、禿《かむろ》が部屋の隅《すみ》の椅子に腰をおろしていた。

其扇は、自分がおそくまで眠っていたことを恥じ、禿に手伝わせて素早く顔を洗い、口をすすいだ。そして、隣の小部屋に入ると、髪をととのえた。

鏡の中の顔が、唇に紅をさすと急にみずみずしいものになった。

「しほると様は？」

其扇が禿にたずねると、少し前に外へ出て行ったという。オランダ人の中には、朝早く島の中を散策する者がいるが、シーボルトもそのような習慣があるのか、と思った。

出島へ出入りできるオランダ行きの遊女は、夕方島に入り、翌朝帰るのが原則になっていた。が、元禄《げんろく》十三年（一七〇〇）には、島へ入るのは朝でもよく、夕方までオランダ人と情交をむすぶことも許されるようになった。さらにそうした時間的な制限は緩和され、出島の大門《おおもん》の傍にある番所へ届け出れば、出島にそのままとどまることも可能になっていた。

其扇は、シーボルトが今に必ず自分を常に出島にひきとめておくようになるにちがいないと思った。それはシーボルトが其扇を独占することを意味するが、其扇にとっても好ましいことであった。いずれは、特定のオランダ人に身をまかせることになる境遇であり、シーボルトのような男であれば不服はなかった。

彼女は、身仕度をととのえると、禿をうながして遊女部屋の出口の方へ歩いていった。

其扇の美しさは、商館員の間でも評判であった。館員たちは、殊にその瞳《ひとみ》が素晴しいと言った。幾分薄茶色をおびていて、魅惑的であった。鼻筋が通った繊細な目鼻立ちに、人々は息をのんだ。

彼女に定った商館員がいなかったことは、奇蹟《きせき》に近いことであった。それは、商館員の大半がなじみの遊女を出島に呼入れていたからで、彼女は、ただ類のない美貌の若い遊女として宴席で重宝がられていたのである。

若い医官のシーボルトと其扇の結びつきは、商館員たちに自然の成行きとして感じられたようだった。かれらは、其扇に燃えるような凝視をつづけていたシーボルトに気づき、必ず呼入れをするにちがいないと思っていたらしかった。

初めてシーボルトに呼入れられた翌日、再び其扇にシーボルトから番所を通して呼入れの連絡があった。

夕刻、出島に赴いた其扇は、一層激しい愛撫をうけ、それは深更にまで及んだ。シーボルトは彼女の体を抱きながら、

「ソノギ、ソノギ」

と、熱っぽい口調で言う。そのおぎと呼ばれつけている彼女は、其の儀と言われているようで落着かなかった。

長い接吻《うまくち》の後、ようやく体をはなしたシーボルトは、

「イヅケ」

と、言った。

其扇は、

「ヤア」

と、か細い声で答えると、なまめかしい仕種《しぐさ》でうなずいた。

彼女は、シーボルトが翌日も其扇の出島にとどまること――居続けを願っていることを知った。

「グ・ナハ」

仰向《あおむ》きになったシーボルトに、其扇はおぼつかないオランダ語で、お休みなさい(goed nacht) と言った。

シーボルトは、手を其扇の腿《もも》においた。軒に、雨の音がかすかにしはじめていた。

翌朝、其扇が眼をさますと、シーボルトの姿はなかった。寝姿をみられたくないと早目に起きたのだが、間に合わなかった。彼女は、シーボルトの睡眠時間が短いのに呆《あき》れた。

禿に居続けをすることになったと告げ、其扇は身づくろいをした。その間に、禿は部屋を掃除し茶道具を整えた。

しばらく休息をとってから、其扇は門の傍《かたわら》にある番所へ出掛ける準備をはじめた。居続けをする折には、その旨《むね》を役人に届け出て許可を得なければならない。衣裳を着飾る必要はなく、しごき帯で行けばよい。

彼女は下駄《げた》をはき、遊女部屋を出た。隣接した建物は玉突き場で、だれか遊戯をしているらしく玉の当る音がしている。道の右側は野菜畠《ばたけ》になっていて、麦藁《むぎわら》を編んで作った帽子をかぶった雇い人の黒人が土をしきりに耕している。その傍に背を向けて作業を見つめている長身の男が立っていたが、それはシーボルトであった。

メーストル（外科医）だというのに畠仕事に興味があるのか、と彼女は意外に思ったが、もしかすると薬草でも栽培するのかとも思った。彼女は、素知らぬ風をよそおって畠の傍の道を門の方へ歩いて行った。

役人に居続けをする旨を申し出ると、顔に疱瘡《ほうそう》の痕《あと》のひろがった役人の顔に、複雑な表情がうかんだ。其扇にもなじみのオランダ人ができたのかという感慨と、美しい彼女を独占する男に対する羨望《せんぼう》をいだいているにちがいなかった。

「シボルトの呼入れだな」

役人は書面に眼を落してつぶやくと、頭をさげている其扇に、

「火の用心を十分に心掛けよ。よいな」

と、怒声にも似た甲高い声で言った。

「はい、火の用心に心掛けます」

其扇は、頭をさげたまま答えた。

出島には、大火の惨禍《さんか》が語りつたえられ、奉行所では火災の発生を恐れていた。殊に遊女には火災に対する注意をきびしくつたえ、居続けの届け出をする折には声を荒らげ

て申しつたえるのを常としていた。

出島に大火が起きたのは、二十五年前の寛政十年（一七九八）三月六日であった。その夜、九ツ半（午前一時）ごろ、縫物師をしているオランダ人の部屋から出火した。縫物師は、自分の部屋に寄合町京屋茂八抱の遊女三河を呼入れて、同衾《どうきん》していた。眼をさました時には、火は室内にひろがっていて、縫物師は階上から五間半（約一〇メートル）下の道路に飛びおり、三河も寝衣のまま二階から身をひるがえした。

炎は、風にあおられて次々に建物へ燃えひろがった。長崎の町火消が出島に入り、長崎奉行松平石見守《いわみのかみ》も諸役人を率いて消火にあたった。しかし、火勢はさらにつのり、商館長の家にも移った。その家は豪華な洋館で、壮大な炎が立ちのぼった。出島の内部には火の粉が舞い、その中をオランダ人、黒人、遊女、禿らが逃げまどい、かれらは波戸場役が手配して急派した三百艘《そう》近い小舟にのって避難した。

翌朝になっても火は消えず、四ツ半（午前十一時）ごろにようやく鎮火した。被害は甚大《じんだい》で、乙名《おとな》（町役人）部屋、通詞部屋、甲比丹《カピタン》（商館長）部屋をはじめ十軒の家々と三つの土蔵が焼け落ちた。遊女三河が二階から路上に飛びおりて傷を負っただけで全員難をのがれたが、三河に仕えていた禿のますが行方知れずになっていた。おそらく救助の舟に乗ってどこかの浜にあがっているのだろうと探してみたが、それらしい姿を見た者はいなかった。

その日の夕方、寄合町の乙名である芦刈茂次郎が、検使滝沢佐太郎の許可のもとに焼け落ちた縫物師の家の跡を掘り起し、焼けた木材の下からますの焼死体を発見した。抱主京屋茂八は、遺体を引き取って親に渡し、香花料として二十五貫文の銭をおくった。

この大火によって出島の建物の大半は灰燼《かいじん》に帰したが、人的被害は禿のますが焼死したにとどまり、むしろ奇蹟的に少かったと言えた。出島はわずかに一つの橋で陸につながれているだけで、島の者たちは舟が救助に集って来なければ、逃げることはむずかしかったのである。

そうした危険は、その後も依然として残されていた。遊廓《ゆうかく》の火災の発生率はたかいが、それは客と遊女が酒色にひたり火に対する警戒心を怠るからであった。出島の阿蘭陀《オランダ》屋敷も遊廓に準ずる性格を併せ持ち、しかも、遊廓のように夜を徹して火の番がまわり歩くこともなく、火災が発生する確率はたかかったのである。

「火の用心」

其扇は、自分に言いきかすようにつぶやきながら遊女部屋の方へ歩いていった。

畠では、黒人が依然として土を掘り起していたが、すでにシーボルトの姿はなかった。

其扇は、シーボルトに呼入れられて出島に赴き、しばしば居続けするようになった。なじみになった遊女は、商館員の居宅に入ることが多かったが、其扇はシーボルトに家へくるように誘われたことはなかった。それは、かれが自分の居宅に出入りする日本人の医師の眼をはばかっているからであるようだった。

それらの医師が出島に入ってシーボルトと接触をもつようになったのは、出島係の町年寄高島四郎太夫《しろうだゆう》（秋帆《しゅうはん》）と久松碩二郎《せきじろう》の尽力によるものであった。二人は兄弟で、碩二郎は文化十二年に久松家の養子になり久松家の当主になっていたのである。さらに多くのオランダ通詞もそれに同調し、長崎奉行に働きかけ、医師を通詞の従者として出島へ入れる許可を得ていた。

シーボルトが、前商館長ブロムホフの紹介で初めて接した医師は、湊《みなと》長安と美馬《みま》順三の二人であった。

長安は奥州《おうしゅう》石ノ巻の対岸にある湊千軒村の生れで、江戸に出て医術をまなび、たちまち頭角をあらわした。前年の文政五年に江戸へ商館長ブロムホフ一行が来た時、かれは一行の定宿である日本橋本石町の長崎屋を訪れ、コレラの病理、治療法などについて熱心に質問した。それによってブロムホフと親交を得るようになり、長崎に遊学してから一層その親密度は増していた。そのような間柄《あいだがら》にあったので、ブロムホフが長安をシーボルトに紹介したのである。

また順三は阿波《あわ》生れの医師で、京都に留学後、長崎に来てオランダ通詞中山作三郎の家に身を寄せ、支那《しな》語、オランダ語、天文学を熱心に学んだ。その後、中山の紹介でブロムホフとも親しく交り、語学その他の修得につとめていた。そして、シーボルトが長崎に来たことを知り、ブロムホフに依頼して師事するようになったのである。

シーボルトの居宅――外科医部屋は、出島の正門を入ってオランダ人書記部屋に突き当った道を右に曲った所に建っていた。そこに湊長安と美馬順三は、通詞の従者としてしばしば訪れるようになっていた。通詞には、日本で屈指の蘭学者として多くの門弟を擁する吉雄《よしお》権之助《ごんのすけ》をはじめ、茂《しげ》伝之進、医師でもある楢林《ならばやし》栄建、宗建の兄弟らが同席した。

かれらの中で最もオランダ語に長じていたのは吉雄権之助で、流暢《りゅうちょう》な会話はシーボルトを驚かせた。権之助は、前々代の商館長であったドゥフが完成した蘭和対訳字書の編集の中心になった人物で、医学、天文学にも豊かな知識をもっていた。

かれらはシーボルトの拙《つたな》いオランダ語にとまどいながらも、洋学全般について質問を発した。意味が通じぬ際は、権之助たちが言葉をおぎない、シーボルトの答を求めた。

それに対してシーボルトは、詳細に回答し、時間の経過を意に介する様子もなかった。

かれは、居宅の奥におかれた数多くの医療器具もみせた。それは、オランダ政府に要求して購入し運んできた最新式のものであった。それらは湊長安らを興奮させ、どのような病気に使用されるのかを問い、シーボルトは、病名をあげ器具を手にして使用法を実際にしめしてみせたりした。

そのうちに、高良斎《こうりようさい》という医師も参加するようになった。良斎は、美馬順三と同じ阿波生れの眼科医であった。かれは、文化十四年（一八一七）に長崎に遊学、文政五年に一度阿波に帰ったが、その年に再び長崎にもどってきていた。かれは、吉雄権之助の塾《じゆく》に学んでいた関係から権之助の紹介で、シーボルトに接するようになったのである。

シーボルトは、出島の畠の隣接地を植物園にしようと企て、下僕の黒人に鍬《くわ》を入れさせていた。

「植物研究ノタメニ、ゼヒ植物園ヲ作リタイ。協力シテ下サイ」

シーボルトは、日本人医家たちに言った。かれは、日本の全貌《ぜんぼう》を調査するために、それらの日本人と交流を深めることが必要だと思っていた。それを手がかりに、獄舎にも等しい出島から外へ出たいとも望んでいた。

秋風が吹くようになった頃《ころ》、シーボルトが出島の外科医部屋でオランダ船の水夫の手術をおこなったという話が、長崎の町にひろがった。それは、ほとんど失明状態に近い眼《め》の手術で、美馬順三、湊長安、高良斎の三名が見学したという。

この開眼手術の成功は、特に眼科を専攻する高良斎に深い感銘をあたえた。かれは、長崎に遊学してきている医師たちと会うたびに、シーボルトの手術を神術として賞讃《しようさん》し、それは長崎の町民たちの間にもつたえられていった。

長崎は、日本でただ一つ外国にひらかれた港町であるだけに、西洋の知識に偏見をもつ者は少かった。むしろ理解しようとする姿勢をしめす者が多く、すすんでそれを受け入れようとする傾向が強かった。医学の主流は依然として中国から伝来した漢方であったが、オランダ商館を通じて導入されてきた西洋医学の研究も年を追うごとにさかんになってきていた。殊に長崎には蘭方医が多く、町の人々も西洋医学になじんでいたので、シーボルトの診療を乞《こ》いたいと願う者も多くなった。しかし、シーボルトは出島から外へ出ることは出来ぬ身で、わずかに出島へ出入りする役人が体の故障を訴えてシーボルトの診察をうける程度であった。その折にも、順三、長安、良斎の三人が診察と治療を見学し、シーボルトから貴重な教示をうけていた。

順三たちは、シーボルトの診察と治療法に感嘆していた。医療器具を見るのも、それを実地に使用するのを眼にするのも初めてで、かれらは、

「驚きましたな」

「大したものでございますな」

と、驚きの声をあげながら、シーボルトの器具を扱う手の動きを見つめていた。

シーボルトは、順三たちの最大級の讃辞につつまれて満足だった。かれは、内科、外科、産科の学位も得ている俊才で、その前途は大いに期待されていたが、二十七歳という年齢は、十分な医学知識と経験を身につけるには若すぎた。そのことをかれも自覚していたが、自分の修得した医学が、東洋の小国である日本では、きわめて価値高いもの

として尊重されることを知った。

かれがオランダ政府からあたえられた命令は、日本研究であり、それを果すためには出島での幽閉生活から解放されなければならない。それは国法で禁じられていることだが、特例を設けさせてその制約をはずすことも、決して不可能ではなさそうだった。それを果すためには、日本人に自分を神秘的な存在として認めさせる必要がある、とかれは思った。かれが修得したのは、医学以外に植物学、動物学など多岐にわたっていて、それらの知識を披露《ひろう》することも日本人を驚嘆させると判断した。

かれは、積極的に順三らに医学知識をあたえることにつとめ、出島に運びこまれてくる患者にも熱心に治療に当り、診断、療法を順三らに説明した。そうしたシーボルトの態度は、出島係の役人を通じて長崎奉行高橋越前守にもつたえられていた。

高橋は旗本で、享和《きようわ》二年箱館《はこだて》奉行支配吟味役を命じられたが、その任期中にロシヤとの紛争問題解決にいちじるしい功績をあげた人物であった。

文化三、四年の両年にわたってフォストフ大尉《たいい》に率いられた二隻《せき》のロシヤ艦が、エトロフ島、樺太《からふと》、蝦夷《えぞ》（北海道）北端にそれぞれもうけられた日本の根拠地を襲って建物を焼きはらい、番人を捕えて大量の物品を掠奪《りやくだつ》し、さらに日本船を焼いて沈没させる等の暴挙をほしいままにした。これに対して、幕府は防備を厳にすることを命じ、文化八年に測量のため国後《くなしり》に上陸したロシヤ人将校ゴロヴニン少佐ら七名を捕えさせた。

リコルド大尉は、上官のゴロヴニン救出のため文化九年に国後へ来航、日本人漂民らを解放し、高田屋嘉兵衛《かへえ》ら六名を拉致《らち》してカムチャツカに帰った。そして、翌十年七月、再び国後にもどってきて嘉兵衛らを上陸させ、ゴロヴニンの放還を乞うた。吟味役の高橋は国後に急行してリコルドに会い、文化三、四年のロシヤ艦の暴挙についてロシヤ政府から陳謝状を呈出すべしと指示した。リコルドは、ただちにオホーツクへ引き返し、陳謝状を手に九月に箱館へ入港した。

高橋はリコルドを引見《いんけん》し、陳謝状を受け取り、ゴロヴニン少佐らを返還してロシヤとの紛争問題を解決した。

幕府は、高橋の処置がきわめて適切であったとして文政元年には佐渡奉行に任じ、その後松前奉行をへて、一年前の文政五年六月に長崎奉行に任命したのである。

かれは、ロシヤ問題に精通し、洋学にも深い理解をしめしていただけに、熱心に洋学を日本人学徒に教授しているというシーボルトに好感をいだいていた。

そのうちに町年寄から、シーボルトを出島の外に出して重病人を診察・治療させてやって欲しいという願い書が差し出された。むろん外出する折には役人を同行させて厳重に監視するが、そのついでに植物の採集を黙許してやって欲しいという。

また前商館長ブロムホフ、新商館長スチュルレルも、熱心に奉行所へシーボルトの外出を許可してくれるよう懇請した。シーボルトの来日目的は、日本の国情を徹底的に調査することであり、商館側は、シーボルトを秀《すぐ》れた学者として日本側に印象づけさせることによって、シーボルトの使命を果させようと企てたのである。高橋奉行は、そうしたオランダ政府の意図には気づかず、その請願を好意的にうけいれ、幕府に許可をあたえてくれるよう願書を送った。

幕府は、鎖国政策にもとづいて西洋との交流を極端に制限していたが、西洋の科学的知識が日本に大きな恩恵をあたえることを十分に知っていた。殊《こと》に人命に直接関係する医学を重視し、オランダ商館の医官から日本の医家が西洋医学の知識を得ることを黙認していた。シーボルトも、それらの医官と同じように西洋医学の伝達者であると考えられた。しかも、シーボルトは、それまでに赴任してきた医官とは異なってオランダでも名医と称された人物と言われているだけに厚遇し、すぐれた最新の西洋医学を日本人医家に吸収させたいと考えていた。

そのような期待をいだいていた幕府は、高橋奉行の申出に対して許可する旨の回答をつたえた。それまでオランダ人医官が出島の外で診察・治療したことはなく、異例の扱いであった。

シーボルトは、オランダ商館長らとともにその回答を大いに喜んだ。殊にオランダ船で帰国する前商館長ブロムホフは、

「オランダ政府によい土産ができて嬉《うれ》しい」

と、しきりに祝杯をあげていた。オランダ船の帰帆の日はせまり、六年ぶりに帰国するかれは喜びに胸をおどらせていた。

十一月二十日早朝、ブロムホフはデ・ドリー・ベジュステル号に乗船した。僚船オンデル・ネーミング号も碇《いかり》をあげ、両船の舳《へさき》に二本の太い綱が結びつけられ、多数の小舟にひかれて港口に導かれてゆく。船上では、ブロムホフが白い布をふり、スチュルレル商館長以下全員が出島の岸で見送った。

港口にたどりついた両船に、帆があげられた。綱をひいていた小舟は四方に散り、やがて出帆の合図の空砲が放たれた。それは長崎の町にとどろき、丘陵に深くきざまれた谷々にこだましていった。

両船は、つらなって高鉾島《たかぼこじま》のかげにゆっくりと消えていった。

それから六日後の十一月二十六日は太陽暦の一月一日に当っていて、出島はにぎわった。午刻《ひるどき》少し前から礼服を着た奉行所の役人や乙名が連れ立って出島に入り、それにつづいてオランダ通詞目附、大通詞、小通詞なども正門をくぐる。その日は、オランダ正月と称された商館長主催の新年を祝う宴がもよおされるのだ。

かれらは、商館長の居宅であるカピタン部屋の二階に案内された。そこには、オランダ料理、日本料理が多くの皿に盛られて並べられていた。

正午に全員が集ると、花畠《はなばたけ》の傍におかれた鐘が鳴り、それを合図に一同はターフル（テーブル）についた。新商館長スチュルレルが、新年の祝辞と来席してくれたことに対する謝辞を述べた。例年はそれだけで挨拶《あいさつ》を終るが、その日スチュルレルは、シーボルトが秀れた医師であることを強調し、長崎奉行の尽力によって、シーボルトが出島の外でも医療をおこなえる許可を得たことに深く感謝している旨を口にした。

シーボルトは、商館長スチュルレルの隣に毅然《きぜん》とした態度で坐《すわ》っていた。

宴がはじまると、着飾った遊女たちが席にはべった。その中には、其扇も姉の千歳もまじっていた。皿には、牛、豚、鶏、鴨《かも》などの揚げ物や鯛《たい》、ひらめを入れた吸物、ハム、バターでいためた西洋野菜などが盛られ、カステイラなどの菓子もおかれている。役人や通詞たちは、ホコ（フォーク）とハアカ（ナイフ）で肉を切って口にはこび、レープル（スプーン）で吸物をすくう。そして、洋酒を飲み、それに飽きると商館側で用意した日本料理に箸《はし》をつけた。

黒人の給仕が料理をはこび、遊女たちは酌《しゃく》をしてまわる。そのうちに遊女が三味線をひき太鼓をたたいて、踊る。また黒人も手品をしてみせたりトロンベット（トランペット）を巧みに奏したりし、宴席は一層にぎわいを増した。

日が、傾きはじめた。

宴が終りに近づき、役人たちは席を立った。かれらは菓子や料理を紙に包んでもらい、それを土産にカピタン部屋を出た。ボートル（バター）を容器に入れて持ち帰る者もいた。

役人たちが帰ると、スチュルレルはあらためて新年の祝辞を述べて杯をあげた。商館員たちは、それぞれなじみの遊女を引き寄せて接吻《うまくち》をしたり、頬《ほお》をすり寄せたりしていた。

シーボルトが初めて出島の外に出たのは、オランダ正月の催された翌々日であった。出島の正門で、かれは、役人立会いのもとに探番から身体、衣服、携帯品のきびしい探りをうけた。靴《くつ》もぬがされ、深く頭を垂れることを命じられて上衣《うわぎ》の衿《えり》から背に手をさしこまれた。シーボルトは、かたい表情をして役人の命ずるままに従っていた。

探りが終ると、シーボルトは、出島から出て長崎の町に入った。役人が二名、通詞が二名、それに美馬順三、湊長安、高良斎らが同行していた。シーボルトが出島の外に出ることを許されたのは、病人の診察と治療法の指示を条件にしていた。ただし、人家に入ることは許されず、戸外でそれらをおこなうことに定められていた。

町役人の連絡で、町の所々に重病人が板の上に横たわったりして待っている。シーボルトは、気さくに近寄ると診察をし、通詞を通じて診察の結果をつたえ治療法を指示する。それを美馬順三らや町医が紙に筆を走らせて書きとめ、質問を発したりした。周囲には町の人々が物珍しげにむらがり、シーボルト一行が歩き出すと、それにつれて移動してゆく。人の数は、移動するたびに増していった。

シーボルトは、週に一度出島の外に出て病人の診察をおこなうようになった。その度に美馬順三たちが必ず同行したが、町人たちにまじって長崎に遊学している医師たちも真剣な表情をしてついてきて、シーボルトの診察を見学していた。シーボルトとそれに師事する美馬らには、熱気のようなものがみなぎっていた。美馬順三は二十九歳、湊長安は三十歳、高良斎は二十五歳、シーボルトは二十七歳であった。

巡回診断の都度、つき従ってきていた医家たちは、紹介者を得てシーボルトに接近し、通詞の従者として出島へ出入りするようにもなった。二宮敬作《にのみやけいさく》、石井宗謙《そうけん》、児玉順蔵、工藤謙同らであった。敬作二十歳、宗謙二十八歳、順蔵十八歳、謙同二十三歳であった。

シーボルトの身辺は、にぎやかになった。かれは、日本人医家にかこまれ、長崎の町を歩いた。外出の目的は、病人を診察するかたわら日本の植物を採集することにあった。それは、個人的興味であると同時に、オランダ政府からあたえられた任務の一つでもあった。

かれは、美馬順三たちを通じて、警護の役人たちに植物採集の時間をあたえてくれるよう頼んだ。奉行所から出来るだけシーボルトの希望をいれてやるようにと命じられていたので、役人たちはすぐに許可した。

シーボルトは、病人の診察を終えると、長崎の郊外で植物採集をして出島に持ち帰り、畠に移植した。役人たちは、それを薬草と思いこんでいたが、集められた植物は多岐にわたっていた。

かれに師事する日本人医家も、植物採集に協力し、苗や種をシーボルトに提供する。それはシーボルトを喜ばせ、かれらの親愛感は深まっていった。シーボルトの診察と植物採集は、一層熱をおびた。

一行が出島を出るたびに見物人がむらがり、路傍の板に横たわった病人を診察するシーボルトに好奇の眼を向けていた。そのうちに、同行する通詞や日本人医家たちの間から路上での巡回診療を改善すべきだという意見がたかまった。第一に、冬の寒気にさらされながら板の上に身を横たえてシーボルトのやってくるのを待つ病人が、気の毒であった。

病人の中には女性もいて、彼女たちが人の眼にさらされて診療をうけるのは、堪えがたいことにちがいなかった。

「これでは、まるで野蛮人の国同然で、シーボルト先生にも恥しい。診療は屋内でおこなうべきだ」

と、口々に言い合った。

そうした声は、長崎の洋学研究者たちの間にもひろがっていった。

積極的な反応をしめしたのは、吉雄《よしお》幸載《こうさい》と楢林栄建、宗建の兄弟であった。

幸載は、通詞であるとともに著名な医師で、出島附医師をへて長崎施療薬外科医に任命され、学塾をひらいて多くの学徒に医学とオランダ語を教えていた。

栄建は、幼時から佐賀藩侍医であった父から蘭学をまなび、西洋医学の研究にはげみ、父の死後、楢林家の家督をつぎ、その家名を一層たかめていた。

また弟の宗建は、佐賀藩の侍医となり、兄とともにオランダ人と親しく交り、蘭書を読み、医学の修得につとめていた。

幸載、栄建、宗建の三名は、出島に出入りしてシーボルトと親しく接していただけに、路傍での診療は好ましくないという意見に賛成し、一致してその改善に努力することを申し合わせた。

当時、長崎では町年寄の力が強く、幸載たちは、高島四郎太夫（秋帆《しゅうはん》）、久松碩二郎《せきじろう》に働きかけた。両町年寄は、蘭学に深い理解をもっていたので、幸載らの意見に同調した。そして、五人で相談した結果、長崎の町の中に診療所をもうけ、そこに病人を集めてシーボルトの診断をうけ、同時に多くの医学徒にも医学を伝授することに一致した。

四郎太夫と碩二郎は、願書をまとめ、それを長崎奉行高橋越前守に提出した。

三

文政七年（一八二四）が、明けた。

一月一日、長崎の町の家々の戸口には竹と梅を添えた松が飾られ、座敷には鏡餅《かがみもち》が供えられた。年頭の挨拶《あいさつ》をする者たちが礼服を身につけて道を往《ゆ》き交い、美しい晴衣《はれぎ》を着た女たちは墓参のために石段をのぼっていった。午刻《ひるどき》近くになると、チャルメラ吹きが、銅鑼《どら》を打ち片張太鼓をならしてチャルメラを吹きながら家々をまわってゆく。酒宴のにぎわいも、町々にひろがっていった。

二日には、商家が商初《あきないはじめ》として早朝から店をかざり、新しい暖簾《のれん》をかける。小児たちが町々を縫って手踊りをくりひろげ、チャルメラ吹きも加わって正月気分があふれた。

翌三日からは、長崎の町々で絵踏みがおこなわれた。それは、切支丹《キリシタン》禁制をしく幕府が異国にひらかれた唯一《ゆいいつ》の港町である長崎の町の者たちに課した検閲制度であったが、いつしかキリスト教信者を発見し極刑に処するという苛酷《かこく》な意味はうすれ、正月行事の一つともなっていた。

その日は、町年寄の絵踏みがおこなわれ、翌四日からは一般の絵踏みがおこなわれた。まずキリストの像を鋳《い》こんだ絵板が十枚奉行所から乙名《おとな》たちに渡され、町々に持ちこまれる。家々では戸口を清め、家族一同が晴衣を着て乙名一行の来るのを待つ。そのうちに絵踏みする家に先ぶれの雑役がやってきて、

「おいでてございます」

と、大声で叫ぶ。

家の者は、一人残らず並んで正坐《せいざ》する。やがて役人がやってきて、畳に聖像を鋳こんだ絵板を置く。それを、主人から順に素足で踏み、幼児は母親に抱かれてその小さな足を、病人は寝たまま足をそれぞれ絵板にふれさせる。絵踏みがすんだ家々では小豆飯《あずきめし》をたき、煮しめ、なますをそろえて祝いの宴をはる。また、町の中には万歳《まんざい》が面白おかしく舞って歩きまわった。

絵踏みは一月八日までつづけられるが、最後の日には丸山の遊女の絵踏みがおこなわれた。

その日、遊女たちは華やかに着飾り、美をきそい合う。正月の新しい衣裳《いしよう》を身につける日で、日本人相手の遊女たちはなじみの豪商たちが、唐人行きの遊女、オランダ行きの遊女たちは、それぞれ中国人、オランダ人たちが多額の金を出して華美な衣裳を買いあたえ、絵踏みの行事にのぞませるのである。

遊女たちは、美麗な衣裳を身につけ、それぞれ抱主《かかえぬし》の店に並んで坐《すわ》り、役人に源氏名を呼ばれると一人ずつ立ち上って絵板をふむ。その絵踏衣裳とも称される衣服を身にまとった遊女たちの姿と絵板をふむなまめかしい素足を眼《め》にしようと、多くの者たちがむらがり見物した。

其扇《そのおおぎ》は、抱主引田屋卯太郎の口添えで、シーボルトに衣裳を買ってもらい、絵踏みもすました。すでに彼女は、シーボルトのなじみの遊女として扱われていた。

正月の行事は、その後もつづき、奉行所の御用始は例年のように一月十三日であった。其扇は、出島に入るたびにシーボルトから居続けを乞《こ》われ、島にとどまることが多くなっていた。が、彼女は、正月行事の余韻が残っている長崎の町とは対照的な出島の閑散とした空気に辟易《へきえき》し、口実をもうけては島を出ることが多かった。長崎の町から楽器や囃子《はやし》の音がきこえてくるが、出島の内部はひっそりしている。遊女たちも、正月気分を味わうために島へ入ることを避ける傾向が強く、商館員たちの表情は暗かった。

其扇は、オランダ人の生活に同情する気持もいだいていた。出島から外へ出ることを厳禁されているオランダ人たちの生活は、わびしかった。衣服、食糧、酒などは、年に一度やってくるオランダ船で運びこまれてくるが、数量にも限りがあって不足しがちであった。かれらは四千坪足らずの出島の中を歩きまわったり、岸に立って港をながめたりしてすごす。遊戯といっても玉突きをするか楽器を奏する程度で、夜、酒を飲んで憂《う》さをまぎらすしかない。そうしたかれらにとって、最大の慰めは、出島に入ることを許されている遊女たちと肉体交渉をもつことであった。

商館員の生活は、遊女の存在なしには考えられず、それに関する多くの挿話《そうわ》が語りつがれていた。

大通詞であり大蘭方医でもあった吉雄耕牛《こうぎゅう》が、新任のオランダ商館長に遊女をすすめたことがあった。商館長は美男で若く、無聊《ぶりょう》をなぐさめるために遊女と親しく接する方がいいと思ったのだ。しかし、商館長は、

「祖国を出発する時、母が、お前のことだから心配はないが、日本に行って遊女を求めることだけは、つつしんで欲しいと言われました。母は、私が悪質の病気におかされることを恐れているのです。きくところによると、日本の女性は体質的に性病にかかり易《やす》く、男に感染させる度合が甚《はなは》だしいというではありませんか。このようなきつい戒めをうけておりますから、二度と遊女を……などと言わないで下さい。もしもまた遊女を求めるようにすすめたら、あなたとは絶交する」

と、声をふるわせて言った。耕牛は、恐縮して再びそのことにふれることを避けた。

しかし、その若い商館長も出島の乾ききった生活に堪えきれず、遂《つい》に遊女を呼び入れ女色にふける身になった。他に精神的な救いを見出《みいだ》すことのできない商館員たちに、遊女の存在は不可欠のものになっていたのである。

シーボルトたちと交代に帰国していった前商館長ブロムホフも、なじみの遊女をもっていた。妻を想《おも》って悶々《もんもん》と日をすごしていたかれも、寄合町門屋喜三太抱の遊女糸萩《いとはぎ》を出島に呼び入れていた。オランダ人は、遊女の歓心をかうためにさまざまな贈物をしたが、ブロムホフも例外ではなかった。かれが糸萩に贈ったのは、ラクダであった。

文政四年七月、長崎に入港してきたオランダ船に二頭のラクダが載せられていた。八歳の牡《おす》と七歳の牝《めす》で、アラビアのメッカ産であった。高さは九尺（約二・七メートル）余、体長一丈二尺（約三・六メートル）で肉瘤《にくこぶ》は一つであった。長崎の町では大評判になり、長崎奉行間宮筑前守《ちくぜんのかみ》が二頭のラクダを西役所で見物後、江戸幕府に御用向きのことあらば送る旨《むね》の報告をした。が、幕府からその要なしという回答がもたらされ、商館長ブロムホフが自由に扱えることになった。

かれは、ラクダを二頭糸萩に贈ることを申し出た。が、糸萩がラクダの処置に困ることはあきらかなので、通詞たちがラクダの扱いを引き受けることになった。通詞たちは、正規の手続をふんで、肥田織木綿《もめん》三百三十反、色縮緬《ちりめん》五十七反、青梅縞《おうめじま》七十反、紋羽三十反をブロムホフに贈るという名目のもとに、その代償として二頭のラクダを受け取った。そして、それらの反物に相当する額の金を糸萩に手渡したのである。

ラクダは、通詞たちから香具師《やし》に売られ、江戸に送られた。それは、江戸でも評判になり八月九日から西両国広小路《ひろこうじ》で木戸銭三十二文で見世物にされ、後に北国へ連れてゆかれたが、寒気にふれて死亡した。この見世物が出てから、体が大きく動作の鈍い人間を「らくだ」と呼ぶようにもなった。

出島に幽閉状態におかれている館員たちにくらべて、週に一度島の外に出られるシーボルトは恵まれていたが、それでも其扇を除いた生活は考えられなくなっていた。かれは、其扇の美しさに魅せられていたが、同時に聡明《そうめい》さにもひかれていた。言葉は通じ合わぬが、かれが手ぶりをまじえてなにかをつたえようとすると、すぐにそれを察し、理解する。その勘の鋭さに、かれは感嘆していた。

二人は、自然に互の言語を教え合うようになった。シーボルトはドイツ語を教えたかったが、不法入国者であることを自ら暴露することにもなるので、オランダ語を其扇に教えた。

かれは、自鳴琴を指さし、

「オルゴル」

と言ってゼンマイを巻き、音を鳴らしてみせたりした。

壁にかかった剣をサーベル。吸物料理をソップ。時計をウールウェルク。グラスを傾けてひどく酔った仕種《しぐさ》をしてみせ、その泥酔《でいすい》した様子を、

「ドロンケン」

と、言ったりした。

其扇も、ドロンケンと繰返し、酔ったふりをしてみせ、笑う。一度耳にしたオランダ語をほとんど忘れることがなかった。

彼女もシーボルトに日本語を教えたが、それはシーボルトの希望によるものであった。かれは日本研究のために日本語を可能なかぎりおぼえる必要があり、しかも会話だけではなく文字を知り、文章を綴《つづ》る域にまで到達したかったのだ。

其扇は、ドロンケンを長崎弁で、

「エクサル」

と、教える。また恐れおびえる仕種をして、「オトロシカ」、暑さに喘《あえ》ぐふりをして「アッカ」などと言う。花瓶《かびん》にさした花を指さし、

「美シカ――、イッチ美シカ――」

と、澄んだ声で感嘆してみせることもあった。

シーボルトは、それを丹念に紙に書きとめてゆく。かれは、いつの間にか自分のことをワタクシと言い、其扇のことを「ソノギ」又は「ホマエ」と言うようになっていた。

其扇はほとんど出島に居続けになって、シーボルトと夜を共にすごしていた。他の商館員はなじみの遊女を自分の居宅に呼入れていたが、いつまでたってもシーボルトは其扇を自宅に入れることはしなかった。かれが訪れてくる日本人学徒の眼を気にしているためであったが、其扇は、むしろそれを好都合だと思っていた。彼女は、オランダ人に

身をゆだねている自分を、かれらの眼にさらしたくはなかった。

早春の気配が濃くなり、二月二十五日の天満宮《てんまぐう》の祭日には、その年初めて長崎の郊外にある風頭山《かざがしらやま》で凧揚《はたあ》げがおこなわれた。風頭山には多くの人々が集って蓆《むしろ》の上に赤毛氈《あかもうせん》をひろげ、周囲に紋章その他を染めぬいた幔幕《まんまく》を張り、酒を酌《く》み合う。豪商たちは美妓《びぎ》を連れて幕をめぐらし、多くの客を招いて杯《さかずき》をかたむける。芸妓は、三味線、鼓《つづみ》をかなでて舞ったり、長崎拳《けん》に興じたりしてすごした。

三月に入ると、凧揚げは、三月三日の節句、十日の金毘羅祭《こんぴらまつり》などとつづき、長崎の町の空には多彩な凧が舞った。

町の中は、春の到来でにぎわいを増した。唐船、オランダ船が無事に入港することを祈願する祭が諏訪《すわ》神社でおこなわれ、家々では燈籠《とうろう》がともされた。家族連れ立って、茂《も》木浦《ぎうら》や北浦に汐干狩《しおひがり》もおこなわれた。

その頃《ころ》、長崎奉行高橋越前守から町年寄高島四郎太夫、久松碩二郎の両名に通達があった。それは、シーボルトを屋内で診療させることを許可する旨の回答であった。

四郎太夫、碩二郎は、ただちに通詞兼医家である吉雄幸載と楢林栄建、宗建の兄弟につたえ、かれらは、四郎太夫の家に集り異例の処置を喜び合った。

シーボルトが出張診療する場所は、幸載が樺島町《かばしままち》にひらいている学塾と、大村町の栄建の家の二ヵ所とすることに定めた。そして、その塾と家に、それぞれ病人を集めてシーボルトの診療を受けさせることになった。出張は毎日で、一日置きに幸載の学塾と栄建の家へ交互に赴く。また、幸載の学塾では、病人の治療とともに、シーボルトが医学に関する講義をおこない、手術を実際にこころみ医学徒たちに見学させることになった。つまり、幸載の塾に治療講義所を設けることに決定したのである。

幸載らは出島に赴くと、それをシーボルトにつたえた。シーボルトは大いに喜び、幸載、栄建兄弟をはじめ美馬順三らと握手を交した。

奉行所との詳細な打ち合わせもすみ、シーボルトは三月下旬から数名の役人の監視をうけながら樺島町の幸載の塾、大村町の栄建の家へ一日置きに通うようになった。毎日外出を許されることになったわけだが、依然として出島の正門での探りは厳重で、相変らず靴《くつ》をぬがされたり、衿《えり》から手を突きこまれたりしていた。

シーボルトは、診療や講義が終ると郊外へ出て植物の採集につとめた。春を迎えて、樹木は花をつけ草は茎をのばしていた。それらを美馬順三らと集め、雇いの者の背負う籠《かご》に入れて出島へはこんだ。シーボルトは、時折り足をとめて空に舞う凧の群を見上げていた。

その頃、岡研介という周防国平生村《すおうのくにひらお》生れの医家がシーボルトのもとにやってきた。かれは、豊かな学才に恵まれた二十六歳の医家で、たちまちシーボルトの信頼を得た。

シーボルトの身辺は、一層にぎやかになった。日本の医家たちはシーボルトを師と仰ぎ、診療に赴くときは、かれを守護するようにつき従う。かれの診療を熱心に見学し、真剣な質問を発して回答を書きとめていた。

シーボルトは、ゆっくりとしたオランダ語で病人の診断結果を口にし、それに適した治療法を説明する。それまで漢方医家たちの医学伝授は、多分に非公開的なもので、長い間師事していても容易に教えてはくれない。一般的に医家の家につたわる医術は秘伝と称して、家をつぐ子にしか明かさぬ傾向があった。また医学を教えてくれる方法も、抽象的な言葉によるものが多く宗教的な要素すら加味されていた。

そうした教授方法になれてきた美馬順三たちにとって、シーボルトのそれは斬新《ざんしん》なものに感じられた。

シーボルトは、美馬たちの質問に自分の知るかぎりの知識をしぼり出すようにして詳細に説明し、指示する。さらに、薬剤を煎《せん》じたり練ったりする方法も実際に自分でやってみながら教え、簡単な手術の折には、美馬たちにメスをにぎらせて切開させることもあった。そこには、少しも秘密めいた気配はなく、美馬たちに出来るだけ多くの医学知識をあたえようとする熱っぽい意欲が感じられた。

美馬たちのシーボルトに対する畏敬《いけい》の念は、尊崇の域にまで達していた。

かれらは、西洋から来日したその若い医家に師事して西洋医学の真髄を身につけたいと願っていた。かれらは、シーボルトの植物採集を手伝いながら、その口からもれる言葉を、一語でもききのがすまいとして耳を傾ける。その内容は、植物学をはじめ動物、鉱物、天文など多岐にわたっていた。

かれらは、むろんシーボルトに其扇というなじみの遊女がいることを知っていた。そして、シーボルトが自分たちに気がねしてかれの居宅——外科医部屋に引き入れぬことにも気づいていた。かれらは、そうしたシーボルトに人間としての節度を感じていた。

その年の夏も、オランダ船が長崎に入港してきた。船には、交易品が満載され、出島の商館あての食糧・衣類・薬品をはじめ生活に必要な品々ものせられていた。

オランダ商館には、貿易の手続をめぐって役人がしきりに出入りし、船からおろされる品々は役人の厳重な監視のもとに伝馬船《てんません》で陸揚げされ、続々と蔵にはこびこまれていた。

その船には、蘭領東印度《インド》総督府から出島のオランダ商館長スチュルレル宛《あて》の指令書がのせられていた。それは、左のようなシーボルトに関連した書簡であった。

蘭領東印度総督府は、軍医少佐ドクトル・フォン・シーボルトからの申請にもとづいて、左の諸件を認可した。

一、日本での研究費として、来年度の予算金額を八、一三一ギルダとする。ただし、金銭の支出は、ひとつひとつ帳簿に記入してその使用目的をあきらかにすること。

またシーボルトが採集した植物は、すべてオランダ政府の所有とし、毎年珍しい日本の植物をバタビヤに送ることを条件とする。
二、出島にもうける植物園の設立費、およびそれに附随した費用として、本年度の予算額に二、一〇〇ギルダを追加すること。
三、出島商館長は、シーボルトを助けて、植物を採集し、日本人に植物学その他の学術を教授することについて便宜をあたえること。

この指令書によってもあきらかなように、オランダ政府は、シーボルトに植物採集を命じ、それをバタビヤ経由でオランダに送ることを義務づけてきたのである。

シーボルトの採集した植物は、すでに三百種を越えていた。かれは、病人の治療にも医学徒たちへの学問の伝授にも、金銭をうけることは許されていなかった。それに当惑した病人や医学徒たちは、治療費や授業料に相当する贈物を考え、シーボルトが植物の苗や種に強い関心をいだいていることからそれらを入手して贈った。

その結果、かれのもとには労せずして自然に多くの植物が集ってくるようになった。かれは、オランダ政府との約束にしたがって、帰帆するオランダ船に蒐集《しゅうしゅう》した多量の植物の種や苗を載せて送るための準備にもとりかかっていた。

また同船には、蘭領東印度総督カペルレンから商館長スチュルレルに対して、シーボルトの活動を活潑《かっぱつ》にさせるように命じた書簡も託されていた。具体的な方法としては、シーボルトが偉大な学者であることを日本側に認識させ、日本人に学問を教授することを申し出る。日本側は当然その申出を喜び、それはシーボルトに対する優遇となり、自然に研究も自由におこなえるようになるはずだという。

スチュルレルは、その命令にしたがって、その年の十一月七日に長崎奉行高橋越前守に書簡をおくった。

かれは、まずヨーロッパ各地やオランダでの科学の進歩がめざましく、従来の学問では役に立たなくなってきているが、その欠点をおぎなうために、最新の学問を身につけた「ドクトル・フォン・シーボルトを御地に派遣致し候《そうろう》」と、派遣の理由から筆を起した。そして、シーボルトは「和蘭《オランダ》有数の学者」で「内科・眼科・産科・薬学科並びに博物学・地理学の大家」であり、昨年シーボルトが出島の外で患者を治療し、植物を採集することを申し出《い》でて、それが幸いにも許可されたことに謝意を表していた。

さらにシーボルトは、それ以後しばしば絶望視された患者を快方にむかわせたりしたが、約一年間の治療経験によって、「貴国人の状態・体質等をも」ほぼわかってきたので、今後は、一層多くの患者の治療にあたらせると申し出ている。また将軍家をはじめ諸大名のお抱え医師で、シーボルトについて医学その他の学問を修業したいという者がいたら、無報酬でそれに応じる。これは、オランダ国が貴国から二百五十年間にわたってうけた御恩顧に対し、万分の一でもお報いしようと願う気持以外のなにものでもない。右、バタビヤ総督に代って申し上げる次第である……と結ばれていた。

この書簡は、高橋奉行に好ましいものとしてうけいれられた。スチュルレル商館長の述べているように、シーボルトは難病の患者の治療もできる「和蘭有数の学者」であり、「内科・眼科……の大家」である。そのような秀《すぐ》れた医家が今後もすすんで多くの患者の治療を引き受け、将軍家・諸大名のお抱え医師に無報酬で西洋医学を教授してくれるという申出は、日本の医学水準をたかめるために願ってもないことと思われた。

このスチュルレル商館長の書簡は、シーボルトの存在を一層価値づけ、長崎奉行から報告をうけた幕府も、かれに対して深い信頼感をいだくようになり、それがシーボルトの自由な活動を許す気運をたかめることにつながっていった。

其扇は、情交の後、寝息をたてて眠っているシーボルトの顔を長い間ながめていることがあった。

かれの顔は大きく、鼻は高い。白い皮膚に生毛《うぶげ》のようなものが一面にはえ、所々に傷《きず》痕《あと》と思えるものがあって、酒を飲むと、その部分が赤く浮き出る。彼女には、それがなにを意味するものかわからなかったが、刀傷であった。シーボルトの顔には、傷が三十三個所もあった。それは、ヴュルツブルク大学に在学中、決闘を申し入れてその折にうけた傷であった。

眉根《まゆね》に縦皺《たてじわ》をきざませている寝顔を、其扇は恐しい顔だと思った。顔に激しい意志の強さがにじみ出ていて、立体的な顔立ちは果しない精力の強さをしめしているようにみえる。体を抱かれる時、彼女は、シーボルトの荒々しい行為に恐怖さえ感じた。骨が折れるかと思うこともあれば、呼吸がとまるように思うこともあった。

「美シカ、美シカ」

と、シーボルトは喘《あえ》ぐように長崎ことばを口にしたが、たとえ自分の容貌《ようぼう》をほめられても、シーボルトの荒々しい行為には辟易《へきえき》していた。

飲食などしている時のシーボルトは、親切だった。酒をついだり食物を皿に盛ってすすめようとすると、シーボルトは、それを制して、逆に其扇のグラスに酒をついだり食物をすすめてくれたりする。接吻《うまくち》は絶えずしていたが、それもやさしく、其扇はいやではなかった。

シーボルトと其扇の間では、オランダ語と日本語を習いおぼえることが、日課のようにつづけられていた。其扇はオランダ語の単語をよくおぼえたが、シーボルトも熱心に日本語をおぼえた。其扇の教える日本語は、必然的に長崎方言で、大きいという仕種をしてみせて、

「ふとか」

と、教える。また、小さいという日本語は、

「こまい」

と、告げた。

彼女は自分の顔を指さしながら、諸部分の名称をシーボルトにつたえてゆく。頭はアタマ、髪はカミ、額はフタイ、眉間《みけん》はメッケン。

「メーゲ（眉毛）、メ（眼）、メンタマ（眼球）、ハナ（鼻）、フー（頰《ほお》）」

などと発音し、シーボルトは、それを何度も繰返して発音し、紙に書きとめていった。

ある夜、シーボルトはターヘル（食卓）におかれたウェイン（葡萄酒《ぶどうしゅ》）を飲みながら、さりげない口調で男と女の陰部の日本語を問うた。其扇は、突然のことに狼狽《ろうばい》し、ただ笑うだけで返事をしなかった。

翌日の夜、シーボルトは他の商館員たちにその名称を教わってきたらしく、長崎方言で陰部のことを口にした。そして、女の陰部に「……する」という言葉を加えて、それが性交することをあらわす日本語だろうと言う仕種をした。

其扇は困惑したように笑っていたが、静かに頭をふると、

「あおもち」

と、言った。

「アオモチ？」

シーボルトは、頭をかしげた。

丸山遊廓《ゆうかく》内では青餅《あおもち》という餅が売られ、美味であるので遊女たちに好評だった。その餅の青い外皮は粘着力があって手につくとはなれにくい。そのことから情交を青餅と称し、はなれがたい深い仲の男女のことも青餅としゃれて言うようになっていた。

シーボルトは、いぶかしそうにアオモチという言葉を繰返しながら、それも紙片に書きとめていた。

その年の夏は、例年に増してひどく暑かった。其扇は、炎熱の中を出島に通った。禿《かむろ》の額には、汗疹《あせも》ができていた。

八月十五日は、俗に豆明月、芋明月と称し、家々で琉球芋《りゆうきゆういも》、南京芋《なんきん》、大豆などを煮めて月に供え、宴を張る。中には茂木浦《もぎうら》に赴いて月を賞する者も多かった。

その日の夕方、其扇は、出島に呼入れられて遊女部屋に行った。しばらく待っていると、シーボルトの従僕である黒人少年が来て、シーボルトが外科医部屋へ来てくれるように言っているとつたえた。

其扇は、禿とともに遊女部屋を出ると従僕の後から道を歩いていった。すでに時刻は六ツ半（午後七時）をすぎていたが、日没には間があって空も明るかった。

外科医部屋は二階建の洋館で、内部に入ると階上からにぎやかに談笑する声がきこえていた。

彼女は、従僕の後について広い階段をゆっくりとのぼった。扉《とびら》のひらかれている部屋には大きなターヘルが据《す》えられ、その上に食物を盛った皿と酒が並べられている。床には絨緞《じゅうたん》が敷かれ、壁にガラス絵の額がかかげられ天井からはビードロ製の瑠璃燈《るりとう》が吊《つ》りさがっていた。

其扇が部屋に入ると、待っていたらしく歓声が起った。部屋の中には、シーボルトを中心に蔵役《くらやく》のピストウリュス、ファン・オウテレン、マヌエルの三人と、それぞれのなじみの遊女である高瀬、左門太、滝尾がいた。左門太と滝尾は、其扇と同じ引田屋《ひけたや》卯太郎抱であり、高瀬は筑後屋甚蔵抱であったがおだやかな人柄《ひとがら》で、其扇はうちとけた者同士の宴であることに安堵《あんど》した。

ピストウリュスら三人の蔵役は、シーボルトとひどく仲が良かった。かれらは、いつも酒宴で酒をくみ交して親しげに肩をくんだり、手をにぎり合ったりする。いつも孤立してみえるのは、商館長のスチュルレルであった。

シーボルトが立ってくると、其扇の手をやさしくにぎり自分の席にみちびいた。そして、体をかがめて接吻をすると椅子《いす》に坐《すわ》らせてくれた。

「ソノギ、イツヅケ」

と、シーボルトは言って、床をしきりに指さした。それは、遊女部屋ではなくこの外科医部屋で居続けをして欲しいという意味にちがいなかった。

其扇は、うなずいた。深いなじみになった遊女たちは、それぞれの商館員の居宅に呼入れられるが、自分も彼女たちと同じような扱いをうけるのだ、と思った。

「メゲツ（名月）、ケッコウ（結構）」

と、ピストウリュスが言うと、他の者も妙な訛《なまり》のある声でそれに和し、杯をあげた。オランダ人たちが、流行語のようによく口にするのは、「ナント、リッパニ、ケッコウカ」という言葉であった。食卓の飲食物が豊富だと言っては、「ナント、リッパニ、ケッコウカ」と、大きく腕をひろげて感嘆する仕種《しぐさ》をする。かと思うと、なじみの遊女が部屋に入ってきた時も、歌うような口調でその言葉を口にすることもあった。

ひらかれた窓の外に、夕闇《ゆうやみ》がひろがりはじめた。風に秋の気配が感じられた。雲が空をおおっているらしく、月は見えない。瑠璃燈の灯《ひ》の色が、美しかった。

其扇の体は、酒で火照《ほて》っていた。シーボルトの顔も紅潮し、刀の傷痕が朱色《しゅいろ》をおびて浮き出ている。ピストウリュスたちは、呂律《ろれつ》のまわらぬ口調で意味もわからぬオランダの歌をうたいはじめた。

「イツヅケ」

シーボルトは其扇の体を引き寄せると、再びこの家で夜をすごそうという仕種をしてみせた。

シーボルトは、一日交代に吉雄幸載の学塾《がくじゅく》と楢林《ならばやし》栄建の家へ通って学徒に医学その他を教授し、患者の治療にあたっていた。

かれの名声は日増しにあがり、旅行者の口から遠い地までひろがるようになっていた。また長崎奉行所から幕府への報告によって、シーボルトが類《たぐ》い稀《まれ》な名医であるということも、幕府内のみならず諸大名の間につたえられていた。

長崎に遊学していたものは、争ってシーボルトの教えを得ることを願い、幸載の学塾や栄建の家に集ってきていた。シーボルトが、それらの塾や家に赴くと、すでに多くの男たちが待っていて入口から入ることもできない。美馬順三たちは、かれらに声をかけてシーボルトのために道をあけさせた。

教えを乞《こ》う者が激増し、不都合なことも起きるようになった。それらの者たちを入れるのに、幸載の学塾も栄建の家もせますぎ、いつも塾や家の外に入れぬ者がひしめいていた。それに、集ってくる者たちの学問の知識も一定していなかった。美馬順三たちのようにオランダ語を習得し西洋医学を長い間研究した者がいるかと思うと、オランダ語にも西洋医学にも全く知識のない者も多い。それらが同時に、シーボルトの教えをうけることは困難だった。

シーボルトの周囲から、自然に新しい学塾を創設すべきだという声がたかまった。規則正しい塾を設け、シーボルトの授業を理解できる者のみを塾生として、系統的に学問を教えてもらうべきだという意見が支配的になっていたが、シーボルトが出島の外に出ることだけでも異例であるのに、学塾を設置するなどということは常識的に考えて許されるべきことではなかった。

オランダ人を出島内にとじこめ一切の活動を封じることは、一貫した方針として厳守されてきたが、シーボルトが出島にやってきてから、かれのみには禁が緩和され行動の自由もある程度許されるようになっている。それをさらに一歩推し進めて、学塾を創設したいという空気が強まったのである。

それについて協議されたが、中心的人物は、町年寄久松碩二《せきじ》郎《ろう》、通詞中山作三郎、茂《しげ》伝之進の三名であった。かれらは、シーボルトの別荘とも言うべき学塾を長崎に置き、今後増加するであろう学徒たちに、恵まれた環境のもとでシーボルトの授業をうけさせたいと考えた。

久松碩二郎らは、奉行高橋越前守に熱心に働きかけた。奉行は、シーボルトに好意をいだいていたが、かれのための学塾を創設したいという申出には難色をしめした。それは重大な問題であり、鎖国政策をしく幕府が許可するはずもなかった。が、かれは、長崎の最も有力な町年寄である久松らの申出《もうしい》でであるため黙殺することもできず、願書を幕府に提出した。

やがてもたらされた回答は、意外にも許可することをつたえたものであった。

高橋は、幕府の寛容さに驚いた。オランダ人をきびしく拘束し、その行動を強く封じてきた幕府とは思えぬ処置であった。それは、幕府がシーボルトのすぐれた学識をみとめ、大きな期待をかけているあらわれにちがいなかった。

高橋は、ただちに久松を奉行所に招くと幕府の回答を伝えた。

久松は平伏し、高橋の斡旋《あっせん》に深く感謝する旨《むね》を申し述べた。

「塾は、どこに建てるつもりか」

高橋は、問うた。

「鳴滝川《なるたきがわ》に沿うた景勝地の鳴滝あたりにと思っております」

と、久松は答えた。かれらの間では、すでに塾を設置する土地の物色は終っていたのである。

九月に入ると、諏訪社の大祭がもよおされ、長崎の町にはにぎわいがつづいた。

祭の最終日の朝、シーボルトは、多くの日本人とともに長崎の町を東の方向に歩いていった。同行の日本人は二十名ほどで、大通詞《おおつうじ》中山作三郎、茂伝之進につづいて医家である美馬《みま》順三、湊《みなと》長安、高良斎《こうりょうさい》、二宮敬作、石井宗謙、岡研介らの弟子がしたがい、さらに数名の役人が監視の眼《め》を光らせていた。かれらは、街道を進んで桜馬場に入ると、小川のほとりに出た。その川は鳴滝川といわれ、川沿いの道を左へたどった。道の近くに立つ人家からは、長身のオランダ人と日本人の一行を呆気《あつけ》にとられて見つめている女の姿もみえた。

一町（約一〇〇メートル）ほど行くと、小さな滝が落ちていた。

シーボルトは、足をとめると、飛沫《しぶき》を散らしている滝を見つめた。川の水は澄み、樹木の緑を映している。野鳥の声がしきりだった。川のほとりには、梅の樹《き》が多かった。

「春ニハ、梅ノ花ガ美シイデショウ」

シーボルトが通詞の中山に言うと、

「ソレハ、誠ニ美シイ。茂《シゲ》殿ハ、コノ近クニ家ガアルノデ、梅ノ花ノ美シサヲ十分ニ楽シンデイル」

とオランダ語で答え、傍《かたわら》に立つ茂伝之進の顔をながめた。

伝之進は、おだやかな表情でうなずいた。

中山作三郎は、シーボルトたちと川の上流にむかって歩きながら、伝之進がウイスキーを醸造したことを話した。

「ウイスキー？」

シーボルトが、反問した。

作三郎は、照れ臭そうに笑っている伝之進の顔に眼を向けながら、事情をシーボルトに説明した。

前々代の商館長ドウフの時代に、ナポレオン戦争の影響でオランダ船が八年間も長崎に入港しなかったことがあった。当然、商館員の日用品は絶え、ドウフをはじめ商館員たちの生活は悲惨なものになった。靴《くつ》はすりきれ、やむなく草鞋《わらじ》に粗い皮をはりつけたものをはかねばならなかった。衣服も破れ、古い敷布でズボンやシャツを作った。正装の上衣《うわぎ》も色がさめ、ボロに近いものになっていた。

そのようなドウフたちに同情した伝之進は、かれらを慰めるために洋酒を造ることを思いたち、ドウフから蒸溜器《じょうりゅうき》その他を借りうけて、見事に上質のウイスキーを醸造してかれらにあたえたのである。

シーボルトは、感嘆した。

「但《タダ》シ、ウェイン（葡萄酒）ハ失敗シマシタ。茂殿ハ酒造リヨリ通詞ノ方ガ、ヤハリ向イテイル」

作三郎の言葉に、シーボルトは大きな声をあげて笑った。

小さな滝のあった個所から上流へ二町ほど行った所で、作三郎たちは足をとめた。そこは、背後に丘を負った地で、瀟洒《しょうしゃ》な家が建っていた。

「コノ家ヲ増改築スレバ良イ塾舎ニナルト思ウガ、如何《イカガ》？」

作三郎は、真剣な眼をして家と庭をながめた。

その家は、青木永章という諏訪社の宮司《ぐうじ》の別荘で、敷地は背後の丘をふくめて二町歩（約二ヘクタール）ほどあった。丘の傾斜には大小の樹木が生いしげり、孟宗竹《もうそうちく》の集落もある。

作三郎は、その丘陵が古い砦《とりで》とつづいていることをシーボルトにつたえた。かれは、さらに後方に眼を向け、なだらかな峯《みね》を指さした。それはオランダ船が入港する度に狼煙《のろし》をあげる烽火山《ほうかざん》で、この鳴滝が長崎十二景の一つにあげられている景勝地だとも述べた。

「ワタクシハ、コノ土地ガ好キダ」

シーボルトが、大きな両掌《りょうて》をにぎり合わせて周囲を見まわしながら言った。

「私モ、好キデス」

作三郎も、同感した。

美馬順三たちも、満足そうにシーボルトの視線を追っていた。かれらは、公認の学塾を創設してシーボルトに親しく洋学をまなぶことができることに喜びを感じていた。

その日のうちに、青木永章の別荘を買い入れて塾舎にすることに決定し、作三郎と伝之進が、塾の創設を推進した第一人者である町年寄主座の久松碩二郎の邸《やしき》におもむいて報告した。久松は、作三郎、伝之進と協議し、どのような手続で入手すべきかを慎重に話し合った。

幕府の鎖国政策下では、異国人が日本の土地・家屋を所有することは許されず、寛大な扱いをうけているシーボルトでも例外ではない。シーボルトは、オランダ政府から予算もらい受けていて鳴滝の土地と家屋を購入する資力はあるが、たとえ幕府が塾の設置を許可してくれたとは言え、シーボルトが土地と家屋を入手したことが知れれば幕府の怒りをまねくことは必定《ひつじよう》だった。それを回避するためには、名義人を日本人にすることが望ましかった。

久松たちは、早速オランダ通詞の一人を名義人に立て、別荘の所有者である青木永章に交渉した。青木は、それを手放す気持が十分にあったので、すぐに折合いがつき、売買が成立した。

久松は、実兄の町年寄高島四郎太夫にも協力を乞い、土地と家屋を購入したことを奉行高橋越前守《えちぜんのかみ》に報告し、諒承《りようしよう》を得た。

ただちに、別荘の増改築がはじめられた。

外観は和風であったが、内部は西洋風にし、周囲は生垣《いけがき》をめぐらした。久松が集めた多くの職人が入り、シーボルトの意見も十分に参考にして作業を進め、一ヵ月後には、おおよその仕事を終えた。

門を入ると、母屋《おもや》がある。建物は二階建で、階下は十畳、階上は八畳間で、ともに板敷になっていた。母屋は、シーボルトの書斎兼研究室とでもいうべきもので、縁側には玻璃《はり》障子が立てられ、室内は靴のままあがることができ、テーブル、椅子がおかれていた。裏手には書庫と台所、物置が附属していた。

この建物の左側に第二の母屋があった。平屋建で、十畳ほどの広さの部屋が二つある。これも洋風で、板敷の床に椅子、テーブルが据《す》えられていた。この建物は、病人の診療所と塾生たちの学習所を兼ねていた。井戸は、診療所と台所のそれぞれの裏に設けられていた。

シーボルトをはじめ美馬順三らの医家たちの喜びは大きく、鳴滝塾の開設を祝った。その頃《ころ》、オランダ船が長崎を出港してバタビヤに帰っていった。同船には、シーボルトが蒐集《しゅうしゅう》した日本の植物の種や苗が多量に積みこまれ、シーボルトが鳴滝に学塾を創設したという報告書も託されていた。

シーボルトは、鳴滝塾の塾頭に三十歳の美馬順三をえらんだ。

順三は、徳島藩士の次男として生れ、家出同然に京都に出て医学をまなび、さらに長崎へ来てオランダ通詞中山作三郎の塾に住込み、通詞の吉雄権之助、同忠次郎、猪股《いのまた》伝次右衛門らにも蘭学を学んだ。その長崎滞在期間は鳴滝塾の塾生中最も長く、蘭学の学力も群をぬいていた。また人格的にもすぐれていたので、かれを塾頭とすることに異議をとなえる者はいなかった。

さらに、その補佐役として二十六歳の岡研介が抜擢《ばってき》された。かれは、蘭学者吉雄耕牛の弟子であった岡泰純の第五子で、早くからオランダ医学に親しみ、その年の二月下旬にシーボルトの名をきいて長崎にやってきた。そして、吉雄塾に入り、そのすぐれた学才はたちまち注目を浴び、シーボルトの教えをうける身になっていたのである。

シーボルトを中心に、塾の運営方法が検討された。

第一に確認されたことは、シーボルトが鳴滝の学舎に住みつくことはできないという厳然たる事実であった。シーボルトは、オランダ商館の医官として、あくまでも出島内に居住すべきであり、たとえ学塾が開設されてもそこに寝泊りすることは許されぬ身であった。

結局、シーボルトは鳴滝塾に通うことになったが、幕府を刺戟《しげき》することを恐れて、週に一度程度が望ましいという結論を得た。

シーボルトの塾での仕事はむろん塾生に対する学問の教授と、病人の治療に大別された。それについて、大要次のようなことが定められた。

塾生たちにまず必要なのは、オランダ語の学力をつけさせることであった。シーボルトの授業は、通詞が補足するとは言え、オランダ語の知識がなければ理解することはできない。そうした事情から、シーボルトの週一回の授業日以外の日は、吉雄権之助らの塾でオランダ語習得につとめることになった。また塾頭の美馬順三らが、塾生たちにオランダ語、オランダ医学の研究を指導することも定められた。

病人の治療については、吉雄幸載や楢林栄建、宗建兄弟の協力を得て、難病の者を選んでおき、週一回のシーボルトの診察日に塾内に待機させることになった。むろんそれは同時にシーボルトの塾生たちへの臨床講義にもなる。塾には、美馬順三をはじめ高良斎、二宮敬作らが住込んで塾を管理することになり、さらに貧しい塾生が寝泊りして炊事、掃除などの雑役を引き受けることになった。

塾の運営方法は定《きま》り、その機能がはたらき出した。

週一回、塾生たちは出島の入口までシーボルトを迎えに行き、役人とともに鳴滝の塾舎に案内する。そこで、病人の治療がおこなわれ、ついで講義に移る。かれは、医学以外に植物学の話に特に熱心だった。塾の敷地内に日本の植物の種や苗を植えて私設植物園を置き、それらの植物を実見しながらさかんに質疑応答を繰返した。むろん、シーボルトは新しい医学知識をあたえることにもつとめていた。

かれは、前年の七月に長崎に来て間もなく、出島で牛痘《ぎゆうとう》法による種痘をおこなったが、それは痘苗《とうびよう》が古びていたので不成功に終った。しかし、この試みによって、長崎にいた医家たちの間でイギリスの医師ジェンナーが発見した牛痘法による種痘についての関心がたかまった。

シーボルトは、病人を診察して内科の治療にすぐれた手腕を発揮したが、最新の手術器具を駆使して巧妙な手術もおこない、美馬順三らを驚嘆させた。

女の患者におこなった腹水穿刺《せんし》の手術も、美馬たちにとって初めて眼にしたものであった。その手術は、腹膜腔《ふくまくこう》に大量にたまった液を排出させるもので、膨脹《ぼうちょう》していた患者の腹部は、たちまちしぼんだ。

しかし、シーボルトが手術をおこなうことには定められた手続が求められていた。小手術なら拘束はされなかったが、大手術の場合は、オランダ商館長を通じて長崎奉行に申し出て、許可を得なければならなかった。そうした手続をふんで、オランダ大通詞神代四郎右衛門の眼の手術をおこなって失明していた眼を快癒《かいゆ》させ、その他、陰嚢水腫《いんのうすいしゅ》、兎唇《みつくち》、乳癌《にゅうがん》などの手術もこころみた。また産科で鉗子《かんし》を用いたが、それも美馬たちには初めてみる器具であった。

ある日、シーボルトは、眼球の模型をとり出して、塾生たちにみせた。水牛の角と象《ぞう》牙《げ》でつくった模型であった。その模型は、諸部分が組合わせになっているもので、シーボルトは、一つ一つはずしてみせて、

「コレガ眼瞼《ガンケン》、コレガ角膜……」

と、鞏膜《きょうまく》、虹彩《こうさい》、水晶体から視神経までをしめしてみせた。

塾生たちは、模型の精巧さに呆《あき》れ、真剣になって紙に筆を走らせて書きとめていった。そかれは、時折り思いついたようにオランダから持ってきたものを塾生たちにみせた。それは、塾生たちに宝物をみるような楽しみをあたえた。ある時は、人体解剖図を壁にか

けて、その一つ一つについて説明した。また、時には人体解剖の等身大の模型を持ち出してきて、驚かせたこともあった。

かれは、人体解剖についても興味深い話をした。それは、解剖した諸部分の保存方法に関することで、

「オランダデ解剖スル時ニハ、肉ハ焼酒ニ漬《ツ》ケ、血管ニハ蠟《ロウ》ヲ流シ込ム。コノヨウニスルト腐敗セズ、悪臭モナク、甚《ハナハ》ダ良イ」

と、ゆっくりしたオランダ語で述べたりした。

その年の十二月二十四日、戸塚静海《とつかせいかい》が江戸から長崎に来て、吉雄権之助の塾に籍を置きシーボルトに師事した。

かれは、遠州掛川《かけがわ》の医家に生れ、十束井斎《とつかせいさい》について蘭書を学び、二十二歳の年に江戸の蘭学の大家である宇田川榛斎《しんさい》の門に入った。江戸から長崎に遊学するには多額の旅費、滞在費がかかるが、静海は、師の榛斎の強いすすめで宇田川塾を代表する秀《すぐ》れた学徒として派遣されてきたのである。すでに、江戸でもシーボルトの名声は高く、シーボルトについて学びたいと強く願う学徒は多かった。

静海についで江戸から長崎にやってきた高野長英は、江戸を出立《しゅったつ》する前に父へ手紙を送り、シーボルトについて左のように書いている。

「……シーボルト蘭医、余《よ》程《ほど》医術に相秀候に付、長崎奉行所より」長崎の町の家（吉雄

幸載・楢林栄建の家）で治療することも許され、「尚又《なおまた》長崎より二十町程に二丁許《ばかり》の地面」を入手し、その地（鳴滝）に治療所を設け、薬草などもすべて栽培しているとのことです。「療治日は隔日と相定め……候由《よし》、江戸に段々相聞え候。古来例も無レ之事《これなきこと》に候へとも、此度《このたび》の医（シーボルト）は、格別秀れ候に付」出島の外で治療することも許されているのであります。江戸の蘭学塾で学んでいる者たちは「縁を求め大金を費し、長崎に趣」いてシーボルトの教授をうけようとしています。

「此度の蘭人（シーボルト）高名に相聞《あいきこえ》」殊《こと》に町の中で治療をするので、それを乞う病人も多い由、「面白き療術手術も可レ有レ之《これあるべし》。是等《これら》も見習」い、薬品等の名前も知ることができれば、「偏《ひとえ》に身の益許《ばかり》に無レ之社（塾）中の大幸なり……」

江戸で蘭学をまなんでいる者たちの間に、長崎へ赴いてシーボルトの教えをうけたいという気運がきわめて高まっていたことがうかがえる。

戸塚静海は、遠く江戸からシーボルトの名声を慕って長崎に来た最初の学徒であった。かれは、二十六歳の若さであった。

また、長崎に遊学中の伊東玄朴《げんぼく》、児玉順蔵も、鳴滝塾に入り、熱心に勉学していた。これら塾生は、すでに医家として十分な知識と経験をもった者たちばかりであったが、かれらは、それに満足せず、新たな西洋の医学を身につけようとしていた。

長崎の町には、年末らしいあわただしい空気がひろがっていた。

家々の台所の壁には、注連縄《しめなわ》をむすびつけた一間（約一・八メートル）ほどの長さの棒がとりつけられ、その縄に塩鰤《しおぶり》、塩鯛《しおだい》、雁《がん》、鴨《かも》、鶏等の魚や鳥、かつお節、大根、ごぼう、こんぶなどが垂れていた。それらの食物は、正月に雑煮に入れたり来客の御馳走《ごちそう》にする。また、路上には、掛取りの男たちが足を早めて往《ゆ》き来していた。長崎では掛売りが多く、その支払は七月と十二月末にきめられていた。掛取りの男たちは、木綿《もめん》の合羽《かっぱ》に白木綿の脚絆《きゃはん》をつけてまわるのが定めになっていて、そうした服装の男が坂を上り下りしたり海岸沿いの道を歩いたりしていた。

大晦日《おおみそか》の夜には、珍しく雪がちらついた。

四

文政八年の正月を迎え、其扇《そのおおぎ》は十九歳になった。

正月には両親や弟妹ともすごしたが、松がとれると、ほとんどシーボルトの外科医部屋で居続けをすることが多かった。

その年の丸山の絵踏みの日も、にぎわいをきわめた。其扇の絵踏衣裳《いしよう》は、前年のものよりもさらに華麗で、素足をみせて絵板をふむ彼女の姿に多くの見物人たちの間から嘆声がもれた。

其扇の容貌《ようぼう》は、一層あでやかさを増していた。女としての艶《つや》やかさがにじみ出てきていて、顔の表情にも息をのむような色気が漂っている。澄みきった眼《め》で直視されると、出島の役人すらうろたえたように視線をそらせた。

彼女は、シーボルトの自分に対する情愛が異常なほどたかまっていることに気づいていた。シーボルトは、彼女と食事をしたり、おぼつかない会話を交し合ったりしている時、しばしば涙ぐんだ。かれは、寝台で彼女の体を抱いている時も、乳房に顔を押しつけて幼児のようにすすり泣く。大きな体をした男の、そのような姿に其扇は辟易《へきえき》したが、同時に自分に甘えるかれに心もやわらいで頭髪をなでてやることもあった。

他の館員たちとともに酒宴に加わっている時も、シーボルトは其扇の手をにぎり、腰をかかえてはなさない。しばしば無言で彼女の顔を凝視していた。

そうしたシーボルトの態度は、他の遊女たちの関心をあつめた。シーボルトと親しい蔵役《くらやく》オウテレンのなじみの遊女である左門太は、しきりにシーボルトの熱っぽい態度を口にしては其扇をひやかす。そして、

「冷くすると、入水《じゅすい》騒ぎになるよ。メーストル（外科医）は、こわいからね」

と、口癖のように言った。

其扇は、左門太の言葉の意味を知っていた。それは、百五十年も前に出島で起った事件をさすのだが、珍事にぞくすることなので、オランダ行きの遊女たちの間で語りつがれてきていた。

事件が起きたのは、万治二年（一六五九）であった。その年、オランダ船に乗ってマルチン・レミーという外科医が長崎の出島にやってきた。

かれも、他の商館員と同じように丸山からやってくる遊女と夜をすごし、出島の生活になじむかと思われた。が、九月二日の夜、レミーは出島から姿を消した。外科医部屋には遺書が残されていて、遊女に失恋したので自殺する旨《むね》がしたためられていた。

驚いた商館員たちは出島の中をさがしまわったが発見できぬので、商館長ツァカリアス・ワーヘナールがその旨を長崎奉行に報告した。

商館員が自殺を目的に失踪《しっそう》したなどということは初めてのことであったので、長崎の町は騒然となった。

奉行所の役人、オランダ通詞、乙名（町役人）たちが町の中を探索してまわり、港内にあったオランダ船、唐船をはじめ日本船の内部も一つ残らず探った。また商館長のワーヘナールは、レミーが海に身を投げたのではないかと考え、出島の海岸からくりかえし網を投げてみた。が、網に遺体はかかってこなかった。

長崎には、レミーの失踪についてさまざまな噂《うわさ》が流れた。レミーは、丸山の遊女に冷く扱われたことを恨み、遊女を殺害する目的で町内に潜伏しているという者もいたし、レミーは外科医ではなく宣教師で、自殺したと見せかけてキリスト教の普及のために出島をぬけ出たのではないかという説をとなえる者もいた。

翌日も一日中捜索がつづけられたがなんの手がかりもなく、失踪してから二日後にようやくレミーを発見することができた。奉行所で厳重な取り調べをした結果、レミーが遺書に書きとめた通り自殺を企てていたことがあきらかになった。

かれは、オランダ船で出島に来てから初めて遊女と肉体交渉を持った。その遊女に夢中になったかれは、三日間居続けにさせて情交をかさねたが、遊女は、かれをきらって四日目に丸山へ帰ってしまった。

失望したかれは自殺を決意し、その日の深夜、出島の塀《へい》をのりこえ海中に身を投じた。が、死ぬことができず、ひそかに港内に碇泊《ていはく》中の唐船の帆の下にかくれていた。そして、二日間すごしたが、空腹に堪えきれず帆の下から這《は》い出たところを捕えられたという。

遊女の左門太が、「メーストルはこわい」というのは、外科医レミーの失恋にともなう騒動を意味しているのだ。

其扇は、左門太の言葉に苦笑したが、もしも自分がシーボルトを冷く扱ったらどのようなことになるだろう、と思った。気性の激しいシーボルトは、レミーのように海に身を投げるようなことはせず、報復をくわだてようとするかも知れない。オランダ人はきびしい拘束をうけていて、もしも遊女に粗暴な行為をくわえたりした場合には重大な罪をおかした者として厳罰に処せられる。シーボルトが自分に乱暴するようなことはないだろうが、自分を殺して自らも死をえらぶようなことはしかねない、と思った。

シーボルトは、しきりにナルタキという言葉を口にするようになっていた。シーボルトが鳴滝に学塾を設置し、塾生に医学・植物学を教え、多くの重病人を治療しているという話は、長崎の町に知れ渡っていて、其扇も多くの者からきかされていた。

其扇は、自分と肉体関係のあるシーボルトが名医と言われ、奉行所から特別扱いされて出島の外を歩き、そのうえ塾まで創設するという恩典をあたえられていることを耳にするのは嬉《うれ》しく、誇らしくもあった。

「ナルタキ、美シカ」

シーボルトの言葉に、其扇はうなずいてみせる。彼女も、遊女になる前にその附近へ姉とともに梅花を観《み》に行ったことがあった。

「ナルタキ、ホイス」

と、シーボルトは言う。ホイスとは家というオランダ語らしいことに、彼女は気づいていた。

シーボルトは、大きな手ぶりで、それをあなたに与えるという仕種《しぐさ》をしてみせる。

「わたくしに？」

其扇は、自分の胸を指さす。

「ホマエニ……、ソノギニ……」

と、シーボルトは言い、大きくうなずく。

オランダ商館員は、なじみの遊女にさまざまな贈物をする。最も多いのは嗜好品《しこうひん》以外に薬品としても貴重なものとして扱われる白砂糖で、それ以外に布地、小間物などの渡来品を贈ることが多い。

シーボルトの言葉は鳴滝にある学塾の土地・建物を贈るという意味らしいが、そのような前例はきいたこともない。それは鎖国政策によって出島の外に出ることを禁じられているオランダ人が、土地・建物を所有するなどということはあり得ないからで、そのようなものを贈れるはずもない。

其扇は、シーボルトの仕種に疑問もいだいたが、もしかすると奉行所がそのようなことを名医といわれるシーボルトには許しているのかも知れぬ、と思った。

彼女は、金銭に対する執着はきわめて薄く、シーボルトを苛立《いらだ》たせぬためにうなずいてみせた。

その年の二月、幕府は異国船掃攘令《そうじようれい》を発した。

異国船が日本沿岸に接近してくる回数は多くなり、それに伴って鎖国政策をとる日本との間に紛争も起るようになっていた。

十九年前の文化三年には、ロシヤ艦が樺太《からふと》の日本の根拠地を攻撃、多量の物品を強奪して家屋を焼きはらい、番人四名を拉致《らち》するという事件が起った。さらに翌四年にも二隻《せき》のロシヤ艦がエトロフ島内保《ないほ》を襲撃、同島の中心地である会所のシャナを攻略、物品を掠奪《りやくだつ》して家屋すべてに火を放った。ロシヤ艦の暴状はそれにとどまらず蝦夷《えぞ》（北海道）北部で数隻の日本船を襲い、積荷をうばって炎上させ、番人二名を連れ去った。

この事件は文化十年に解決をみたが、長崎でフェートン号が事件を起し、奉行松平康英が自刃《じじん》したのは、ロシヤ艦がエトロフを攻撃した翌年のことだった。

それらの事件によって幕府は各地の防備を強化し、長崎にも多くの砲台が増設された。

その後、幸いにも異国船との摩擦はなく、幕府も安堵《あんど》していたが、前年の文政七年に、イギリス船が相ついで日本沿岸に姿をあらわし、不穏な情勢になった。

まず、五月二十八日に、常陸国《ひたちのくに》（茨城県）多賀郡大津浜に数隻の異国船が姿をあらわし、ボート二艘《そう》で鉄砲等をたずさえた異国人十二名が上陸した。その地は水戸《みと》藩家老中山備前守《びぜんのかみ》の領地で、守備していた藩士がそれらの異国人を捕縛した。

沖に散った異国船からは、大筒（砲）をうつ音がきこえ、今にも捕えた異国人たちを奪い返しに押し寄せてくるのではないかと予想され、水戸藩でも兵を送ってそれに備えた。捕えた異国人は、当時の記録によると、「猿《さる》の如《ごと》く、丈高く髪の毛ちぢれ」「（皮膚の）色の白きもあり、又殊《こと》に黒きも御座候《ござそうろう》、是《これ》は黒人と申候由《よし》」と、体の特徴を述べ、食物は「生ねぎ、生大根、青梅、生鶏抔食《などたべ》申候、醤油《しょうゆ》、塩にて煮候物は、一向《いっこうに》食不レ申《もうさず》」と記している。

六月八日、九艘のボートに乗った五十五人の異国人が上陸し、附近の住民は逃げたが異国人は攻撃をしかけてくる様子もなく、対峙《たいじ》した水戸藩士に手真似《てまね》で十二名の男を放還して欲しいと頼み、沖の本船に引き返していった。

翌々日、江戸から通詞の足立左内と吉雄忠次郎が到着、十二人の捕虜と英語で左のような問答を交した。

「其方共《そのほうども》、残らずエゲレス人なる哉《や》？」

「左様《さよう》に御座候、ロンドンを出帆してから十八ヵ月に相成申《あいなりもうし》候」

「何用有レ之《これあり》、此《この》地方へ上陸いたしたる哉？」

「船に敗血病人御座候に付《つき》、果実、野菜…… 並《ならびに》羊・鶏等得度《えたく》候に付上陸仕《つかまつり》候」

「何故《なにゆえ》鉄砲をたずさえ来《きた》り候哉」

「此鉄砲を代（金）にし、右の品々を貰得候ため……」


　これによって、事情があきらかになったので、かれらを放免することにした。そして、翌日の六月十一日朝六ツ（午前六時）に押収《おうしゅう》したボートにかれらをのせた。ボートには、かれらの乞《こ》いを入れて、米二斗、青梅、さつま芋、びわ、すもも、ねぎそれぞれ一籠《かご》ずつと鶏十二羽が積みこまれた。そして、今後は決してわが国の領土に近づいてはならぬという英文の書面を渡した。

　かれらは諒承《りょうしょう》して本船に去り、船影は沖に没した。……これによって、事件は解決した。

　しかし、それから一ヵ月後、再び薩摩国《さつまのくに》の宝島に異国船来航さわぎがあり、幕府は緊張した。

　七月八日、同島沖に三本マストの大型異国船が姿をあらわし、ボートで七人の異国人が上陸した。島は松平豊後守《ぶんごのかみ》の領内で、番士が応対したが言語が通じない。ただエゲレスという言葉をきくことができ、イギリスの捕鯨船らしいことがあきらかになった。

異国人は、牛を指さして譲って欲しいという仕種をしてみせ、番士が拒むと、翌日再びやってきて、焼酎《しょうちゅう》、菓子、衣類、剃刀《かみそり》、小刀、鋏《はさみ》、針、時計、硬貨などをさし出し、それらと牛を交換してくれということを手真似でしめした。が、牛は、農耕に必要なのであたえることはできぬという仕種をしてみせ、米、野菜をゆずってもよいと答えると、米は十分にあるが野菜は欲しいと言ってそれを受け取り、喜んで帰船していった。

それから間もなく、三艘のボートが海岸につき、異国人二十名ほどが上陸、突然番所に向けて鉄砲を放ち、本船からも砲撃を開始した。そして、牛を一頭射殺すると、すぐに解体して肉をボートに積みこみ、さらに海岸につながれていた牛を二頭、ボートに曳《ひ》いて行った。

かれらは、村の中を走りまわって発砲をつづけたので、吉村九助という番士が鉄砲で応戦、異国人の一人に弾丸を命中させた。その勢に恐れた他の異国人たちは、ボートに乗って逃れ去った。

その後、かれらの来襲にそなえて待機していたが、三本マストの船は、いずこともなく去っていった。

九助の発砲で倒れたイギリス人は、すでに息絶えていた。男は手に鉄砲をにぎりしめ、左胸部を射ぬかれていた。上衣は緋色《ひいろ》で、黒いラシャの股引《ももひき》のようなもの（ズボン）をはき、帽子をかぶっていた。

後に九助には、褒美《ほうび》としてその鉄砲があたえられた。イギリス人の死骸《しがい》は、腐敗をさけるために塩漬《しおづ》けにし、その他の遺品とともに長崎奉行所に送られ、遺体は長崎の西坂に埋葬された。

常陸国大津浜についで薩摩国宝島へのイギリス船の来航と狼藉《ろうぜき》を憂慮した幕府は、異国船掃攘令を発したのである。

その布令《ふれ》には、
一、異国船が海岸に近づくのを認めた場合には、事情の如何《いかん》を問わず打ち払うこと
二、異国船が逃げ去った場合は、追う必要はない
三、もしも、異国船乗組みの者が強引に上陸してきた場合には、これをからめ捕り、または斬《き》り殺しても差支《さしつか》えない
四、異国船が近寄ってきた折に、船を破壊することも勝手である
という対処法が記されていた。

この掃攘令は、長崎の町にも建札で一般につたえられ、重苦しい空気がよどんだ。フェートン号事件があった長崎に、再び同じような事件が起る可能性はある。それに宝島で射殺されたイギリス人の遺体が長崎に葬《ほうむ》られていることを知れば、イギリス艦が来襲してくるおそれもあるように思えた。

風頭山《かざがしらやま》に凧《はた》が舞うようになり、長崎にも春らしい気配がただよった。

三月三日の節句につづいて、七日から九日まで諏訪社の祭があった。それは、農作物の豊作を祈ると同時に、オランダ船、唐船が無事に長崎へ入港することを祈願するもので、町の家々の軒には祭礼の提燈《ちょうちん》がともされた。

シーボルトは週に一回鳴滝塾《なるたきじゅく》へ通っていた。かれの顔には、強い自信の色がうかび、熱っぽく塾生たちに学問を教授していた。鳴滝塾の近くは梅花におおわれ、その芳香は、塾内にも漂い流れてきた。そして、その花が散ると、桜花が咲き乱れ、川面《かわも》には、花弁が流れていた。

シーボルトは、鳴滝塾の敷地内に設けた植物園の充実をはかっていたが、出島の中の植物園は、かなり規模の大きなものになっていた。一町（約一〇〇メートル）四方もある広さで、花壇には日本や西洋の植物が植えつけられていた。またその傍《かたわら》には、動物の檻《おり》もおかれ、内部に狼《おおかみ》、鹿《しか》、猪《いのしし》、猿などが飼われていた。

シーボルトは、ひそかに三人の猟師を雇って長崎の近くで動物をとらえることを依頼していた。猟師たちは、山中に入ったり河を渡ったりして鳥獣を捕獲し、シーボルトに提供していた。

さらにシーボルトは、源之助、熊吉《くまきち》という二人の男を園丁として雇い入れ、花や葉を押し乾かすことを教え、猟師のとらえてきた鳥獣を飼育させたり剝製《はくせい》にさせたりしていた。それらの植物や動物は、かれ自身の研究材料であると同時に、日本の実情を調査したいと願うオランダ政府への提供物でもあった。

その年の春は、火災が多く、二月二十八日には遠見番所のある小瀬戸で、三月十五日夜は大村邸内で、翌十六日夜明には本紺屋町《もとこうやまち》でそれぞれ出火があったが、いずれも大事に至らず消しとめた。

シーボルトにとって、日本人学徒に西洋の科学的知識を教授することと病人を治療することは第二義的なもので、かれが最も力を傾けていたのはオランダ政府からの依頼である日本の国情研究であった。

その研究は、あらゆる分野にわたるもので、かれ一人の力でおこなうことは不可能であった。かれは、苛立ち、種々思案したが、やがて絶妙ともいえる方法を考えついた。それは、次第に増加してゆく日本人医家を活用することであった。

かれは、鎖国政策をしく幕府が日本の国情を異国人に知られることを恐れ、きびしい監視をしていることを知っていた。当然、日本の地理的知識、武力、政治機構等を知ることは国禁にふれることで、それを調査することは絶望的であると思っていた。が、自分の教える塾生たちを使えば、それは十分に可能であることに気づいた。

たとえば、日本の政治機構について塾生に論文を提出するように求める。それがすぐれたものであった場合は、免状をあたえて表彰する。その論文を必ずオランダ語で書かせることを条件にすれば、長崎奉行所の役人にも発覚する確率は少くなる。しかも、塾生たちは、日本の各地からやってきているので、広い範囲からの情報が得られ、しかもその内容は正確なものになる。かれらは、論文を作成することを勉強の一つだと解釈し、質の高いものを提出してくるはずであった。

シーボルトは、その思いつきを喜び、手初めに塾頭の美馬順三に問題を出して論文を提出するように命じた。課題は、日本の産科学の現状についてであった。

当時、日本の産科学は一人の天才の出現によって大きな飛躍をしめしていた。その医家は賀川玄悦《かがわげんえつ》であった。

かれは、産科学の研究に全精力をかたむけ、旧来の説を訂正し、独自の考察によって多くの事実をつかみ、「産論」四巻を世に出した。

従来は、胎児の胎内での姿勢は頭を上にしているが妊娠十ヵ月目になって生れる直前に頭が下になるといわれていたが、その説に反対し、胎児は初めから頭を下にして胎内におさまっていると述べた。また、その著書の中には、死んだ胎児をとり出して母体を救う手術法なども記され、それはある部分では西洋の産科学より進んだものであった。

また玄悦の養子である玄迪《げんてき》は、玄悦の説を整理し、さらに発展補足して、「産論翼《さんろんよく》」二巻をあらわしていた。……この玄悦、玄迪の著述によって、日本の産科学は確立したのである。

美馬順三は、シーボルトの依頼を光栄に思い、賀川玄悦の「産論」、玄迪の「産論翼」を論文にまとめることに定《き》め執筆にとりかかった。それは問答形式にしたもので、むろんオランダ語での記述であった。

それは約半年後に完成し、「日本産科問答」と題されシーボルトに提出された。

シーボルトは大いに喜び、オランダ通詞茂《しげ》土岐次郎に清書させ、保管した。この論文は後にバタビヤ学会論文集に寄稿され、またシーボルトの手でドイツ語に訳されて産科雑誌に、フランス語訳のものが雑誌「アジア」に掲載されたりした。

その論文と並行して、美馬順三は、シーボルトの指示によって塾生の戸塚静海、石井宗謙とともに「灸法《きゅうほう》略説」というレポートの作成にもつとめ、脱稿した。それは、四部にわかれたもので、幕府の針医石坂宗哲《そうてつ》の著述の翻訳が主となっていた。第一部は鍼《はり》と灸について説明し、第二部は天然痘《てんねんとう》とハシカについての説明をそれぞれ戸塚静海がオランダ語に翻訳、第三部は美馬順三が灸法について、第四部は石井宗謙が中国の鍼術《しんじゅつ》についての訳文を寄せていた。

シーボルトにとって、この論文は得がたい資料であった。東洋では、鍼・灸術がすぐれた療法として普及している。それは西洋医学界には未知の医術で、シーボルトも大きな関心をいだいていた。それを、日本の鍼・灸術研究の第一人者である石坂宗哲の著述を翻訳した順三たちの論文によって、正しく理解することができたのだ。

シーボルトは、塾生たちから論文を提出させることが日本の国情調査のためにきわめて効果があることをあらためてさとり、高良斎にも問題をあたえ、論文の提出をもとめた。

良斎も、シーボルトの依頼に感激し、精励して医学全般についての論文を完成した。その内容は左の通りであった。

日本の小児病について
(1)皮膚病（ヒゼンガサ、其《そ》の他）、(2)痘瘡《とうそう》、(3)ハシカ、(4)畸形《きけい》其の他

日本の成人の病気について
(1)癩病《らいびょう》、(2)痛風、(3)性病、(4)タノキツキ、キツネツキ、サルカミ、ヘビカミ、イヌカミ

日本の老人の病気について
(1)卒中、(2)老衰、其の他

春の病気について
(1)流行性感冒

夏または秋の病気について

(1)中毒、(2)赤痢《せきり》其の他

冬の病気について

(1)痘瘡、(2)ハシカ

またシーボルトは、良斎に対して質問を発し、その答を求め、二篇の論文にまとめさせた。

第一篇

(1)日本では、男女の平均年齢は何歳で、最も長寿の者はどこに住んでいるか？

(2)日本の女子の初潮は、何歳ごろに起るか？

(3)日本に狂犬はいるか。それに咬《か》まれた人が恐水病にかかるのを見たことがあるか？

第二篇

(1)日本では、男女のどちらが多く生れるか？

(2)日本では、一年に百人中何人が死亡するか？

(3)千人のうち、何人が医者になるか？

(4)片足だけが甚《はなは》だ大きい者がいるが、それは痛風にかかっている者か？

(5)日本でも、睾丸《こうがん》や陰茎が腫《は》れて、非常に大きくなる病気があるか？
(6)日本のどの地方に、相撲のような背の高い人が多いか。北部の住民は、南部の住民より小さくないか？
(7)日本の住民は、どのような種族に分類できるか？

これらの質問中(7)は回答できなかったが、他の項目については、良斎は真剣に検討してオランダ語による論文として提出した。

良斎に対して、シーボルトは、後に左のような免状を贈っている。

証明書

阿波ノ医師高良斎氏ニ対シ、次ノ事実ヲ証明ス。

氏ハ……驚嘆スベキ熱心ト努力ニヨッテ蘭学ヲ研究シ、私ノ門人中最モ優秀ニシテ好学的ナ一人デアル。……コノ有能ナ氏ヲ……内科・外科医及ビ薬剤師トシテ推薦スル責任ヲ感ジ、ココニ表彰スル。

出島ニ於《オイ》テ
ドクトル・フォン・シーボルト

これは、オランダ語によるシーボルトの自筆免許状だが、他の論文を提出した塾生たちにも同様のものをあたえている。

これら塾生たちからの論文提出の方法によって、シーボルトのもとには日本研究の貴重な資料が豊富に集ってくるようになった。それは労せずして得られたもので、かれは、その代償として免状をあたえるだけでよかった。

その年の六月十一日、鳴滝塾にとって悲しむべきことが起った。塾頭であった美馬順三が病死したのである。三十一歳の若さであった。

病名は、コレラであった。三年前の文政五年夏、日本に初めてコレラの大流行があった。それは前々年にコレラの流行したジャワのバタビヤからオランダ船でつたわったものらしく、九州から中国地方をへて京、大坂にもひろがった。コロリと死ぬことから、古呂利《ころり》と言われていた。シーボルトは、順三を隔離させるように命じ、塾生たちは、徹夜で看病したが、その効果はなかったのだ。

かれの遺体は通詞中山作三郎の墓所に埋葬され、岡研介が墓碑銘を書いた。また遺骨は分骨され、かれの生地である阿波国那賀郡岩脇村の紫雲庵《しうんあん》にも葬《ほうむ》られた。

美馬順三の後任として、鳴滝塾の塾頭に岡研介がえらばれた。

シーボルトは、美馬順三の死を悲しんだが、やがて新たな期待に胸をふくらませるようになっていた。その年に長崎に入港してくるオランダ船に二人の人物が乗ってやってくることを知っていたからであった。それは、ビュルゲルとデ・フィレニュフェであった。

ビュルゲルは、ジャワ病院の薬剤師で、理学・化学、鉱物学の知識をもっていた。また、デ・フィレニュフェは画家で、シーボルトはかれら二人を自分の助手に望み、オランダ政府もそれをうけ入れて、二人を長崎に派遣すると約束してくれていたのだ。

いつの間にか、出島の商館内には重苦しい空気がよどむようになっていた。商館長スチュルレルと医官シーボルトの対立が目立つようになっていたからであった。

スチュルレルは、長崎に来て一年ほどはシーボルトの活動を援助するために最大限の努力を惜しまなかった。かれは、長崎奉行に書簡を送って、シーボルトがオランダ屈指の名医であり格別の恩典をあたえてやって欲しいと懇願したりした。二人の間はきわめて円満で、スチュルレルもシーボルトが日本人の信頼を得ていることを喜んでいた。

しかし、それも一年ほどのことで、その後は二人の間にしばしば感情の衝突が起るようになり、同席することさえ互に避けるようになっていた。シーボルトは、自由に出島の外を歩き鳴滝塾を創設することさえできるようになったことを得意にも思い、それがスチュルレルには傲慢《ごうまん》な態度にも感じられた。またスチュルレルとしてみれば、自分は商館長という最高の地位にありながら出島に幽閉状態におかれ、シーボルトの自由な行動を嫉視《しっし》する気持も湧《わ》き、それがシーボルトに対する憎悪《ぞうお》にもむすびついたのである。

れていた。

商館員たちの間には、スチュルレルを無視し、シーボルトの周囲に集る傾向があらわれていた。

商館内で、シーボルトの存在は華やかなものになっていた。かれには、研究費として多額の金銭がオランダ政府からあたえられている。きびしい掟《おきて》を押しつけてくる日本の役人たちも、シーボルトには寛大で自由な行動を許している。出島のかれの部屋に赴くと、そこには日本人の医家や通詞が集ってきていて、珍しい日本の話などもきくことができる。それに美しい遊女の其扇もいて、シーボルトはいきいきと日本での生活を楽しんでいるようにみえた。

それとは対照的に、商館長スチュルレルの身辺は寒々としたものになっていた。かれは昔気質《かたぎ》の軍人で協調性に欠け、すべてを一定の枠《わく》の中にはめこもうとする。かれにとって最も重要なのは商館長という職権をおかされぬことで、それに関する些細《ささい》な過失も許さず館員をきびしく叱責《しっせき》した。自然に、館員たちは、かれのもとをはなれるようになっていたのだ。

蔵役のピストウリュス、ファン・オウテレン、マヌエルの三人は、いずれもシーボルトと親しく、これら四名の者は結束して商館長スチュルレルに対抗していた。そうした四人に、さらに薬剤師ビュルゲル、画家デ・フィレニュフェを加えることは、シーボルトたちにとって心強い味方を得ることであった。

その年の七月、オランダ船二隻《せき》が長崎に入港してきた。

幕府が異国船掃攘令《そうじょうれい》を発した年の来航だけに、オランダ船に対する扱いは例年よりも一層厳重であった。十七年前に起ったフェートン号事件のような不祥事の再発をおそれて、旗合わせが慎重におこなわれた。

船は、港外にとどめおかれて繰返し調査をうけ、乗組員たちの徹底した身体検査もおこなわれた。そして、ようやく、オランダ船であることが確認され、小舟三百艘《そう》に曳《ひ》かれて一隻ずつ入港し、出島の傍《かたわら》に投錨《とうびょう》した。その直後、船の武器、舵《かじ》等は一切没収され、御焔硝蔵《ごえんしょうぐら》などにはこびこまれた。

オランダ船には、薬剤師ビュルゲル、画家デ・フィレニュフェの二人が予期した通り乗っていて、シーボルトたちとかたく抱き合った。

積荷の陸揚げが開始され、出島はにぎわった。役人や通詞の出入りはひんぱんで、それらの交易品の取引をねがう各地の商人たちも長崎の町に集り、活況を呈した。

商館長主催の歓迎宴がカピタン部屋でもよおされ、それにつづいて各種の酒宴が連日のようにつづいた。それに侍《はべ》る遊女たちも、暑熱の中を出島の門をくぐってゆく。道の両側につづく花壇には、色鮮やかな夏の花々が咲き乱れていた。

七月十五日の夜、港内にはおびただしい光があふれた。精霊船《しょうりょうぶね》が次々に海面におろされ、ゆっくりと港口にむかって移動してゆく。

鳴滝塾の者たちも、美馬順三の初盆《はつぼん》であるので遺体を埋葬した中山作三郎の家の墓所に詣《もう》で、海岸に出て精霊船を流し合掌した。殊《こと》に順三を深く尊敬していた二宮敬作は、眼《め》に涙をうかべて海浜に長い間立ちつくしていた。

新任のビュルゲル、デ・フィレニュフェをはじめオランダ船の乗組員たちは、華麗な灯《ひ》の氾濫《はんらん》に驚嘆の声をあげていた。かれらは、それが霊魂を送る行事だという説明をうけて神妙な表情で深夜まで港の海面を見つめていた。

暑い日が、つづいた。八月一日は八朔《はっさく》で、オランダ商館長は正装して奉行所に赴き、祝いの言葉を述べて八朔銀を献上した。

代々、商館長をはじめ商館員たちは、奉行所の役人に卑屈なほど恭順の態度をとってきていた。殊に奉行の前に出ると、商館長は畏《かしこま》って平伏する。膝《ひざ》を屈して平伏することは欧米では奴隷《どれい》以外にみられぬ姿だったが、歴代の商館長は、その礼法をつづけてきていた。奉行の中には、商館長に踊ることを命じ、商館長もそれにしたがって手足を動かして機嫌《きげん》をとりむすんだ者もいた。オランダ一国だけに許されている貿易を維持するために、商館長たちは奉行に足裏をなめよといわれれば、それに応ずる覚悟ももっていた。商館長にとって、八朔の行事は暑熱の中を正装して奉行所に赴くだけに苦痛だったが、それは秋の訪れが近づいたことをしめすものでもあった。

遊女たちは、出島への出入りをくりかえしていたが、彼女たちの関心は、新任のビュルゲルとデ・フィレニュフェが遊女の中のだれをなじみにするかであった。

二人は宴席でも興味深げに遊女たちをながめているだけで、遊女と夜をすごすこともしない。かれらは、シーボルトが其扇《そのおおぎ》、ピストウリュスが高瀬、マヌエルが滝尾、ファン・オウテレンが左門太をそれぞれなじみにしているのも知っていて、自分たちもいずれは特定の遊女をえらばねばならぬと思っているようだった。

薬剤師ビュルゲルは物静かな男で、画家のデ・フィレニュフェは陽気な青年であった。デ・フィレニュフェは、おどけたように歌をうたったり踊ったりして明るい声をあげてよく笑う。かれが加わると、宴席はにぎやかになった。二人ともととのった容貌《ようぼう》をしていて、遊女の間の評判はよかった。

初めになじみの遊女をえらんだのは、デ・フィレニュフェであった。相手は寄合町油屋りう抱の遊女青柳《あおやぎ》で、フィレニュフェ二十五歳、青柳十六歳であった。

遊女たちの関心は、薬剤師ビュルゲルに移った。が、かれは、ただ宴席で静かに酒を飲んでいるだけで遊女と夜をすごすこともしない。遊女たちに熱っぽい眼を向けることもしなかった。しかし、九月に入って間もなく、かれは遊女の千歳《ちとせ》をえらび出した。それは、其扇の長姉であるつねであった。

つねは、大人しい性格で、宴席でも目立った態度もとらない。そうした姉をビュルゲルがえらび出したことが、其扇には意外に思えた。

其扇は、自分と姉が共にオランダ商館員のなじみの女になったことに複雑な感情をいだいた。ビュルゲルはシーボルトの厚い信頼を得ている助手で、姉妹がそれぞれにかれらと肉体関係をもつ身になっていることが奇遇にも感じられた。

シーボルトは、ビュルゲルが其扇の姉と結ばれたことをひどく喜んでいた。千歳は口数の少い遊女で、それがビュルゲルの好みに合ったようであった。

シーボルトをかこむ商館員たちは一人残らずなじみの遊女をもつようになったが、ピストウリュス、マヌエル、オウテレンの三名は、帰帆するオランダ船に乗って長崎を去ることになっていた。シーボルトにとって、それは淋《さび》しいことであったが、かれらは来年再びオランダ船で長崎にやってくることを約束していた。

かれらは、それぞれなじみの遊女に必ず一年後には帰ってくるという仕種《しぐさ》をして、しきりに贈物をしていた。殊にピストウリュスは、遊女高瀬の機嫌をとることにつとめていた。高瀬は、ピストウリュスの子をはらんでいて、すでに奉行所への届出もすんでいた。

遊女がオランダ人、唐人の子をみごもった折には、一定の手続をへて奉行所に届け出る義務を課せられていた。

まず妊娠に気づいた遊女は、三ヵ月から五ヵ月までの間に抱主に知らせ、抱主から乙名に報告する。それをうけた乙名は、相手がオランダ人であった場合は出島の乙名とその年の責任者である年番通詞に対して、相手のオランダ人が父であることを認めているかを問う。オランダ人がまちがいなく父であると認めると、ただちに奉行所へ懐妊届が提出され、届出がおくれた場合はお咎《とが》めをうけることになっていた。高瀬の場合もピストウリュスが自分の子に相違ないと回答したので、懐妊届が出されていた。

その頃《ころ》、シーボルトは、他の商館員を督励して、オランダへ送る日本関係の資料の荷造りにつとめていた。それは、植物の種、苗、動物の剝製《はくせい》・写生図と美馬順三らが提出した論文で、厳重に梱包《こんぽう》された。また、塾生や患者たちが贈ったおびただしい数の絵画、金属、書籍、海産物等も荷造りされていた。

やがて、オランダ船の帰帆する日がやってきた。ピストウリュスらは、それぞれ遊女たちと別れを惜しみ、船に乗った。

船は、順風を得て出帆していった。ピストウリュスを見送る商館員や遊女たちは、出島の岸に立って長い間手をふっていた。

船が去ると、長崎の町は静かになった。出帆の日まで警備のために長崎に派遣されていた肥前、筑前、島原、大村などの役人も各藩に帰り、商人たちも長崎から去った。出島の内部にも静寂な空気がひろがった。

シーボルトは、しばしばビュルゲル、デ・フィレニュフェとともにターフル（食卓）をかこんでは酒を飲んだ。むろん、かれらには、其扇、千歳、青柳の三人のなじみの遊女がはべっていた。

鳴滝塾は、美馬順三を失ったが一層活況を呈していた。

シーボルトは、次々に塾生に研究課題をあたえ、それに対して塾生たちはオランダ語で書いた論文を提出する。調査のため旅に出る者すらいた。

重病人は、週に一回の定期診療日に鳴滝塾にはこびこまれ、シーボルトの診断をうけた。塾生たちは、シーボルトの口からもれる言葉を一語もききもらすまいと耳をかたむけ、紙に記していった。しばしばおこなわれる手術には、眼を光らせてシーボルトの手の動きを注視し、その経過を頭にきざみつけていた。

シーボルトは、日本語も少しは理解できるようになっていた。かれは、其扇から日本語の会話を教えてもらっていたが、その年の初め頃から筆に墨をふくませて片仮名を書く練習もはじめていた。字をおぼえるために、居室や厠《かわや》の中の壁にいろは文字を書いた紙を張って発音し、その書き方を繰返し習っていた。

その頃、江戸からはるばる鳴滝塾に一人の若い医家がやってきた。二十二歳の高野長英であった。

長英は、陸奥国《むつのくに》水沢の生れで、叔父である蘭方医の高野玄斎の養子となり、オランダ語を勉強した。十七歳の年に兄湛斎《たんさい》とともに江戸に出て吉田長淑《ちょうしゅく》の門に入り、蘭書に親しんで学は大いに進んだ。しかし、三年後、兄湛斎が病み、かれは生活費を得るために町医者となり兄の看病につとめたが、その甲斐《かい》もなく湛斎は死亡した。かれのもとには、すでに郷里の叔父から養父玄斎の病んでいるという手紙がもたらされていたので、かれは自分のおさめた蘭学もかなり進んだものになっているという自負もいだいて、故郷に帰った。

しかし、養父玄斎は、学業半ばにして帰郷してきた長英を憤《いきどお》り、会うことすら拒否した。そのため長英は、江戸にもどり吉田塾に再び通うようになった。やがて師の吉田長淑が病死し、門人中条言善が後をついだが、長英は他の塾生たちとともに言善をたすけて塾の発展に尽力した。

その頃、江戸の蘭学生たちの間にはシーボルトの名がしきりにつたえられていた。それを耳にした各蘭学塾では、代表的な俊秀をえらんで長崎へ遊学させる傾向がいちじるしくなっていた。長英も、シーボルトの門に入りたいと強く願っていたが、たまたま長崎へ帰る今村甫菴《ほあん》から同道する気はないかと誘われた。かれは大いに喜び、塾の先輩の賛意も得て江戸を出発したのである。

長崎についた長英は、甫菴の実兄である大通詞直四郎の紹介で鳴滝塾に入塾した。

鳴滝塾の塾生たちの学力はかなり高度のものになっていて、新しい医学知識も多く身につけていた。が、長英は、少くともオランダ語に関するかぎり生来すぐれた資質にめぐまれていたためもあって、塾生たちにひけをとることはなかった。むしろ塾の空気になれるにつれて、かれの学才はいちじるしく発揮され、殊にオランダ語の知識では塾生たちの注目を浴びる存在になった。

シーボルトも、長英が稀《まれ》な才能をもつ青年であることに気づき、早くもかれに日本の鯨と捕鯨に関する問題をあたえ、論文の提出をもとめた。シーボルトは、鯨について動物学的な意味以外に国際的な意味からも重大な関心を寄せていた。

日本近海には鯨が多く、それを求めてアメリカ、イギリスの捕鯨船がしきりに進出してきていた。それらの船は、日本の難破船を救ったりしたが、薪《まき》・水・食糧をもとめて日本の海岸に上陸し、紛争も起している。前年の常陸国《ひたちのくに》大津浜と薩摩国宝島の異国船乗組員上陸さわぎも、共にイギリスの捕鯨船であった。

オランダも他国と同じように捕鯨には熱心で、将来、日本近海でも捕鯨をおこなう可能性もあり得ると判断し、それに対する準備として日本近海の鯨の動物学的知識と日本人の捕鯨法について知っておく必要を感じていたのだ。

シーボルトの依頼に、長英は感激した。塾に入って日も浅い自分が早くも論文提出を命じられたことは、シーボルトが自分の学才を評価してくれている証拠だと思った。

かれは、鯨について精力的に資料蒐集《しゅうしゅう》をはじめた。捕鯨法についても広く書籍をあさり、専門の漁師多数からも話を克明にきいて書きとめた。それを系統的に分類し、オランダ語で記述していった。

やがて長英は、「日本の鯨魚及び捕鯨に就きて」という論文を提出した。シーボルトはその内容に感心し、かれに免状をあたえて賞讃《しょうさん》した。

かれは、江戸からやってきた最新の塾生としてシーボルトに一つの情報をもたらした。それは、江戸でのシーボルトの評判に関するものであった。

シーボルトの名声は、江戸の蘭学をまなぶ者たちの間でだれ一人として知らぬ者はないほどに高まっていた。そして、来年に予定されている商館長一行の江戸への旅に、当然シーボルトも参加するはずで、江戸の蘭学研究者たちは、かれから新しい西洋の知識を得ようとして江戸へくるのを待ちかまえているという。

オランダ商館長は、初めの頃、毎年春に献上品をたずさえて江戸に赴き、将軍の拝謁《はいえつ》をうけていた。その頃は華麗な行列をくんで多くの者が江戸へむかったが、やがて人数制限をうけて地味なものになり、明和六年（一七六九）からは江戸参府も一年置きになり、さらに寛政二年（一七九〇）からは五年に一度になっていた。

その江戸参府の年が来年に迫り、その打ち合わせのために、すでに江戸からは御番所衆の川崎源蔵がやってきていて、長崎奉行所の役人や商館長スチュルレルと慎重な協議をつづけていた。

むろん江戸への旅にはシーボルトも加わるが、かれは高野長英の口から自分の名が遠くへだたった江戸で高名なものになり、多くの日本人が待っていることを知って喜んだ。それら日本人の向学心を満足させるための器具、書籍などを携行しようとも思った。

かれにとって、江戸への旅は日本に関する知識を蒐集する上で願ってもない好機であった。長崎と江戸を往復する旅は、同時に地勢、産物、風俗、気象その他を知ることでもある。各地で待機する医家や病人からは多くの贈物を得、さまざまな知識も吸収できる。

京、大坂では、さらに多数の人々に接し、都市構造、経済機構、運輸組織などをつかむことが可能であり、江戸にいたれば、それは最高潮に達する。

江戸は幕府のおかれている大都市で、そこには各分野での日本を代表する学者たちが集っている。かれらは、自分と会見することを願って訪れてくるにちがいなく、かれらと接することによって政治組織をはじめ豊富な情報を集めることができるし、多くの貴重な贈物を得ることもできる。

かれが最も入手したいと思っているものは、地図、城郭構造図、武器関係図書等であった。それらは、むろん幕府が国防上の理由から外国に持ち出すことを厳禁しているものばかりであったが、かれは、ひそかにそれらを手に入れてオランダ船で送り出したいと願っていた。

初冬の気配が濃くなった頃、出島では江戸参府の旅の準備があわただしくはじめられた。

商館長一行の陣容は、御番所衆川崎源蔵と長崎奉行所の打ち合わせによって決定していた。オランダ商館員の人数は、商館長をふくめて三名とし、それを警護する日本側の人数は五十七名であった。統率者は川崎源蔵で、通詞方から大通詞一人、小通詞一人、筆者四人を随員とし、宰領方二人、駕籠《かご》かき取締一人、オランダ商館員のための小使七人、料理人二人、日本人役人のための小使三十一人、料理人一人、その他六人という内容であった。

オランダ商館側は、商館長スチュルレルと医官シーボルト、その他一名が参加することになった。シーボルトは第一に薬剤師ビュルゲルを挙げ、さらに画家デ・フィレニュフェをも参加させるため奉行所に対して執拗《しつよう》に一名の増員を願い出た。しかし、それは慣例にそむくという理由で却下された。

やむなくシーボルトは、自分の助手に日本人をえらんだ。鳴滝塾の塾生である高良斎であった。また、通詞の従僕という名目で二宮敬作、古川将監《しょうげん》、西慶太郎を同行させることになった。さらに長崎の人である画家の川原登与助《とよすけ》（慶賀《けいが》）と源之助、熊吉などの下僕も加えた。また大胆にも、三人の猟師をも同行させようとしたが、商館長の江戸への旅では狩猟をすることも鉄砲をあつかうことも厳禁されていることをきいて思いとどまった。

シーボルトは、江戸をはじめとした都市で待つ日本の学者たちと密接な関係をもつために多くの品々を用意した。ただかれらにみせるだけの物もあったし、日本の貴重な品々と交換するための物もあった。その種類は多く、晴雨計、測高計、検湿器、顕微鏡、外科器械等で、それらは慎重に梱包された。

年の暮れが、迫った。

江戸への旅は、出発してから帰着まで四ヵ月はかかる。その間、其扇に接することはできず、シーボルトの顔には、はなれがたい切ない表情が日増しに濃くなっていった。其扇は、ほとんど出島に居続けで、寄合町へ帰ることも稀になっていた。禿《かむろ》は日に一度出島から出て、必要な食物や日用品を運び入れていた。

ビュルゲルは、其扇の姉——千歳に対して激しい愛情をいだくようになっていた。かれもほとんど千歳を出島に居続けにさせていた。江戸への旅で、千歳と別れなければならぬことが辛《つら》そうであった。

残ることになった画家のデ・フィレニュフェは、相変らず陽気だった。かれは、青柳がすっかり気に入ったらしく、絶えず自分の居宅にとどめていた。青柳も、かれの明るい性格に影響をうけたらしく、にぎやかに手を組んで二人で踊ったりしていた。青柳は、早くもデ・フィレニュフェの子をみごもっていた。月々のものが絶えて医師にみてもらった結果、妊娠していることが知れたのである。

青柳は、抱主の寄合町油屋りうにつたえ、抱主から乙名《おとな》に報告された。乙名は、出島係の乙名に連絡、デ・フィレニュフェが父であることを自ら認めているか否《いな》かをただした。デ・フィレニュフェは驚いたが、即座にそれを認めたので、乙名から奉行所に青柳の懐妊届が提出された。

その頃、秋に帰帆していった蔵役ピストウリュスのなじみの遊女であった高瀬は、出島に姿を現わさなくなっていた。人づてにきくと、腹部がかなり目立ってきていて抱主の家に引きこもっていて外出もしないという。臨月近くになって遊女を宴席などに出したりすると、遊女を虐待《ぎゃくたい》した罪で抱主は罰せられるのだ。

ピストウリュスは、かなりの量の白砂糖を高瀬に贈って行ったので、出産費に不自由することはないようだった。が、無事に子供が生れても、混血児が果して日本の社会の中で支障なく生きてゆけるかどうか、妊娠と出産は複雑な問題をはらんでいた。

五

文政九年の正月を迎え、出島ではオランダ商館長一行の江戸への旅仕度があわただしく進められていた。

シーボルトは、オランダ政府の諒解《りようかい》のもとに一つの計画を立てていた。

かれが商館長スチュルレルに随伴して江戸へ赴く最大の目的は、日本の地勢、産物、文化、経済、政治、都市構造その他を徹底的に調査することにある。長崎から江戸への往復で多くの収穫を得ることが期待できたが、かれは、それだけでは満足しなかった。

商館長一行は江戸で将軍に拝謁《はいえつ》し、その儀が終ると長崎へ引き返す定めになっている。が、シーボルトは、その後も長期にわたって江戸に滞在し、多くの日本人学者に接触して資料の蒐集《しゆうしゆう》につとめたかった。そうした特権を得るために、かれは将軍家の医師たちに医学その他の西洋の学問を教授するのが良策だと思った。

シーボルトは、自分の名声が幕府内で一層たかまっていることを耳にしていた。幕府の医官たちに医学の伝授をすると申し出れば、幕府は喜び、自分を厚遇してくれるにちがいないと思った。かれの最終目的は、江戸に長期にわたって滞在後、日本国内を自由に旅行することであった。それは、むろんかれに多くの知識を得させることになり、オランダ政府から命じられた日本の国情調査という任務も完全に果すことができる。かれは、早くからそうした計画を胸にいだき、オランダ政府の意向を打診していたが、オランダ政府から全面的に賛成する旨《むね》の回答が寄せられていた。

シーボルトは喜び、江戸の長期滞在と日本国内の旅行に要する費用を準備することが必要だと考え、スチュルレル商館長に費用を請求した。しかし、スチュルレルはそれをこばみ、オランダ政府からの命令でようやく支出に応じた。スチュルレルは、上司である自分を介さずに、直接本国政府と打ち合わせをするシーボルトに憤《いきどお》りをいだいていた。かれは謹厳な男で、遊女を呼び入れることもしない。金銭を代償に身をまかせる遊女を不潔に思い、近づけることすら避けている。そうした禁欲生活が、かれの心を頑《かたく》なものにしているのかも知れなかった。

江戸への旅が迫り、スチュルレルは多忙な日をすごしていた。将軍に拝謁する折に着用する衣服も手入れをして行李《こうり》におさめ、献上品も入念に梱包《こんぽう》させた。

オランダ商館長一行の江戸への旅立ちは、正月十五日頃《ごろ》と定められていた。が、その年の旅仕度は予想より早目に終ったので、九日に出立日《しゅったつび》を繰上げることになった。

商館長は、出島係の役人に江戸へ出発する暇乞《いとまご》いを奉行に言上したいと申し出た。役人は、ただちに奉行に報告、商館長は通詞とともに奉行所に赴いた。

暇乞いが終ると、出島内で携行品の検査がおこなわれた。それも無事に終ると厳重に梱包され、一月七日には馬の背に振り分けてのせる荷物にまとめられた。

翌八日には、丸山で遊女たちによる絵踏みがおこなわれた。其扇《そのおぎ》も姉の千歳《ちとせ》も、それぞれシーボルト、ビュルゲルの買ってくれた晴衣《はれぎ》を着て絵踏みをすませ、出島に入った。

翌日の出発は早朝と予定されていたが、シーボルトもビュルゲルも、出島に残るデ・フィレニュフェとともに夜遅くまで酒を飲んだ。シーボルトは其扇に、ビュルゲルは千歳にしきりに接吻《うまくち》を繰返し、細い腰を抱いていた。

寝室に入ったシーボルトは、其扇の体をいつまでもはなそうとしなかった。

かれの江戸での滞在は長期にわたることが予想され、さらに国内旅行が許されれば長崎へ帰ることはかなり先のことになる。オランダ人が江戸へ往復する途中、女と接する機会はあった。たとえば、瀬戸内海を船で進み御手洗《みたらい》に上陸し、その船宿で遊女を呼ぶようなことがしばしばおこなわれていた。むろん、長崎奉行所とその地の役人の許可によるもので、文政五年には商館長ブロムホフが、御手洗で広島から高名な芸妓《げいぎ》をまねいて酒宴をもよおしたこともある。そうした慰みも許されていたが、シーボルトは性病にかかることを恐れ、其扇以外の女にふれる気持はなかった。

シーボルトがようやく其扇の体をはなしたのは、一番鶏《いちばんどり》が鳴いた頃であった。かれは、高い寝息をたてて熟睡した。

其扇は深い疲労を感じていたが、眼《め》が冴《さ》えて長い間眠りにつくことができなかった。

正月九日早朝、商館長に同行する江戸番大通詞《おおつうじ》末永甚左衛門が小通詞岩瀬弥右衛門、その子息である稽古《けいこ》通詞岩瀬弥七郎をしたがえ、恒例にしたがって長崎奉行所に御番所衆川崎源蔵を迎えに行った。

すでに源蔵は旅装をととのえ終っていて、役人を連れて奉行所から出てきた。そして、豪華な駕籠《かご》の後から出島に徒歩で向い、入口で足をとめた。出島の中でも、出立の準備はととのっていた。

商館長スチュルレル、シーボルト、ビュルゲルの三名は、旅の衣服を身につけて植物園の近くの道に立っていた。道には、荷物を背にくくりつけた馬や駕籠がならんでいた。

空気は冷え、溝《みぞ》には薄い氷がはっていた。人も馬も、白い息を吐いていた。

出島係の役人の先導で、オランダ人たちは馬と駕籠の後から正門にむかって歩いた。そして、正門の傍にくると詰所の役人の探りをうけた。それはいつもよりも厳重で、靴《くつ》をぬがされ髪にも手を突き入れられた。

探りがすんで、ようやくかれらは出島の外に出た。そこには御番所衆の川崎源蔵、通詞、役人たちが待っていた。商館長たちは、川崎の前に進み出ると深々と頭をさげ、他の者たちにも日本式の挨拶《あいさつ》をした。

かれらは合流し列をくみ、駕籠の後にしたがって海岸線を歩いて行った。かれらのまわりには、通詞や役人の家族、親戚《しんせき》、知人らがつきしたがい、鳴滝塾の塾生や商館出入りの商人などの姿もみえた。

大波止《おおはと》に到着した一行は、ある者は駕籠に、ある者は馬に乗って、整然と列をくんで長崎の町の中を進んだ。

道には、五年ぶりのオランダ商館長一行の江戸への旅立ちを眼にしようとして多くの町民たちがひしめいていた。かれらは、役人に頭をさげ、物珍しげに駕籠の中のオランダ人をのぞく。シーボルトは、気さくに顔をのぞかせて手をふったりしていた。

行列は、桜馬場《さくらばば》の威福寺境内に入って停止した。江戸へ出発する途中、威福寺で休息をとり、そこで見送りの人たちと送別の宴をひらくならわしになっていた。

かれらが寺の中に入ると、住職が読経《どきょう》をして旅の安全を祈り、オランダ人に蠟花《ろうばな》がさずけられた。

やがて、大広間で酒宴がひらかれ、スチュルレルらは、木杯や盃《さかずき》で燗《かん》をした日本酒を飲み、肴《さかな》にフォークをのばした。重箱には、魚の干物、塩漬《しおづ》けの魚をそれぞれ焼いたものや大根、茸《きのこ》の煮物、鶏卵料理などが並んでいた。寺の境内にある梅の樹《き》の蕾《つぼみ》はふくらみ、花が一、二輪ひらいていた。

その頃、諏訪《すわ》神社では「紅毛主湯立《ゆだて》」の儀式がおこなわれていた。オランダ商館長一行の道中の安全を祈るためのもので、巫子《みこ》が笹《ささ》の葉を熱湯にひたして自分の体にふりかけ、一心に祈禱《きとう》をつづけていた。……オランダ商館長一行の江戸への出発は、長崎の町そのものの重要な行事でもあった。

やがて商館長一行は、威福寺を出て街道を進んだ。道の両側には見物人がつらなり、家々からは多くの人の顔がのぞいていた。

見送り人は、蛍《ほたる》茶屋、日《ひ》見峠《みとうげ》まで名残り惜しそうについてきた。そして、峠で足をとめると、挨拶の言葉をかけて一行の遠ざかるのを長い間見つめて立ちつくしていた。見送りを終ったかれらには、「アト賑《ニギ》ヤカシ」と称する酒宴が待っていた。役人、通詞らの留守宅で一行の旅の安全を祈るために親族、知人多数を招いて宴をはるのだ。

長崎の町に入ったかれらは、それぞれの家にもどった。そこにはすでに酒肴《しゅこう》がととのえられ、多くの来客も待っていた。かれらは口々に「アト賑ヤカシ」ととなえて酒をくみ合った。

その日、長崎の町は夜おそくまでにぎわったが、昼八ツ（午後二時）頃入港してきた唐船から、異様な風態をした男が四人下船して町の人々を驚かせた。

かれらは、月代《さかやき》を剃《そ》り丁髷《ちょんまげ》を結っていたので日本人とわかったが、衣服は中国の服で顔が驚くほど赤黒かった。かれらは上陸と同時に、縄《なわ》を打たれて奉行所へ引き立てられていった。町の者は、ようやくかれらが漂民であることに気づいた。船が難破して漂流の不幸にあった船乗りたちがオランダ船や唐船で長崎に送りとどけられることは、珍しいことではなかった。

かれらは、奥州閉伊《おうしゅうへい》郡船越浦田野村（岩手県下閉伊郡山田町田ノ浜）の黒沢屋六之助所有の神社丸（六百五十石積・十二人乗り）の乗組みで、南部藩の江戸屋敷へとどける荷物を積んで船越浦を出帆、江戸へむかった。文政三年十一月二十六日のことであった。しかし、房州沖で猛吹雪に遭遇し難破して漂船になり、翌文政四年正月二十一日にパラオ諸島に漂着したが、その折に沖船頭平之丞、水主亀蔵が溺死《できし》した。他の十名の者が、小さな家を見つけて内部をのぞくと、手と腰から両足のくるぶしまでの部分に入墨をした裸身の男と腕に入墨をした女がいた。そのうちに多くの住民が集り、役人のような男も来て、水主たちは一人ずつ奴隷《どれい》として各家に引取られた。その島で暮しはじめてから四年目に、水主の久助と荷物支配人久兵衛が病死した。

文政七年、島に大型の異国船が投錨《とうびょう》したので、かれらは船に乗せて欲しいと懇願し、許されて乗船した。船は八月三日に出帆し、十日にシャムに到着、翌年六月に清国《しんこく》船に乗りかえ、七月十八日にはマカオに入港した。その航海中、水主の伊勢松が病死した。七人は、「全勝」「得泰」という二隻《せき》の清国船に分乗、長崎へむかったが、途中難風にあってはなればなれになり、水主倉松、清助、米次と炊《かしぎ》の栄助を乗せた「全勝」が、その日に辛《かろ》うじて長崎に入港したのである。

かれら四人は長崎奉行所で取調べをうけた。異国へ漂着した者は、切支丹《キリシタン》禁制をおかしていないかを疑われて厳しい取調べをうけるが、かれらも例外ではなく鋭く追及された。

「得泰」は正月一日に遠州下吉田村に漂着、清水港に入港後長崎に回航したが、肥前平戸で難破、日本船に曳《ひ》かれて五月七日にようやく長崎に入った。同船に乗っていた水主三人も奉行所に連行され、未決囚として揚り屋に入牢《じゅろう》させられたが、その間に一人が獄死した。後に、六人の者は南部藩に引渡された。

商館長一行が長崎を出立してから七日後の正月十六日に、灘渡《なだわた》しの行事がもよおされた。

一行は、長崎を出た後、諫早《いさはや》、鈴田をへて大村に向う。海浜沿いに千綿《ちわた》街道を進み、嬉野《うれしの》、佐賀、田代、山家《やまえ》、長尾、飯塚《いいづか》、木屋瀬を通って小倉《こくら》に到着する。その地から船で下関へ渡るが、正月十六日は、一行が船で渡海する日にあたっていた。一行に同行している役人その他の者の留守宅では、航海の無事を祈って酒宴をひらく。それを、灘渡しと称していた。

長崎の町に、凧《はた》が舞うようになった。梅の花は咲き、芳香が町の中を漂い流れた。

其扇は、シーボルトから留守の間不自由のないようにとまとまった金をうけとってい
た。彼女は、丸山寄合町の引田屋《ひけたや》で芸事を復習したり、文字の手習いをしたりしていた。
留守を守る画家のデ・フィレニュフェは、時折り其扇を出島に呼んでくれた。時には
商館長に随行していった薬剤師ビュルゲルのなじみである姉の千歳を招いてくれること
もあった。かれは、自分のなじみの遊女である青柳を傍《かたわら》において、其扇や千歳と歓談す
る。彼女たちに菓子をすすめたり、玉突き場に連れて行って撞球《どうきゅう》を教えてくれたりした。
デ・フィレニュフェは、雇い人たちからも人気があった。かれは気さくな青年で、黒
人少年の肩をたたいたりして親しげに声をかける。雇い人たちに酒をふるまうこともあ
った。
かれは、日本語を知りはじめているらしく、青柳がおどけたように、
「ダンナンサマ（旦那様）」
と、呼ぶと、
「オカシャマ」
と、まじめくさった顔で答える。青柳は、すでに妊娠四ヵ月目になるが、デ・フィレ
ニュフェと陽気に手を組んで踊ったりしていた。
二月中旬、デ・フィレニュフェに招かれた千歳が、禿《かむろ》に青餅《あおもち》を持たせて出島に入った。
丸山の名物である青餅を商う店は梅園社《うめぞの》へ行く通路の入口にあって、遊女、芸子たちに

好評で大繁昌《だいはんじよう》をしていた。

千歳が、ターフルの上に青餅の包みをひろげると、デ・フィレニュフェは、これは何か？　という仕種《しぐさ》をしてみせた。

青柳が、手まねで、餅の表面は粘着力があるのではなれぬことから恋人を意味するのだと説明した。勘のよいデ・フィレニュフェはすぐにその意味をさとり、餅に指をふれては、青柳を抱きよせて笑い声をあげた。

千歳は、青餅をつまむと、

「ビュルゲル様」

と、祈るような低い声で言い、口に入れた。

其扇は、唖然《あぜん》として姉の顔を見つめた。青餅を手にビュルゲルの名を口にすることは、ビュルゲルを恋人と考えている証拠である。姉が、ビュルゲルに強い愛情をいだいているとは考えてもいなかった。

其扇は、自らをかえりみた。彼女はシーボルトのなじみの遊女であるが、シーボルトを恋人などとは思ってない。惰性でシーボルトの愛をうけいれているにすぎない。

彼女は、シーボルトの顔を思い起した。長崎から江戸へは、約二ヵ月にわたる長旅である。シーボルトは、まだ旅をつづけているはずであった。恋しいという感情は、其扇の胸には湧《わ》いてこなかった。

千歳の顔をうかがうと、彼女はぼんやりと玻璃《はり》のはられた窓の外をながめている。それは、愛する男をもった女の顔であった。

二月二十三日の夜、其扇は、禿《かむろ》から悲しい話を耳にした。それは、前年バタビヤに帰っていった蔵役ピストウリュスのなじみである遊女高瀬に関することであった。

高瀬はピストウリュスの子をみごもり、抱主の筑後屋で静養していた。二月に入って高瀬は臨月を迎え、其扇は、禿にその消息に注意をはらうように言いつけていたが、二月二十三日の夜、禿が高瀬の女児の分娩《ぶんべん》をきき出してきた。が、それにつづいて、死産であったという話もつたえられた。

其扇は、暗澹《あんたん》とした気持で下ぶくれした高瀬の顔を思い出した。接吻もうまく、ピストウリュスに着物の裾《すそ》から手をさしこまれて腿《もも》を荒々しくつかまれたりしても微笑を絶やさない。が、その眼には常に淋《さび》しげな色がただよっていた。

オランダ人と肉体関係をむすんだ遊女は、むろん子をはらむことも多いが、不思議に流産、死産がかなり目立つ。異国人と日本人とは血も異なっているので、胎内での健全な生育もおぼつかなく無事に出産を迎えることはむずかしいのだと唱える者も多かった。が、長崎の町の者たちは、それは故意に作り上げられた説で、実際には流産も死産も人為的なものだとも言っていた。

其扇には、いずれとも判断はつかなかったが、高瀬とその周囲の者が混血児の出産を決して喜んでいなかったろうことは容易に想像できた。

長崎は、異国にひらかれた唯一《ゆいいつ》の港町であるだけに他の地とは比較にならぬほど異国人に対する理解もある。唐船、オランダ船の入港も町を挙げて歓迎し、異国人のもたらす文物を少しの偏見もなくむさぼるように吸収する。遊女と唐人、オランダ人との間に生れる混血児についても、他の地のような苛酷《かこく》な扱いはしない。

そうした長崎でも混血児についての政治的な扱いには、さまざまな転変があった。最初の混血児の受難ともいうべきものは、百九十年前の寛永十三年（一六三六）五月十九日付で発せられた幕府の通達によってひき起された。

幕府は、キリスト教をひろめることにつとめていたポルトガル人、イスパニヤ人の国外退去を命じる施策の一環として、堀田加賀守《かがのかみ》、阿部豊後守《ぶんごのかみ》、松平伊豆守《いずのかみ》、酒井讃岐守《さぬきのかみ》、土井大炊頭《おおいのかみ》の連名で、長崎奉行に下知状《げじじよう》を発した。その中に、

一、南蛮人（ポルトガル人、イスパニヤ人）ノ子孫ハ、日本人ニ残シ置カザル様堅ク申付ケル事、モシ違背シテ残シ置ク族《ヤカラ》アレバ、死罪。親族ノ者モ処罰ス

一、長崎ニイル南蛮人ノ子供、又ハコレラノ子供ヲ養子ニシテイル者ハ、父母等《タダ》一人残ラズ死罪ニ価《アタイ》スルガ、一命ヲ救《タス》ケ、南蛮人ノイル地ニ赴クコトヲ許ス。但シ、日本ニ帰ッテキタリ文通シタリスル者ハ死罪トシ、ソノ罪ハ親族ニモ及ブ

といった内容の条項がふくまれていた。

この下知状によって、ポルトガル人の血をひく混血児とその母ら二百八十七人の国外追放が決定した。

同年七月八日、ポルトガル船四隻が長崎に入港し、八月十三日に追放者をのせてマカオに去った。これらの者の中には、混血児以外に、日本人の妻になったポルトガル婦人、混血児の母である日本女性、混血児を養子とした日本人夫婦、ポルトガル人の妾《めかけ》であった日本女性などがまじっていた。

そのため、家族の中で父、母、兄弟、姉妹のいずれかが永久追放をうける悲劇が起り、互に悲しみ嘆き合う声が海岸にみちた。やがて、かれらは警護の者に追い立てられて船に乗せられていったが、かれらの泣声は船が港から出て行くまできこえていた。

その後、島原の乱があって、幕府は一層異国人に対する警戒を強め、ポルトガル船の来航を禁じた。さらに貿易を許していたオランダ人に対する圧力も強化し、寛永十六年（一六三九）二月二十一日に、阿部対馬守《つしまのかみ》、阿部豊後守、松平伊豆守の名で長崎奉行に対しオランダ人等と日本人との間に生れた混血児等に対する追放令が通達された。それには、

おらんた人於二日本一子を持候儀、可二停止一。此跡持候子ハ、其父モツケ、母共ニ異国へ可レ遣事

という一条があった。つまり、オランダ人は日本で混血児をもつ事を禁じ、今後混血児をもつような事があった場合には、父であるオランダ人につけて、母である日本女性とともに海外へ追放するというのである。

混血児は、それまでにもしばしばジャカルタに追放されていたが、この訓令によって、その年の九月にはオランダ、イギリス系の混血児とその母親などがバタビヤに放逐された。

その中には、お春という十五歳の混血児もまじっていた。お春の父はイギリス人とされていたが実際はイタリア人で、三十七歳の母、十九歳の姉である混血児まんとともに追放になった。お春は、母、姉と嘆き悲しみながら長崎からバタビヤに移住させられたが、二十二歳の折に平戸生れの紅毛人シンモンスと結婚し、子にも恵まれた。彼女は美しい女で頭もよく、習字、読書も心得ていて、異郷で生きる淋しさと望郷の思いを文字に託して、故郷の縁者、知人に手紙を送った。

それは、じゃがたら文といわれたもので、「日本こひしや、ゆかしやなつかしや、見たや〳〵」「むねせまり、くるしきまま書とめまゐらせ候」「あまり日本のこひしくてや

るかたなき折ふしは、あたりの海原をなかめ候より外は御さなく候」「ただ一たび神や仏の御あはれみにて、日本へ帰申べしとこそ思ひまゐらせ候。たとへ三日をすぐし侍《はべ》らで、きえ果まゐらせ候共いささか、くるしからず候」などと、切々とした思いがつづられ、人々の涙をさそった。

その後、混血児の追放は絶え、遊女がオランダ人の子を産むことも、奉行所の定めた正規の手続をふめば少しも非難すべきことでなく、一般人として扱う旨《むね》の訓令があった。これによって、遊女が混血児を産むことも多くなったが、果して混血児が社会の中でどのように生きてゆけるかという不安は依然として残されていた。

唐人との間に生れた混血児は日本人に容貌《ようぼう》も似ているので支障は起らなかったが、オランダ人の血をうけた者は、容貌が西洋人に似ているため特殊な眼《め》でみられた。そうした子供の将来を考えて、初めの頃《ころ》は妊娠した遊女がしきりに堕胎をこころみ、出産した嬰児《えいじ》の呼吸を停止させたりする傾向もみられた。それは、年を追うごとに減少していったが、決して皆無になったわけではなかった。

高瀬の産んだ女児が死産であったことを、高瀬の周囲の者の工作によるものだと考えるのはゆきすぎだ、と其扇は思ったが、なにか釈然としないものが、胸の奥によどんでいるのを感じないわけにはいかなかった。

長崎で商館長一行の無事渡海を祈る灘渡しの行事がおこなわれた日、予想通り一行は、小倉から数隻の小舟に乗って下関へとむかっていた。

シーボルトは、長崎を出てから早くも資料蒐集《しゆうしゆう》にかなりの収穫を得ていた。嬉野、武雄《たけお》の両温泉では、化学に造詣《ぞうけい》の深い同行のビュルゲルに湯の分析をさせ、門人の高良斎、二宮敬作らには植物、動物、物産などの調査をさかんにおこなわせていた。

殊《こと》に、シーボルトが最も力をそそいだのは、通過する街道を中心とした地図の作成であった。それは、日本側にとって国防上好ましくない行為できびしく禁じられていることであったが、かれは日本の国情調査の基礎になるものとして徹底的な調査を決意していた。

かれは、長崎を出立直後からさかんにコンパスを使って地形を観測し、山の高さをはかり、経緯度をはかることを繰返していた。それらの記録は、克明に紙上に書きとめられていった。

そうした行為は、同行の役人を不審がらせ、轟木《とどろき》ではかれらに疑惑をいだかせた。

シーボルトは、その地が肥前、筑前、筑後三藩の藩領が境を接する重要な場所であることを知っていて、長崎出立前から正確な測量をおこないたいと願っていた。かれは、役人に観測をさまたげられることをおそれ、ビュルゲルをうながして、一行よりも先行した。そして、六分儀をとり出して計測をはじめようとした時、数人の役人が追ってき

て、

「なんの目的でそのようなことをするのだ」

と、詰問《きつもん》した。

その言葉を通詞が通訳すると、シーボルトは、

「商館長スチュルレル様は、予定した時刻通りに旅をすることを望んでおり、そのために天文の機械で毎日正午に時計を合わすよう私たちに命じているのです。他意はありません、時刻をしらべているにすぎません」

と、答えた。

役人たちは、六分儀がどのような計器であるかわからず、シーボルトの言葉を信用し、傍でシーボルトの測地をながめていた。

小倉に泊ったシーボルトは市中を散策し、長い木橋の中央でコンパスを使い観測をおこなった。その位置からは九州と本州の間にある関門海峡が一望にでき、引島（彦島）、六連島《むつれじま》、男島《おんしま》、女島《めしま》の位置も確認できた。

かれは、濠《ほり》にかこまれた城を観察し、海岸その他の防備状況も視察した。そして、城郭の中も一覧しようとしたが、数人の武士に道をさえぎられてやむなく宿舎に引き返した。

正月十六日、商館長一行は正午に宿舎を出て、小倉の港にむかった。正午すぎに満潮

になって渡海に適していることが知れていた。

舟は、海峡に出た。シーボルトとビュルゲルは、舟の後部に座を占め、前部には御番所衆川崎源蔵と大通詞末永甚左衛門らが乗っていた。

シーボルトは、この海峡が地理学的にも航海上でもきわめて重要な意義をもっていることを知っていて、長崎を出発する前から日本の地図や案内記をひそかに入手して、海峡の想像図を作り上げていた。その図を実測によって精確なものにするため、コンパスで位置と距離の計測をはじめた。また、錘鉛《すいえん》をとり出して海中に投じ、水深の測定にもとりくんだ。

商館長一行の警護と監視の役目をうけもつ御番所衆川崎源蔵は、シーボルトとビュルゲルの行為をいぶかしみ、

「オランダ人どもはなにをしているのだ」

と、末永甚左衛門に問うた。

末永は、シーボルトたちが海峡の測量と水深の計測に専念していることを知っていたが、

「別にどうということをしているわけではありませぬ。旅に出た嬉《うれ》しさの余り、物好きにあのようなことをして遊んでいるだけです」

と、さりげない口調で答えた。

川崎は、末永の言葉にうなずきながらも、シーボルトたちにけわしい視線を向けていた。鍾鉛による水深測定は入念におこなわれ、それらは克明に記録されていった。

やがて、北方に下関港が近づき、港内の漁船から唄《うた》と掛声がきこえてきて、商館長一行の乗る舟からもそれに和す声が起った。八ツ（午後二時）すぎに舟は岸についた。

シーボルトは、渡海した海峡をファン・デル・カペルレン海峡と名づけた。ファン・デル・カペルレンとはシーボルトを日本に派遣した蘭領東印度《インド》総督の名で、かれは日本の国土にオランダの東洋経営を統率する最高責任者カペルレンの名をつけたのである。

下関では、山口行斎という医家がたずねてきて、シーボルトの調査研究に協力を申し出た。行斎は、出羽国庄内《しようない》藩鶴岡《つるおか》の生れで長崎で蘭学をおさめた後、帰国の途中、旅費が乏しく下関で開業していたのである。

シーボルトは、海峡の観察をつづけ、同行の画家川原慶賀に海峡や下関の絵をえがかせたりした。下関の経度が百三十度五十二分十五秒、北緯三十三度五十六分三十秒であることも記録した。

正月十九日は、快晴なので経緯度測定につとめていたが、正午近く、御番所衆川崎源蔵がシーボルトの旅宿に訪れてくるという報《しら》せがあった。川崎は、シーボルトが器具を使ってなにかを観測し、宿舎に多くの日本人医家の出入りがしきりであることに疑惑をいだき、職務上その目的を調査しようとしたのである。

シーボルトは、測量器具や作成中の地図等の多くの記録をかくし、顕微鏡や物理学の器械などをならべて川崎のくるのを待っていた。

やがて、川崎が通詞とともにやってきた。シーボルトとビュルゲルは愛想よくかれを迎え入れ、採取した蘚苔《せんたい》類や羊歯《しだ》類の花を顕微鏡の下に入れて、川崎にのぞいてみるようにすすめた。顕微鏡をのぞいた川崎に、シーボルトはその器械の性能を説明し、末永大通詞が通訳すると、川崎の口からは感嘆の声がもれた。

シーボルトは、江戸までの旅の途中、主として動植物の観察をおこないたいと川崎に懇願し、そのためにはできるだけ広い土地を散策したいと言った。

川崎は、シーボルトの言葉を信用し、研究に便宜をあたえることを約束した。そのあらわれとして、シーボルトたちの壇ノ浦への小旅行も許され、シーボルトは関門海峡の再調査をし、川原慶賀に絵を描かせることができ、さらに多くの日本人から潮流等海峡に関する貴重な談話を蒐集した。

シーボルトは、江戸への旅をひかえて長崎で周到な手配をすませていた。京都、名古屋、江戸に住む学者たちに連絡をとって面会を申込んでいたし、また帰郷する門人たちにも、それぞれに問題をあたえて、論文として提出することを命じていた。

下関では、それらの門人が待っていて、「長門《ながと》、周防《すおう》の地理学的統計学的記述」「海塩の製造法」「染料及び織物の染方」「日本で最も多く用いられる薬剤」などの論文が提出された。その中には、平戸方面から下関にまわってきていた高野長英の論文もあった。
シーボルトのもとには、門人たちの紹介で多くの病人が治療を乞《こ》うてきた。それらの混雑をふせぐためにくじをひいて順番を定めた。病人は、梅毒、癌《がん》、腫瘍《しゆよう》、眼病等にかされた者たちで、シーボルトは、それらの手術を手際《てぎわ》よくおこない、その治療を門人たちは見学した。患者の中には、長英が伴ってきた平戸の捕鯨を統率している有力者もまじっていて、シーボルトは、長英を介して日本の捕鯨についての話も聴取した。
さらにシーボルトは、山口行斎に依頼して阿弥陀寺《あみだじ》に絵馬額をかかげてもらった。それは、オランダ語で書かれたもので日本の役人には読むことができなかったが、内容は、
ここは、ファン・デル・カペルレン海峡である。
この海峡は、われらにこの国への旅を命じた人の名を冠したものである。
一八二六年二月二十四日
阿弥陀寺にて
江戸参府の使節一行
というものであった。日本国土にオランダ人総督の名をつけ、それを絵馬額として下関の代表的な寺にかかげたシーボルトの行為を幕府が知れば、激怒するにちがいない大

胆な行為であった。

下関からは、海路で瀬戸内海を進むことになった。船は、長さ十五間（約二七メートル）、幅四間（約七・二メートル）の中型船で、一行を収容するのには小さかった。

正月二十四日五ツ（午前八時）、船は帆に風をうけて下関港を出帆した。左方に干珠島《かんじゆじま》、満珠島《まんじゆじま》を望み、本山岬《もとやまみさき》を目ざし、周防灘《なだ》を東北方に進み、午後には、右手に四国の山々を見た。その手前に浮ぶ島は姫島《ひめしま》で、遠く佐田岬《さだみさき》も望まれた。船は、上ノ関《かみのせき》と室津《むろつ》の間のせまい海峡を通過、屋代島《やしろじま》と沖家室島《おきかむろじま》の間の水道に碇《いかり》を投げた。時刻は、四ツ（午後十時）であった。

それまでの間、シーボルトはビュルゲルとともに地勢の観測につとめ、錘鉛で水深をはかり記録していった。

翌二十五日は春らしい快い朝であったが、逆風で出帆は出来なかった。風は午後になるとさらに強くなり、夜には船の流出を防ぐため碇を多く投げなければならなかった。

船がようやく出帆したのは、翌日の午後であった。

船は、帆に風をはらんで瀬戸内海を東北東にむかって帆走した。多くの島の間を縫うようにすすみ、夜を迎えた。海上は暗い。干潮時で、浅瀬や岩礁《がんしょう》に衝突する危険もあったので、四ツ（午後十時）頃に碇を投げた。位置は、三原の沖合であった。

翌正月二十七日は順風であったので、夜明けとともに帆をあげた。尾道《おのみち》沖をすぎて左《さ》舷《げん》方向に田島を見、阿伏兎岬《あぶとみさき》をかわして玉島《たましま》沖に達した。

瀬戸内海の風光の美しさに、シーボルトたちは眼をうばわれていたが、同時に航行する船の数にも感嘆していた。漁船が多く、昼間は漁歌がきこえ、夜になると漁火《いさりび》が海上を明るませた。

船は追い風をうけて順調に進み、小豆島《しょうどしま》、家島の傍《かたわら》をかすめて、姫路藩領の室津に達し、一行は、そこで上陸した。シーボルトは、瀬戸内海を航海中、経緯度、山岳の高度、島の位置、水深等を計測し、地図を作成する資料の蒐集に専念した。また、天日《てんぴ》によって海水から塩を作る塩田の視察などもおこなった。ヨーロッパの製塩法よりも設備・製法などがはるかに完備しているのに驚き、塩田の図をえがき、製法を聴いて克明に記録したりした。

室津では本陣に泊り、経緯度の計測をしたり、長崎から連れてきた絵師川原慶賀に港とその附近の見取図をえがかせたりした。

シーボルトは、室津が重要な港であることを知っていた。大坂港は大商業都市を控えながら小さい舟しか入港できず、兵庫も、大船は繋留《けいりゅう》できるが港口が余りにも大きく開いていて暴風にさらされる危険がある。その両港にくらべて室津は、湾内が屈曲していて暴風に襲われても被害はなく、五十艘《そう》以上の船が一列に碇をおろすことができた。

かれは、室津が軍港としても好適だと判断し、近くの山根崎（観音寺《かんおんじ》崎《ざき》）に登って港を望見した。湾の入口には警護所が設けられ、その下方に砲台もみえる。それらをシーボルトは入念に観察し、記録した。

その地で、一行の統率者である御番所衆川崎源蔵が発病したので、シーボルトは門人の高良斎とともにその治療にあたった。それによって、シーボルトは源蔵の厚い信頼をうけることができた。

二月一日、五ツ（午前八時）すぎに一行は列をくんで山陽道を進んだ。龍野《たつの》の城を遠く望み、風景絶佳の地を過ぎて姫路に入り、宿をとった。姫路は、城郭を中心に東西南北に道路が直線状に走っている整然とした町であった。

翌日、五ツ半（午前九時）、一行は姫路を出立した。前夜、一寸（約三センチ）ほどの降雪があって、町はうっすらと白いものにおおわれていた。再び雪がちらつきはじめ、その中を曾根《そね》に着いて昼食をとり、加古川で宿をとった。

翌日は晴天で、明石《あかし》を過ぎ、舞子《まいこ》ケ浜《がはま》ではコンパスで地勢を観測し、一ノ谷の著名なそば屋敦盛《あつもり》そばの店内を見学、夜に入って兵庫にたどりついた。翌日も旅をつづけ、西宮、尼崎《あまがさき》を過ぎ、淀川《よどがわ》に架った難波橋《なにわばし》を渡って大坂の市街地に入った。

一行は、大坂で四日間をすごし、二月十日には京都に入った。その地では著名な蘭方医である新宮涼庭《しんぐうりょうてい》、小森桃塢《とうう》が待っていて、医学の資料を提供してくれた。

涼庭は、丹後の加佐郡由良村の生れで、若くして長崎に遊学し、オランダ通詞吉雄権之助の塾に入った。その精励ぶりをオランダ商館長ドウフが注目し、長崎奉行に懇請してオランダ商館の医師に任じた。名医としてのかれの名は高まり、オランダ医書の大蔵書家としても知られるようになり、京都に帰って開業した。

かれは、京都の蘭方医の第一人者として多くの門人を擁していた。

また小森桃塢も、長崎で蘭学をまなび京都にもどって開業していたすぐれた医家で、朝廷の侍医に挙げられ、従六位下《じゅろくいのげ》縫殿大允《ぬいどのだいじょう》の地位にあった。

シーボルトは、この両医家と親しく接したが、京都滞在中に思いがけぬ人物の来訪をうけた。それは、前年の六月に長崎で死亡した鳴滝塾の塾頭美馬《みま》順三の兄良右衛門であった。良右衛門は、郷里の徳島から京都に出てシーボルトの到着を待っていたのである。シーボルトは、順三が学才すぐれた人物であったと賞揚し、良右衛門とともにその死を悼《いた》んだ。

京都を発した一行は、大津、草津、石部、水口《みなくち》、大野、土山、関、四日市、富田、桑名、岡崎をすぎ、浜名湖に注ぐ川を舟で渡り、浜松に到着した。そして、二月二十四日には掛川に泊り、翌日には大井川の岸にある金谷《かなや》に到着した。

シーボルトは、大井川を越えるのに川越人足《かわごえにんそく》にたよらねばならぬことを知っていた。幕府は、軍事上の配慮から矢矧《やはぎ》と吉田以外に東海道の河川に橋を架けることを許していない。河川は防禦《ぼうぎょ》線で、天竜川、富士川、六郷川《ろくごうがわ》には渡船があったが、大井川をはじめ安倍川、興津川《おきつがわ》、酒匂川《さかわがわ》などには渡船の設置まで禁じていた。

商館長一行の関心は、大井川の水量にむけられていた。

川渡しは、明《あけ》六ツ（午前六時）から暮《くれ》六ツ（午後六時）までと定められ、水量が増すと危険がともなうので川止めとなる。大井川では、水深二尺五寸を常水と称し、一尺増すと馬を止め、二尺増すと人をとめた。つまり四尺五寸（約一・三五メートル）以上の水深になると、一切の渡河を禁じるのである。川止めにあうと、旅人は水量が減少するのを待って大井川の両岸にある金谷、島田の両宿場に逗留《とうりゅう》しなければならない。数日間の滞在を余儀なくされることも稀《まれ》ではなく、旅籠《はたご》代はかさみ、超満員の宿で不自由な日をすごすことになる。

商館長一行は、そうしたことを恐れていたが、幸いにも常水で、渡河を管轄《かんかつ》する川会所の役人の指示で川越人足が揃《そろ》えられ、一般の旅人の川渡りは、大名の渡河する折と同じように杜絶《とぜつ》状態になった。大井川の川越人足は四百名を越えているが、大半が一行の川渡りに動員された。乗物一挺《ちょう》に八人、駕籠《かご》一挺に六人、乗掛一駄《だ》に六人、軽尾《かるお》一駄に四人、一駄荷物に八人、両掛一荷に二人、二人乗り蓮台《れんだい》に六人、一人乗り蓮台に四人、ひき馬に三人がかかる。

一行の川渡りは、旅人の眼《め》をひいた。スチュルレル商館長、シーボルト、ビュルゲルの服装や帽子は華やかで、長柄《ながえ》の赤い傘《かさ》も人足の手で川面《かわも》を進む。人足たちの掛声につつまれて蓮台に乗るシーボルトたちは、物珍しげに人足たちを見まわしていた。

その日、川渡りを終えた一行は藤枝で泊り、翌日には府中（静岡）に入った。シーボルトは、府中の特産物である家具、漆器、竹籠《たけかご》、人形等の細工物の精緻《せいち》さに感嘆し、そのいくつかを購入した。翌日は、沖津（興津）を過ぎ、倉沢、寺尾を通過した。この附近では、さかんに紙作りがおこなわれていて、シーボルトは熱心に紙漉場《かみすき》をのぞいて歩いた。

翌二月二十九日、蒲原《かんばら》を出発した一行の前方に、雪をいただいた富士山があらわれた。シーボルトは熱心に計測をおこない、吉原で昼食をとった。かれは、原に著名な庭園があることを耳にしてビュルゲルとともに一行に先行した。その庭園は植松興右衛門という土地の富豪が持つもので、シーボルトはその種類の豊富さと美しさに驚嘆した。

一行は、沼津、三島をへて箱根の関所を通過し、小田原に達した。その地で、かれらは遊廓《ゆうかく》の中に入って美しく粧《よそお》った遊女たちの姿を見て歩いた。

旅は順調につづけられ、大磯《おおいそ》、藤沢をすぎ、三月三日には川崎に到着し、宿をとった。その旅宿には、一行の江戸での定宿である長崎屋の主人源右衛門が恒例にしたがって出迎え、数人の医家も江戸からやってきていて歓迎の辞を述べた。

翌日、スチュルレル商館長、シーボルト、ビュルゲルの三名は、いよいよ江戸に入ることになったので、荷の中から礼服をとり出し着用した。そして、朝六時に宿を出発、六郷川を越え、蒲田《かまた》、大森を過ぎて休憩所にあてられた大きな旅宿に入った。

そこには、思いがけず薩摩《さつま》藩主島津斉興《なりおき》の祖父島津重豪《しげひで》と子の斉彬《なりあきら》、中津藩前藩主奥平昌高《まさたか》の三名が待っていた。重豪は、将軍徳川家斉《いえなり》の義父として、隠居後も強大な権勢をもつ人物で、若い頃《ころ》から蘭学に興味をいだき、ドゥフ、ブロムホフら歴代の商館長とも親しく交際していた。また斉彬、昌高も、蘭学に深い理解をしめしていた。

商館長一行は一室に控えていたが、やがて重豪らのいる部屋に招かれた。

商館長たちは畳に正坐《せいざ》し平伏したが、重豪の指示で椅子《いす》が室内にはこびこまれ、それに坐《すわ》るように命じられた。

シーボルトは、重豪の壮健さに驚いた。八十二歳の高齢だというが二十歳以上若くみえ、耳も眼も健全で体格もたくましい。重豪の会話の中には、しばしばオランダ語もまじった。

重豪は、

「私は動物が好きだが、獣、鳥を剝製《はくせい》にし、虫を保存する方法を教えて欲しい」

と、言った。

シーボルトは、

「喜んでお教えいたします」

と、答えた。

ついで重豪は、右手をシーボルトにしめし、

「近頃、紅走病にかかっている」

と、言った。

シーボルトは、畳に膝《ひざ》をついて近づき、重豪の手を押しいただいて眼を据《す》えた。それは淋巴《リンパ》管炎《かんえん》で、赤龍丹《せきりゆうたん》という膏薬《こうやく》が塗られていた。その施療は好ましいものではなかったが、かれは重豪の侍医の名誉を傷つけることを恐れ、

「長崎にもどりましたら、良薬を調合してお送り申し上げます」

と言って、再び膝をつきながら退《さが》った。

その時、かれの耳にはっきりとしたオランダ語がきこえた。それは、意外にも中津藩前藩主奥平昌高の口からもれたもので、

「こちらに来なさい。シーボルト君。私は、貴君から手紙と贈物を受けとったことを感謝している」

といった趣旨のオランダ語であった。

商館員たちは、重豪らと通詞を介してさかんに会話を交し、一刻《いっとき》ほど後に重豪らの部屋を辞して外に出た。

一行は、海岸沿いの道を進んだ。海は遠浅で、随所に貝をとるための篠垣《しのがき》が立てられていた。

大井村を過ぎ、品川の宿に入ると、そこにも江戸の学者たちが出迎えていた。その中には蘭学に造詣《ぞうけい》の深い桂川甫賢《かつらがわほけん》、津山藩医宇田川榕庵《ようあん》もいた。

品川の宿には、街道に沿って遊女屋が並んでいた。シーボルトは、駕籠の中から遊女屋をながめた。格子《こうし》の中では、遊女たちが街道にむかって化粧をしている。白昼でも、客の出入りは多かった。

一行は江戸に入り、定宿である日本橋本石町の長崎屋に到着した。三月四日で、長崎を出発してから約二ヵ月の旅であった。

その日の夜、桂川甫賢、大槻玄沢《おおつきげんたく》らが訪れてきたが、御番所衆川崎源蔵は面会を許さなかった。それにつづいて江戸天文台の天文方であるオランダ通詞吉雄忠次郎が夫人とともに来訪、また中津藩前藩主奥平昌高が、侍医神谷源内、江戸の商人伊勢屋七左衛門を伴って長崎屋にやってきた。シーボルトは、器械、洋書などをみせて昌高を歓待した。

三月五日につづいて六日も、荷解きに終日をすごした。その夜、昌高が家臣とともに姿をあらわし、翌日からは多数の来訪者を迎えることになった。

シーボルトは、それら来訪者の中の桂川甫賢から日本の医学界についての知識を得ることができた。幕府の侍医で最も位の高いのは法印で内科医しか就任できない。ついで、法眼《ほうげん》、法橋《ほっきょう》の階級があり、将軍の居間に仕える者を奥医師、次の間に控える者を表医師という。科目については、一、内科医は本道《ほんどう》または内科、二、外科医は外科、三、薬物学者は本草科《ほんぞうか》、四、婦人医は婦人科（産科もふくむ）、五、小児科医は小児科、六、眼科医は眼科または眼医者、七、口内医は口中科、八、骨折医は骨接医者《ほねつぎ》、九、針刺家は鍼師《しんし》または鍼医者《はりくすし》、十、点灸者《てんきゆうしや》は灸師または手さし、十一、筋肉揉按家《じゆうあんか》は按摩《あんま》取りまたは導引《どういん》と称されているのだという。

またシーボルトは、甫賢から内科医と婦人科医のみが剃髪《ていはつ》を習わしにしていることもきいた。その理由を問うと、甫賢は、

「頭を丸めているのは、高貴な主君やその夫人に接する医師として、特に清潔であるべきだという考えから発したものです」

と、答えた。

その日、江戸に火事騒ぎがあってシーボルトたちを驚かせたが、宿の者は、

「焼失したのはわずかに三町（約三ヘクタール）ばかりで、幸いだった」

と、こともなげに言った。かれは、あらためて江戸に火事の多いことを知った。

来訪者は相つぎ、島津重豪と奥平昌高も正式に訪問してきて、商館長やシーボルトと贈物を交換し合った。その折に、重豪は鳥を持ってきて剝製にするように命じ、シーボルトは、それを剝製にしてみせ重豪を大いに喜ばせた。そして、その御礼として、将軍から拝領したという扇子を重豪から賜った。

その日、シーボルトは、徳川将軍夫人の生母の診察もした。その婦人をはじめ侍女に

接したシーボルトは、彼女たちが淑《しと》やかで礼儀正しく威厳があり、しかも驕慢《きょうまん》さがみじんもないことに深い感銘をうけた。

シーボルトは、御番所衆川崎源蔵に面会して、江戸に滞在する期間をのばしてくれるよう幕府に働きかけて欲しい、と懇願した。また、幕府内に隠然たる勢力をもつ島津重豪にも、同様の希望を申し述べた。重豪は、無言でうなずいていた。

かれは、長崎から江戸へくる道中で富士山をはじめ多くの山岳の高さを測定し、毎日、朝、昼、夜と気温をはかった。天文学的測定にも熱心で、下関では二十九回、京都では二十六回の観測をかさねて経緯度の正確を期した。

殊《こと》に江戸では、多くの学者に接し、かれらから豊富な知識を得ることが期待された。かれにとって、最も入手を希望していたのは、地理的知識であった。鎖国政策をとる日本は、世界で最も謎《なぞ》の多い国であった。オランダ、中国以外の国との交流をきびしく拒否し、しかもオランダ人、中国人をも長崎の一劃《いっかく》に幽閉状態においている。日本は、厚いヴェールにつつまれたうかがい知ることのできぬ国であった。

かれは、長崎屋にある種の学者が訪れてくるのを待ち望んでいた。それは桂川甫賢、大槻玄沢らの医家ではなく、国の情勢に関する知識をあたえてくれる人物であった。

やがて、かれの前に頭部の大きい一人の男があらわれた。それは、シーボルトが待ち望んでいた人物で、名は最上徳内《もがみとくない》と言った。

シーボルトが徳内と親しく話し合ったのは、かれが江戸に到着してから六日後の三月十日であった。桜の蕾《つぼみ》はふくらみ、江戸の街々には花見をひかえて賑《にぎ》わいが増してきていた。春らしい晴れた日がつづいていた。

シーボルトは、徳内が非凡な人物であることにすぐに気づいた。顔は無表情だが、眼光は鋭い。苦労して一つの大業を果した人物特有の、物に動じぬ態度が感じられた。

徳内は、出羽国楯岡《たておか》（山形県村山市）の貧しい農家の次男に生れた。富裕な家の子守にやとわれて辛《かろ》うじて飢えをまぬがれ、十六歳の秋には、谷地村で煙草《たばこ》を製している津軽屋に奉公した。そして、山形、米沢《よねざわ》、伊達《だて》、仙台、南部、津軽等をまわって煙草の販売、代金の取立をするかたわら、独学で漢書を読み、算筆を習い、柔・剣術の修業につとめた。天明元年、二十八歳になった徳内は、江戸に出て幕府の医官山田立長の下僕となって医術の習得にはげんだ。立長は、かれの学問に対する情熱に感服し、暦算家《れきざんか》、天文家として著名な本多三郎右衛門の塾《じゅく》に入門させた。

天明四年、幕府は、蝦夷《えぞ》方面を探索する必要を痛感し、翌年調査団を派遣した。その折、本多三郎右衛門は、一行中の青島俊蔵の従僕に徳内を推挙した。かれは、青島に従って釧路《くしろ》、厚岸《あつけし》、霧多布《きりたっぷ》に赴き、翌天明六年には千島列島の国後《くなしり》島、エトロフ島、ウルップ島を踏査した。その後も、しきりに蝦夷、奥蝦夷（千島）方面に足をふみ入れ、ロシヤ人、アイヌ人とも親しく接触して、その言語、風俗を十分に咀嚼《そしやく》し理解した。

その間、松前藩の妨害をうけ、厳しい自然に生命の危険を感じることも多かったが、それにもめげず精力的な踏査をつづけた。寛政二年には、アイヌ争乱事件に関与したとして入牢《じゅろう》の身となったが、嫌疑《けんぎ》がはれ、逆に長年の功績をみとめられて幕府に召しかかえられ、普請役に任ぜられた。

北辺の地をめぐるロシヤとの国際情勢の緊迫化にともなって、徳内も寛政三年には東蝦夷地（胆振《いぶり》、日高、十勝、釧路、根室、千島）、厚岸、霧多布、国後を調査、翌年には樺《から》太《ふと》、同十年には東蝦夷地、国後、エトロフ、十一年に東蝦夷、文化二年に西蝦夷、東蝦夷、同四年に箱館《はこだて》、江差《えさし》、宗谷、翌五年に樺太へと相ついで足をふみ入れた。つまりかれは、間宮林蔵とともに北辺の地の情勢を実地に踏査した幕吏で、豊富な知識をもとに多くの地図も作成していた。

シーボルトの旅宿長崎屋を訪れた徳内はすでに七十三歳、シーボルトは三十歳であった。

シーボルトは、徳内に日本の北辺の地の情勢について教えを乞《こ》うた。ロシヤは、日本と国境を接し対日貿易をのぞんでいる。当然考えられるのは、ロシヤがカムチャツカに前進基地を置いて日本に接近する計画を立てていることで、そうしたことからもシーボルトは、樺太、千島、北海道の地理的知識を得、アイヌ、ロシヤ人の生活状況を知りたいと念願していた。

徳内は、シーボルトの質問に誠意をもって答えた。

「シベリヤト樺太トノ間ノ海峡ノ状態ハ、如何《イカガ》デスカ？」

シーボルトが質問すると、通詞がそれを徳内に伝え、

「十二月から二月まで結氷する」

と、徳内は低い声で答えた。

「流氷ハ、アリマスカ？」

と、シーボルト。

「解氷の後、海上にてしばしば船舶の航行に危険な氷山がうかんでいます。二十平方町（約二〇ヘクタール）もある大氷山も稀《まれ》ではなく、海上に突き出ているのは二間（約三・六メートル）ほどですが、海面下は一町（約一〇〇メートル）もあります」

「厳寒ノ地デモ、人間ノ生活ニハ支障ハアリマセンカ？」

「冬の寒気は、日本人にきわめて有害です。私が文化四年（一八〇七）に樺太で越冬した折、百五人中五十三人が寒冷のために死亡しました。その症状は独特で、凍えた病人をあたためようとして焚火《たきび》に近づけると、体がむくんで死亡します。海上の気象状況も悪く、船乗りたちは、絶えず熱を発したり下痢症状を起します。昆布《こんぶ》を多食すると、体によいと言われています」

「樺太トシベリヤトノ間ノ海峡ハ、最モ狭イ所デドノ程度デスカ？」

「三里から五里ほどで、海は浅く、静穏です。そのためシベリヤ側から人が渡ってきて毛皮等の交易をしています」

このような会話が交された後、シーボルトは、

「徳内殿、アナタノ作成シタ蝦夷、樺太ノ地図ヲオ譲リ下サラヌカ」

と、徳内に言った。

日本国領土の地図を異国人にあたえることもみせることも国禁とされているので、徳内は、口をつぐんでシーボルトの顔を凝視していたが、

「お譲りするわけにはゆきませぬが、一時お貸ししましょう。ただし、このことは絶対に他言しませぬように……」

と、低い声で言った。

その言葉を通詞が通訳すると、シーボルトの顔は喜びで紅潮した。蝦夷、奥蝦夷、樺太について、間宮林蔵とともに最も豊富な知識と経験をもつ徳内の苦心して作成した地図を眼にすることができることに、シーボルトは興奮した。

その日、徳内は、蝦夷、樺太とその周辺の海をもふくむ地図をひそかに長崎屋へ持ちこんできた。シーボルトは、ただちにそれを入念に筆写し、荷の奥に保管した。その後、シーボルトは徳内と連日のように会ってアイヌ語を習い、その単語を記録した。

翌三月十一日には、桂川甫賢と仙台藩侍医大槻玄沢が長崎屋にシーボルトを訪れてき

た。玄沢は、杉田玄白の第一の高弟で、オランダ語研究の道をひらいた前野良沢の後継者でもあった。すでに七十歳の老齢で、「解体新書」の重訂につとめ、「蘭学楷梯《かいてい》」「環海異聞」の著者でもあった。

シーボルトは、玄沢の学識の深さに感心し、医学に関した問答を交した。

上野、浅草の桜が急にほころびはじめたという話が、江戸の街々にひろがっていた。

最上徳内についで、シーボルトを緊張させた来訪者は高橋作左衛門景保《かげやす》であった。

作左衛門は、大坂の人作左衛門至時《よしとき》の子で、父の後をうけて幕府の天文方になり、ついで御書物奉行に任ぜられた。天文台では天文・測地、地図製作、翻訳などをおこない、天文、暦学《れきがく》に造詣《ぞうけい》の深い人物が書物奉行の役にもついたが、作左衛門は、両者の条件をすべてそなえた学者であった。

かれは、広い視野で天文方の事業を推しすすめ、多くのすぐれた人材をさかんに登用してその才能を発揮させることにつとめていた。伊能勘解由《いのうかげゆ》忠敬《ただたか》も配下の一人で、作左衛門は忠敬の測地事業を大いに支援し、忠敬もそれにこたえて日本とその附近の地図製作に従事した。それによって琉球《りゆうきゆう》諸島からカムチャツカに至る図と、支那、朝鮮、満《まん》洲《しゆう》等の沿海地方を記した「日本輿地《よち》全図」という劃期《かつき》的な大業を成しとげることができた。また、長崎の天才的なオランダ通詞馬場佐十郎を江戸に招いて世界地図作成に従事させ、樺太の地図をヨーロッパ版の図と間宮林蔵の実測図を参考に作成させたりした。作左衛門は語学の才にもめぐまれ、殊にロシヤ語、満洲語、中国語に長じ、天文台にオランダ書の翻訳をおこなう訳局を創設、馬場佐十郎をはじめ大槻玄沢、宇田川玄真、杉田玄白の養嗣子《ようしし》立卿《りつけい》、青地林宗《あおちりんそう》、大槻玄幹《げんかん》、宇田川榕庵ら一流の蘭学者を招き、西洋の知識を積極的に導入することにつとめていた。

このような豊かな学識と統率力に長《た》けた作左衛門の来訪は、シーボルトを喜ばせた。作左衛門は四十二歳であった。

その日、作左衛門は、歓迎の挨拶《あいさつ》を述べただけで辞していった。

翌々日には、多くの医家たちを前に、桂川甫賢らが贈ってくれた豚を利用して眼《め》の手術、解剖をして見せ、講義をした。桂川甫賢、最上徳内は連日のように長崎屋に姿を現わし、幕府針侍医石坂宗哲、眼科侍医土生《はぶ》玄碩《げんせき》、その子の玄昌、本草学者栗本瑞見《くりもとずいけん》らも続々と来訪した。それらの医師の乞《こ》いで種痘《しゅとう》の方法を教え、開瞳《かいとう》手術、兎唇《みつくち》手術をしてみせた。また甫賢は、シーボルトの江戸滞在期間の延長が許可される空気が幕府内にあるとつたえ、シーボルトを安堵《あんど》させた。三月二十五日は、将軍徳川家斉《いえなり》の謁見《えっけん》をうけるため、一同正装して長崎屋を出、江戸城に入った。

スチュルレル商館長、シーボルト、ビュルゲルは幕府の役人の指示で謁見をうける稽《けい》古《こ》をし、一室でしばらく控えていた後、江戸在住の長崎奉行、宗門奉行、侍医たちの先導で謁見の場にむかった。

シーボルトたちは後方につき従い、スチュルレル商館長は、御番所衆、大通詞とともに身をかがめて進んだ。そして、千畳もあるかと思われる大広間の階段の下にある廊下に膝《ひざ》を屈して坐った。

しばらくするとシッ、シッという低い声が起った。将軍が御簾《みす》の中に入ることをつたえる合図であった。

商館長たちは廊下の板に額をすりつけて深く頭をさげ、両側に並ぶ大名や高官も同様に手をついた。

シーボルトも廊下で平伏していたが、しばらくすると、

「オランダ・カピタン（商館長）」

という スチュルレルを披露《ひろう》する声がきこえた。

その直後、長崎奉行が、スチュルレルの衣服を強くひいて後退し、シーボルトも他の者たちとともに膝をすってさがった。それによって、将軍の謁見の儀は終了した。

さらにかれらは西丸に参上し、そこでも将軍の世嗣《せいし》の代理として広間に坐っている老中松平和泉守乗寛《いずみのかみのりひろ》、酒井若狭守忠進《わかさのかみただゆき》にむかって廊下で平伏した。その後、かれらは、老中、若年寄などの邸《やしき》に挨拶にまわり、茶菓のもてなしを受けた。

老中に挨拶した後、正坐して茶をのんでいると、障子に小さい穴を多くあけてそこから女たちが物珍しげにのぞいた。そして、シーボルトたちの持っている物を手渡すようにうながし、渡すと障子のかげでながめまわす。それは、帽子、時計、指輪、襟留《えりどめ》、剣、杖《つえ》などさまざまで、女たちは礼を言って返すが、

「この帽子はオランダ人の帽子らしくない。むしろロシヤ人の帽子に似ている」

とか、シーボルトたちの頭髪に眼をむけて、

「可笑《おか》しな髪形だ」

などとささやいたりしていた。

また大名の従者たちは、扇子や紙をさし出して、オランダ文字を書いてくれと言ったりした。

商館長一行は、奉行に連れられて邸をまわり挨拶を繰返した。その間、どこの邸でも廊下に正坐し平伏しなければならなかったので、足がしびれて動けなくなった。ようやく足をもんで五ツ半（午後九時）すぎに旅宿に帰ったが、かれらの疲労は甚《はなはだ》しく、シーボルトは頭痛と胃痛におそわれて寝こんでしまった。

翌二十六日も、江戸町奉行、寺社奉行のそれぞれの邸に御礼言上のため参上、そこでも婦人たちの好奇の眼につつまれ、所持品を披露させられた。さらに翌々日には、再び江戸城に参内《さんだい》、大名、高官らの視線にさらされた後、将軍に暇乞《いとまご》いの拝謁をうけた。

それが終了した後、商館長たちは老中のいる部屋に導かれた。そこでもかれらは部屋の外の廊下に平伏し、老中からの下知状《げじじよう》をうけた。それを長崎奉行、宗門奉行が交互に読み、大通詞末永甚左衛門が通訳した。下知状の内容は、

「オランダ人は、代々日本と商売をすることを許され、毎年、船を長崎に送ってきている。従前より申しつけておる如《ごと》く、切支丹《キリシタン》宗門のポルトガル人と親しく交ることはまかりならぬ。もしも、親しくしておることを他の異国の者共からきいた折には、日本への渡海を禁ずる。むろん、宗門の者を船にのせてきてはならぬ」

という趣旨で、それを通詞が通訳すると、スチュルレルたちは頭を低くさげた。

奉行は、第二条を読み上げた。

「相変らず日本と商売をし渡航したいと願うならば、切支丹宗門の儀について聞き知ったことを必ず申し上げるべし。ポルトガル人、または切支丹について新たに情報を入手した折には長崎奉行まで申し上げよ。日本に渡航してくる唐船を略奪してはならぬ。オランダ人は、異国でもポルトガル人と親しく交ってはならぬ。お前たちがどこかの異国でポルトガル人に会ったことがあるなら、その国の名を申せ。琉球の国の者は日本の民である故《ゆえ》、どこで出遭ってもその船を奪ってはならぬ」

スチュルレル商館長は、通訳の言葉をきき終るとひれ伏し、

「命令ヲ理解イタシマシタ。バタビヤノ総督ニ必ズ伝エマス」

と、答えた。

それを大通詞が通訳して奉行に伝え、奉行は老中に申し述べ、スチュルレルに、

「退席してよい」

と、言った。

スチュルレルは、引き退《さが》ると廊下で将軍下賜の衣類をうけて平伏、また将軍世嗣下賜の衣類を授けられて深く拝礼し、宗門奉行から老中の「江戸出発許可」の言葉を得て、退出した。

儀式はそれだけで終ったわけではなく、さらに煩《わずら》わしい行事がひかえていた。

かれらが西丸に赴いて老中に深い感謝の意をつたえて宿の長崎屋に帰ると、十七人の大名の使者が次々に訪れてきた。それは、スチュルレルが蘭領東印度総督府の名で贈物をした大名からの使者で、かれらは返礼の品々を持ってきた。それに対して、スチュルレルは、菓子とリキュールで饗応《きようおう》し、帰る折には壺《つぼ》に入れた菓子、二個の煙管《きせる》、一包の煙草《たばこ》を渡した。そうしたことが十七回くりかえされたが、その間、スチュルレルは畳に正坐して日本式の深い挨拶をつづけていた。

シーボルトは、そのような応対からは解放されていたので、江戸の調査にとりくんでいた。

江戸城については、幕吏に賄賂《わいろ》をおくって略図を入手し、城内の構造、城壁、壕《ほり》等に

ついての正確な知識を得た。また、江戸の河川、大名屋敷、金座、銀座、娯楽場、寺院、遊廓《ゆうかく》、祭事をはじめ市制、市民の生活状態、物資の輸送方法等の資料も入手していた。

シーボルトは、江戸に来てから門人高良斎、二宮敬作らに命じて積極的に日本の国情を知る資料の蒐集《しゅうしゅう》につとめていた。かれは、オランダ政府からあたえられた多額の金銭をそれらの購入にあて、二宮敬作らとともに江戸の経緯度の観測も繰返していた。来訪者たちは、シーボルトが日本の国情を知る物品を喜ぶことを知って、さまざまなものを持ちこんできていた。最上徳内は、地図を貸与した以外に樺太から持ち帰った樹木の標本を、桂川甫賢は蝦夷地方の植物図鑑をそれぞれシーボルトに贈った。

かれのもとには、尨大《ぼうだい》な資料が集ったが、それでもかれは満足していなかった。日本の首府である江戸に来たからには、狂喜するような資料が入手できるはずだと思っていた。幕府側の自分に対する態度は好意的で、宿には島津重豪、中津藩前藩主奥平昌高以外に幕府の高官、侍医らが連日訪れてくる。かれらを通じて、貴重な物品を入手したかった。

そうしたことを期待していたかれに、幕府の侍医である眼科医土生《はぶ》玄碩《げんせき》から思いがけぬものが贈られた。それは、玄碩が将軍家から拝領した葵《あおい》の御紋のついた衣服であった。

土生玄碩は、日本の代表的な眼科医であった。

かれの生家は、代々眼科医を業とし徳川将軍家の侍医となり法眼の地位についた者すらいる、安芸国《あきのくに》吉田の名家であった。かれは奔放な男であったが、馬医者が馬の眼から膿《うみ》を除去する方法を目撃してそれに創意を加え、小鋒鍼法《しんぽう》と称する外科治療法を編み出した。それは、当時西洋で開発され効果を認められていた膿除去《のうじょきょ》の新手術法と合致したものであった。

かれは、言動が不遜《ふそん》で遊興にふけり、自分は天下の名医だと高言していた。そのため人々は、かれを「ホラ吹きめいしゃ」と陰口をたたき、蔑《さげす》んでいた。そうした中で、玄碩は、落魄《らくはく》して物乞いになっていた田村喜平次という盲人に外科治療をほどこし、成功した。その手術は鍼《はり》の扱いをあやまって虹彩《こうさい》を突き刺してしまったのだが、その失敗が逆に開眼をうながした。それによって、かれは偶然にも穿瞳術《せんとうじゅつ》を発明することができたのである。その噂《うわさ》は近隣にひろがったが、玄碩がその成功によって一層傲慢《ごうまん》になったので、治療を乞う者はほとんどいなかった。

玄碩は生活も荒れて遊び呆《ほう》けていたが、ある日、沢都《さわと》という盲人から痛罵《つうば》された。沢都は、所用があって京都に旅した帰途、大坂に三井元孺《げんじゅ》という眼科の名医がいることを耳にし、治療をうけたところ視力が恢復《かいふく》して吉田に帰ってきたばかりであった。

沢都は、玄碩に、

「同じ眼医者であるのに、三井先生のような名医がいるかと思えば、あなたのような遊興にうつつをぬかす愚かな医者もいる。同じ人間で、なぜこのように差があるのか」

と、呆《あき》れたように言った。
沢都は毒舌家として知られていたが、その言葉は玄碩の胸を鋭く刺した。かれは、家に帰ると老父に諸国遊学の許しを乞い、故郷を出た。備後《びんご》、備中《びっちゅう》、備前をへて播磨《はりま》、摂津へと旅をつづけ、京都で和田東郭《とうかく》の塾に入り、二十八歳の年には大坂へ出て、「めいしゃ」を開業した。

しかし無名のかれの家を訪れる患者はなく、生活にも困窮して按摩《あんま》になり、笛を吹いて大坂の町を流して歩いた。その間に、同業の一止という十六歳の盲人と親しくなり、かれに外科治療を試みた。一止の病症は、石翳症《せきえいしょう》で不治の眼病とされていたが、開眼手術は見事に成功した。その話は大坂の町々につたえられて玄碩の名はとみにあがり、患者がかれのもとに殺到するようになった。それらの患者に、かれは小鋒鍼法、穿瞳術を駆使して大いに治療効果をあげた。

やがて、大坂、京都の著名な眼科医との交際も増し、三井元孺、高充国とも相識《あいし》るようになった。三井は、沢都を開眼させた医師であり、高はシーボルトの高弟である高良斎の叔父であった。玄碩は漢方医であったが、蘭方医杉田玄白の門下生であった充国の影響をうけ、かれに教えを乞うてオランダ医学の勉学にもはげんだ。

玄碩は、その後故郷の吉田に帰って開業し、四十一歳の秋には芸州藩の藩医に推され、藩主浅野重晟《しげあきら》の第六女教姫《のりひめ》の眼病治療のために江戸に赴き、治療に専念した。それも見事な施術によって快癒《かいゆ》したので、そのまま江戸にとどまることになり芝田町に邸をかまえた。かれの眼科手術は次々に成功をおさめたため患者がむらがり、やがて江戸随一の名医と評されるようになった。

文化六年、玄碩は、将軍家斉の謁見をうけ、翌年二月には奥医師として百俵五人扶持《ぶち》をうけ、浅草平右衛門町に町屋敷を賜った。四十三歳であった。患者の訪れは後をたたず、かれの資産は莫大《ばくだい》なものになり、大名、武家にも多額の金銭を貸しあたえるまでになった。

文化十三年十二月十六日、かれは眼科奥医師として最高位の法眼《ほうげん》に叙せられ、子の玄昌も文政七年に西丸奥医師となり、医家として最高の栄誉と富を得る身になっていた。

玄碩が子の玄昌とともにシーボルトを長崎屋に訪れたのは、文政九年三月十九日であった。玄碩は、五十九歳であった。その席には、本草家の侍医栗本瑞見らがいたが、シーボルトは眼科医である玄碩に興味をいだいたらしく、眼科の医書を見せたり器具をしめしたりした。むろん法眼である玄碩を粗略に扱ってはならぬという配慮もはらっていた。

玄碩は、通詞の通訳によって、自ら考案した穿瞳術について説明した。シーボルトの顔に緊張した表情がうかび、眼に驚きの色がうかんだ。かれは、玄碩の顔を見つめながら口を動かした。それを通訳した通詞は、玄碩の穿瞳術がイギリスの眼科医チェゼルデンの開発した手術法と一致していることにシーボルトは大きな驚きをしめしている、と伝えた。

シーボルトは、玄碩に好意をいだき、自分の愛用している手術器具を贈った。その日、玄碩は、一刻《いっとき》（二時間）ほどシーボルトと懇談して長崎屋を辞した。

かれは、数日後、息子の玄昌を招くと、

「しぼると殿は、なにか開瞳の秘薬があると話していたな」

と、言った。

「はい。それを使って瞳孔を開き、刀を用いて手術をすると白内障その他の眼病治療に有効だと申しておりました」

玄昌は、答えた。

「やはり、そうか。その開瞳薬はなにを材料に作ったものであろう」

玄碩は、つぶやくように言った。

シーボルトは、たしかに点眼して瞳孔をひらく秘薬があると言った。もしもそのような薬が使えれば、シーボルトの言うように眼の手術は容易になる。かれは、その薬を入手してみたかった。

その日の午後、かれは、玄昌に長崎屋へ赴き、シーボルトに薬の成分をきいてくるように命じた。玄昌は、シーボルトに贈る日本の医書を手に、供の者を従えて駕籠《かご》で日本橋へ向った。

家々に灯《ひ》がともりはじめた頃、玄昌が家にもどってきた。

「いかがであった」

玄碩は、待ちかねたように玄昌にたずねた。

「ことわられました」

玄昌は、顔をゆがめた。

「教えてはくれぬのか」

「はい。不機嫌《ふきげん》そうに顔をそむけて返事もしませぬ」

玄昌は、腹立たしげに言った。

「なぜであろう。しぼるとは名医で、誰彼の別なく親しく西洋の医術を教えてくれるということで評判の異国人ではないか。開瞳の薬を教えてくれることなど、簡単なことであろうに……」

玄碩は、頭をかしげた。

「推察いたしまするに、あのしぼるという異国人は、驚くほど物欲の強い人物ではないかと思われます。なにか珍しい物をあたえると、ひどく喜ぶ由《よし》で、長崎屋には贈物があふれておるときいております」

玄昌が、口をゆがめた。

「それでは高価な贈物をあたえなくては、些細《ささい》なことでも教えてはくれぬと申すのか」

「そのように思われます。しぼるとも、日本の医家と同じではないのでしょうか。秘法、秘薬は人に知られぬようにつとめ、余程のことがないかぎり他人に教えることはないように思われます。私が頭をさげて頼みこみましたが、冷い眼《め》をして庭の方をながめていました」

玄昌の言葉に、玄碩は深い息をついた。

シーボルトの態度は、日本の医家ならなんの不思議はない。秘法、秘薬は、自分の医家としての価値を支えるもので、たとえ門人でも容易には教えない。しかし、シーボルトは、日本の医家にすすんで西洋の最新医学の知識をあたえると公言しているというし、長崎では鳴滝塾という私塾までひらいて教授をしているという。そのようなシーボルトが開瞳《かいとう》薬の成分を侍医である自分に教えてくれぬことは不当に思えた。玄碩は、息子を使者に立てたことがシーボルトの癇《かん》にさわったのかも知れぬ、と思った。

玄碩の胸には、シーボルトに教えを乞《こ》うのをためらう感情もひそんでいた。玄碩は日本の眼科医の第一人者で、オランダ医学に対しても深い理解をいだいているという自負を持っていた。五十九歳のかれは、自分の子の玄昌より一歳上にすぎぬシーボルトに、他の日本人医家のような一歩さがった態度で接する気にはなれなかった。生れつき自尊心の強いかれは、シーボルトが西洋に生れ西洋医学を身につけただけのことで、必要以上に尊重されるのを苦々しくさえ思っていた。

玄碩は、玄昌の報告を不快そうにきいていたが、開瞳薬の成分を知りたいという思いは一層つのった。秘薬を得るためには辞を低くしてシーボルトに懇願すべきだ、とも思った。

翌日、かれは、門人を上野山下に走らせた。そこには大和屋という古い鰻屋《うなぎや》があって、その店の蒲焼《かばやき》は型も中程度で味も江戸随一と言われている。かれは、それをシーボルトへの手土産にしようと思った。

やがて、門人が蒲焼の包を手にもどってきた。玄碩は、それを漆器におさめ駕籠に乗ると長崎屋へ赴いた。

かれは、蒲焼を江戸の珍味としてシーボルトに贈り、姿勢を正して、

「開瞳薬とはどのようなものか、何卒《なにとぞ》お教えいただきたい」

と、懇願した。

通詞がそれを通訳したが、シーボルトは顔をしかめたまま返事もしない。尚《なお》も重ねて頼むと、素気なく席を立ってしまった。

玄碩は、憤《いきどお》りを感じた。シーボルトの不遜な態度は、日本の医家たちの迎合によるものだ、と思った。が、蒲焼を土産に長崎屋を訪れた自分もその一人だと気づくと、情無くもあった。

シーボルトの拒否にあって、玄碩の開瞳薬を入手したいという願望は、さらに激しいものになった。もしも、その薬を使うことができれば手術効果は増し、かれの眼科医としての名声もたかまる。どのような犠牲をはらっても、シーボルトから秘薬の成分をきき出したかった。

翌日、かれは玄昌に自分の使用する鍼道具一式を贈物としてシーボルトのもとに持参させ、一日置いて自ら長崎屋を訪れた。が、役人を通じて面会を申しこんでも、シーボルトは体が不調だと称して顔を出すことさえしなかった。

玄碩は、大通詞末永甚左衛門に面会し、開瞳薬の成分をきかせてくれた場合には、それと引き代えにどのようなものでも贈呈するとシーボルトに伝えて欲しいと依頼した。

翌日、かれは、長崎屋に足を向けた。シーボルトは、末永から話をきいていたらしく面会所に姿を現わし、玄碩と向き合った。

「アナタニ、瞳ヲ開ク薬ニツイテ教エテモヨイ。ソノ代リニ、アナタノ持ツ葵《アオイ》ノ紋服ヲイタダキタイ」

と、シーボルトは言った。

玄碩は、顔色を変えた。紋服はかれが将軍家から拝領したもので、他人に譲ることなどできない。むろん異国人に渡すことなど論外で、もしも禁をおかせば大罪に問われる。

「出来レバ、商館長ニモ紋服ヲ贈ッテ欲シイ。私ダケ受取ルノハ、マズイ」

シーボルトは、言った。

「何のために必要なのですか」

玄碩は、たずねた。

通詞の通訳を耳にすると、シーボルトの顔に笑いの表情がうかび、

「帰国シタ時、師、親、友人ニ自慢シ、永ク家宝トシテ保管シタイダケダ」

と、言った。玄碩は、

「なるべく御希望に沿うようにしたい」

と言って、長崎屋を辞した。

かれは、困惑した。紋服を二枚シーボルトの手に贈ったことが発覚すれば、身の破滅をまねき、累《るい》は家族、親族にまで及ぶ。しかし、かれは秘薬を入手したい欲望にうちかつことはできなかった。そして、帰宅すると、御召葵紋服の羽織と時服葵紋付帷子《かたびら》をそれぞれ紙に包み、前者に「かぴたん」、後者に「しぼると」と小さな文字を書きつけ、それらをさらに紫色の布で包むと、長崎屋に引き返した。

シーボルトは、内部をあらためて満足そうに表情をやわらげると、

「薬ノコトヲ教エマス」

と、言った。玄碩は、

「薬名は？」

と、たずねた。

シーボルトはオランダ語で答えたが、末永甚左衛門は、それを日本名でどのように訳すのか知らなかった。

玄碩は、それが植物であることを察し、形態その他について執拗《しつよう》に問うたが、要領を得ない。第一、それは西洋にある植物で日本のものではないのかどうかもわからなかった。

当惑した玄碩は、

「その薬草は、わが国にあるか」

と、問うた。シーボルトはうなずくと、

「ミヤ、ミヤ」

と、言った。

ミヤとはなにを意味するのか、玄碩は頭をかしげた。末永甚左衛門は、地名らしいという。そして、尚もシーボルトにその言葉の意味を繰返し問うたが、ようやくそれが尾州の宮であることに気づいた。

「よくわかりました。シーボルト殿が宮で入手した植物にちがいありませぬ」

末永は、明るい表情をして玄碩に説明した。

シーボルトが商館長に随行して江戸へ出府する途中、宮に到着して昼食をとっていると、宿に水谷助六が訪れてきた。水谷は、植物、動物、鉱物に豊かな知識をもつ人物で、名古屋藩の薬園の監守にもなっていた。遠く山野を探って薬草を採取し、自分の家の庭に二千種にも達する植物を栽培して研究をつづけている。著書も多く、全国に多数の門人を擁した博識の学者であった。助六の知識はシーボルトを驚嘆させ、かれの贈った珍しい植物標本や甲虫等の化石、マフグ、ハコフグ、タツノオトシゴ等の魚介類の乾燥標本は、シーボルトを喜ばせたという。

「その折にシーボルト殿は、水谷助六殿から瞳《ひとみ》をひらくのに効のある薬草と同じものを見せられたにちがいありませぬ」

末永は、自信にみちた表情で言った。

玄碩は、深くうなずいた。かれは、水谷の名を知っていた。オランダ書を多読し薬草の分類に他の追随を許さぬ業績をあげていることは、江戸まできこえていた。もしも開瞳に効験のある薬草が日本にあるならば、当然水谷の眼にとまっているはずで、シーボルトが水谷から見せられた植物の中に開瞳薬の成分である植物がまじっていたという末永の言葉は、十分に信用してよいと思った。

玄碩は、シーボルトに礼を言って長崎屋を出た。

「いかがでございました」

夕闇《ゆうやみ》の中で駕籠を待たせていた玄昌が、言った。

「ようやくき出すことができた。尾州の宮附近にある薬草とのことだ。水谷助六殿にたずねればわかるらしい」

玄碩は、不機嫌そうに顔をしかめて答えた。

提燈《ちょうちん》に、灯がともされた。玄碩は、駕籠の中に身を入れた。疲労が湧《わ》いたらしく、かれは眼を閉じた。二挺《ちょう》の駕籠は、提燈をゆらせながら本通りの方に出て行った。

その後、玄碩は人を尾州の宮に派し、水谷助六から開瞳の薬草の存否を問わせた。その薬草は莨菪《ろうとう》で、使いの者は附近の山野をさぐって多量に採取し、江戸に持ち帰った。玄碩は、それを使って薬液を作り患者に点眼してみると、シーボルトの言葉通り瞳孔が散大した。かれは、大いに喜んで、開瞳薬を使用して白内障などの手術をおこない、著しい成果をあげることができた。

二着の紋服は、シーボルトと商館長スチュルレルの荷箱の中におさめられたが、スチュルレルは、シーボルトのような喜び方はしめさなかった。それは、シーボルトに対する反感から感情の表現をひかえたのかも知れなかった。

シーボルトは、江戸での滞在期間の延長を強く願っていた。幸い、侍医たちの話によると幕府内にはかれの願いを受け入れる声が高いとのことで、かれは上機嫌であった。

かれは、幕府から正式の許可がおりるのを待っていたが、かれの関心は、天文方高橋作左衛門景保《かげやす》の存在に集中されていた。作左衛門との接触は、シーボルトにとって日本の地を踏んで以来、最も大きな意義をもつものであった。

天文方兼御書物奉行高橋作左衛門景保は、海防について深い関心を寄せていた。文化三、四年のロシヤ艦の北辺への来攻、それにつづくフェートン号事件などに刺戟《しげき》を受けた作左衛門は、西欧情勢をさぐることに力を傾け、それを国防上の重要な資料としたいと念願していた。文政七年の宝島事件を機に、かれは幕府に上申書を提出して、それに対する布令《ふれ》を発する必要があることを説いた。

上申書でかれは、わが国の沿岸をおびやかすイギリス船は官船ではなく、ほとんどが捕鯨船にすぎず、それに備えて諸藩が常に警固をかためる必要はないが、手を拱《こまね》いているわけにもゆかぬので、かれらを威嚇《いかく》して沿岸に接近させぬ方法をとるべきだ、と主張した。

幕府は、この意見を採用し、翌文政八年二月十八日、若年寄植村家長の名で掃攘令《そうじようれい》を諸国の浦々に伝えたのである。

作左衛門は、殊《こと》にロシヤの動向に注目し、北辺防備の強化を幕府に強く進言していた。むろん、それに対する資料の整備にも真剣にとりくみ、樺太《からふと》からシベリヤを探査した間宮林蔵の測量を基礎に、その方面の地図も作成していた。

天文方は、その職務の性格から江戸に出府してきた商館長一行と会う慣例になっていたので、作左衛門は三月十二日に初めて長崎屋を訪れた。そして、同行の天文台出役のオランダ通詞吉雄忠次郎を通訳にして、スチュルレル商館長と挨拶を交した後、シーボルトと天文、地理のことについて話し合った。作左衛門はシーボルトの口にするアメリカ合衆国の独立戦争、ナポレオンの欧州制覇《せいは》とその凋落《ちょうらく》の話などに熱心に耳をかたむけていた。

同席していた通詞吉雄忠次郎は、作左衛門とシーボルトの出会いを興味深げに見守っていた。忠次郎は、天才的通詞と言われていた馬場佐十郎が文政五年七月に病死した後、長崎から江戸に招かれ天文台の翻訳方になった有能な通詞であった。かれは、長崎でオランダ商館員と絶えず接していた関係もあって、商館長に随行してきたシーボルトに親しみを感ずると同時に、畏敬《いけい》する上司の作左衛門の学識をシーボルトに誇りたい感情も強かった。

シーボルトは、作左衛門が地図の作成をつかさどる天文方であることに強い興味をしめし、測量器具などを持ち出して見せたりした。

六日後の三月十八日夜、再び作左衛門は、通詞吉雄忠次郎らとともに長崎屋を訪れた。その日の訪問には、目的があった。作左衛門は、忠次郎から注目すべき話を耳にしていた。忠次郎は、長崎屋に滞在する末永甚左衛門らの通詞から、シーボルトが多くの洋書を携行してきていて、その中にはロシヤ人クルーゼンシュテルン著の「世界一周記」、蘭領東印度《インド》の新しい地図などがまじっていることを聞き出していた。

忠次郎が、そのことを作左衛門につたえると、作左衛門の顔が紅潮した。作左衛門は部下の伊能忠敬《いのうただたか》らに日本地図を作成させ、幕府の命をうけてそれを厳重に保管しているが、樺太の北部海岸に不明な個所があった。それを正確に知りたいと思っていたが手がかりがなく、訂正の余地を残してその部分を点線にしていたが、かれは、実線で描きたいと念願していた。

そうした折に、クルーゼンシュテルンの「世界一周記」をシーボルトが携行してきていることを知ったのだが、その一周記は四冊になっていて樺太北部を航海した記録がおさめられ、それを一読すれば、樺太図の不明確な個所を検討できるはずだった。また蘭領東印度の地図は、日本がただ一国許可しているオランダの東洋経営の根拠地の図であるだけに、それを入手することは日本に大きな利益をあたえるにちがいなかった。

作左衛門は、殊に前者は北辺防備に不可欠の重要な資料であると判断し、シーボルトに乞うてその譲渡をうけようと思った。

かれは、シーボルトと向き合って坐ると、クルーゼンシュテルン著「世界一周記」と蘭領東印度地図のことを口にし、

「ロシヤは、しきりにわが北辺をうかがい、南進して自国の領土をひろめようと意図しております。われらにはロシヤの事情を知ることが急務であり、そのためにもぜひ『世

界一周記』をお譲りいただきたい。また、蘭領東印度の地図は、わが国の東洋に対する情報分析のためにも欠くことのできないものだと思います。これらを翻訳して幕府に献上すれば、海外の大勢を知る好資料になり、わが国に大きな利益をあたえることになります。ぜひ手に入れたいと存じ、お願いに参りました」

と、慇懃《いんぎん》な口調で言った。

「蘭領東印度ノ地図ヲ欲シイ気持ハ分リマスガ、日本ニハ樺太ノ地図ガアルデショウシ、『世界一周記』ナド必要デハナイデショウ」

シーボルトの答を、忠次郎が通訳して作左衛門に伝えた。

作左衛門は、事情を説明した。間宮林蔵の踏査によって、天文台で作成した樺太の地図では、樺太がシベリヤから確実にはなれている島として描かれている。その海峡は、林蔵の姓をとって、間宮の瀬戸と呼ばれている。しかし、異国の地理学者の間では、樺太が島であるという説とシベリヤから突き出た半島であるという両説が対立し、後者の説が有力視されている。この点についてクルーゼンシュテルンが調査し、その結果が「世界一周記」に記載されているということを耳にしているので、精読して樺太地図のより一層の正確さを期したいのだ、と述べた。

それを忠次郎がシーボルトに通訳すると、シーボルトの顔にかすかな笑いの表情がうかんだ。

作左衛門は、その表情に安堵《あんど》を感じ、

「おゆずりいただけるのでございますな」

と、言った。

シーボルトの顔に笑いの表情が一層濃くなったが、頭は横にふられた。

作左衛門は、驚いたようにかれの顔を見つめ、

「だめなのでございますか」

と、問うた。

忠次郎も、顔をこわばらせ作左衛門の言葉を通訳した。

シーボルトが、再び頭をゆっくりとふった。

シーボルトは、作左衛門が自分の所持しているクルーゼンシュテルンの「世界一周記」と蘭領東印度の地図の入手を切望していることを、ひそかに喜んだ。かれが作左衛門に強い関心をいだいているのは、作左衛門が幕府の重要な資料の保管をつかさどる御書物奉行であり、さらに地図作成と管理を統率する天文方筆頭の任にあることにあった。シーボルトにとって、作左衛門は日本に関する資料のすべてを集積している宝庫の番人のようにも思え、かれと親交をむすぶことによって少しでも多くの資料を入手したかった。

シーボルトは、すでに江戸城の見取図を手に入れていた。それは、幕府が知れば驚愕《きようがく》

し憤激する国禁を無視した大胆な行為だったが、かれは城番の家来に多額の金をあたえて買収し、その入手に成功していた。

作左衛門は高潔な学者で、金銭とひきかえに資料を渡してくれるような人物ではない。それを知っていたシーボルトは、あれこれと思案していたが、作左衛門からの強い申出をうけて、これを利用すべきだと思った。つまり、クルーゼンシュテルンの「世界一周記」、蘭領東印度の地図と交換に、作左衛門側から貴重な資料を得ようと企てたのだ。

かれは、作左衛門を出来るだけじらすことが得策だと思った。じらせばじらすほど、作左衛門は重要な資料を差し出し交換を求めるだろう。シーボルトが渇望《かつぼう》していたのは、精確な日本国の地図であった。

将軍謁見《えつけん》の儀式が終った三月二十九日、作左衛門はまたも長崎屋を訪れ、シーボルトに書物と地図を譲ってもらえぬかと懇願したが、シーボルトは素気なく頭をふるだけであった。

作左衛門が落胆して辞去しようとした時、シーボルトはかれを呼びとめた。

作左衛門が席にもどると、シーボルトはかれの前に三尺（約九〇センチ）ほどの長さの紙をひろげた。それは、九州小倉から長州の下関附近までを描いた絵図で、シーボルトは、

「コノ絵図ハ正確カドウカ、教エテ下サイ」

と、言った。

作左衛門は、

「拙劣な絵図です」

と、即座に答えた。

シーボルトは、うなずくと、

「正シイ図ヲ見タイ」

と、低い声でつぶやき絵図をまるめた。

作左衛門は長崎屋を辞したが、同行していた部下の天文方暦作測量御用手伝下河辺《しもこうべ》林右衛門が、

「しぼると殿は、わが国の地図を欲しがっておるようでございますな」

と、作左衛門に言った。

通詞の吉雄忠次郎も同感で、シーボルトの望む地図を渡せばクルーゼンシュテルンの「世界一周記」を譲ってくれるにちがいない、と言った。

しかし、二人は、すぐに口をとざした。恐しいことを口にしていることに気づき、身をすくませた。日本の地図を異国人の眼にふれさせることさえも国禁とされているのに、それを譲渡などしたりすれば、極刑に処せられる。

しかし、作左衛門は、その夜、下河辺林右衛門をひそかに招き、シーボルトに希望の

品を渡す意志のあることをつたえた。

下河辺の顔に、血の色はなかった。

「私が地理学をきわめたいと願うのは、海防のため、つまりは日本国の安泰に直接つながっているからだ。国禁にふれることにはなるが、北辺の地図だけでも正確なものにしておかなければ、海防に重大な支障をきたす」

作左衛門は、悲痛な表情で言った。

翌々日、かれは、江戸の地図と樺太の地図を布につつむと長崎屋に赴いた。同行者は多く、部下の天文役人下河辺林右衛門、川口源次郎、吉川克蔵、門谷清次郎、永井甚左衛門、浦野五助、今泉又兵衛、岡田東輔《とうすけ》らと通詞吉雄忠次郎であった。

その日、長崎屋には前中津藩主奥平昌高が訪れ、鷹狩《たかがり》の道具一式を贈ったのでシーボルトは上機嫌《じょうきげん》であった。

作左衛門は、中津侯が帰ると部下たちをシーボルトに紹介し、地理、天文のことなどについて言葉を交し合った。

しばらくしてから作左衛門は、シーボルトを別室に誘い、かれの前に地図をひろげてみせた。

シーボルトは、樺太の地図に興奮し、

「立派ナ地図ダ。立派ナ……」

と、感嘆の言葉を繰返した。

かれは、すでに最上徳内からその方面の地図を借用して筆写していたが、それは徳内の地図よりもはるかに精妙だった。

シーボルトは、作左衛門に眼を据《す》え、

「私ハ、コノ地図ヲ欲シイ」

と、言った。

作左衛門は、無表情な顔で頭をふった。

「私ノ希望ヲカナエテ下サイ」

シーボルトが、重ねて言った。

同席していた通詞の吉雄忠次郎と下河辺林右衛門は、緊張した表情で二人の顔を見つめた。

「地図を異国人に譲ることは、国禁をおかすことになります。私も、将軍様に仕える身としてそのようなことはできませぬ。お見せするだけでも、精一杯のことです」

作左衛門は、冷やかに答えた。

「ソレデハ、オ貸シ下サイ。筆写シマス」

シーボルトの顔には、血の色がのぼっていた。

「貸せませぬ。ただし……」

作左衛門は、口をとざした。

シーボルトは、かれの顔を凝視した。重苦しい沈黙が、つづいた。遠くの部屋で、天文役人たちの笑う声がきこえた。

「クルーゼンシュテルンの『世界一周記』をお譲り下されば、その代りに樺太の地図を模写してお渡ししましょう」

作左衛門が、言った。

シーボルトの顔に、かすかな笑みがうかんだ。

「大切ナ『世界一周記』デスガ、オ譲リシマショウ。シカシ、樺太ノ地図ノ模写ト『世界一周記』トデハ、一周記ノ方ガハルカニ重要デス。アナタハ、モウ少シ出シテ下サイ。私ノ言ッテイル事ハ無理モナイト思ウガ……」

シーボルトの顔から、笑いの表情が消えた。

作左衛門はうなずき、シーボルトの表情をうかがいながら、

「他に何を所望されるか」

と、問うた。

「日本国ヲ正確ニ測量シタ地図」

シーボルトが、即座に答えた。

下河辺と吉雄の顔から、一層血の色がひいた。

作左衛門は、黙っていたが、

「よろしい。その模写もお渡ししましょう」

と、答えた。

二人の間で言葉が交され、不明確な個所は吉雄が通訳しておぎない、交換する資料が双方の口からもれた。それによると、シーボルトからは、クルーゼンシュテルン著「世界一周記」四冊、蘭領東印度の地図九枚、ヂョウガラヒイ（Geographie　地理学書）四冊を贈ることになった。尚、蘭領東印度の地図は十一枚綴《つづ》りなので、残りの二枚はシーボルトが長崎に帰ってから作左衛門に送ることに定《き》めた。作左衛門からは、日本地図を複写してシーボルトに手渡すことにした。また樺太からシベリヤに渡り満洲《まんしゅう》まで踏査した間宮林蔵の旅行記である「東韃《とうだつ》紀行」、「北蝦夷《きたえぞ》図説」も渡すことになった。

二人は、互に約束を果すことを誓い合い、部屋を出た。

作左衛門が部下たちのいる部屋にもどると、再びかれらとシーボルトとの間で質疑応答がはじまった。シーボルトは明るい表情をしていたが、作左衛門の顔は青白く口数も少かった。

やがて、かれらは辞去の挨拶《あいさつ》をして玄関の外に出た。桜の花はすでに散り、葉が微風にゆれている。春の夜らしいやわらいだ気配があたりにひろがっていた。

作左衛門が、駕籠《かご》に乗った。それをかこむように、天文方の役人たちは星明りの道を去っていった。

シーボルトと天文方高橋作左衛門景保との間に国禁をおかす大胆な密約が交され、作左衛門はその夜からただちにシーボルトに贈る日本地図の模写にとりかかった。地図の原図は、作左衛門の部下で八年前に死去した地文学者伊能勘解由忠敬の作成した日本沿海測量図であった。

作左衛門は、部下の暦作測量御用手伝下河辺林右衛門に要約図の調製を命じ、林右衛門は、模写の作業を部下の手附下役川口源次郎、吉川克蔵、門谷清次郎、永井甚左衛門に依頼した。下河辺をはじめ門谷、永井は、伊能忠敬の日本沿海測量図の作成に協力した有能な者たちであった。かれらは分担して作業をすすめ、蝦夷（北海道）をふくむ日本の略図の作成につとめた。

シーボルトは、高橋作左衛門との間に密約が成立したことを喜んでいた。作左衛門からしめされた樺太の地図をみると、日本の地図作成技術はヨーロッパのそれに遜色《そんしょく》がなく、精密度の点でもきわめてすぐれたものであることを確認していた。そうした高度な技術のもとで作られた日本の地図を入手できることは、何物にもかえがたい大収穫であった。

作左衛門と約束を取り交した翌日、幕府の侍医たちが、続々と長崎屋にやってきた。

シーボルトは、上機嫌でかれらと医術について話し合ったが、かれらの口から思いがけぬことを耳にして顔色を変えた。

長崎から導入された西洋医学は、全国にひろがっていたが、日本の医学の主流は中国から伝来した漢方であった。幕府内でも漢方医たちの勢力が圧倒的で、外科と眼科の分野で西洋医学がわずかにみとめられているにすぎなかった。

漢方医たちの中心的存在として勢威をほしいままにしていたのは多紀《たき》氏であった。多紀氏は古くから日本の医学界に君臨してきた名門で、明和二年（一七六五）、多紀元孝は幕府の支援のもとに神田佐久間町に躋寿館《せいじゅかん》という医学校を創設し、医学講習をおこなった。その後、寛政三年に幕府は医学館と称する官営学校を設け、代々多紀氏がそれを総理することになった。

漢方医は、多紀氏を中心に結束し、オランダを通じて流入してくる西洋医学にきびしい批判の眼《め》を向けていた。かれらは、シーボルトが長崎の出島の外に出ることを許され、さらに鳴滝に設けられた塾で医学の教授をおこなっていることを耳にして激しい反感をいだいていた。そして、江戸へ出府してきた商館長に随行してきたシーボルトのもとに、多くの医学者が押しかけている現象にも眉《まゆ》をひそめていた。

かれらは、シーボルトが江戸滞在期間の延長を幕府に願い出て、西洋医学を学ぶ侍医たちが後押ししていることを知っていた。むろん、漢方医たちは、前例のないシーボルトの願いを却下させるよう強力な働きかけをしていた。

その日、シーボルトが桂川甫賢らの侍医から耳にしたのは、漢方医である侍医たちの動きであった。

「私ノ願イハ、却下サレルノデスカ？」

シーボルトが問うと、甫賢たちは、

「おそらく望みはないでしょう」

と、気の毒そうに答えた。

シーボルトは失望したが、侍医たちは一層の努力をかたむけてみると言って慰めた。

その後も、長崎屋には来訪者が多く、シーボルトはそれらの応接に多忙の日を送っていた。

そうしたシーボルトをつつむ華やかな空気を、商館長スチュルレルは不快そうにながめていた。最高の地位にあるのは自分であるのに、シーボルトの方が比較にならぬほど優遇されている。シーボルトの態度は傲慢《ごうまん》で、上司である商館長をほとんど無視していた。

江戸滞在の延期願いを幕府に乞うたことも、スチュルレルに相談することもない独断であった。それを問いただすと、シーボルトは、オランダ政府の許可を得ていると反論する。事実、それはオランダ政府の命令にもとづくもので、それに要する費用として莫《ばく》大《だい》な金銭がシーボルトに支給されていた。

スチュルレルは、鬱々《うつうつ》とした日を送っていた。かれは、シーボルトと同じ宿屋に起居することすら不快に思い、シーボルトのもとに贈物を手に集ってくる日本人に腹立たしさを感じていた。かれは、一日も早く長崎へもどりたいと願うようになっていた。

そうしたかれの耳に、幕府内の漢方医たちがシーボルトの江戸滞在の延期願いに反対しているという話がつたわってきた。それは、かれを喜ばせ、役人との間に長崎へ引き返す旅の話合いもはじめていた。

シーボルトは落胆していたが、気分が滅入《めい》るほどではなかった。かれは、高橋作左衛門と密約をむすぶことができたことで、江戸滞在が延期されなくても仕方がないと思いはじめていた。江戸に来てから一ヵ月が経過したが、その間に作左衛門から日本地図を入手できる約束をとりつけたことだけでも、十分に江戸に来た甲斐《かい》があると思っていた。たとえ江戸に長い間逗留《とうりゅう》し、さらに各地を旅して地理的探査をつづけても、作左衛門が提供してくれる日本地図に匹敵するような地図を作成できるはずもなかった。かれは、幕府に江戸での滞在をこばまれてもやむを得ないと自らを慰めていた。

かれは、作左衛門の来訪を待った。作左衛門は日本地図を模写して渡してくれると約束してくれたが、おそらくその模写作業に日を費やしているのだろう、と想像した。

四月九日、作左衛門が部下の下河辺林右衛門、通詞の吉雄忠次郎を伴って長崎屋にやってきた。

シーボルトは、喜んでかれらを迎え入れた。

作左衛門は、紫色の布につつんだものを取り出すと、ひろげた。それは、日本の略図と全国各地の産物を記録した書類で、シーボルトは日本地図を眼をかがやかせて見つめていた。

さらに作左衛門は、林右衛門のたずさえてきた図をシーボルトに差し出すと、

「これは、お貸しします。必ず江戸を出立《しゅったつ》するまでにお返し下さい。九州の小倉から下関附近までの測量図と、朝鮮の地図です」

と、言った。

シーボルトの顔は紅潮し、しきりに感謝の言葉を述べた。

作左衛門は、さらにもう一つの包をとり出すと紙をひろげた。それは完全な日本地図で、北方は樺太、千島にまで及んでいた。

シーボルトの興奮は最高潮に達し、

「美事ナ地図ダ。美シイ立派ナ地図ダ」

と、感嘆しながら地図に眼を据えた。そして、眼をあげると、

「コレヲ、私ニ譲ッテ下サイ。私モ、貴重ナ物ヲ差上ゲマス」

と言って、作左衛門の顔を凝視した。

「よろしい。地図を模写してお譲りしましょう。但《ただ》し、模写にはかなりの日数を要しますので、貴殿が長崎へ帰ってからお送りするようにいたします」

作左衛門は、表情も変えずに言った。

かれは、すでに覚悟していた。たとえ模写したものでも日本地図をシーボルトに渡したことは国禁の大罪をおかしたことになる。それが発覚すれば、家族、親族にも累《るい》が及ぶ。

禁をおかしたかぎり、その代りに多くの資料をシーボルトから得たい、とかれは思った。

作左衛門の思いがけぬ答に、シーボルトはかれの手を強く握った。その日、シーボルトは幕府の親しい侍医たちの好意にむくいるための酒宴を設けていた。面会室の方では、すでに侍医たちが来ているらしくにぎやかな人声がしていた。

「それでは、これで……。お約束の物は、明日、忠次郎を使いに寄越しますからお渡し下さい」

作左衛門は、日本地図の原図を布につつむと、林右衛門らをうながして席を立った。そして、侍医たちの眼にふれぬように廊下をたどって建物の外に出た。

かれらは、無言で門の方にむかって歩いていった。

翌四月十日、天文台翻訳方の吉雄忠次郎が長崎屋を訪れた。シーボルトは、用意しておいた包を忠次郎に渡した。クルーゼンシュテルン著「世界一周記」、蘭領東印度地図十一枚綴りのうち九枚、ヂョウガラヒイ（地理学書）四冊であった。

忠次郎は、それらを受け取ると早々に長崎屋を辞した。

その日、長崎屋にシーボルトと親しい侍医たちの使いの者が、書状を持って次々にやってきた。それらの書状には、シーボルトの江戸滞在延期を願う書面が却下されたと記されていた。

予想していたことであったので、シーボルトは失望もしなかった。そして、その日は夜おそくまで作左衛門から借りた小倉から下関周辺にいたる地図の筆写につとめた。江戸を出発して長崎へもどる日が迫っていることを察し作業を急いだのである。

かれの推測は的中し、翌日、長崎奉行所の御番所衆から、

「江戸出立は、明朝――」

という指令がもたらされた。

長崎屋はあわただしい空気につつまれ、出発の旅仕度がはじめられた。シーボルトは、蒐集《しゆうしゆう》した資料の荷造りに専念し、作左衛門から譲られた日本地図などを荷物の奥におさめたりした。

夕刻、吉雄忠次郎が長崎屋にやってきたので、シーボルトは作左衛門から借りた小倉と下関の測量図、朝鮮の地図を返却した。

シーボルトは、忠次郎に親しみをいだいていた。忠次郎は、天文台に勤めるまで長崎の通詞をしていて長い間オランダ人と接触してきた関係で、かれは異国人と接することにもなれシーボルトにも気安く近づいてくる。シーボルトは、忠次郎と向い合っていると気分も安らぎ、時には冗談を口にすることもあった。

「無事ニ長崎ヘ帰着スルコトヲ祈ッテイマス」

忠次郎が、巧みなオランダ語で別れの挨拶《あいさつ》を述べると、シーボルトは、

「別レルノガ淋《サビ》シイ。又、会イタイ」

と、答えた。

「スグニ会エマス」

忠次郎の言葉に、シーボルトは、

「スグニ？」

と、頭をかしげた。

「私ハ、今年ノ夏ニ長崎ヘ帰リマス。天文台カラ離レマス」

忠次郎が言うと、シーボルトは表情をやわらげ、

「ソレハ嬉《ウレ》シイ。長崎デ会ウコトヲ楽シミニシテイル」

と答え、忠次郎の手を強くにぎった。

忠次郎は、シーボルトにつかまれた手の痛さをこらえながら、

「私モ楽シミニシテイマス」

と、答えた。

翌四月十二日は、出立の日にふさわしい好天だった。

朝食をすませて間もなく、長崎奉行所の上役番所衆が二人やってきた。商館長スチュルレルは、下座《しもざ》に平伏して番所衆の書状を受けた。それは奉行からのもので、商館長の江戸参府が無事に終ったことに満足している旨《むね》のことが記されていた。

スチュルレルは、自分たちに寄せられた絶大なる好意を謝し、未決定の日本産銅の年間輸出量を一刻も早く決定していただきたいと言上し、番所衆もその旨を奉行につたえると回答した。

出発は、五ツ半（午前九時）に定められ、その時刻に一行は行列を組んで長崎屋の門を出た。一行中には、シーボルトとの別れを惜しむ最上徳内が同行していた。

日本橋の通りに出ると、オランダ商館長一行を眼にしようと多くの男女が道の両側にむらがっていた。

シーボルトは、あらためて日本人の顔を駕籠の中から観察し、覚書に書きとめた。皮膚の色も顔の形もまちまちで、それは江戸が地方から入ってきた人々の寄り集った都会であることをしめしているように思えた。皮膚が白く、頰《ほお》が薔薇《ばら》の花のように美しい紅色をしている男女がいるかと思うと、麦藁《むぎわら》のように黄色い肌《はだ》をした者もいる。浅黒い顔をした者もいた。かれらは、例外なく興味深げな眼をしてこちらを見つめていた。

行列は日本橋を渡り、京橋を渡った。芝、金杉、高輪《たかなわ》をへて品川に至った。左方に、海の輝きがみえた。

道に、前薩摩藩主の島津重豪《しげひで》が待っていた。重豪は、オランダ語でスチュルレルやシーボルトと会話を交しながら道を進んだ。途中、鈴ケ森を過ぎたが、数日前に一人の放火の罪をおかした者が刑場で火あぶりの刑に処せられたことを耳にした。大森で重豪と別れ、一行は東海道を進んだ。

前方に、富士山がみえた。一行は、六郷の渡しを過ぎ、川崎で宿をとった。かれらは、好天にめぐまれて翌々日の夕刻には小田原についた。そこで、同行してきた最上徳内は江戸へ引き返していった。

かれらは順調に宿をかさね、四月二十二日には四日市に到着、翌日には庄野《しょうの》から亀山《かめやま》を過ぎ、関に至った。その附近には小さい湖が随所にあり、湖面に睡蓮《すいれん》もうかんでいた。風光が美しいので、かれらは駕籠から出て歩いた。

その直後、スチュルレルの口から短い叫び声が起った。長い間駕籠にゆられ、急に歩きはじめたので足をくじいてしまったのだ。ただちに近くの民家にスチュルレルを運び入れ、シーボルトが応急の手当をした。そして湿布を貼《は》り旅をつづけながら薬をあたえたりして治療につとめたが、結果は芳《かんば》しくなくスチュルレルは呻吟《しんぎん》した。

江戸を出発してから半月後の四月二十七日に、一行は京都に入った。スチュルレルの痛みは去らず、シーボルトも治療の方法を失い、手を拱《こまね》いているだけだった。

たまたまシーボルトに頼まれて美術品を旅宿にはこびこんできていた骨董商《こっとうしょう》の青貝屋武右衛門が、山口満二という著名な接骨医がいるので治療させてみるべきだとすすめた。名医として神格化されていたシーボルトは不快だったが、スチュルレルの痛みが去らぬため京都を出発する日の遅延も予測される事態になったので、やむを得ず同意した。

武右衛門は、すぐに満二を旅宿に連れてきた。

満二は、スチュルレルの患部をしらべると、

「このような軽い症状なら、大袈裟《おおげさ》な治療はいらぬ。私が手をつければ三日で治る」

と、薄笑いしながら言った。

その言葉を通詞からきいたスチュルレルが治療を乞《こ》うたので、満二はその日から旅宿にやってくるようになった。

満二の予言は的中し、三日目には痛みもすっかりとれて歩行もできるようになった。スチュルレルは喜び、シーボルトとビュルゲルの顔には驚きの色がうかんでいた。かれらは、漢方のすぐれた一面にふれ、日本の接骨医の力量を知った。

シーボルトは江戸から京都にくるまでの間、鳴滝塾《なるたきじゆく》の塾頭高良斎の弟や水谷助六、伊藤圭介、大河内存真《おおこうちぞんしん》など多数の学者と会い、多くの動物、植物、鉱物等の資料を入手し

ていた。京都でも、朝廷の侍医小森桃塢《とうう》、新宮涼庭《しんぐうりようてい》等多くの人々の来訪を受けた。シーボルトの関心は朝廷に向けられ、桃塢から朝廷の内情について詳細な説明をうけると同時に、朝廷に関する資料の蒐集にもつとめた。

五月二日、オランダ商館長一行は京都を発した。

一行は、淀川《よどがわ》から舟に乗って大坂へ入った。

シーボルトは、門人の高良斎等から入手した資料によって大商業都市である大坂について調査し、市内を視察して歩いた。また五月七日には商館長スチュルレル、館員ビュルゲルとともに役人、通詞の案内で道頓堀《どうとんぼり》の角座《かどざ》に赴き、初めて日本の芝居を観《み》た。演《だ》し物は「妹背山《いもせやま》」で、市川団蔵、尾上《おのえ》菊五郎、尾上松助らの一座の上演であった。スチュルレルは、歩行もできるようになっていたが、捻挫《ねんざ》した患部には白布を巻いていた。

かれらは、大坂を出立して瀬戸内海沿いに南へと下った。シーボルトは門人の二宮敬作らとともにさかんに測量をおこない、産物、風俗、動・植物等の資料蒐集につとめた。室《むろ》からは舟便にたより、寄港を繰返しながら瀬戸内海を進み、五月二十三日には下関についた。その間、しばしば錘鉛《すいえん》で水深を測定した。

翌々日、海峡を渡って小倉に上陸、稲田の中を駕籠《かご》をつらねて佐賀を過ぎ、嬉野《うれしの》に宿した。

長崎が近づくにつれて、役人や通詞ら同行者の顔には歓喜の表情が濃くなっていた。

江戸への旅は長旅で、途中、気候や食物の相違で体に故障を生じることも多い。それに、異国人を伴った旅は心労も激しく、幕府の定めた規則にもとづいてかれらの行動も監視しなければならない。そうした精神的、肉体的両面に多くの負担を強《し》いられる五ヵ月の旅の終りが近づいたことは、かれらを安堵《あんど》させ、久しぶりに家族に会えることに胸をはずませていた。

そうした浮き立った空気の中で、スチュルレル、シーボルト、ビュルゲルの三人は複雑な表情をしていた。長崎にもどるかれらには、きびしく行動を拘束される出島での生活が待っている。江戸への旅は、むろん制約が課せられてはいたが、出島での生活とは異なって海峡を渡り街道を進んで風光を賞《め》でる自由な空気を味わうこともできた。そうした旅が間もなく終ることに、かれらは淋しさを感じていた。

しかし、かれらの中でスチュルレル商館長のみは、長崎への帰着を喜んでいるようだった。かれにとって将軍拝謁《はいえつ》の江戸への旅は苦痛であり、将軍をはじめ高官の前で、あたかも奴隷《どれい》のように廊下に平伏することは、陸軍大佐である身には堪えがたいことであった。それに、かれは、不遜《ふそん》なシーボルトとの旅に気が滅入っていた。シーボルトは、尊大な眼でかれを見下すような態度をとりつづけてきている。江戸、京都、大坂逗留《とうりゅう》中をはじめ、旅をしている間も宿場宿場には日本人医師などが待っていて、贈物を手にシーボルトに面会を申しこむ。一行の中心はシーボルトで、商館長であるスチュルレルは不愉快であった。

かれにとって、長崎の出島は獄舎にも等しいいまわしい地であったが、その地にもどることに苦痛は感じていなかった。かれの任期は、その年できれていた。蘭領東印度総督からの通達によると、七月にはオランダ船が二艘《そう》長崎に入港予定になっている。それには新任の商館長メイランが乗っていて、スチュルレルはかれに後任を託し、十一月に帰帆する船に乗って故国へ帰る。つまり出島での生活も後半年間のことで、長崎へもどることは帰国に通じることにもなるのだ。

シーボルトは、スチュルレルのような喜びを感じてはいなかったが、長崎に帰ることをいとう風もなかった。

かれにとって日を定めて鳴滝塾へ通うことは許されてはいても、出島で起居しなければならぬ長崎での生活は、江戸参府の旅とは比較にならぬほど不自由なものであった。そうした生活にもどることは憂鬱《ゆううつ》だったが、その反面、長崎へもどることに深い安らぎも感じていた。江戸への旅は、かれに予期以上の収穫をあたえてくれた。最大の恵みは、天文方兼御書物奉行高橋作左衛門景保と接触し、日本の要約図、各地の物産記録、関門海峡とその附近の測量図等を得たことで、それ以外にも江戸城の城郭図など尨大《ぼうだい》な資料も入手した。かれは、長崎にもどってそれらの資料を整理することに大きな喜びを感じていた。

資料は分類され、一部は早くもその年に帰帆する船に積みこんでオランダ本国に送附する。それらはオランダ政府を狂喜させ、かれに対する賞讃《しようさん》をなんらかの形で表現してくるにちがいなかった。

またかれは、一日も早く長崎にもどって其扇《そのおおぎ》の体を抱きしめたい思いにも駆られていた。旅の途中、宿場の遊廓を通過する折に遊女をかい間見たが、それらは其扇とは比較にならぬ容姿の劣った下品な女ばかりで、欲情をかき立てられたこともなかった。

ただ一度、江戸からの帰途京都の旅宿に訪れてきた二人の若い女を眼にした時、かれは意識のかすむような激しい心のたかぶりを感じた。それは、朝廷の侍医小森桃塢の娘と商家の娘であった。

シーボルトは、二人の娘の美しさに眼をみはった。目鼻立ちが整い、肌は白くこまやかであった。動きが優雅で羞《は》じらいをみせる風情《ふぜい》が初々《ういうい》しく、彼女たちが習字、音楽、和歌を学問的教養として身につけ、中国語の素養まであることを知って驚嘆した。かれは、それら二人の娘に魅せられたが、むろん傍《かたわら》に近づくことさえ許されなかった。

長崎に近づくにしたがって、其扇に会いたいという思いはつのった。若いビュルゲルも、長崎に待っているはずの遊女千歳《ちとせ》と会うのを心待ちにしていた。かれらは、互に其扇や千歳のことを話題にすることが多くなっていた。姉妹である千歳と其扇をなじみの遊女としているビュルゲルとシーボルトは、特殊な親密感をいだき合っていた。

六

長崎の町に、商館長一行が近々のうちに帰着するという話がひろがった。

五月末には一行が関門海峡を渡って小倉についたという連絡が入り、関係者たちは誘い合わせて諏訪神社に赴き、無事渡海を祝う祈禱《きとう》をささげた。其扇も、六月一日に一行が炎暑の中を大村についたという報《しら》せをうけた。例年より暑さが早めにやってきて、長崎の町々では井戸がえもおこなわれ、夏を迎える準備も終っていた。小川のほとりには蛍《ほたる》が飛び交い、港をかこむ丘陵には蟬《せみ》の声がしきりだった。

その後、絵師のデ・フィレニュフェから招かれることもなくなっていたので、其扇は出島に足をふみ入れる機会も皆無になっていた。姉の千歳も同様で、丸山遊廓《ゆうかく》内で稽古《けいこ》事《ごと》などにはげんでいた。

六月三日の夕刻、其扇は禿《かむろ》から商館長一行が正午頃《ごろ》多くの出迎えの者たちにかこまれて長崎の町につき、出島へ入ったという話をきいた。出島の出入口附近には多くの人々が集り、役人、通詞《つうじ》の出入りもひんぱんだという。その夜は、満天の星空であった。

其扇は、シーボルトと会えることに喜びは感じていなかった。むしろ彼女は、シーボルトから出島へ呼び入れられることに鬱陶しい気分になっていた。商館長一行が江戸へ出発した後、彼女はシーボルトからあたえられた金銭でのんびりと暮していた。それは、遊女になってから初めて味わった安らいだ日々で、禿にかしずかれて気ままな日を送った。それがシーボルトの帰着によって、再びあわただしい生活にもどるのかと思うと気分が重かった。

彼女にとってシーボルトは職業上やむを得ず肉体をゆだねる異国の男にすぎなかった。愛情などみじんも感じられず、ただ経済的な恵みをあたえてくれる存在にすぎなかった。シーボルトはやがて日本を去るだろうが、その折にはかれから多額の金品が自分のもとに贈られる。それは、半生を不自由なく暮すのに十分なものであるはずだった。

それまでの辛抱、と、彼女は何度胸の中でつぶやいたか知れなかった。愛情をいだくことができるのは、やはり日本人の男で、遊女の身から解き放たれ好ましい男のもとに嫁ぐのが彼女の望みであった。

彼女は、シーボルトから出島にくるようにという連絡があるにちがいないと思っていたが、翌日も翌々日も連絡はなく、姉の千歳のもとにもビュルゲルからの呼出しはないようだった。

彼女は、商館長一行が江戸参府の旅の後始末に多忙をきわめているのだろうと思った。

その想像は事実で、出島の内部は混雑していた。

長崎に帰着した商館長一行のもとに長崎の役人が通詞とともにやってきて、さまざまな事務的な手続をとる。荷物は長崎に入る前に役人の手で封印され、商館長たちの懐中もあらためられていたが、封印を解く折にも役人が立会った。その間、各方面からの無事帰着を祝う挨拶《あいさつ》もあり、それに対する応対と返礼にかれらはあわただしい日々を送っていた。

さらに、それにつづいて多量の荷の荷ほどきと整理にかれらは朝から夕刻まで動きまわった。殊《こと》にシーボルトの蒐集《しゅうしゅう》した資料の量は多く、ビュルゲルや高良斎ら門人が手伝っても容易にさばくことができない。それらは、役人の眼《め》にふれては困る物が多く日没後に荷ほどきするので、作業はおくれがちであった。

六月七日になっても、其扇のもとにはシーボルトからの連絡はなかった。其扇は、いつまでもそのまま丸山遊廓内で夜をゆっくりと過したかった。

その日から祇園会《ぎおんえ》が、はじまった。

祇園社へ行く道の途中にある今石灰町《いましっくいまち》、新石灰町に露店が出る。それらの店では、祇園花と称する蠟引《ろうびき》の菊花や、香餅《ホーベー》という中国の菓子、牛を模した紙細工の祇園牛、狐《きつね》のお面、ポロンポロンと称する硝子《ガラス》製の笛などが売られていた。

丸山遊廓でも、祇園会の軒燈籠《のきどうろう》がつるされた。十四、十五の両日は、遊女たちが華やかな列をつくって祇園詣《もうで》をし、見物人がむらがった。長崎の町には、祇園会以後夏の祭礼がつづく。町には、夜になってもにぎやかなざわめきがひろがっていた。

其扇がシーボルトから出島に入るようにという連絡をうけたのは、清水寺《きよみずでら》の縁日がはじまった六月十七日であった。

彼女は入念に体を清め化粧をして、夕刻禿をしたがえ出島に駕籠《かご》でむかった。港内の海面は夕焼の反映で茜色《あかねいろ》に染り、湖面のように凪《な》いでいた。

彼女は、入口の門の傍で探番の探りをうけ出島に入った。道の両側の花壇には異国の花が咲き、蜂《はち》の羽音がしきりにしている。長崎の町から鐘の音がきこえてきていた。

道を右に曲ると、外科医部屋と呼ばれているシーボルトの居宅がある。彼女がその家の前に立つと、二階の窓からでも見ていたのか、すぐにドアがひらいて大きな体をしたシーボルトが姿をあらわした。

其扇は、腰をかがめると頭をさげた。簪《かんざし》が揺れ、夕焼に映えてまばゆく光った。

シーボルトは、

「ソノギ、ソノギ」

と、手をひろげ頭をふって其扇に近寄り、肩を抱いてドアの内部に導いた。

其扇は、禿と小部屋に入り、髪飾りの一部をぬきとり軽装になった。

彼女が部屋の外に出ると、シーボルトが立っていた。その顔は上気し、眼がけわしく光っていた。シーボルトの手がのび、其扇の体は抱き上げられた。唇《くちびる》にシーボルトの唇が押しつけられ、それは頬《ほお》から鼻の脇《わき》へと移動し、再び唇へもどった。

シーボルトは、其扇の体を抱いたまま階段をあがってゆく。其扇は、階下に立ってこちらを見上げている禿の姿を見つめていた。

其扇の体は、寝台に横たえられた。玻璃《はり》窓は夕陽《ゆうひ》の残照に染っていたが、その色は淡く、夜が近づいているのをしめしていた。

シーボルトが、ビードロ製の瑠璃燈に灯《ひ》をともした。彩《いろど》られた灯の色が寝室にひろがった。其扇は、シーボルトの太い腕に抱かれた。

「ホマエ（お前）、美シカ、美シカ」

シーボルトの大きな顔が、眼前にあった。高く大きな鼻の表面にはえた生毛《うぶげ》が、灯にうっすらと光っている。

其扇は、恐怖を感じた。五ヵ月ぶりに身近にみるためか、シーボルトの顔が人間のようには見えなかった。獣肉を食べるためか、シーボルトの体から発する特異な匂《にお》いも不快であった。

彼女は、眼を閉じた。眉《まゆ》をしかめ、口をかたくつぐんだ。シーボルトの手は汗ばんでいて、彼女の衣服をはいでゆく。彼女は、一刻も早く情交が終ることをねがった。

シーボルトに抱かれると、やがて彼女の体も、決して激しくはないがある程度のたかぶりをしめす。陶酔した感情の中で、彼女は異国人に対する嫌悪《けんお》も忘れ、自分の内部から沸きあがるものを凝視し、快感に身をふるわせる。情交の折の霞《かす》む意識が、彼女にとって唯一《ゆいいつ》の救いであった。

その夜のシーボルトの行為は、荒々しかった。情交が終ってもシーボルトは、彼女の体をはなさない。美シカという言葉を、何度も口にしながら其扇の体を抱きつづけた。

ようやくシーボルトが体をはなしたのは、月がかなり高くのぼってからであった。其扇の体は汗に濡《ぬ》れ、髪は乱れていた。彼女は、水を使って体を何度も拭《ぬぐ》い、髪を整えた。

二階の広間には、食事が用意されていた。

其扇は、シーボルトと食事をとった。

シーボルトは葡萄酒《ぶどうしゅ》を飲み、フォークで食物を口にはこびながら手ぶりをまじえて旅の話をした。エド、オサカ、キョウなどと都会の名を口にし、富士山の高さとその山容を腕をひろげてしめす。駕籠はせまく、乗るのは窮屈で辛《つら》かったと肩をすくめた。殊に大井川の川渡りはかれにとって興味深く、椅子《いす》から立ち上って人足の蓮台《れんだい》をかつぐ真似《まね》をしたり、肩車をして川を渡る人足の動作をしてみせたりした。

其扇は、昨年オランダ船で長崎を去った蔵役《くらやく》のピストウリュスのなじみである高瀬が、シーボルトたちが江戸に出発して留守の間に女児を産んだが死産であったことを告げた。

シーボルトは腕をひろげると、悲しげな表情をしてみせた。

かれは、ピストウリュスという言葉をしきりに口にした。其扇は、頭をかしげ、シーボルトの言葉に耳をかたむけた。ようやく彼女にも、シーボルトの言葉の意味が理解できた。シーボルトは、ピストウリュスが来月長崎に入港するオランダ船に乗ってやってくると言っていることに気づいた。

其扇は、事実か？　と念を押した。シーボルトは、大きくうなずき、さらにオウテレン、マヌエルも同じ船に乗っているはずだ、と言った。オウテレンは左門太、マヌエルは滝尾をなじみの遊女にしていた館員で、昨年ピストウリュスとともにバタビヤへ去った。その二人がピストウリュスとともに長崎にもどってくることは、高瀬、左門太、滝尾にとって少くとも経済的には喜ぶべきことであった。

其扇は、口もとをゆるめた。瑠璃燈の華やかな光が、彼女の小造りな顔を美しく浮び上らせていた。

六月晦日《みそか》は、諏訪社で住吉大神の祭礼がおこなわれる日であった。参詣人《さんけいにん》は、朝から続々と神社への道をたどってゆく。途中、長坂下から馬町通りにかけて旅商人が店を張り、御祓《おはらい》団子を売っていた。それは、紅、白、黄三色の小さい団子を串《くし》や榊《さかき》の枝で刺し貫いたもので、それを食べると身が清められると言われていた。また八幡町《やはたまち》の水神社でも禊《みそぎ》の神事がもよおされ、参道にも参詣人の列がつづいていた。

長崎の町には終日にぎわいがひろがっていたが、奉行所と出島のオランダ商館にもあわただしい動きがみられた。オランダ船の来航する時期がやってきていて、奉行所でも商館でもその入津《にゅうしん》を待っていたが、その日早朝、野母崎《のもざき》の遠見番所《とおみばんしょ》にオランダ船の船影を望見したことをしめす狼煙《のろし》があげられ、それは長崎湾口の小瀬戸《こせど》番所から次々に市内の番所に中継され、奉行所へ急報されていた。さらに野母村から発した御注進船によって、オランダ船は二隻《せき》で、規則にしたがって野母村の前面の海に碇《いかり》を投げたことも報告された。

奉行所では、長崎港の警備に任ずる各藩にただちに所定の部署につくよう指示するとともに、沖出役の役人を舟に乗せて野母に急派した。

オランダ船の入港前には、乗員、乗船者の調査、積荷の検査等がおこなわれるが、前年から新たな船籍の確認方法が加えられるようになっていた。幕府は、オランダ一国のみに貿易を許し、他国からの強い通商要求を頑《かたく》なに拒否しつづけている。そのきびしい鎖国政策の厚い壁に挑《いど》むように他国船がオランダ船を装って長崎等に入港してくるおそれが十分にあった。幕府は、そのような事態の発生を回避する処置として、「旗合わせ」をおこなわせていたが、それだけでは不十分だとして、前年から旗合わせ以外に特殊な幟《のぼり》をオランダ船にかかげさせ、他国の船と区別することを命じていた。

その幟は、長さ一丈五尺（約四・五メートル）、幅六尺五寸（約二メートル）で、太い二本の黒い横線がひかれ、その下に日本通商と染めぬかれている。オランダ船は、長崎湾外に近づいた時、この幟を立て、入港後奉行所におさめ、帰帆する折に奉行所から幟をもらいうけて、再びそれを立てて出港することに定められていた。

そのような方法の実施が通達されてから最初のオランダ船の入港なので、急派された沖出役の役人は、舟の上から遠眼鏡で幟の有無をたしかめた。レンズの中には、まちがいなく前年オランダ船にあたえた日本通商という文字の染めぬかれた幟が立てられ、潮風にひるがえっているのが認められた。

その日、役人と船長の間で旗合わせもすみ、乗船者名簿の提出と人員調べもおこなわれた。名簿の中には、前年秋にバタビヤへ去った商館の蔵役オウテレン、マヌエル、ピストウリュスの三名の名もまじっていた。船は、役人の指示で長崎港外の高鉾島《たかぼこじま》の近くに投錨《とうびょう》した。

翌七月一日、オランダ船は、多数の小舟に曳《ひ》かれて入港、礼砲を発した。砲声は、長崎の町にとどろき、丘陵と丘陵の間にきざまれた谷にこだましていった。

船は、出島の傍に投錨し、帆をおろした。出島の岸壁には、スチュルレル商館長をはじめシーボルトたち館員が総出で船を迎えた。船上では、オウテレン、マヌエル、ピストウリュスが手をふり、シーボルトたちは歓声をあげていた。

ただちに商館長スチュルレルが、役人とともに小舟でオランダ船に赴き、後任の商館長としてやってきたメイランと挨拶を交し、上陸手続に立会った。

その日は陽光が殊のほか強く、かれらの顔には汗が光っていた。日本通商と記した幟は、微風にゆったりとひるがえっていた。

再び長崎にもどってきた蔵役ピストウリュスは、なじみの遊女であった高瀬の産んだ女児が死産であったことを耳にして涙を流した。そして、高瀬をすぐに出島へ呼び入れると、再会を喜ぶと同時に出産した女児の死を嘆き悲しんだ。

オランダ船の入港した夜から、長崎の家々の軒下に精霊《しようりよう》の迎火である燈籠がともされた。また、多くの子供たちが小さい提燈《ちようちん》に灯をともして町々をめぐった。それらの子供たちと一緒に歩く母や姉たちが、

「提燈屋、バイバイバイ

石投げたもん（者）な、手の腐るる」

という童謡《わらべうた》をうたうと、子供たちもそれに和してバイバイバイと声をはりあげた。死者の霊を迎える灯の列が、町々を明るく彩っていた。

女児の初盆《はつぼん》であるので、高瀬は、町の中で燈籠を買い求めてきてピストウリュスの居宅の軒に吊《つる》した。後任のオランダ商館長として赴任してきたメイランは、盂蘭盆《うらぼん》に強い興味をいだいたらしく自分の居宅の部屋にも燈籠を吊して灯をともしていた。

出島内は、オランダ船から陸揚げされた荷物の品種、数量の確認で混雑をきわめていた。それらは砂糖、蘇木《そぼく》、白檀《びやくだん》、丁子《ちようじ》、毛織物、金巾《かなきん》、更紗《さらさ》、鮫皮《さめがわ》、硝子《ガラス》製品、時計、眼鏡などかなりの品種であった。それらの荷の中には、商館員の生活必需品もまじっていた。衣類、靴《くつ》、寝具、煙草《たばこ》、酒類、コーヒー、バター、チーズ、ハム、文房具、ランプ、書籍等で、それらは異国生活を送るかれらの心を慰める品々であった。

絵師のデ・フィレニュフェは、相変らず陽気に日を送っていた。かれは、オウテレンたちと大きな身ぶりで抱き合って再会を喜び、夜になると酒を飲んでオランダの歌をうたったりした。かれは、

「おれは、近々父親になる」

と言って、はしゃいでいた。

かれが昨年長崎にやってきて以来親しく交ってきていた遊女青柳《あおやぎ》は、妊娠八ヵ月目を迎えていた。彼女は抱主の寄合町油屋りう宅で静養すべき身であったが、デ・フィレニュフェの招きに応じて依然として出島に出入りをつづけていた。それは、彼女の十七歳という若さと天性の明るい性格によるものにちがいなかった。

オランダ船の到着によって、商館内でもひんぱんに酒宴がひらかれ、其扇もシーボルトの招きで出島に入った。

彼女は、シーボルトが商館長スチュルレルと不仲であることに気づいていた。酒宴で

スチュルレルと同席している時には、シーボルトは黙しがちで顔をしかめている。それとは対照的にスチュルレルがいない時には大声をあげてはしゃぎ、其扇の体を抱き上げて部屋の中を踊るように歩きまわったりした。

後任の商館長メイランが出島にやってきてから、酒席にスチュルレルは姿を現わさなくなった。その代りにメイランをはじめオウテレン、ピストウリュス、マヌエルが加わった。

シーボルトは、メイランとたちまち意気投合したらしく、旧知のように親しく交っていた。また、オウテレンらとは以前から親密な間柄《あいだがら》であったので、酒席は陽気な空気につつまれていた。その席には、其扇をはじめそれぞれのなじみの遊女である左門太、高瀬、滝尾、青柳らが侍《はべ》っていた。

彼女たちは居続けをすることが多く、昼間も情事の相手をする。青柳も例外ではなかったが、さすがに身重なので寄合町に帰ることも多くなっていた。

七月八日、青柳は、デ・フィレニュフェの居宅を出た。体を動かすことも大儀になっていたので、彼女はその日以後は抱主の家で静かに出産を待つことにし、当分会うことはできぬとデ・フィレニュフェに告げた。出島の大門《おおもん》を出たのは、夕方の七ツ半（午後五時）頃であった。

彼女は、門の前にある江戸町の仲宿に入った。そこには、丸山、寄合両町からそれぞれれ組頭が出向いてきていて、出島へ出入りする遊女、禿《かむろ》の人別改《にんべつあらた》めの手続をしていた。かれらは、遊女、禿の名前証文帳に乙名《おとな》（町役人）の印をもらい、自身も捺印《なついん》して出島大門の番所へ差出す仕事をつづけていた。

青柳も人別改めをうけたが、それが終った頃、急に腹部の痛みを訴えはじめた。顔は蒼白《そうはく》になり、口からは呻《うめ》き声がもれた。彼女は、抱主の寄合町油屋りう方へ帰ることになっていたが、そこまでゆくこともできぬ状態になり、やむなく駕籠で仲宿に近い樺島《かばしま》町《まち》の伯父乙次郎の家へはこばれた。

彼女は身を横たえた。乙次郎は、町医小笠原玄林の往診を乞《こ》うた。玄林はすぐにやってきて診察し、出産が近いことを告げた。

その夜、青柳は陣痛に苦しみ、翌九日の明け方に男児を出産した。が、それは月足らずの未熟児で、体に故障があったらしく呼吸もほとんどしていなかった。

青柳の子が死産であったことは、其扇たちの耳にもすぐに伝わった。高瀬についで青柳の子も死産であったことは、其扇たちの気持を暗くした。

その頃、天文方通詞として江戸にいた吉雄忠次郎が長崎に帰着し、シーボルトと親しく接するようになっていた。忠次郎は、天文方兼御書物奉行高橋作左衛門景保とシーボルトの間で地図その他の交換に立会った関係で、その後も両者の交りに便宜をはかる立場に身を置いていた。

シーボルトは、作左衛門との間で交した密約を履行するため七月二十三日に作左衛門宛《あて》に書状をしたため、蘭領東印度の地図二枚とコップ六個を送った。その地図は、十一枚綴《つづ》りのうち九枚を江戸で作左衛門に渡した残りの二枚であった。

シーボルトは、作左衛門から日本の詳細な地図の写しが送られてくるのを楽しみに待っていた。それが入手できれば世界の謎《なぞ》といわれていた日本の地勢があきらかになる。その地図はオランダ政府を狂喜させ、公表されれば他国にも大反響をまきおこすことは確実だった。

かれは、作左衛門との密約をはじめ江戸での行動が第三者に全くさとられなかったと信じていたが、江戸参府に同行した給人水野平兵衛の周辺ではひそかな動きがみられた。水野は、江戸に滞在中、思いがけぬことを耳にして顔色を変えた。かれに報告したのは、同行していた大通詞末永甚左衛門であった。末永は、

「吉雄忠次郎《よし》の話によりますと、カピタン（商館長）は、葵《あおい》の御紋の入った羽織を持っている由にございます」

と、こわばった表情で言った。

「だれが、そのような恐れ多い物をあたえたのだ」

水野は、驚いて問うた。

「御侍医土生玄碩《はぶげんせき》殿とのことでございます」

末永は、答えた。

将軍家から拝領した羽織を異国人に贈ることは国禁をおかしたことになり、贈主は重罪に処せられる。また商館長一行の監視を命じられた水野たちも、職務怠慢のかどで罪に問われることはあきらかだった。

水野は苦慮し、商館長から羽織をとりあげる以外に罪をのがれる方法はないと判断した。そして、部屋附の藤七に羽織を盗みとることを命じた。藤七は、羽織を奪いとる機会をねらったが、江戸出発も迫った頃で羽織は梱包《こんぽう》され、目的を果すことはできなかった。

水野は悶々《もんもん》として日を過し、長崎に帰ってからも藤七に奪取することを重ねて厳命していた。藤七は、しきりに出島の商館長スチュルレルの居宅をうかがい、スチュルレルの留守に忍びこんでようやく念願の羽織を盗み出すことに成功した。

水野は安堵《あんど》し、その処置について思案した。当然、長崎奉行高橋越前守《えちぜんのかみ》に羽織を差出すべきであったが、もしもそのようなことをすれば事件が発覚し、かれ自身も職務怠慢のかどで重罪に処せられる。それに、奉行は本多佐渡守と交代直前で、そのような紛わしいことを高橋越前守に伝えることもはばかられた。

結局、水野は、オランダ人が羽織さえ所持していなければよいのだと考え直し、ひそかに羽織を竈《かまど》の中に入れて焼却した。かれは、末永甚左衛門と藤七を呼び、このことについては決して他言してはならぬと命じた。この処置によって葵の紋のついた羽織が異国人の手に渡らなかったことに安堵したが、シーボルトも葵の紋服を入手していることには気づいていなかった。

シーボルトは江戸への旅で集めた資料の整理をつづけるとともに、週一回出島を出ると鳴滝塾に通っていた。

塾内には、わずかではあったが変化が起っていた。塾の中心人物の一人であった湊《みなと》長安は、シーボルトが江戸に出発する以前に塾を去り、江戸に出て石町で開業していた。また伊東玄朴《げんぼく》も、師のオランダ通詞猪股《いのまた》伝次右衛門の供をして江戸へと去っていた。

それらの者と交代に、多くの学徒が塾に集ってきていた。塾頭岡研介の兄泰安がやってきたし、森田千庵も入塾した。塾の内容は充実していたが、それは塾が開設されてから情熱をかたむけて蘭学に精励してきた岡研介、高良斎、高野長英、戸塚静海、石井宗謙、二宮敬作、賀来《かく》佐一郎、鈴木周一らの努力によるものであった。それらの塾生のほかに、小通詞助の吉雄忠次郎もシーボルトの日本研究に積極的に協力していた。かれは、シーボルトから依頼された書籍その他の購入につとめ、資料をオランダ語に翻訳する仕事に従事していた。

シーボルトは上機嫌《じょうきげん》で、其扇を伴って出島の内部を散策したり、玉突きをしたりしていた。時にはオルゴールを鳴らして、鼻唄《はなうた》をうたうこともあった。

シーボルトと其扇の情交は激しく、其扇は居続けを繰返し、ほとんど寄合町にもどることはなかった。生活に必要な品々は、禿を町に出して購入させ持ちこませていた。

秋色が濃くなり、九月十五日にはオランダ八朔《はっさく》の行事がおこなわれた。商館長スチュルレルは正装して出島を出ると奉行所に赴き、奉行に祝辞を述べた。その後代官、町年寄などの家々を訪れ、同様の挨拶《あいさつ》を繰返した。また、商館内では、鶏、豚を料理し、さかんな酒宴がもよおされた。

其扇もその席に呼ばれ、シーボルトの傍に侍《はべ》っていた。

彼女は、夕刻に出島へ入ったのだが、その日の午刻《ひるどき》すぎ抱主の引田屋《ひけたや》卯太郎にシーボルトの子をみごもったらしいことを告げた。体に兆候があらわれていたのだ。

しかし、彼女はシーボルトにそのことは話さなかった。異国人と情交をもち妊娠したことが判明した折には、定められた規則にしたがって奉行所に届け出る。それまでは、相手の男にもそれを洩《も》らすことは控えねばならぬ定めになっていたのである。

彼女はシーボルトに抱かれながら、玻璃《はり》窓の外にうつろな眼《め》を向けていた。

夜空には、大きな満月がかかっていた。

七

長崎の町をかこむ丘の樹葉が色づき、やがて落葉した。気温は低下し、港の海水は澄んだ。

二隻《せき》のオランダ船は、バタビヤへ去っていった。船には本国へ帰るスチュルレル前商館長が乗り、船倉にシーボルトの蒐集《しゅうしゅう》した尨大《ぼうだい》な日本に関する資料がおさめられていた。

長崎の町に、静寂がひろがった。港には唐船が碇泊《ていはく》していたが、各藩から警護の役目を仰《おお》せつかって駐屯《ちゅうとん》していた藩兵たちも、オランダ船の出港とともに各藩に帰っていった。海上には、夜明け前に出漁し日没時に引き返してくる漁船の動きがみられるだけであった。

十一月二十二日夜、町はずれに出火騒ぎがあり、人々は眠りをやぶられた。火災の多い冬季に入り、火の用心を告げる拍子木の音が深夜の町を縫うように往《ゆ》き交っていた。

十二月二十四日は、町の南部にある愛宕山《あたごさん》大光院願成寺の祭礼日であった。願成寺は火防ぎの神である伊弉諾尊《いざなぎのみこと》、火産魂命《ひのむすびのみこと》を祭神とした寺で、その日、町の者たちは一日中酒を断つ。酒精進をおこなえば、火事の災厄《さいやく》をまぬかれるというのである。

参詣人《さんけいにん》の列が願成寺の参道を絶え間なくつづき、町はにぎわったが、その日入港してきた唐船に日本人漂民十人が乗っていることが伝わり、海岸に人々が押し寄せた。漂民たちは、薩摩《さつま》の財久丸乗組みの舟乗りたちで、鹿児島下新町の直右衛門を沖船頭として航行中破船し、その年の三月に清国《しんこく》の浙江《せっこう》省寧波《ニンポー》府定海県に漂着した。直右衛門ら十人の者たちは、幸い危害にあうこともなく戌《いぬ》七番唐船に収容されて、その日長崎へ入港してきたのである。

町の者たちが見守る中を、十人の漂民たちは厳重な監視をうけて上陸し、奉行所に引立てられていった。

さらに、年が明けて間もない正月三日に入港してきた戌八番唐船にも漂民が乗せられていた。越前国丹生《にう》郡梅浦（福井県丹生郡越前町梅浦）の蓬萊屋《ほうらいや》庄右衛門船宝力丸の沖船頭善右衛門ほか八名の舟乗りたちで、蝦夷《えぞ》浦河から大坂へ航行中、前年の九月七日、長《なが》門国仙崎《とのくにせんざき》（山口県長門市仙崎）沖で難破、九月二十九日に揚子江《ようすこう》の河口に近い松江府に漂着した。かれらは、十二月一日乍浦《さほ》を出帆した清国船に乗って長崎に送られてきたのである。

かれらも、上陸後、ただちに獄につながれ、奉行所で異国への漂民としての取調べをうけることになった。

火災につぐ漂民送還は長崎の人々の話題になったが、町の中には正月を迎えたにぎわいがみちていた。

正月二日には、その年の年番大通詞、小通詞が長崎奉行所に赴いて新任の商館長メイランの年頭の賀辞を申し述べ、翌日には奉行が装束を身につけて安禅寺、大音寺に参詣、さらに翌四日は神官、僧侶《そうりょ》等の奉行所への年頭の賀辞や寺社御礼等の公式の正月行事がつづいた。

其扇は、恒例の絵踏みもすませ、正月をゆったりとすごした。すでに懐妊は確実で、抱主引田屋卯太郎は、奉行所へその旨《むね》を届け出る準備を内々にはじめていた。

奉行所への届け出には、相手の異国人が胎児の父親であることを承認することが前提になっているので、正月二十日夜、其扇は、シーボルトに懐妊したことを告げた。

シーボルトは眼を大きくひらき、顔を紅潮させた。かれは、激しい感情の動きをしめし、彼女の華奢《きやしや》な体を抱きしめると、唇《くちびる》、頬《ほお》、額、瞼《まぶた》、首筋に唇をふれさせ、さらに指を口にふくんだ。また、静かに彼女を抱き上げると家の中をゆっくりと歩きまわり、何事かドイツ語を口にして接吻《うまくち》する。その眼には、うっすらと涙が光っていた。

かれは、其扇の体を気づかって、性交時にも荒々しい動きはみせなかった。時には、愛撫《あいぶ》するだけで体を接しないこともあった。其扇は、シーボルトの優しさを意外に思い、あらためてかれを見直すような気持になった。

シーボルトは、他の異国人と同じように精力的で、内部にたぎりたつものが満ち、それが時に応じて激しい勢であふれ出す。酒を飲んで歌をうたう時など、歌声の大きさに、鼓膜もしびれた。むろん性交時の愛撫は執拗《しつよう》で、疲れを知らぬように荒々しい動きをしめす。その激しさに、其扇は自分の体の骨がくだけてしまうのではないかと何度思ったか知れなかった。

しかし、懐妊を告げてからのシーボルトの行為には、温い心づかいが感じられた。階段からおりる時なども、滑稽《こっけい》と思えるほど神妙な表情をして、手をとって一段一段ゆっくりとおろしてくれる。滋養をつけねばならぬと言って、バターをパンにたっぷりつけて食べるようにすすめるし、風邪をひかぬように気をつかってくれたりする。其扇は、そうしたシーボルトに感謝するようになっていた。

彼女は、異国人の子をうむことを出来るかぎり避けたいと思っていた。異国の男と関係して生れてくる子は、当然、皮膚、頭髪、眼の色も日本人とは異なっている。一般的に、オランダ人は特殊な眼でみられ、妖鬼《ようき》のように思う者もいれば獣類に近い動物として考えている者すらいる。そうした中で、西欧人との間に生れた混血児が、将来どのような扱いをうけるかは容易に想像できた。

ただわずかな救いは、長崎の町の人々の気風であった。

長崎には、オランダ船、中国船が毎年入港し、オランダ商館も唐館も設けられている。

それらの船との間で交される貿易で町は発展をつづけ、両国との関係なしに町の存在は考えられなかった。さらに蘭学がさかんになってから、各藩から多くの学徒もオランダ人や通詞等から知識を得ようと集ってきていて、いわば長崎は異国人と日本各地の学徒、商人の集合場所の観もある。

それらの人々に接する長崎の町の人たちは、他国の者を温く迎え入れる寛容さをそなえ、オランダ人、中国人に対する偏見も他の地の者よりもはるかに少い。そして、異国の風習、食物、衣類などを日常生活の中に大胆に採り入れ、生活をより豊かなものにしている。そのような長崎人の気風を考えると、混血児も長崎に身をおくかぎり、さまざまな苦汁をなめながらも生きぬくことはできそうに思えた。

其扇は、シーボルトの熱意のこもった優しい態度に、ようやく子をうむ覚悟もいだくようになってきていた。

腹部で、胎児が動くようになった。

其扇の抱主引田屋卯太郎は、その旨を寄合町乙名（町役人）芦刈高之進に申し出た。臨月近くになって届け出ることは好ましくないとして厳しい叱責《しっせき》をうけるので、正規の手続をふんで早目に届け出たのだ。

芦刈は、内々に卯太郎からその話を耳にしていたので、ただちに出島の乙名と年番通詞に伝えた。それは、後日の紛糾を避けるための処置で、乙名は通詞とともにシーボルトに面会し、其扇のみごもった子の父であることを認めるか否《いな》かを問うた。
シーボルトは、其扇が疑いなく自分との関係によって懐妊したものであることを認めたので、その旨を芦刈に報告した。それによって準備もすべて整ったので、二月十九日、芦刈は奉行所に届出書を提出した。

乍恐《おそれながら》口上書

寄合町引田屋卯太郎抱遊女

其　扇

亥《い》弐拾壱歳

右の者去る未《ひつじ》年より外科阿蘭陀しひとる、ひりふ、ふらんす、しいほると呼入候《そうろう》処《ところ》懐妊仕《つかまつり》候由《よし》抱主卯太郎申出《もうしいで》候に付此段以《このだんもって》書付御届申上候　以上

亥二月十九日

乙名　芦刈高之進 印

御奉行所

口上書には手続に遺漏もなく、そのまま奉行所に受理された。

其扇がシーボルトとの間に子を宿したことは、役人、通詞たちの話題になった。また、鳴滝塾《なるたきじゅく》の塾生たちも、師事するシーボルトの血をひく子供が生れることに強い関心をいだいた。これを契機に、シーボルトの日本永住をひそかに期待する者もいた。

遊女たちも其扇の懐妊に興味をもったが、遊女たちの間では、出産が無事に終ることはあるまいという意見が支配的であった。前年の二月二十三日に遊女高瀬は蔵役《くらやく》ピストウリュスとの間に女児を出産したが死産であり、また七月九日に青柳が絵師デ・フィレニュフェとの間に男児を産んだが、それも出産直後に死亡してしまった。

遊女たちは、異国人殊《こと》にオランダ商館員との間に懐妊し、混血児をうむことをいとう傾向が強い。彼女たちの間には避妊がおこなわれ、たとえ月がみちて生れてもひそかに処置してしまうという風説が流れていた。

そうしたことが原因しているのか、オランダ行きの遊女の出産は驚くほど死産の場合が多い。それを一部の者は、血の異なった者の組合わせに無理《こと》があるため順調な出産ができぬのだと唱えていたが、それは新生児を始末することを糊塗する口実だと言う者もいた。また、前年の四月に蔵役フィッセルと寄合町筑後屋《ちくごや》とら抱の遊女粧《よそおい》の間に生れた男児も、出産後無事に育つかとみえたが、死亡してしまった。生れた子が幼児のうちに死亡する例もきわめて多く、それも、混血児としての将来に不安を持った周囲の意志がはたらいている結果ではないかという噂《うわさ》もあった。

其扇の懐妊を知った遊女たちは、生れた児《こ》がまたも死産に終るのではないかと憶測していたが、少くとも人為的に死産をうながすような空気は、彼女の周囲にはみられなかった。シーボルトは、日本の蘭方医たちの尊敬を一身に集めている名医であり、その名は遠く江戸をはじめ各地に知られている。かれは、幕府の異例の好意によって出島の外に出ることを許され、さらに鳴滝に私塾を設けて多くの学徒に医学その他を教える身にもなっている。かれは単なるオランダ商館の医官ではなく、西欧の学識をそなえた象徴的人物であった。そのようなシーボルトの子をやどしたことは、其扇にとって名誉というべきであり、出産する児はシーボルトの子として恵まれた扱いをうけることは疑いの余地がなかった。

三代前の商館長ドウフの子供だった道富丈吉に対する優遇処置が、其扇の出産する子供にも適用されることが予想された。と言うよりは、ドウフの子供よりもシーボルトの子供の方が一段と丁重な扱いをうけるにちがいなかった。シーボルトの周囲には、かれの学識に傾倒する通詞、医学者、役人がひしめき、幕府内にも敬意をいだいている者が多い。それらの者は、当然シーボルトの子供の将来にも、大きな力を添えてくれるはずであった。

其扇は、奉行所に懐妊届が出されてから、シーボルトと親しい者の自分に対する態度に変化が生じたことに気づいていた。シーボルトの居宅を訪れる通詞や鳴滝塾の塾生たちに頭をさげると、今までよりも温い挨拶《あいさつ》を返してくれる。稀《まれ》ではあったが、健《すこ》やかなお子を……と言われたこともあった。

其扇は、ようやくシーボルトの子をうむことが大きな意味をもっていることを知るようになった。シーボルトが、彼女の考えているよりもさらに偉大な存在らしいことにも気づいた。

長崎の町に凧《はた》が舞い、のどかな春の行事がつづいた。

其扇は、出島のシーボルトの居宅にいることが多かったが、四月上旬、出島に入ることをやめた。臨月を迎え、出産にそなえて静養することになったのである。

シーボルトは、規定に応じて多額の揚代銀を贈った。遊女の出産は、親元かまたは遊女屋宅でおこなわれるのが通例であったが、其扇は親元で出産することを希望した。彼女は、銅座跡の生家にもどった。父佐兵衛は五十一歳、母きよは四十五歳で元気であった。

其扇は、生家で本名たきとして日をすごすようになった。家には妹のさだ、ふみと弟の善四郎がいて、彼女は久しぶりに家庭の空気にふれた。

其扇は、両親の慈愛につつまれて出産の日を待った。佐兵衛もきよも、娘と関係をもつシーボルトが多くの医師たちに尊敬されている偉大な異国人であることを知っていて、娘がシーボルトの子を無事に出産することを願っていた。佐兵衛の家には、時折りシーボルトの使いの者がやってきて、其扇に対する見舞いの言葉を伝え、菓子などを置いていった。そうしたシーボルトの心遣いに、佐兵衛もきよも感激していた。

五月五日は端午《たんご》の佳節《かせつ》で、きよは三角形のチマキを作ってたきにすすめた。それは、糯米《もちごめ》で作ったものを竹皮でつつんだものであった。

その日、港内ではペーロンの競漕《きようそう》がくりひろげられた。龍《りゆう》を彩《いろど》った細長い舟に、朱色《しゆいろ》の褌《ふんどし》をつけた裸身の男たちが鉢巻《はちまき》をしめて乗り、一斉《いつせい》に櫂《かい》を操る。舟の群は水しぶきをあげて驚くほどの速さで走る。舟の上では銅鑼《どら》、太鼓が鳴り、浦印、町印を染めぬいた幟《のぼり》がはためいた。

ペーロン競漕は、寒節句の翌六日にもおこなわれた。朝五ツ（午前八時）からはじまった競漕は夕刻まで繰返され、港内には男たちの掛声と銅鑼、太鼓の音がきこえ、海岸には多くの見物客がむらがって声援を送った。

日が没し、長崎の町に灯《ひ》がひろがった。

その夜、佐兵衛の家に産婆《さんば》があわただしく入っていった。

やがて、家の中からはじけるような産声《うぶごえ》がきこえ、安堵《あんど》したような声がわき上った。家の灯が、一段と明るさを増したようにみえた。

生れたのは、女児であった。産声は大きく、体つきもしっかりしている。佐兵衛ときよは、すぐに嬰児《えいじ》の頭部を見つめたが、わずかに生えている毛髪は日本人を両親にもつ児と少しも変りはなかった。

佐兵衛は、衣服をあらためると提燈《ちょうちん》に灯をともして夜道を寄合町に急いだ。船大工町の家並をぬけ二重門をくぐった。

かれは引田屋に赴くと、主人の卯太郎に会いたい旨《むね》を述べ、やがて姿をあらわした卯太郎に女児出産を伝えた。

混血児の出産は奉行所に報告する定めになっていたので、卯太郎はただちにその旨を寄合町乙名芦刈高之進に届け出た。高之進は、翌日寄合町の組頭と連絡をとって卯太郎とともに銅座跡の佐兵衛方に赴き、其扇の女児分娩《ぶんべん》を確認し、左のような届出書を奉行所に提出した。

差出申一札之事

一、町内引田屋卯太郎抱女其扇　去ル未《ヒツジ》年九月ヨリ外科阿蘭陀《おらんだ》人ひいとる　ひりつふ
ふらんす　はん　しいほる呼入候処、懐妊仕、昨夜女子出産仕候、依レ之《コレニヨリ》右其扇
親銅座跡佐平（佐兵衛）方ニ而《テ》養育仕候、小児之儀ニ付万一異変之儀茂《モ》可レ有《アルベキ》ニ御座一
哉《ヤ》、若《モシ》左様之節ハ片時茂《カタトキモ》無ニ油断一早速可ニ申出一旨、堅《カタク》卯太郎江《ヘ》申付置候、為レ其《ソノタメ》一
札差出申候　以上

文政十年亥五月七日

組頭連印

芦刈高之進 印

出産した嬰児は、力強く乳をふくみ、其扇の体にも異常はなかった。

生れた女児にはイネと名がつけられた。漢字であらわす場合は伊祢、または稲と書くことも定められた。

其扇の女児出産は、出島のシーボルトにも伝えられた。シーボルトは大いに喜び、使いを寄越して菓子をとどけ、たどたどしい片仮名文字で、其扇と生れた女児に対する愛情を書きとめた紙片も添えられていた。

其扇の周囲には、出産を祝うなごやかな空気がみちていた。雨期を迎えていたが、晴れた日がつづいた。気候的にも新生児を育てるのに適していた。

佐兵衛宅には、寄合町の組頭や抱主卯太郎の使いの者がしばしばやってきた。其扇のうんだ児が無事でいるか否かをしらべるためであった。

乙名芦刈高之進が、奉行所への出産届に、

「……小児之儀ニ付万一異変之儀茂可レ有二御座一哉、若左様之節ハ片時茂無二油断一早速可二申出一旨、堅卯太郎江申付置候」

と書きしるしているが、これも人為的な処置による死産を防止する意味がふくまれていたのである。しかし、名医として高く評価されているシーボルトの子を産んだ其扇の周辺には、そのような気配はなく、出産を喜ぶ空気があふれていた。佐兵衛ときよは、初めての孫に興奮し、その傍からはなれようとはしなかった。

お七夜には赤飯が炊《た》かれ、親戚《しんせき》の者たちが祝いに集ってきた。かれらは、床をはなれた其扇に祝いの言葉を述べ、ふとんに寝かされている嬰児をみつめた。そして、鼻が少し高いとか毛髪が茶色だなどとつぶやきながらも、ほとんど他の新生児と変らぬ、と其扇を力づけるように言った。

嬰児は終日うつらうつらと眠っていて、空腹になると泣く。その度に、其扇は乳首をふくませていた。

其扇の禿《かむろ》である糸瀬は、しばしば佐兵衛の家にやって来て其扇の身の廻《まわ》りの世話をしていた。糸瀬は、嬰児を可愛《かわい》く思うらしく、眼をかがやかせて眠っている顔を見つめていた。

五月末、佐兵衛の家でも井戸さらえがおこなわれた。井戸の傍に鏡餅《かがみもち》、初茄子《なす》などが供えられた。

その日、シーボルトからの使いがやってきて、産後の静養と出産児の生育を出島内でして欲しいという言葉を伝えた。

其扇は両親と相談したが、判断がつきかねたので、抱主引田屋卯太郎の意見を乞《こ》うた。卯太郎は、最新の西洋医学を身につけているシーボルトのもとに其扇と嬰児が身を寄せることは、すべての点で好都合だと言って即座に賛成した。卯太郎にしてみれば、死亡率の高い混血児を保護する立場から解放されることを願う気持もあった。

其扇も佐兵衛も、卯太郎にすべてを一任すると答えたので、卯太郎は、寄合町乙名芦刈高之進にシーボルトが其扇と嬰児を出島に入れることを希望している旨を申し出た。

オランダ商館の設けられた出島には、一般人の入島が厳禁されている。オランダ人と遊女との間に生れた児も入る資格はないが、商館員からの希望があれば一定の手続をへて許可されるしきたりになっていた。そして、その子供は、要望があれば七歳まで出島への出入りが認められていた。

ただ、日本風の年齢の数え方では正月を迎えると一歳増すので、誕生日を基礎に年齢を数えるオランダの方法とは食いちがいが生じる。それについて、三代前の商館長ヘンデレキ・ドウフは、瓜生野《うりゆうの》との間に生れた丈吉を少しでも長く出島の自分のもとに置きたいと考え、オランダの年齢の数え方を採用して欲しいと申し出た。丈吉は文化五年十月生れなので、文化十一年正月で七歳とされるが、満七歳になる文化十二年十月まで在島期間の延長を望んだのである。

それは長崎奉行所で検討され、結局、ドウフの長年の日本に対する功績と強い父性愛が認められて許可され、以後は満年齢によって数えられることになっていた。

シーボルトの希望を引田屋卯太郎から伝えきいた芦刈高之進は、出島の乙名と打ち合わせた後、奉行所に「出島入り願書」を提出した。やがて奉行所から許可する旨の回答があり、其扇はお稲とともに出島に入ることになった。

六月下旬、其扇はお稲を抱いて駕籠《かご》に乗り、生家をはなれた。駕籠の後には佐兵衛、きよ、禿の糸瀬がしたがっていた。

やがて、駕籠が江戸町の仲宿につき、そこで其扇と糸瀬の人別改めがおこなわれ、出島に入った。佐兵衛ときよは、門の外から孫を抱いた其扇の遠ざかるのを見送っていた。

其扇は、シーボルトの居宅に入った。シーボルトは其扇に接吻し、お稲の顔をのぞきこんだ。かれの顔には喜びの色があふれ、柔いお稲の頰《ほお》に指先をふれさせたり小さな掌《て》を指でつまんだりしていた。

シーボルトは、早速其扇とお稲を診断した。其扇の体に異常はなかったが、お稲の発育状態に頭をわずかにかしげた。そして、その日から入念に観察した結果、其扇の乳の出が少いことを確認した。たしかに嬰児は、其扇の乳首をすっているが、乳がすぐに出なくなるらしく不満そうに泣き出す。其扇は、悲しげに乳房をさすっていた。

シーボルトは、乳母を雇うべきだと考え、その旨を出島の乙名に申し出た。出島へ入ることが許されるのはオランダ行きの遊女のみで、たとえ乳母でも原則として出入りは禁じられている。そのため乙名は、年番通詞と町年寄の指示を乞うた。

かれらは、協議した末、書類をまとめて奉行所に提出し、それは特例として許可された。これについて異国人関係の記録を担当する唐人番倉田氏は、七月九日の日記に左のように記した。

同九日、出島江入居候遊女其扇出生之女子乳少ニ付、乳持之遊女呼入候儀、通事（詞）内談、無レ例儀故、伺候様答、町年寄年番江申上、被二聞置一候旨申出、依之聞置、遊女之振ニ而出入為致候叓《コト》。

つまり、出島には遊女、禿のほかは入ることが厳禁され、たとえ乳母でも入島したという前例はないが、表向き遊女名義にして立入りさせることに定めたというのである。前例がないと記されているが、十五年前の文化九年四月には同様の許可が下されていた。

後に商館長になったブロムホフは、当時商館の蔵役で、寄合町門屋喜三太抱の遊女糸《いと》萩《はぎ》と親しかった。その年、糸萩は女児を出産したが、乳不足で出島へ乳母を出入りさせて欲しいと願い出た。奉行所では、慎重に検討した末、子の生命にかかわることなので許可することになった。ただし、出島への出入り規則をおかすことはできないので、乳母を遊女名義とするという方法をとった。それは乳母遊女と称され、糸萩の産んだ女児の乳母となった女にも、萩の戸という遊女名が附されたのである。

そうした前例もあるので、出島係の乙名は人を介して乳母となる女を求め、子を産んで間もない一人の女を雇い入れた。女は、定めにしたがって引田屋卯太郎抱の遊女という名義で源氏名を十寸穂《ますほ》とした。そして、江戸町仲宿で人別改めをうけた後、出島へ入った。

色の黒い大柄《おおがら》な女で、出島内の異国人におびえきった眼《め》を向けていたが、乳は驚くほど豊富だった。乳房をつかむと、絹糸が放たれるように乳がほとばしる。その乳首に、お稲は吸いついた。女は、午前と午後の二度にわたってお稲に乳をあたえに出島へ入ってくる。早朝と日没後は、其扇が乳首をふくませた。

其扇がシーボルトの子を産んだことは、商館員たちを喜ばせた。かれらは、シーボルトをかこんで出産を祝う酒宴をひらいたり、其扇に珍しい置物を贈ったりした。また絵師のデ・フィレニュフェは、其扇の絵を描くことを申し出た。其扇は恥しがったが、シーボルトはよい記念になると言って描いてもらうようにすすめた。

其扇も承諾し、デ・フィレニュフェと向い合って坐った。絵は、二十日後に出来上った。その絵姿には、母親らしい落着きに似たものがにじみ出ていた。

暑熱が、つづいた。お稲の体に汗疹《あせも》ができたが、シーボルトの巧みな処置で悪化することもなかった。

その頃《ころ》、鳴滝塾は、多くの塾生の参加によって一層活況を呈していた。筑前《ちくぜん》から武谷元立、百武万里《ひゃくたけばんり》、原田種彦、有吉周平の入塾をはじめ、各地からの医学生が集ってきていた。

シーボルトは、そうした塾の充実を喜んでいたが、それにも増して江戸にいる天文方兼御書物奉行高橋作左衛門との連絡がようやくたしかな結実をしめしていることに満足していた。

シーボルトが長崎に帰着してから、作左衛門との間には書簡の交換がさかんであった。シーボルトからは外国事情に関係する資料が作左衛門に送られ、代償として作左衛門からも日本に関する資料が送られてくる。往復書簡は、その年の六月末までに六通の多きを数えていた。

シーボルトにとって、六月二十二日は記念すべき日であった。

その日、かれが鳴滝塾に赴く途中、樺島町《かばしままち》で通詞の堀儀左衛門から一通の書状を受けとった。封書の表には「シイボルト殿へ」とオランダ語で書かれていた。それは、江戸にいるオランダ通詞猪俣《いのまた》源三郎からのもので、昨年シーボルトが商館長の江戸参府の旅に随行した折、高橋作左衛門と約束した日本地図を使いの者に託したから受け取って欲しい、と記されていた。

シーボルトは、大いに喜んで使いの者があらわれるのを待っていたが、その日に早くも伊東玄朴がやってきて日本地図を入れた包を渡してくれた。

その日本地図は、高橋作左衛門が部下の下河辺林右衛門、川口源次郎、吉川克蔵、門谷清次郎に命じて苦心の末筆写した精密なものであった。主となった原図は伊能忠敬《ただたか》が測量した地図で、蝦夷《えぞ》、樺太《からふと》は間宮林蔵、東韃靼《だったん》は最上徳内のそれぞれ現地踏査による測量図を採り入れ、九州は測量が未完成であったので幕府の御用地図に拠《よ》った。それらを、高橋作左衛門自身が校訂した最高の内容をもった地図で、作業は前年の四月からはじめられ、一年一ヵ月後に完成したのである。

作左衛門は、この地図をシーボルトにあたえることは国禁をおかす大罪であることを十分に知っていた。そのため自ら発送することは危険であると考え、親交のある通詞猪俣源三郎にシーボルトへ送って欲しいと依頼した。

源三郎は、弟子の伊東玄朴を使者に立てることを思いついた。玄朴は鳴滝塾でシーボルトの教えをうけたこともあり、江戸に来てからは天文台の舎宅に起居して蘭学の教授に従事していた。その頃、かれは、故郷である肥前国神埼《かんざき》郡仁比山《にひやま》村に帰る準備をはじめていた。

それを知った源三郎は、玄朴に故郷に近い長崎に足をのばして、作左衛門から依頼された日本地図をシーボルトに手渡すよう命じた。玄朴は承諾し、地図を入れた包を手に江戸を出発、五月には肥前の仁比山村についた。そして、その地で所用をすませた後長崎にむかい、六月二十二日に包をシーボルトに手渡したのである。

シーボルトは玄朴の労をねぎらって、かれに琉球《りゆうきゆう》諸島の地図をあたえた。

二日後の六月二十四日、シーボルトは高橋作左衛門宛《あて》の書状をしたため、発送した。それには、一昨日たしかに日本地図を受領したことをつたえ、さらに日本地図をもう一枚ゆずって欲しいと要求した。かれの日本地図に対する欲望は、果しないものになっていた。

かれは、日本地図の研究に激しい情熱をもってとりくんだ。最大の協力者は、小通詞助の吉雄忠次郎であった。かれは、すぐれた語学の才を駆使して、シーボルトの質問に的確な回答をし、それらをオランダ語で詳細に記録していった。

夏も盛りをすぎた頃、シーボルトは、岡研介、高野長英を招いて日本地図の研究に協力するよう命じた。シーボルトは、研介、長英がオランダ語によく通じていることを高く評価していて、日本地図の地名をローマ字で記入する仕事を課した。

研介と長英は、シーボルトのひろげた日本地図を眼にして激しい驚きをしめした。かれらも眼にしたことのない精密な地図で、それをいつの間にか所持しているシーボルトを不気味に思った。かれらは、シーボルトの別の面を見出《みいだ》したように思った。シーボルトがさまざまな日本に関する資料の蒐集《しゅうしゅう》につとめていることは、すべて学者としての研究心によるものだと思っていたが、眼前の日本地図を見たかれらは、その資料蒐集が単なる学問研究の域を越えたものであることをかぎとった。かれらは、シーボルトの命ずるままに地名をローマ字に変える仕事をはじめた。

鳴滝塾の塾頭岡研介は、高野長英と長崎港に面した海岸に腰をおろしていた。

研介は二十九歳で長英より五歳年長であったが、長英の学才に深い敬意をいだいていた。オランダ語の学力では塾の双璧《そうへき》で、文章力、会話では研介が、読解力では長英が最もすぐれていると言われていた。

港にはオランダ船、唐船が碇泊《ていはく》し、唐船は出帆《しゅっぱん》の日が近づいているらしく、小舟ではこばれた荷の積みこみ作業をおこなっていた。

海面には、夕焼の色が華やかにひろがり、漁を終えて帰ってくる漁船の群がみえた。

「おそろしいことだ」

研介が、つぶやくように言った。

長英は、口をつぐんで港の夕景に眼を向けている。

「おそろしいとは思わぬか」

研介が、長英の横顔に眼を向けた。

長英は、深い息をつくと、

「シーボルト先生というお方が、私にはどのように解釈してよいものやらわからなくなりました。滝野（伊東玄朴）の話によると、あの日本地図は江戸にいる天文方の高橋作左衛門様からの贈物の由《よし》ですが、作左衛門様がなぜあのような地図をシーボルト先生に贈ったのか」

と言って、眉根《まゆね》に皺《しわ》を寄せた。

「国禁をおかす大罪になることがわかっていながら、作左衛門様のとった行為は、私にも理解できぬ」

研介も、顔をしかめた。

その日も、二人はシーボルトに招かれて出島に入り、日本地図の地名をローマ字に変える作業をつづけた。部屋の中では、小通詞助の吉雄忠次郎が日本各地の物産を記した書物の翻訳をおこなっていた。

シーボルトは、時折り窓の外に警戒するような視線を走らせていたが、作業は人眼をはばかる秘密めいたものであった。

研介と長英は、仕事を終えてシーボルトの居宅を出た後、口をつぐんで出島を出ると、海岸に並んで腰をおろしたのだ。

「シーボルト先生が地図を所有していることを知っているのは、何人ぐらいいると思う」

　研介が、長英に言った。

「滝野は、師の猪俣源三郎殿から地図をとどけるように依頼されたといいますから、作左衛門様、源三郎殿、滝野、それに吉雄忠次郎とわれら二人、このほかにもかなりの数の者が知っているのではないでしょうか」

　長英は、思案するような眼をして答えた。

「幕府に知れたら……」

　研介が、つぶやくように言った。

「そのようなことがありましたら、ただごとではすみませぬ」

　長英の声は、低かった。

「発覚するだろうか」

　研介が、夕陽《ゆうひ》に染った長英の顔に眼を向けた。

　長英は、頭をかしげた。

「もしも発覚した場合、日本地図の地名を異国の文字に変える仕事を手伝ったわれら二人も、きびしい罪に問われる」

　研介の顔は、こわばっていた。

「その通りです。かくし事は、いつかは必ず表にあらわれるものです。シーボルト先生は、むろん日本国の禁を十分に御承知ですが、それを軽んじている傾きがあります。まさか自分はお咎《とが》めをうけることはあるまいといったたかをくったところがあり、江戸参府の折にも大胆に測量をおこない、資料をかき集めたときいております。そのようなことをしている先生は、すでに幕府から疑惑の眼でみられているかも知れませぬ。日本地図のことも、すでに幕府は気づいているのではないでしょうか」

長英は、海面に眼を向けた。

「すると、いずれは日本地図のことが発覚し、シーボルト先生や作左衛門様がお咎めをうける身と考えているのだな」

研介が問うと、長英は無言でうなずいた。

二人は口をつぐんでいたが、研介が、

「ただ一つ救いがある」

と、言った。

長英が、研介の顔を見つめた。

「他言はつつしんでもらいたいが、シーボルト先生は、来年帰帆するオランダ船に乗って日本をはなれる」

研介の言葉に、長英は顔をこわばらせた。

「事実でございますか」

長英が問うと、研介はうなずいた。

長英は、思案するように眼を閉じていたが、再び港に視線を向けると、

「シーボルト先生は、その船に日本地図等をのせて帰国することを考えておられるようだ。その時まで幕府にさとられずにすめば、お咎めをうけることはない」

と、言った。

「あと一年……」

研介が、つぶやくように言った。

夕焼の色はうすれて、丘のくぼみには淡い夜の色がひろがりはじめていた。

二人は、夕景を無言でながめていた。

八

九月中旬、シーボルトは、その年帰帆するオランダ船に日本に関する資料を積みこんだ。

すでにかれのもとには、オランダ本国から一年後に帰国することを許可する旨《むね》の書簡が到着していた。かれとオランダ政府の間で交されていた契約任期は五年と定められていて、来年が任期満了の年にあたっていた。

シーボルトは、ひそかに帰国の準備をはじめていた。日本で蒐集《しゅうしゅう》した資料は尨大《ぼうだい》で、それらを分類し整理することは難事だった。が、かれは、小通詞助吉雄忠次郎と岡研介、高野長英の助力を得て、積極的に作業をすすめていた。

前商館長スチュルレルと異なって新しく着任した商館長メイランは、シーボルトに好意をいだいて協力を惜しまなかった。かれは、オランダ政府から日本の国情研究を依頼されたシーボルトの立場を十分に理解し、その使命を確実に果させようとあらゆる便宜をあたえてくれていた。かれは、シーボルトの居宅をしばしば訪れては激励し、望むものがあったら申し出るようにと口癖のように言っていた。そして、お稲とともに暮す其扇にも、菓子やオルゴールをもって来てあたえたりしていた。

シーボルトは、其扇がお稲をうんだ頃《ころ》から、彼女を本名で呼ぶようになっていた。「お滝さん」と呼んでいるつもりらしかったが、それが「オタクサ」にきこえた。かれは、子供をうんで少しやつれ気味の其扇が鳴滝塾周辺に咲く紫陽花《あじさい》の花に似ているといって、紫陽花の花にオタクサという学名をつけたりした。其扇の容姿は、一層妖艶《ようえん》さを増していた。

シーボルトは、来年に任期が満ちて帰国する予定になっていることを其扇にさとられぬようにしていた。たとえ遊女であるとはいえ、子供をうんだばかりの其扇に、そのようなことを話すのは酷に思えたのだ。

かれは、使い走りをする下僕としてオルソンという黒人少年を其扇につけてやっていた。オルソンは、澄んだ眼《め》をした活発な少年で、其扇はかれを可愛《かわい》がっていた。

お稲は、順調に成長していった。顔の判別もつくようになって、其扇の顔をみると体をはずませて嬉《うれ》しがる。声を立てて笑うことも多くなった。

シーボルトは、そうしたお稲が愛らしく思え、時々やってきてはお稲の顔をのぞきこんで、頬《ほお》を指先でついたり額に唇《くちびる》をふれさせたりしていた。

その頃、寄合町引田屋卯太郎抱の遊女左門太の懐妊届が奉行所に提出された。蔵役オウテレンの子をみごもったのである。

秋色が、濃くなった。其扇は、出島での生活に飽いて、時折りお稲を抱いて出島を出ると、銅座跡にある実家に赴いた。その度に、父佐兵衛、母きよは大いに喜んでお稲を抱く。かれらには、異国人の血をひくお稲が不憫《ふびん》でならぬらしく、眼に涙をうかべてお稲を愛撫《あいぶ》していることもあった。

十二月一日も、其扇は実家へもどった。その日は、町の中に餡餅《あんもち》を売る商人の声が往《ゆ》き交っていた。その餅は川渡餅《かわわたりもち》と称するもので、十二月一日に売り歩き、人々はこれを買い求めて神前や仏前に供える習わしになっていた。

其扇は、連れてきた禿《かむろ》に川渡餅を買わせ、神前と仏前に供え、それを口にふくんで小さくし、お稲の口に入れてやった。その餅を食べると水難にあうことをまぬがれる、という言い伝えがあった。

其扇と両親との雑談の中には、身請けについての話がまじるようになっていた。遊女に売られた其扇は、幸いにしてシーボルトという重要人物の愛をうける身になり、さらにその種を宿してお稲をうんだ。従来の例では、商館員は自分の子をうんだ遊女に多額の贈物をし、身請けの面倒までみる。むろん、シーボルトも其扇を遊女の身からぬけ出させてくれるにちがいなかった。

文政十一年が、明けた。

臨月を迎えていた左門太は島原町にある親の伝右衛門方にいたが、正月二十四日に男児を出産した。この通知は、すぐに出島にもたらされ、新生児の父であるオウテレンを中心に祝いの酒宴がひらかれた。オウテレンは初めて子の父になったことに感動し、ひそかに神への祈りを捧《ささ》げていた。

その後、左門太の乳の出が少いので乳母を雇い入れたという報《しら》せも入り、オウテレンはそれに要する費用も差し出し、しばしば伝右衛門方に使いを出して贈物をしたりしていた。

其扇は、同じ引田屋卯太郎抱の左門太と親しくしていたので、手紙を送ったり、出島を出て島原町の左門太の実家を訪れたりした。其扇は、同じ混血児をうんだ左門太に、特殊な親密感をいだいていた。

その頃、お稲は、よくむずかるようになった。顔を紅潮させて泣声をあげることもある。シーボルトは、お稲を診察し体に異常のないことを確認すると同時に、乳母の十寸《ます》穂《ほ》の乳の出が悪くなっていて、お稲が泣くのは空腹が原因であることを知った。むろん其扇の母乳の出は悪く期待はできないので、かれは乳母を代えるべきだと考え、その旨を出島係の乙名に申し出た。

乙名は、十寸穂を出島に出入りさせていることでもあるので、奉行所に願書を提出し許可を得た。早速、乳の出の多い女が物色され、浦上に住む女がえらばれた。彼女も前例にしたがって名義上の遊女になり、引田屋卯太郎抱遊女陸奥《むつ》としてお稲の乳母になった。

お稲は、陸奥の豊富な乳に満足し泣くことも少くなった。いつも上機嫌《じようきげん》でよく笑い、其扇やシーボルトが近づくと抱かれようとして手をのばしてくる。坐《すわ》ることもできるようになり、床を元気よく這《は》う。其扇が、オルゴールをまわすと、はしゃいで体をゆらせたりしていた。

その年の正月十一日、シーボルトは、大通詞吉雄権之助に依頼して一個の小包を江戸に送った。宛先《あてさき》は浅草新堀の天文台脇《わき》に住む高橋作左衛門であった。

小包は、三月二十八日に作左衛門方に到着した。

作左衛門が小包をひらいてみると、中には作左衛門宛のものと、間宮林蔵宛のものがおさめられていた。作左衛門宛のものは、プラネタリウム（人工地平儀）一個、マレー語辞書一冊と書簡一通であった。その書簡には、間宮林蔵宛のものを林蔵に渡して欲しいと書かれていたので、作左衛門は使いを出してそれを林蔵宅に届けさせた。

林蔵は、小包を眼にしたまま思案した。かれは、シーボルトが自分について強い関心をいだき、親交を結ぼうと願っている気配を敏感に察していた。またそれらの品物が作左衛門を通じて送られてきたことから考えて、シーボルトが作左衛門と親しく文通していることにも気づいた。

かれは、シーボルトと深く交ることは幕府の疑惑を招くおそれがあると考え、それをまぬがれるためには自分宛におくられてきたものを、そのまま手をつけずに幕府へ差出すべきだと判断した。

かれは、自分宛におくられてきた品物と書簡を奉行所に提出した。

奉行村垣淡路守《むらがきあわじのかみ》は、林蔵立会いのもとに包をひらいた。中には更紗《さらさ》一反と書簡一通が入っていた。ただちに書簡が開封されたが、オランダ文で書かれたもので読むことができなかった。そのため蘭学者を招いて翻訳させたが、内容は林蔵の北海探検に対する賛辞のみで疑わしいものではなかった。

シーボルトからの荷を奉行所に差出した林蔵は、奉行所から好感をいだかれたが、作左衛門には疑惑の眼がむけられた。奉行所でひそかに調査してみると、作左衛門宛にシーボルトから荷物がとどいているはずなのに、作左衛門からは奉行所になんの報告もない。林蔵宛の小荷物を仲介したことから考えて、作左衛門がシーボルトとかなり懇《ねんご》ろに交際していると推定された。

奉行からの報告をうけた幕府は、作左衛門がシーボルトとしばしば書簡を交していることに疑いをいだき、目附を中心に身辺捜索に着手した。その指示にしたがって、御目附、御小人目附、御庭番等が活潑《かっぱつ》にうごき、作左衛門の役所内での動き、家庭状況等について探索がはじめられた。

その頃、長崎では、すでに岡研介の姿はなかった。

塾頭である研介が塾をはなれたことは、他の塾生たちを驚かせ、その理由についてさまざまな憶測が交された。かれの行方は杳《よう》として知れず、郷里の周防国《すおうのくに》平里村にもどったという者もあれば、下関で医業を開業しているという者もいた。

また長英も、ひそかに長崎をはなれる準備をはじめていた。かれは、前々年の文政九年、江戸の薬種問屋神崎屋源造から思いがけぬ書簡をうけ、その後肥前の平戸へ旅をしている。神崎屋の書簡によると山田大円という医師が江戸で四十八両の薬価代金の借金を残したまま平戸に逃げて、松原見朴と偽称し松浦侯の典医をしているから、貸金を受けとってそれを学費にあてるようにという。長英は、その申出を喜んで平戸へ出発したのである。しかし、見朴との交渉は不調に終り、その代りに松浦侯の知遇を得ることができ、侯の助力を得て長崎で勉学にはげむようになっていた。

岡研介が長崎から姿を消した頃、かれは松浦侯の依頼で、壱岐《いき》、対馬《つしま》への採薬の旅に出ていた。そして、四月には長崎へもどってきたが、研介が長崎をはなれたことを知って自分も後を追おうと思った。長崎にとどまることは危険だと考えたのである。

かれは、前年に病死した養父高野玄斎の一周忌にあたる七月までに郷里の陸奥国水沢にもどろうと考え、旅費の金策をはじめていた。

長崎の町の空に、凧《はた》が舞うようになった。凧の糸にはビードロ綯麻《よま》というガラス粉を米粒でねったものが塗ってあって、互に他の凧にからませて戦う。敗れて糸をきられた凧が、出島の近くの海面に落ちてくることもしばしばだった。

お稲は、物につかまって伝い歩きもできるようになった。顔かたちは愛らしく、殊《こと》に大きくはった眼が澄んでいて美しかった。お稲の動きの一つ一つが、周囲に明るい笑い声をあふれさせた。

乳母や禿《かむろ》は、お稲を抱くと、

「ミゾーカ（可愛い）」

と、感嘆の声をあげる。

お稲は、はえはじめた歯をみせて笑う。乳母の乳以外に粥《かゆ》もあたえられるようになっていたが、お稲は母乳を欲しがって、

「チッチ（乳）」

と、乳母の陸奥に手をさしのべる。その仕種《しぐさ》が可愛ゆく、陸奥は胸をはだけて豊かな乳房を露出させた。

シーボルトも、しばしばお稲の顔を見に姿をみせた。かれは、徐々に離乳させるべきだと考え、陸奥がお稲に乞《こ》われるままに乳をあたえるのをみると、

「バンバシャン（乳母さん）」

と声をかけて、頭をふった。

お稲は、粥よりもバターをつけたパンの方を好んだ。其扇も乳母も、さすがに異国人を父にもつ子らしい、と言って笑った。

長崎の町々に、端午《たんご》の節句の幟《のぼり》がひるがえるようになった。其扇は、お稲を抱いて出島から町の家並の上につらなる幟をながめた。幟にはさまざまな絵柄《えがら》が描かれ、家紋、鶴亀《つるかめ》、松竹梅などが染めぬかれている。鍾馗《しょうき》大臣や唐の英雄が描かれたものもあった。竿《さお》の上には松の枝などが結びつけられ、幟のふちには緋色《ひいろ》の羅紗《ラシャ》のふちが飾られている。さらに竿からは小鈴が垂れていて、陽光にまばゆく光りながら鳴っていた。

其扇は、お稲が生れて一年が経過したことを実感として意識した。お稲の髪は、幾分茶色いが、日本人を両親にもつ嬰児《えいじ》と変りはない。ただ、瞳《ひとみ》だけは青味をおび、異国人の血がまじっていることをしめしていた。それに肌《はだ》も白く、鼻梁《びりょう》が嬰児としては高いことも混血児としての特徴に思えた。

五月五、六の両日は港内でペーロンがおこなわれ、出島では商館員たちが岸壁に長椅子《ながいす》を並べて見物した。銅鑼《どら》と太鼓の音とともに波しぶきをあげて走る舟に、商館員たちは手をたたき歓声をあげた。

其扇もお稲を抱いて見物したが、お稲は商館員たちの関心の的で、かれらは其扇の傍《かたわら》に来てはお稲をあやす。その度にお稲は、笑顔をみせた。シーボルトはお稲を抱き、時にはおどけて日本人がするように背に負って大股《おおまた》で歩きまわることもある。また、「バンバシャン」と言って、お稲に乳をふくませる仕種をして他の者を笑わせたりした。

ペーロン競漕《きょうそう》の行事が終った日、其扇はお稲を抱いて実家に帰った。子供がうまれて一年目におこなわれるむかはりの行事をするためであった。

家には、両親の佐兵衛、きよをはじめ姉妹や親戚《しんせき》の者が待っていて、其扇が姿をみせると、すぐに餅つきがはじまった。やがて、つき上った紅白の餅が神棚《かみだな》の前の畳の上に置かれた。其扇は、お稲に新しい衣服をまとわせ餅の上に立たせた。お稲は体をふらつかせていたが、腰もしっかりとすわっていて倒れることもなかった。其扇や佐兵衛たちは、お稲の成育が順調であることを喜び合った。

其扇たちは、足立《あだち》餅と称する餡《あん》入り餅を多量に作り、それに紅白の布をかけて、ひと重ねずつ親戚や知人にくばって歩いた。その夜は内輪の酒宴をひらき、お稲の成長を祝った。

雨期が、やってきた。

シーボルトは二階で吉雄忠次郎の協力を得て、日本研究の仕事をつづけていた。そして、週に一度は出島を出て鳴滝塾に赴く。雨が降っていて、日本の傘《かさ》をさして行く日もあった。

塾の近くには、紫陽花《あじさい》の花がみちていた。花の色は、一雨ごとに濃さを増してゆく。小川の水量はふくれ上り、激しい勢で流れ下っていた。

稀《まれ》に晴れた夜があっても、月には暈《かさ》ができた。湿度が高い上に気温もあがって、お稲のむずかる夜が多くなった。その度に、其扇は泣くお稲を抱いて戸外に出ると、澄んだ声で歌をうたった。

アトシャマ　トート（お月さま　どうぞ）
ゼンゼ　ヒャーク　オーセッケ（銭百文下さい）
アーブラ　コーテシンジョ（油を買ってあげます）

月光を浴びた其扇の腕の中で、お稲は泣きやみ安らかな寝息を立てた。

其扇の姉の千歳がその頃、薬剤師ビュルゲルの子を懐妊していることがあきらかになり、奉行所へ届け出た。

其扇は、姉がみごもったことを耳にして、一瞬放心したような眼《め》をして口をつぐんでいた。オランダ行きの遊女の身としてオランダ人の子をみごもるのは当然だが、姉妹が共に異国人の血をひく子供をうむことは好ましいことではない、と思った。混血児は、一族が防壁を形づくるようにしてかばって育ててゆかねばならぬが、それが二人も血族の中にいるということは大きな負担になる。ビュルゲルは、お常にも十分に経済的な援助をするだろうが、生れた子供の将来は、たとえ経済的にはめぐまれても、混血児として世間一般からの白い眼にたえてゆかねばならない。

梅雨があがり、出島にある井戸でも井戸さらえがおこなわれた。緑の色が一層濃くなり、空には夏らしい強い陽光がまばゆくひろがるようになった。

お稲は、乳母、禿、黒人少年オルソンにかこまれて遊ぶことが多くなっていた。其扇は、二階の研究室で資料の整理をつづけるシーボルトの身の廻《まわ》りの世話をしていた。

其扇は、シーボルトを「しほると様」と呼んでいたが、

「ダンナンサマ」

と、呼ぶようにもなっていた。

シーボルトは、いぶかしそうに頭をかしげていたが、旦那様《だんな》というその言葉が妻の夫に対する敬称であることを知って嬉《うれ》しそうだった。そして、其扇がダンナンサマと呼ぶ度に眼をかがやかせて其扇の手をとり接吻していた。

其扇の美しさは、妖《あや》しいまでになっていた。シーボルトは、其扇の体を抱いて夜をすごす。其扇の体の反応は、いつの間にか激しいものになっていた。

お稲は、オルソンに背負われて戸外に出てゆく。お稲は、それが嬉しいらしく、オル

ソンの背で体をはねさせていた。

その日も、お稲はオルソンに背負われて家から出ていったが、昼食時になってももどってこない。其扇は、家の外に出て、オルソンの名を呼んだが、オルソンの返事はなかった。

彼女は、不吉な予感におそわれ、附近を探しまわった。オルソンは、よく玉突き場に行って商館員がキューを扱うのを見ていることが多かったが、そこにもいない。砂糖蔵、御朱印書物蔵、銅蔵などの周囲にもオルソンとお稲の姿はなく、彼女は、出島の中を小走りに探しまわった。

ふと、彼女の眼に朱色のものが映った。彼女は、走った。お稲が、島の石垣《いしがき》の上に仰《あお》向《む》けに寝ている。体を動かせば、海中にころがり落ちることは確実だった。

其扇は、お稲の傍に膝《ひざ》をつくと抱き上げた。お稲は、澄んだ眼をして其扇の顔を見つめていた。

其扇は海に動くものがあるのに気づいて、その方向に視線を向けた。オルソンが、泳いでいる。

「オルソン」

其扇は、呆《あき》れて声をかけた。

オルソンが、黒い顔をこちらに向けた。その顔には少年らしい無邪気な表情がうかんでいる。が、其扇の険しい表情に気づいたらしく、岸にむかって泳いでくると石垣の上にあがってきた。

其扇は、手ぶりをまじえてお稲が今にも海中に落ちそうであったことを伝え、オルソンが子守りとしての義務を怠ったことを激しくなじった。オルソンは、ようやく其扇の怒りが理解できたらしく、おびえたような眼をして膝をつき、何度も頭をさげた。

其扇は、お稲を抱いてシーボルトの居宅にもどった。やはり昨年の十二月にお稲に川渡餅を食べさせたことがよかったのだ、と胸の中でつぶやいた。水難よけといわれるその餅を食べたことによって、お稲は海に落ちることをまぬがれたのだ、と思った。

彼女は、あらためてお稲を抱きしめた。

土の上に膝をつき頭をさげつづけていたオルソンの姿が思い起された。オルソンは幼い頃から親にひきはなされて奴隷《どれい》として売られ、出島で働かされている。遊びたい年頃であるし、海で泳ぐ気持になったのも無理はない。オルソンは、肌は黒いが眼の澄んだ美しい少年だった。奴隷に売られたのも運命とあきらめているのか、性格は明るく、敏《びん》捷《しよう》に動きまわっている。が、他人に叱《しか》られると、急に自分の不運な境遇が思われるのか萎縮《いしゆく》したようにうなだれる。頭をさげつづけていたオルソンが、哀れに思えた。

其扇は、お稲を寝台に横たえると、戸外に出た。砂糖蔵の壁に背をはりつかせてしゃがみこんでいるオルソンの姿がみえた。

「オルソン」

其扇は、声をかけた。

オルソンが、こちらに顔を向けた。その眼には、物悲しげな色がうかんでいた。

「ビスコイ」

其扇は、手にしたビスケットをみせ、それをあたえるという仕種をした。

オルソンが立ち上った。その顔に、ようやく笑いの表情がうかんだ。

九

六月二十五日、長崎湾口の野母崎《のもざき》にある遠見番所から、オランダ船一隻《せき》の接近をつたえる注進があり、奉行所では沖出役の役人が湾口に急いだ。その船は、コルネリウス・ハウトマン号であった。

翌二十六日、同船は多数の小舟に曳航《えいこう》されて港内に入り、号砲を放った。長崎の町は、オランダ船の入港に沸き立った。

厳重な検査が終った後、貿易品の荷揚げ作業がはじめられ、出島はにぎわった。商館長メイランの招きで、船長たちがカピタン部屋に集って酒宴がもよおされ、丸山の遊女たちもかれらの饗応《きようおう》につとめた。

七月一日、精霊《しようりよう》の迎火の行事がおこなわれ、家々の軒下に燈籠《とうろう》がつるされ、灯《ひ》がともされた。

その頃《ころ》、其扇《そのおぎ》は、妙な気配に気づくようになった。

シーボルトの態度が、なんとなく落着かない。資料を整理して梱包《こんぽう》するのは帰帆するオランダ船に載せるためであるのだが、意外にも私物の荷造りもはじめている。それに、オランダ船で帰国予定のデ・フィレニュフェともしきりに連絡をとり合い、船員とも打ち合わせをしている。あたかもシーボルトが帰国するかのように思えた。

其扇は、激しい不安におそわれたが、シーボルトに直接ただすことがおそろしく思えた。お稲は、生れてからわずかに一年二ヵ月しかたっていない。自分とお稲が取り残されるのは心細かった。

彼女は、シーボルトの気配をひそかにうかがっていたが、遂《つい》に堪《た》えきれず助手の吉雄忠次郎に、

「しほると様は、今秋、オランダ船で御国へ帰られるのではないのですか」

と、問うた。

忠次郎は、顔をこわばらせて口をつぐんでいたが、

「私からは、なにも言えません」

と、言った。

其扇は、やはりそうだったのか、と思った。シーボルトが、入港してきたコルネリウス・ハウトマン号で帰国するのは確定していて、周囲の者もそれを知っているらしい。

例年、オランダ船は九月二十日までに出港する定めになっていて、もしもその船に乗船するとしたらシーボルトと二ヵ月後には別れねばならない。商館員はいつまでも日本に

とどまるわけではなく、いずれは帰国する身で、其扇もいつまでもシーボルトと共に暮すことはできぬと思っていたが、お稲が生れて一年ほどで別れねばならぬのはあまりにも酷だと思った。父無し子《ててなし》になるお稲が、哀れであった。

彼女は、暗澹《あんたん》とした気持になって、お稲を抱いて銅座跡にある実家にもどった。

「どうした」

暗い眼《め》をした其扇に、父の佐兵衛が気づかわしげに声をかけてきた。

彼女は、低い声でシーボルトが二ヵ月以内に帰国するらしいことを告げた。佐兵衛は、驚いたようにきよと顔を見合わせた。そして、お稲を抱き寄せると顔を見つめた。

「不憫《ふびん》な子だ」

佐兵衛の口から、低い声がもれた。

翌日、シーボルトからの使いの者が来て、出島にもどるようにという伝言を告げた。シーボルトは、其扇が無断で実家にもどった理由に気づいたらしかった。其扇は、お稲を抱いてシーボルトの居宅に行った。

「悲シカ」

シーボルトは腕を大きくひろげ、眼に涙をうかべた。

かれは、オランダ語をまじえて片言の日本語で帰国せねばならぬ身であること、それを其扇に告げるのが辛《つら》く今まで黙っていたことなどをくどくどと述べた。殊《こと》に、生後間もないお稲を置いてゆくのは、悲しいと言った。

其扇は、泣いた。シーボルトと別れるのが辛いというよりも、お稲が哀れでならなかった。混血児として、父の援助もなくどのように生きてゆくのか、考えただけでも暗い気持になった。子を自分にうませて日本を去ってゆくシーボルトが恨めしかった。

その夜、其扇は、シーボルトの懇願に耳もかさずお稲とともに階下で寝た。これからは母娘《おやこ》二人で生きてゆかねばならぬと思うと、体が地底に沈んでゆくような淋《さび》しい気持であった。町では盂蘭盆《うらぼん》を迎える行事がおこなわれ、燈籠の灯が町々を彩《いろど》っていた。

其扇は、日がたつにつれて少しずつ落着きをとりもどした。シーボルトがいずれ帰国するのは初めからわかっていたことで、それを今になってうろたえることはおかしいとも思った。シーボルトは、母娘の将来を考えて十分な金品を残していってくれるだろうし、其扇も遊女の身から解放される。シーボルトの帰国は、新しい生活のはじまることを意味していた。

其扇は、お稲を抱いて出島の中を散歩した。長崎の港をめぐる丘の緑は濃く、その上に積乱雲がつらなっていることも多かった。空が、夕焼で美しく染る日もあった。其扇は、お稲を抱きながら幼い頃習いおぼえた唄《うた》をうたって岸壁の上を歩いた。

アノベンナ　ダガベンヨ（あの紅は　誰の紅よ）

オカッツァンノ　シューギノベン（花嫁の祝儀《しゅうぎ》の紅）
ツベッケタラ　アッタカロ（唇《くちびる》につけたら　あつかろう）

其扇の声は、哀愁をおびていた。

七月十五日夜、八ツ（午前二時）頃からおびただしい精霊船が港内に流された。たちまち海面は、船にのせられた灯におおわれた。

翌日は、精進落しの鶏売りの声が町々を縫い、初盆の家の墓所に灯がともされた。その後、送念仏の行事が毎夜町々でもよおされ、二十六日には二十六夜待《まち》がおこなわれた。その夜は、諏訪社、琴平社、松の森、吉田屋等で月待がおこなわれ、ことに諏訪社の境内でもよおされる二十六夜待は最もにぎやかであった。その夜、人々は鳴物をならして諏訪社等に集り、月の上るのを待つ。浄瑠璃《じょうるり》の会や酒宴をひらく者も多かった。

其扇は、依然として其扇という源氏名をもつ遊女であった。出島へ出入りする折には正門の前にある江戸町仲宿で人別改めをうけ、入島の折には探番《さぐりばん》の探りもうける。シーボルトの居宅で生活する彼女は、居続けをするための届け出も怠りなく繰返していた。

シーボルトと其扇の間には、日増しに切ない惜別の思いが高まっていた。

シーボルトも其扇も、感情は複雑だった。シーボルトは其扇とお稲に対して深い愛情をいだき、二人を置いて帰国することに堪えがたい悲しみを感じていた。殊に混血児のお稲がどのように生きてゆくか不安でならなかった。かれは五年間の滞日生活で、日本人が西洋人を珍獣のようにながめ蔑視《べっし》していることを知っていた。そうした偏見をもつ日本人が、混血児であるお稲をどのように遇するか、かれには容易に推察できた。其扇と別れることも、かれには辛かった。美しく温順な其扇に対する未練は強く、別れることを想像するだけでも気が狂いそうであった。

しかし、そうした其扇とお稲に対する激しい感情も、帰国の喜びを凌駕《りょうが》するものではなかった。文政六年（一八二三）七月に長崎へやってきてからすでに五年が経過している。その間、オランダ政府から託された日本の国情調査という任務も予期以上の成果をあげ、幕府の配慮で鳴滝塾を創設し多くの日本人とも親しく接することができた。が、かれにとって五年間の滞日生活はやはり大きな苦痛であった。出島の外に出ることを許されているとはいえ、それは極めてきびしい制限をうけたもので、出島が獄舎同然であることに変りはない。それに、食物をはじめ生活の相違はかれを苦しめた。美味なパン、肉、野菜、酒、嗜好品《しこうひん》を口にしたかった。

かれが帰国を願う最大の原因は、祖国ドイツの土をふむことと、老いた母に会うことであった。かれの父は、かれが三歳の折に死亡し、母が一人でヴュルツブルクに住んでいた。六十歳の彼女は、ただ一人の子供であるシーボルトが東洋の地に赴いていることを悲しみ、手紙を寄せていた。シーボルトの母を慕う情は深く、帰国して母と共に生活する日を夢みていた。

其扇の心情も、シーボルトと同じように単純ではなかった。五年間にわたるシーボルトとの生活で、かれに愛情もいだくようになっていた。かれと別れるのは淋しいが、引きとめたいと思うほど強いものでもなかった。シーボルトは異国の男であり、いつかは別れねばならぬ関係にある。ただ、彼女が不満に思うのは、自分とお稲を捨てるようにして去るシーボルトの身勝手な態度であった。

シーボルトと其扇の間には、さまざまな思いが入り乱れていたが、別れの日が近づくにつれてシーボルトは涙ぐんで其扇とお稲を見つめ、毎夜其扇を抱く。お稲を抱いて部屋の中を長い間歩きまわっていることも多かった。

そうした間にも、シーボルトは蒐集《しゅうしゅう》した資料の梱包作業を急がせていた。オランダ船コルネリウス・ハウトマン号は、九月二十日までに出帆する予定になっていて、それまでに資料のすべてを荷造りしなければならなかった。作業には、商館の下僕以外にコルネリウス・ハウトマン号の船員たちも協力してくれていた。シーボルトは、資料を分類して箱におさめ厳重に荷造りさせてオランダ船に積みこませた。その数は、七月末までに八十九個にものぼった。

その頃、江戸では御目附、御小人目附、御庭番等による天文方高橋作左衛門の身辺探査が積極的にすすめられていた。かれらは、作左衛門の部下たちにも捜査の手をのばし、書簡の受・発信、金銭の出入り等もつかみ、情報蒐集につとめていた。

作左衛門は、そうした不穏な気配を敏感に感じとっていた。間宮林蔵がシーボルトから送られてきた小包を奉行所に届け出たのがきっかけで、奉行所が自分に疑惑の眼を向けていることも知っていた。

作左衛門は、シーボルトに日本地図を複写して贈った行為が国禁にふれる大罪になることを承知していたが、それは信頼のおける部下たちに複写させたもので、送附方法も飛脚を使わず、親しいオランダ通詞猪俣源三郎に託してその弟子の滝野（伊東）玄朴が直接長崎に赴いてシーボルトに手渡す方法をとっている。地図の件は、幕府にさとられることはあるまいという確信をいだいていた。

幕府が自分に対して身辺探査をしているのは、シーボルトと親しく交っていることに対する警戒心からだと推測していた。かれがシーボルトと親交をむすんでいるのは学問的な関心からで、それは日本を益すると信じていた。

友人たちは、幕府の動きに不安を感じ、

「シーボルト殿との交りは、断った方が賢明だ」

と、作左衛門に真剣に忠告した。が、作左衛門は、

「私がシーボルト殿と親しくしているのは、異国のことを詳細に記した書物等を入手す

るためで、それらはわが国に利益をあたえてくれるはずです。もしも、そのことが奉行所の疑惑を招いているのだとしたら、すすんで弁明するつもりです」

と、答えていた。

かれは、平静に日々を送っていたが、日本地図をシーボルトに贈ったことが発覚しはせぬかという不安も胸にきざしはじめていた。

八月一日、商館長メイランは恒例にしたがって正装し、奉行所に伺候して八朔《はっさく》の祝辞を述べ銀を献上した。ついで、町年寄の邸《やしき》にもまわり、同じく八朔銀を差出した。

同月八日の夜は、月に二重の暈《かさ》がかかり、港内には淡い靄《もや》がただよっていた。

九日の朝が、明けた。おだやかな日で暑熱もうすらぎ、微風も快く、出島にかかげられたオランダ国旗はゆるやかにひるがえっていた。

その日、出島のすぐ南にある梅が崎に遊参舟《ゆさんぶね》がむらがっていた。梅が崎は唐船を繋《つな》いでおく所で、常に数艘《そう》の唐船がならんでいて人の眼を奪っていたが、その日は天神講がおこなわれていて、遊参舟が見物に集ってきていたのだ。

其扇は、お稲を戸外に連れて行き、手をとって歩かせた。お稲は、其扇の手をふりはらっておぼつかない足どりで歩く。ひとりで歩けることが嬉《うれ》しくてならぬようであった。

午後になると、日がかげり、日没頃には小雨がぱらつき、すぐにやんだ。夜の色がひろがった頃、空に黒雲が乱れるように走りはじめた。東南の風は強さを増し、樹木が立ちさわぐ。雲は空一面をおおい、逆巻き合う。港内にも波頭が立ちはじめた。

五ツ半（午後九時）過ぎには小雨が降り出し、その頃から風が一層吹きつのってきた。それは急速に激しさを増し、九ツ半（午前一時）頃にはすさまじい大暴風雨になった。「古老実験」という書物には、「空前絶後ノ大風」と記述されているが、類のない大型台風に長崎の町はさらされた。

石は飛び、瓦《かわら》ははがれる。樹木が倒れ、家屋も倒壊しはじめた。激浪が浜に押し寄せ、烈風に海水が飛沫《しぶき》となって散る。空には稲妻がひらめき、雷鳴がとどろいた。

シーボルトは、暴風雨の激しさに呆然《ぼうぜん》とした。風が唸《うな》り声をあげ、樹木の倒れる音や、物と物の激突する音も絶え間なくきこえてくる。かれには経験したことのないすさまじい暴風雨であった。

深夜になると、かれの居宅は激しいきしみ音をあげて揺れるようになった。かれは、其扇、お稲と二階にいたが、危険を感じて階下におり、禿《かむろ》の糸瀬、乳母の陸奥、黒人少年オルソンとともに道に面した一室に集った。その部屋には、梱包した大きな箱が積みあげられていて、かれらはその間に入って身をふるわせていた。

そのうちに、風は一層激しさを増して、家の所々がこわれはじめた。それによって生じた隙間《すきま》から風が吹きこみ、灯が消えそうになった。シーボルトは、家が倒壊する危険が迫っているのを感じた。このまま家の中にとじこもっていれば、圧死する以外にないと思った。

かれは、其扇たちを連れて出島の表門に避難すべきだと判断した。それには燈火《とうか》が必要だが、居宅には蠟燭《ろうそく》しかない。窓の外をうかがうと、デ・フィレニュフェの住む居宅に灯がともっているのが見えたので、かれはカンテラを借りようと思い戸外に出た。やたちまちかれは、すさまじい風につつまれ、立っていることすらできなくなった。やむなく雨水のたまった地面に膝《ひざ》をつき、デ・フィレニュフェの居宅の方へ這《は》っていった。根こそぎになって倒れている樹木を越え、植物を栽培してある花畠を過ぎ、ようやく御朱印書物蔵と並んでいるデ・フィレニュフェの居宅——画工部屋にたどりついた。

デ・フィレニュフェは、泥《どろ》だらけになったシーボルトの姿に驚き、すぐにカンテラを貸してくれた。シーボルトは、それを手に再び這って自分の居宅にもどった。

シーボルトは、家に入ると急いで二階の研究室におかれた貴重な機器や資料を階下にはこびおろした。家の揺れは一層激しくなり、瓦の一部は吹き飛んでしまっていた。

かれは、其扇たちに表門へ避難することを告げた。

其扇はお稲を帯で胸に結びつけ、乳母、禿とともに戸外に出ると、カンテラを手にしたシーボルトにならって地面を這っていった。植物園が、稲光に明るくうかび上った。無残な光景だった。すべての植物はなぎ倒され、飛び散っている。その上に樹木や瓦、石、木片などが散乱していた。

其扇は、お稲が風圧で窒息死せぬように胸に抱いていた。お稲は、泣声をあげる気力もうせ、激しくあえいでいた。

植物園の中の泥濘《でいねい》を、かれらは這って進んだ。時折り、風の激しさにたえきれず顔を伏して息をととのえた。その背に絶え間なく砂礫《されき》や木片が落下していた。

ようやくかれらは、出島表門にたどりつき、当番の役人の手で保護された。このことは唐人番倉田氏日記に、「……外科紅毛人シイボルト、遊女、禿一同表門江逃来。……」と記録されている。

その頃、シーボルトの居宅の二階は破壊され、粉々になって飛散していた。

建物の倒壊が相ついだので、当番役人は、出島が壊滅状態におちいったことを奉行所に急報した。海面に突き出ている人工島であったので、風圧の影響をうける度合がいちじるしかった。通報をうけた奉行大草能登守《のとのかみ》は、検使役人、普請役、隠密方《おんみつかた》、オランダ通詞、町年寄等に急使をつかわして、非常招集をおこない、出島表門に詰めることを命じた。かれらは、身仕度をととのえ、烈風の中を出島表門に集ってきた。

幸い七ツ半（午前五時）頃から風力が弱まってきて、夜が明け放たれた頃にはようやく風もしずまった。出島の表門には、オランダ国旗をしめす三色旗をえがいた高張提燈《たかはりぢょうちん》が何本も立てられ、警戒は厳重であった。

風はやみ、おだやかな朝がやってきた。役人は、出島の内部を調査のため歩きまわり、商館員たちはそれぞれの居宅から青ざめた顔をして路上に出てきた。かれらは、放心したような眼をして出島の内部をながめまわしていた。

暴風雨が長崎にもたらした被害は、甚大《じんだい》だった。奉行所では、各方面に人を派して被害状況を調査させた。崖《がけ》くずれや道路の流失などによって役人の動きはさまたげられたが、そうした中で続々と報告が寄せられてきた。その結果に、奉行所は愕然《がくぜん》とした。

長崎は、市内と長崎三ヵ村、公領七ヵ村に分けられる。長崎三ヵ村とは、長崎村の馬場、夫婦川、片淵《かたふち》、木場、西山、中川、岩原、船津、瀬崎、十善寺《じゆうぜんじ》、小島、高野平、伊良林の十三郷、山里村の馬籠《まごめ》、平野、浜口、里、岡、中野、荷尾、本原、家野の九郷、淵村の寺野、竹久保、稲佐、船津、平戸小屋、水之浦、瀬ノ脇、飽之浦《あくのうら》、岩瀬洞、立上、西泊《にしどまり》、木鉢《きばち》、小瀬戸の十三郷で、七ヵ村は公領であった。被害は、市内で八十七戸の人家が倒壊し圧死者一名、三ヵ村で千百八十四戸が倒壊し十九名が圧死、七ヵ村でも千三百八十八戸が壊滅し、十名が家屋の下敷きになって死亡していた。その他、三ヵ村で五百三十七町歩余、七ヵ村で四百二十二町歩余のそれぞれ田畠が流失していた。

さらに、港内に規模の大きな高波が発生、海上の被害もいちじるしかった。確認されたものだけでも、破壊された船は市内で七十六艘、三ヵ村で二百五十四艘、七ヵ村で二百三十二艘にも達し、港におかれた船の大半が砕け散った。それにともなう溺死者《できししや》も計四十一名と報告されてきたが、実際の死者数はそれ以上にのぼることが予想された。

出島の北方に隣接した大波止は、港内屈指の船着場であるが、その附近だけでも三十余人の水死体がうかんでいて、翌十一日に岸に引き揚げられた。

集ってきた者たちは、大波止におかれた巨大な鉄丸が海中にころげ落ちているのを眼にして、暴風雨がいかに激しいものであったかを知った。その鉄丸は、周囲五尺八寸（約一・七四メートル）、重さ百六十一貫六百匁《もんめ》（約六〇〇キログラム）の石火矢の玉であった。寛永十四年（一六三七）、島原天草のキリシタン一揆《いっき》の折に、天草四郎を首領とする一揆軍が原城《はらじょう》に立てこもり頑強《がんきょう》な抵抗をつづけたが、唐通詞潁川《えがわ》官兵衛が中国の兵術書にしたがって長さ九間（約一六・二メートル）、口径三尺（約九〇センチ）の石火矢を作製、原城の外に運んだ。そして、砲撃しようとしたが、一揆軍は糞尿《ふんにょう》を流してそれを阻止し、やむなく実戦に使うこともなく長崎に持ち帰り、大波止に据《す》えられていたのである。

出島の被害も甚大で、島内は惨状を呈していた。暴風と高波にさらされ、出島をかこむ石垣《いしがき》百三十六間四尺（約二四六メートル）、塀《へい》百二十八間五尺（約二三二メートル）が崩壊、検使場、乙名部屋、通詞部屋、料理部屋、甲比丹《カピタン》（商館長）部屋涼所、会所役詰所、出島町人部屋、十五番蔵などが潰滅《かいめつ》していた。

シーボルトの居宅である外科医部屋の二階が吹き飛ばされ、商館員たちの居宅もそれぞれに大損害をうけ、商館長メイランは、家が高波に洗われて重要書類を入れた黒塗文庫が流失したことに顔色を変えていた。メイランは、ただちに長崎奉行所に嘆願書を提出し、奉行所でも、長さ二尺、幅一尺二寸、深さ八寸の文庫を見出《みいだ》した者は奉行所に届け出るべしという趣旨の町触れを出した。

長崎の町の被害も甚大で、唐館をかこむ塀が崩落、辻《つじ》番所三ヵ所、乙名部屋、裏門も吹き倒されていた。その他、俵物役所の沖手水門、脇《わき》検使場、横手水門の石垣がくずれ、番船十艘のことごとくが大破していた。

船の出入りを監視する野母、小瀬戸の遠見番所も潰滅し、海浜には砕け散った木片の残骸《ざんがい》が打ちあげられていた。

港内は、惨状を呈していた。海面には砕かれた小舟が散乱し、それらが波のうねりに上下している。また、梅が崎に繫留《けいりゅう》されていた三隻《せき》の唐船も、綱が切れて馬籠と船津の方向に吹流されていた。

さらに港内に碇泊《ていはく》していたオランダ船コルネリウス・ハウトマン号も碇綱が切れて流され、稲佐の海岸に坐洲《ざす》し、その舳《へさき》が庄屋《しょうや》の志賀氏の邸《やしき》の二階につっかけていた。

奉行所の役人も商館員も顔色を失い、オランダ船に眼《め》を向けて立ち騒いでいた。当然船は損傷をこうむっているし、その修理と船を離洲させるにはかなりの日数がかかる。船は九月二十日までに出帆しなければならぬが、それまでに船を航行可能の状態に整備するのはほとんど不可能に思えた。

奉行所では、オランダ船の処置について検討した。オランダ船が出帆する折には、ほとんど積荷の検査はしないが、入港時には禁制品の輸入を防ぐために厳重な取調べをおこなう。コルネリウス・ハウトマン号は、出港準備中であったので検査の必要はなかったが、稲佐海岸にのしあげてしまったので、その被害状況を幕府に報告するためにも、船の入港時と同様の厳重な積荷改めをおこなう必要があった。

この決定にもとづいて、翌八月十一日、同船に乗組んでいた船員たちを出島に上陸させ、同時に船に載せられていた銅石火矢と綱具類その他すべての積荷を稲佐の浜に揚げ、附近の空地に運び入れた。そして、その周囲を竹矢来でかこみ監視の役人を常駐させて保管した。

また奉行所では、大風雨後の処置についても手をつけた。まず、被災者の救済方法として、倒壊した家には一戸あたり白米一斗と銭一貫文、借家人の家族には白米五升、銭五百文、半壊の家には白米五升、銭五百文、借家人に白米五升、銭三百文をそれぞれ支給した。さらに、災害後の物価の高騰《こうとう》をおさえることにもつとめ、殊《こと》に倒壊した家屋を再建するのに必要な木材等の建築資材を現状の価格に据えおき、職人の手間賃もあげぬようお触れを出した。また、死人の所持品や漂流物の盗難をふせぐため海浜に溺死人や物品が流れ寄るのを発見した場合は、ただちに役人に申し出ることを命じた。

オランダ商船の坐洲は、奉行所とオランダ商館にとって大きな衝撃になった。奉行所では、出帆日は定められているし、離洲させる作業を早急にすすめる必要に迫られ、奉行所では、コルネリウス・ハウトマン号の船長に船を浜から海に引き出す方法について問うた。が、船長をはじめ乗組員は、どのようにして船を浮ばせることができるか、なんの知識も経験もなかった。

そのため奉行所では、市中と廻船《かいせん》の者たちに対して船を浮かせる自信のある者がいたら申し出るよう命じた。それに対して、芸州広島の金子順左衛門という者がその日のうちに名乗り出てきたので、町年寄福田源四郎を総指揮者に任じ、順左衛門に作業を進めるよう命じた。

福田源四郎は、金子順左衛門を通詞の従者という名目にさせて出島に入らせ、商館長メイランに引き合わせ、作業について意見の交換をおこなった。

順左衛門は、早速作業にとりかかった。かれは、船底の下方の土を掘り、同時に海岸方向をのぞいた三方に土手を築いた。満潮時に土手の内部に海水がたたえられた時に、一気に船を海面に引き出そうというのである。

作業はつづけられたが、海水は思うように土手の内部に入らず船が浮く気配はなかった。

その月の二十三日、またも夜半に暴風雨が襲来し、それは翌朝までつづいた。長崎の町の被害はいちじるしく、倒壊家屋七十四戸、破船三艘を出し、また長崎村、山里村、淵村の三村では倒壊した家屋が五百五戸、近在の七村では倒壊した家二百四十六戸、破船二十二艘にも及んだ。出島も度重る災害にあえいだ。通詞部屋は全壊し、検使場、イの蔵の塀がくずれ、その他、番所、甲比丹部屋、乙名部屋、町人部屋、乙名詰所等が破壊された。

奉行所では、物価の高騰を憂《うれ》え、袋町の石崎太平次に命じて多量の米を他の地方から長崎に送りこませたりした。二度に及ぶ大災害で、長崎の町は平静さを失い、奉行所は人心の安定につとめた。

オランダ船の離洲作業は、いっこうにはかどらなかった。建築関係の手間賃が高騰して人夫が集らず、資材の入手が困難だった。オランダ船が九月二十日までに出帆することは、全く不可能になった。

商館長メイランは、やむを得ずコルネリウス・ハウトマン号の出帆延期願を奉行所に提出、それは、ただちに江戸へ送られた。その間にも、金子順左衛門についで二人の大工が離洲作業をうけおったが、いずれも船を浮かすことに失敗した。それらに要した費用は、銀百貫目に達した。

引田屋卯太郎抱の遊女左門太は、蔵役オウテレンとの間に生れた男児を親の伝右衛門の家で養育していた。彼女は乳の出が少いので乳母をやとい、大切に育てていた。

オウテレンは、規則によって出島の外に出ることができなかったので、左門太が嬰児《えいじ》を抱いて出島に入った。嬰児は髪が金色をし、眼が青かった。

商館の者たちは、久しぶりに祖国の嬰児と同じ顔をした左門太の子供を眼にしてなつかしがり、交代に抱き、頰《ほお》に唇《くちびる》をふれさせていた。

左門太は、よく嬰児を抱いてシーボルトの居宅に其扇をたずねてきた。二人は、同じ引田屋卯太郎の抱遊女なので親しく、混血児の母となったことで親密度は一層増していた。

お稲は、走ったり、玩具《がんぐ》を手にして遊ぶ。言葉もしゃべることができるようになっていた。其扇のことを、「オカシャマ」、乳母のことを「バンバシャン」と呼ぶ。其扇がシーボルトのことを「ダンナンサマ」と言うので、お稲はシーボルトを「ダンナン」と言う。其扇は、笑いながらも、お稲に「オトシャマ」と呼ばせるようにつとめていた。

お稲は、自分の髪に手をふれて「カンチ」、衣服をつまんで「ベンベ」と言う。其扇が、

「コッカ」

と言うと、お稲は小さな椅子《いす》に腰をおろした。

お稲は、夜間に二度来襲した暴風雨に激しい恐怖感をいだいたらしく、

「コンコン（雨）、オトロシカ（恐しい）」

と、口癖のように言う。左門太が嬰児を抱いて来た折にも、お稲は、窓の外に眼を向

けておびえたようにその言葉を口にしていた。

出島では、大工が入って建物の修理をつづけていた。二階の吹き飛んだシーボルトの居宅では、足場が組まれて再建工事がおこなわれていた。其扇は、禿の糸瀬とともにお稲をつれて実家へ赴くことが多かった。

シーボルトは、苛立《いらだ》った日を送っていた。思いがけぬ暴風雨によって、コルネリウス・ハウトマン号が稲佐海岸にのしあげ、いつ海面に浮ぶかわからない。出帆予定日の九月二十日はすでに過ぎ、今年中に出帆することはできそうにもなかった。

春の季節になると海上の気象状況は不安定になり、航海は危険をともなう。おそくも冬の期間中に長崎をはなれなければ出帆は大幅におくれる。

かれは、コルネリウス・ハウトマン号の積荷が稲佐の浜に揚陸され、附近の空地に厳重に保管されているのを知っていた。それらの積荷の中には、かれが日本国内で鋭意蒐集《しゆうしゆう》した九十個にも達する多量の荷がまじっている。当然、日本の国法で海外に持出すのを禁じられている物品が多く、それらを奉行所の役人が点検しているらしいことに不安を感じていた。

しかし、かれには、たかをくくった気持も強かった。自分は洋学の導入者として日本の役人、学者から敬意を以《もつ》て遇され、かれらから多くの貴重な資料を贈物としてゆずりうけた。それらを国外へ持出したとしても、役人たちは黙認してくれるにちがいないと思った。

それに、帰国する便船が坐洲したことで、其扇とお稲と少しでも長く暮せることを感謝する気持もあった。殊に、日増しに成長してゆくお稲への愛情は強く、お稲に、

「オトシャマ」

と言われる度に、涙ぐむ。かれは、お稲を抱いて出島の中を歩きまわっていた。

その頃《ころ》、長崎奉行所では積荷の検査をおこない、結果を書類にまとめて江戸に送っていた。その書類に記された品目の中には、禁制の地図類や将軍家の葵紋《あおいもん》の入った羽織なども記されていた。

幕府は、コルネリウス・ハウトマン号の坐洲を、願ってもない好都合な事故だと考えていた。

高橋作左衛門とシーボルトの親交はきわめてあつく、作左衛門からシーボルトに日本とその周辺の地図が贈られた疑いが濃厚になっている。その他、シーボルトは、あらゆる方面に手をのばして日本の国情に関する資料を積極的に集めている。さらに、江戸参府の途中では航路の水深をはかり、地勢、山岳、河川の測量も絶えずおこない、それらを克明に記録していた節がある。そうした動きから察して、シーボルトは尨大《ぼうだい》な資料を蓄積したはずで、それらは続々とオランダ船に積みこまれて海外へ送られていると推測された。最も大量に資料が積込まれるのは、シーボルトが帰国するために乗船するコル

ネリウス・ハウトマン号であるにちがいなかった。

もしも、それらの資料がシーボルトによって海外へ持ち出されれば、日本にとってきわめて不利な事態をまねく。諸外国はアジア諸地域を植民地化し、それらの地が産み出す多くの産物を搾取《さくしゅ》している。むろん日本をも自国の支配下におきたいと願っているが、日本は、オランダと中国のみに貿易を許しているだけで他の国々にはかたく門戸をとざしている。日本は多くの謎《なぞ》をもつ国で、各国は、その内情を知りたいと願っているはずであった。それらの国々は、もしもシーボルトが日本に関する資料を海外に持出すことができたら、それを入手しようとつとめるにちがいなかった。

幕府としては、国土を守護するためにもそれらの資料の流出を防止しなければならなかった。日本は未知の国として、諸外国に畏怖《いふ》の念をいだかせておきたかった。

そうした幕府にとって、シーボルトは危険な要素をもつ人物に思えた。幕府は、ヨーロッパの名医だというシーボルトが洋学殊に医学知識を日本に導き入れてくれることを期待し、事実シーボルトもそれにこたえて日本の医家に学問的知識を積極的に教授してくれた。その点では、幕府もかれの業績を高く評価し、特例を設けてかれに長崎とその郊外を歩くことを許可し、鳴滝に塾も設置させて日本人医家と親しく接することも認めた。

しかし、幕府は、かれの日本の国情研究が度を越したものであることに気づき、徐々に警戒の念を強めていた。殊にシーボルトが、前オランダ商館長スチュルレルに随行して江戸へ旅した折の行動によって、かれに対する疑惑を深めた。

塾生の高良斎、二宮敬作には資料蒐集と測量を命じ、絵師川原慶賀には地勢の絵図を描かせている。さらに通詞吉雄忠次郎を連絡係として天文方兼御書物奉行高橋作左衛門と江戸滞在中に親交をむすび、その後も長崎と江戸の間でしきりに書簡を交し、小荷物を交換している。天文方は、国防上最も重要な地図の製作と保管に任じる要職で、シーボルトが作左衛門と密接な関係をむすんでいることは、きわめて危険であると判断された。

　高橋作左衛門は、私心のない清廉《せいれん》な人格者として知られていた。かれは、役人というよりは純粋な学者というべき人物で、それだけに世事にうとい一面もあった。かれは、地図その他の資料をシーボルトと交換することが外国事情を知るための有効な手段と考え、それが日本を利すると信じて疑わないようであった。そうした考え方は正しいと言えたが、資料をシーボルトにあたえることが国防上どのような結果をまねくかは、かれも気づいてはいなかった。

　幕府は、作左衛門の身辺捜査を積極的に推しすすめていたが、かれを捕えシーボルトを追及するには時間が必要だった。シーボルトが、コルネリウス・ハウトマン号で長崎をはなれるのはおそくも九月二十日で、それまでに作左衛門とシーボルトが国禁をおかしたという確証をつかむことは無理であると推測されていた。

そうした折に、八月九日夜、九州方面をおそった大暴風雨によってコルネリウス・ハウトマン号が坐洲したことは、幕府にとって幸運であった。シーボルトの帰国はおくれ、積荷は揚陸され保管された。日本の国情をあきらかにする資料の国外持出しが、一時的にも不可能になったのだ。

積荷の中からは、国禁の資料が続々とあらわれ、作左衛門とシーボルトが国禁をおかしたことはあきらかになった。が、作左衛門は天文方兼御書物奉行であり、シーボルトは陸軍外科少佐でオランダ商館の医官として赴任してきている人物で、その追及は慎重に進めねばならなかった。

そのような動きを、オランダ商館の者たちはむろん気づくはずもなかった。かれらの関心は、オランダ船の離洲と災害をこうむった出島内の整備に集中されていた。

十月一日、長崎の町の家々では、毎年の例にしたがって炬燵《こたつ》びらきがおこなわれ、家族たちも足袋をはいた。気温は低下していた。

大災害の後には疫病《えきびょう》が流行するといわれていたが、長崎の一部に疱瘡《ほうそう》（天然痘《てんねんとう》）の流行がみられた。幼児をもつ親たちは感染をおそれて社寺へ祈願などし、其扇もシーボルトの指示でお稲を出島の外へ連れ出さぬよう心掛けていた。お稲は十分に成育していたので、乳母の陸奥はすでに出島から去っていた。

商館に左門太から憂うべき連絡がもたらされた。蔵役オウテレンとの間に生れた男児が、疱瘡にかかったというのである。正月二十四日に生れた嬰児は、元気よく這《は》いまわるまでに成育していた。

オウテレンは、出島の外に出ることもできず、通詞に頼んで病状を問うたりしていた。それによると発病したのは九月二十八日頃で、かなり悪性の疱瘡らしかった。かれは、出来るかぎりの治療をうけるようにと言って金銭を送り、ひそかに神へ祈願をしたりしていた。左門太は、依然として島原町にある親の伝右衛門の家にいて、医師西原鵬山《ほうざん》に治療を乞《こ》うていた。鵬山は嬰児に薬を服用させ、熱心に治療につとめていたが、病状は次第に悪化するばかりだった。

十月十日、嬰児は、わずかに呼吸をしているだけになり、やがてそれも間遠になって停止した。嬰児の青い眼は、遠い物でもみるようにひらいたままであった。

伝右衛門の家に、泣声がみちた。が、左門太をはじめ親たちの顔にはかすかな安らぎの色もうかんでいた。金髪碧眼《へきがん》の嬰児が、果して成人して幸せであるか否《いな》かは不明で、むしろその死が左門太たちにも嬰児にも幸運であるかも知れないと思えたのである。

十

左門太の子供が死亡した文政十一年十月十日の夜、江戸の浅草に捕物《とりもの》騒ぎがあった。猿屋町《さるやちよう》と御蔵前の両方面にそれぞれおびただしい御用提燈《ごようぢようちん》の灯《ひ》が湧《わ》き、家並の間を縫って浅草新堀方向へとむかった。それらの灯は、新堀の天文台の近くで合流すると、高橋作左衛門の邸《やしき》をかたくとりかこんだ。提燈の中には御紋を印した高張提燈もまじっていた。

附近の人々は御用提燈に驚き、おびえた眼《め》で作左衛門の邸を見守った。門内にも多くの提燈があふれ、なにやら命令するらしい鋭い声もきこえていた。

夜空には雲が厚く月も星もみえず、提燈の光が殊《こと》のほか明るくみえ、物々しい空気があたり一帯にひろがっていた。通行は一切禁じられ、附近の者たちは戸のかげから外をうかがっていた。捕吏たちの顔には、通常の捕物とは異なった緊張した表情がみられた。

しばらくすると、邸内からあわただしく御用提燈の群が道に流れ出てきた。

その後から一挺《ちよう》の駕籠《かご》がかつぎ出されてきたが、それには青い網がかけられていた。

駕籠は、捕吏の手にする提燈の灯にかたくつつまれて道を急ぐ。その中には、縄《なわ》をうたれた作左衛門が押しこめられていた。

それにつづいて、作左衛門の娘聟《むすめむこ》である御勘定組頭大島九郎太郎、妻の父である佐藤平兵衛の子息十兵衛、天文方の吉田勇太郎も町奉行所に連行された。

作左衛門の邸では、家族や雇われていた者たちが裸足《はだし》で隣家へ逃げ、作左衛門の長子である小太郎のみがとどまっていた。

また、作左衛門の部下でシーボルトに贈った日本地図の作成を指揮した天文方暦作測量御用手伝下河辺林右衛門も、縄を打たれ奉行所へ引立てられた。

召捕りは綿密な打ち合わせにしたがって敏速にすすめられ、作左衛門が連行された直後、御徒目附《おかちめつけ》三河口雲八郎と斎藤宗左衛門が町与力と同心を引連れて邸内に入り、徹底した家宅捜索をおこなった。そして、証拠となるべき書物や手紙類を集め、それらを町奉行所に運んだ。さらにそれ以外にも手がかりになりそうな書物や品物も一つ残らず土蔵に入れ、錠前に封印をほどこした。

それらはかなりの数量で、オランダ語の説明文の入った日本絵図、大日本地図、ヨーロッパ地図、万国地図等の地図や洋書類などが多く、シーボルトから送られた手紙をはじめおびただしい書簡類が押収《おうしゅう》された。

作左衛門は、評定所できびしい訊問《じんもん》を受けた。夜の寒気はきびしく、着のみ着のままで連行されたかれには、堪えがたい夜だった。

詮議《せんぎ》は熱っぽく夜を徹してすすめられ、作左衛門の答は克明に記録されていった。詮議は、むろんシーボルトとの交際にしぼられていた。最初に接触した日時、場所、紹介者、同席した者の有無。さらにその後どのように交渉がつづけられたかを訊問し、書簡を交換した度数、その内容、交換した品々の種類、数量等をきびしく問いつめる。

それに対して、作左衛門は生真面目《きまじめ》な態度で答えていたが、詮議のきびしさに顔色を失っていた。

取調べは核心に入り、日本地図に関する訊問がはじめられた。詮議に立会ったのは、大目附村上大和守《やまとのかみ》、町奉行筒井伊賀守、御目附本目帯刀《たてわき》であった。大目附は、大名、旗本などを監視する役目を課せられ、老中の支配下にはあったが将軍に直訴することもでき、その点では老中を監視する立場にもある要職であった。旗本の中から選ばれたすぐれた人物が任命され、大名の待遇をうけていた。

町奉行筒井伊賀守の訊問に、作左衛門は、伊能忠敬の測量した日本地図を複製しシーボルトに贈ったことを告白した。

評定の場に、重苦しい沈黙がひろがった。それは国防上由々《ゆゆ》しき問題であり、作左衛門の軽率な行為に詮議者たちは顔をゆがめていた。さらに作左衛門が、シーボルトの求めに応じて蝦夷《えぞ》・樺太《からふと》等の地図まで送ったことも陳述したので、村上大和守らは事件の内容が想像していたよりもさらに深刻なものであることを知った。

大和守らは、捕えた下河辺林右衛門にも訊問をおこない、作左衛門の陳述が事実であることを確認した。

詮議は、暁八ツ半（午前三時）に終了した。

作左衛門は、激しい心身の疲労で体を突っ伏していた。大和守らは、作左衛門と林右衛門に対する処置を協議、町奉行筒井伊賀守が左のような宣告書を読み上げた。

一、一通尋之上、揚屋に被レ遣。
　　御書物奉行天文方兼帯
　　　高橋作左衛門　四十四歳
　　二の丸火の番測量御用役江出役
　　　下河辺林右衛門　五十一歳
右於二評定所一大目附村上大和守、町奉行筒井伊賀守、御目附本目帯刀立会、伊賀守申渡す。

つまり、両名ともその日に入牢《じゅろう》を命じられたのである。しかも、通常は縄をかけることはしないのだが、作左衛門と林右衛門はかたく両手を縛られて牢に投げこまれた。

翌十月十一日、作左衛門は牢から出され、再びきびしい詮議をうけた。

大目附村上大和守から報告をうけた老中たちは、事件の重大さに驚き、作左衛門がシーボルトに贈った日本地図を取りもどすよう大目附に命じた。

大目附は町奉行筒井伊賀守にその命令を伝え、種々協議した末、作左衛門からシーボルトと親しい長崎のオランダ大通詞末永甚左衛門、小通詞助吉雄忠次郎宛《あて》に、日本地図と蝦夷の地図をシーボルトから取りもどして欲しいという手紙を出させることに決定した。

早速、伊賀守が文案を作り、作左衛門に手紙を書かせた。その書面には、一昨年シーボルトに日本、蝦夷、樺太のそれぞれの地図を送ったことは国禁にふれる行為で、早速にそれらの地図を取り返して欲しいと述べ、「右両図返り不ㇾ申《もうさず》候而《そうろうて》者《は》某者《それがしは》（私は）勿論《もちろん》其元《そこもと》（貴殿たち）にも」罪が及ぶと警告した。そして、地図を取り返したならば、封をして奉行所に差出すよう依頼した。もしも、指示通りにしてくれたならば、「某（私の）罪も可ㇾ減、其許《そこもと》（貴殿たち）之罪過も」軽くなると思われるから一刻も早く地図を取り戻して欲しい、と書き記されていた。

その書簡は、筒井伊賀守によって早飛脚で長崎へ送られた。

翌々日の十月十三日には、御徒目附斎藤宗左衛門が作左衛門の邸に赴き、再び家宅捜索をおこなった。作左衛門の陳述の裏付となる証拠品の押収が目的であった。

作左衛門は、ロシヤの航海家クルーゼンシュテルン著の「世界一周記」等を入手したいために日本地図や蝦夷地図をシーボルトに贈ったと述べたが、事実その日の捜索で「世界一周記」四冊が邸内から発見され、それを日本文に訳した草稿十六冊や銅版の蘭領東印度地図十一枚一冊も押収した。

斎藤宗左衛門は、それらを老中松平和泉守乗寛《いずみのかみのりひろ》に差出した。和泉守はそれを一覧し、御用部屋に詰めている奥祐筆《ゆうひつ》に渡した。奥祐筆は、機密文書を扱う重要な役目を託され、大名旗本の人事についても意見を述べることのできるきわめて権威のある職で、かれらの手で証拠物件の検討が入念におこなわれた。

天文方兼御書物奉行高橋作左衛門のお召捕りは、江戸市中の話題になった。

作左衛門の家から発見された品物に関することも人々の間に流布《るふ》し、かれの家族が日《ひ》頃《ごろ》から贅沢《ぜいたく》な生活をしていたこと、調度品も豪華で中国やオランダの珍しい品々が数多く出てきたことなどが関心の的であった。それらの中には、直径四尺（約一・二メートル）もある大きなギヤマンの鉢《はち》もまじっていたと噂《うわさ》された。

事件の追及は進み、作左衛門が召捕れた五日後の十月十五日にはさらに六名の者が捕縛された。作左衛門がシーボルトに贈った日本地図の製作に従事した川口源次郎、岡田東輔《とうすけ》、門谷清次郎、吉川克蔵、永井甚左衛門の五名と、作左衛門がシーボルトと会合するのに使った日本橋本石町の旅宿長崎屋の主人源右衛門であった。

かれらは、評定所で厳重な取調べをうけ、左のように同道人《どうどうにん》預りとして拘禁すると宣告された。

一、一通尋之上同道人に預け、返す。

秋元帯刀組御徒天文方高橋作左衛門手附出役
川口源次郎　四十六歳
表火之番右同断
岡田東輔　三十六歳
御細工所同心組頭八郎右衛門忰右出役同断
門谷清次郎　四十二歳
御書物同心右同断
吉川克蔵　五十五歳
大御番小笠原備後守組同心
永井甚左衛門　五十四歳
本石町三丁目長兵衛店長崎屋
源右衛門　五十四歳

右於二評定所一大目附村上大和守、町奉行筒井伊賀守、御目附本目帯刀立会、伊賀守中渡す。

さらに、それにつづいて浦野五助四十八歳、今泉又兵衛二十八歳も日本地図作成に協力した罪に問われ、また高橋作左衛門の長男小太郎二十三歳も入牢を命じられた。

幕府の追及はきびしく、訊問と家宅捜索が繰返された。苛酷《かこく》な拷問《ごうもん》がつづけられ、歯がくだけて口から血を垂らす者や腕の骨を折られる者もいた。かれらの手は縄できつくしばられているため、皮膚が破れ血が流れ出ていた。

作左衛門が捕えられてから半月もたたぬうちに、早くもかれらの中から事件の犠牲者が出た。表火之番大場斧三郎《おのさぶろう》、豊野伝次郎預りとして監視をうけていた岡田東輔であった。

東輔は、評定所のきびしい取調べに精神的な打撃をうけ、拷問を恐れてひたすら役人に憐《あわ》れみを乞《こ》うていた。

かれは、お玉ケ池の自宅に閉じこめられていたが、十月十九日、天文方手伝出野金左衛門が東輔に役所へ出頭すべしという町奉行筒井伊賀守の書面を持ってやってきた。しかし、その書面に不明の点があったので、それをたずねるために豊野伝次郎が急いで評定所へむかった。

東輔は、外出着を着て悄然《しょうぜん》と頭をたれていたが、夕刻になった頃、次の間に入っていった。その直後、短い叫び声がしたので、大場と出野が次の間をのぞいた。東輔は、脇差《わきざし》を抜いて衣服の上から腹に刃先を突き立てていて、衣服に血がひろがっていた。大場と出野は驚き、東輔に駈《か》け寄ると脇差をとり上げ、押えこんだ。そして、わめきつづける東輔の傷の状態をしらべると、刃先は臍《へそ》のやや下方に突き立てられ血がふき出ていた。

二人が応急手当をしているところへ評定所から豊野伝次郎がもどってきて、早速その旨《むね》を町奉行所に届け出た。

ただちに御徒脇目吉川十郎兵衛らが、それを見届け、同時に酒井修理太夫お抱え医師の外科医杉田玄白の治療をうけさせた。

東輔は自宅で傷の手当をうけていたが、傷は深く、同月二十二日の夕刻に死亡した。その死を御徒目附望月新八郎が与力、同心をひきいて検視し、町奉行に報告した。東輔の自殺は、乱心による行為として処置された。

オランダ船コルネリウス・ハウトマン号は、依然として稲佐の浜に坐洲《ざす》したままであったが、その日、新たに工事請負人が任命された。御時計師御幡《おばた》栄三であった。かれは、綿密な船の離洲計画を立て、多くの人夫を集めた。それまでは、船底の食いこんだ浜を掘り起して周囲に土手をきずき、満潮時にふくれ上った海水で船を浮ばせようとしていたが、かれはそれをさらに徹底したものにし、船に空樽《あきだる》や竹、材木などをむすびつけて浮力を大きくさせる方法を採用し、翌日から工事をはじめた。

シーボルトは、そうした動きを耳にして、御幡栄三の指揮する工事に期待をいだいた。かれは、一日も早く蒐集《しゅうしゅう》した資料を船に積んで帰国したかった。

肌寒《はださむ》い日がつづき、長崎の町では炉をひらく家が多かった。暴風雨によって破損した家屋の修復も進み、ようやく町に平穏な空気がもどっていた。が、災害後高騰《こうとう》した物価はいっこうにさがる気配もなく、白米は一升銭百十六文まであがっていた。奉行所では節約令を出し、酒造りも例年の三分の二にするよう命じていた。

十一月一日、長崎奉行所に早飛脚がついた。

それは幕府からの下知状《げじじょう》で、奉行本多佐渡守は、江戸で重大事件の調査がすすめられていることを知って驚愕《きょうがく》した。幕府の命令は、シーボルトの所持している日本地図、蝦夷地図をはじめとした国禁の品々を取りもどすと同時に、シーボルトと禁制品の譲渡に関係した者たちの取調べをおこなうようにという内容であった。

奉行は、部下を緊急招集して意見を聴取した。もしも、幕命の実行にあたって失策をおかせば、奉行をはじめ役人たちも重大なお咎《とが》めをこうむる。

かれらは、まず日本地図、蝦夷地図をシーボルトから取り返すことが先決だという点で意見が一致した。強引にシーボルトの居宅を捜索するのも一法だが、できるならばシーボルトから自発的に禁制品を返還させる方が、幕府にあたえる心証もよいにちがいないと考えた。

本多佐渡守は、それらの意見を採用し早速行動に移った。すでに夜もふけていたが、かれは、小通詞助の吉雄忠次郎宅に使いの者を出した。忠次郎は、江戸でシーボルトと高橋作左衛門との接触に協力し、さらに長崎に帰った後もシーボルトの助手として親しく接している。かれにシーボルトを説得させ、地図をもどさせるのが最も効果的だと思ったのだ。

やがて、忠次郎がいぶかしそうな表情をしてやってきた。時刻は八ツ（午前二時）であった。

かれが控えていると、本多佐渡守が姿をあらわした。かれは、平伏した。深夜、奉行が自分をひそかに呼び寄せたことは尋常な用件のためではないと思った。

奉行は、その日、江戸から早飛脚が到着し、江戸で高橋作左衛門がお召捕りになりきびしい詮議が進められていることを告げた。

忠次郎の顔は、蒼白《そうはく》になった。作左衛門がクルーゼンシュテルンの「世界一周記」と交換に日本地図をシーボルトに贈ったことを仲介したのは自分であり、きびしいお咎めをこうむるにちがいないと思ったのである。

奉行は、シーボルトの所持する地図を取り返すようにときびしい口調で言った。

忠次郎は、承諾した。

「決してこのことは他言してはならぬ。内々に取り返すのだ」

奉行は、念を押した。

忠次郎は額を床にすりつけ、命じられたことを必ず果す旨を答えた。かれが奉行所の門を出た頃には、すでに夜明けの気配がひろがっていた。

忠次郎の苦悩は、激しかった。

かれは、寛政年間にオランダ小通詞末席であった名村恵助という男のことを思い起していた。

恵助は当時オランダ商館長であったヘンミーと親しく交っていた。ヘンミーは、金品に対する欲望の強い人物で密貿易によって私利を得ようとはかり、ひそかに船で持ちこんだ品物を売りさばこうとして恵助に相談した。恵助は島津家に売ることを考え、品物の値段について打ち合わせをおこなった。その間、奉行所等で耳にした情報を詳細にヘンミーに伝え、それに対する謝礼も得た。それらの連絡はオランダ文による手紙でおこなわれ、オランダ商館で働いていた忠蔵という男が手紙や謝礼を手に往《ゆ》き来した。寛政十年（一七九八）のことであった。

その年、ヘンミーは、恒例の江戸参府の旅に出て、将軍の謁見《えっけん》を受けた。そして、長崎への帰途についたが、四月二十四日、遠州の掛川《かけがわ》の宿で急死した。病死とされたが、商館の公金を横領したことが発覚することを恐れ毒薬をあおって自殺したと噂された。遺体は、掛川の浄土宗天然寺《てんねんじ》に埋葬された。

ヘンミーの死によって、かれと恵助との関係が明るみに出た。八月晦日《みそか》、捕吏が今籠町《いまかごまち》の恵助宅を襲ってかれを捕縛し、取調べの後、桜町にあった牢に収容した。

きびしい吟味がつづけられ、ヘンミーと密貿易の打ち合わせをし、奉行所内の情報を異国人に伝えたことは「不届至極《ふとどきしごく》」の行為と判定され、また連絡係の役を引受けた忠蔵も捕えられて処罰されることになった。

恵助に対する申渡しは、磔刑《たっけい》という苛酷なものであった。通詞たちとオランダ商館員との必要以上の親密な交際は、鎖国政策を守る国の利益に反することにもなり、そのような事態をふせぐために磔刑の判決が下されたのである。

商館員と通詞たちに対する見せしめのために、恵助の処刑は出島の門の前でおこなわれることになった。執行日はその年の十二月二十五日で、その日は寒風が吹きつけていた。裸馬に乗せられたかれは、桜町の牢から引き出されて勝山町、南馬町《みなみうままち》、本紙屋町《もとかみやまち》へと引き廻《まわ》されていった。洟《はなみず》を垂れるにまかせたかれは、寒気に体をふるわせ何度もくしゃみをしていた。

やがて出島の門前に到着すると、かれは馬からおろされ、罪木にくくりつけられて槍《やり》で突き殺された。

また忠蔵も死罪を命じられて斬首《ざんしゅ》され、死体は取り捨てになり、恵助の子であるオランダ稽古《けいこ》通詞喜三郎も追放となった。さらに、忠蔵がヘンミーと恵助の連絡係として手紙、物品を手に出島の門を出入りしていたことに気付かなかった責任を問われ、唐人番惣代《そうだい》吉田九郎左衛門、船番惣代竹内喜弥太、会所調役町年寄召仕、出島番惣代山本藤十郎、探番惣代甚八の四名も、それぞれ「急度《きっと》叱《しか》り」を申し渡された。

この事件は、通詞たちに大きな恐怖をあたえた。通詞は、職務柄《がら》オランダ人と接触する機会が多いが、それはあくまでも事務的な範囲にかぎられるべきで、親しく交ることは鎖国政策の趣旨に反することをあらためて知ったのだ。

その処刑から三十年が経過したが、通詞たちの間では名村恵助の磔《はりつけ》になった無残な情景が今もって語りつがれ、オランダ商館員との交際の重要な戒めにされていた。

吉雄忠次郎は、自らをかえりみた。江戸にいた折には、高橋作左衛門とシーボルトの間に立って国禁の日本地図その他を作左衛門からシーボルトに贈らせ、さらに長崎に帰ってからも、シーボルトの居宅にほとんど連日のように赴いて資料整理の仕事に従事している。シーボルトとの交際は、名村恵助がヘンミーと接触したよりも比較にならぬほど親密で、通詞として重大な罪をおかしたことになる。名村恵助は、ヘンミーと密貿易の打ち合わせをしたが、忠次郎の場合は、御禁制の地図の授受に関係している。当然、忠次郎の方がはるかに罪は重く、極刑に処せられるおそれが十分にあると思われた。

忠次郎は、磔にされる情景を想像し身をふるわせた。すでに江戸では作左衛門がお召捕りになっているし、自分も捕われることはまちがいないと推測した。

かれの妻も嘆き悲しみ、一刻も早くシーボルトから地図をとりもどして奉行所に差出すことが罪を軽くする唯一《ゆいいつ》の方法だと進言した。かれも同意見で、朝を待ちかねたように家を出ると出島へ足を向けた。

出島に入ったかれは、シーボルトの居宅に近づいた。が、朝食時であることに気づいて家の前を通りすぎ、岸壁に出た。前方の稲佐の浜には、舳《へさき》をのしあげたコルネリウス・ハウトマン号がみえる。その周囲では御時計師御幡栄三請負いの離洲作業がおこなわれ、畚《もっこ》で砂をはこぶ人夫たちの姿もみえた。

かれは、岸壁にうずくまってぼんやりと海をながめていた。自分の軽率さが悔まれた。かれは、あたかもシーボルトの助手のように資料の整理に協力し、シーボルトからも報酬を得ている。通詞たちの間にはシーボルトに出来得るかぎりの助力をあたえようとする好意的な空気があるが、それに麻痺《まひ》して余りにも深入りしすぎてしまった、と思った。

しばらくして、かれは立ち上ると道を引き返した。

シーボルトの家から、其扇に手をひかれたお稲が出てきて植物園の方に歩いてゆく。大暴風雨で荒れた植物園の手入れがさかんにおこなわれているのを見にゆくのにちがいなかった。

かれは、家の前に立つと足をとめ、一瞬ためらった後にドアを開けた。

忠次郎は二階の書斎に入り、シーボルトに挨拶《あいさつ》すると机の前に坐《すわ》った。机の上には、最上徳内の著わした蝦夷、千島について書かれている「蝦夷草紙」がおかれていた。かれは、その草紙の日本文をオランダ文に翻訳する仕事をつづけていたのである。

かれは、椅子《いす》に坐ったまま身じろぎもしなかった。

シーボルトの眼《め》に、いぶかしそうな光がうかんだ。忠次郎は顔色が悪く、仕事に手をつける気配もみせない。かれは、忠次郎に近づくと、

「ドウシタ、チュウジロ。加減デモ悪イノカ」

と、オランダ語でたずねた。

「イヤ、ソウデハアリマセン」

忠次郎は、オランダ語で答えた。

シーボルトは、忠次郎の顔をうかがった。忠次郎が、ひどく気分をそこねているように思えてならなかった。

かれは、ふとあることに気づいた。一ヵ月ほど前、かれは忠次郎に懐中気圧計をしめし、「私ガ日本ヲ去ル時ニハ、必ズコノ気圧計ヲ記念ノタメニ贈ルダロウ」と言ったが、離日がせまっているのにそれを渡す様子もみせない自分に、忠次郎は不満をいだいているのだろう、と思った。

シーボルトは、自分の大きな机に近づくと抽出《ひきだ》しをひらき、

「チュウジロ、君ニ贈ル気圧計ハココニアル。約束ハ必ズ実行スルガ、私ニハ貴重ナ品物ナノデ、後一日カ二日待ッテ欲シイ」

と、言った。

しかし、忠次郎はシーボルトを一瞥《いちべつ》しただけで再び机に視線を落し、口をつぐんだままだった。シーボルトは、別人のような態度をとるかれに、不審そうな眼を向けた。

不意に、忠次郎が沈黙をやぶった。かれは、「蝦夷草紙」をつかむと壁に投げつけ、

「私ハ、日本臣民トシテ申訳ナイ悪人ダ」

と、流暢《りゅうちょう》なオランダ語で叫んだ。

シーボルトは呆気《あっけ》にとられた。

「君ハ、気デモ狂ッタノカ」

と、問うた。

「チガウ」

忠次郎は、机に手をついたまま立っていたが、顔をあげると、

「地図ノコトガ暴露シタノダ」

と言った。

「地図ノコト？」

シーボルトが、反問した。

忠次郎は、頭を垂れて事件の経過を低い声で話しはじめた。十月十日、江戸で高橋作左衛門が禁制の日本地図その他をシーボルトに贈った罪に問われてお召捕りになったこと、昨十一月一日、江戸より長崎奉行所に下知状が到着、自分のもとに使いが来て出頭したこと、奉行からシーボルトの所持している地図をとりもどして奉行所へ持ってくるように命じられたことなどを告げた。

シーボルトの顔に、激しい驚きの色がうかんだ。かれは、頭をふって部屋の中を歩きまわった。そして、忠次郎に顔を向けると、

「私ハ日本地図ヲ持ッテイナイ。ソレハ、昨年秋ニ帰帆シタオランダ船ニ載セテ送ッタ。ココニハ、ナイ」

と、甲高い声で言った。

忠次郎は、

「ソンナハズハナイ。貴方《アナタ》ハ、日本地図ヲ持ッテイル。私ガソレヲオ奉行様ニ差出サヌト、私ハ重イ罪ニ問ワレル。スグニ地図ヲ私ニオ渡シ下サイ」

と、オランダ語で懇願した。

シーボルトは、「地図ハナイ」と繰返し、手を何度も激しくふった。かれの顔には、腹立たしそうな表情がうかんでいた。

忠次郎の眼に、涙がうかんだ。かれは深く息をつき、

「蝦夷、サガレン（樺太）ノ地図モナイト言ウノデスカ」

と、恨めしそうにたずねた。

シーボルトは、そんな言葉は耳にしたくないというように手をふったが、「ナイ」とは言わなかった。

「蝦夷、サガレンノ地図ダケデモ……」

忠次郎は、真剣な眼をして訴えた。

シーボルトは、部屋の中を荒々しく歩きまわっていたが、

「ヨロシイ。明日、蝦夷、サガレンノ地図ヲ渡ス。シカシ、日本地図ハナイノダカラ、渡セヌ」

と、言った。

忠次郎は、うなずいた。

その時、部屋に小通詞末席稲部市五郎が入ってきた。かれは、顔をひきつらせたシーボルトと涙ぐんだ忠次郎をいぶかしそうにながめたが、忠次郎から事件の追及がはじめられていることをきいて顔色をかえた。

シーボルトに贈られた日本地図は、二種類あった。その一つは高橋作左衛門から江戸にきていた通詞猪俣源三郎に渡され、源三郎は故郷の九州に帰る門弟の滝野玄朴にそれ

を託した。玄朴は長崎を訪れて小通詞並堀儀左衛門に渡し、儀左衛門からシーボルトへと渡された。また、他の日本地図は作左衛門から長崎にいるオランダ大通詞馬場為八郎宛《あて》に送られた。為八郎は、それを小通詞末席稲部市五郎に託し、市五郎はシーボルトが長崎の町に出てきた折に渡したのである。

そうした関係から、市五郎はシーボルトのあつい信頼をうけ、シーボルトに依頼されて琉球の地図を江戸にいる猪俣源三郎宛に送り、それを作左衛門に渡して欲しいという手紙も添えた。つまり、市五郎は、忠次郎に劣らぬほど地図の授受と深い係り合いがあったのだ。

市五郎は、胆力のすわった人物であったが、事件の審理がすすめられていることを知って体をふるわせた。眼に激しい恐怖の色がうかび、頰《ほお》に涙が流れた。かれも、磔刑になった名村恵助のことを思い起しているにちがいなかった。

シーボルトは、二人の尋常でない様子に事件の重大さを知ったらしく二人を見つめていた。そして、かれらに近づくと、

「心配スルナ。私ハ、最善ノ努力ヲハラッテ、君タチヲ救ウダロウ。君タチハ、役人ニ不用意ナ言葉ヲロニセヌヨウニ……」

と、言った。

忠次郎と市五郎は無言でうなずき、力ない足どりで部屋を出て行った。

シーボルトは、一人きりになると机の前に坐った。かれは、明日、忠次郎に蝦夷《えぞ》、樺《から》太《ふと》の地図を渡すと約束したことを後悔した。が、いったん口にしたかぎり、それを悔いても仕方がないと思った。

忠次郎は、出島を出るとすぐに奉行所に赴きそのことを報告するにちがいなく、明日、必ず地図をうけとりに出島にやってくることは確実だった。

シーボルトは、日本地図はもとより蝦夷、樺太の地図も失いたくなかった。それは、作左衛門から苦心して入手した貴重な資料で、それまで不明の点が多い同地域の図を手放すことなどはできなかった。

思案したかれは、地図の複写を思いついた。作業を急げば、明日までには複写を終えることができそうだった。

かれは、オルソンを使いに出し画工のデ・フィレニュフェを呼び寄せ、詳細に事情を話し、複写する仕事に協力してくれるように依頼した。

デ・フィレニュフェは承諾し、シーボルトとともにただちに作業にとりかかった。片仮名文字を書くことのできるシーボルトは、忠次郎や鳴滝塾《なるたきじゅく》の岡研介、高野長英がローマ字で書いてくれた文字も写し、その間にデ・フィレニュフェが地図の複写を進めた。

夜になってデ・フィレニュフェは家に帰っていったが、シーボルトは一睡もせず仕事をつづけた。

夜が白々と明けはじめた頃、複写は終った。それは満足すべき出来栄《できば》えで、おびただしい地名も一つ残らず書き写されていた。かれは、ベッドに身を横たえると、すぐに眠りこんだ。

四ツ（午前十時）頃、かれは其扇に起された。其扇は、忠次郎が来て書斎で待っていると言った。

シーボルトは、身仕度をととのえ、コーヒーを飲みながら書斎に入った。そして、立っている忠次郎に蝦夷と樺太の地図を渡した。

忠次郎は、それを手にかれの顔を見つめると、

「私ノ捕縛ハ、間モナイコトデショウ」

と、ふるえをおびた声で言い、頭をたれて部屋を出て行った。

シーボルトは、忠次郎が出島の門の方向に遠ざかってゆくのを二階の窓からうかがっていた。


其扇の姉のお常が、銅座跡にある親の家で女児をうんだ。親しく接していた薬剤師ビュルゲルとの間に出来た子供であった。

報《しら》せをうけた其扇は、お稲を連れて実家に行った。部屋に入ると、ふとんに身を横たえていた姉が彼女に眼を向け、かすかに口もとをゆるめた。

淋《さび》しい笑い方をする人だ、と其扇は思った。傾いた家産を救うためにオランダ行きの遊女になった姉のお常は、地獄に落ちたような辛《つら》い思いをしたにちがいない。お常は笑顔をみせることはあっても、眼には背筋の凍るような絶望的な光がうかんでいる。化粧を落したお常の顔は、少しむくんでみえた。

傍《かたわら》に眠っている嬰児《えいじ》の頭髪は、生毛《うぶげ》のように茶色く鼻が大きかった。その容貌《ようぼう》には混血児としての特徴が早くもはっきりとあらわれていた。

父の佐兵衛と母のきよの顔には、複雑な表情がうかんでいた。二人の娘がそれぞれ異国人と情を交し、子供をうんだ。出産はめでたいことだが、それがいずれも混血児であることに当惑しているにちがいなかった。

其扇は、口数も少く姉のふとんの傍に坐っていた。お稲は嬰児が珍しいらしく、近くに坐ってつぶらな眼を嬰児の顔に据《す》えていた。

其扇は、夕刻近くに出島へもどった。植物園の中の薄暗くなった道を歩いてゆくと、前方から吉雄忠次郎が近づいてくるのがみえた。

彼女は、忠次郎と視線を合わせると頭をさげて挨拶したが、忠次郎は、わずかにそれにこたえただけで伏目がちに傍を通りすぎていった。

其扇は、お稲の手をひいてシーボルトの居宅の方へ歩いていった。彼女は、シーボルトの周辺に異様な空気がひろがっていることに気づいていた。吉雄忠次郎は、毎日のように家へやってきて二階の書斎にあがってゆくが、仕事をしている気配はない。うつろな眼をして椅子に坐りつづけ、夕方になると沈鬱《ちんうつ》な表情をして帰ってゆくことを繰返している。

シーボルトの生活も異常であった。かれは、夜おそくまで書斎に入っていてなにか仕事をしている。徹夜をすることさえあり、夜明けに寝台にもぐりこんでくる。

其扇は、不吉な予感を感じはじめていた。

吉雄忠次郎は、連日のようにシーボルトのもとにやってきては、

「日本地図ヲ……」

と、オランダ語でシーボルトに言う。その度にシーボルトは、

「昨秋、帰帆シタオランダ船ニ載セテ本国ニ送ッタ。ココニハ、ナイ」

と、答える。

奉行所には、忠次郎の手でシーボルトの所持していた蝦夷、樺太の地図が提出されたが、奉行所では満足していなかった。最も重要なのは日本地図で、それを取りもどすことをきびしく忠次郎に命じていた。

シーボルトは、病人のようにやつれた忠次郎を眼にして、奉行所の追及がかなりきびしいことを知った。奉行所が自分を捕えるなどということはないだろうが、家宅捜索を

おこなうことはあり得る、と判断した。

かれは、そのような処置に対して十分な対策をたてるべきだと考え、資料の複写をすすめると同時に、それらを徹底的にかくしとおそうと決心した。かれはあわただしく地図等の複写につとめ、さらに資料をかくす方法について思案した。

かれは、まず日本の地理を示す重要な地図、原本、写本、刻本などを鉄製の大きな箱に入れて荷造りし、壁の中にかくした。さらにかれは、大切に飼っている猿《さる》を入れた檻《おり》の底を二重にし、その間に地図をひそませたりした。

蝦夷、樺太の地図を複写したが、家宅捜索をうけて複写したものが取り上げられてしまっては、せっかくの努力も無に帰してしまう。それを防止するために、商館長メイランの協力を得ることを思いついた。かれは、早速複写した地図を巻いて筒に入れ、それを手に家を出るとメイランの家に赴いた。

シーボルトは、メイランに吉雄忠次郎からきいた作左衛門お召捕りに端を発した事件の審理がすすめられていることを報告し、近々のうちに家宅捜索がおこなわれるかも知れぬと告げた。

メイランは顔をしかめたが、甚《はなは》しい驚きはしめさなかった。それまでのシーボルトに対する幕府や奉行所の好意にみちた態度から考えて、強制捜査がおこなわれることはあるまいと思っているようだった。

しかし、シーボルトは、名村恵助のことを口にし、決して楽観はできぬと説いた。そして、地図を入れた筒を差し出すと、

「コレハ重要ナ地図デス。私ノ家ニ置イテオクト、家宅捜索ヲ受ケテ没収サレルオソレガアルノデ、商館ノ金庫ニ入レテ保管シテ欲シイ。ドノヨウナコトガアッテモ、決シテ手放サヌヨウオ願イシタイ」

と言った。

メイランは承諾すると、それを金庫の中におさめた。

シーボルトは、日本地図の複写につとめ、原本を箱に入れて荷造りした。そして、夜、家からはこび出すと植物園の東角のあたりに埋めた。

シーボルトは、必死になって蒐集した資料の隠匿《いんとく》につとめていたが、地図の授受に関係したオランダ通詞たちの動揺は甚しかった。

吉雄忠次郎は、虚脱した表情でシーボルトの家に通い、日本地図の返還を乞《こ》うていたが、高橋作左衛門から送られてきた日本地図をシーボルトに渡す手伝いをしたオランダ大通詞馬場為八郎、小通詞並堀儀左衛門、小通詞末席稲部市五郎は、家にひきこもって病人のように身を横たえていた。かれらは、お召捕りになり奉行所へ引立てられることを予測しておびえきっていた。

奉行所には、これと言った際立《きわだ》った動きはみられなかった。忠次郎が時折り奉行所に

出頭してシーボルトとの連絡の経過を報告しているだけで、役人が出島に入る気配もない。が、通詞たちは、やがて奉行所が本格的な事件追及に手をつけることは確実だと推測していた。

十一月八日、吉雄忠次郎は、出島から出ると奉行所に赴き、奉行と対した。忠次郎は、涙を流して平伏し、

「日本地図をとりもどすことは、私の手に負いかねます」

と、言った。

奉行は、憤《いきどお》りの色をみせて忠次郎を見つめていたが、そのまま無言で席を立った。

翌日、奉行所内にいちじるしい動きがみられた。奉行の命令で主要なオランダ通詞である茂伝之進、西義十郎、末永甚左衛門、加福新右衛門、吉雄権之助、中山作三郎、岩瀬弥右衛門が奉行所の門をあわただしくくぐった。

かれらの前に、一通の申渡書がしめされた。それは、オランダ商館長メイランに渡すもので、茂伝之進ら全員の責任でオランダ文に翻訳することが求められた。文面を眼にしたオランダ通詞たちの顔から血の色が失《う》せた。かれらは、奉行所が徹底的な事件の追及をはじめることを知った。

「阿蘭陀《おらんだ》かぴたん(商館長)江」という表題がつけられ、本文は、左のような内容であった。

阿蘭陀外科　シーボルト

右之者（江戸に参府した折）高橋作左衛門江度々致二面会一、日本地図並蝦夷図（その他の譲渡を乞い、それを入手したことが発覚し、この度江戸で）作左衛門御《ご》詮議《せんぎ》に相成居候。依レ之シーボルト所持の品々荷物に至迄《いたるまで》、封印置レ致、其方共立会上封解明ケ相改、御制禁之品々取揚《とりあげ》（る故《ゆえ》、慎んで改めをうけるよう申渡す）。

翌十一月十日、明六ツ（午前六時）、奉行所に用人《ようにん》伊藤半右衛門をはじめ目安方遠藤兵蔵、吉内蔵丞、矢野平太夫、御役所附十人、船番五人、町使四人、目安方書役二人が集った。それにつづいてオランダ大通詞末永甚左衛門、小通詞助吉雄忠次郎、小通詞末席稲部市五郎の三名もやってきた。

伊藤が、奉行本多佐渡守からの内密の命令をつたえ、三人の目安方に検使として出島に向うことを命じた。かれらはただちに奉行所の門を出て、手分けして追々出島に繰込んだ。

三人の検使のうち、一人は吉雄忠次郎、稲部市五郎をしたがえて表門をかため、他の一人は役人部屋に詰めた。そして、もう一人の検使は小役人を引き連れ、末永甚左衛門をしたがえて商館長メイランの居宅に赴いた。

メイランは、物々しい役人の来訪に驚き、かれらを丁重に家の中へ案内した。

検使の役人は、

「外科しぼるとを呼べ」

と、命じ、甚左衛門はそれをメイランに通訳した。

メイランは、承知してすぐに使いを出した。かれは、シーボルトの予告が的中したことに顔色を変えていた。かれは、役人におもねるように寒気がきびしくなったなどと話しかけ、甚左衛門がその言葉を翻訳して伝えたが、検使はかたく口をつぐんでいた。

やがてシーボルトがやってきた。かれは、役人の姿に表情をこわばらせ、日本流の挨《あい》拶《さつ》をした。

検使は、懐中から申渡書をとり出すと、張りのある声で読み上げた。それがすむと、甚左衛門に対してオランダ語に翻訳した申渡書をメイランに渡すよう命じた。メイランは、書面に眼《め》を据え、それをシーボルトにもみせた。二人は、無言で立っていた。

その頃《ころ》、役人部屋に詰めていた検使は、小役人を連れてシーボルトの居宅に踏みこんでいた。検使は荒々しく捜索をおこない、押収《おうしゅう》した品々を床に積み上げた。

出島は、騒然とした空気につつまれた。表門をかためた検使によって一切の出入りは禁じられ、食料品その他生活必需品を運び入れることも停止された。

検使は、家宅捜索を指揮するとともに、呆然《ぼうぜん》としている其扇に対して、お稲と禿《かむろ》の糸瀬を伴い出島から出ることを命じた。立退《たちの》き先は、彼女の抱主である丸山寄合町引田屋《ひけたや》卯太郎方と指定した。

其扇は、どのような容疑で家宅捜索がおこなわれているのか理解できなかったが、自分たち母娘《おやこ》と禿に退出命令が出されたことからみて、シーボルトが大事件に関係しているらしいことに気づいた。彼女は、途方にくれた。自分とお稲の衣類その他は、シーボルトの居宅におかれていてその量も多い。それらをすべて持ってゆくことは不可能であり、やむを得ず手回りの物だけを風呂敷《ふろしき》につつんだ。

「早く、行け」

役人は、何度もうながした。

彼女は包をととのえ、役人に挨拶した。黒人少年オルソンが風呂敷包を背負い、連れ立って戸外に出た。糸瀬は風呂敷包を手にしてついてくる。

「恐しい家探しでございますが、いったいなんの故でございましょう」

糸瀬が、其扇にすがるような眼をしてたずねた。

其扇は、返答に窮した。

シーボルトは、ヨーロッパ屈指の名医といわれ、役人、通詞、一般人たちの尊敬を一身に集めている。たとえ異国人であるとはいえ、江戸にまで名声のつたえられているシーボルトのような男となじみになったことは、オランダ行きの遊女として誇りとすべきであると思っていた。そのようなシーボルトが、帰国を目前にして荒々しい家宅捜索をうけるような扱いを受けることが理解できなかった。

彼女は、暗澹《あんたん》とした気持になっていた。名医の愛人から罪人の愛人になるのだろうか、と思った。

表門に近づくと、其扇は足をとめ、オルソンにシーボルトの身の廻《まわ》りの世話をするように言いきかせ、風呂敷包を受けとった。オルソンは、悲しげな眼をして後ずさりすると、身をひるがえしてシーボルトの居宅の方へ走っていった。

其扇は、風呂敷包を背負いお稲の手をひいて門に近づき、役人に自分の名を告げた。役人は、其扇がシーボルトのなじみの遊女であることを熟知していて、探番に取調べを命じた。

検使は、其扇たちがシーボルトの家から国法にふれる品物をたずさえ、出島の外に運び出すおそれもあると考えたらしく、驚くほどのきびしい探りをおこなわせた。携帯品はもとより、着物の袖《そで》、袂《たもと》、帯、懐《ふところ》をさぐる。そして、それが終ると、髪の中をあらため足袋までぬがせる。さらに陰部になにかひそませていないかを探るため、股《また》をひらかせて何度も歩かせた。

それは禿の糸瀬にも同様で、お稲の体すらさぐられた。

「よし、行け」

検使は、其扇にけわしい表情で言った。

其扇は、頭をさげ、苛酷《かこく》な探りに涙ぐむ糸瀬をうながして出島の外に出た。

其扇は、風呂敷包みを背負って道をたどった。引田屋に使いを走らせて男衆に荷物をはこんでもらうこともできたが、その日は風呂敷包を背負って歩きたかった。家庭の事情で遊女になったが、遊女は仮の境遇で地道に額に汗して生きることが自分に最もふさわしい道だと思っていた。役人が家に踏みこんできたことは、なにかの事件が起きたことをしめしているし、それによって自分の生活も大きく変化するかも知れない。そうした変化に堪《た》えてゆくためには強靱《きょうじん》な神経が必要であり、遊女として不似合いかも知れぬが、一個の女として風呂敷包を背負って歩いてゆきたかった。

しかし、重い物を手にしたことのない彼女には、その荷は重く背負ってゆくことは辛かった。体が前のめりになり、今にも膝がくずおれそうになる。呼吸が苦しく、胸がしめつけられるように痛かった。其扇は歯を食いしばって歩いていった。

その頃、シーボルトの家での品物の押収はすすみ、それらは長持《ながもち》の中におさめられた。殊《こと》に二階の書斎では多くの図書類が見出され、押収品はかなりの量にのぼった。

商館長の家では、検使が末永甚左衛門の通訳でシーボルトに命令をつたえていた。それは、作左衛門から贈られた日本地図を差出すように……という一事であった。

シーボルトは、平静な表情で、

「ソノ地図ハ、昨年本国ニ送ッテシマイ、今ハ手元ニアリマセン」

と、答えた。

検使は、黙っていた。

商館長の家に押収品がはこばれてきて、検使はそれを一つずつシーボルトにただし、記録して長持にもどすことを繰返した。

午後になっても検査はつづけられ、暮六ツ（午後六時）頃、ようやく終了した。押収品を入れた長持は、大八車にのせられて出島から運び出され、奉行所に送られた。

夜の色が、あたりにひろがった。出島の表門には、高張提燈《たかはりぢょうちん》がつらなり篝火《かがりび》がたかれ、警固は厳重をきわめた。

夜五ツ（午後八時）頃、新たに提燈の列が奉行所方面からやってきて出島の門をくぐった。それは、長崎奉行本多佐渡守用人《ようにん》伊藤半右衛門のひきいる十六名の役人たちであった。

役人たちが出島表門を入ると、それを追うように大通詞年番加福新右衛門が、供の者を連れてあわただしく門をくぐった。提燈の灯《ひ》で門の附近は明るくなったが、すぐにかれらは道を進んで、蘭人書記部屋に突当ると右に曲った。

やがて提燈の群は、商館長の住む甲比丹部屋の前で停止し、伊藤らが家の中に入った。

商館長メイランは、御用人の伊藤の不意の来訪に驚き、深々と頭をさげた。

「カピタン」

伊藤は、甲高い声で言った。

メイランは、恐れをなしたようにさらに深く頭をさげた。

「シーボルトが地図を所持いたしておりながら、なおも差出さぬと申すならば、ただちにこの場で召捕り、お役所へ引立てる」

伊藤は、申渡書を読むような口調で告げた。

控えていた加福新右衛門が伊藤に一礼すると、流暢《りゆうちよう》なオランダ語でメイランに通訳した。

メイランの顔から、血の色がひいた。そして、しばらく思案していたが、館員にシーボルトをすぐに呼んでくるように命じた。伊藤は、メイランの差出した椅子《いす》に腰をおろし、役人たちがその周囲をかためた。

やがて、シーボルトが姿をあらわした。かれは、伊藤にむかって頭を深々とさげた。

メイランが、シーボルトに近づくと口早やにしゃべりはじめた。それは、シーボルトに対する訊問《じんもん》らしく、メイランはきびしい表情をして手をふりながら甲高い声をあげる。それに対して、シーボルトは顔をゆがめ、頭をふり、肩をすくめてみせる。両腕を大きくひろげ、二、三歩歩くこともあった。

二人の会話はつづき、やがてメイランがしきりにうなずきはじめた。そして、加福新右衛門に近づくとゆっくりした口調で回答した。

新右衛門は、紙に筆を走らせて要点を書きとめ、伊藤に顔を向けると、

「カピタンの申出を和解《わげ》（和訳）いたします」

と言って一礼し、

「カピタンは、しいぼるとを吟味いたしましたが、しいぼるとの申すには、地図は手元に所持いたしておりませぬ故、二、三日ほど御猶予《ごゆうよ》いただきたい。必ず地図を差出す由《よし》にござります」

と、伝えた。

御用人の伊藤半右衛門の眼が、鋭くシーボルトに向けられた。そして、加福新右衛門に視線を据《す》えると、

「カピタンに伝えよ。一刻も猶予は相ならぬ。すぐに差出さぬ折にはしいぼるとを召捕る」

と、荒々しい声で告げた。

新右衛門は一礼し、商館長にその旨《むね》を伝えた。

メイランの顔に、恐怖の色がうかんだ。伊藤の険しい眼の光に殺気に似たものすら感じたらしく、シーボルトに顔を向けると甲高い声で口早やに話しはじめた。言いのがれをすることは不可能だとさとしているようだった。

シーボルトの顔に、困惑の色が濃くなった。そして、顔を伏し、頬《ほお》をなでたりして黙っていた。

「差出すのか、差出さぬのか」

伊藤が、苛立《いらだ》ったように声をあげた。

新右衛門が一礼すると、その言葉をメイランに告げた。少し待って欲しい、とメイランは答え、またシーボルトを詰《なじ》った。

「和解いたします。少々御猶予を……と申しております」

新右衛門が、通訳した。

「まだそのようなことを申しておるのか。それでは、この場で召捕る」

伊藤が、怒声をあげた。

新右衛門が、青ざめた顔でメイランに通訳した。シーボルトは、驚いたように短い言葉をメイランに向かって発し、家の外に出ていった。伊藤の命令で、五人の役人がその後を追った。

伊藤は、椅子に坐りつづけていた。シーボルトを追っていった役人たちは植物園の方に歩いてゆくらしく、その方向に提燈の灯がうごいていた。メイランは、落着きなく家の外に何度も出て提燈の灯の群に眼を向けていた。提燈は、一個所に寄りかたまって動かなくなっていた。

やがて、提燈の灯が道を引き返してきた。シーボルトが役人たちにかこまれて家に入ってきた。そして、メイランの前に立つと懐中から巻紙をとり出し、メイランに差出した。メイランが、紙をひろげた。それは、精密な日本地図であった。

役人たちは、地図を凝視した。かれらは、高橋作左衛門の自供通りシーボルトが御禁制の日本地図を実際に所持していたことを知って、顔をこわばらせていた。

メイランが、地図を通詞の加福新右衛門に渡し、それは新右衛門から伊藤半右衛門に差出された。

伊藤は、地図を入念にたしかめ、シーボルトを追っていった役人に日本地図がどこにあったかを問うた。役人の話によると、シーボルトは植物園の東角に行って大きな石をとりのぞき、土中に埋められた箱をとり出して、その中から地図をとり出したという。

伊藤は、シーボルトに鋭い視線を向けると立ち上り、メイランにシーボルトの家の蔵を封印することを申し渡し、外に出た。

伊藤は、役人をしたがえてシーボルトの家に赴くと二つの蔵の扉《とびら》に封印をした。さらに、かれは再び家宅捜索を命じ、家の周囲もさぐらせた。メイランとシーボルトは、役人たちの動きを顔を青ざめさせて見守っていた。

やがて、伊藤は、役人たちに奉行所へ引き上げることを命じた。提燈の灯の群はシーボルトの家の前をはなれ、表門から奉行所の方へ向って去った。時刻は、八ツ（午前二時）であった。
シーボルトの家で家宅捜索がおこなわれるのと並行して、通詞四人が奉行所に引立てられた。作左衛門からシーボルトに贈られた地図の取次をした大通詞馬場為八郎、小通詞助吉雄忠次郎、小通詞並堀儀左衛門、小通詞末席稲部市五郎であった。
かれらの逮捕は、高橋作左衛門の自供にもとづいた幕府からの命令によるもので、奉行所できびしい吟味がおこなわれた。その結果、かれらに対して、
此度《このたび》シーボルト御国禁之品所持致し居候一件に付御吟味中、町年寄年番江御預けとなす
という宣告が下された。つまりかれらは、町年寄年番一人と通詞一人によって拘禁され、さらに通詞たちの巡回監視をうける身になったのである。
長崎の町は、騒然とした空気につつまれていた。出島には役人の出入りがしきりで、表門はかたく警護されている。シーボルトの居宅の捜索がおこなわれたことも人々の間につたわり、さらにオランダ通詞四人が拘禁されたことも大きな話題になった。
町の中には、さまざまな説が流れていた。シーボルトが国禁の日本地図を入手した以

外に、多量の武器を所持しているという説も人々の口から口につたわった。またシーボルトは、オランダ人ではなくロシヤ人で、日本の防備力をさぐるためにやってきた密偵《みってい》だという噂《うわさ》もしきりだった。

シーボルトは、商館長メイランの預りとなり、出島に詰めた役人がかれの監視にあたっていた。そして、役人から奉行所にシーボルトの動きについての詳細な報告がもたらされていたが、シーボルトは精神的に大きな衝撃をうけたらしく家にひきこもったままで、黒人少年オルソンの話によると、食欲もおとろえ顔もやつれてしまっているという。

役人たちの間に、新たな不安がきざした。それは、シーボルトが自殺せぬかというおそれであった。

オランダ商館内の取調べは前例のないことで、それだけに商館員のうけた打撃は強いはずであった。かれらは、出島に幽閉状態におかれた身で、日本人の感情をそこねた場合どのような制裁をうけるかを恐れている。殊にシーボルトは、幕府の追及をうける立場にあって身の危険も感じているはずであった。

もしも、シーボルトが自らの生命を断つような行為に及べば、事件の糾明に重大な支障になる。当然、幕府は長崎奉行所の不注意を責め、奉行本多佐渡守にもきびしいお咎《とが》めがあることは確実だった。

奉行は、出島に詰めている役人にシーボルトの身辺警固を一層厳にするよう命じたが、家にとじこもったシーボルトを常時監視することは不可能で、その間にシーボルトが自殺することも十分に予想された。

奉行所では、その防止策について種々協議した結果、其扇を利用することを思いついた。其扇は、シーボルトの居宅が家宅捜索を受けた日、出島からの退去を命じられ、幼い娘のお稲と禿《かむろ》の糸瀬をともなって抱主である引田屋《ひけたや》卯太郎方に身を寄せていた。それは、捜査を円滑にすすめる上で当然の処置であったが、土蔵は封印され日本地図も押収できたので、其扇母娘と禿がシーボルトの居宅にもどっても支障はないはずだった。

それに、其扇を出島にもどし、シーボルトと起居を共にさせれば、自然にシーボルトを監視することにもなる。其扇母子と暮すことによってシーボルトの気持もやわらぎ、自殺を思いとどまらせることもあると推測された。

奉行所から使いの者が丸山寄合町に派せられ、其扇が招かれた。其扇は、取調べをうけるものと思いこんで顔をこわばらせてひかえていた。

役人は事件の追及が急速にすすめられ、それにおびえたシーボルトに自殺のおそれがあるので、それをふせぐためにシーボルトと暮すように命じた。

「片時も油断なく、シーボルトの挙動を注意するのだ」

役人は、言った。

其扇は、神妙な顔をしてうなずいていた。

出島を出されてから五日後の十一月十五日、其扇は、お稲、糸瀬をともなって出島の門をくぐった。あらかじめ、そのことは役人からシーボルトに伝えられていたらしく、シーボルトは待ちかねていたように其扇を抱きしめて接吻し、お稲を抱きあげた。かれの眼には、涙が光っていた。

お稲は、五日ぶりに会う父の頬を小さな指でつまみながら、

「オトシャマ」

と、澄んだ声で言った。

その日の朝、稲佐の浜にのしあげていたオランダ船コルネリウス・ハウトマン号が、満潮の海水に浮びあがった。御時計師御幡栄三の離洲作業が功を奏し、稲佐の浜から港内に無事に引き出すことができたのである。八月九日の大暴風雨の夜以来、三ヵ月余が経過していた。時刻は、五ツ半（午前九時）であった。

オランダ船の帰帆は可能になったが、シーボルトの乗船は望むべくもなかった。かれは吟味をうけている身で、帰国の許可がおりる可能性はなかった。

長崎奉行所では、その旨《むね》を幕府に報告し、命令を待つことになった。シーボルトの居宅から押収された物品は多く、さらに蔵の封印もといて内部におさめられた物も探られた。重要な品物と思われる物はすべて長持に入れられ、奉行所に送られた。それらは、役人の手で検分され、通詞たちもその作業に協力した。

やがて、押収品の一覧表が出来上った。その主なものは左の通りであった。

一、日本輿地《よち》図　三枚
一、蝦夷地図　一枚
一、カラフト地図　一枚
一、日本国切図　九枚
一、江戸大絵図　一枚
一、琉球国地図　一枚
一、江戸名所絵　一枚
一、朝鮮図　一枚
一、脇差《わきざし》　一腰
一、黒鞘刀《くろさやがたな》　一腰
一、桶狭間《おけはざま》合戦略記　一枚
一、東韃《とうだつ》紀行　一冊
一、北夷《ほくい》紀行　二冊
一、大坂図　一枚
一、長崎港図　一枚

一、下ノ関、小倉の図　一枚
一、東海道名所図絵　五冊
一、大和国名所図絵　七冊
一、日本物産書　五冊

この他、多くの地図、図書類もふくまれていた。それらは、すべて海外持出しを禁じられた御禁制品ばかりで、厳重に荷造りされて江戸に急送された。

江戸では、連日のように高橋作左衛門その他に対する詮議《せんぎ》が拷問《ごうもん》をともなってつづけられ、長崎奉行からの相つぐ報告と照し合わされて証拠がためがすすめられていた。国法をおかす大罪の事実はあきらかになり、幕府は、徹底的な究明に乗り出していた。事件は、拡大していった。

十二月二十三日、長崎では、それまで町年寄預りとして拘禁されていた通詞の馬場為八郎、吉雄忠次郎、堀儀左衛門、稲部市五郎の四名が捕縛されて桜町の牢《ろう》に投げこまれた。

さらに他の者への追及の輪もひろがり、大通詞末永甚左衛門、小通詞岩瀬弥右衛門、小通詞並名村八太郎、小通詞末席岩瀬弥七郎、御役所附林与次右衛門、横山喜三太の六名が奉行所に出頭を命じられ、きびしい吟味をうけた。そして、末永、岩瀬、名村、岩瀬が大通詞年番加福新右衛門預けに、林、横山は付添人預けとして監視をうける身になった。かれらは、シーボルトが商館長スチュルレルに随行して江戸に旅した時同行した者たちで、旅の途中職務を怠った嫌疑《けんぎ》で吟味の対象になったのである。

これらの処置は、すべて幕府からの指令にもとづくものであったが、その日、また検使が出島に赴きシーボルトをきびしく訊問《じんもん》した。そして、シーボルトに対し、

志いほると吟味有レ之候ニ付　帰国御差留《さしとめ》

という宣告を下した。

離洲したオランダ船コルネリウス・ハウトマン号は、すでに二日前に出島の近くの定められた岸に繋留《けいりゅう》されていたが、シーボルトが乗船し帰国することは不許可になったのだ。

長崎奉行所は、シーボルトが日本で蒐集《しゅうしゅう》した禁制品の大半を押収することができたと判断していたが、前年帰帆したオランダ船で地図その他が運び出され、またシーボルト自身もかなりの量の品々をひそかにかくし持っていた。

シーボルトは、それらの露顕をおそれた。長崎奉行所の追及は、さらにきびしさを増した。

十二月二十四日、シーボルトは長崎奉行所に呼出されて取調べをうけた。その場には吉雄忠次郎が牢から引き出されていて、シーボルトと対面し訊問をうけた。忠次郎は、寒気のきびしい牢内の生活で体が衰弱し声も弱々しかった。

翌二十五日には、稽古《けいこ》通詞見習荒木豊吉、内通詞小頭見習菊谷藤太、同田中作之進が、町預けになった。かれら三人は、末永甚左衛門らと同じようにシーボルトが江戸へ旅した折に同行した通詞たちであった。

さらに翌二十六日には、初めて鳴滝塾の塾生にも追及の手がのびた。それは、岡研介が去って以来塾頭になっていた高良斎と、それにつぐ学識をそなえた二宮敬作、長崎生れの医師渡辺幸造の三名で、かれらは奉行所で取調べをうけた後、町預けになった。かれらはシーボルトが江戸に旅した折に同行し、資料蒐集その他に協力した罪を問われたのである。

かれらは、それぞれ封印つきの手鎖をはめられ、昼夜の別なく番人の監視をうける身になった。また、その日、長崎今下町に住む絵師川原登与助（慶賀）がお召捕りになり、入牢を申しつけられた。登与助も、シーボルトが江戸へ旅した折に同行し資料蒐集に協力した嫌疑をうけたのである。

それらの処置は、長崎の人々の話題になり、今後どのような展開をしめすかが大きな関心事になった。

家々では戸口に門松がかざられ、鏡餅《かがみもち》を贈ることもはじめられていた。正月をむかえる準備がにぎやかにすすめられていたが、奉行所の動きはあわただしさを増していた。

高良斎らが町預けになった日、出島詰の役人は六名増員になり、島内の巡視が強化された。役人たちは、常にシーボルトの家の周辺を巡回して厳重な監視をつづけていた。

翌々日の十二月二十八日、オランダ通詞茂伝之進、西義十郎、石橋助十郎、中山作三郎が奉行所に出頭、一通の書状を受けとった。それは、シーボルトに対する訊問を記したもので、オランダ商館長メイランに手渡すように命じられた。

かれらは、ただちに出島に入り、出島詰の役人とともにメイランに会い、

「シーボルトを呼び、書状の封をひらいて訊問せよ」

という奉行の命令をつたえた。

メイランは、すぐにシーボルトを呼び寄せた。そして、書状の封をといたが、個条書きの訊問文が日本文なので、メイランにもシーボルトにも理解できなかった。通詞たちはオランダ文に翻訳しなければならなくなったが、訊問は二十四個条にもわたっているので短時間で翻訳することができず、奉行所の諒解《りようかい》を得てシーボルトに対する訊問を延期することになった。

翌二十九日、長崎の町はにぎわった。唐人の遊女に対する揚代は砂糖で、それを長崎会所に差出し、会所ではそれに相当する銀を遊女に渡す仕組みになっていた。唐人行き

の遊女が長崎会所で銀をうけとる日であった。

遊女たちは、美しい衣裳《いしょう》をまとってそれぞれ丸山町、寄合町から駕籠《かご》に乗り、会所にむかった。禿《かむろ》、遣手《やりて》、若者などもつき従い、その華美な姿を見物する者たちで、沿道はにぎわいをきわめた。

通詞たちは翻訳につとめ、正月二日の午後にようやく終了して商館長メイランに渡した。メイランは、翌三日にその個条書きにしたがってシーボルトを訊問し、回答をまとめた。通詞たちはそれを和訳し、一月五日に奉行所へ提出した。

この訊問書は、シーボルトと高橋作左衛門との間に交された多くの書簡に対する詮議で、授受した地図その他の品々をだれから受けとり、だれに頼んで送りとどけたか、その日時等、詳細な点についてふれたものであった。

それに対するシーボルトの回答の内容は曖昧《あいまい》で、殊《こと》に人名については忘れてしまったと確答を避けた。

奉行所の追及は、さらにきびしさを増し、一月五日には、またもシーボルト宅の捜索がおこなわれ、つづいて十一日、十四日にも反復され、地図二枚をふくむ三十枚の絵等が発見された。またシーボルトが画工デ・フィレニュフェに託しておいた絵等も押収された。

一月七日、シーボルトから長崎奉行本多佐渡守に嘆願書が差し出された。かれは、その中で、自分には学問研究の気持がある以外に少しのやましい野心もないことを力説し、この度の事件は自分の不注意によるもので他の者には罪がなく、かれらを御放免いただきたいと懇願していた。さらに、自分には祖国に母が一人で帰りを待っているが、幕府の疑いをとくためにも日本に帰化し、日本のために一生涯《いっしょうがい》働きたいとも述べていた。

この嘆願書は通詞石橋助十郎、中山作三郎が和訳して奉行所に提出されたが、素気なく却下された。

コルネリウス・ハウトマン号は、一月十日に出帆することが許可され、荷物の積みこみもすすめられていた。それと同時に、出島の警備とシーボルトに対する監視もきびしくなった。シーボルトがオランダ船にしのびこんで帰国をくわだてることが予想されたし、御禁制品を船にのせることも危惧《きぐ》された。そのため、奉行所では出島をかこむ海上とオランダ船の周囲に、昼夜の別なく多くの御用船を配して監視にあたらせた。

正月九日、年行司から寄合町乙名《おとな》（町役人）芦刈高之進に対し、御用の儀があるから御用場に参るようにという呼出しがあった。

高之進がただちに出頭すると、目安方矢野平太夫から、

「明十日五ツ半（午前九時）時、寄合町引田屋卯太郎抱遊女其扇を召し連れて出頭せよ」

と、命じられた。

芦刈は、ただちに出島係の乙名に連絡、その旨《むね》を其扇につたえた。

翌十日早朝、コルネリウス・ハウトマン号は、小舟の群にひかれて港口にむかった。船には、画工デ・フィレニュフェが乗っていた。かれは商館長メイランからバタビヤにある蘭領東印度《インド》総督宛《あて》の御禁制品事件の発生をしるした書簡をたずさえていた。オランダ船は、警固の船にかこまれて港外に出て行った。

その日、其扇は、芦刈高之進にともなわれて五ツ半に奉行所へ出頭した。

彼女は、お白洲《しらす》で役人の訊問をうけた。内容は、シーボルトが高橋作左衛門との間で書簡を交した事実を知っているか否《いな》かということと、シーボルトと同棲《どうせい》している間に見聞したことなどであった。其扇は寒気と恐怖に体をふるわせ、役人の質問にふるえをおびた声で答えていた。

その日、お白洲にはシーボルトをはじめ通詞の吉雄忠次郎、堀儀左衛門、稲部市五郎、絵師川原登与助も呼出された。忠次郎ら通詞は入牢してから半月以上たち、登与助もほとんど同じであった。

かれらの姿は、悲惨であった。火の気のない牢内は寒く、皮膚は鳥肌《とりはだ》立っている。粗末な食物に体も痩《や》せ、髪には虱《しらみ》が湧《わ》いている。むろん入浴もできぬかれらの体は、垢《あか》にまみれていた。それに、激しい拷問で内出血した耳が赤黒くふくれ、体に多くの傷もできていた。大通詞馬場為八郎は、その日訊問が予定されていたが、六十歳の高齢で病いにおかされお白洲に出ることはできなかった。三人の通詞と登与助は、憔悴《しょうすい》しきった表情で訊問に答え、再び牢に送りこまれた。

それにつづいて、オランダ商館に雇われている阿蘭陀人部屋附の源之助と出島出入日雇いの弁五郎が、お白洲に引き据えられた。二人は、シーボルトが江戸に旅した折に身の廻りの世話をした者たちで、地図や書簡の送附等に関係したか否かが問われた。

シーボルトに対する訊問は、一月五日に奉行所に差出された訊問個条書に対する回答書についてであった。その回答書では、関係した人物の名をすべて忘れたと書きとめられていたので、それについての追及がおこなわれた。

しかし、シーボルトは「誰デアッタカ忘レマシタ」という言葉を繰返すだけであった。

一月十五日、奉行所から多くの捕吏が役人の指示で町々に放たれた。

まず、東築町《ひがしつきまち》にむかった捕吏は、町預けになっていた高良斎を捕縛し、役所に引立てて牢に投じた。さらにシーボルトの江戸への旅に同行した阿蘭陀人部屋附藤七、茂三郎、出島出入日雇熊吉の三名もそれぞれ縛されて投獄された。

その日は上元の日という祝日で小豆粥《あずきがゆ》を食べるならわしになっていたが、長崎の町の人々は、事件に連坐《れんざ》した者の逮捕に驚き、沿道にむらがって検束されてゆく者を見つめていた。また出島に出入りしていた町の者たちの中には、自分も捕縛されぬかとおそれ、ひそかに姿をくらます者もいた。

その日、番所から寄合町乙名と組頭宛に左のような書面が渡された。

寄合町
引田屋卯太郎抱遊女
其扇
右之者明十六日五ツ時無二遅滞一召連可二罷出《まかりいずべき》一もの也《なり》
正月十五日
番所　印
寄合町
乙名
組頭

この書面にしたがって、其扇は翌十六日五ツ（午前八時）、乙名と組頭に連れられて出島のシーボルトの居宅から奉行所に赴いた。そして、お白洲に引き据えられ、再度のきびしい訊問をうけた。奉行所ではシーボルトが人物関係について答えることを避けていたので、同居していた其扇から事情をきき出そうとしたのである。

しかし、其扇はほとんどシーボルトの書斎に入ることもなく地図や高橋作左衛門との間に交した書簡類についても知らず、交際人物についての知識もなかった。むろん其扇はオランダ語を知らず、シーボルトから江戸へ旅した折のことなどをきくこともなかった。ただ、シーボルトの居宅に出入りした人物の名を役人につたえた。

訊問が終り、其扇は乙名、組頭に連れられ、さらに奉行所役人村井吉作と同行して出島にもどり、重ねて役人詰所で村井から訊問をうけた。

その日、シーボルト、吉雄忠次郎、堀儀左衛門、稲部市五郎、源之助、弁五郎、川原登与助などもお白洲で訊問を受けた。それはきわめてきびしいもので、役人の口からしばしば鋭い声がかれらに浴びせかけられた。殊にシーボルトについては、接触した人物の名を明かすようにと追及されたが、シーボルトは「忘レタ」という答弁をくりかえし、

「思イ出スタメ十分ニ考エテミマスカラ、今シバラク御猶予《ゴユウヨ》ヲイタダキタイ」

と、答えたにすぎなかった。

奉行所では、シーボルトの態度に苛立《いらだ》ち、その日から出島の警戒を一層強めた。役人に、昼夜絶え間なく島内を見廻るよう命じ、小通詞末席一人、小使二人が増員された。さらに、シーボルトがひそかに船をうばって御禁制品を積みこみ、国外へ脱出するおそれもあると推測し、二日後の十八日には出島の周辺に番船を配置して監視させ、数日後には門衛の人数を二倍にし、物々しい警戒陣をしいた。

そうした中で、一月二十日にはまたも乙名から命じられて其扇が奉行所に出頭し、訊問をうけた。彼女は、おびえた表情でお白洲に坐っていたが、その答は素直で、役人から好感をいだかれた。

一月二十五日、町の中を西国巡礼に赴く者が出立《しゅったつ》し、親戚《しんせき》や知人の者たちが見送った。かれらは、長崎の出口のある蛍《ほたる》茶屋の茶屋で酒宴をひらき、旅の無事を祈った。

その日、町預りになっていた鳴滝塾の二宮敬作が、上筑後町の自宅で捕えられ投獄された。さらに、二十八日には吉雄権之助も取調べをうけ同道人預けになり、翌日にはまたもシーボルトの居宅の捜索がおこなわれた。事件に関係した者は、長崎だけでも入牢十二名、町預け、同道人預け十二名の多きに達した。

其扇も出島の外に出ることを禁じられ、シーボルトの居宅にひきこもっていた。むろんシーボルトも、家の外へ出ることさえ許されなかった。

二人の心を慰めてくれたのは、お稲の存在であった。お稲は、あどけない口調で二人に話しかける。言葉もかなりおぼえ、それを口にして其扇をほほえませた。疲れたことを「キツカ」、小さいを「チーカ」、手を「テッテ」、温いを「ヌッカ」、眠いを「ネブタカ」などと言う。

片足をあげてはね歩く遊びをギシギシというが、お稲は、

ギシギシャ

ドコマデ

稲佐ノ先マデ

と、歌ってはね歩いたりした。

お稲は、

「オトシャマ」

と澄んだ声で言っては、シーボルトに手をのばし抱いて欲しいという仕種《しぐさ》をする。シーボルトの大きな腕の中に抱かれるのが快いらしく、頭をその胸に伏せる。そして、シーボルトの顔の所々を指でふれては、「フー（頰《ほお》）」「クチ（口）」「メーゲ（眉毛《まゆげ》）」などと言ったりした。

シーボルトは、お稲が可愛《かわい》らしくてならず、眠ってしまうまで抱いていた。涙ぐんで、その小さな顔を見つめていることもあった。

其扇は、そのようなシーボルトが好きであった。彼女は、事件の詮議《せんぎ》がはじめられてから、落胆した表情をしているシーボルトにいとしさに似たものも感じはじめていた。そして、自らも奉行所のお白洲で何度も吟味をうけるようになってからは、シーボルトと二人で身を寄せ合っているような感情もいだくようになっていた。

彼女は、すすんでシーボルトに抱きつき、接吻を求める。夜には自ら寝衣をひらいて、シーボルトの手を導き入れることも多くなった。

「ダンナンサマ」

という其扇のシーボルトを呼ぶ言葉には、それまでみられなかった濃艶《のうえん》なひびきがこめられるようになっていた。

江戸には、長崎でシーボルト宅から没収した品々が、長崎奉行の調査報告とともに続々と到着、吟味は急速に進んでいた。

将軍家拝領の葵紋《あおいもん》のついた衣服をシーボルトに贈った眼科医土生玄碩《はぶげんせき》も、十二月十六日に閉門を仰《おお》せ付けられ、百日間謹慎の身として座敷牢に押しこめられた。かれは、将軍家侍医であり法眼《ほうげん》という高位にあった。さらに、百日後、玄碩は、伝馬町《てんまちょう》の牢に投じられ、処罰を待った。その子、玄昌も、きびしい吟味をうけていた。

事件の中心人物である天文方兼御書物奉行高橋作左衛門に対する追及は、峻厳《しゅんげん》をきわめた。かれは、十月十日に捕縛されて以来牢内ですごし、長男小太郎も十月二十三日に投獄されていた。

冬期の牢屋はきびしい寒気にさらされ、さらに拷問《ごうもん》の苦痛も加わって、作左衛門と小太郎は肉体的にも精神的にも衰弱しきっていた。作左衛門は、シーボルトに渡した地図その他の品々に関することをすべて陳述し、その贈与が国禁をおかす大罪になることも承知していたと述べた。それらは克明に記録され、シーボルトの取調べに当っている長崎奉行への下知の材料になった。

作左衛門の私生活についての追及もおこなわれ、女性関係の乱れが指摘された。際立《きわだ》ったものとしては、作左衛門と同じ日に捕縛、投獄された部下の暦作測量御用手伝の下河辺《しもこうべ》林右衛門の娘との関係であった。作左衛門には妻があったが、林右衛門の娘を妾《めかけ》のようにかこい、それは半ば公然としたものになっていた。林右衛門も二人の関係を承知していて、あたかもその代償のようにわずか十三歳の息子の庫吉《くらきち》を、読み書き算《そろ》盤《ばん》が巧みであるという理由で、天文台の見習として勤務させて欲しいと作左衛門に頼みこんだ。作左衛門は林右衛門の依頼をうけいれ、庫吉の年齢を十六歳と偽って申告し見習に採用した。

これらのことがすべて露顕し、さらに出入りの者の妻とも肉体交渉をもっていることなどもあきらかにされて、作左衛門は「身持よろしからず」と上層部に報告された。

そうした私生活に関する話は、江戸の市民の興味をひき、大きな話題になった。

また、かれらの間に、事件が発覚した原因についての説も流れた。江戸市中には、さまざまな憶測がつたえられていた。間宮林蔵が密訴したという説もあったし、シーボルトに物品を贈った者がその代償の少いことに立腹して、幕府に密告したという話も流れた。

そうした噂《うわさ》を打消すように、伴伝右衛門という男が密告したという説も流れた。伝右衛門は、上野の寺院の鐘つきであったが、伴家の養子に入って高橋作左衛門の手附になった。その後、作左衛門の乞《こ》いで寺院の院主から金を借りてやったが、作左衛門は返済せず、伝右衛門は院主に深い恩があるので天文台をやめて強硬に催促した。しかし、作左衛門は少しもそれに応ずる様子をみせず、苛立った伝右衛門は作左衛門がシーボルトへ地図を贈ったことを密告したというのだ。

それらの噂が乱れとんでいる中で、年もあらたまり文政十二年正月を迎えたが、牢内にいる作左衛門と長男の小太郎に一つの悲報がもたらされた。小太郎は妻を病気で失った後、後妻をもらい、前年に辰太郎という男児を得ていた。作左衛門にとっては初孫で、可愛がっていたが、正月十六日に病死したという。病名は疱瘡《ほうそう》(天然痘《てんねんとう》)で、作左衛門と小太郎の悲しみは大きく、半病人のようになってしまった。

しかし、詮議は少しもゆるむことなく、二人はきびしい吟味にあえいだ。霜柱の立つ早朝に呼び出されることもあれば、食事もあたえられず深夜まで取調べをうけることもあった。

取調べは、長崎奉行から報告がある度に新たな展開をみせた。長崎で捕えられている通詞の吉雄忠次郎は、作左衛門からシーボルトに日本地図その他を贈るまでの経過を詳細に自供していたので、それが事実であるかどうかを作左衛門にたずねる。両者の陳述内容に食いちがいがあると、いずれが正しいかをあきらかにするための取調べが執拗《しつよう》に繰返された。

幕府は、シーボルトから曖昧《あいまい》な供述しか得られないという長崎奉行の報告に苛立っていた。禁制品をひそかに入手し、それが露顕しても回答を避けようとするシーボルトの態度は、日本国を軽侮する不遜《ふそん》なものと解された。

幕府は、隠密《おんみつ》を放ってシーボルトの日本国内での行動を探らせた。その結果、シーボルトの国籍についての疑問も湧《わ》いてきた。シーボルトが入国時、船内で乗船者の調査に立会ったオランダ通詞たちは、シーボルトの話すオランダ語の発音が拙《つたな》いことをいぶかしんで詰問したが、シーボルトはオランダの山間部出身なので訛《なまり》が強いのだと弁明し、その場はおさまった。が、その後もシーボルトがオランダ人ではないと主張する通詞は多く、そうした報告が隠密からもたらされて、幕府内にはシーボルトが蝦夷、樺太の地図を強く所望し入手したことから考えてロシヤの密偵《みってい》ではないかという疑いもいだくようになった。

また、隠密は、シーボルトが江戸参府の旅の途中で門人の二宮敬作らに富士山の高さ等を測量させたという事実もつかみ、他の地域でも、しきりに地形を同行の川原慶賀に描かせたという報告ももたらしてきた。

幕府は、それらの情報に一層態度を硬化させ、長崎奉行に対してシーボルトとその関係者のきびしい取調べを命じた。

長崎奉行所では、シーボルトの国籍問題について、商館長メイランの出頭を求め、訊《じん》問《もん》した。

メイランは、確答を避け商館長の責任として調査することを約した。かれは、シーボルトが国法をおかしたことに困惑していた。むろんその行動は、オランダ政府の命令にもとづくもので、メイランもシーボルトの資料蒐《しゅうしゅう》集に協力してきたのだが、メイランは、長崎に来て以来、シーボルトの動きに次第に批判的にもなってきていた。

シーボルトは、役人をはじめ多くの日本人の好意になれて大胆な動きをみせるようになっていた。シーボルトの居宅はあたかも日本関係の資料庫に化し、通詞の吉雄忠次郎をはじめ鳴滝塾の岡研介、高野長英らが出入りしてその整理に協力した。それらの資料の中には、異国人が入手してはならぬ地図、刀剣類、兵術関係図書等が多量にふくまれている。国法をおかしながらも、さらに貪欲《どんよく》に資料蒐集をつづけるシーボルトに危惧《きぐ》を感じていたのだ。

メイランは、シーボルトが幕府の追及をうけるようになったことも当然のことのように思った。発覚は時間の問題であり、幕府の役人も冷静にシーボルトの動きを見つめていたことを知った。

かれは、シーボルトがのがれられぬ身であることに気づいていた。逮捕された日本人関係者の供述によって、シーボルトが大規模な資料蒐集をおこなっていた事実を確実につかむにちがいないと思った。かれは、シーボルトが日本の国法をおかしたことによって、幕府がオランダ政府に対して悪感情をいだくことを恐れた。

シーボルトが来日した直後、前商館長スチュルレルは、オランダ政府を代表する蘭領東印度総督カペルレンの意向を長崎奉行につたえる書面を提出していた。それには、シーボルトがオランダでも著名な秀《すぐ》れた医師であること、多くの病人を治療し、また日本人医師に西洋医学を教える意志もあることなどをつたえ、シーボルトを優遇して欲しいと要請している。

このような一書を提出していることから考えても、シーボルトの調査研究もオランダ政府の命令にもとづくものと解される可能性もあった。オランダにとって、対日貿易はかけがえのない恵みをあたえてくれるものであった。オランダ一国のみに許されている貿易の権利を今後もかたく保持してゆくことが基本政策で、その障害になるようなことは排除する必要があった。

メイランは、シーボルトの国籍をあきらかにする方が得策かも知れぬ、と思った。が、シーボルトがドイツ人であることを知っていながら日本に派遣したオランダ政府の責任を問われることも好ましくないので、オランダに移住したドイツ人とすべきだ、と考えた。

かれは、シーボルトの諒解《りようかい》も得て奉行所にシーボルトがオランダに住むドイツ人であることをつたえた。長崎奉行所では、ただちに江戸にその旨《むね》を報告した。

幕府は、それらの情報を綜合《そうごう》し、江戸在住者への取調べをすすめ、殊《こと》に事件の中心人物である高橋作左衛門に対して容赦ない態度で吟味を反復した。日本地図をシーボルトに贈る折に取次いだオランダ小通詞猪俣源三郎も捕えられていたので、作左衛門には言いのがれるすべはなかった。

かれには、すでに天文方兼御書物奉行の姿はなかった。垢《あか》にまみれた衣服をまとった体は痩《や》せこけ、虱《しらみ》が湧いていて、絶えず体をかく。白洲《しらす》に出されると寒気と恐怖に身をふるわせ、おびえたような眼《め》をして訊問にこたえる。声は弱々しく、時には涙を流すこともあった。それは、一般の囚人と同じ哀れな姿であった。

二月に入ると、かれは病人同然になった。裕福な暮しをしてきたかれには、牢内の生活が殊のほかこたえたのである。捕えられている息子の小太郎も、体の衰弱が甚《はなは》だしかった。

評定所では、二人の扱いについて検討した。重病の囚人は、浅草と品川におかれた溜《ため》に送られる。そこは囚人の療養所とも言うべき機関で、町医が診察し治療してくれる仕組みになっていた。しかし、診察はただ脈をみるだけの簡単なもので、安価な薬をあたえてくれるにすぎない。そのため重病人が恢復《かいふく》することは稀《まれ》で、ほとんどが死亡した。

作左衛門、小太郎は吟味中の身なので、その死は望ましくなく、判決を下すまで生かしておく必要があった。

評定所では、協議の末、作左衛門は牢から出すことはできないが、小太郎を出獄させることに決定した。小太郎は、作左衛門の長男であるという理由で捕えられていて、むろん作左衛門よりも罪は軽いので、小太郎を牢から出しても不当ではないと判断したのである。

その決定にもとづいて、小太郎は、牢からはこび出され、天文方の渋川助左衛門、伊藤権助預けとして治療をうけることになった。

作左衛門は、息子の出牢を喜んでいた。かれの衰弱は増し、牢内で身を横たえていることが多くなっていた。

二月十三日、作左衛門、小太郎の吟味がおこなわれる予定になっていたが、小太郎は加療中の身であり、また作左衛門も歩行はおろか坐《すわ》ることさえもできなくなっていて口をわずかに動かすが声も出ず、やむを得ずその日の吟味は取りやめになった。

作左衛門は四十五歳であったが、四ヵ月にわたる牢内の生活ときびしい訊問で老人のように変貌《へんぼう》していた。深くくぼんだ眼は光をうしない、白毛のまじった髭《ひげ》におおわれた青白い顔には皺《しわ》がきざまれていた。

作左衛門の容体が、急に悪化した。食物も咽喉《のど》を通らなくなり、肩をうごかして息をするだけになった。

二月十六日朝六ツ（午前六時）、見廻《みまわ》りの牢役人は、牢内で身を横たえている作左衛門を眼にし、声をかけたが返事がなかった。体にふれてみた役人は、作左衛門が息絶えているのを知った。作左衛門は、うっすらと口をあけていた。

二月十八日、御目附本目帯刀らが高橋作左衛門の死骸《しがい》を検分した。死骸の処置については、すぐに結論が出た。かれはまだ吟味中で、罪が死罪か磔《はりつけ》か予測もつかぬので、その死骸を裁決が出るまで保存しておくべきだということになった。保存方法としては、塩《しお》漬けにするのが通例で、翌十九日に処置することになった。しかし、一部の者から砂糖漬けにすべきだという強い意見が出された。砂糖は、主としてオランダ船で輸入されている貴重品で、調味料以外に薬品としても尊ばれている。砂糖漬けを主張する者たちは、その理由を「作左衛門が天文道の者なれば……」としていた。天文方は、地図、暦の作成等を司《つかさど》る役職で、外来の学問を基本にしている。作左衛門も異国語を学び西欧の科学の研鑽《けんさん》につとめ、それがシーボルトと交りを結ぶことにもつながった。つまり作左衛門は、異国に対する関心が強い職務につく人物であるので、舶来品である砂糖で死骸を漬ける方が、いかにもかれの死骸保存法としてふさわしいというのだ。

これに対して、砂糖は貴重品でそのような物を使う必要はないと反対する者もいて、意見はまとまらず、老中松平和泉守《いずみのかみ》の指示を乞うことになった。和泉守は、砂糖漬けの方法も一理あるが、通例にしたがって塩漬けにするよう命じた。

作左衛門の死骸の塩漬けは、車善七の支配する浅草の溜《ため》でおこなわれた。

まず作左衛門の体をもちあげ、坐る姿勢をとらせて尻穴《しりあな》に竹筒が強引にさしこまれた。そして、竹筒の中に塩を入れ、棒で体内に突き入れる。作業をする者たちは手なれていて、およそ一斗（約一八リットル）近くの塩が詰めこまれた。ついで、体を仰向《あおむ》けにさせて口を大きくひらかせると、そこにも竹筒をさしこみ多量の塩をつめこんだ。

作業が終ると、重くなった死骸を大きなかめに入れた。底には塩が敷かれていて、死骸のまわりにも塩をすき間なくつめ、さらに頭も塩でおおった。死骸は塩の中に完全に没した。費やした塩の量は、八斗にも達した。

かめには厚い板でふたをし、その上に石を重しとしてのせ、かめの下部をしめつけている丸太に綱をつけてふたに連結させた。それによって、ふたは綱でしばりつけられ開けることはできなくなった。

また、かめの底には小穴をあけて水分を落す工夫もこらしてあった。かめの側面には、「高橋作左衛門死骸」という木札がつけられ、小屋の中に保管された。小屋は屋根が杉皮葺《ぶ》きで、両側と後側の壁は葭簀《よしず》張りになっていて前面は二枚の板戸でおおわれている。傍《かたわら》には番人が昼夜の別なく詰めていた。

作左衛門の死骸は車善七預けの形として厳重な監視のもとに置かれ、定期的に死骸改めがおこなわれた。

役人が、戸をあけて小屋の内部に入る。車善七の配下の者がかめの綱をとき、重石をのぞきふたをとる。顔の上には三寸（約九センチ）ほどの塩がつまっていて、それを払って死骸を調べるのだが、頭髪は黒く皮膚も薄黒くなっている。大きくひらいた口や耳、鼻の孔《あな》にも塩がつめこまれ、塩は十分に体にしみ入っていて腐敗の気配はみられなかった。

かめの底の小さな穴からは、水分がしたたり落ちて土に吸われていた。塩が少量ずつ減って、時には作左衛門の頭部がわずかに塩の中からあらわれていることもあった。役人は、死骸改めの度に番人に命じて塩を加えさせていた。

作左衛門が獄死してから一ヵ月ほどたった三月二十一日に、江戸で大火があった。

その日四ツ（午前十時）すぎ、神田佐久間町伏見屋材木河岸《ざいもくがし》の材木小屋から出火、火は西北の強風にあおられ、武家、町家にひろがった。東は両国橋際浜町《ぎわ》から永代橋《えいたいばし》まで、西は数寄屋橋《すきやばし》、南は新橋、汐留《しおどめ》までそれぞれ火がのび、本町、石町、大伝馬町、小伝馬町、馬喰町《ばくろちょう》、横山町、堺町、小網町、八丁堀、霊巌島《れいがんじま》、鉄砲洲《てっぽうず》、佃島《つくだじま》、木挽町《こびきちょう》、京橋、新橋等三百六十の町々を焼きはらい、翌朝になってようやく鎮火した。

小伝馬町の牢にいた囚人たちは、出火後、縄《なわ》をかけて牢から出され、病気の囚人は畚《もっこ》に乗せられてそれぞれ牢庭に集められた。

そのうちに火が迫ったので、切放しがおこなわれた。軽罪の者たちの縄をといて自由に逃げさせ、三日後までに指定された場所にもどることを命じるのだ。指定の場所は、奉行所か本所回向院《えこういん》に定められていたが、その夜の風向きを勘案し回向院に決定した。

それらの囚人の中に、シーボルトへ葵の紋服を贈ったかどで投獄されていた土生玄碩もいた。かれは、国事犯であったので切放しは許されず、重罪人とともに縄をかけられ、役人の監視をうけて回向院に護送された。

かれは、六十二歳の老齢とは思えぬほど肉体的に若々しかったが、さすがに牢内の生活はかれに大きな影響をあたえ、深い皺がきざまれていた。かれは、夜空に飛び交う火の粉を不安そうにながめていた。

その夜、玄碩は、町奉行筒井伊賀守の役宅に移され、拘禁された。翌朝、鎮火したので、さらに品川の溜に護送された。

その頃《ころ》、長崎では、シーボルトに対する追及が最高潮に達していた。

シーボルトは、依然として曖昧《あいまい》な回答しかしていなかった。「じっくりと考えてから申し上げます」などと言って時間かせぎをしながらも、「長崎で交際した通詞は数が多いので、思い出すことはできません」と言い、「江戸へ旅した折には、付添ってきた人の数が多く、それにかなり月日がたっているので記憶をよびもどすことは不可能です」と言ったりして、多くを語ろうとしない。

また、「いたずらに人の名を口にして、その人に難がふりかかっては気の毒だ」と言ったり、「旅の間に入手した物は見知らぬ商人から買い求めたもので、その商人の名も顔も思い出せません」などとも言ったりしていた。

役人は困惑し、

「はっきりと言わぬので、罪もない者まで入牢させられ厳しい吟味をうけている。その者たちのためにも素直に答えよ」

と、さとしたが、シーボルトは、

「知らぬことを申し述べることはできません」

と、頑固《がんこ》に拒否の姿勢をとっていた。

奉行所では苛立《いらだ》ち、オランダ商館長メイランに対し左のような申渡書をわたした。

……数多《あまた》の名前に迷ひ思ひ出し兼ねるとするも、江戸参府当時シーボルト附のものは、格別多人数にも無レ之《これなし》。年月を経《へ》候《そうろう》事故《ゆえ》、取次候もの共、悉《ことごと》くは相覚不レ申《おぼえもうさず》とも、多少は是非覚可レ有レ之《これあるべく》候を、残らず不レ覚との申立《もうしたて》は、決而《けっして》難二取用一。シーボルト有体《ありてい》不二申立一上は、多人数之難儀に相成るべく、此上者《このうえは》於二牢屋鋪《やしき》一不レ残厳しく相尋可レ申。仕儀に寄り、苦痛いたし、其場《そのば》にて死に及び候もの可レ有レ之も難レ計《はかり》。四五人不埒《ふらち》を厭《いと》ひ、大勢のもの入牢いたし、難儀に及び命にも拘《かかわ》り候儀は、則《すなわち》人倫の道に背《そむ》き、軽からざる儀に可レ有レ之。

右の趣　得《とく》と思慮いたし、シーボルト江説得可レ致候。

このような申渡しに対して、メイランはシーボルトを呼びつけて説得したが、答は同じであった。メイランは書面で奉行所に申渡しに対する回答をしたが、その中でシーボルトの態度は誠《まこと》に遺憾であると述べ、陳謝の意を表した。

その後、シーボルトはしばしば奉行所に呼び出されて訊問を受けたが態度に変化はなく、投獄された者への寛大な処置を嘆願するだけであった。シーボルトの耳にも、高橋作左衛門が牢死《ろうし》したという報《しら》せは伝わっていた。かれは、その悲報を嘆き、黒衣を身につけて弔意を表した。

五月二十三日には、吉雄権之助が重病にかかり、親類預けになった。事件に関係した者たちの肉体的な衰弱は、甚しかった。

梅雨が過ぎ、暑い夏がやってきた。夏の牢内は、冬期とは別の意味で地獄であった。風通しが悪いので暑熱がよどみ、排泄物《はいせつぶつ》の臭気がたちこめる。汚れた体からも悪臭が放たれ、皮膚病がひろがった。

六月二十三日、鳴滝塾の高良斎、二宮敬作が、取調べも一応終ったという理由で牢から出され、町預けになった。その翌朝、シーボルトから江戸へ旅した折に入手した品に関する陳述書が、奉行所に差し出された。

七月中旬、盆祭がおこなわれ、長崎の町は灯《ひ》の海に化した。港内には精霊船《しょうりょうぶね》が流され、海面に灯がみちた。

長崎は華やかな光につつまれたが、出島はひっそりとして灯も少かった。

相変らず島への出入りは厳重をきわめていたが、その月の十六日に小事件が起った。その日、長崎に出ることを許可された薬剤師ビュルゲルが帰ってきて出島に入る時、きびしい探りに反抗的態度をとり、探番を罵《ののし》ったのである。

番所ではただちに奉行所へ報告し、奉行所はメイランに対し今回は罰しないが今後このようなことをせぬようビュルゲルに厳しく申し渡すことを命じた。ビュルゲルをはじめ商館員たちの心理的圧迫感も強く、苛立ちも大きくなっていたのだ。

七月十九日早朝、野母崎《のもざき》の遠見番所の番人は、西方の水平線に帆船を発見、ただちに狼煙《のろし》をあげた。その船には、オランダ国旗と日本通商という文字の記された幟《のぼり》がかかげられていて、オランダ船と推定された。

長崎奉行所では、ただちに各方面に通達を発し、長崎港を中心に厳重な警戒態勢をしいた。

翌七月二十日、二隻《せき》のオランダ船が、前後して長崎港に姿をあらわし、多くの小舟に曳《ひ》かれて入港してきた。船から放たれた号砲が周囲の丘にとどろき、船は出島の近くに碇《いかり》を投げた。

その年の正月十日、コルネリウス・ハウトマン号が帰帆していったが、その船に乗ってバタビヤにもどっていった画工デ・フィレニュフェらの口から、シーボルトが帰国を禁止されてきびしい取調べを受けていることがつたえられたはずであった。オランダ政府がそれをどのように受けとめたかは重大関心事で、奉行所では、二隻のオランダ船の入港について厳重警戒を指示していた。

そうした中で、船内改めにオランダ船へ赴いた役人から意外な報告がもたらされた。船内に若い女のオランダ人が乗っているというのだ。

船には、その年の正月に帰帆していった画工デ・フィレニュフェの姿もみえたが、女は、かれが二ヵ月前にバタビヤで結婚したばかりの十九歳のミミイ（Mimi）だという。デ・フィレニュフェは、新妻のミミイと出島で暮すことを強く希望し、許可して欲しいと申し立てているという。

鎖国政策下の日本では、女の異国人の渡来をかたく禁じている。十二年前の文化十四年、新任の商館長ブロムホフが妻テッタ、子ヨハンネス、ペレトセネルラその他二人の雇い女を伴って日本にやってきて、入国を強く希望したが、国法を曲げることはできぬという奉行所の判断で全員送り還《かえ》されている。

そうした前例があるのに、デ・フィレニュフェが新妻を同伴してもどってきたことは、シーボルト事件の追及をすすめている幕府に対して、オランダ政府が女性を送りこむことによって鎖国政策に挑戦《ちょうせん》しようとしているのではないかとも想像された。

デ・フィレニュフェの依頼をうけた商館長メイランから、ミミイを出島に滞在させて欲しいという請願書が奉行所に提出された。

それに対する奉行所の回答は明快で、国法にもとづき、ミミイの滞在は言うまでもなく出島への上陸も禁ずる旨《むね》が申し渡された。つまり、ミミイはオランダ船から一歩もはなれることは許さぬというのである。

デ・フィレニュフェもミミイも嘆いたが、国法にさからうことはできず、デ・フィレニュフェは出島に、ミミイは船内で生活することを余儀なくされた。しかもミミイは、秋に帰帆するオランダ船で退去しなければならなくなった。

変則的な生活が、二人の間ではじまった。デ・フィレニュフェは、夕方になると役人の許可を得て、小舟で出島をはなれオランダ船に赴く。そして、夜をミミイと船内ですごし、朝になると小舟で出島へもどる。そうした往来が毎日つづけられた。

ミミイの渡来は、長崎での大きな話題になった。オランダ船でやってくるのは男ばかりで、十二年前にブロムホフが妻子その他を連れてきて以来、女性は一度も渡ってこない。

ブロムホフが伴ってきた妻たちは、当時の長崎の人々には大いに珍しがられ、絵師たちによって多くの絵が描かれた。ブロムホフの妻がピアノをひく図等が評判になり、長崎土産として売られたりした。ブロムホフと妻が互に肩に手をかけて散策する姿も興味をひいたらしく、寛政天保日記に、「かひたん妻は、絵図に有レ之通《とおり》、琴（ピアノ）抔《など》たんじ、夫婦とも手をかたにかけ、至而《いたつて》むつまじき国風也《くにぶりなり》」とある。また乳母のペレトセネルラは二十三歳の若さで、その美しさが評判になった。寛政天保日記にも「乳母は至而ヨカヤツ（美しい女）也」と記されている。

　結局、それらの女たちはオランダ船で送還されたが、久しぶりに渡来したミミイの存在は、ブロムホフの妻たちが渡来した時と同じような興奮を人々にあたえた。殊《こと》にシーボルトの国禁違反事件で暗い空気がひろがっていた時だけに、ミミイの渡来は長崎の人々に明るい話題を提供した。しかも、朝夕みられるデ・フィレニュフェとミミイの交流は、一つのドラマでもあり、人々の興味をつのらせた。

　夕方近くなると、ミミイは、船の端に出て出島方向を見つめている。やがて、デ・フィレニュフェが姿をあらわすと、身を乗り出し小舟でやってくる夫を喜んで迎え入れる。また朝になると、出島にもどってゆくデ・フィレニュフェを船上で悲しげに見送り、出島の中にかれの姿が没するまで立ちつづけていた。

　そうした情景は、長崎の人々の心を動かし、いつの間にか朝夕遊参舟がその附近に出て、デ・フィレニュフェとミミイを間近で見ようとする者が多くなった。さらに、昼間も船上の椅子《いす》に坐《すわ》っているミミイを見物する舟がふえ、常にオランダ船の周囲には遊参舟がむらがるようになった。「甲子夜話《かっしやわ》続篇・巻三十四」などにも、「今年入津《にゅうしん》（港）の蘭船に乗渡りし婦人は珍しき事なり迚《とて》、入津の日より見物の船往来絶えず」などとある。人々の関心は日増しにつのり、珍しい異国の女を見物しようと遠くからやってくる者もいる。

ミミイに対する関心は、物見遊山《ゆさん》と同じようになった。いつの間にか、かれらの間に「紅毛女見物」という言葉が流行し、しきりに舟を仕立ててオランダ船に近づいてミミイを見物する。そのうちに舟に酒肴《しゅこう》をのせ、酌婦《しゃくふ》も連れて舟を出す者も多くなった。それらの舟には鳴物も用意されていて、舟の上で酒宴がひらかれると太鼓が打たれ三味線がひかれ、踊りが披露《ひろう》される。

さらに拳《けん》の遊戯もはじまって、にぎわいは最高潮に達する。遊参舟の数は激増し、オランダ船の近くで連日鳴物が鳴り、人々の笑声が絶えなかった。そして、ミミイが船上に姿をあらわすと、人々は手をたたいてはしゃぎ、彼女の姿を見つめる。ミミイの方も、遊参舟のにぎわいが珍しいらしく、興味深そうに舟の群をながめていた。

ミミイは皮膚が白く、鼻が高かった。その容貌《ようぼう》について「甲子夜話続篇・巻三十四」には、「蘭（オランダ）にては最も美人のよし称すれども、吾国《わがくに》の眼《め》には悦《よろこ》ばざる容貌なり」と、記されている。つまり、西欧人として美人のミミイも、日本人好みではなかったのだろう。

著名な歌人であった長崎の青木丹波守永章《ながあき》は、ミミイについて「詠紅毛女歌」という歌を作り、また、波戸場役諸熊《もろくま》作太夫の子である画家の諸熊八郎もミミイをスケッチし、版画として市販した。それに附随して、デ・フィレニュフェとミミイを擬したと思われる異国の男女が愛し合う極彩色の危な絵なども多く描かれ、売られた。

そうした騒ぎを、其扇は物悲しい思いでながめていた。デ・フィレニュフェは、文政八年に長崎に来てからその年の正月まで寄合町油屋りう抱の遊女青柳と深い間柄《あいだがら》にあった。その間に青柳は、死産ではあったがかれの子も産んだ。そのような仲なのにデ・フィレニュフェは、ジャワに去るとすぐに結婚し妻をともなって長崎にもどってきた。デ・フィレニュフェにとって青柳は異国の遊女にすぎず、むろん結婚の対象にもならないのだろうが、かれの行為が余りにも青柳を軽視したものに思え、其扇は不快だった。

七月二十九日、シーボルトは奉行所からの訊問《じんもん》に対する答弁書を提出した。それは、主として土生玄碩から贈られた葵紋附小袖《あおいもんつきこそで》に関するものであった。

その頃、商館長メイランは、オランダ船でもたらされた蘭領東印度副総督の命令にもとづいて、長崎奉行に提出する願書の作成につとめていた。

事件の発生を知ったオランダは、対日関係の悪化を極度におそれた。そのため、商館長メイランに対して、オランダ政府がシーボルトを日本に派遣した目的は、あくまでも友好関係を促進するためで他意のないことを長崎奉行に説明すること、シーボルトが日本の国法をおかしたことは誠に遺憾であり、オランダ政府はシーボルトを懲罰のため呼びもどすこと等を決定したと伝えるように命じた。そして、メイランに対して、すべて日本の法律、習慣を尊重し事件解決に努力することなどを訓令していた。

メイランは、そうした趣旨を一書にまとめて、八月三日に願書を長崎奉行に提出した。その中で、シーボルトが国法をおかし出国を禁じられたことは、蘭領東印度総督府を「仰天」させ、ひたすら恐縮しているが、そのためにもシーボルトを帰国させて欲しいと述べ、「何卒《なにとぞ》当秋帰帆之頃迄《ころまで》、御憐愍《ごれんびん》を以《もって》、御慈悲之御沙汰《さた》」を下してくれるよう懇願した。

長崎奉行はその願書を一見したが、シーボルトは吟味中の身で帰国させることはできるはずもなく請願は却下された。

秋の気配が、濃くなった。

九月十五日、商館長メイランが、正装して長崎奉行所に参上、オランダ八朔《はっさく》の祝辞を述べ、さらに代官、町年寄の私邸をも歴訪した。が、毎年おこなわれる商館内の祝宴は、奉行所に遠慮して取りやめになった。

九月下旬、江戸で捕えられていたオランダ通詞猪俣源三郎が死亡したという話が長崎にもたらされた。病死とされていたが、自ら命を断ったと噂《うわさ》されていることも同時につたえられた。岡田東輔、高橋作左衛門につぐ三人目の死者であった。

その頃、シーボルトに対する審問はようやく一段落した。

幕府は、シーボルトが日本地図その他の国禁品を蒐集《しゅうしゅう》し国外に持ち出そうとしたことを憤《いきどお》り、ロシヤ政府の依頼をうけて渡来した密偵《みってい》ではないかという疑いをいだいた。そして、それを実証する情報を集めることにつとめ、シーボルトの国籍に不審の点を発見したが、密偵であるという確証をつかむことはできなかった。シーボルトが江戸城内の地図を入手していることまでは、探り出すことができなかったのである。

シーボルトが国法をおかしたことは許すべからざる行為であるが、そうした不祥事をひき起した主な原因は、高橋作左衛門をはじめ接触の多かった通詞たちの軽率さによるもので、シーボルトのみを責めることは不当だとも判断された。ただシーボルトが、訊問に対して回答を避け、時間のばしをはかったことに対しては不快の念をかくさなかった。

そのような結論を得て、幕府は、シーボルトに対してどのように処置すべきかを検討した。

幕府内には、オランダとの友好関係をつづけるために、穏便な処置をとるべきだという意見が支配的であった。

オランダ政府は、遺憾の意を表明して陳謝し、シーボルトを帰国させて欲しいと懇願している。オランダとの国際関係を維持する上からも、その要求をいれてやるべきだというのだ。また、シーボルトがわが国に学問的に大きな利益をもたらしてくれたことはあきらかで、その恩恵に対しても苛酷《かこく》な処罰の対象にしてはならぬという意見もたかまっていた。国禁品の蒐集と国外持出しをはかったシーボルトの行為も、学問に対する情熱によるものではないのかというきわめて好意的な解釈をする者もいた。

そうした空気を反映して、幕府は、シーボルトに対して「日本御構《おかまえ》」という処断を下した。帰国は許すが、再び日本に渡来することを禁ずる処置で、その決定はただちに長崎奉行へ急報された。

奉行所では、その文面をオランダ文に直させ、九月二十五日、商館長メイランとシーボルトに奉行所へ出頭することを命じた。

二人は、奉行本多佐渡守の前に平伏した。

役人が、シーボルトに対し罪状を述べ、たとえ入手した品々が御制禁のものと気づかなかったとは言え、

「……御国法を背《そむ》き、御制禁之品々持越候段不埒《ふらち》之事に候。依レ之貰請《もらいうけ》候品取上げ、以来国禁申付候。」

と申し渡した。そして、次の船便で長崎をはなれ、以後、永久に再び日本に渡来することを禁止すると伝えた。

シーボルトは、申渡しにしたがうことを誓い、メイランもそれをオランダ政府に正確

に伝えることを約束した。

また、奉行は、シーボルトとともに江戸へ旅した前商館長スチュルレルに対する処置についてもメイランに申渡した。スチュルレルは、シーボルトが国禁の品々を集めることに努めているのを傍観し、さらに自らも土生玄碩から葵の紋服を贈られ、そのまま所持していたことは不届《ふとどき》であるので、「……以来渡海を禁ずる」旨の申渡しをした。

一般的な予測に反して、シーボルトに対する処罰はきわめて軽かった。それは、幕府がシーボルトの日本に対する学問的な貢献度の大きさを認め、その功績を冷静に評価したからであった。

申渡しのあった日、奉行所から検使二名、御役所附二名、両組一名などが出島に入って、シーボルトの居宅に赴いた。そして、シーボルトが各方面からもらいうけた品々を没収し、長持に入れて奉行所へ運んだ。

商館内に、明るい空気がもどった。ビュルゲルらは、シーボルトの居宅に続々と集り、かれの無事帰国できることを喜んで祝杯をあげた。

十一

オランダ船は、十二月に入ってから帰帆することになった。その船にシーボルトが乗るが、同時にデ・フィレニュフェの妻ミミイも送り還《かえ》される。長崎の町の人々は、その帰帆が悲劇的なものであることをいつの間にか知って、同情するようにオランダ船に眼《め》を向けている者が多かった。

デ・フィレニュフェは、毎日、船との間を往来し、ミミイと船上で接吻する姿もしばしばみられた。

出牢《しゅつろう》していた高良斎、二宮敬作たちは、シーボルトが永久に「日本御構」となったことを嘆きながらも無事に帰国できる身になったことに安堵《あんど》し、喜びの手紙をシーボルトに送っていた。

其扇《そのおおぎ》も、シーボルトが帰国することを知って、おぼつかないオランダ語でかれに祝いの言葉を述べた。

「別レ……、悲シカ」

シーボルトは、訛《なまり》のある日本語を口にし、頭をふる。

かれは、お稲を置いて去ることが堪えがたいらしく、お稲を見るたびに涙ぐむ。抱き上げられたお稲は、シーボルトの眼から流れる涙を小さな指でいじりながら、澄んだ眼でシーボルトの顔を見つめていた。

気温が低下し、ミミイは甲板に出ることが少くなった。海上も寒く、遊参舟がむらがることもなくなった。が、それでも舟を出して稀《まれ》に甲板に姿をあらわすミミイをながめている者たちはいた。

出島で、船の出帆準備がはじまった。

シーボルトは、長崎の町を歩いていた頃《ころ》おぼえたらしく、お稲に、

「ヅッキャンキャン、ヅッキャンキャン」

と言って、身をかがめる。ヅッキャンキャンとは、諏訪神社のめでたい踊りの鳴物の音から生れた肩車の別称で、小鉦《こがね》がツィン、ツィン、チン、大鉦がキャン、キャンときこえるので、肩車をヅッキャンキャンと呼ぶようになった。

お稲は、肩車が好きで、眼をかがやかせてシーボルトに手をのばす。シーボルトは、お稲を肩にのせて立ち上る。背の高いシーボルトの肩にのったお稲は、興奮で顔を紅潮させ、シーボルトの頭を両手でかかえて笑い声をあげる。

シーボルトは、

「ヅッキャンキャン、ヅッキャンキャン」

と、声をあげながら部屋の中を歩きまわる。お稲は、体をはずませて喜び、其扇も笑ってその姿をながめていたが、眼には光るものが湧《わ》いていた。シーボルト自身も、涙ぐんで歩きまわっていることが多かった。

シーボルトは、お稲が混血児としてどのように生きてゆくのか不安でならなかった。商館長であったヘンデレキ・ドウフの子丈吉は不自由のない生活を送ったが、シーボルトも、残してゆくお稲にそのような優遇措置をとってもらいたかった。が、ドウフとちがってかれは大罪をおかした者として永久国外退去を命ぜられた身であり、そのようなことを奉行所に願い出る立場にはなかった。逆にお稲は、一生涯《いっしょうがい》罪人の子として生きてゆかねばならないのだ。

かれは、せめて経済的な恵みだけでもお稲に残しておきたいと考え、其扇に多額の白銀をあたえた。

十一月下旬、長崎の町に霙《みぞれ》が降った。

医師高良斎、二宮敬作、オランダ人部屋附源之助、藤七、茂三郎、出島出入日雇弁五郎、熊吉、絵師川原登与助らの入牢者は、すべて六月下旬までに出牢し、町預けなどになっていた。かれらに対する取調べも、一段落していた。

しかし、地図の取次に関係したオランダ大通詞馬場為八郎、小通詞並堀儀左衛門、小通詞末席稲部市五郎、小通詞助吉雄忠次郎は、依然として牢にとじこめられ、二年目の冬を迎えていた。また、江戸では測量御用手伝下河辺林右衛門、侍医土生玄碩が牢内にあり、他の者たちも同道人預けとして拘束されて取調べをうけていた。すでに高橋作左衛門は牢死して塩漬《しおづ》けにされ、岡田東輔は自殺、猪俣源三郎も死亡するなど事件の犠牲は大きかった。

そうした中で、シーボルトの帰国の日は迫ったが、かれと鳴滝塾の門人高良斎、二宮敬作らとの親密度は、一層濃厚なものになっていた。シーボルトは、日本に関する研究資料の整理を急ぐと同時に、帰国後も門人たちと交流をつづける基礎づくりにつとめていた。

かれは、主な塾生たちに免状とも言える書面をあたえ、良斎にも左のような証明書を送った。

証明書

阿波ノ医師高良斎氏ハ西遊シテ七年間、和蘭学ノ研究ニ潜心精力ヲ注グコトハ誠ニ称賛ニ堪エズ。殊ニ内科、外科、本草学ニ精通シ、且《カ》ツ実事ニ接シテハ、予ノ説ニ従イ、重病人ヲ治療シタルコト屢〻《シバシバ》デ、外科、眼科ノ手術モ自ラ手ガケ、卓効ヲシメシタコト少ナカラズ。実ニ有徳碩学《セキガク》ノ士ニテ、日本人トシテハ勿論《モチロン》、和蘭人ノ中デモ内外両科、本草学ニ共ニ熟達シタ先生ト唱《トナ》ウルモ羞《ハ》ズルコトナシ。

依《ヨッ》テ証書ヲ授ケ、ソノ実ヲ告グ

一八二九年十月三日

ドクトル

フォン・シーボルト　印

於《オイテ》出島館

またシーボルトは、帰国後もかれらとの交流を強く望み、良斎等に多くの研究課題を出して、それらについて論文をまとめ、デ・フィレニュフェを介し自分宛《あて》に送ってくれるよう依頼した。その代償として、毎年、医学的な器具を贈るとつたえた。かれは、良斎たちが必ず論文を自分宛に送るようにさせる方法として、契約書を書いて差出すように命じた。それは左のようなものであった。

私タチハ、ドクトル・フォン・シーボルト先生ノ生徒デアリ友人デス。先生ニ対シテ、左ノ事ヲ約束シマス。

私タチハ、日本文明ニ関スル文学的・学術的論文及ビ説明等ヲ、先生ガ将来ニ希望スル時、必ズ詳細ニ書クコト。此等《コレラ》ハ、デ・フィレニュフェ氏ニ託シ、毎年先生ニ送ルコト。又デ・フィレニュフェ氏ヲ全面的ニ信用シ、氏ヲシーボルト先生ト同ジヨウニ考エルコト。

以上

一八二九年十二月

高良斎

その他連名

シーボルトは、このように帰国後も門人たちと連絡をとり、親しいデ・フィレニュフェの協力を得て日本に関する知識を積極的に得ようとした。

かれは、さらに其扇とお稲のことについても十分な配慮をはらっていた。殊に、愛児を残してゆくことに心を痛めていたが、お稲については、高良斎、二宮敬作に手紙を出し、自分の帰国後親代りになって面倒をみてやって欲しいと依頼した。また親しい通詞の松村直之助にも同様の希望をつたえた。その依頼に対して、良斎、敬作からは手紙で、直之助からは口頭でそれぞれ承知した旨《むね》の返答を得た。

シーボルトは良斎と敬作に、帰帆が十二月上旬の予定であることを手紙でつたえ、あらためてお稲のことについて、ヒトタビ西ニ去レバ、マタ再来ノ望ミナシ。コノ一塊ノ肉身（お稲のこと）ハ、コレ即《スナワ》チ私ト思イテ、何トゾ良ク養育セラレヨ。

と、オランダ文で後事を託した。

それに対して、二人からは、

長年ノ師ノ恩ニ少シモ報ユルコトガデキヌ間ニ今ニ至ル。令嬢ノ養育ニハ必ズ力ヲツクシテ当ルベシ。

という趣旨の手紙をオランダ文でしたためて書き送った。

良斎と敬作は、シーボルトからお稲の将来を託されたことに感激していた。多くの日本人がいる中で、特に自分たち二人だけが選ばれたことは光栄だとも思った。そして、シーボルトに送った手紙の文面通り、全力を傾けてお稲の養育につとめようと誓い合った。

かれらは、シーボルトとの別離が悲しくてならなかった。

シーボルトは国法をおかした罪人として、一部ではロシヤ政府の放った密偵《みってい》という疑いをいだいている者さえいる。作左衛門から人別改め帳を欺取したという噂《うわさ》も流れ、シーボルトに対する一般の眼は冷い。が、良斎と敬作にとって、シーボルトは西欧の最新の医学、天文学、地学、動・植物学等を伝授してくれた師であった。その教授法は懇切をきわめていて、実地に手術をして見せてくれたり洋書を次から次へとあたえて学習するようすすめてくれたりした。そうしたシーボルトの指導で、かれらは西欧の学問に対する知識を得、手術の実技などにも熟達し、オランダ語の読み書きにも長ずるようになった。

かれらは、シーボルトに会って、それまでの学問伝授に対する深い感謝の意をつたえ惜別の言葉を述べたかった。出来れば別れの杯《さかずき》を交し、互に思い出話もしたかった。

しかし、そのようなことが許される空気は全くなかった。シーボルトはきびしい監視をうけ、軟禁状態におかれている。出島の表門の出入りはきびしく、島内には増員された役人が詰め、絶えず見廻《みまわ》りをつづけている。海上の警戒も厳重で、監視の番船の往来もしきりであった。出島に閉じこめられているシーボルトに会うなどということは、不可能であった。

良斎たちは、シーボルトに会うことを断念し、その代りに仮の惜別の宴をひらくことに意見が一致した。その宴にはシーボルトの代りとして通詞を一人招き、かれをシーボルトと仮定して上席に坐《すわ》ってもらい酒をくみ交す。そうした趣向によって、シーボルトとの別れの悲しみをいやそうと考えた。

良斎は、シーボルトに手紙を書き送って、その宴の日取りを指定して欲しいと依頼した。シーボルトは、良斎たちの温い気持に感動し日取りを定めてきた。

良斎たちは、その日に通詞を招き宴をひらいた。集ったのは二宮敬作、菊谷米蔵、稲沢宗庵、市来《いちき》斎宮等で、通詞に杯をささげて長年の師恩に感謝する旨の言葉を口にし、別れを惜しんだ。かれらの眼には、一様に光るものが湧いていた。

十一月下旬、シーボルトから高良斎に、オランダ船に乗る日が十二月五日に決定したことを報《しら》せる手紙が送られてきた。

良斎は、すぐに敬作たちにその旨をつたえた。かれらは、悲嘆にくれ、せめてひと眼でもシーボルトに会いたいとねがった。すでにかれらは、前年末に事件が発覚してから一年以上もシーボルトに会ってはいなかった。

出島に入ることは許されず、シーボルトに会える機会は出港時以外になさそうだった。出来れば、オランダ船に小舟で近づいてシーボルトと言葉を交したかったが、永久に渡来を禁じられたシーボルトの身辺には役人たちが監視の眼を光らせ、オランダ船に接近することなどできるはずもない。わずかに残された方法は、遠くから船上のシーボルトをひそかに見送ることだけであった。

かれらは、種々協議した末、見送る場所として長崎港口にある小瀬戸《こせど》が最も適しているという結論を得た。オランダ船が航行する水路は一定していて、入・出港時に小瀬戸の近くをゆっくりと通過するのが常のことになっていた。かれらは、港の海面を横切って小瀬戸へ渡る方法について意見をまとめた。参加者は、良斎、敬作、市来斎宮、菊谷米蔵、稲沢宗庵であった。

良斎は、別離の方法について左のような手紙を書き、シーボルトに送った。

……御出発の当日は、我等、即ち私儀、敬作、斎宮、宗庵、米蔵、一同大秘密にて小舟にて小瀬戸へ渡り、御健《おすこ》やかなる尊顔を拝し、永き別れを惜み申度《もうしたし》と存上候《ぞんじあげそうろう》。たとへ如何程《いかほど》荒れ候とも、たとへ如何程降雨有レ之《これあり》候とも。

我等が先生の御船へ近寄る事は穏やかならず、尚《な》ほ又先生と御面談申す事は不可能に御座候。唯《た》だ隔《へだ》たりたる処《ところ》より、はつきり見えずとも、「あれが先生か」と察して「尊顔を」拝する事だけに止《とど》め可レ申《もうすべく》候。国法は許し不レ申《もうさず》候。……

つまり十二月五日に天候に関係なくひそかに小瀬戸へ渡って、遠くからシーボルトとの別れを惜しむと報せたのだ。

さらに、十二月一日にも良斎はシーボルトに手紙を送り、小瀬戸で見送ることを再び伝え、その末尾に、

「尚々、親愛なるお稲様は、我等先生に代りてよく御育て可ニ申上一候。」

としたため、お稲の養育に力をつくすことを重ねて約した。

かれらは、慎重に小瀬戸に渡る手配をととのえた。漁師に頼んで舟も準備し、早朝、舟を出すことも定めた。が、その日が近づくにつれて、かれらにとって好ましくない情報がつぎつぎにつたえられてきた。

奉行所では、シーボルトがオランダ船に乗って帰国する折に港の内外に厳戒態勢をしく準備をととのえているという。それは、シーボルトが役人の眼をぬすんでかくしておいた国禁の品々を船につみこむことを防止するためで、それ以外にも罪をおかしたシーボルトに対する威嚇《いかく》の意味もふくまれているようだった。また、オランダ船には、国法で渡来を禁じられているデ・フィレニュフェの新妻ミミイも乗っている。彼女は送還される身で、それに対する処置としても警戒を厳にする必要があるのかも知れなかった。

当日は、港内に役人の乗る監視船が多数配置され、一般の舟の往来を禁じる気配が濃厚だった。そうした中を良斎等が舟を出して小瀬戸に渡ろうと試みれば、たちまち検束され、それがシーボルトの指示によるものという疑いももたれて帰国も取りやめになるおそれすらあった。

良斎らは真剣に協議し、当日小瀬戸へ渡ることは不可能だと断定し、翌十二月六日の夜明けに舟を出すことに予定を変更した。五日にシーボルトが乗船しても、オランダ船がそのまま出港するとは考えられない。積荷作業や役人による船内調査に時間が費やされ、さらに風待ちのために数日間出帆が延期となることも多い。そうした事情から船が港口の小瀬戸附近を通過するのは、六日以後と推定された。

十二月五日早朝、良斎は使いの者に手紙を出してシーボルトに予定変更をつたえた。

その手紙には、

親愛なる先生

先生の出島御在留も今朝限りかと思へば、涙とどめ難く候。さきに書面差上《さしあげ》候折、御出発の当日は、我等一艘《そう》の舟にて小瀬戸へ渡り、別れを惜み度旨《たきむね》約束仕置《つかまつりおき》候処、当日は、確に役人其他多人数居《お》り可レ申、都合悪《つごうあ》しく候間、明日に延ばし度存上候。

……

と、変更の理由が述べられていた。

悲しい別離の日が、やってきた。

其扇は正装し、お稲にも衣服をあらためさせ、朝食の食卓についた。かれらは、黙々と食事をとった。寒気がきびしく、空は晴れていた。

朝食をすますと、シーボルトは、其扇とお稲を二階の研究室に連れていった。乗船までの時間を親子三人ですごしたかった。

かれは、其扇の体を抱きしめて接吻すると、彼女の澄んだ眼《め》をみつめ、拙《つたな》い日本語にオランダ語をまじえて熱心に訴えはじめた。かれの口からはしきりに「マイド」という言葉がもれ、激しく頭をふる。

マイド（meid）とは侍女の意だが、オランダ商館の者たちは伝統的に丸山遊女をそのように呼んでいた。つまりシーボルトは、其扇に遊女をやめるように説いているのだ。すでにシーボルトから抱主引田屋卯太郎に身請代銀が支払われていて、其扇はいつでも自由になることのできる身になっていた。シーボルトが気遣っているのは、其扇が遊女にもどるようなことはないかということであった。

其扇は、マイドにはなりませぬ、という仕種《しぐさ》を繰返した。彼女はシーボルトが去れば実家にもどり、市井《しせい》の女としてお稲を養育しながら過したかった。再び遊女になる気持などみじんもなかった。

シーボルトは安心したらしく、表情をやわらげ、あらためて其扇の唇《くちびる》に自分の唇を押しつけた。

其扇を知ったのは文政六年夏に来日して間もなくで、すでに六年以上が経過している。

かれにとって、其扇はすでに遊女ではなく妻に等しいものであった。しかもお稲という娘も生れ、二人の関係は一層濃密なものになっている。事件の取調べがはじまってからも、かれは其扇が身近にいることでどれほど慰められたかわからない。かれには、別れがたい愛すべき女になっていた。

かれは、前日、其扇とお稲の髪を少し切ってそれを大切に懐中におさめた。帰国してからも、髪をとり出して其扇とお稲のことを思い出すよすがにしたいと思ったのだ。

シーボルトは、突然嗚咽《おえつ》した。其扇とお稲に永久に会うことはできぬのだと思うと、悲しみが胸にあふれてきたようだった。其扇も、顔を手でおおい、肩をふるわせて泣きはじめた。彼女にとって、シーボルトは夫に近い存在であった。初めはいまわしいと思っていたシーボルトの荒々しい愛撫《あいぶ》も、今ではそれを待ち望むようになっている。体の大きいシーボルトが、可愛《かわい》い子供のように思えることすらあった。

彼女は、シーボルトと別れることが悲しかったが、お稲が今後自分の父親であるシーボルトに一生会うことはできぬのだと思うと、哀れでならなかった。お稲がシーボルトを慕っているだけに、その別離も知らぬお稲が悲しかった。お稲は、涙を流して抱き合う父と母の顔を無心に見上げている。激しく接吻を繰返す両親の姿に、澄んだ眼を向けていた。

そのうちに、お稲は自分だけ取り残されたような不満を感じたらしく、シーボルトの

ズボンに手をかけてひっぱると、

「オトシャマ、ヅッキャンキャン、ヅッキャンキャン」

と、声をかけた。

シーボルトは、其扇の体をはなすとお稲を抱き上げ、しばらくの間、顔に唇をしきりにふれさせていたが、お稲を肩車にすると、

「ヅッキャンキャン、ヅッキャンキャン」

と、大声をあげながら部屋の中を歩きまわりはじめた。

お稲は、シーボルトの肩の上で体をはねさせ声をあげて笑う。その夫と娘の姿に、其扇は声をあげて泣いた。

やがて、階下に人声がして黒人少年オルソンが、商館長メイランと薬剤師ビュルゲルの訪れを告げた。オルソンも、シーボルトとともに乗船してバタビヤに向うことになっていたので、いつもとは異なった服を着、嬉《うれ》しそうに眼を光らせていた。

シーボルトは、メイラン、ビュルゲルに別れの挨拶《あいさつ》をし、愛蔵のワインをとり出して杯を交し合った。

かれは、メイランに高良斎、二宮敬作へ別れの記念として贈る医療器具、薬瓶《くすりびん》などを託した。また、ビュルゲルにお稲の養育費として薬百斤《きん》を渡した。

やがて、出島詰の役人が通詞をともなってシーボルトの居宅にやってきた。そして、

書面を取り出し、ただちに乗船すべしという趣旨の申渡しを読み上げ、それを通詞が通訳した。シーボルトは、諒解《りようかい》した旨《むね》の返事をし、手廻《てまわ》りの品を入れた鞄《かばん》を手に居宅を出た。

かれは、役人の後から歩いていった。メイラン、ビュルゲルはかれと肩を並べ、其扇はお稲を背負って、大股《おおまた》に歩いてゆくシーボルトの後を追う。其扇の眼は赤く、涙をはらんでいた。

シーボルトは、役人に導かれて岸壁に近づいた。そこには多くの商館員と出島詰の役人たちが集っていた。シーボルトは、商館員たちと握手を交し、短い言葉で別れの挨拶をした。役人たちは、冷い眼でシーボルトを見つめていた。

かれは、海上にうかぶ二隻《せき》のオランダ船に眼を向けた。その中の一隻は、前年大暴風雨で押し流された稲佐の浜にのしあげたコルネリウス・ハウトマン号で、出帆の準備もすべて終ったらしく、船上は整備されていた。

役人にせかされ、かれは黒人少年オルソンたちと小舟に乗った。水主が櫓《ろ》をうごかし、小舟は岸壁をはなれた。

其扇は、お稲を抱いてシーボルトを見つめた。

「お稲」

シーボルトの口から、悲痛な叫び声がふき出した。

お稲は、それが父との永久の別離とは気づかぬらしく、笑いの表情を顔にうかべると、

「オトシャマ」

と、澄んだ声で答えた。

其扇は、顔をおおい嗚咽した。

この子を産むのではなかった、と、彼女は思った。混血児として生れ、生後二年半にして早くも父と別れる運命を背負ったお稲がどのようにして生きてゆくのか、想像しただけでも恐しかった。取りかえしのつかぬ罪をおかしたのだ、とも思った。多くの遊女は、オランダ商館員の種を宿しても堕胎することが多く、生れた子もひそかに処分する。其扇の懐妊の場合は、相手が江戸にも知られた名医のシーボルトであり、生れてきた子供はまちがいなく優遇されることが予想されたため、其扇はお稲をうみ、大切に育ててきた。しかし、事件の発生によって、シーボルトは罪人として扱われ、お稲の将来に暗い翳《かげ》を落すことになった。

「オトシャマ」

お稲が、再び声をあげた。

其扇は、体をふるわせて泣いた。商館員や役人たちの眼にも、同情の涙がにじみ出ていた。

小舟がオランダ船の舷側《げんそく》につき、シーボルトが甲板にあがった。そこには、正装した

ミミイが、岸壁に立つデ・フィレニュフェに視線を据《す》えて身じろぎもせず立っていた。

オランダ船の碇《いかり》が音を立てて巻き上げられた。役人の合図でつながれている多くの小舟の櫓が一斉《いっせい》に動きはじめ、オランダ船は投錨地《とうびょうち》をはなれた。小舟にひかれて、オランダ船は港口にむかって動きはじめた。港の警戒は厳重で、陸岸には長崎に出張してきている各藩の横幕がすき間なく張られ、海上には幟《のぼり》を立てた監視の舟が散っている。その中を二隻のオランダ船は前後して遠ざかっていった。

其扇は、いつまでも甲板に立つシーボルトを見つめていた。

やがて、オランダ船は、岬《みさき》のかげに消えた。

その日、オランダ船は神崎鼻をまわった位置で碇泊《ていはく》した。船には役人が乗って監視に当り、夜間も附近の海面に多くの舟が篝火《かがりび》をたいて警戒していた。

翌朝早く、霧のたちこめる海面を一艘《そう》の小舟が港を横切って進んだ。乗っているのは高良斎、二宮敬作、菊谷米蔵、市来斎宮、稲沢宗庵の五名と漁師であった。

対岸にあがると、かれらは山道をたどり小瀬戸の裏山に出た。番所に近づくことは危険なので、山かげに身をひそめた。幸いにも、オランダ船は小瀬戸の前の海に碇泊していた。

かれらは、シーボルトの乗っているコルネリウス・ハウトマン号に視線を据えた。船上に十人近い人の姿がみえるが、船との距離はかなりはなれていて顔は識別できない。

「どれであろうか」

「あそこにおられるのが、シーボルト先生ではなかろうか」

などと、良斎たちは声をひそめて話し合った。が、結局、シーボルトの姿を確認することはできなかった。

その日の夕刻、オランダ船は小瀬戸前面の海をはなれた。良斎たちは、無言で船に手をふった。

船は、伊王島《いおうじま》の附近まで進み、風待ちをした。気温のおだやかな、凪《な》いだ日がつづいた。

十二月八日朝、役人たちは一人残らず小舟に乗り移った。オランダ船の船長は、出帆に好適な風を得たことを役人に告げた。碇があげられ、帆が三本マストに次々にひらいた。たちまち帆は順風をはらんでふくれ上った。

二隻の船は、前後して南方にむかって動きはじめた。小舟に乗った役人たちは、その姿を見つめて立っていた。

船は、大中瀬戸を通過し南下してゆく。海面には魚がむれているらしく白波が立ち、海鳥が飛び交っている。その附近を三色旗をひるがえした船が進んだ。

野母崎の遠見番所では、番人が、近づいてくる船に遠眼鏡を向けつづけていた。空は晴れ、海面はかがやいている。帆の白さがまばゆいほどであった。

船がつらなって野母崎の北方を通過し、広い外洋に出た。舳《へさき》がわずかに東へ向けられた。番人は、船影を追いつづけ、夕刻近く、帆影が東南方の沖に没するのを見とどけた。「オランダ船去る」の狼煙《のろし》が、茜色《あかねいろ》に染った空に立ちのぼり、ついで小瀬戸でも中継ぎの狼煙があがった。

すでに長崎の町には暮色が濃く、人家の灯《ひ》が点滅しはじめていた。

シーボルトは、「日本御構《おかまえ》」の申渡しによって国外へ永久追放され、それにつづいて事件に関係した日本人に対する処分も開始された。

最初に刑が定《き》まったのは、奥医師であった土生《はぶ》玄碩《げんせき》と西丸奥医師の息子玄昌であった。訊問《じんもん》はすべて終了し、文政十二年十二月十六日、玄碩は玄昌とともに評定所に呼び出された。申渡しに立会ったのは大目附村上大和守《やまとのかみ》、町奉行筒井伊賀守、御目附山岡五郎作であった。

玄碩の罪状は、かれがシーボルトとスチュルレルに紋服を贈った行為を責めたもので、眼科の治療に効果のある薬を教えてもらいたいという医学的願望から発したものであることは認められたが、国禁にそむいたことは「不届至極」であるとして、改易に処せられる旨《むね》が申渡された。また玄昌に対しても、父の行為に協力したかどで御切米召放しが申付けられた。改易は御目見《おめみえ》以上の者に対する家名取潰《とりつぶ》しの刑で、御切米召放しは御目見以下の者に対する同様の意味をもつ処罰方法であった。

玄碩父子にとって、この申渡しは苛酷《かこく》であった。

玄碩は、日本で最も秀《すぐ》れた眼科医としてその名声は高かった。白内障の手術に多くの実績をあげ、穿瞳術《せんとうじゅつ》も発明し、その術はイギリスの眼科医チェゼルデンの開発した手術法と合致していて、シーボルトを驚嘆させたりした。芝田町におかれたかれの邸《やしき》には、眼に疾患のある多くの患者が殺到し、かれは繁忙をきわめた。患者の差出す治療費を計算するひまもないほどで、それらは無造作に空俵に投げ入れられ、貨幣が俵にあふれるようになると縄《なわ》で天井の梁《はり》に引き上げて吊《つる》される。そのような俵がいくつも吊されたので、ある夜、梁が貨幣の重さで折れ天井が俵とともに轟然《ごうぜん》と落下したこともあった。

その後、玄碩は、奥医師を拝命して扶持《ふち》を受け、浅草平右衛門町に町屋敷を賜り、莫《ばく》大《だい》な資産を保有する身になった。そして、大名、武家、町人などにも金銭を貸しあたえ、息子の玄昌も西丸奥医師に採用され、裕福な暮しをつづけていた。

そうした玄碩親子も改易、切米召放しの申渡しによって役職をうばわれ、家屋敷、拝領地、居住地、私有地などすべてを没収され、全くの無一文になってしまったのである。

後に、玄碩は、天保《てんぽう》八年に減刑の恩恵を得て永蟄居《えいちっきょ》を命ぜられ、深川の木場で家族との面会も許されず拘禁状態の生活を送った。かれが、ようやく家族との交流を許されたのは八十二歳の時であったが、掟《おきて》にしたがって医業を開業することは禁じられ、五年後の嘉永《かえい》七年八月十七日、八十七歳で病歿《びょうぼつ》した。

　かれに比べて玄昌は幸運で、町医としてすごした後、将軍家に召出され、天保十二年法眼《ほうげん》の地位を得て扶持を受ける身となって生涯《しょうがい》を終えた。

　文政十三年（天保元年）が明け、事件の関係者の処分がつづいておこなわれた。

　シーボルトとともに事件の中心人物であった天文方兼御書物奉行高橋作左衛門に対する判決が、三月二十六日に評定所でおこなわれた。

　申渡しは大目附村上大和守で、町奉行筒井伊賀守、曲淵勝次郎が立ち会った。作左衛門は前年の二月十六日朝に牢死《ろうし》し、その後死骸《しがい》が塩漬《しおづ》けにされて保管されていたので、代って申渡しをうけたのは天文方吉田勇太郎、小普請組長井五衛門、支配佐藤十兵衛であった。

　申渡しには、国禁をおかした罪は重く、部下の下河辺林右衛門の「娘を妾《めかけ》の如《ごと》く近づけ置」くなど「身持も不レ慎《つつしまざる》之儀有レ之《これあり》」として「重々不届之至《いたり》」であり、もしも生きていた場合には死罪に相当するという趣旨のものであった。作左衛門には、長男小太郎二十五歳、次男作次郎二十四歳の二人の子供がいたが、かれらも処罰され、それぞれ遠島を申しつけられた。

　その日は、江戸在住の事件に関係した者たちへの刑の申渡しがつぎつぎにおこなわれた。高橋作左衛門の部下である下河辺林右衛門、川口源次郎、吉川克蔵、門谷清次郎、永井甚左衛門、浦野五助、今泉又兵衛の七名は、作左衛門がシーボルトに贈った地図の製作に従事したかどで、それぞれ左のような申渡しをうけた。

下河辺林右衛門　　五十三歳
　中追放

この決定によって、武蔵《むさし》、山城、摂津、和泉《いずみ》、大和、肥前、東海道筋、木曾路《きそじ》筋、下《しも》野《つけ》、日光道中、甲斐《かい》、駿河《するが》に足をふみ入れることを禁じられ、所有の田畠、家屋敷のことごとくが没収された。

川口源次郎　　四十八歳
吉川　克蔵　　五十七歳
門谷清次郎　　四十四歳
　江戸十里四方追放

右の三名は、日本橋を基点として四方五里の地域に立入ることを禁じられた。

永井甚左衛門　　五十六歳
　江戸払
品川、板橋、千住《せんじゅ》、四ツ谷、大木戸より本所、深川までの内部の地域に立入りを厳禁された。

浦野　五助　　五十歳
　三十日押込（門を閉じ外出を許さぬ刑）
今泉又兵衛　　三十歳
　五十日押込

また、吟味中自殺した岡田東輔は家禄《かろく》を奪われた。その申渡しに伴って、かれが自殺した折、奉行所からその身柄《みがら》を預けられていた表火之番大場斧三郎と測量御用手伝勤方出野金左衛門は、東輔の監視を怠ったとして大場が三十日押込、出野が叱りの処罰をうけた。

判決の申渡しはつづき、商館長一行の定宿である日本橋本石町の旅宿長崎屋の主人源右衛門も呼び出された。かれに対しては、日本地図その他の授受がおこなわれた宿の責任が問われ、五十日の手鎖《てじよう》の刑が申し渡された。かれは、両手に封印つきの手鎖をかけられ、五十日間を過した。その間、五日ごとにやってくる役人に手鎖をきびしくしらべられた。

さらに、商館長一行に付添って江戸に旅した長崎奉行大草能登守《のとのかみ》家来水野平兵衛も、罪に問われた。かれは、検使としての義務を怠ったとして、百日押込を申し渡された。

江戸の町々では、それらの処罰の話が大きな話題になった。殊《こと》に塩漬けになった高橋作左衛門が死罪を申し渡されたことは、人々の関心をひいた。

作左衛門に対しては、私生活に乱れもあったという事実も露《あら》わになって、悪評がしきりだった。そして、さまざまな戯歌《ざれうた》などが人々の口にのぼったが、その一つに左のようなものもあった。

タカハシサクザ〳〵
　唐土ノクニヘ日本ノエヅヲ
　　ワタサヌサキニ
オノレガ首ハ　スポポンポン〳〵

長崎在住の事件関係者に対する申渡しは、三月二十五日に長崎奉行本多佐渡守、大草能登守によっておこなわれた。

まずオランダ小通詞並堀儀左衛門に対しては、高橋作左衛門の書状をシーボルトに手渡したことは「不届に付」として役職を取り上げられ、百日の押込が申し渡された。

ついで、シーボルトと同行して江戸に旅したオランダ通詞たちに対しては、旅の途中、シーボルトに多くの日本人が訪れてきた折、日本人医師たちがみだりにシーボルトと会話を交し、国禁の品々をふくむ多くの品を贈るのをとがめることもなく傍観したことは職務怠慢であるとして、

オランダ大通詞　末永甚左衛門
　　　　　　　　五十日押込
小通詞　岩瀬弥右衛門
　　　　　　　　百日押込
小通詞並　名村八太郎
　　　　　　　　百日押込
小通詞末席　岩瀬弥七郎
　　　　　　　　百日押込

稽古《けいこ》通詞見習　荒木　豊吉
　　五十日押込
内通詞小頭見習　田中作之進
　　五十日押込
同　　　菊谷　藤太
　　五十日押込

の刑が申し付けられ、それぞれ役職を剝奪《はくだつ》された。

江戸参府に同行した長崎奉行所触頭林与次右衛門、同助横山喜三太は、商館長スチュルレルやシーボルトの荷物の調査を怠ったとして、それぞれ百日押込。また、同様の理由で、旅に同行したオランダ通詞筆者木村宗次右衛門、北村元助、木村儀三郎が、それぞれ「急度《きっと》叱《しか》り」の申渡しをうけた。

その他の処罰者は、

オランダ人部屋附　源之助
　　過料三貫文
出島出入日雇　弁五郎

オランダ人部屋附　熊吉　過料三貫文
オランダ人部屋附　藤七　叱り
同　茂三郎
同　儀八
それぞれ過料三貫文
出島出入絵師　川原登与助（慶賀）
叱り
奉行所勝手小使　政五郎
叱り
医師　渡辺　幸造
急度叱り

鳴滝塾《なるたきじゆく》の高良斎、二宮敬作に対しても、その日、江戸からの指示によって刑が申し渡された。

両名に対する罪状は、シーボルトと共に江戸へ旅した折に、シーボルトと日本人医師の接触をうながし、多くの贈物をシーボルトが受け取るのを傍観していたことで、さらに二宮敬作に対しては、富士山等の山岳の高さを測量するなどシーボルトの資料蒐集《しゅうしゅう》に協力した罪も加えられていた。

　そのような罪状にもとづいて、二宮敬作には、「江戸御構、長崎払」が申し渡された。つまり、江戸に足をふみ入れることを禁じ、長崎市中からも追い払われることになった。そして、その日、かれは後手《うしろで》に縛られ、役人の付き添いのもとに町はずれまで連行され、追い払われた。もしも、その定めにそむいて江戸や長崎市中に足をふみ入れた場合には、死罪になるのである。敬作は、町の外部で家を借りて生活するようになった。

　また、高良斎は、敬作よりも刑が軽く、居町払を申付けられた。かれは、長崎の東築《ひがしつき》町《まち》に住んでいたが、その町の中に住むことを禁じられ、他の町に移住するよう命じられたのである。

　最も重い罰をうけたのは、オランダ大通詞馬場為八郎、小通詞末席稲部市五郎、小通詞助吉雄忠次郎の三名であった。かれらは、入牢していたが、重罪人であるため長崎奉行所から江戸町奉行所に送られ、申渡しを受けることになった。

　かれらの審判はその年の三月に終り、江戸へ送られる準備がすすめられた。そして、四月六日、かれらは牢から出され、縄つきのまま網をかけた駕籠《かご》に乗せられた。警護の者には、長崎奉行大草能登守の家来のほかに奉行所の役人が六名附添った。馬場ら三名は長い獄舎内での生活で体の衰えも甚《はなはだ》しく、護送途中に死亡することも予想されたが、そのような折には、近くの寺に仮埋葬する手《て》筈《はず》も定められていた。

かれらは、陸路と海路で送られ、江戸小伝馬町《こでんまちょう》の牢に入れられ、五月二十五日に町奉行所で申渡しをうけた。

馬場為八郎の罪状は、高橋作左衛門から送られてきた日本地図を国禁の品と承知していながら、稲部市五郎に託してシーボルトに渡した罪を問われたもので、大通詞の身でありながらきわめて「不届至極」な行為であるとして、永牢《えいろう》の申渡しがあった。無期禁《きん》錮《こ》である。

また、稲部は、馬場の依頼で日本地図をシーボルトに渡した上にシーボルトの依頼をうけて琉球《りゅうきゅう》の地図を高橋作左衛門に送った罪が問われて永牢。さらに、吉雄は、江戸参府の折にシーボルトと高橋作左衛門の交流に力を貸して書籍等の交換を斡旋《あっせん》し、また長崎に帰ってきてからもシーボルトの助手として書籍等を作左衛門に送った罪は重いとされ、同じく永牢を申付けられた。馬場は六十二歳、稲部四十五歳、吉雄四十四歳であった。

かれらは、遠島に準ずるものとして、遠隔の地に送られることになった。馬場は羽後国亀田《かめだ》（現秋田県由利郡）の岩城伊予守隆喜へ、稲部は上野国《こうずけのくに》七日市（群馬県富岡市）の前田大和守利和へ、吉雄は羽前国米沢新田の上杉佐渡守勝義へそれぞれ引渡され、それらの地の牢に投じられることが決定した。

かれらは、それぞれ錠つきの網をかけた駕籠に腰縄をうたれて乗せられ、侍二人、足軽六人の監視をうけて護送された。

かれらは、例外なくそれらの地で悲惨な日々を送った。馬場は、六月五日に江戸を出立、同月二十日に亀田へ到着、牢に投じられた。また稲部は、六月七日に江戸を出発して上州七日市へ、吉雄は六月二日に江戸を出て米沢にそれぞれ護送された。

馬場は長崎で生れ育っただけに北国の冬は堪えがたく、天保九年十月十九日に牢内で病死した。七十歳であった。その遺体は塩漬けにされ、江戸からやってきた町奉行所の検使の検分をうけた後、妙慶寺《みょうけいじ》境内で荼毘《だび》に附され、後にその死を憐《あわれ》んだ和田三折とその妻が遺骨を長崎にはこび、春徳寺に埋葬した。

七日市に送られた稲部市五郎は、その地で牢に投じられ、番人と言葉を交すことさえ許されなかった。かれは、医術の心得もあったので藩中に病人があると、藩医が牢番人に治療法を質問させ、それに書面で答えたこともあった。かれは、十年間牢内ですごし、天保十一年八月二十二日中風で死亡した。五十五歳であった。墓は前田藩によって富岡市の金剛院に建てられ、「和蘭通辞（詞）肥州長崎　稲部市五郎種昌之墓」という文字が刻まれた。

吉雄忠次郎は、米沢新田に送られた後、町奉行の足軽石坂広次の座敷牢に押しこめられ、わずか三年後の天保四年二月二十九日に死亡した。その遺体も塩漬けにされて保管され、江戸から来た検使によって翌月十八日に代官所で検分がおこなわれた。墓は山形の西蓮寺《さいれんじ》、長崎の禅林寺にある。

シーボルト事件はすべて落着したが、申渡しが下された年は、オランダ商館長が将軍の謁見《えっけん》をうけるため江戸へ旅をする年にあたっていた。

商館長メイランは、江戸へむかったが、オランダ人医師の随行は禁じられた。むろん、シーボルトと同じような国法に違反する行為を予防するためのものだが、それ以外にもかれらの行動はきびしい拘束をうけ、定宿の長崎屋への日本人の出入りは厳重に制限された。

その年の六月十四日、二艘のオランダ船が長崎に入港してきた。その船には、後任の商館長チッテレスが乗っていた。

シーボルトがコルネリウス・ハウトマン号に乗船した日、其扇は出島を去る仕度にとりかかった。

シーボルトの居宅には、彼女と幼い娘のお稲の身の廻《まわ》りの品々や家具などがおかれていた。それらの整理に人を雇い入れ、二日後には役人の荷物改めを受けた。奉行所では、それらの荷の中に国禁にふれる品物がひそんでいるのではないかと疑いの眼《め》を向けていたが、不審の品は発見されなかった。

役人は、荷物を出島の外に運び出してもよいと言ったが、其扇は、一両日シーボルトの居宅に身を置いていたいと申し出た。彼女は、シーボルトの乗った船が、日本を去るまで出島にとどまっていたかった。役人は、なるべく早く出島を去ることを条件にその願いをいれてくれた。

シーボルトがコルネリウス・ハウトマン号に乗船してから三日後の文政十二年十二月八日の夕刻、長崎の東北方にある烽火山《ほうかざん》で狼煙《のろし》の立ちのぼるのが出島からも望見された。三日前から長崎湾口で風待ちをしていたコルネリウス・ハウトマン号が順風を得て出帆し、遠く船影を水平線に没したことをしらせたものであった。

薬剤師ビュルゲルからの使いの者が其扇に狼煙が立ち昇っていることを報《しら》せにきたので、彼女はお稲を背負って海に面した場所に急いだ。そこには、ビュルゲルや商館長メイラン、画工のデ・フィレニュフェら商館員たちが立っていた。

かれらは、東北方の空に眼を向けていた。烽火山であげられた狼煙が、風になびいて茜色《あかねいろ》に染った空にとけこんでいた。其扇の眼に、光るものが湧《わ》いた。狼煙はシーボルトとの永久の別離をしめしている。空に暮色がひろがり、狼煙はその中に消えていった。

彼女は、お稲を背負って道を悄然《しょうぜん》と引き返した。

翌日、役人の許可を得て男にひかれた大八車が出島に入ってきた。男が、荷物を家から運び出し大八車に積み上げた。

其扇がビュルゲルの居宅に挨拶《あいさつ》に行くと、かれは其扇の後からついてきた。かれは其扇の姉お常を愛人にしているので、其扇とお稲のことにも心を配ってくれていた。

大八車が動き出し、其扇はお稲を抱いたビュルゲルとともに後をついてゆく。植物の植えられた場所を通りすぎる時、其扇は眼をそらした。それらの植物はシーボルトが栽培したものだが、事件が起ってから手入れもされず荒廃している。その情景を眼にするのが堪えられなかった。

門の傍《かたわら》にくると、役人が探番とともに出てきた。ビュルゲルがお稲をおろし、其扇の手をにぎって別れの言葉を述べた。

其扇はお稲と詰所に入り、探番から衣服などをしらべられた。その間に、大八車をひく男も探りをうけていた。

「行け」

役人が、素気ない口調で言った。

男が、梶棒《かじぼう》をとりあげた。其扇は、お稲を背負って大八車の後について門を出た。橋の上を大八車が乾いた音を立てて渡ってゆく。

彼女は、再びこの橋を渡って出島に入ることはないことを知っていた。すでに、寄合町引田屋から遊女の籍はぬけている。出島へ出入りできる女はオランダ行きの遊女にかぎられ、一人の市井《しせい》の女になった彼女には、出島へ入ることは厳禁されるのだ。

彼女は、其扇という遊女名が自分から欠落し、お滝という本名にもどったことを強く意識した。

彼女が、引田屋卯太郎抱の遊女になったのは文政四年で、年齢は十五歳であった。それから八年、オランダ行きの遊女として出島に出入りし、翌々年に日本へやってきたシーボルトの愛妓《あいぎ》になり、お稲も産んだ。思い出の多い出島であったが、彼女にはその人工島に未練はなかった。愛し愛されたシーボルトもすでに国外へ去り、心をひきつけるものはなにもない。出島での生活が、はかない夢のようにすら思えた。

出島へ出入りするようになってから八年の間に、彼女に遺《のこ》されたものはお稲のみであった。背に温く感じられる小さな肉体が、彼女にとって貴重な宝物のように思えた。今日からは、お滝として生き、この子を育ててゆかねばならぬ、と、彼女は胸の中でつぶやいた。

彼女は、橋を渡ると家並の中に入っていった。

十二

お滝は、二十三歳であった。

彼女とお稲の落着先は、伯父の甚五郎の家に定められていた。甚五郎には子供がなく、多くの子供に恵まれたお滝の両親に頼んで、お滝を養女に望んだ。お滝は混血児のお稲をかかえる身で、弟妹のいる両親の家の負担になることをおそれ、伯父の申出を承諾した。

伯父甚五郎の家は、油屋であった。家業は繁昌《はんじょう》していて、客が壺《つぼ》を手に燈油《とうゆ》を買いにくる。最も良い油は河豚《ふぐ》の油、ついで棉実油《めんじつゆ》、菜種油で、値段の安い鯨油も扱われていた。

長崎の町の家々では、行燈《あんどん》の中におかれた皿に油を入れて、燈心を二本ひたし、明るくする場合は三本にする。シーボルトの居宅で使われていたランプは明るく、夜、就寝後は芯《しん》の出をすくなくした。日本の家屋でも行燈の芯を一本にして寝るが、伯父の家では、油屋でありながら倹約のために深夜の燈火は消した。

お滝がシーボルトからあたえられた財産は、鳴滝塾の土地、建物以外に、銀、薬品などがあった。お滝は、手当銀十貫目を、養父の甚五郎にあずけた。

年があらたまり、文政十三年（一八三〇）を迎えた。お滝は、伯父の家でひっそりと暮していた。シーボルトは去ったが、事件に関係した者たちの処分が残され、彼女は、それらの者たちの刑が軽いことを神仏に祈っていた。

お稲は、裏庭に出て遊ぶことが多かった。細い露地を一人で歩きまわっていることもあった。が、時折りお滝の顔につぶらな眼《め》を向けると、

「オトシャマは？」

と、いぶかしそうにたずねる。

お滝は困惑して、旅に出たのだと答える。

お稲は、

「いつ帰る？」

と、問う。

お滝は、頭をかしげ、

「わからぬ」

と、答える。

お稲の顔に、悲しげな表情がうかぶ。そして、裏手の道に出て行くと、家と家の間か

らのぞく港の海面に視線を据《す》える。なぜ父であるシーボルトが船に乗って去っていったのか、お稲には理解しがたかったのだ。

お滝のもとには、高良斎《こうりようさい》、二宮敬作《にのみやけいさく》、長崎に残る石井宗謙《そうけん》から時折り手紙がとどけられた。文面には、お稲の成育状態を気づかう内容が書かれ、微力ではあるが心配事があったらどのようなことでも申しつけて欲しいと書かれていた。また、姉のお常を愛人にする薬剤師ビュルゲルからお稲にあてて菓子や白糖がとどけられ、画工デ・フィレニュフェからも帆船をえがいた絵が贈られてきたりした。

お滝は、それらの人の好意に眼をうるませていた。

三月下旬、お滝のもとに悲報が寄せられた。シーボルトの国禁事件に関係した人々の刑が確定したという連絡だった。それらは、一般にも公表され、長崎の町の大きな話題になった。

刑を申し渡された長崎関係の人々は、お滝の知っている男たちばかりであった。シーボルトの居宅に連日のように来ていたオランダ小通詞助の吉雄忠次郎は、大通詞馬場為八郎、小通詞末席稲部市五郎とともに永牢《えいろう》を申しつけられ江戸へ押送《おうそう》されるという。また、高良斎は居町払い、二宮敬作は江戸御構え、長崎払いの刑が確定。それ以外に多くの人々が厳しい刑の申渡しをうけた。

お滝は、それらの処分を耳にして身をふるわせた。江戸では、シーボルトに地図を贈ったかどで捕えられた天文方の高橋作左衛門が牢死して遺骸《いがい》を塩漬《しおづ》けにされ、またその部下も乱心して自刃《じじん》したことがつたえられてきている。シーボルトの禁制品の蒐集《しゅうしゅう》による犠牲は、きわめて大きい。

お滝は、それらの人々に不幸をもたらした一端が自分にもあるようなおびえを感じた。シーボルトの愛人として、それらの人々の恨みが自分に向けられているようにも思った。

オランダ大通詞馬場為八郎、小通詞末席稲部市五郎、小通詞助吉雄忠次郎が、網をかけられた駕籠《かご》で江戸に向けて押送された頃《ころ》、長崎の町に伊勢神宮に祈願のため旅に出る者の姿が目立つようになっていた。

そのお蔭参《かげまい》りといわれた伊勢神宮への参拝の旅は、慶安三年（一六五〇）にはじまり、その後、宝永二年（一七〇五）、明和八年（一七七一）と、約六十年を周期として発生している。それは、伊勢神宮にお札が天から降ったなどという噂《うわさ》に刺戟《しげき》されて、庶民が仕事を捨てて伊勢神宮へ争うように旅をする奇怪な現象であった。

お蔭参りが流行するのは、世情が不安定な折にかぎられた。蘭方医の杉田玄白は、自著の「後見草」の中で、明和八年のお蔭参りについて左のような趣旨のことを書きとめている。

……その頃、諸国で百姓一揆《いっき》が起り、火事、洪水《こうずい》、大風などが相ついでいたが、その年の春、伊勢神宮にありがたい御利益《ごりやく》をしめす現象が起ったという噂がひろまったため、近畿《きんき》地方を中心に多くの男女が、群をなして伊勢へむかった。女や老人も加わり、さらに、八、九歳の子供まで互に誘い合い、雇い人は主人の眼をぬすみ、乳母は乳呑み子《ちのご》を抱いて道を急ぐ。そのうちにお蔭参りは他の地方にもつたわり、伊勢神宮は、群衆であふれた……と。

明和八年のお蔭参りも大規模だったが、シーボルト事件の判決が下された春からはじまった文政十三年のお蔭参りは、江戸時代最大のものであった。最初に発生したのは、阿波《あわ》の徳島であった。伊勢神宮に、御札と矢が降ったのをきっかけに神秘的な現象が次々に起っているという噂が流れ、徳島の人々は競い合うように伊勢へとむかった。

江戸時代の繁栄は、文化、文政年間に頂点に達したが、その反面、政治の腐敗と人心の荒廃をも産み出していた。そして、お蔭参りの現象がみられた明和八年と同じように天災、人災が相ついでいた。文政五年には畿内、山陰、山陽等の地方にわが国で初めてコレラが発生して大流行をし、翌六年には全国的に旱魃《かんばつ》におそわれ、翌七年には、九州、関東に暴風雨が襲来して各河川が氾濫《はんらん》した。さらに十一年には東海道が大洪水に見舞われ、長雨と冷気で九州、中国の農村が飢饉《ききん》にあえいだ。また、前年の文政十二年には江戸に大火があって、人心は激しくゆれうごいていた。

徳島で発生したお蔭参りは、たちまち淡路島、紀伊につたわり、すさまじい速さで畿内、東海、中部、北陸地方へひろがり、尚《なお》も果しなく拡大していった。各地方では、さかんにお蔭踊りがくりひろげられ、老若男女《ろうにゃくなんにょ》が鉦《かね》、鼓《つづみ》などを鳴らし、笛を吹いて、

「お蔭でさ、するりとな、ぬけたとさ」

と、歌いながらひしめき合って踊る。

かれらは、群をなして伊勢神宮に向うが、それは拘束された生活からの解放を意味するもので、農民は耕作の仕事をはなれ、商人は店を閉じて旅に出た。中には、親や夫の許しも得ずにお蔭参りに加わる女たちも多く、街道で人眼もはばからず性行為をする男女の姿もみられた。

お蔭参りに参加した人数は、四百万人にも達し、当時の日本の人口約三千万人の七分の一にも及ぶ。かれらは、

「いいじゃないか、いいじゃないか」

と、連呼し、村々を通過してゆく。

沿道の領主、富豪、社寺では、それら男女のお伊勢参りを好意的に遇するべきであるとして食物をあたえ、手土産まで用意したりしたが、実際はそれらの群衆に恐怖を感じていたためであった。

そのような沿道の領主たちの態度に、お蔭参りの男女は、ほとんど旅費も用意せず、小さな柄杓《ひしやく》一本をもって伊勢にむかい、接待をうけた。が、中には病気になったり、妻

や娘を犯されたりする者も多く、街道には騒然とした不穏な空気がひろがっていた。お蔭参りは九州北部一帯にも拡大し、長崎でも遠く伊勢へ旅する者がつづいた。シーボルト事件で暗鬱《あんうつ》な空気がよどんでいた長崎の町の者たちは、その息苦しさを追いはらうように長崎を出立していったのである。

お滝は、そうした空気の中でひっそりとすごしていた。伊勢神宮にでも参って鬱屈とした気持をぬぐい去りたいような気分であったが、彼女は謹慎していなければならぬ身であると自らをいましめていた。

六月十六日にオランダ船が二艘《そう》長崎湾に入り、二十日には出島の近くに投錨《とうびょう》したのを知ったお滝は、お稲の手をひいて久しぶりに海岸に出てみた。彼女は、三色旗のひるがえるオランダ船を見つめた。その眼は、船上に動く人の姿にそそがれた。シーボルトの姿を自然に探しもとめたのだが、永久に入国を禁じられたシーボルトが乗船しているはずはなかった。

未練をきれいに捨て去らなければいけない……と、彼女は頭をふった。オランダ船は、毎年初夏にやってくるが、シーボルトがそれに乗って来日することは決してない。いつまでもシーボルトに思慕をいだきつづけるべきではなく、過去を忘れ去ることによって新しい出発がある。お稲のためにも、未練は捨てなければならぬ、と自分に言いきかせた。

お滝は、お稲の手をひいて海岸をはなれた。長崎にいるかぎりオランダ船は眼にふれるが、出来るだけ見ないようにした方がいいと思った。

彼女は、再び伯父の家に閉じこもってシーボルトのことも考えぬようにつとめたが、七月に入って間もなく画工デ・フィレニュフェの使いの者が出島からやってきて、彼女に小さな木箱をとどけてくれた。

箱の中には、シーボルトからお滝とお稲にあてた手紙が入っていた。それは、拙《つたな》い文章であったが、日本語の片仮名で書かれていた。シーボルトは、日本に滞在した六年間に日本語の習得につとめ、片仮名と簡単な漢字を書くこともできるようになっていた。

お滝は、息をのむようにして文字を眼で追った。


ニチニチ、ワタクシカ、オマエ、マタ、オイ子《ネ》ノ、ナヲ、シバイ〳〵、イフ

その文章は、「日々、私は、お前、また、おイネの、名を、しばしば、言う」と読めた。

お滝の眼に、熱いものがつきあげてきた。つづいて記された片仮名文字の並んでいるのが、かすんで眼に映った。

ナントキワ、オマエヲ、マタ、オイ子、モット、アイスル、モノヲ、ミルナ

この文章は乱れているが、「何時、お前を、また、おイネ、もっと、愛する者を、見るな」と読め、「いつになってもお前とおイネを私より以上に愛する者は現われない」という強い愛を訴えたものであった。

思いがけぬシーボルトからの手紙に、お滝は、身じろぎもせず片仮名文字を見つめた。文章はたどたどしいが、それだけにシーボルトの自分とお稲に対する愛情が生々しく伝わってくる。シーボルトが自分を異国の地の遊女と考えず、愛する妻として接してくれていたことが、あらためてその文面からはっきりと知ることができた。

ニチニチ、ワタクシカ、オマエ、マタ、オイ子《ネ》ノ、ナヲ、シバイ〳〵、イフナントキワ、オマエヲ、マタ、オイ子、モット、アイスル、モノヲ、ミルナ

お滝は、低い声でその文章を反復してつぶやいた。それは、妙《たえ》なる楽の音をきくようなリズミカルなものにきこえた。

お滝は、裏庭で遊ぶお稲を呼ぶと、

「オトシャマからのお便りだ」

と言って、手紙をさしめした。

お稲は手紙を見つめ、お滝に顔を向けると、

「いつ、帰ってくる？」

と、問うた。

「よくおきき、お稲。オトシャマは、もはや帰っては来ぬのだ。遠くバタビヤに去り、オランダという国へ行ってしまわれた。しかし、オトシャマは、遠い異国で私たちのことを温く見守ってくれている。わかったか？」

お滝は、さとすように言った。

お稲は、うなずいた。幼いお稲も、父が再び自分たちの前に姿をあらわさぬことに気づいているのだ。

翌々日、デ・フィレニュフェから再び使いの者が来て、一通の手紙と木箱をとどけてくれた。手紙は、デ・フィレニュフェからの伝言で、出島詰の通詞によって日本文に直されていた。それによると、シーボルトは無事に蘭領東印度のバタビヤに到着し、それからオランダ本国にむかったという。さらに、使いの者に託した木箱の中におさめられた品々は、シーボルトからお滝への贈物で、オランダ船に載せられてきたとも書き添えられていた。

お滝は、木箱のふたをとりのぞき、中におさめられた物をとり出して畳の上に置いた。

指貫《ゆびぬき》が七個ある。美しいギヤマンの皿が一枚、小さな指輪が十個、反物十反、髪飾り七個、櫛《くし》が一枚、それに銀十貫目であった。

お滝は、シーボルトの温い気持に涙ぐんだ。いったん縁が切れれば、冷い態度をとって異国に去るオランダ人たちが多い中で、シーボルトが手紙を寄せ、お滝の喜びそうな品々を船に託して贈ってくれた愛情の深さに感動した。

彼女は、シーボルトと起居を共にしていた頃よりもシーボルトに強い愛情を感じた。今すぐにでも会って、その大きな腕に抱きしめられ、接吻をうけたかった。

お滝は、それらの手紙と贈物を伯父の甚五郎夫婦に見せた。

「高価な品々だ」

甚五郎は、木箱の中の贈物を手にとってながめていた。

傍に坐《すわ》っていた甚五郎の妻は、無言でそれらの品物を見つめていたが、ふるえをおびた声で、

「このようなものを受けとったりすると、御役人様からお咎《とが》めをうけませぬか」

と、言った。

甚五郎は、手にした品物をすぐに箱の中へもどすと、妻とお滝の顔に視線を据《す》えた。その眼には、おびえの色がうかんでいた。

お滝の顔からも血の色がひいた。シーボルトを中心とした国禁事件は、手紙や物品の

授受によって起った。鎖国政策をとる幕府は、異国人と日本人との間でそれらの授受がおこなわれることを制限し、違反した者にはきびしい処罰を加えている。シーボルト事件以後、幕府の態度はさらに硬化し、出島の出入りも一層厳重になっている。

そうした折に、罪人として国外に永久退去を命じられたシーボルトからの手紙と贈物をお滝が受けとったことは、国法にそむく行為と判断され、お咎めの対象になるおそれがある。甚五郎夫婦も、お滝の養父母として処罰されることが十分に予想された。

「このようなものを、家に置くのは恐しい。御役所へ差出すのが難をのがれる唯一《ゆいいっ》の道だ」

甚五郎は、青ざめた顔で言った。

お滝も、恐怖におそわれた。伯父の言う通り、奉行所に差出して指示をうけるべきだと思った。

しかし、その前に高良斎、二宮敬作、通詞の松村直之助の意見をきく必要があると思い直した。かれらは、シーボルトの依頼をうけてお滝のよき相談相手になると約束してくれていた。ただ、二宮敬作のみは十日ほど前に故郷の宇和島へ去っていた。敬作は、お滝に手紙を寄越し、長崎払いになった身なので十分に相談相手になることもできなかったことを詫《わ》び、故郷へいったん帰るが、今後も出来るかぎりの助力を惜しまないと記してあった。お滝は、誠実な人物である敬作との別れを惜しみ、餞別《せんべつ》を返書とともに送った。

そうした事情で、お滝は、高良斎と松村直之助に手紙を送り、事情を訴えた。

翌日、高良斎が姿をあらわし、それを追うようにして松村直之助もやってきた。

お滝は、直之助の説明をきいて安堵《あんど》した。直之助の話によると、シーボルトからお滝宛《あて》に送られた手紙も品々も、すべて奉行所で入念な検査をうけ、お滝に渡しても差支《さしつか》えないと判断されたものだという。

「心配することなど不要です。長崎に残っている石井宗謙殿にも、シーボルト先生より医書が三冊送られてきましたが、それも役所の検分をうけたものです」

良斎は、笑いながら言った。

お滝は、表情をやわらげた。

「そんなことよりも、シーボルト先生の御書簡を拝見させて下さい」

良斎が、苛立《いらだ》ったように言った。

お滝は、すぐに立つと木箱を持ってきた。良斎と直之助は、お滝のひろげた手紙に視線を据えた。

「なつかしい先生の字だ。勢のあるいい字だ」

二人は、眼をかがやかせて文字をみつめていた。

お滝は、お稲を呼んだ。お稲は、きちんと坐ると頭をさげた。

「賢い、賢い。立派な挨拶《あいさつ》もできるようになって……。先生の面影《おもかげ》がどことなくある」

良斎は、お稲をいとおしそうにながめていた。

夕方近くなっていたので、お滝は酒の用意をした。

「今日は遠慮いたさぬ。先生の御書簡を拝見できた祝いの日です」

良斎は杯《さかずき》をとり、直之助にも酒をくんだ。

酔いがまわると、良斎は、

「あなたたち母娘《おやこ》のことが気がかりだが、私も近々のうちに郷里の徳島へ帰らねばならなくなった」

と、しんみりした口調で言った。

お滝は、うなずいた。信頼していた二宮敬作につづいて良斎にも去られることが心細かった。

「戸塚静海殿も、近く帰郷すると申している。塾生では石井宗謙殿がまだ残るでしょうが、それもいつまでのことか……」

良斎は、杯を傾けた。

シーボルトの国禁事件が公《おおや》けになる直前、地図の作成に協力した鳴滝塾の主要人物であった岡研介と高野長英は、事件の発覚に伴って罪に問われることを敏感に予知し、それぞれ長崎を去った。その時から、日本の学問の中心地の一つでもあった鳴滝塾の崩壊はじまったと言ってよかった。研介、長英の予想は的中し、天文方高橋作左衛門のお召捕りに端を発してシーボルトも訊問《じんもん》をうける身になり、塾頭の高良斎とそれにつぐ位置にあった二宮敬作も投獄された。それによって、鳴滝塾の存在は完全に無に近いものになり、シーボルトの国外退去によって消滅した。すでに、鳴滝塾に人の姿はなく、雨戸も閉められたままで、ただ紫陽花《あじさい》の花が美しい色をあたりにふりまいているだけであった。

一つの時代が終ったことを、お滝は意識した。シーボルトと関係のあった人々は、いつの間にか去って残り少くなっている。

「淋《さび》しくなります」

お滝は、深い息を吐くようにつぶやいた。

その年の夏は暑く、盂蘭盆《うらぼん》がすぎても長崎の町には暑熱がよどんでいた。その中を二十六夜待の鳴物が、遠く近くきこえていた。

お稲は、汗疹《あせも》が額や腹部に出来て、お滝はお稲に行水させた後、必ず天花粉をふりかけてやっていた。それは、疱瘡《ほうそう》にかかるのをふせぐ効果があるとも言われていた。

八月一日は八朔《はっさく》の祝日で、その日、高良斎がお滝を訪れてきた。

「明朝、出立して故郷へ帰ります。戸塚静海殿と石井宗謙殿は残りますから、後の事は二人に委《まか》せました。困ったことがありましたら、かれらに相談するか、それとも私か二宮敬作殿に手紙を出して下さい」

良斎は、心残りのあるような表情をして言った。そして、お稲に近づくと抱き上げ、

「オカシャマの言いつけをよく守るのですぞ」

と、言った。

良斎は、お滝母娘の見送りをうけて道を去っていった。

その後、暴風雨が長崎を襲い、ようやく秋らしい気配が感じられるようになった。

良斎が長崎を去って間もなく、石井宗謙がお滝を訪れてきた。宗謙は三十四歳であったが、独身であった。

かれは、驚くほど目鼻立ちの整った男であった。細面《ほそおもて》で色が白く、役者のようにみえ、長崎の町の女たちは美男である宗謙のことをしきりに話題にしていた。

お滝も、宗謙の顔を美しいと思ってはいたが、好きな顔ではなかった。余りにも整いすぎていることが、近寄りがたい印象をあたえる。宗謙は、幼くして父を病いで失ったというが、不運な生い立ちの中で学問一途に生きてきたためか眼《め》に冷い光がやどっていた。

宗謙は、

「良斎殿から後事を託されました故《ゆえ》、なんなりと困ったことがあったら申し出て下さい。

私の及ぶ範囲内でお力になりたい」

と、静かな口調で言った。そして、裏庭にいるお稲に眼をとめると、

「手土産に持ってきました」

と言って、団子を入れた包みを畳の上に置いた。

お滝は厚く礼を言い、

「今後、よろしくお願いいたします」

と言って、深く頭をさげた。

九月に入ると、長崎の町に秋色がひろがった。諏訪神社の大祭がはじまって、町の中はにぎわった。お滝は、お稲を連れて諏訪神社にお参りに行った。

シーボルト事件の噂《うわさ》もいつの間にか人の口にのぼらぬようになり、町の中には平穏な空気がもどってきているように感じられた。異国へ唯《ただ》一つひらかれた港町であり、西洋知識の吸収を志す学徒や貿易品の買い入れに集る商人たちと接触してきている長崎の町の者たちは、排他的な気風はなく、他人に対して寛容な態度をとる。そのような気質のためか、お滝母娘に対して冷い眼を向ける者はいなかった。

しかし、混血児のお稲の存在は珍しいらしく、かれらは、好奇にみちた眼でお稲を見つめる。お稲の眼は青みをおびている。それは、お稲に異国人の血が流れていることをはっきりとしめしていた。が、鼻の高い色白のお稲は人々の眼をひきつけ、かれらは

口々に、

「ミゾーカ（可愛い）」

と、感嘆の声をあげていた。

その年のオランダ船の帰帆は、大幅におくれた。積載する品物の集荷が思うようにはかどらず、その上、船に修理しなければならぬ故障も生じていた。

十月下旬、石井宗謙が訪れてくると、

「シーボルト先生に、手紙を書きたい気持がありましたらお書き下さい。私があずかって、オランダ文に書き直し、帰帆するオランダ船に託します。それは、きっとオランダにいる先生にとどくことと思います。すでに私は、先生宛の手紙を書きました」

と、言った。

お滝は、胸をはずませた。手紙を送りたい気持はあったが、それは到底叶《かな》わぬことと思っていただけに宗謙の申出が嬉《うれ》しかった。彼女は、手紙を書き、宗謙のもとにとどけると答えた。

宗謙が去ると、彼女はすぐに巻紙を手にした。遊女の身として読み書きにも習熟していた彼女は、美しい文字を書きつらねていった。手紙には、今年の七月にデ・フィレニュフェからシーボルトの手紙をもらって嬉しかったこと、自分もお稲もきわめて達者に暮していることを冒頭に記し、……長年引続き出島にてお前様と一緒に暮し、あれ程の大災難に遭ひ申候《もうしそうろう》事とて、お前様とお別れ致候てより後は、毎日〳〵お前様の事思ひ出しては、涙にくれ居《おり》申候。お前様の御手紙を拝見仕《つかまつ》るにつけ、せめて今一度御逢申上度《おあいもうしあげた》きものと存上候。お稲も、余程物事わかるやうに相成、遣瀬《やるせ》なく父親を慕ひ居申候。

さらに、シーボルトからの贈物について、

此度《このたび》千両《ティル》（銀十貫目）、指ぬき七つ、ギヤマンの皿一つ、小指輪十、髪飾七つ、櫛一つ、数々の御進物、海山万里を隔《へだ》て居候処《ところ》より私とお稲へ御送り被レ下《くだされ》、私は、私の愛するお方を忘れ兼《かね》候。

とも、記した。

彼女は、手紙を書いているうちに、シーボルトへなにか贈物をしたいと思いはじめた。むろんシーボルトが最も喜びそうなものが好ましく、彼女は、筆をおいて思案した。

シーボルトは、肉親と言えば母だけで、母親に対する愛情は殊《こと》のほか深い。お滝は、煙草《たばこ》入れを二個用意し、一個は母親に、他の一個はシーボルトに贈ることを思いついた。

母親へ贈る煙草入れにはお稲の姿を、シーボルトに贈るものには自分とお稲の姿を描かせるようにしたらよいと思った。

彼女は、手紙を書くことを中断し、あわただしく家を出た。行き先は、シーボルトとも親しく交っていた絵師の川原慶賀の家であった。

慶賀は幸いに在宅していて、彼女の乞《こ》いをすぐに受け入れてくれた。そして、彼女とともに町の中を歩き、煙草入れを作る職人の家に赴いて、漆器作りのきわめて上質なものを二個注文した。

半月ほどして品物が出来上り、慶賀がその蓋《ふた》に絵姿を入念に描いてくれた。母親宛のものには蓋の表面にお稲、シーボルト宛のものには蓋の表面にお滝、裏面にお稲の姿を描き、細工師に頼んで絵の上に透明な薄い青貝をはめこんでもらった。

お滝は、その香合形鼻煙草入れの出来栄《できば》えに満足した。それは円形で、直径三寸六分(約一一センチ)、厚さ一寸(約三センチ)のものであった。

その煙草入れについて、お滝はシーボルトへの手紙に、

私事御母上様へ、煙草入一つ、又御前様へも、同じもの一つ進上仕候。最初のものには、愛児お稲の姿、今一つ最後のものには、私とお稲と二人の姿、なか〳〵巧妙に彩《いろど》り書きたるものに御座候。

と、書き加えた。

お滝は、お稲の手をひいて伯父甚五郎の家を出た。海岸沿いの道には、初冬の陽光がひろがっている。港には、出島の近くに三本マストのオランダ船がうかび、左方の岸に唐船が繋留《けいりゅう》されているのが見えた。

お滝は、家並の中に入っていった。道はのぼり坂になっていて、お滝はお稲を背負うと坂をのぼった。風が渡って、片側につづく土塀《どべい》から道の上にさしかけられている樹木の枯れ研がれた枝が、小刻みにふるえていた。

彼女は道を曲ってせまい露地に入り、低い二階家の前で足をとめ、お稲を背からおろした。そして、格子戸《こうしど》をあけると家の中に声をかけた。

白髪の小さな髷《まげ》を結った老いた女が、足音もさせずに出てくると、膝《ひざ》をついた。

「お滝と申す者でございますが、石井宗謙様は御在宅でございましょうか。お眼にかかりたく存じます」

彼女は腰をかがめ、澄んだ声で言った。

老女は、お滝の美しさに驚いたらしく細い眼をみはっていたが、静かに立ち上ると奥に消えた。入口はせまいが、奥行きの深い家のようであった。

すぐに廊下を近づく足音がして、色白の宗謙が姿をあらわした。宗謙は、お滝の訪れ

が意外であったらしく、

「お滝殿か」

と、言った。

お滝は腰をかがめて挨拶をすると、

「お言葉に甘えまして、ししほると様への便りをしたためました。なにとぞオランダ文《ぶみ》にお直し下されまして、オランダ船におのせ下さいませ。お願い申し上げます。また、これは、ししほると様としほると様のおかか様へ贈る煙草入れでございます。これも船におのせ下さいますれば幸いに存じます」

お滝は、布につつんだものを差出した。

「煙草入れを？」

宗謙が、包みを受取って言った。

「はい、絵師の川原慶賀様にお頼みしまして、私とお稲の絵姿を描いていただきました」

お滝は、恥しそうに顔を伏した。

「それは先生への何よりの贈物でしょう。たしかに受取りました。書簡はオランダ文にし、煙草入れとともに船長《ふなおさ》に託します」

「必ずししほると様に、とどきますでしょうか」

「御安心なさってよい」

宗謙は、口もとをゆるめた。

「よろしくお願い申し上げます」

お滝は、安堵《あんど》したように再び頭をさげた。

「いかがです。お茶でも……」

宗謙が、家にあがるようにうながした。

彼女は、辞退した。宗謙は美男で、町の女たちの関心の的になっている。もしも、かれの家にあがればあらぬ噂を立てられるおそれもある。シーボルトの愛人として人々の注目を浴びている身であるだけに、慎重な行動をとらねばならなかった。

宗謙は、家の外に出ると、

「可愛《かわい》い顔をしたお子だ」

とつぶやき、お稲を見つめた。

お稲はお滝にうながされて頭をさげ、宗謙を見上げた。その眼には無心な光がうかんでいた。

お滝は、お稲の手をひいて露地を出ると、路《みち》の角で足をとめ、家の前で見送る宗謙に頭をさげて坂をゆっくりとくだっていった。

宗謙は、その日から翌日にかけて、お滝の手紙の翻訳にとりくんだ。

かれは、お滝のシーボルトを恋いしたう文面に心をうたれ、その意を十分につたえるよう苦心した。

その仕事を終えると、かれは、自分のシーボルト宛にしたためた手紙をあらためて点検した。その手紙は、高良斎が長崎から故郷の徳島に去る直前に書いたものであった。かれは、オランダ文を低い声で音読しながら、スペルがまちがっていないかをたしかめた。

先生ガ、バタビヤカラ先生ノ祖国ニ無事帰ラレルコトヲ祈リマス。オイネ、ソノギヲ初メ、弟子一同達者デス。画師デ・フィレニュフェ殿ヲ通ジ、東西インドノ医学書二冊、病人看護法ノ書物一冊ヲオ贈リ下サレ、有難ク存ジマス。（……中略……）先生ト共ニ不幸ナル事件ニ関係シタ人々ハ、スベテ本年ノ三月ニ牢獄《ロウゴク》ヨリ無事釈放サレマシタ。但《タダ》シ、（馬場）為八（郎）、（稲部）市五郎、（吉雄）忠次郎ノ三人ハ、江戸ニ護送サレ、大・小名ノオ預ケトナリ、無事ニ暮シテイマス。又、高橋作左衛門ノ二人ノ息子ハ、江戸カラ遠島ノ刑ニ処セラレマシタ。（二宮）敬作ハ、本年ノ六月ニ長崎ヨリ自分ノ故郷ニ帰リマシタ。（高）良斎（ト戸塚静海ノ）両人ハ、間モナク故郷へ出発スルデショウ。私ハ故郷へ帰ルカドウカハキメテイマセン。

私ニ、オランダノ新シイ医学書ヲオ送リ下サイ。

千八百三十年十一月

貴方《アナタ》ノ生徒

宗（謙）

宗謙は、その手紙に添えてオランダ文に翻訳した研究論文二部、本草書三部、二百種ほどの押葉を贈ることにした。

かれは、それらをまとめ、お滝の手紙、煙草入れとともに出島係の役人に差出した。役人は、ただちに奉行所へ届け、所内で検分の結果、差支《さしつか》えないと判断されオランダ船に載せることが許された。

また、長崎にとどまっていた鳴滝塾のすぐれた塾生の一人であった戸塚静海も、シーボルト宛の手紙をオランダ文で書き、宗謙につづいて役人に提出していた。シーボルトは、その年の六月に長崎に入港したオランダ船で、宗謙と同じように静海にも洋書を贈っていた。それは、医学書、化学書で、シーボルトが帰国する時に静海が手紙で依頼したものであった。

静海からシーボルトに送られる手紙は、奉行所の命令でオランダ通詞たちが日本文に訳して奉行所に提出された。

学識豊カナシーボルト先生へ

事件以来オ眼ニカカル事モ出来ズ、一言モ申上ゲズ先生ニオ別レシタコトハ、私ノ非常ニ遺憾トスルトコロデス。今日着イタ船カラデ・フィレニュフェ殿ノ得タ報告ニヨリ、先生ガ達者デオラレルコトヲ知リ、私ハ非常ニ喜ンデオリマス。デ・フィレニュフェ殿ヲ通ジ、「牛痘《ギユウトウ》接種法」一巻、「小児病」一巻、プレンク著「化学」一巻、「東西インドノ病気」二巻等ノ書籍ヲオ送リ下サレ、アリガタク存ジマス。

（……中略……）先生ノ愛児、及ビソノギハ、丈夫ニ暮シテオリマス。又、先生ノ弟子タチモ、ソレゾレノ仕事ニ励ンデイマス。弟子ノ中デ、（二宮）敬作、（高野）長英ハ故郷へ帰リ、（鈴木）周一ハ、肥後ニオリマス。

先生ノ御健康ヲ祈リマス。

長崎ニテ

貴方ノ弟子　戸塚静海

この手紙も、奉行所で不穏な性格のものではないと判定され、オランダ船に載せることが許可された。

お滝は、お稲をともなって諏訪《すわ》神社に赴いた。

すでにお稲は前年に髪置きを終えて髪を唐児《からこ》にむすび、帯解きもして着物のつけひもをとり帯を着用するようになっていた。それは幼児の成長をしめす慶事で、子供が誕生してから三年目におこなわれることになっていた。が、シーボルトが国禁にふれたことによって、身辺が騒然とし、それについて祝い事をするゆとりなどなかった。

シーボルトが国外に去ってから、お滝はお稲の髪置き、帯解きの披露《ひろう》をしたいと思いつづけていたが、世人の眼をはばかってそのようなことをする気持にはなれなかった。多くの者たちが事件に関係したかどできびしい罰をうけ、馬場為八郎ら三名の通詞は江戸へ押送《おうそう》され、永牢《えいろう》を申し渡されて地方の大名預けとなり牢獄生活を送っている。それらの人々の境遇を考えると祝い事をすることは控えるべきであり、長崎に残された為八郎らの家族たちに対しても遠慮しなければならぬと考えていた。

しかし、シーボルトへの手紙を書いてから、お滝の気持にも変化が起った。事件の決着はつき、その年の三月には関係者の刑も決定した。いつまでも過去の記憶に自分をしばりつけることは、今後の生活のためにも支障になる。それにお稲は事件に関係がなく、幼い者の行事まで拘束することは罪だとも思った。そうした心境になったお滝は、実の親や養父母の強いすすめもあって、その日、お稲の髪置き、帯解きの祝いをすることに心をきめたのである。

お滝は、鳥居をくぐり、石段をのぼって、お稲とともに社前にぬかずいた。そして、お稲の髪置き、帯解きの報告がおくれたことについての許しを乞い、その成長に神の御加護あらんことを祈った。社殿の背後に鬱蒼《うっそう》とおいしげる松林には、風の音がしきりに起っていた。

お滝は、しだれ柳の模様のある紫縮緬《むらさきちりめん》の着物を身につけ、お稲も同じような紫縮緬の着物を着ていた。髪は、お滝が唐人髷《とうじんまげ》、お稲は唐児に結っていた。

二人の着物には紋が入っていたが、それは、一般にみられる家紋とはいちじるしく異なったものであった。上方と下方に星のようなものがえがかれ、両側に尾の長い動物に似た絵もみられる。絵皿にでもあるような図柄《ずがら》であった。それは、シーボルトが使うようにと言い残していったかれの家の紋章であった。四代前のオランダ商館長であったヘンデレキ・ドウフは、丸山の遊女瓜生野《うりゅうの》との間に一児を得、道富丈吉と名づけたが、丈吉に自分の頭文字であるHとDを組み合わせた家紋をつくってあたえた。それも家紋として異例であったが、お滝とお稲の着物につけられた紋も特異なものであった。

お滝は、お稲を連れて諏訪神社を去り、家にもどった。

その日、お滝は、お稲を連れて親戚《しんせき》の家々をまわって歩いた。さらに、シーボルトとその母に贈る煙草入れに自分たちの絵姿をえがいてくれた絵師川原慶賀、石井宗謙、相談相手になってくれている通詞松村直之助の家々も訪れた。直之助のみは出島詰めの日に当っていて不在だったが、慶賀も宗謙もお稲の成長を祝ってくれた。

夕刻からは、家で親族のみの酒宴がひらかれた。

お滝の表情は、明るかった。シーボルトが国禁にふれて以来、暗い日々を送ってきた彼女は、久しぶりの祝宴にはしゃいでいた。いまわしい事件の記憶が過去のものとなったように思え、嬉《うれ》しくてならなかった。

彼女はすすめられるままに酒も飲んだ。酌《しやく》の仕方も杯《さかずき》のかたむけ方も優美で、それは遊女をしていた頃《ころ》の名残りでもあった。お滝は、宴がはねるまで膝をくずさず杯をかたむけつづけていた。

夜が更《ふ》けて酒席が片づけられ、お滝は、甕《かめ》の水を盥《たらい》にくんで化粧した顔を洗った。水が、火照《ほて》った顔に殊《こと》のほか冷く感じられた。

彼女は、不意に熱いものがつき上げてくるのを意識した。

彼女は肩をふるわせた。快い涙であった。酔いが涙を誘っていた。暗い過去が断ち切られ、女として明るい生活ができるような活力が体中にひろがっている。

私はまだ若いのだ、美しくもある、と、自分に言いきかせた。稲とともに、力強く生きてゆこう、と、ひそかに声を出してつぶやいた。

涙が、はてしなく流れ出てくる。彼女は、水を手にすくって顔を洗った。身も心もぬぐい清められたような、爽《さわや》かな気分であった。

彼女は、布で顔を拭《ぬぐ》うと、白い歯をみせて笑ってみた。その眼《め》には、少女のようないたずらっぽい光がうかんでいた。

翌朝は、珍しく雪であった。

花びらのような雪片が舞いおりているが、地面にふれると消えてしまう。それでも、しばらくすると庭も道もうっすらと白くなった。

朝食をすませて間もなく、突然、物をたたきつけるような轟音《ごうおん》が、空気を震動させた。長崎の町の者にとって、それは耳になじんだ音であった。オランダ船が出入港に放つ号砲にちがいなかった。

お滝は立ち上ると、下駄《げた》を突っかけ、傘《かさ》を手に家を走り出た。

坂をくだり、海岸に出た。二艘《そう》のオランダ船は、すでに出島の近くの海面をはなれて港口近くに進んでいる。船の舷側《げんそく》に一瞬煙が湧《わ》いて、それにつづいて砲声がとどろいた。その音は、雪の舞う長崎の町にひびき渡ると、丘陵の奥に消えていった。

帆が張られ、オランダ国旗の三色旗が降雪の中ににじんでひるがえっているのがみえた。船には、お滝がシーボルト宛《あて》にしたためた手紙と二個の煙草《たばこ》入れがのせられているはずであった。

船は、バタビヤに向い、さらにお滝の手紙と贈物は別に仕立てられた船でシーボルトのいるオランダに送られるという。

彼女にとって、オランダは、遠い遠い地に思われた。そのような地に、自分の手紙や贈物が果して到着することがあるのだろうか、と思った。

「なにとぞ、便りと煙草入れがしほると様の手にとどきますように……」

お滝は、掌《て》を合わせ、祈った。

また、船に煙が湧き、砲声がとどろいた。その音は船が遠ざかっているため幾分小さくなっていた。

やがて、船は岬《みさき》のかげにかくれていった。

彼女は、降雪の中で長い間立っていた。港には曳舟《ひきふね》として駆り出された多くの漁船が、岸に引き返していた。

オランダ船が去って間もない十二月十日、年号が改められて、天保元年になった。

シーボルト事件の解決に腐心した商館長ゲルマイン・フェイリックス・メイランは、オランダ船に乗って帰国し、その年の六月に長崎へやってきたフレデリック・ファン・チッテレスが、正式に商館長に就任した。

その交代によって、出島にもシーボルト事件の名残りはほとんど消えた。

出島の生活は、旧に復した。

出入門の探りは事件発生前よりきびしくなってはいたが、夕刻近くになると、門の外に丸山の遊女たちの乗った駕籠《かご》がやってくる。

そして、きらびやかに飾り立てた遊女が禿《かむろ》をしたがえて門の中に入っていった。

お滝は、その年の秋、出島で出火さわぎがあったことを人づてに耳にした。

それは小火《ぼや》であったので、長崎の町でも知っている者はほとんどいなかった。

火を発したのは、デ・フィレニュフェの居宅であった。八月二十一日の暮六ツ（午後六時）頃、かれの居宅の窓から煙が立ちのぼるのを発見した出島詰の者たちが、いち早く駈《か》けつけて水をかけ、大事に至らず消しとめた。原因は、デ・フィレニュフェが居宅に呼び入れていた遊女に仕える禿が、あやまって燈火《とうか》を夜具に落したためであった。

お滝はデ・フィレニュフェがどのような私生活を送っているかは知らなかったが、その出火さわぎによって、かれが新たに遊女を呼び入れていたことに気づいた。出火さわぎは、妻のミミイが国外に去ってからわずか九ヵ月ほど後で、おそらくかれは、ミミイと別れて日もたたぬうちになじみの遊女をつくったにちがいなかった。

お滝は、苦笑した。デ・フィレニュフェは才気のある男で、画工でありながら蔵役にも抜擢《ばってき》されていた。陽気な性格で、酒を飲むと滑稽《こっけい》な踊りをして笑わせたり遊女相手に長崎拳《けん》の遊戯をしたりする。

おそらくミミイとの別離の悲しみもすぐにいえて、新しい女をもとめたにちがいなかった。

外出も許されず出島で生活をつづけるオランダ商館員の唯一《ゆいいつ》の楽しみは、遊女と交りをもつことであり、デ・フィレニュフェが妻と別れて間もなく遊女を得たことも無理からぬことであった。

が、お滝は女の身として、デ・フィレニュフェが、青柳、ミミイについで新たな遊女と肉体関係をもつようになったことが、少し早すぎはしないかとも思った。

デ・フィレニュフェとは対照的に、薬剤師のビュルゲルは、誠実な男であった。

ビュルゲルは、お滝の姉であるお常と肉体関係をつづけていた。お常は、すでにビュルゲルから抱主に身請代銀に相当するものも渡されていて、いつでも自由になれる身であった。

ビュルゲルの妻にも等しい存在であったが、出島に出入りする必要から遊女の籍にとどまっていたのである。

二人の間には女児もうけられていて、お常は、麹屋町《こうじやまち》に家まであたえられていた。

その女児はビュルゲルによく似ていて、髪は金髪で眼も青かった。

ビュルゲルは、お常母娘《おやこ》と同じようにお滝とお稲の面倒もよくみてくれていた。時折り、お滝のもとに菓子やバターを使いの者に託してとどけてくれたりした。

ビュルゲルの悩みは、お常が病弱であることであった。お常は、女児を出産してから体の故障をうったえるようになり、その年の秋頃からは顔色も悪く食事もすすまぬようであった。ビュルゲルは、お常を診断して消化器に欠陥があることに気づき、薬をあたえたり食事に注意するよう忠告していた。

オランダ船が出港して間もなく、小瀬戸で大火があった。火は夜空を赤々と染め、長崎の町の者たちは寒気に身をふるわせながら港の対岸にある小瀬戸を見つめていた。

ようやく明け方近くに鎮火したが、その火災によって百五戸が焼けた。

十三

お滝の美しさは、一層冴《さ》えを増していた。肌《はだ》は透きとおるように白く、鼻も唇《くちびる》も繊細で形がととのっている。眼《め》が濡《ぬ》れたような光をおび、妖《あや》しい色気がにおい出ていた。

優艶《ゆうえん》なお滝に、男たちの熱っぽい眼がむけられていた。お滝が歩いてゆくと、その美しさに息をのんだように眼をみはり、立ちどまって後姿を見送る。お滝の容姿は、町の話題になっていた。

彼女のもとには、多くの男からの手紙や贈物がとどけられるようになっていた。が、彼女は、それらを無視し心をうごかすこともなかった。

彼女の養父である甚五郎のもとに、一人の男が秋頃《あきごろ》からしばしば訪れてくるようになっていた。大坂からやってきていた燈油《とうゆ》をあつかう商人であった。

お滝は、勘助というその男が自分に関心をいだいているらしいことに気づいていた。勘助は、家にやってくると必ずお滝に挨拶《あいさつ》を送ってくる。その眼には燃えるような光がうかび、彼女の顔に長い間据《す》えられているのが常であった。

お滝は、勘助に好感をもつことができなかった。かれは淀《よど》みない口調で話し、仕種《しぐさ》も大げさで、しわがれた笑い声を立てる。商人としての才能はあるようだったが、言動が軽薄に感じられて不快だった。

殊《こと》にお滝は、自分の体にからみついてくる勘助の眼の光に身ぶるいするような嫌悪《けんお》を感じ、さりげなく家の奥に身をかくしたりしていた。

ある夜、彼女は養父に呼ばれた。

「いつまでもひとり身でいるわけにはゆくまい。早く聟《むこ》をとってくれなくては困る。私もこれからどれほど達者で働けるか、心もとない。お前が立派な聟をとって店をついでくれることが望ましい」

甚五郎は、手あぶりの上で手をこすり合わせながら言った。

お滝は、

「はい」

と、神妙に答えたが、養父がなにを言い出すか不安であった。

「お前も知っている勘助さんだが、ぜひお前を……とたっての願いだ。あの方は手広く商いをしている商人だが、この家に聟として入ってもいいと言っている。結構な話だと、おれは思うが……」

甚五郎は、お滝に眼を据えた。

お滝は、身をかたくした。ある程度予想はしていたが、養父の口から現実に告げられると、あらためて勘助に対するいまわしい感情が胸にひろがった。

彼女は、眼を伏すと、

「あの方を聟に入れますと、お稲は？」

と、かすれた声でたずねた。

「お前の生家に引きとってもらう。お稲がいては勘助さんも都合が悪いだろう」

甚五郎は、さりげない口調で答えた。

お滝は、頭を垂れた。

シーボルトに対する愛情は、依然として胸に残っている。が、シーボルトは異国人であり、永久に国外退去を命ぜられた男で再びめぐり合えることはない。そうしたことからも、いつかは自分もだれかの妻になるべきだと思っているが、お稲と別れて暮すことなど考えられなかった。お稲は、彼女にとって唯一《ゆいいつ》の生き甲斐《がい》であった。シーボルトとの生活で、彼女に残されたのはお稲だけであり、それを失うことは生きる意味を失うことになる。

「どうだ。承知していいな」

甚五郎は、強い口調で言った。

お滝は、顔をあげると、

「お稲と別れることは……」

と、切なそうな眼をして言った。

「なにを言う。過ぎ去ったことをきれいに忘れることが、お前の身のためだ。勘助さんに聟に入ってもらえれば、お前は一生安楽に暮せるし、おれたち夫婦も心丈夫だ。お稲はお前の足手まといになるばかりではないか」

甚五郎は、眼をいからせた。

「お稲を手ばなす気はありません」

お滝は、顔を伏した。

「そのような子供じみたことを言って……」

甚五郎は、腹立たしげに顔をしかめた。

二人の間に、沈黙がひろがった。やがて、甚五郎が、

「よく考えてみるのだ。明後日《あさって》までには承諾の返事をせねばならぬ」

と言って、荒々しく席を立った。

お滝は、うつろな眼をして坐《すわ》っていた。いずれは嫁がねばならぬ身だとは思っていたが、勘助の妻にはなりたくなかった。母の身としてそのようなことはできなかった。それに、勘助が聟に入ることはお稲を手放すことが条件になっているらしい。

彼女は立ち上ると自分の部屋に入り、燈心を一本ともして寝仕度をはじめた。すでに

お稲は、ふとんの中で眠っていた。彼女は、淡い灯《ひ》の光にうかびあがったお稲の寝顔を見つめた。熱いものが、胸にひろがった。養父の求めにしたがって勘助に嫁《か》し、お稲と別れるか、それとも義理を欠いて養父の求めにそむくか、いずれの道をえらんだらよいのか、思いまどった。

この子とはなれることなどできぬ、と、彼女は、胸の中でつぶやいた。父シーボルトと永久に別れたお稲にとって、親は自分以外にない。もしも自分が養父の言うままになってしまえば、お稲は天涯《てんがい》孤独の身になる。わずか四歳の幼いわが子にそのような心細さを味わわせたくはなかった。

彼女は、お稲の傍に身を入れ、小さな手を軽くにぎった。母として強くならねばならぬ、と彼女は自分に言いきかせた。

翌日、お滝は姉のお常の家に通じる道をたどった。前夜はさまざまな思いが乱れて眠ることができなかったので、眼に冬の陽光がまぶしく感じられた。シーボルトから後事を託された高良斎、二宮敬作はそれぞれ故郷へ帰っていってしまったが、通詞の松村直之助、鳴滝塾の塾生であった石井宗謙、戸塚静海らに相談をもちかければ、親身になって応じてくれることは知っていた。が、勘助との縁談は私事であり、かれらに訴えるべき性質のものではないと思った。それよりも姉の意見をきくのが自然であると考えた。

彼女は、麹屋町の家並の間をすすみ、お常の家の格子戸《こうしど》をあけた。

お常は、縁側に坐って日射《ひざ》しを浴びながら茶をのみ、庭で遊ぶ子供をながめていた。

お滝はお常の傍に坐ると、すぐに話をきり出した。

「やはり、そうだったのかい」

お常は、お滝が話し終らぬうちに言った。

お滝は、お常の顔を見つめた。

「勘助さんというその商人は、伯父さんに商いのことでなにか恩を売ったらしいよ。もしかすると、お金の融通でもしたのかも知れない。むろんお前を欲しがっているからだけど……。そうしたことからも、伯父さんは勘助さんの頼みをことわることはできないのだろう」

お常は、落着いた口調で言った。

お滝は、姉の言葉をきいて事情が理解できた。たしかに姉の言う通り、伯父は勘助になにか恩をうけているらしい。伯父の勘助に対する態度には、おもねるような気配が感じられる。油屋の商売は一応順調そうにみえるが、内情は苦しいのかも知れず、勘助に援助をうけているとも想像された。

お滝は、さらに勘助を聟に入れると同時にお稲を家から出すという甚五郎の言葉をお常につたえた。

青白いお常の顔に憤《いきどお》りの色があらわれ、

「そんなことを言ったのかい。この話はきっぱりと断わるんだね。生木《なまき》を裂くようなことを言う伯父さんの家にいる必要はない。口約束だけで養女になっているのだから、出てきて私の家にでもいな」

と、言った。

お滝は、姉に相談してよかったと思った。ふだんは大人しい姉だが、幼い頃から芯《しん》が強く物事も冷静に判断する。姉の言葉通り伯父の家を出ようと心にきめた。

お常は、その日、機敏に動いてお滝とお稲を自分の家に引き取る手配をつけてくれた。彼女は、実父の佐兵衛をせき立てて伯父の甚五郎の家に行くと、お滝母娘を引きとると告げ、強引に承諾させた。

お常は、甚五郎に母と子の仲を裂くことは許されぬと説き、それでもお滝を勘助に嫁がせると主張する場合は、仲に人を立てると告げた。その強い態度に、甚五郎は反撥《はんぱつ》する余地を失ったらしく、お常の言うままにしたがったのだ。

さらに、お常は、お滝が甚五郎にあずけておいた銀十貫目を取りもどすことにも手をつけた。それはシーボルトからお滝にあたえられたもので、性格的にオランダ商館とも関係があるため、お常はビュルゲルの助力をもとめた。

ビュルゲルは、シーボルトからお滝母娘の後事も託されていたのでお常の依頼をいれ、出島詰の役人に事情を説明して甚五郎から銀をとりあげることに成功した。

ビュルゲルは、その銀を有効に使用すべきだと考え、蔵役に昇進していたデ・フィレニュフェの意見をもとめた。デ・フィレニュフェは、銀をオランダとの貿易品を扱う公許の商人集団であるコンプラ仲間にあずけて、利息を受けるのがよいだろうと言ってくれた。

ビュルゲルはその意見に賛成し、シーボルトからあずかっていた五貫目を加えた銀十五貫目をコンプラ仲間に託し、利息として毎月銀百五十目をお滝に渡す約束をとりつけた。

お滝は、ビュルゲルに感謝した。勘助の妻にならずにすみ、お稲とも一緒に暮してゆける。その上、利息の銀も毎月手にすることができ、経済的にも不自由ない生活を送れることが嬉《うれ》しかった。

お滝は、お稲とともにお常の家に移った。

長崎の町に、恵美須《えびす》を真似《まね》て烏帽子《えぼし》をかぶり釣竿《つりざお》を手にした者たちが、家々の門口に立って銭を乞《こ》う姿がみられるようになった。それは煤取《すすと》り恵美須と称されるもので、家々で煤はらいがおこなわれる頃に街を歩きまわるならわしになっていた。

その年の秋の収穫は不作で、米をはじめ穀物の価格は高かったが、家々では、糯米《もちごめ》を買い入れ正月をむかえる準備にとりかかっていた。

十二月下旬、長崎の町に雪がちらついた。

雪が降ると米の収穫が期待できるといわれ、また来年が明和のお蔭《かげ》参《まい》りの年から六十一年目にあたるので、御蔭年として大豊作になるという説がしきりだった。人々は物価高になやみながらも、そのような説にわずかに気持を明るくしていた。

天保元年が、暮れていった。

お滝にとってあわただしい歳末であったが、その頃、お滝に新しい縁談がもちあがった。それはお常の口を通してつたえられたものであった。

縁談の相手は、俵屋《たわらや》の屋号をもつ関問屋《せきどんや》の時治郎という男であった。関問屋とは、馬《ば》関《かん》(下関)から荷物を船にのせて長崎へ運ぶ回船業のことで、時治郎は、唐船で輸出される山陽道方面の物産品を業者の依頼をうけて長崎に運びこんでいたのである。

縁談は、時治郎の側から人を介してお滝の姉のお常に持ちこまれた。慎重なお常は、親戚《しんせき》の者に依頼して、俵屋時治郎について詳細に調べてもらった。その結果はすべて好ましいものであった。

お常は、俵屋が東築町《ひがしつきまち》の川端通りに店をかまえていることを知っていた。その附近は長崎でも最も活気のあるところで、回船業者の店がならび、川岸にはそれらの店の持舟多数がもやわれていた。俵屋は、川をへだてて町年寄の久松家の邸《やしき》と対した所にあった。

当主の時治郎は二十三歳で、お滝よりも一歳年下であった。商売熱心で、浮いた女の噂《うわさ》などはない。温厚な性格で近隣の者や同業者の評判もすこぶるよく、ただ一つの難点は体が余り丈夫ではないということであった。

「無理にすすめる気持は少しもないが、考えてもよさそうな人だと、私は思うが」

お常は、時治郎についての感想を口にした。

「それに……」

と、お常は、お滝の顔を見つめた。

「姉の私が言うのもおかしいが、お前は女の私ですら見ほれるような器量良しだ。ひとり身でいると、男たちがむらがってどのような面倒が起るとも知れぬ。そのようなことが起らぬように早く嫁いだ方がいい」

お常は、おだやかな口調で言った。

お常の懸念《けねん》は、無理からぬことであった。長崎には、嫁盗みという風習が中流以下の生活をしている男たちの間でさかんにおこなわれていた。それは目をつけた女を路上に待ち伏せて連れ去り、強姦《ごうかん》して無理に妻にしてしまう乱暴な方法だった。長崎は治安もよいので、夜間に女も町の中を出歩く。その折をねらって、女を強引にとらえ、駕籠《かご》に押しこめてかつぎ去るのだ。

奉行所では、嫁盗みの弊害を重視し、好ましくないこととして警告を発していたが、それでもやむ気配がなかったので、文化十三年十二月にはきびしい訓令を発した。その訓令は、長崎の町の内外で「多人数申合《もうしあわせ》嫁盗と唱へ理不尽《りふじん》に娘、下女等を奪ひ連」れ去るようなことがおこなわれているが、今後そのような、「狼藉《ろうぜき》いたすもの」がいた場合には速《すみや》かに召捕り重罪に処す……というもので、これによって嫁盗みの風習も影をひそめた。

しかし、奪い去ることはなくても、夜間に女を自分の妻にしようとして執拗《しつよう》に口説き、思いを達する男たちは多かった。美しいお滝に眼をつけている男は多く、婚期をはるかに過ぎ、しかもお稲という子をもつお滝は、男たちにとって妻とするのに容易な女と考えられているにちがいなかった。しかも、お滝は、シーボルトの残してくれた多額の銀なども持っていて、金銭的にも彼女を妻にすれば好都合だと思っている男もいるはずだった。

お常の懸念通り、お滝がひとり身でいることは男たちの誘惑をうけるおそれが多分にあった。お滝は、独身でいることによって自分の周囲に波乱が起ることをおそれた。

「人を介して先方にたずねたのだが、時治郎という人はお稲も引取ると言っている。気持のやさしそうな人だし、不幸せにはならぬと思うのだが……」

お常は、静かに茶をのみながら言った。

お滝は、最も気がかりなお稲のことであるだけに、心が動いた。

「でも、年が……」

お滝は、思案するような眼をした。

「女の方が一歳年上というのは、夫婦仲もうまくゆくと言うじゃないか」

お常は、お滝の不安を笑うように打ち消した。

「本当にお稲を連れて行ってもいいと言っているんですか」

お滝は念を押した。

「その通りだよ。大事に育てると言っているそうだ」

お常は、きっぱりした口調で答えた。

お滝は、口をつぐんだ。お常の話であるだけに信じてもよいとは思ったが、遊女をしていた身であり、しかも子連れである自分には余りにも良すぎる話で不安だった。

「なぜ、私のような者を……」

お滝が、つぶやくように言った。

「それは、私も考えたよ。先方にもそのことをただしてみた。先方で言うには、私の家の家柄《いえがら》がよいことを知っているからだというのさ。私たちの先祖が野母の出で、皓臺寺《こうたいじ》に墓所をもち家柄もたしかだということを調べあげたそうだ。お前と私が遊女になったのも、家の商いの手ちがいによるもので世間によくある無理もないことだといっているそうだよ。そうしたことを先方は言っているが、なんといっても時治郎という人がお前を見染めたことによるものさ」

お常は、神妙な表情で言った。

お滝は、時治郎という男を知らなかったが、路上を歩いている時などに見られたのかも知れぬ、と思った。

「どうだね、よさそうな話だろう」

お常の言葉に、お滝は素直にうなずいていた。


天保二年（一八三一）が、明けた。

町家の門口には松、竹、梅を紙につつんだものが紅白の水引《みずひき》でむすびつけられ、役人や町年寄などの邸には松飾りが立てられた。町々には年始まわりに歩く人々が往《ゆ》き交い、酒に顔をあからめて歩いている者もいる。

お滝はお稲を連れ、お常も子のタマとともに諏訪神社へ参拝し、晧臺寺にある先祖の墓所に詣《もう》でた。そして、銅座跡にある生家におもむき、父佐兵衛と母きよに新年の挨拶《あいさつ》をした。座敷には初代嘉四郎の像をえがいた絵がかざられていた。お滝は二十五歳、お稲五歳、お常三十歳、タマ四歳であった。

その席で、お常から両親へお滝に縁談がありお滝も嫁してよい意向であることをつたえた。佐兵衛ときよは、お常から詳しい話をきくと乗気になり、ぜひ縁組を実現させるようにと言った。佐兵衛は、むろん隣町にある関問屋の俵屋を知っていて、

「手がたい商いをしている」

と、言った。

佐兵衛は銅座跡でこんにゃく商をいとなみ、一時は銅座跡のこんにゃくとして長崎の人々からその品質を信用されていたこともあった。が、雇い人の使いこみによって商いは不調になり、またたく間に借財もふえて、お常についでお滝まで遊女屋に売るようになった。自分の不手際《ふてぎわ》で、二人の娘をそのような境遇におとしたことをかれは深く悔いていたが、それだけにお滝の縁談が嬉しそうだった。

お滝もあらためてお常の意向にしたがうことを佐兵衛につたえたので、翌日に人を介して先方に承諾の旨をつたえた。

長崎の町には、正月らしいにぎわいがつづいていた。チャルメラ吹きが銅鑼《どら》、片張り太鼓の音とともに道を縫って歩き、家の戸口に立って祝詞《のりと》を述べる。家の者たちは、かれらに紙につつんだ銭をあたえた。また門付《かどつけ》の芸人たちも、唄《うた》をうたい鳴物をならして往き来する。神社には晴衣《はれぎ》をつけた者の参拝が絶えなかった。

そうした中を、俵屋方から仲人《なこうど》が供の者をつれて佐兵衛の家の軒をくぐった。佐兵衛たちは正装して仲人を迎え入れ、上座《かみざ》に導いた。そして、仲人の口上をつつしんで聴き、鯛《たい》、酒一樽《たる》その他の贈物を受けとった。

小宴がはられ、祝言《しゅうげん》の日が定められた。仲人は長居をすることを避け、祝辞をのべて帰っていった。

お滝は、あわただしく祝言の仕度をはじめた。簞笥《たんす》、長持が用意され、衣類がととのえられた。シーボルトからあたえられた銀などで、かなりの仕度をすることができた。

お滝は、見知らぬ俵屋時治郎のもとに嫁すことが不安で、お常に承諾の返事をした後も眠られぬ夜がつづいた。傍に眠るお稲と二人で一生を過した方がよいのかも知れぬ、とその寝顔を長い間見つめていることもあった。自分は、すでにシーボルトという男に肉体をまかせたことがある身で、嫁した後、その過去が夫との間に強いわだかまりとなって離別の憂目《うきめ》をみるおそれも多分にあると思った。

しかし、結納《ゆいのう》がすむと、彼女の気持も落着いた。祝言をおこなう日もきまり、時治郎のもとに嫁すことが決定した。今さら引き返すことはできず、なるようになれ、という居直った気分にもなっていた。それに、いつかはだれかの妻になることを考えると、時治郎という男が願ってもない良さそうな相手にも感じられる。すすんでその男の妻になるべきなのだ、と自分に言い聞かせた。

彼女は、簡単な手紙を書いて石井宗謙、松村直之助に祝言をあげることをつたえ、それに対して、二人からは祝いの酒がとどけられた。

祝言の日は、二十日であった。その日は、廿日恵美須《はっかえびす》と称される祝日で、多くの男女が稲佐にある恵美須神社に参詣《さんけい》する吉日で、仲人との話合いでその日がえらばれた。気温は、まだ低く、溝《みぞ》の水が凍る日も多かった。

祝言の前日の夜、佐兵衛の家からお滝の嫁入り道具が二台の大八車で運び出された。簞笥、長持以外に鏡、寝具などかなりの調度品で、それらは定紋《じょうもん》を染めた布でおおわれていた。そして、車の前後に紋入りの提燈《ちょうちん》を手にした男たちが付き添い、道を遠ざかっていった。

翌日は、夜半にぱらついた小雨もあがって、朝の陽光が町並をつつんだ。

その日、俵屋方から祝いの使者が来て、鯛と酒をみたしたうるし蒔絵《まきえ》の祝い樽がとどけられた。それに対して、佐兵衛方からも親類の者が同様に鯛と酒を俵屋方に持ってゆき、互に酒肴《しゅこう》の饗応《きょうおう》をうけた。

佐兵衛の家では人の出入りが多かったが、午刻《ひるどき》すぎに知り合いの商家の妻が正装してやってきた。お滝が人妻になることをしめす鉄漿《かね》祝いに立ち会うためであった。

奥まった部屋で祝いの式がおこなわれ、まずお滝の優美な眉《まゆ》が剃《そ》り落された。それにつづいて歯が染められるのだが、長崎では、中流以上の家庭の妻には歯を染める風習がなく、鉄漿祝いは眉を剃るだけで終った。

色白のお滝の顔は、眉を剃った跡が匂《にお》うような淡い緑色に染っていて、一層妖艶《ようえん》さを増した。母のきよとお常は嬉しそうに涙ぐんでいたが、お稲は眉を剃り落した母の容貌《ようぼう》を物珍しそうに見つめていた。

日が傾き、長崎の町に西日がかがやき、それが徐々にうすらいでいった。その頃、仲人が神妙な表情をして佐兵衛の家に到着した。仲人は麻の裃《かみしも》、紋付、夫人は紋付、打掛けを身につけていた。

仲人にうながされて、お滝が家の外に出た。白無垢《しろむく》に白い綿帽子をかぶったお滝の姿は、初々《ういうい》しくあでやかであった。お稲は美しい着物を着せられて、お滝の姿を戸口に立って見つめていた。

駕籠が用意され、お滝は、その中に静かに身を入れ引き戸がとざされた。夕闇《ゆうやみ》は濃く、路上に霧のようなものが湧いていた。

前後左右に立つ男たちの手にした定紋入りの提燈に、火が点ぜられた。

駕籠があげられ、ゆるやかに動いてゆく。家々の戸口には、人々が好奇の眼《め》を光らせて駕籠を見送っていた。

駕籠は、提燈の灯《ひ》にかこまれて家並の間をすすみ、川のほとりに出た。そして、川岸に沿って上流方向にむかい、広い間口の商家の前でとまった。家の前には、出迎えの者たちが提燈をかかげ、家の中からは祝い事のある家らしく明るい灯が路上に流れ出ていた。

お滝は、駕籠からおりると仲人夫人に手を添えられて家の中に入った。

彼女は廊下を進み、奥まった部屋の前で足をとめた。傍に正装した男が近寄ってきて肩を並べて立ったが、彼女は顔を伏したまま体をかたくしていた。

彼女は、激しい動悸《どうき》をおぼえていた。傍に立つのが、自分の夫になる時治郎にちがいなかったが、どうぞ良い人であるように神に祈りたい気持であった。

彼女は、仲人夫人にうながされて部屋の中に入った。そこは祝言の式をおこなう場所で、人々が粛然と並んでいるのが見えた。部屋には行燈《あんどん》がおかれているだけで、ほの暗かった。

彼女は、定められた席に坐《すわ》った。深い静寂が、ひろがっていた。

やがて、仲人が祝言の式をあげることを口にし、三々九度の盃《さかずき》の儀式がはじまった。

彼女は、盃のふちに唇《くちびる》をふれることを繰返したが、意識がかすみ眼の前が暗く感じられた。家の中は森閑としていて、かすかに衣《きぬ》ずれの音がきこえるだけであった。

仲人の低い声がし、祝言が終ったことを告げた。

お滝は、仲人夫人に手を添えられて立ち上り、部屋を出ると廊下をすすみ、角を曲って部屋に入った。部屋の内部には太い蠟燭《ろうそく》がともされていて明るく、お滝の華やかな嫁入道具がおかれていた。

「お色直しを……」

仲人夫人が、言った。

部屋には、いつの間に来たのかお常が坐っていた。すぐに顔にかけられた綿帽子がとりのぞかれ、白無垢がお滝の体からすべり落ちた。多くの女たちの手で髪飾りがととのえられ、色小袖《いろこそで》の着換えがおこなわれた。その間、女たちの口からは、お滝の美しさに感嘆の声が繰返しもれていた。

「お稲は？」

彼女は、衿《えり》をなおしてくれているお常に低い声でたずねた。

「家で大人しく待っている。もう寝たかも知れない」

お常も、低い声で答えた。

家の中には、にぎやかな空気がひろがっていた。笑い声も、時折り起っている。

仲人夫人にうながされて、お滝は部屋を出た。廊下をすすみ、燈火の光のあふれた部屋に入った。

彼女は、身をかたくした。部屋には壁に沿って多くの人々が並んで坐っている。それらの人々の視線が、一斉《いっせい》に自分にそそがれるのを意識した。

彼女は眼を伏し、仲人夫人の導くままに進み席についた。傍には一人の男が坐っていた。彼女は男の顔に眼をむけることはできなかった。ただ肩をすぼめ、顔を伏して坐っているだけであった。

祝宴が、はじまった。

酒がくみ交され、談笑する声がたかまった。杯《さかずき》を手にして近寄ってきた客が傍の男に酒をすすめる。男は愛想よくうけるが、わずかしか飲まず座ぶとんの横におかれた小鉢《こばち》に巧みにあけていた。

そのうちに祝いの謡曲の一節をうたう者が出て、鳴物が入り、宴はたけなわになった。お滝は、身じろぎもせずに坐っていた。時折り客から挨拶をうけたが、無言で頭をさげるだけであった。

宴が、乱れはじめた。踊る者がいるかと思うと、拳《けん》をきそう者もいる。中には廊下に出て仰向けになり、高い寝息を立てる者もいた。

祝宴は夜を徹してつづけられ、夜明けを迎えた。ようやく客の数もまばらになり、自然にお開きになった。

お滝は、睡眠不足で眼を充血させた女に連れられて、奥座敷にみちびかれた。部屋の雨戸はかたく閉ざされ、芯《しん》を細めた行燈の光が、室内をほのかに明るませているだけだった。座敷に、華やかなふとんが敷かれていた。

女が去り、彼女は入口に近い畳に坐った。

廊下に足音がし、部屋の前でとまると静かに障子をひらく音がした。彼女は、身をかたくした。傍に人の坐る気配がした。肩に、手がおかれた。眼の前に、男の顔が近づいてきていた。彼女は身をかたくして、その顔に眼をむけることもできなかった。

芯を細めた行燈の淡い灯が、ゆらいでいる。

男は、お滝の肩から手をはなすと衣服をぬぎ、寝着に着かえて座敷を出ていった。お滝が男の脱ぎ捨てた衣服をたたんでいると、湯を使う音がきこえてきた。男は、座敷に隣接した湯殿に入ったようだった。

お滝は、衣服を着換え、鏡の前に坐ると髪の飾物をはずした。眼はいきいきと光っていたが、顔には一晩中宴席で坐りつづけていた疲労の色がかすかににじみ出ていた。

彼女は、男が自分の肩に手を置き、顔を近づけてきた時、接吻《うまくち》を求められるのではないかと思った。が、男は、彼女の顔を見つめただけですぐにはなれ、湯殿へ立った。彼女は、夫になった男の顔を見ることもできず眼を伏しつづけていたが、男が色白のおだやかな顔をしているらしいことを薄々感じとっていた。

白粉《おしろい》を落し、口紅をぬぐった。鏡の中に妖艶な顔がほの白くうかび出ていた。

廊下に足音がして戸がひかれ、男が入ってきた。

「湯を……」

男の声が、頭の上でした。

お滝は、手をつき頭をさげた。男の両親はすでに亡《な》く、後見役をしていた叔父も男が二十歳になった時、自分の家に去っていて遠慮する者はいない。

彼女は、座敷を出ると隣接の湯殿に入り、衣服を脱ぐと湯舟に身をひたした。彼女の生家にも伯父甚五郎の家にも、湯殿はなかった。自家風呂《ぶろ》をもつ家は少く、一般の者たちは湯屋に行く。時治郎の家は関問屋としてかなり手広く商いをしているので、せまくはあっても湯殿がある。

彼女は体を洗い、口をすすいだ。朝湯に身をひたしていることがひどく贅沢《ぜいたく》な感じであった。

座敷にもどると、男は屏風《びょうぶ》の裏側に敷かれたふとんに身を入れているらしく、姿はみえなかった。

お滝は、鏡の前に坐って薄化粧をすると、行燈の灯を消した。雨戸をしめきった部屋の中は、暗くなった。

彼女は、屏風の裏側にまわった。男が、寝ている。彼女は、静かにふとんの中に身をすべりこませた。

男は身じろぎもしなかったが、やがてお滝の首を抱き、顔を近づけてきた。男性の体を十分に知っているお滝であったが、体にこまかい痙攣《けいれん》が起った。乳房に男の手がふれた。彼女の体が、熱くなった。

おだやかな体のふれ合いだった。シーボルトの荒々しい愛撫《あいぶ》しか知らぬお滝には、男の動作が奇異にすら思えた。シーボルトは、息もつまるような力強い抱き方をし、体中に唇を押しつけてきた。絶えず愛情をしめす言葉を発し、時にはすすり泣くこともあった。乳房をかたくつかまれたお滝は、体を波打たせ、意識もかすむような感情のたかまりをおぼえるのが常であった。それとは対照的に、男の愛撫は控え目で抱き方も弱々しかった。が、男はひどく興奮していて、肩を激しくあえがせていた。

男は女遊びもほとんどしないというし、女の扱いにもなれていないのだろう。初めて妻になったお滝の体にふれることを遠慮もしているのだろうと思った。

しかし、お滝は、男のおだやかな扱いに満足している自分を感じた。彼女の体は、男の愛撫に十分に反応した。控え目な愛撫が、むしろ強烈な刺戟《しげき》になって自分の血をたぎらせているようだった。

お滝は、あらためて異国の男と同国の男との相違を意識した。自分の体は、やはり同国の男をうけいれるのに適しているらしいとも思った。

彼女は、満ち足りた気分で、男に抱かれながら深い眠りに入っていった。

お滝が時治郎の顔をはっきりみたのは、その日の夕刻からひらかれた酒宴の時であった。その宴は、出入りの親しい小商人と雇い人を招いておこなわれたもので、いわば内輪の酒宴だった。

時治郎は、お滝をかれらに引き合わせ、一同がお滝に頭をさげるのを微笑しながらながめていた。時治郎は、お滝が想像していた通り柔和な表情をした男だった。背は高く瘦身《そうしん》で、色が白かった。鼻筋が通っていて、美男とはいわぬまでも好ましい印象の顔立ちだった。

宴が始まり、お滝も、雇い女たちとともに酒肴を席にはこんだ。

「お滝」

少し酒の入った時治郎が、初めて彼女の名を呼んだ。その語調には、彼女に対するいつくしみの感情がこもっていた。

お滝は、宴席につらなる者たちの眼が、しばしば自分の顔にそそがれ、かれらの間でささやきが起るのに気づいていた。かれらの顔には恍惚《こうこつ》とした表情がうかび、お滝の美しい顔立ちに対する感嘆の声がかれらの口からもれるのも耳にしていた。

深夜になって、宴はおひらきになり、男たちは引出物を手に帰っていった。

その夜も、お滝は時治郎と床を並べたが、

「疲れたろうに……。眠った方がいい」

と、時治郎はいたわるように言い、体にふれることはしなかった。

祝言の日から三日後、お滝は、時治郎とともに銅座跡にある生家に赴いた。三ツ目戻りと言われる里帰りの行事で、時治郎は店の者に三ツ目餅《もち》と称する紅白の餅と鯛一折、酒樽《さかだる》をもたせ、お滝の父佐兵衛に差し出した。

お滝は、かしこまって両親に三ツ目戻りの挨拶《あいさつ》をすると、母のきよの傍に行儀よく坐っているお稲に近づき、体を抱いた。あわただしくすごした三日間であったが、お滝は、家に残してきたお稲のことが気がかりでならなかった。連れ子のある場合は、三ツ目戻りの日まで嫁ぎ先に引き取れぬ仕来《しきた》りがあった。お稲は、そのことを佐兵衛たちから十分に言いきかせられていたらしく、恨めしそうな表情もせず、お滝にしがみついてきた。

お滝は、お稲の手をひいて時治郎の前に坐らせると、

「お前のオトシャマです。御挨拶なさい」

と、言った。

お稲は、あらかじめ挨拶の仕方も教えられていたらしく、

「お稲でございます。オトシャマ、よろしくお願いいたします」

と、澄んだ声で言い、手をついて頭をさげた。

時治郎は、面映《おもは》ゆげに笑うと、

「よい子だ」

と言って、お稲を引き寄せ、膝《ひざ》の上に抱いた。

お滝は、涙ぐんだ。シーボルトが父であるのに、時治郎をオトシャマと呼ぶお稲の健気《けなげ》さがいじらしかった。おそらく両親やお常が事情を話し、子供心にもそれを理解したにちがいない。また、お稲にうちとけようとして体を抱き寄せてくれた時治郎の気持の優しさも嬉《うれ》しかった。まだ三日しか共に暮していないが、時治郎は、お常が言ったように自分には過ぎた夫であるらしい、と思った。彼女は、行く末に明るい希望をいだいた。

暮色が濃くなりはじめた頃《ころ》、親族の者たちが正装して続々と姿をあらわし、時治郎は、

それらの者たちに丁重に挨拶をした。その間に酒肴《しゅこう》がととのえられ、三ツ目戻りを祝う小宴がひらかれた。

「どうだね、お滝。お前の顔をみてほっとしているんだよ。うまくいっているようじゃないか」

お常が、台所で肴《さかな》の仕度をしているお滝に言った。

お滝は、うなずいた。すべて姉のおかげだと言いたかったが、熱いものがつきあげてきて適当な言葉が口にできなかった。

その夜、時治郎はお滝の生家に泊った。

翌日、お滝はお稲の手をひき、時治郎の後に従って生家を出た。お稲の衣服等は、父の佐兵衛が後からとどけることになった。

三人は、川のほとりに出ると右に折れ、川沿いに歩いた。百石積みの舟が川面《かわも》を櫓《ろ》扱いでゆっくりとくだってゆく。舟に乗った水主《すいしゅ》が、鉢巻をといてこちらに頭をさげるのがみえた。

時治郎につづいて、お滝はお稲とともに店に入った。お稲は、店がまえがっしりしたものであることに驚いたらしく、

「フトカ（大きい）」

と、お滝に言った。

三人の生活が、はじまった。

時治郎は、帳場に出て積荷の手配や船を仕立てる準備にあわただしく動きまわる。関問屋の関は馬関（下関）を意味し、長崎から下関に船をまわして積荷を山陽道にあげる。その復路には中国に輸出する俵物と称される煎海鼠《いりこ》、干鮑《ほしあわび》、鱶《ふか》の鰭《ひれ》のほか昆布《こんぶ》、人参《にんじん》、スルメなどを積みこんで長崎に帰り唐船に移す。俵物が多く扱われていたので、時治郎の店は俵屋と名乗っていたのである。

お滝も、忙しい日々をすごした。雇い人のために食事を用意しなければならず、殊《こと》に船が出る時や帰帆の時には、酒肴も出してやらなければならない。彼女は、雇っている女や老人に指示して家事を手ぎわよく処理していた。

お稲は、近所の幼女と遊ぶようになっていた。オヒト（お手玉）が好きで、雇い女に作ってもらったものを大切にしていた。オヒトは、親玉が一つ子玉が六つで、中に砂が入れてある。お稲は、オヒトを手でもてあそび、

「おひと　おふた　おみー　およお
おいつ　おもお　なってくりゅう
とんき　おじゃみ　さーくら
おふたさくら　おみーさくら……」

と、歌う。

また、時治郎が三ツ目戻りの日に買いあたえた手鞠《てまり》も、上手につくようになっていた。それは五彩七色の木綿糸でつくった華やかな鞠で、中心に蛤殻《はまぐりがら》、砂などが入れてあり、周囲を鋸屑《のこぎりくず》でつつみ、さらに真綿をかぶせて五彩の糸で巻きつけてある。お稲は、お滝の教えた手鞠唄《うた》をうたって鞠をつく。

「おんどり一羽が一匁《もんめ》
　おんどり二羽が二匁
　おんどり三羽が三匁」

その単調な繰返しにあきると、さらに他の唄を教えてくれとお滝にせがむ。五歳のお稲は、きわめて記憶力がよく、二、三度教えると複雑な唄もすぐにおぼえた。

「ろんぽつ　ろんぽつ　鼓《つづみ》のろんぽ
船は出て行く　帆かけて走る
茶屋の娘は　ちょいと出て　泣ーきゃる
えっと（そんなに）　泣かしゃんな　みやげがあるぞ
みやげ　なになに　化粧箱七ツ
それで足らんなら　帯買《こ》うてやるぞ
帯にゃみじかし　たすきにゃ長し
ほんの身持ちの力帯」

家の中に、お稲の澄んだ歌声がきこえ、時治郎もお稲が遊ぶ縁側に顔を出してほほえみながらながめていることもある。お稲は、愛らしい顔立ちをしていて、時治郎は見ほれるように見つめていることもあった。

お滝は、時治郎との生活に満足していた。時治郎が自分よりも一歳年下だということは、意識していたが、それが夫婦の生活に少しの支障にもならないことに気づいていた。お滝の時治郎に対する感情は、複雑だった。時治郎に抱かれていると、自分が年長であることも忘れてしまう。むしろ、自分の方が時治郎よりも四、五歳年下のような気持になって、胸に顔をこすりつけて甘えることもある。そんな時には、時治郎も年下であるという意識がうしなわれるらしく、お滝の甘えをいとおしそうに受けいれてくれていた。また、時には、時治郎が子供のように思えることもあった。自分が母親にでもなった気分になって、時治郎を抱いたりしていた。

女が一歳年上の夫婦はうまくゆく、といった姉のお常の言葉は正しいようだ、と彼女は思った。

時治郎の体のふれ方は、依然としておだやかだった。柔らかくつつみこんでくれるような愛撫に、お滝は体を熱くした。

彼女は時治郎に抱かれるのが嬉しかったが、時折りシーボルトの愛撫を思い出すこともあった。荒々しく抱きしめられ、接吻されたことなどが熱っぽくよみがえってくる。

時治郎も唇《くちびる》をふれてくるが、それはやさしく押しつけてくるだけのことでシーボルトの荒々しい濃厚な接吻とは異質のものであった。

お滝は、時治郎に抱かれながらシーボルトのことを思い出す自分を空恐しく思った。遊女であったとは言え、多くの男に接したわけではなく、身をゆだねたのはシーボルトだけだと言っていい。つまり時治郎の妻になったことは再婚と同じ意味だが、前夫のことを思い出し、再び抱かれたいと思う自分が淫《みだ》らな女のように感じられて恐しかった。

忘れなければ夫に申訳ない……と、彼女は頭をふる。むろん、時治郎は、自分がオランダ行きの遊女としてシーボルトと結ばれ、お稲を産んだことも知っている。男としては、妻がそのような過去をもつことは堪えがたいことだろうが、時治郎はそれについて口にしたこともないし、不快そうな態度もみせない。

心のやさしい人なのだ、と、お滝は時治郎に深い感謝の念をいだいた。そうした時治郎に対してもシーボルトのことを思い出すことは、許されぬことだと思った。

しかし、シーボルトのことが念頭にあるのは、自分だけではなく、お稲も同様であることを知った。

三月一日、家に雛《ひな》がかざられた。お滝の両親とお常がととのえて贈ってくれたものであった。

三日に、お滝はお稲に綿入の着物を着せ、ひとえの羽織をつけさせて生家をはじめ親

族の家々を回礼して歩いた。途中、海岸に出ると、お稲が立ちどまり、

「船に乗って異国に行ったオトシャマは、本当に帰ってこないの？」

と、お滝に言った。

不意の言葉に、お滝はお稲を見つめた。時治郎の家に引き取られてからそのようなことを口にしなくなっていたお稲が、シーボルトのことを忘れたにちがいないと思っていただけに、その言葉は思いがけなかった。

お滝は、しゃがむとお稲の小さな両肩に手をおき、

「会いたいのか」

と、お稲の眼《め》を見つめた。

お稲は、

「はい」

と、答えた。

血のつながっている父親なのだ、会いたいと思うのが当然だ、と、お滝は思った。彼女は、お稲を強く抱きしめた。叶《かな》わぬことだが、希望通りシーボルトに会わせてやりたかった。しかし、お滝は、そのようなことを考えてはならぬと、胸の中でつぶやいた。

お稲の父は時治郎であり、シーボルトを忘れさせなければ時治郎にすまぬ、と思った。

お滝は、お稲の顔に視線を据えると、

「お稲。よくきくのだよ。新しいオトシャマをオトシャマと思わなければいけない」

と、涙ぐみながら言った。

「はい」

お稲は、答えた。

お滝は、再びお稲を抱きしめた。子供心にも、事情を理解しようとつとめているお稲がいとおしくてならなかった。

道の前方から、雛祭の回礼のために着飾った幼女が、母親らしい女に手をひかれて近づいてくるのがみえた。

十四

風頭山《かざがしらやま》で、凧《はた》が舞うようになった。

桜は散り、海の凪《な》いだ日がつづいた。

お滝は、高良斎《こうりようさい》と二宮敬作に手紙を書いた。

良斎は阿波国《あわのくに》徳島の魚棚町に帰り、眼科を業とする養父高錦国のもとに身を寄せていた。良斎が長崎でシーボルトに師事し、鳴滝塾《なるたきじゆく》の塾頭として蘭学《らんがく》、医術に豊かな知識を得たことは、故郷徳島の医家たちの耳にも入っていた。さらに、シーボルトの国禁事件が起って良斎もそれに連坐《れんざ》し、居町払いの刑をうけて徳島にもどってきたことも、人々は知っていた。かれのもとには、蘭学、医術の教えを乞《こ》う学徒が集ってきていた。

二宮敬作も、郷里宇和島に帰るため長崎を去ったが、シーボルト事件でお咎《とが》めをうけ長崎払い、江戸構えの刑を申し渡されていたので、当分は謹慎しなければならぬ身であった。かれは、九州の臼杵《うすき》から船で四国の八幡浜《やわたはま》に渡ると、南方にある宇和島へ足を向けることはせず東への道をたどった。そして、大洲《おおず》北方にある喜多郡上須戒《かみすがい》村に身をひそめるように居を定めると、医業を開業していた。

シーボルトは、良斎、敬作にお滝とお稲の身を託して帰国していったが、良斎と敬作は、師の依頼に十分に応《こた》えようとつとめ、お滝母娘《おやこ》の身を案じつづけていた。そして、長崎を去って帰郷した後も、懇切な手紙を寄せてきていた。

お滝は、長崎に残っている鳴滝塾の塾生であった石井宗謙とシーボルトと親しかったオランダ通詞松村直之助に、時治郎と祝言《しゅうげん》をあげる旨をしたためた書簡を送った。しかし、お滝母娘の身を最も案じてくれているのは高良斎、二宮敬作で、自分とお稲の境遇の変化を報《しら》せねばならぬと思っていた。

お滝は、雛《ひな》節句の翌日、良斎と敬作宛《あて》の手紙をしたためた。姉のお常からの話で俵屋時治郎と祝言をあげ、お稲も引き取ってもらい、不自由なく暮していることを書きつづった。

お滝は、それを飛脚屋に託した。あわただしい日々のなかで果せなかった良斎、敬作への報告ができたことに、気持の安らぎを感じた。

気温がたかまり、衣がえの季節をむかえた。

お稲は、その頃《ころ》から寺子屋に通うようになった。一、二年早目であったが、お滝は、お稲が普通の子供よりも利発で、寺子屋に行きたいとせがむので、その願いをいれたのだ。

寺子屋では、師匠が中央に坐《すわ》り、習字手本を子供たちに書いてあたえる。女児は、いろは往復文、孝順父母、女大学、女今川等を教えられていた。休日は、毎月一日と十五日の二日間で、正月、盂蘭盆《うらぼん》、五節句、諏訪《すわ》神社の祭礼日、歳暮は休みになる。授業は午前中で終るのが常で、師匠への謝礼は七日と二十日に贈られていた。

お稲は、寺子屋でたちまち頭角をあらわした。寺子屋へ通う前から文字に強い興味をしめしていろは文字を書いたりしていたこともあって、文字をおぼえる速度は早く読書力もついた。

師匠はお稲の賢さに注目し、さすがはオランダの名医の血をついだ子だと感嘆していた。

お稲は、五歳とは思えぬほど体の発育がよかった。それに顔立ちが美しく、人の眼《め》をひいた。つぶらな眼は澄んでいて、鼻筋が通っている。髪はやや茶色味を帯びていたが、それが色白の皮膚によく調和していた。

お稲は、寺子屋の子供たちの口から「あいのこ」という言葉がひそかにもれるのを耳にしていた。それが異国人を父にする自分に向けられたものだということには気づいていたが、不快な気分にはならなかった。

長崎は、異国へひらかれた日本でただ一つの港町で、町そのものの経済がオランダ、中国との貿易によって支えられ、町の者たちにはオランダ人、中国人を蔑《さげす》むような風潮はなかった。オランダ人は約四千坪の出島内に、中国人は九千余坪の唐人屋敷内に居住し、その地域から出ることを厳禁され一般人との接触も制限されていたが、長崎の町の者たちは、かれらに親密感をいだいていた。そうした町の性格上、中国人、オランダ人との混血児も多く生れていた。それらは、中国人、オランダ人と接する唐人行き、オランダ行きの遊女が産んだものだが、それらの混血児に対しても侮蔑感《ぶべっかん》をいだくようなことはなかった。

中国人との混血児は日本人の子供と容姿が変らず、オランダ人との混血児が特異な容《よう》貌《ぼう》で人の眼をひく程度であった。それらの混血児は「あいのこ」と呼ばれていたが、それは人種差別の侮蔑語ではなく、好奇心からうまれた言葉であった。

お稲は、明るい表情で毎日寺子屋へ通っていた。

町の家並の上に、端午《たんご》の節句の幟《のぼり》がひるがえるようになった。幟には家紋、鶴亀《つるかめ》、松竹梅、鍾馗大臣《しょうきだいじん》などがえがかれ、過去一年間に男児のうまれた家には、初幟と称される真新しい幟もかかげられていた。

ある夜、お滝は、居間で針仕事をしていた。お稲はすでに就寝し、時治郎は帳簿を繰っていた。

お滝は、時治郎が帳簿を閉じるのに気づき、立つと茶をいれた。

「お滝」

　時治郎が、声をかけてきた。

　お滝は、再びはじめた針仕事の手をとめ、顔をあげた。

「このようなことをきいて、気にさわると困るのだが……」

時治郎の顔に、ためらいの表情がうかんだ。

「なんのことです」

お滝は、夫の顔を見つめた。

「お前が身をまかせていた異国人の医者のことだが……。今でもお前は、その医者のことを忘れかねているのか」

時治郎は、思いきったように言った。

お滝は、背筋が冷く凍りつくのを意識した。いつかは、そのような言葉が時治郎の口からもれるにちがいないと予測はしていた。夫婦の間で、それを避けて通ることはできないとも思っていた。お滝は、覚悟はしていたものの、それが現実に時治郎の口からもれると、驚きと恐怖で返事もできなかった。

返答次第では、離縁されることにもなる、とお滝は思った。

「心のままを言って欲しい。私も重苦しい気分なのだ。胸につかえたものを、そのままにしておくわけにもゆかぬのだ」

時治郎の顔は、こわばっていた。

お滝は、身じろぎもせずに坐っていた。夜廻《よまわ》りの打つ小さい太鼓の音が、遠くからきこえてきていた。

「忘れかねております。時折り、ししほると様のことが思い出されます」

お滝は、意を決して言った。

離縁されてもやむを得ぬ、と、彼女は胸の中でつぶやいた。偽りの言葉を口にしてこの場をのがれたとしても、自分の気持は、いつかは時治郎に知れるだろう。前年の六月に長崎へ入港してきたオランダ船でもたらされたシーボルトからの手紙も、簞笥《たんす》の抽出《ひきだ》しにおさめられているし、贈られた品々も長持《ながもち》の中に大切にしまわれている。それらは、シーボルトへの愛情が自分に根強く残っている証拠で、「忘れかねております」という言葉は、彼女にとって実感だった。

「そうか、忘れかねているのか」

時治郎は、気落ちしたように言った。

お滝は、口をつぐんでいた。前夫を忘れぬ女を妻としている時治郎の苦悩が、よく理解できた。そのような女は妻として失格者であり、離縁の大きな理由になる。明日にでも、この家を出てゆこう、と彼女は思った。

「お前の心は、よくわかった。しかし、オランダ人の医者が忘れかねている故《ゆえ》に、私のことを嫌《きら》いに思っているのではあるまいな」

時治郎が、お滝の顔に視線を据《す》えた。

「あなたも好きです」

お滝は、時治郎を見つめた。

「そうか。実は、それが気がかりだったのだ。お前がオランダ人のことを忘れかねているらしいことは、私にも薄々察しがついていた。いつかは私を嫌って家から出て行ってしまうのではないかと、絶えず思いつづけてきた。いつまでも、この家にいて欲しいのだ。オランダ人の医者とは、お稲ももうけた間柄《あいだがら》だ。忘れかねているのも当り前だ。しかし、それ故に私を嫌ったりはしないで欲しい」

時治郎の眼に、光るものが湧《わ》いた。

お滝は、意外な夫の言葉に呆然《ぼうぜん》とし、時治郎に近づくと顔を胸に伏した。

「お前が好きでならぬ」

時治郎は、お滝の体を抱きしめた。

心の優しい人なのだ、とお滝は時治郎に抱かれながら思った。深い安堵《あんど》が胸に湧いた。祝言をあげて以来、危惧《きぐ》していたことが杞憂《きゆう》であったことに気づいた。

時治郎は、お滝から嫌われているのではないかと恐れ、シーボルトを想《おも》うお滝を当然のこととして容認してくれている。お滝は、時治郎の自分に対する愛情の強さを知った。

彼女は嬉《うれ》しかったが、同時に自尊心も十分に満たされた。それ程あたしが好きなのですか……と、時治郎に念を押すようにきいてみたい気さえした。

お滝は眼を光らせ、頰《ほお》をゆるめた。

あらためて時治郎を見直すような気持であった。時治郎は、本名が和三郎だという。三男として俵屋に生れたが、長男、次男は病死し、かれも健康とは言えなかった。長男、次男はそれぞれ名前に一、二の数字がふくまれていたが、相ついで病死したので数字をふくむ和三郎という名を避け、時治郎と称していたのだ。

かれは、善良な男だった。雇い人にもやさしく、人と争うようなことは一度もない。商人らしいきびしさには欠けていたが、商いの巧みな番頭に恵まれていたので、その善良な性格が好感をあたえ、商いを順調にさせる原因にもなっていた。

お滝の態度に、変化が起った。彼女は、夫の自分に対する愛情の深さを知り、自信にみちた表情を顔にうかべるようになった。彼女は、シーボルトのことを禁句とする必要はなく、自由にふるまっても支障がないことを知った。

お滝には、商家の主婦らしいゆとりが漂い出るようになった。容姿は依然として美しく、外出すると人々の眼が彼女に据えられる。その美しさは、近郷の者たちの口にものぼるほどであった。

六月に入ると、祇園祭《ぎおんまつり》があった。

お滝は、お稲を連れて現応寺（八坂神社）への参詣道《さんけいみち》をたどった。今石灰町《いましっくいまち》、新石灰町の路傍には、多くの露店がにぎやかに並んでいる。それらの店には、祇園花と称する蠟《ろう》びきの菊の花、香餅《ホーペー》という唐菓子、水からくり、狐《きつね》のお面などが売られ、お滝は、祇園牛を買い、お稲にポロンポロンを買いあたえた。祇園牛は紙細工で、背の上に米俵が二俵むすびつけられていて、首を左右に動かす。商売繁昌《はんじょう》の細工物で、家に帰ったお滝は、それを床の間に置いた。

お稲は、ポロンポロンを縁に出て吹き鳴らしていた。

祇園社の祭礼は七日から十五日までつづき、参詣する人々で町はにぎわった。丸山でも軒燈籠《のきどうろう》が吊《つる》され、十四、十五の両日には美しい装いをこらした遊女たちの参詣で、道に見物人がむらがった。それにつづいて、十七、十八の両日は清水《きよみず》観音の縁日で、祇園祭以上の参詣人でにぎわった。

六月二十九日には、諏訪神社で住吉大神の祭礼があり、家々に燈籠がかかげられた。

その日、烽火山《ほうかざん》に狼煙《のろし》が立ちのぼった。

にわかに町の中にあわただしい空気がひろがり、役人をのせた舟がつらなって港口に急ぐのがみえた。狼煙は、長崎湾口にある野母崎《のもざき》の遠見番所で近づいてくるオランダ船二隻《せき》の発見を告げるものであった。

港外でのオランダ船の検査は順調にすんだらしく、翌日には早くも港口の島かげに帆がみえ、午後には多数の和船にひかれて二隻のオランダ船が入港してきた。恒例によって、船から号砲が放たれた。

お滝は、お稲とともに海岸に走った。すでに彼女には、夫の時治郎に対する遠慮はなくなっていた。シーボルトは、彼女の前夫であると同時にお稲の実父であり、お稲にもシーボルトの国からはるばるやってきたオランダ船を見させたかった。

「お稲。オトシャマのお国から来た船だ」

お滝は、言った。

お稲は、不審そうにお滝の顔を見上げた。シーボルトのことは忘れて時治郎をオトシャマと考えなければならぬと強い口調で注意したことのある母だけに、その言葉がお稲には理解できなかったのだ。

それに気づいたお滝は、

「もう気をつかわなくてもよいのだ。お前には二人のオトシャマがいる。異国に去ったオトシャマと長崎の新しいオトシャマと……」

と、微笑しながら言った。

お稲は頰をゆるめ、出島の近くに碇《いかり》をなげたオランダ船に眼を向けた。

お滝は、船にシーボルトからの便りがのせられているにちがいないと思った。前年の六月に彼女のもとへとどけられたシーボルトの手紙には、お滝とお稲に対する激しい愛情が片仮名文字の日本文でしたためられていた。それが一年の間にさめてしまうはずもなく、再び愛情のこもった手紙が船に託されているにちがいないと思った。

小雨が、降ってきた。

お滝は、しばらく立っていたが、雨脚が太さを増してきたので家に通じる道をもどっていった。

翌日から、彼女はシーボルトからの手紙がとどけられるのを待った。

もしも手紙が船に託されていれば、それは出島詰の役人の手で奉行所にはこばれ、厳しい検査をうける。そして、不穏なものではないと判断されると再び出島にもどされ、使いの者がお滝の家に持ってきてくれるはずだった。出島には、シーボルトと親しかったオランダ通詞松村直之助がいて、かれが手紙をとどけてくれるにちがいなかった。

彼女は、直之助のくるのを待っていたが、十日たってもかれは姿を現わさない。

時治郎は、お滝が落着かぬように外へ出たりしている理由がシーボルトの手紙を待っているためだということにも気づいて、人を介して出島の小役人にただしたりしたが、小役人はなにも知らなかった。

暑い日が、つづいた。空気はよどみ、港の海面はまばゆい陽光に光っていた。

盂蘭盆《うらぼん》がやってきて、十三日にはお滝の家でも精霊棚《しょうりょうだな》が飾られた。その夜、初盆《はつぼん》の家では墓所に灯《ひ》をともしたので町をかこむ丘に光が一斉《いっせい》に湧いた。翌日は盆祭で、お滝は仏前に茶をおき、米飯を供えた。さらに膳《ぜん》の上にシーボルトからもらいうけたギヤマン細工の皿なども置いた。

その日の夕方、お滝は、時治郎とともにお稲を連れて墓所へ行き、数十個ある提燈《ちょうちん》に火を点じた。時治郎は裃《かみしも》、袴《はかま》をつけ、お滝もお稲も正装していた。墓所のつらなる丘陵は、燈火《とうか》におおわれた。

その夜、家にもどると、番頭が紫の布につつんだものをお滝に差し出し、

「通詞の松村様というお方が来られまして、これを……」

と言った。

お滝の顔が、紅潮した。布につつまれたものがなんであるのか、彼女には察しがついていた。遠くの墓所から、盂蘭盆の花火の音がかすかにきこえてくる。

お滝は、紫色の布をひらき、細長い木箱を手にとった。ふたをひらくと、内部に巻かれた紙がおさめられていた。

「オランダ人の医者からの便りか」

時治郎が、声をかけてきた。

お滝は、時治郎の顔に眼を向けた。前夫ともいうべきシーボルトから妻に手紙が来たことは、時治郎にとって決して快くないはずであったが、時治郎の顔には好奇の色しか

うかんでいなかった。

お滝は、安堵し、

「おそらくそうだと思います」

と答えると、紙をひろげた。

それは、シーボルトが日本から持ち帰った藤の花と女郎花《おみなえし》を色摺《いろず》りにした奉書を半切りにしたもので、毛筆を使い墨で書かれた片仮名文字がつづられていた。

時治郎が、行燈《あんどん》の芯《しん》を太くし、お滝の傍に近づけてくれた。お滝は、文字を追った。

ソノキサマ　マタ　オイ子《ネ》　カアイノコトモノ　シボルド

その片仮名文字は、「其扇様　また　お稲　可愛《かわい》い子供のシボルド」と読まれた。

一　ワタクシヮ七月七日　オランダノミナトニ　イカリヲ　オロシタ

七月七日とはオランダ暦の前年の七月七日で、その日に船でオランダの港に上陸したことが知れた。

お滝は眼をうるませ、文面をたどった。

一　フ子《ネ》ニ　ワレ　スコシ　ヤマイテヲル

病いておる……とは、船酔いしているという意味にちがいなかった。しかし、その後につづられた文章は、

一　タヽイマ　タイブン　イト　スコヤカ（只今《ただいま》　大分　いと《非常に》健《すこ》やか）

と、健康を恢復《かいふく》していることが記されていた。

一　ニチニチ　ワタクシヵ　オマエ　マタ　オイ子《ネ》ノナヲ　シバ〳〵イフ

一　ナントキワ　オマエヲ　マタ　オイ子　モット　アイスルモノヲ　ミルナ

この文章は、「日々、私は、お前、また、お稲の名を、しばしば言う」「何時、お前を、また、お稲を、私より以上に、もっと、愛する者は、現われぬ」という意で、昨年寄せられたシーボルトの便りにも同じ文章が書かれていたが、再び読んだお滝は、あらためてシーボルトの強い愛情を感じて涙ぐんだ。

さらにシーボルトの文章は、つづいていた。お滝は、一字一字、低い声をあげて文字をたどった。

一　ワタクシヵ　一人　オランダ　マタ　オウルソン　マタ　トウ人　マタ　リョウ
　人　ナカマアル
　五人　コマイヘヤニ　スミム

この文意は容易につかみがたかった。

お滝が何度も文字を口にして思いまどっているのを見た時治郎は、紙をのぞきこんで、意味をつかむことにつとめてくれた。その結果、その文章は、「私が一人、オランダ人、オウルソン（黒人少年）、唐人、料理人が仲間である。五人、こまい（小さな）部屋に住んでいる」と読むことができた。

一　ワタクシノ　カ、サン　イマタ　イキテアル
　ワレヵ　アノヒト　ミタ　ハル　ノトキ　ワタクシノクニニユク　二三月　カノ
　トコロヨッテヲル

「私の母さん、まだ生きておる。私が、あの人（母）、見た（会う）、春の時、私の故郷に行く。二三月、その地（故郷）に、滞在する」

一　コノタヒ　アナタニ　マタ　オイ子ニ　メツラシ　モノヲ　ヲクリスム

「この度、あなたに、また、お稲に、珍しい物を、贈る」と書かれ、さらに季節の挨拶《あいさつ》が述べられて手紙は終っていた。

お滝は、深く息をついた。片仮名綴《つづ》りのたどたどしい文章だけに、シーボルトの肉声をきくような生々しい印象が強く胸にしみ入ってきた。

お滝は、シーボルトが愛憎の感情の激しい人物であることを知っていた。かれの体には多くの刀傷が残っていたが、それは来日前にしばしば決闘をおこなったためで、長崎へ来てからも商館長スチュルレルと感情的に対立し、決闘まで申しこんでいる。その反面、ビュルゲル、デ・フィレニュフェらの友人には親愛感を十分にしめし、殊《こと》に故国に一人残してきた母マリヤ・アポロニア・ヨセフィンへの思慕は篤《あつ》く、髪を常に懐中におさめていた。

お滝は、その手紙にシーボルトの自分とお稲に対する愛情の深さをあらためて意識した。

「驚いたものだ。異国人であるのに、よくこのような便りが書けるものだ。世の噂《うわさ》通り、このしほるとという医者は余程賢い異国人だな」

時治郎は、文面に眼《め》を落しながら言った。

たしかに、ここまでよく日本文字をおぼえたものだと、お滝は思った。シーボルトは日本語の習得にも熱心で、会話をならい文字を頭に刻みつけることにつとめていた。ただ、文字の場合、平仮名を習いかけたが、崩し字や後につづく文字につなげられているので混乱し、結局、通詞たちの忠告もあって片仮名文字を身につけることに専念した。

その方法も徹底していて、家の中にイロハ文字の書かれた紙を貼《は》り、さらに便所の板壁にも貼りつけた。その文字を眼にするたびに、声をあげて繰返し読んでいた。また一日に一度は、必ず硯箱《すずりばこ》をひらいて墨をとき、毛筆で紙に片仮名文字を書く。初めの頃《ころ》は筆の使い方も拙《つたな》く形が定まらなかったが、やがて勢の良い文字を書くまでになった。

「うまい字だとは言わぬが、味わいのあるいい字だ」

時治郎は、しきりに感嘆した。

お滝は、時治郎が自分に宛《あ》てられたシーボルトの手紙に不快な感じもいだいていない様子に、深い安堵《あんど》を感じていた。

遠くで、花火の音がした。お滝は、庭に眼を向けた。塀越《へいご》しに町をかこむ丘陵がみえる。盆祭が墓所でつづけられているらしく、提燈の灯がおびただしい光の粒になってひろがっている。

お滝は、灯の群に眼を向けていた。


翌日、お滝は、寺子屋からもどってきたお稲にシーボルトの手紙をみせた。

お稲は興味をしめし、声をあげて読んだ。文意がはかりかねて頭をかしげたり、文章が妙だといっては笑ったりした。しかし、その文章の中に自分の名がある部分にくると神妙な表情になり、お滝の顔に眼を向ける。シーボルトの自分を気づかう気持を、文章から感じとっているようだった。

お稲は、手紙を読み終ると、

「私も、異国に去られたオトシャマに手紙をお出ししたい」

と、はずんだ声で言った。

お滝は、うなずいた。

「オランダ文《ぶみ》で書いてみたい」

お稲の言葉にお滝は眼をみはり、笑い出した。

お稲は、不服そうにお滝を見つめると、

「書けぬでしょうか」

と、問うた。

「オランダ文は、読むのも書くのも難しい。通詞様や鳴滝におられた良斎様、敬作様、宗謙様などの学問をなされた方々が、ようやく果せるもので、私たち女、子供には……」

お滝は、お稲に笑顔を向けながら言った。

「オトシャマは日本の文字のお便りを下さりましたが、オトシャマが学問をなされていたので日本の文字も書けるようになったのでしょう？」

お稲は、真剣な眼をして言った。

「その通りです。異国に行かれたオトシャマは学問のよくできたお医者様です。お前は日本の文字で書けばよい。オトシャマは、それを読むことができます」

お滝は、おだやかな表情で言った。

お稲は口をつぐんでいたが、再びお滝に眼を向けると、

「私は、あいのこです。日本の文も書けるだけではなく、オランダ文も書きとうございます」

と、言った。

お滝は、お稲の顔を見つめた。あいのこという言葉が、お稲の口からもれたことに肌《はだ》寒《さむ》さを感じた。お稲が、いつそのような言葉を知ったのか、お滝にはわからなかった。

時治郎の家でも、雇い人たちはお稲を、

「ミゾーカ（可愛い）」

と言っていつくしみ、礼儀正しい子だと評判もよい。かれらは、お稲がお滝とシーボルトの間に生れた混血児であることを知っていたが、それを匂《にお》わすような素振りはみせなかった。

しかし、お稲が混血児であることはゆるぎない事実で、それを意識して避けさせてはいけない、とお滝は思った。異国人ではあるがシーボルトというすぐれた医者の血をひいていることに誇りをいだかせるべきだとも思った。

「オランダ文が書きたいか」

お滝は、平静な口調でたずねた。

「はい」

お稲は、澄んだ声で答えた。

お滝は、無言でうなずいていた。

数日後、通詞《つうじ》の松村直之助が俵屋を訪れてきた。お滝は、直之助を招じ入れ、シーボルトからの手紙をとどけてくれた好意を謝した。

「手紙は、御亭主にお見せしましたか？」

直之助は、気づかわしげにたずねた。

「見せました。ししほると様の片仮名文字の手紙を珍しがり、感じ入っておりました」

「気持をそこねはしなかったでしょうか」

「はい」

お滝は、微笑した。

「そうですか。そのことを気にかけていましたが……」

「心の優しい人なのです」

お滝が答えると、直之助は安堵したように表情をやわらげた。

「あの手紙はあなた宛のもので、もちろん私は見ておりませぬ。差支《さしつか》えなければ、おなつかしい先生のお手紙を拝見させていただけませぬか」

直之助が、懇願するような眼をして言った。

「たやすいことです」

お滝は立ち上ると、すぐに隣室から小箱を持ってきた。

直之助は、箱の中から奉書をとり出すと開いた。かれは、文字を一字ずつ眼で追ってゆく。そして、読み終ると息をつき、お滝に顔を向けた。

「先生も、御無事にオランダへおつきになったようですな」

と、かれは言うと、再び手紙に眼を落した。

「この書簡の中に、ワタクシヵ一人　オランダ　マタ　オウルソン　マタ　トウ人とありますが、このトウ人とは、先生が御帰国前にもらしていた郭《かく》成章という唐人だと思います」

直之助は言うと、その人物について声を低めて説明した。

郭成章は、中国の広東《カントン》省大埔《タープー》県の生れで、バタビヤに移住していた。シーボルトは、オランダ語にも通じている郭を信頼し、バタビヤから郭を連れてオランダへ向う予定であることを直之助にも告げていたという。

さらにシーボルトは、日本人の門人やお滝から自分に送られる手紙がすべて厳重な検査をうけるはずだということを知っていた。もしもその手紙の中に不穏な内容がふくまれていれば、没収され、手紙の送り主も厳罰に処せられる。そのようなことを回避するために、シーボルトは郭成章を利用することを思い立ち、直之助にもひそかにその方法を言いふくめていた。もしも国法にふれる手紙をシーボルトに送る場合には、郭成章宛にするよう指示した。唐人にはオランダ人よりも警戒の念がうすく、手紙の検査も簡単であるはずだった。

「ここにトウ人と書かれていることは、先生が郭成章を予定通りオランダへ伴っていったことをしめすもので、今後は郭宛に手紙を出すことも考えなければならぬと思います」

直之助は、かたい表情で言った。

お滝は、手紙に記された「トウ人」という文字をみつめた。それは奉行所の役人も見すごした文句だが、そこにシーボルトが、帰国後も日本に関する知識を得ようとする執《しつ》拗《よう》な貪欲《どんよく》さを感じ、空恐しさをおぼえた。

直之助は、緊張をとくように息をつくと、

「御亭主が、そのように優しい気持をもっておられるなら、お滝さんから返事を出しても差支えございませんな」

と、言った。

お滝は、微笑しながらうなずいた。

「その時は、私がオランダ文に直して先生にお送りしましょう。オランダ船の帰帆は秋になります」

と直之助は言うと、腰をあげた。

お滝は、店の外まで直之助を送ると再び部屋に引き返し、シーボルトの手紙を木箱におさめた。

陽《ひ》が急にかげり、雷鳴がきこえた。暑い日がつづいていたので、ひと雨きて欲しい、と、お滝は空に眼を向けた。

黒い雲が湧《わ》き、風も起って部屋のすだれがひるがえった。庭で遊んでいたお稲が、縁側からあがってきた。大粒の雨が落ちはじめ、たちまち樹葉に潮騒《しおさい》のような音がひろがった。

廊下をあわただしく渡ってくる足音がし、時治郎が姿をあらわした。

「お滝、お常さんが血を吐いた」

時治郎が、甲高い声で言った。

お滝は、体をかたくした。

「今、使いの者が報《しら》せにきた」

時治郎の言葉に、お滝は顔色を変えた。

日頃から体の弱いお常であったが、血を吐くなどとは予想もしていなかった。お常は、夫にも等しいオランダ商館の薬剤師ビュルゲルのあたえてくれる薬をのんで、体もかなり恢復しているようであった。

「すぐに行きます」

お滝は、あわただしく身仕度をはじめた。

稲光がひらめき、雷鳴がとどろいた。雨は、風をまじえて一層勢を増しはじめ、樹葉が風にあおられている。稲光がひらめき、それを追うように雷鳴がとどろいた。薄暗くなった庭は、滝壺《たきつぼ》のように雨しぶきで白く煙った。

時治郎は、雇い人とあわただしく雨戸をしめて歩いた。雨が、戸に音を立てて当った。

お滝は、店の出入口に通じる廊下を急いだが、その背に、

「この雨では外へ出られぬ」

という時治郎の声が浴びせかけられた。

「でも、姉《あね》さんが……」

お滝は、悲しげな表情をして振返った。

「にわか雨だ。すぐに通りすぎる。それまで待つのだ」

時治郎は、お滝の手をつかむと店さきに坐《すわ》らせた。

雷鳴が空気をふるわせ、薄暗い家の中に稲光が刺しつらぬく。その度に雇い女の悲鳴が、台所の方からきこえていた。

お滝は、店の前の路《みち》に眼を向けた。路は雨しぶきにおおわれ、暖簾《のれん》が音を立ててはためいている。

姉のお常の身が、気がかりであった。お常は胃をわずらい、夜間に激しい痛みを訴えることが多い。空腹時にさしこむような痛みにおそわれるが、食事をとると痛みもうすらぐようだった。血を吐いたことは胃痛と関係があると思えた。お常の家には、近くに住む駕籠《かご》かきの妻が通ってきて家事をやってくれていた。おそらくその女は、突然のお常の吐血にうろたえているにちがいなかった。

お滝は、落着きなく立ったり坐ったりしていた。すでに姉が息をひきとっているよう

な不吉な予感もした。

雨は勢を弱めたかと思うと、沛然《はいぜん》と落ちてくる。店の土間にも雨の飛沫《しぶき》が吹きこんできていた。

やがて、雷鳴が遠ざかり、雨勢もおとろえてきた。雨脚が細まって、路上が明るくなった。そのうちに、雲が切れたらしく陽光がさしてきた。

「私も行く」

時治郎が、着物を着かえて居間の方から出てきた。

お滝は、土間におりると家を走り出た。その後を、時治郎が追った。二人は雨水のたまった川沿いの道を急ぎ、橋を渡った。そして、再び川沿いに万屋町《よろずやまち》、西古川町、諏訪《すわ》町《まち》をへて麴屋町《こうじやまち》の家並の中に入った。泥《どろ》のはねが、腰のあたりまであがっていた。

お滝は、時治郎とともにお常の家に走りこんだ。

庭に面した部屋に入ったお滝は、一瞬立ちすくんだ。お常は、ふとんに身を横たえていた。畳の上には、あきらかに大量の血をぬぐった跡があり、枕《まくら》もとにおかれた盥《たらい》には泡《あわ》だった血がたまっていた。通いで働いてくれている女が、どのようにしてよいのかわからぬらしく、お常の足をしきりにさすっている。その傍ではオランダ商館員のビュルゲルとの間に生れたタマが、泣きじゃくっていた。

「姉《あね》さま」

お滝は、呻《うめ》くような声をかけると、お常の枕もとに走り寄った。

お常の顔は血の色が失われ、唇《くちびる》が紫色に変っている。吐血したため寒気におそわれているらしく、体を小刻みにふるわせていた。

お常が半身を起すと、盥に顔を近づけた。口から血がふき出た。

「お医者様は？」

お滝は、甲高い声をあげて足をさすっている女に言った。

「隣家の方に呼びに行ってもらっています」

女が、青ざめた顔で答えた。

家の戸口で男の声がし、小柄《こがら》な初老の医者が、薬箱をもった若い男を連れて座敷に入ってきた。

医者は顔をしかめると、身を横たえたお常の顔を見つめ、盥にたまった血に視線を向けながら脈をとった。

医者は眼をのぞきこみ、指先に視線を据《す》え、額に掌《てのひら》をあてた。

「口をきいてはならぬぞ。気持を安らげ、静かに寝ておるのだ。身を動かすと血が出る故《ゆえ》、血を吐く時も体を起さず顔を横にするだけにするのだ、よいな」

医者は子供に話しかけるような口調で言うと、盥をふとんの傍に引き寄せた。

お常は、眼《め》を閉じていた。顔は青白く、眉毛《まゆげ》が毛ばだってみえた。吐血がやんだが、呼吸は荒かった。

医者が、お滝と時治郎に眼で別室にくるように合図した。お滝と時治郎は腰をあげ、医者とともに離室に入った。

「血の色から見て、労咳《ろうがい》の吐血ではない。労咳の血は鮮やかな朱《しゅ》の色だ。血が茶色いのは、胃の袋が破れた証拠だ」

医者は、小さな盥で手を洗いながら低い声で言った。

「胃の袋が？」

お滝は、顔をこわばらせた。

「日頃《ひごろ》から胃を病んでいたのではないかな」

医者が、濡《ぬ》れた手を布でぬぐった。

「その通りでございます。姉は、出島のびるける様からオランダ渡りの薬をいただき、のんでおりました」

「びるける殿が、薬を……」

医者は、薬剤師ビュルゲルの名を知っているらしくうなずいた。

「ところで、姉の容態は？」

お滝は、医者の表情をうかがった。

医者は、白毛の少しまじった頭を少しかしげると、

「血が止ればよいが……」

と、つぶやくように言った。

「まだ、血を吐きますでしょうか」

「それはわからぬ」

医者は息をつくと、薬箱から薬草をとり出し、

「血を吐かぬようになったら、この薬を煎《せん》じて飲ますように……。それでは、これで」

と言って、立ち上った。

お滝と時治郎は、家の外まで医者を送り出し、頭をさげた。路上に夏の陽光がかがやき、濡れた道は早くも乾きはじめていた。

医者が去って間もなく、父の佐兵衛と母のきよがあわただしく家にやってきた。かれらは、お滝からお常の症状と医者の言葉を耳にすると顔色を変えた。

お常は、いつの間にか眠っていた。

空が、茜色《あかねいろ》にそまった。お滝は、台所に立って夕食の仕度をはじめた。

不意に、

「お滝」

と呼ぶ母の鋭い声がした。

お滝は、台所から出るとお常の寝ている部屋に走りこんだ。激しい吐血であった。父

と母が、半身を起して盥にかがみこんでいるお常の体を抱いている。時治郎が、医者だと叫ぶと家を走り出して行った。

お常は意識を失ったらしく、両親の体にもたれかかり、ふとんに仰向《あおむ》けになっていた。眼が吊《つ》り上り、息を喘《あえ》がせている。呻《うめ》き声が口からもれ、それが次第に弱まると体に激しい痙攣《けいれん》が起った。

佐兵衛がお常の名を呼び、お滝も、

「姉《あね》さま」

と、叫んだ。

体の痙攣が徐々にしずまり、口がうすくひらいた。お滝は、お常の体をゆすった。呼吸がとまっているのに気づいた。

時治郎につづいて、医者があわただしく部屋に入ってきた。医者が脈を見、お常の顔を見つめた。胸に掌をあてていたが、黙ったまま頭をふった。

お滝は、姉の体に突っ伏すと肩を波打たせて泣いた。部屋の中に泣声がみち、ただタマだけが、部屋の入口に立って大人たちの姿をおびえたように見つめていた。

天保二年（一八三一）八月二日であった。

時治郎は、菩提寺《ぼだいじ》の皓臺寺《こうたいじ》へお常の死を告げに行った。死者が出た場合には、すぐに菩提寺に報告しなければならない。それは、死者がキリシタン宗門の信者ではなく仏教を信じていたことを証明するためであった。殊《こと》にお常は、オランダ商館員ビュルゲルと肉体関係があっただけに、そのしきたりを過ちなく履行することが必要であった。

それにつづいて、父の佐兵衛が、麹屋町の乙名《おとな》（町役人）をはじめ近隣の家々にお常の死を告げて歩いた。それもお常がキリシタン宗門の信者ではないことを認めてもらう処置で、届け出をうけた乙名は、近隣の者たちとお常の枕元にやってきて、お常の遺骸《いがい》が仏教式に数珠《じゅず》を手にかけられているのをたしかめ、その死が変死ではないことも認めた。

乙名たちの見届けもすんだので、お常の家の戸口に「忌」と書かれた四角い札が鬢付《びんつけ》で貼《は》られた。忌の字は、不幸がつづかぬように一劃《かく》一劃はなして書かれていた。

やがて、報せをうけた親戚《しんせき》の者や知人たちが、悔みにやってきた。

かれらは家に入ってくると、お滝たちに悔みの言葉を述べ、お常の顔をおおう白布をとりのぞいて合掌した。お常の顔は白く、かすかに笑みをうかべているようにみえた。

お滝は、眼を赤く泣きはらしていた。姉の生涯《しょうがい》が、切なく思い返された。

お常は五人の妹と一人の弟の面倒をみてすごし、家計をたすけるためにオランダ行きの遊女に売られた。お常はお滝が自分につづいて遊女屋に売られた時、激しい悲嘆をしめしたが、おそらく自分一人が家の犠牲になればよいのだと思っていたにちがいなかった。その後、お常は、薬剤師ビュルゲルと肉体関係をむすび、タマを産んだ。ビュルゲルの好意で遊女屋に身請代銀が支払われ、家もあたえられて市井《しせい》の女としての自由も得た。暗い時期をくぐりぬけて、これから安穏《あんのん》な暮しが期待できた彼女に、不意に死が訪れたのだ。

お滝は、姉が哀れでならなかった。姉は思慮深く、お滝にとって頼り甲斐《がい》のある相談相手であった。時治郎という得がたい男の妻になることができたのも姉のおかげであったし、シーボルトからあたえられた銀をコンプラ仲間に託して、月々定《き》まった利息を受けられるようにしてくれたのも姉であった。

「お常の御亭主様であるオランダさんにも、伝えないでよいのか」

母のきよが、涙声でお滝に言った。

「明日にでも、乙名様から伝えていただくようにいたします」

お滝は、答えた。

彼女は、お常の死後、すぐに出島へ使いを出そうとしたが、慎重に事をはこぶべきだと思い直した。オランダ商館員と肉体関係のあったお常の死は、当然キリシタン禁制のきびしい監視にさらされる。疑惑をもたれぬためにも、しきたり通りの届け出をしてまず親戚知人の悔みをうけ、ビュルゲルに報せるのは翌日までのばし、それも乙名を通じて伝えてもらった方が無難だと思った。それに、たとえビュルゲルにお常の死をつたえても、かれは出島の外に出ることは許されぬ身であった。

お滝は、タマの姿を眼で追った。四歳のタマは母の死を悲しむことも知らず、多くの人々が家に集ってきたことに興奮し、はしゃいで走りまわっている。その姿が哀れであった。

すでに嫁している次女のよね、三女のまさと五女のさだは、台所で茶菓の用意をしたりして働き、六女のふみと弟の善四郎は、戸口に近い部屋に坐って弔問客に頭をさげていた。

翌日の夜、お常の遺体は湯灌《ゆかん》にされ棺《ひつぎ》におさめられた。その日、乙名からビュルゲルにお常の死が伝えられたらしく、使いの者が来て手紙をとどけてくれた。そこには、「イトカナシカ（非常に悲しい）」という拙《つたな》い片仮名文字が書かれていた。

酷暑がつづいているので遺体の腐敗をおそれ、翌日に葬礼がおこなわれた。

喪主である父の佐兵衛は、無紋の裃《かみしも》に無紋の浅黄木綿の衣服をつけ、お滝たちは白無《しろむ》垢《く》を身にまとっていた。皓臺寺の僧が二人やってきて読経《どきよう》し、会葬者たちが焼香した。それが終ると、父の佐兵衛から順に棺のふたが石で釘《くぎ》づけにされた。

出棺は夕刻という習わしになっていたので、お滝たちは、しばらく休息をとった。暑い日で、蟬《せみ》の鳴きしきる音が家をつつんでいた。

日が傾き、暮色がひろがりはじめた。用意された饅頭《まんじゆう》が、手助けに来てくれていた男たちの手で会葬者に配られた。死者が家を出てあの世に旅立つ別れの意味をこめた出立の饅頭で、大き目のものが二個ずつ白紙につつまれていた。

葬列が、組まれた。

松明《たいまつ》が暮色の濃い路上でたかれ、その後に大旗、小旗、高張提燈《たかはりぢようちん》、香炉、蓮花《れんげ》、箱提燈、位牌《いはい》、天蓋《てんがい》がならび、白い棺をのせた駕籠《かご》が五名の者にかつがれた。その後に僧侶《そうりよ》、お常の両親、弟妹、親族、知人たちがつづいた。

葬列が動き出し、家並の間を縫って南へむかってゆく。家の戸口に立つ人々が、合掌して棺を見送っていた。

諏訪町をぬけて晧臺寺の近くに来た時、日はすでに没し、夜の色がひろがっていた。葬列は、急な石段をゆっくりとのぼってゆく。松明が両側に生い繁《しげ》る樹木を赤々と浮き上らせ、時折りかすかな音を立てて火の粉がはじけた。棺をかつぐ男たちは胸を波打たせ、葬列に荒い息が起った。かれらは、時折り足をとめて呼吸をととのえ、再び石段をのぼっていった。

ようやく葬列が、墓所にたどりついた。人々は流れる汗を拭《ぬぐ》い、中には石段に腰を落す者もいた。蚊音が、あたりにみちていた。

僧の読経がはじまり、その中で喪主から血縁の濃い者の順に焼香がおこなわれた。

それがすむと棺が駕籠からおろされた。すでに墓穴は掘られていて、棺が男たちの手ではこばれ、穴におろされた。

お滝たちの口から、悲痛な泣声がふき出た。松明のまばゆい光に照らされて、男たちが鍬《くわ》で土を棺の上に落してゆく。僧の読経の声は高く、人々の口からそれに和する声もきこえた。

穴が埋められ、土が盛られた。その上に平たい石がのせられた。新しい木で作られた仮屋が傍に据えられ、その小さな屋根の下に白木の位牌、香炉、花柴《はなしば》が置かれ、燈明《とうみよう》がともされた。お滝たちは、仮屋の中の灰壺《はいつぼ》に線香を立てて合掌した。

彼女は、白木の位牌に視線を向けた。そこには栄林昌華信女《しんによ》という戒名の傍に、天保二辛卯《かのとう》年八月二日　俗名常　行年三拾歳という文字がみられた。

埋葬は終り、人々は石段をくだりはじめた。お滝も、お稲とタマを連れて石段をくだった。

彼女は、途中で墓所をふり仰いだ。仮屋にともる燈明の小さな灯《ひ》と線香の赤い粒状の火が、闇《やみ》の中にうかび上っている。お滝は、その光に姉を一人残してきたような悔いを感じた。

お滝たちは、埋葬に立会ってくれた会葬者たちとともにお常の家にもどった。家の中には卓袱《しつぽく》料理が用意されていた。卓袱料理は唐人料理で、長崎にひろまるにつれて日本的なものに変化し、淡泊な味になっていた。それは死者が永遠の旅に出るのを見送る訣《けつ》別《べつ》の宴席料理で、出立の卓袱と称されていた。

卓についたのは、肉親以外に三十名ほどであった。かれらの間で酒がくみ交され、静かな宴がはじまった。

注文しておいた砂糖菓子も菓子職人によってとどけられ、お滝は、それを仏壇にそなえた。菓子、花、野菜、珍獣の象・獅子《しし》、果実などを模した美麗なもので、実物の代りに供えるならわしになっていた。

「これで仏壇もにぎやかになった。お常も少しは淋《さび》しくなくなっただろう」

母のきよが、線香を立てながらつぶやいた。

お滝は、いつの間にか部屋の隅《すみ》で眠っているお稲とタマに気づき、隣室にふとんを敷くと、一人ずつ抱いてふとんに横たえた。

彼女は、並んで眠っている二人の女児を見つめた。異国人の血をひいている特徴は、お稲よりもタマの方にいちじるしかった。髪は金色で、鼻が高い。父のビュルゲルは出島から出ることの叶《かな》わぬ身で、タマにとって唯一《ゆいいつ》の頼りは母のお常だったが、その母を失ったタマが混血児としてどのように生きてゆくことができるか、不安であった。

この子の母代りになってやらねばならぬ……と、お滝は思った。タマを残して逝《い》った姉の胸中が、痛々しかった。

宴がはね、人々は焼香すると去っていった。時治郎も、翌早朝、馬関（下関）にむかう船が一艘《そう》あるので、手助けにきてくれていた店の者を連れて帰っていった。

お滝たちは料理の後片づけをした。

その夜、肉親たちはお常の家でごろ寝をすることになり、お滝は、お稲とタマの傍に身を横たえた。疲労が体に湧《わ》いたが、眼《め》が冴《さ》えてなかなか眠れなかった。墓所の闇にともっていた燈明と線香の朱色の光が、しきりに思い起された。

それらの光が次第にうすれ、お滝は眠りに入っていった。

翌朝、お滝たちは蠟燭《ろうそく》と線香を手に墓所へむかった。お滝たちを見ならって小さい掌《てのひら》を合わせる金髪のタマの姿が哀れで、お滝は涙を流した。

お滝たちは、そろって皓臺寺に赴いて礼を述べ、墓番にも引き合わせてもらった。埋葬地に仮屋を立てたが、時折り墓番に見廻《みまわ》ってもらい燈明を絶やさぬようにしなければならない。それは五十日目の忌明《いみあ》けまでつづけられるしきたりで、お滝たちは、墓番に謝礼を渡して墓守りを依頼した。

お滝たちがお常の家にもどると、仏壇のおかれた部屋に石井宗謙と通詞の松村直之助が待っていた。かれらは、お常の死を人づてにきき、焼香にやってきてくれたのだ。

お滝は、好意を謝し、茶菓を出した。直之助は、ビュルゲルからあずかった香奠《こうでん》の銀をさし出した。

「びるける殿は、いたく悲しまれ、涙を流していました。愛する妻を失ったことが堪えきれぬとも言っていました。殊に子供のタマ殿のことが哀れでならぬと……」

直之助は、縁でお稲とオヒト（お手玉）で遊ぶタマに視線を向けた。

「もしも出来ることなら、オランダに帰帆の折にタマ殿を故国へ連れ帰りたいとも言っていましたが、それは御法度《ごはっと》で出来かねることだとたしなめました」

直之助は、同情するような表情で言った。

混血児が、父である異国人とともに本国へ渡ることは、鎖国政策にもとることとして、百十六年前の正徳五年（一七一五）に禁令が出ている。その法度書の中には、

「唐人、阿蘭陀《オランダ》人之子、本国江《へ》連行度旨《たきむね》、其《その》父相願候共《そうろうとも》、其段ハ、停止之事に候……」

と、明記されている。

しかし、それから四十二年後の宝暦七年に、混血児きりの問題が起った。

オランダ商館員フルスベッキは、二年前の宝暦五年から寄合町油屋利三太抱の遊女若浦を出島に呼入れていた。翌六年五月若浦の妊娠があきらかになり、九月に親もとの東古川町又兵衛宅に引き取られ、翌七年二月九日の夜、女児を出産した。それがきりであった。若浦は、十九歳であった。

帰帆のせまっていたフルスベッキは、きりを本国へ連れ帰りたいと願い、その旨を奉行所に申し出た。奉行所では、法度書で禁じていたことではあったが、一応、老中にお

伺いを立てた。混血児は異国人の血がまじっているので、異国人と考えればその海外への渡航を許さぬことはできぬと判断したのだ。

老中は困惑し、長崎奉行とも打ち合わせた結果、きりの母である若浦とその親に異議がなければ、渡航について配慮してもよいという結論を下した。それにもとづいて、長崎奉行は、年番大通詞西善三郎、小通詞名村三太夫に命じ、寄合町乙名芦刈善太夫、抱主の油屋利三太を通じて若浦と親もとの又兵衛の意見を聴取させた。その結果、若浦も又兵衛もきりを手ばなすことを拒んだので、油屋利三太は芦刈善太夫にその旨を報告、両名の連署で左のような答申書を年番大通詞西善三郎と名村三太夫に差し出した。

一、私抱《かかえ》之若浦江《へ》紅毛人子之儀、紅毛人方へ差遣（わすか否《いな》か意見をききただすようにとのことでございましたので）若浦並親共江（承知するかとただしましたところ）決而《けっして》差遣申間敷由《もうすまじきよし》申候。尤《もっとも》御公儀様ゟ《より》差遣候様被仰付候《おおせつけられ》ハヽ、無是非《ぜひなく》差遣可申《もうすべき》由申候。為《その》其如此《ためかくのごとく》御座候。以上。

油屋利三太

芦刈善太夫

右利三太吟味仕《つかまつり》候処《ところ》、右之通申出候ニ付、奥印《おくいん》仕候。已上《いじょう》

十一月二十七日

西善三郎殿

名村三太夫殿

つまり、御公儀からどうしてもきりをフルスベッキに渡すよう命じられれば致し方ないが、そうでなければきりを渡したくないという意見であった。

幕府も奉行所も、むろん強制する意志はみじんもなく、そのままきりは母の若浦によって養育されることになった。その後、きりは寄合町油屋方で成人し、天明六年には三十歳になっていたが、九月二日の夜、外出したまま行方知れずになった。町役人も捜索したが、一ヵ月後になっても消息は絶たれたままなので、十月五日に死亡届が出された。

このように混血児きりの海外渡航は中止になったが、それが前例になって、混血児が父である異国人とともに本国へ赴くことは禁じられたのである。

「びるける様にお伝え下さい。タマは私が母親代りになって育てます。御心配くださらぬように……」

お滝は、涙ぐんだ。

宗謙と直之助は黙々と茶を飲んでいたが、やがて再び焼香すると家を出て行った。

仏間に一同が集り、昼食をとった。

「これから、この家をどうしたらよいか。タマの養育もあるし……」

父の佐兵衛が、言った。

三女のまさにうながされて、夫の石橋伊助が口をひらいた。かれは、銅座跡に住んでいる律義《りちぎ》な商人であった。

「おまさとも相談をしましたが、タマを私の家に引き取ってもよいと思っています」

伊助の言葉に、佐兵衛は、

「気持は嬉《うれ》しいが、娘の嫁入り先に迷惑をかけるわけにもいかない。私たち夫婦がタマの面倒をみよう」

と、言った。

お滝は、伊助の申出《もうしい》でに感謝したが、タマを育てることは難儀で遠慮すべきだと思った。また老いた両親にタマの養育を託すことも気がかりだった。

直之助にも言ったが、タマの養育は自分の手ですべきだと思った。タマはお稲と同じように異国人を父にもち、お稲もタマがいれば淋しくないはずだった。それに、自分はタマの父ビュルゲルとも親しく、直之助を通じて連絡もとれる。

お滝は、隣室に時治郎を連れて行くと、自分の意志をつたえ、夫の反応をうかがった。

「私もそれが一番良いと思う。お常さんは、私とお前が祝言《しゅうげん》をあげるように橋渡しをしてくれたお人でもあるし、そうしたいきさつからも私のところで引き取るべきだろう」

時治郎は、答えた。

お滝は、あらためて夫の優しさに感謝した。お稲だけでなくタマも引き取ってくれる夫の心が、嬉しかった。

お滝は、時治郎とともに仏間にもどると自分たちの気持を述べた。

佐兵衛は眼をしばたたき、時治郎に厚く礼を言った。

難問は、お常の家をどのようにすべきかであった。タマを時治郎のもとに引き取れば、家は無人になる。佐兵衛たちにも家があって、お常の家に移転することもできなかった。

お常の家は、薬剤師ビュルゲルがお常に買いあたえたもので、ビュルゲルに断わりもなく勝手に売却するわけにはいかない。お常が安住していた家であり仏壇もおかれているので、出来るだけ残しておかねばならなかった。

お滝は、ビュルゲルに家の処置を相談する必要がある、と思った。ビュルゲルは、お常母娘《おやこ》だけではなくお滝とお稲にもなにくれと心を配ってくれていたので、その好意にこたえるためにも、ビュルゲルの指示をあおぐべきだと思った。

両親もお滝と同意見なので、早速お滝は通詞松村直之助の家をおとずれ、事情を話してビュルゲルの意見をきいて欲しいと依頼した。

直之助は承諾し、翌日の夕方、早くもビュルゲルの意向をつたえにお滝のもとにやってきてくれた。ビュルゲルは、お滝がお常の家へ住んで欲しいと望んでいるという。

「びるける殿は、あなたの姉思いをよく知っており、タマ殿を引き取って育てることにきまったというと、ひどく喜んでおられた。そのようなあなたに、もしもお常の家に住んでくれたら嬉しいのだが……と、びるける殿は言っておられた。むろん人妻になられたあなたに、それは無理な相談だということも十分に承知しておられる。しかし、お常の住んでいた家を空家にすることは好ましくないし、まして売り払ってしまうのは堪えられぬと言っておられた」

直之助は、お滝の顔をうかがうように見つめた。

お滝は、当惑した。ビュルゲルの希望は、彼女にもよく理解できた。お常の死とともに家が処分されタマもお滝の家に引き取られることは、ビュルゲルにとって余りにも無残なことに思えるのだろう。しかし、お滝は嫁《か》した身であり、時治郎をたすけて家業に精を出さねばならぬ立場にある。彼女がお常の家に移り住むことは、商家の妻女としての義務を放棄することにもなる。

「よくわかりました。私も考えてみます」

お滝は、ビュルゲルの言葉を伝えにきてくれた直之助に礼を言った。

直之助が去ると、お滝は思案した。時治郎に相談しても許してくれそうにはなかった。しかし、他に話をする相手もなく、一応時治郎にビュルゲルの希望をつたえてみようと思った。そして、その夜、彼女はビュルゲルの言葉を時治郎に告げた。

時治郎は、予想した通り驚いたような顔をして、しばらく思案していたが、

「びるけるというその異国人の言う通りにしたらいい」

と、言った。

お滝は、時治郎が気分をそこねたのではないかと思い、

「それは無理です」

と、答えた。

「そうとは限らぬ。姉様の家にお前だけが移ると思うから事がむずかしくなる。私もお稲も移り住む」

時治郎が、頬《ほお》をゆるめた。

「あなた様も？」

「そうだ。姉様の家に住んで、お前と二人で店に通うようにすればよい。下女を雇い入れて、お稲とタマの面倒をみてもらう」

「でも、お店が夜、無人になっては……」

お滝は、気づかわしげに言った。

「番頭夫婦に移り住んでもらう。それでよいではないか」

時治郎は、笑った。

お滝は、涙ぐんだ。

「それに、私は川べりのあの家に生れ育ったが、絶えず中川の匂《にお》いにつつまれているのにも飽いた。姉様の家のあたりは閑静で、あのような樹木の匂いのする家に住みたいと

も思っていたのだ」

時治郎は、茶をのんだ。

お滝は、無言で畳に手をつき時治郎に深々と頭をさげた。

お滝は、翌日、直之助のもとに使いを出し、時治郎の承諾も得たのでビュルゲルの指示通りにすることをつたえ、両親にもその旨を報告した。父親の佐兵衛は喜び、お稲とタマを下女だけに託すのは心もとないので、五女のさだを同居させて家事をみさせてもいいと申し出てくれた。

話はまとまり、数日後に時治郎は雇い人に身のまわりの物をお常の家にはこばせ、その日から移り住んだ。

時治郎、お滝、お稲、タマ、さだと下女の六人の新しい生活がはじまった。お稲もタマも同居できるようになったことを喜び、はしゃぎまわっていた。

お滝は、仏壇の燈明《とうみよう》を絶やさぬようにつとめ、毎日、俵屋へ赴く途中、墓所に立ち寄って線香をあげた。服喪の時期で華やかな衣服は避け、食事も魚などをとらず、控え目な生活を送っていた。

初七日《しよなのか》から七日目ごとに一同そろって墓参し、四十九日目の法事には、親戚《しんせき》、知人を招き、卓袱《しつぽく》料理で饗応《きようおう》した。参席者は線香、蠟燭《ろうそく》、米などを仏前にそなえてくれた。

翌日は、忌明けであった。お滝は、仏壇の飾物をとりのぞき、焼香した。やがて両親の姉妹、弟たちが正装して集ってきたので、会葬者の家々をまわって忌明けの挨拶《あいさつ》をした。そして、夕方近く墓所へお詣《まい》りし、香華《こうげ》をそなえた。すでに九月も下旬になっていた。

十月に入り、丘陵一帯には秋色がひろがっていた。お滝はお稲とタマに足袋をはかせ家の炬燵《こたつ》をひらいた。例年よりも気温が低いようであった。

その月の中旬、通詞の松村直之助から使いの者が手紙をもってお滝の家にやってきた。お滝は、手紙をひらいた。そこには、オランダ船の帰帆がせまっていること、シーボルトへの手紙をなるべく早目に書いて欲しいこと、その手紙を直之助がオランダ文に翻訳してオランダ船に託すことが簡潔に書きとめられていた。

お滝は、手紙の趣旨を諒承《りようしよう》した旨を使いの者につたえた。

その夜、お滝はシーボルトからきた手紙を取り出すと、読み直した。シーボルトの自分とお稲に対する愛情があらためて胸にしみ入り、眼頭《めがしら》が熱くなった。彼女は、机の前に坐《すわ》ると硯《すずり》の墨をすりはじめた。シーボルトへの想《おも》いが、切なく胸にせまった。

お滝は、筆に墨をふくませるとシーボルトへの手紙を書きはじめた。

（お手紙によると）御前様はじめ御かか（母上）様御きけ（げ）んよく御くらしなされ候よし、まん〳〵（万々）うれしそんし（存じ）まゐらせ候。

と、シーボルトとかれの母の健康を喜び、

おい祢《ね》はし（じ）め、ミな〳〵そくさい（息災）ニくらしまゐらせ候。はゞかり様なか（が）ら御きもし（気持）安くおほ（ぼ）し召下され候。

おい祢《ね》事も　日々とせい志ん（成人）いたし、きけん（機嫌）よくあそひ（び）まゐらせ候間、何ニも御安んし（御案じ）なされまし（じ）く候。随分き里よふ（器量）よろしく、里こふ（利口）ニおひたちまゐらせ候　ミな〳〵よろこひ（び）居中候。とふそ（どうぞ）今一度御前様の御め（眼）ニかけたくそんし（存じ）まゐらせ候へと（ど）も、かなひ不レ申《もうさず》候。これのみミな〳〵さん祢《ね》ん（残念）ニおもひまゐらせ候。御前様事いかゞ御くらしなされ候哉《や》、毎日〳〵あんじまゐらせ候。

と、お稲が美しく利発で、期待通りすこやかに成育していることを記し、自分とお稲の経済状態について、

一、きん（銀）のことも、びるける様の御世已《わ》（御世話）ニ而《て》おぢ（伯父）方よりとりかへし、又びるける様より五貫目おくり下され、（合計）十五貫目こんぷら（コンプ

ラ仲間）へあづけまゐらせ候、毎月百五拾匁つ（ず）つ、こんふらより利ぎん（銀）うけとり申候。是《これ》みな、びるける様、でひれにふる（デ・フィレニュフェ）様のさしつ（ず）にまかせ、かよふ（斯様《かよう》）にとりはからひまゐらせ候。

として、十分な利息をうけとり、生活に支障のないことを記した。

お滝は、さらに筆を進ませ、自分が嫁いだことも報告した。

一、己《わ》もし（私）事も、こん祢《ね》ん（今年）正月によき（余儀）なくぎり（義理）にて他へ嫁し申候。すいふ（ぶ）んよき人ゆへ（故）、さうだん（相談）いたし申候。此段御あん志ん下され候。扨又《さてまた》伯父方より去年せ（ぜ）ひ〳〵むこ（聟）とるよふ、さうだんいたしまゐらせ候へと（ど）も、何分わもしのきに入不申、ことにおい祢《ね》のためになり不申、行末もおもひやりへんがへ（変換え）いたし申候。

　わもし（私）さんし（参じ）申候ところは、和三郎と申人に御座候。おい祢を大（い）にあい（愛）し、よき人ゆへ、何も御あんし（案じ）なされまし（じ）く、少し年はわかくお己《わ》しまし候とも、家内みな〳〵よき人ゆへ、己もしあん志んいたし申候。
こ満〳〵（こまごま）のことは、又のたよりに申あけ（げ）まゐらせ候。
只今《ただいま》のところは、姉おつ祢《ね》（お常）七月になくなり申候ゆへ、此方（お常の家）へおいミなミなまひり居中候。るすもり（留守番）かた〳〵（かたがた）ミな〳〵こふじや（麹屋）町に居申候。ミなびるける様のさしづ、大にせ已《わ》に相なりまゐらせ候間、御前様よりもよろしく……びるける様へ御礼くれ〳〵（くれぐれ）も御たのみまゐらせ候。こ満〳〵の事は、びるける様の御状ニ而《て》御志よふち（御承知）下され候。

お常が八月二日に死んだのに七月に死んだと書いたのは、西暦で数えたからである。つづいて、鼻煙草《たばこ》入れと自分で仕立てた着物を贈ることを記し、再びお稲が器量よしで利発に成人し、母娘でシーボルトのことを話し合い、「一日も已《わ》すれ不申候」と書きとめた。

お滝は、さらに筆を進めた。

一、已もし（私）事も御前様の御かけ（げ）にて、おい祢《ね》と二人くらし候而《て》も、何二茂《も》不自由の事もこれなく、ミな〳〵大によろこひ（び）入まゐらせ候。此のち（この後）もどふぞおみすてなくよふ、くれ〳〵も御たのみまゐらせ候。おかか様へも、まん〳〵よろしくよふ、はゞかりなから御たのみまゐらせ候。……扨又《さてまた》おるそん（黒人少年オルソン）へも、はゞかり様なから、よろしく御つたへ下され候。とふぞ志んぼふ（辛抱）いたし候よふ、御申きけ下され候……。

相なるへ（べ）くは、今一度御めもし（じ）いたしたく候よふ、おい祢はじめ、毎日かミ（神）かけ願ひ入まゐらせ候。又のたよりに、こ満〳〵との御文下され候よふ、くれ〴〵も御たのみ入まゐらせ候。

一、御前様の御よふし（用事）も御座候ハヽ、御申こし下され候ハヽ、とゝのへ、おくり進しまゐらせ候間、御きもし（気持）安く御申こし下され候。おるそんにも、何ぞ（ぞ）よふむき（用向き）も候へは（ば）、申こし候よふ御申きけ下され候。何にてもとゝのへおくり進しまゐらせ候。

一、おい祢に、いざらさ（い更紗）二三反、又外《ほか》にいしよ（医書）こんすへるふ、ちっとまん（Consburch, Tittmann）、とふそ（どうぞ）又のたよりに、おくり下され候よふ、御たのみ入まゐらせ候。

一、此方ミな〳〵無事ニくらしまゐらせ候間、御きもし（気持）安くおほ（ぼ）し召下され候。申あけたく事は、やま〳〵御座候へとも、かり筆（代筆・オランダ文に翻訳されることをさす）ゆへ心ニまかせす（ず）、あら〳〵申のへ（べ）まゐらせ候。おい祢事、何も御あんし（案じ）なされまし（じ）く候よふ、くれ〳〵も御たのミ入まゐらせ候。

御前様の御きけん（機嫌）よく御くらしなされ候事、かみ（神）かけいの（祈）りまゐらせ候。まつ（づ）はあら〳〵よふし（用事）申あけまゐらせ候。

めてたくかしこ

そのぎ

より

十月廿四日

志ゝほると様

お滝は、筆をおいた。自分の思っていることが十分に書きつくせない苛立《いらだ》ちも感じたが、これ以上は書けぬとも思った。

お滝は、手紙を丁寧に折りたたむと、布につつんだ。

遠くで、夜廻《よまわ》りの太鼓をたたく音がきこえていた。

翌日の午後、俵屋に通詞の松村直之助がたずねてきた。時治郎は、回船の積荷の用事で外出していた。

お滝は、直之助に手紙を差し出した。

「拝見します」

直之助は、手紙をひらいた。オランダ文に翻訳するかれは、手紙の内容をたしかめたかったのである。

かれは、文字を眼で追っていったが、

「お滝殿の御亭主は、時治郎殿といわれるのではないのか」

と言って、手紙に書かれた和三郎という名を見つめた。

「和三郎が実の名なのでございます。それ故《ゆえ》、和三郎と書きました」

お滝は、おだやかな表情で言った。

直之助は、うなずいた。そして、なおも文面をたどっていったが、

「お稲殿に医書を送って欲しい？」

と言って、頭をかしげた。

「はい。お稲が申しますには、オランダの文字を習い、父にオランダ文で手紙を書きたいなどと……。そのようなことは女、子供に叶《かな》うことではないとたしなめましたが、どのようにしてでも叶えてみたいと申します。私も、それならばと思い、オランダの書物をあたえたいという気持になりました。私が今でもおぼえておりますオランダの書物は、い、ん、へ、る、ふ、ち、っ、と、まんの医書でございますので、それを所望しようと、そのようなことを書きました」

お滝は、面映《おもは》ゆそうに言った。

直之助は微笑し、うなずいた。

かれは、手紙を布につつむと懐中におさめた。お稲がオランダ語を習いたいという希

望をうけいれて、シーボルトに医書を送って欲しいと書いたお滝がほほえましかった。彼女にとってオランダの書籍といえばシーボルトの書斎におかれていた医書なのだろうが、オランダ文字を一字も知らぬ幼いお稲にそのようなものをあたえてみても、なんの役にもたたない。オランダ通詞ですら、オランダの医書を読解できる者は稀《まれ》なのだ。そうした事情をお滝が知らぬのも無理はなかった。一般の者たちは、通詞がオランダ語に精通していると信じている。たしかに通詞は、オランダ人と会話を交すことはできるが、文章を読み、翻訳することは困難だった。

お稲は利発だが、女には社会的な制約が多く、将来オランダ文を書けるようになるなどということは考えられない。が、もしもそれを望むなら、初歩的なオランダ語の文法書あたりから習うのが常識だった。

直之助は、お滝の手紙をオランダ文に翻訳する時に、医書を初歩的な文法書に変えて書こう、と思った。

直之助は、お滝のいれてくれた茶をのみながら口もとをゆるめた。

お滝は、手紙に時治郎と結婚したことを記し、人柄《ひとがら》もよいから「御あん志ん下され」と述べている。シーボルトにとって、愛妻同様のお滝が、別れて一年ほどしかたたぬ間に他の男のもとに嫁いだことは大きな衝撃になるはずであった。そのシーボルトに「御あん志ん下され」と書くお滝の無心さが興味深く思えた。お滝は、自分とお稲が安楽に暮していることをシーボルトに伝え、「あん志ん」してもらう配慮から時治郎と結婚したことを書き加えている。それはシーボルトを「あん志ん」させるどころか悲しみ嘆かせることになるにちがいないが、お滝にはそうしたシーボルトの心情を推しはかる気持はみじんもないらしい。

直之助は、「あん志ん」という言葉が可笑《おか》しくてならなかった。

お滝は、手紙の中で時治郎を「すいふんよき人」と書いているが、たしかに時治郎は善良な男らしい、と直之助は思った。

お滝は、シーボルトを「一日も己《わ》すれ」ぬとか、「今一度御めもしいたしたく……毎日かミかけ願ひ入」っているなどと熱っぽい筆致で記している。夫のある身でありながら、以前に肉体関係をもったシーボルトに愛を訴えているお滝が大胆に感じられ、それを許す時治郎の寛大さにも呆《あき》れた。おそらく時治郎は、お滝に強い愛情をいだいていて、妻が前夫にも等しいシーボルトを恋いしたっていることを認容しているのだろう。そして、お滝もそうした夫の態度に甘えて、遠慮する心づかいもしないにちがいない、と直之助は解釈した。

夫婦というものはさまざまだ、とかれは思った。かれには、お滝が邪心のない素直な女に思え、時治郎がその夫にふさわしい寛容な男に感じられた。

「それでは、これをすぐにオランダ文にし、オランダ船に託しましょう」

直之助は、腰をあげた。

お滝は、店の外まで送りに出た。直之助は、初冬の陽光がおだやかにひろがる道を海岸の方向に去っていった。

お滝は、シーボルトに贈る着物と羽織の仕立てを急いだ。彼女は、シーボルトの背丈を思い出しながら寸法を定《き》めた。時治郎は、一心に針をうごかすお滝を黙ってながめていた。

通詞の松村直之助に手紙を渡してから二日後、着物と羽織が仕立て上った。

お滝は、羽織の紐《ひも》をつけかけた手をとめ、思案した。

自分の手で仕立てた着物と羽織を贈れば、シーボルトに自分の想《おも》いがつたわるにちがいなかったが、彼女には、それだけでは心もとなかった。手紙は直之助によってオランダ文に翻訳されるので、内容も控え目なものにせざるを得なかった。お滝は、胸に息苦しくつのるシーボルトへの思慕を十分に文字に託したかったが、それが叶えられぬことに苛立ちを感じていた。

お滝は、ふと思い立ったように長い髪をとくと、剃刀《かみそり》をあてた。紙の上に一束の髪がのせられた。彼女は、素早く髪を再びまとめ、櫛《くし》でととのえ、切られた髪を器用に紐状《ひもじょう》に綯《な》った。

二本の紐ができ上り、お滝は、それを羽織につけた。彼女の口もとに、笑みがうかんだ。ようやくシーボルトに対する自分の気持を託すことができることに満足した。

彼女は、着物と羽織を丁寧にたたみ、油紙に包み布にくるんだ。そして、その日、店の者に持たせて直之助のもとにとどけさせた。

二隻《せき》のオランダ船が碇《いかり》をあげたのは、五日後の朝であった。

お滝は、出港を告げる号砲を家の中できいた。朝食をとっている時であった。時治郎も顔をあげ、お滝に眼をむけたが黙っていた。かれは、お滝がシーボルトに手紙を書き、着物と羽織をオランダ船に託したことを知っているようだった。

朝食をあわただしくすませたお稲とタマが、オランダ船の出港を見ようとして家から走り出ていった。時治郎、お滝、さだの三人は、黙々と箸《はし》をうごかしていた。

ふと、時治郎が、

「オランダぶねが去ると、なんとなく港が淋《さび》しくなる。いつもの年は、唐船が十艘《そう》近くくるのに、今年は二艘しか入らなかった。異国の船が来ぬと、町に活気も出ぬ」

と、つぶやいた。

前々年の文政十二年には九艘、前年の天保元年には十艘の唐船が入港したのに、その年は十一月下旬までにわずか二艘しかやってこなかった。

唐船の積荷の下請け運送を業とする俵屋としては、大きな打撃であった。俵屋の仕事は、大別して二種類あった。その一は、指定商人である五箇所商人が買付けた唐船の輸入品である生糸《きいと》、菜種《なたね》、織物等を下関に運送すること。その二は、俵物と称される国内産の煎海鼠《いりこ》、鮑《あわび》、鱶《ふか》の鰭《ひれ》を各地から集め、乾物として唐船に積みこむことであった。

このような仕事の性格上、唐船の入港が減ったことは直接商いの不振にむすびついた。

その上、輸出品である俵物の生産が少いことも唐貿易に好ましくない影響をあたえていた。その現象は前年末からいちじるしく、憂慮した長崎奉行所では、各浦々に役人を派遣して俵物の煎海鼠、鮑、鱶の鰭の増獲を強くうながし、同時に長崎の町民たちに煎海鼠、鮑を食べることを禁じ、その密売にも厳しい監視の眼をそそいだ。

時治郎は、沈鬱《ちんうつ》な表情をしていることが多くなった。唐船は春、夏、秋にやってくるが、最後の望みをかけていた秋もすでにすぎ、その年の唐船の来航は期待できなかった。

「また、来年になれば唐船もそれだけ余計に港へ入ります」

お滝は慰めたが、時治郎の表情は暗かった。

長崎の町は森閑としていたが、十二月十二日早朝、にわかに町の空気は沸き立った。烽火山に、異国船の接近を報ずる狼煙《のろし》が立ちのぼったのだ。

オランダ船の入津《にゅうしん》は夏にかぎられていることから考えて、その狼煙は唐船の発見を告げるものにちがいなかった。

町の者たちの予想通り、翌日午後、船首に獅子頭《ししがしら》をつけ極彩色に塗られた唐船が一艘港に入ってきた。

時治郎は、唐船がわずか一艘のみであることに不満そうだったが、役人からさらに一艘の唐船が長崎にむかって航行中であることを告げられて喜び、その夜は店の出入りの者を集めて祝宴をはった。

奉行所では、唐船の船主に対して夏に唐船の来航がなかった理由をただした。船主の申し立てによると、春以来唐の国の諸州に水害がしきりで貿易品の集荷ができず、ようやく源発号、得泰号の二艘を出帆させたが、前者は寧波《ニンポー》の沖で難風にあって破船、後者も乍浦《さほ》に引き返したという。

奉行所は、その申し立てを諒承《りようしよう》し、吟味を打ち切った。

久しぶりの唐船の入港で町はにぎわったが、その船に七名の日本人が便乗している話がつたえられ、町の者たちの話題になった。

それら七名の者たちは日本人漂流民で、翌十四日に唐船から岸にあげられたが、その姿を見ようとして多くの町の者たちがむらがった。かれらは一様に縄《なわ》を打たれていたが、故国の土をふむことができたことに嬉《うれ》し泣きし、その姿に町の者たちも涙を流した。

かれらは、備前国岡山広瀬（岡山市広瀬町）の多賀屋金十郎の持船である神力丸（三十端帆、千七百石積）乗組みの者たちで、前年の八月二十九日、岡山から江戸にむかった。積荷は、岡山藩江戸屋敷家中の扶持米《ふちまい》四千六百二十俵その他で、沖船頭五左衛門をふく

め た 十九名の者が乗っていた。

船が熊野灘《くまのなだ》にさしかかった時、大時化《おおしけ》にみまわれて大島沖で遭難。船は潮にのって押し流され、十一月六日に台湾とルソン島の間にあるバタン諸島のイバホス島の岩礁《がんしょう》に激突して破壊された。

水主《すいしゅ》たちは、岸にむかって泳いだが、沖船頭五左衛門ら五名が海にのまれて死亡した。かれらは残された十四名は、島民によってイスパニヤ支配のバタン島役所に送られた。その漂流者としてマニラ、マカオ、広東《カントン》を経て乍浦に送られた。その地で長崎に向う唐船二艘に七名ずつ乗船することを許され、た日にまず七名が長崎にたどりつくことができたのである。

かれらは、ただちに揚屋《あがりや》へ投じられ、奉行所の取調べをうけることになった。

二艘目の唐船が入港してきたのは、翌々日であった。その船には報告されていた通り七名の漂流者が乗っていて、かれらも奉行所に引き立てられ投獄された。

かれらは無事に故国へ帰還できたが、唐船に託されていた清国《しんこく》からの公文書によって二名の日本人漂流者の死がつたえられた。その不幸な漂流者は種子島《たねがしま》（鹿児島県）の三右衛門、庄蔵という水主で、三年前の文政十一年、同島から喜界島《きかいがしま》におもむき、帰航途中逆風に見舞われて遭難、遠く清国まで吹き流された。かれらは、辛《かろ》うじて陸岸に這《は》い上り、住民に救出され唐船に乗せられて日本に向う途中、またも船が難破し、両名とも水死したという。

その話も長崎の町の中につたえられ、人々の涙を誘った。

二艘の唐船の入港にともなって、荷卸しがさかんにはじまり、町は活況をとりもどした。輸入品の買付けがすむと、それらの品物の運送の準備が進められ、船が仕立てられた。

俵屋でも、それらの荷の積込みがおこなわれ、相ついで船が岸をはなれて行った。

天保三年正月が、明けた。お稲は六歳、タマは五歳になった。

元旦《がんたん》の朝、お滝はさだを両親のもとに帰し、お稲、タマとともに俵屋で新年を祝った。飾られた祖先の絵像を拝し、一同打ちそろって墓所に詣《もう》でた。寒気はきびしく、空は青く澄んでいた。

四日から恒例の絵踏みが、はじまった。その日には江戸町、今魚町等十六町、五日には油屋町、船大工町等十九町、六日には俵屋のある東築町等十九町で、それぞれ絵踏みがおこなわれることになっていた。

絵踏みの当日、俵屋では早朝から家の内外を清掃し、水も打った。それがすむと、主人時治郎は紋付羽織を着、お滝たちも晴衣《はれぎ》をつけて絵踏みにそなえた。

絵踏みは各家で順番におこなわれ、やがてその時刻がせまった。お滝たちが家の中で

待機していると、絵踏み番人が店の前に立ち、

「おいででございます」

と、声をはりあげた。

お滝は時治郎たちと店に正坐《せいざ》し、住込みの雇い人たちもその後に並んだ。定めにしたがって足袋をはいている者はぬいだ。

しばらくすると町役人が、町の乙名、組頭、筆者らをしたがえて店に入ってきた。その後には、年番町年寄から借りうけた絵板の箱をたずさえた番人が、神妙な表情でしたがっていた。町役人たちが上座《かみざ》につき、時治郎たちはひれ伏した。その前に、番人の手で絵板が畳の上におかれた。

筆者が、宗旨改踏絵帳《しゅうしあらためふみえちょう》をひろげると、

「和三郎」

と、時治郎の本名を呼び上げた。

「へい」

時治郎は、町役人に頭を深々とさげ、立ち上ると絵板に近づいて、素足の右足でキリストの像を浮き彫りにした真鍮《しんちゅう》の板をふんだ。そして、自分の席にもどると、再び役人に頭をさげた。

「たき」

筆者が、張りのある声で言った。

お滝は、自分がシーボルトの情人であったという前歴があることで、町役人たちの表情が険しさを増したように感じた。彼女は、絵板の前に立つと、裾《すそ》をわずかに持ち上げて右足を絵板の上にのせた。その仕種《しぐさ》には、遊女の折に華麗な絵踏衣裳《いしよう》をつけ、衆人環視の中で絵板をふんだ頃《ころ》の艶《なまめ》かしい優美な動きが匂《にお》い出ていた。

ついで、お稲、タマが可憐《かれん》な仕種で絵踏みをし、さらに雇い人たちも絵板をふんだ。絵踏みが終ったことをたしかめた筆者が、宗旨改踏絵帳を時治郎の前に置いた。時治郎は自分の名の下に実印を押し、お滝以下の者たちの名の下にも代理で捺印《なついん》した。

町役人たちが立ち上り、時治郎の店を出て隣家へ移動していった。

「めでたい、めでたい」

時治郎は足袋をはいて立ち上ると、お滝に、絵踏みを終えた祝いの準備をするように命じた。その祝いは、家族の者たちが切支丹《キリシタン》だと疑われずにすんだという安堵《あんど》よりも、キリスト像に対する嫌忌《けんき》によるもので、それを踏んだことによって起るいまわしい災厄《さいやく》を避ける厄払いの意をふくんだものであった。

お滝は、煮しめ、なます等を用意して雇い人に小豆飯《あずきめし》をたかせ、座敷に祝宴の座をもうけさせた。出入りの者や知人たちがやってきて酒宴がはじまり、三味線をひく者もあらわれた。他の家々でもさかんに歌声が起り、四ツ竹を鳴らす音もきこえてきた。

そのうちに、路上を太鼓の鳴る音が近づき、店に万歳《まんざい》がやってきた。頭に烏帽子《えぼし》や頭巾《ずきん》をかぶり、陶製の大黒《だいこく》、恵美須《えびす》の面をつけ、鶴《つる》を描いた衣を着ている。そして、右手で扇をひるがえし、絵踏みの厄払いの文句をうたいながら静かに舞った。お滝は、かれらに金品をあたえて、訪れてくれたことを謝した。

町の中は、夜おそくまでにぎわった。

その日以後も正月の行事がつづけられたが、そうした中で、その年最初の唐船が入港してきた。同船には、またも日本人漂流者がのせられていた。それは、薩摩《さつま》藩の藩士十名で、前々年の天保元年に清国へ漂着、送還されてきたのである。

相つぐ唐船の来着で、時治郎の表情は明るかった。

お稲は、寺子屋に通うかたわら仕事屋にも行くようになった。そこは裁縫を教える塾《じゆく》で、お稲は手先が器用で針の運びもすぐに身につけた。

寺子屋では、お稲の聡明《そうめい》さが評判になっていた。文字は美しく、手紙の文章を書かせても巧みであった。寺子屋の師匠は、男児と同じようにお稲に漢字の手ほどきもしたが、それをおぼえるのも早かった。

お稲は、気品があり、落着きもあった。おだやかな性格で、他の子供たちにも親切で決して争いをしたりするようなことはない。師匠に対しての礼儀も正しく、寺子屋では中心的存在になっていた。

家に帰ると、タマの面倒をよくみた。タマは病弱で風邪をひいたり、消化不良を起したりして寝ることが多かったが、そのような折にはお稲は心配そうに枕《まくら》もとにつききりであった。

タマの父親であるビュルゲルからは、しばしばタマに菓子や玩具《がんぐ》などがとどけられていた。かれは、母を失ったタマが気がかりでならないようであった。

二月三日は初午《はつうま》で、家々に五彩の幟《のぼり》がひるがえった。太鼓が鳴らされ、夜になると戸口の燈籠《とうろう》にも灯《ひ》が入って、終日町はにぎわった。

その日、お滝のもとに二宮敬作からの手紙がとどいた。文字を追うお滝の眼《め》に、光るものが湧《わ》いた。手紙には、お滝母娘《おやこ》に対する心づかいが切々とにじみ出ていて、お滝はあらためて敬作の変らぬ温情に感動した。

手紙には、敬作の近況も記されていた。かれは、長崎をはなれて生れ故郷の伊予国西宇和郡磯津村にもどったが、少年時代からの許嫁《いいなずけ》であった喜多郡上須戒《かみすがい》村の旧家である西家の娘イワと結婚し、上須戒村で医業を開業したという。

お滝は、シーボルト事件に連坐した敬作が、ようやく平穏な生活を見出《みいだ》したらしいことに喜びを感じた。色が黒くいかつい顔をした敬作がなつかしく、妻帯したことがほほえましく思えた。

お滝は、早速、祝いの手紙を書き送った。その中に、お稲が聡明で美しく成長していることも書き添えた。

それから数日後、石井宗謙からの手紙がとどけられた。急に思い立って郷里にもどることになったという別れの挨拶《あいさつ》を述べたもので、達者に暮すことを望んでいると結ばれていた。

お滝は、うつろな淋しさを感じた。シーボルトが長崎を去ったのは文政十二年十二月で、それから二年三ヵ月が経過している。その間に鳴滝塾の塾生であった高良斎、二宮敬作、戸塚静海《とつかせいかい》らが続々と長崎を去り、石井宗謙のみがとどまっていたが、かれも故郷に帰るという。シーボルトの名をしたって各地から集ってきていた塾生たちは四散し、洋学の中心的存在であった塾も完全に無に帰した。

町の者たちも、西洋の名医として長崎で洋学を教えていたシーボルトの名を口にする者も少くなっていた。わずかにいまわしい事件を、折にふれて思い出すにすぎないようだった。

お滝は、一人取り残されたような悲しみを感じた。

紫陽花《あじさい》が、鮮やかな色彩をみせる季節になった。

お滝は、シーボルトが紫陽花を好み、その花に自分の名をつけて呼んでいたことを思い出した。かれは、紫陽花の一種に Hydrangea Otaksa という学名をつけていた。お滝の遊女時代には其扇《そのおおぎ》と呼ばずソノギと呼び、「お滝さん」と言わずにオタクサと呼んでいた。オタクサ、つまり Otaksa という人名を紫陽花につけたのだ。

紫陽花の色が濃さを増し、やがてその色もさめていった。

梅雨があけ、暑い日がつづくようになった。その年は、春につづいて夏も唐船の入港がしきりで、俵屋の仕事も多忙をきわめた。七月十一日、お滝は、両親や姉、弟妹とともに晧臺寺《こうたいじ》の墓所に赴き、丁寧に清掃した。殊《こと》に姉のお常の初盆でもあるので、墓前に燈籠掛を作り、青竹の線香筒や花筒を新しいものにとりかえたりした。

十三日には、夕方から再び家族そろって墓所に参詣《さんけい》した。そして、先祖代々の墓の前に菓子、果物等を供え、吊《つ》り下げられた燈籠に灯を入れた。つづいてお滝たちは、墓の前に茣蓙《ござ》を敷き、その上に緋《ひ》毛氈《もうせん》をひろげて酒肴《しゅこう》や茶菓をならべた。

そのうちに、親族や知人が荒い息をつきながら長い石段をのぼってきた。かれらは、汗をぬぐい、しばらく息をととのえてから墓前にぬかずき、焼香する。お滝たちは、かれらに礼を言い、毛氈の上に導いて酒や茶をすすめ接待した。

翌十四日と十五日の夜は、初盆以外の家々の墓所の燈籠にも灯が点ぜられ、墓所は一層明るくなった。それぞれの墓碑の前には、緋毛氈がひろげられ、にぎやかに酒宴がくりひろげられていた。他の墓前に行く者もいれば、連れ立ってやってくる者もいる。そのうちに三味線の音や鼓《つづみ》を鳴らす音も起り、笑いさざめいて踊る男の姿もみられるようになった。

お滝は、参詣客の接待につとめながら、時々お常の墓前に行っては線香を加えていた。

下方の町並の間を小さい火がむらがって動き、かすかに幼児たちのうたう声がきこえている。盂蘭盆《うらぼん》に附随した行事で、幼児たちが小さい紙燈籠に灯をともして町々を歩きまわる。その幼児たちに、母や姉たちが、

「提燈《ちょうちん》や、バイバイバイ、石投げたもんな、手の腐るる」

とうたうと、幼児たちも一斉《いっせい》に、

「バイバイバイ」

と、うたう。

お滝は、粒状の灯の群が家並の角をまがってゆくのを見つめていた。夜空に雲がひろがり、その切れ間から冴《さ》えた星の光がのぞいていた。むし暑い夜であった。


七月十七日から送念仏の行事が月末までつづけられ、夜になると家々では仏前にそなえた物を藁舟《わらぶね》にいれて海に流した。

そうしたにぎわいの中で、二十日の朝、オランダ船が一隻《せき》入港してきた。

お滝は、シーボルトからの便りが同船に託されているにちがいないと思ったが、予想通り八月上旬に通詞松村直之助が手紙と贈物をとどけてくれた。贈物は、上質の針、時

計、帯じめ、指輪二個、美麗な小箱七個などで、お稲あてのオランダ語の初歩文法書もふくまれていた。

手紙は、きわめて短いものであった。お滝とお稲のことを忘れられぬということが片仮名文字でつづられ、さらに日本国の事情を知る書物があったらどのような物でも送って欲しいと書かれていた。

「この書物を送れというくだりが、お役人の御気分を甚《はなはだ》しくそこねたときいています。お役人の中にはこの書簡を役所にとどめ、あなたに渡さぬようにすべきだと声を荒げたお方もいたときいています」

直之助は、表情をくもらせた。お滝は、不安になった。国禁事件のいまわしい記憶がよみがえり、息苦しくなった。

奉行所では、国外に永久退去させたシーボルトが、船便のあるたびにお滝をはじめ鳴滝塾の元塾生たちに手紙や贈物をおくってくることを不快に思っているにちがいなかった。その後、塾生たちは長崎を去って自然にシーボルトとの文通もとだえているが、お滝のみは依然として手紙や品物をやりとりしている。当然、奉行所では、それらの手紙や贈物を仔細《しさい》に点検し、お滝の身辺をも監視しているはずであった。そうした空気の中で、日本の国情を記した書物の送附を依頼してきたシーボルトの手紙が、奉行所の態度を硬化させていることは容易に推察できた。

お滝には、そのようなものをシーボルトに送る気持などみじんもなかったが、あらぬ疑いをかけられれば、自分以外にも肉親や縁者がお咎《とが》めを受け、さらに手紙、贈物をとどけてくれている通詞の松村直之助も職を剝奪《はくだつ》され、重い罪に問われるおそれがある。

「このような恐しいことを書き送ってくるとは……」

お滝は、深い息をついた。

「ししほると先生も、こちらの事情がよくおわかりのことだと思っておりましたのに……。それとも、国禁騒ぎのほとぼりもさめたとでも思っておられるのでしょうか。そうだとすれば、失礼ながら軽率と申さねばなりますまい。先生が長崎を去られてから、お役所のオランダ人たちに対する監視はひときわきびしさを増しています」

と直之助は言って、出島の警備が増強されたことについて述べ、さらに商館長一行の江戸参府の旅もきびしい拘束のもとにおこなわれたことを口にした。シーボルトが学問研究の名のもとに国禁をおかした前例もあるので一行中に医師の参加は許されず、さらに江戸の定宿である長崎屋への日本人の出入りもきびしく制限されていた。

「どのようにいたしたらよろしいのでございましょうか。お役所では、私どものことを不届き者と思っておられるのではないでしょうか」

お滝は、顔をこわばらせて直之助の表情をうかがった。

「決して快くは思っておられぬでしょう」

直之助は、唇《くちびる》をかんだ。

「もしもお咎めをうければ、私だけではなくしいほると様を父とするお稲にも累《るい》が及びます」

「おそらくそうなると思います」

直之助は、腕をくんだ。

「私がしいほると様に手紙や品物を送るのは、控えなければならぬことなのでしょうか」

「もしかすると、そうかも知れませぬ。もしそれが、お咎めの因《もと》になるとしたなら、しいほると先生のお便りや贈物をあなたにおとどけし、あなたの文《ふみ》をオランダ文になおしてオランダ船に託した私も罪に問われましょう」

「そのようなことになりましたら、お詫《わ》びの申し上げようもありません」

お滝の顔は、青ざめていた。二人は、おびえたような眼をして言葉を交し合った。

直之助は、シーボルトに今後このような国禁にふれるおそれのある手紙を送らぬようつたえるべきだ、と言った。それにはシーボルトに手紙を送り、その旨《むね》を書きしたためる必要があるが、それは奉行所の眼にもとまり、お滝と直之助の立場を一層悪化させるかも知れなかった。

二人は思案したが、ふと直之助が思いついたように、

「手紙の宛先《あてさき》を、ししほると先生にではなく、いっしょにおられる助手の郭《かく》成章殿にすればよいかも知れぬ」

と、言った。

お滝は、直之助の顔を見つめた。

「それ以外に良い方法はありませぬ。それに……」

直之助は、そこまで言うと言いよどんだ。

「なんでござりましょう」

お滝は、いぶかしそうな眼をした。

「誠《まこと》に言いにくいことですが、今後、ししほると先生にお便りをさしあげるのは程々にすべきではないかと思います。ひんぱんに書簡を交し合い品物などを送ることを繰返せば、いつかはお役所でもなんらかの手をうってくるにちがいありませぬ。そうすれば、あなただけでなくお稲殿の行く末にもさしさわりが生じかねない」

直之助の顔は、青白かった。

「よくわかりました。お稲の身を考え、これより後は便りを出さぬようつとめます」

お滝は、頭を垂れた。今後も手紙を書きつづければ、直之助がその都度オランダ文に翻訳しなければならず、当然直之助も罪に問われるにちがいない。直之助の苦衷も察し、シーボルトとの文通を思い切って断つべきだと思った。

直之助は、ようやく安堵《あんど》したのか、やわらいだ表情をして文法書をとりあげると、

「このオランダ書は初心者向きのもので、文の仕組みについて書かれています。お稲殿に折をみて教えてあげましょう」

と、言った。

お滝は、礼を言った。直之助は、

「今日は、また暑さがぶり返しましたな」

と言って、扇子を使いながら家の外に出て行った。

その日、お滝は、お稲にシーボルトから送られてきた品々をみせた。

お稲は、タマとともにそれらの品々を物珍しげにながめ、手にふれたりしていたが、文法書が自分宛に送られたものであることを知ると、眼をかがやかせて書物をひらいた。

「日本の文字は縦に書くのに、オランダの文字は横に書く。可笑《おか》しいであろう？　それ故《ゆえ》、オランダ文を横文字ともいうのだ」

お滝は、笑いながら言った。

「お前のオトシャマは、そのような文字のぎっしりつまった厚い書物を読んでおられた。学問がよくおできになり、草木や珍しい石のことも知っておられたし、なにかわからぬが時計のようなものや月やおてんとう様をしらべるオランダの道具などもたくさんもっておられた。そのようなことも、みな書物から知識を得られたのです」

お滝の言葉に、お稲は殊勝な表情でうなずいていた。

秋の気配が濃くなった頃《ころ》、お稲は寺子屋から帰って昼食をすますと、文法書を手にして通詞の松村直之助の家へ行った。

一刻《いっとき》（二時間）ほどして帰ってきたお稲は、顔を上気させていた。

「オカシャマ、松村様からオランダ文字を教えていただきました」

お稲は、お滝の前に紙をひろげた。そこには、aという字が書かれ、傍にアという片仮名文字が添えられていた。

「この文字はアという字の由《よし》です。私は、このアを習います」

お稲の声は、はずんでいた。

「松村様は、お忙しいお方だ。お邪魔をしてはなりませぬ」

お滝は、たしなめた。

「はい、わかっております」

「それで、松村様はこれからお前に横文字を教えて下さると言うのか」

「はい。ただ、オランダ文字を習うことに熱を入れすぎてはならぬと申されました。寺子屋で勉強することの方が大切故、その方を専一にはげむようにと……」

お稲は、少し淋《さび》しそうな表情をした。

「よいことを申される。松村様の言われる通り、寺子屋で文字をならい、仕事屋で針仕事がうまくなるようにつとめねばなりませぬ」

お滝が言うと、お稲は、澄んだ声ではいと答えた。

お稲は、月に一度直之助の家に行くようになった。直之助は、その都度文字を一個ずつ教えてくれた。お稲の文箱《ふばこ》の中には、a、b、cの文字をしるした紙が大切にしまわれていた。


秋の唐船入港が、終った。その年は、前年よりも六隻多い十隻の唐船が入港し、町の景気はよかった。俵屋も商いが多く、持船は休む間もなく出帆と帰帆を繰返していた。

十一月中旬、オランダ船の出港が近づき、直之助からお滝にシーボルトへ送る手紙を書くようにという連絡があった。かねての打ち合わせ通り、手紙の宛先はシーボルトとはせず、助手の郭成章とするようにという注意があり、手紙の包紙に「上乾坤草館主人玉机下」と書くように指示してあった。

その夜、お滝は直之助の言葉にしたがって包紙に郭成章の別名を書き、手紙をしたためた。

阿蘭陀《おらんだ》、ししほると様の助手さまへ
上乾坤草館主人玉机下

己《わ》もし（私）も、あなた様のあいする於稲《お》も、たっしゃにくらし居《お》り候。長いとし月お前さまとくらしまゐらせ候こと、一日も己すれ不申《もうさず》候。己もしとお前さまとの仲にでき申候於稲を、お前さまはあいし居候ことと存じ候。於稲は、お前さまよりおおくり下され候しょ（書）、毎日〳〵はげみ候ゆへ、みよう年は、オランダ文にて手紙進し（じ）まゐらすべく思ひ居候。

お滝は、さらにシーボルトへ国法にふれる手紙を送ってきたりせぬようにして欲しいと左のように書きつづった。

己もしと於稲がそくさい（息災）にくらしまゐらせ候よふ思召《おぼしめ》し候ハヽ、こののちおくににさしさはりなきことのみ、明るみにお出し下され候よふ、お心づかひ下され候よふ、ひとへに願ひあげ候。お心づかひ下さることなくハ、己もしも於稲もお国のおさだめによりきついおとがめをかふむり、生きゆくこと叶《かな》はず候。

お国にさしつかへなきもの、左のとほりに候。

志よふ留り（浄瑠璃《じょうるり》）、歌、れん（連）歌、はいかい（俳諧）、ちゃのゆ（茶の湯）、りょうり（料理）

己もしは、上とう（等）針、価《あたい》たかきとけひ（時計）一、おび〆《じめ》、ゆびわ（指輪）二、こまい箱七、みじかき手紙うけとり申候。
天保三壬辰《みずのえたつ》年十一月廿二日

そのき
於稲

筆をおいたお滝は、それがシーボルトへの最後の手紙になるかと思うと悲しかった。しかし、それもよいことかも知れぬ、と彼女は思い直した。シーボルトは異国に去り、永久退去の命をうけた身で再び日本にやってくることはない。そのような異国人であるシーボルトのことをいつまでも恋い慕い、手紙や贈物をとり交してもなんの益もない。それに、自分は、時治郎という男の妻である。時治郎は、自分とシーボルトの間に生れたお稲を引き取り、さらに姉の子であるタマの養育さえもひきうけてくれている。そのような寛大な心をもつ夫に対しても、シーボルトと文通を交し贈物を交換することは許されぬとも思った。

お滝は、自分の書いた手紙を読みかえしてみた。前年にシーボルトへ送った手紙の熱っぽい筆致はそこにはなく、素気なさが目立つ。明年にはお稲がオランダ文で手紙を送ることができるつもりになっていると書いたが、オランダ語に知識のないお滝も、そのようなことができるはずはないことを知っていた。その年の八月に受け取ったシーボルトからの手紙も淡々とした短いもので、三年という歳月がかれの熱情を幾分さめさせているのかも知れなかった。このようにして、いつの間にかシーボルトとの間も徐々に疎《そ》遠《えん》になってゆくのだろう、と彼女は思った。

お滝は、手紙を紫色の小さな布につつんだ。シーボルトに贈物をする気持にはなれなかった。

翌日、彼女は、手紙を手に直之助の家へ赴いた。直之助は、留守であった。

十日ほどして、オランダ船が出港していった。

その頃、江戸で鼠小僧《ねずみこぞう》という怪盗が捕えられ処刑されたという話がつたえられ、長崎でも話題になった。それは無宿入墨《いれずみ》次郎吉という男で、主として幕府の老中、若年寄をはじめ大名屋敷をねらって忍びこんでいたという。侵入した屋敷は百余、盗んだ金は一万二千両にも及んでいたが、その年の五月、江戸の浜町にある松平宮内少輔《くないしょうゆう》の屋敷に入り、松平侯の寝所近くに忍び寄ったとき、腰元に気づかれ、近習《きんじゅう》の侍によってとりおさえられた。そして、次郎吉はきびしい吟味をうけた後引廻《ひきまわ》しの上獄門の言い渡しをうけ、八月十九日鈴ケ森で処刑されたという。

江戸の町ではその行為に一種の小気味良さを感じる者が多かったが、長崎の町の人々は、大名屋敷を専門にねらったという次郎吉の恐れを知らぬ大胆さに畏怖《いふ》の念をいだいた。

天保三年も歳末をむかえ、家々では正月をむかえる準備に忙しかった。

十二月二十七日夜、西山郷で出火騒ぎがあった。さらに翌々日の夜には、本紺屋町《もとこうやまち》で火の手があがった。それは、俵屋のある東築町と隣接した町の出火であったので、お滝は時治郎とともに俵屋へ走った。幸い、近くを流れる川の水で消火が早目におこなわれたので、大事にいたらず消しとめることができた。あわただしい年が、暮れていった。

十五

幕府の直轄地《ちょっかつち》――天領である長崎は、富裕な町であった。むろん、それは日本でただ一つの外国貿易を許された港町だったからである。

幕府がキリスト教の国内導入をおそれてポルトガルとの通商を禁止したのは寛永十六年（一六三九）で、ポルトガルと日本への通商を競い合っていたオランダを中国とともに貿易相手国として許可した。そして翌々年、それまで平戸にあったオランダ商館を長崎の人工島である出島に移転させた。これによって、長崎は、オランダ、中国両国の船が入港する港町になり、貿易の恩恵を得るようになったのである。

貿易は、輸入を主とした片貿易で、主要な輸入品は生糸《きいと》であった。

生糸相場は、オランダ、中国の商人の意のままに定められていたので、それに支払う金銀の流出は激しく、両国に莫大《ばくだい》な利益をもたらしていた。そのような傾向を是正するため、幕府は寛文十二年（一六七二）に貿易を長崎奉行の監督下におき、長崎、大坂、京都、堺《さかい》、江戸の商人によって構成された五箇所《ごかしょ》商人に輸入品の価格を決定させた。

さらに、貞享《じようきよう》二年（一六八五）には無制限であった年間輸入量も中国を銀六千貫（金十万両）、オランダを銀三千貫（金五万両）に限定し、輸入の抑制につとめた。その年の両国船の入港は、蘭船四艘《そう》、唐船七十三艘ほか積戻船十二艘と記録にみえる。積戻船とは、その年の輸入量が規定量に達した後に入港し、荷をおろすことを許されず退去を命じられた船のことである。

当時、長崎に入港するオランダ船の隻《せき》数は、蘭領東印度《インド》総督府の指導によって年間平均四艘、多くて六艘程度だが、唐船は百艘前後、元禄《げんろく》元年（一六八八）などには百十七艘、積戻船が七十七艘にものぼっている。

幕府は、元禄十一年に長崎会所を設置して利益の一部を吸収、正徳五年（一七一五）には片貿易による金、銀、銅の海外流出を憂《うれ》えて、一年間に来航するオランダ船を二艘、唐船三十艘に制限した。さらに寛保二年（一七四二）には、唐船を十艘程度とし、日本側からも俵物と称された中国料理に使われる煎海鼠《いりこ》、干鮑《ほしあわび》、鱶《ふか》の鰭《ひれ》を輸出するようになった。

長崎でのオランダ、中国との貿易は、入港する船の隻数の減少にともなって衰退したといえるが、幕府の施策によって秩序立ったものにもなっていた。

輸入品は、会所の指示をうけた五箇所商人の手で各地に売りさばかれたが、その利益は莫大なものであった。それらの一定額を幕府に納め、残りの巨額の利益金は町役人、町民に分配された。地所を持った者には箇所銀、借家居住者や寄食人には竈銀(かまぎん)としてあたえられていた。さらに、町の者たちは、貿易に関係している商人、回漕《かいそう》業者、荷役業者に雇われて報酬を得、それらの収入によって一様にゆとりのある生活をすることができ、多くの華やかな年中行事を楽しむこともできたのである。

そうした恵まれた環境に身を置いていた町民も、天保《てんぽう》四年（一八三三）秋から翌年にかけて生活の不安をいだくようになっていた。全国的に飢饉《ききん》の気配が濃厚になり、それが町の中にも現実の形になってあらわれてきはじめたのである。

文化、文政期は、江戸時代の爛熟期《らんじゆくき》で五穀の豊作もつづいた。が、その一方では、商業資本の農村への浸透が顕著になり、米作は減少し、都市周辺では野菜栽培、一般的には商品作物である綿実《めんじつ》、菜種の収穫がきそわれるようになった。これらは燈油《とうゆ》に精製され、綿実は白油、菜種は水油になった。それと並行して綿花の収穫も増大して綿織り、糸繰り、綿打ち等に、また養蚕は絹織物の生産にむすびつき、その他煙草《たばこ》、紅花などの栽培もさかんになった。

農民は、これら収入の多い作物の栽培につとめ、また離農して商工業に身を転じてゆく者も多く、農村の形態はいちじるしく変化していた。そして、それは五穀の収穫量の減少と、商品作物に無縁の農民を貧農化させることになっていた。

そうした中で、天保四年に天候不順のため米の不作が深刻化した。夏に雨がつづき、各地に風水害があって稲の結実は不十分で、流失する田が続出した。九州諸藩でも米の収穫高は大減収になり、長崎では、米価が徐々に高騰《こうとう》しはじめた。

その年十月に飢饉のせまったことを察した幕府は、節米に関する触《ふ》れ書《がき》を出し、長崎奉行所でも十二月に筑前《ちくぜん》、佐賀両藩に対し米を回漕するよう指示した。両藩も、米不足におののいていたが、一ヵ月後の天保五年正月にそれぞれ五千石ずつの米を送りとどけてきた。

長崎の町の空気は明るさをとりもどしたが、つづいて起った災害に、町の者たちは不吉な予感におそわれた。

二月二十六日、片淵《かたふち》郷で山火事騒ぎがあったが、その夜、九ツ(午前零時)頃恵美須《ごろえびす》町《まち》から火の手があがった。火は、強風にあおられ大黒町、西中町、西上町へひろがり、さらに処刑場のある西坂をへて船津浦にものび、二十七日八ツ(午後二時)頃北瀬崎御米蔵でようやく鎮火した。長崎では稀《まれ》にみる大火で、人家三百九十一、土蔵十一が焼失、随泉院、本蓮寺内の一乗院、智妙院が難にあい、佐賀、肥後、平戸、島原各藩の蔵屋敷と北瀬崎の米庫二棟が焼けおちた。その米庫には二千石余の米が貯蔵されていたが、それらはことごとく灰に帰した。

奉行所では、家を失った人々に総計白米三十二石、銭五十一貫文を供し、船津浦被災民に銀七貫目を貸与した。

その後も、三月十九日夜に西山郷、六月二十八日の夜明けに今下町、翌二十九日暁に本興善町《ほんこうぜんまち》でそれぞれ出火騒ぎがあり、いずれも大事には至らなかったが、町の空気は落着きを失っていた。

お滝は、前々年の天保三年十一月にシーボルトへ手紙を送ったが、翌年六月六日長崎に入港してきたオランダ船には、シーボルトからの手紙は託されていなかった。彼女は、シーボルトとの文通は断つべきだと思っていたが、便りのないことに淋《さび》しさも感じた。そして、その年もオランダ船の入港を心待ちにし、七月一日、入港の号砲を耳にして海岸に行ってみた。が、その船にもシーボルトからの便りと贈物はのせられていなかった。

奉行所でそれらが没収されたのではないかと思い念のため松村直之助にたずねてみたが、直之助は、そのようなことはないと答えた。

直之助は、

「お滝殿が夫のある身となったので、しほると先生もお心をつかっておられるのかも知れぬ」

と、言った。

お滝を妻とも考え強い未練を残しながら長崎を去ったシーボルトが、一年後にお滝が結婚したことを知って落胆し、手紙や贈物を送る気になれなくなったとも想像された。

「今でも、お滝殿はししほると先生を忘れかねておられるのですか」

直之助は、お滝の表情をうかがうように言った。

お滝は頭をかしげ、頰《ほお》をゆるめた。恋いしたう気持は残っているが、それはかなりうすれている。手紙をもらわぬことは淋しかったが、所詮《しょせん》は遠い異国に永久に去った人であり、思慕の念をいだいても仕方のないことだという気持にもなっていた。

「お稲の父親でありますので、一度会わせてやりたいと思います」

それは、お滝のいつわりない気持であった。オランダ語を驚くほどの熱心さで一字一字繰返して書きつづけるお稲をみると、シーボルトに会わせ、オランダ語を習わせてやりたいと思う。おそらくシーボルトも、そうしたお稲がいとしく、強く抱きしめ頰ずりをするにちがいないと思った。

「昔みた夢でございます。私には、お稲という子供がございます。お稲を通してあの人を思い出すにすぎません」

お滝は、明るい眼《め》をして言った。

天保三年に十艘の唐船が来た後、翌四年は六艘、その年は五艘であったので、俵屋の仕事も減った。また、それまで二艘ずつやってきたオランダ船も天保三年以来一艘になり、長崎の空気は沈滞ぎみであった。

その年の秋の米の収穫は平年作であったが、前年の影響で米の値段はさがらず、町の人々は暗い表情をしていた。

天保六年の正月を迎えた。お滝は二十九歳、お稲は九歳、タマは八歳になった。

お稲は、寺子屋に通うかたわら儒学の知識をもつ若い男のもとにも通って漢語を習うようになっていた。また、時折り松村直之助にオランダ語の初歩について教えを乞《こ》い、アルファベットに習熟し、zee（海）、maan（月）、ster（星）などという簡単な単語も知るようになっていた。

体は同じ年頃の子供とは異なって大きく、脚が長く丈が高かった。容貌《ようぼう》もシーボルトの血をひいていることが次第に顕著になって、鼻梁《びりょう》が高く眼球が一層青ずんできた。肌《はだ》は透きとおるように白かった。お滝は、自分とは異なったお稲の美しさに見惚《みと》れ、少女らしい羞《は》じらいをふくんだ顔を長い間見つめていることもあった。

その年も六月二十八日にオランダ船一隻が入港、新任の商館長ヨハンネス・エルディン・ニイマンが着任した。同船にもシーボルトからの便りは託されていなかった。

ただ、その船の者たちの口から、帰国後のシーボルトの消息がわずかながらもつたえられ、お滝は松村直之助を通じて知ることができた。シーボルトは、オランダのライデン市に住み、日本で蒐集《しゅうしゅう》した多くの資料の整理に没頭し、オランダ政府からも優遇され、独身を通しているともいう。

お滝は、その消息をお稲に伝えることをためらった。どうせ再会できぬ身であるし、お稲に父シーボルトのことをなるべく忘れさせたかった。

その年、米の収穫は不安定で、米価は高値をつづけた。唐船は十一艘も入港して貿易は順調だったが、大飢饉が迫っているという噂《うわさ》がしきりで世情はゆれ動いていた。

九月中旬、長崎の町にすさまじい爆発音がとどろき、人々を驚かせた。片淵郷にある火薬の調合場で爆発が起ったのである。その事故によって、役人二名、作業中の人夫六名が即死した。

秋も深まった頃、帰帆するオランダ船でタマの父ビュルゲルが長崎を去っていった。お滝は、タマを連れて海岸に出ると、出港してゆくオランダ船を見送った。ビュルゲルが船上で白い布をふっているのがみえたが、お滝とタマには気づいていないようだった。お滝は、タマとともに船が港口の島かげに消えるまで手をふっていた。

タマは背が高かったが、ひ弱で手足が細かった。幼くして母を失ったタマは、淋しげな眼をした子供であった。金色の髪を気にするらしく、外に出ることもしない。寺子屋へは言いつけを守って通っていたが、寄り道もせず帰ってくる。鏡にむかって自分の髪を見つめていることが多かった。

十一月十五日は、タマの帯解きの礼日であった。それは八歳になった男女が袴《はかま》を初めて着、女子は衣服の附け紐《ひも》をといて帯をむすぶ日であった。

お滝は、タマに袴をつけさせ、帯をむすばせて諏訪社に参詣《さんけい》した。

「よく似合う」

お滝は、タマに温い言葉をかけた。

参詣をすませたお滝は、タマを伴って銅座跡にある両親の家に赴き、それから親戚《しんせき》、知人の家をまわってタマが帯解きを迎えた挨拶《あいさつ》を述べて歩いた。タマも、お滝に教えられた通り、

「帯解きを迎えさせていただきました。この後も、よろしくお導き下さいますようお願い申し上げます」

と、澄んだ声で挨拶し、唐児髷《からこまげ》に結った金髪の頭を深くさげた。

海から、冷い風が吹きつけていた。お滝は、タマと連れ立って家に帰った。

その夜、お滝の家では、タマの帯解きを祝って内輪の宴がひらかれた。

タマは、宴席に正坐《せいざ》して身じろぎもしなかった。ふと、お滝は、タマの顔が上気しているのに気づいた。女の子らしく、帯解きが嬉《うれ》しいのだ、と彼女は思った。

「なにか食べたい物があるか」

お滝は、タマに近づいた。

「頭が痛うございます」

タマが、言った。

「頭が？　どうしたのだろう、風邪でもひいたのか」

お滝は、顔をしかめ、掌《てのひら》をタマの額にあててみた。かなりの高熱であった。

「熱がある。床に横になりなさい」

お滝は、タマの手をとり立ち上らせた。

時治郎も席から立ってきて、タマを背負って寝室にはこんだ。晴衣《はれぎ》をぬぎ、寝着に着かえたタマは、ふとんに身を横たえた。

「お前は弱い子だな、冬になると必ず風邪をひく。いつも外に出ておてんとう様を浴びないと強い女にはなれぬぞ」

時治郎が、やさしくたしなめた。

タマは、

「寒い」

と、言った。

「今にふとんがあたたかくなる」

お滝は、額をなぜた。

タマはうなずき、ふとんの中に深く身を入れた。

「お客様を放《ほう》っておくわけにはいかぬ。眠ることが一番の薬だ。大人しく眠るのです」

お滝は、ふとんの中に手を入れるとタマの手をにぎった。その小さい手も熱かった。

お滝は部屋の行燈《あんどん》の芯《しん》を細め、時治郎の後から部屋を出た。

宴のひらかれている部屋にもどると、お稲が、

「タマは、どうしました」

と、気づかわしげな眼をして言った。

「冷い風にあたって御礼まわりをしたので、風邪をひいたのだよ」

「加減をみてきてよいでしょうか」

お稲が、腰を浮かせた。

お滝は、答えた。

「そっとしておいてやりなさい。今頃は眠っています」

宴はにぎわいを増し、三味線に合わせて歌をうたい、踊る者もいた。

お滝は、ふと涙ぐんだ。帯解きをむかえたタマの姿を、姉のお常に見せてやりたいと思った。タマは母を失い、さらに父ビュルゲルとも別れ別れになった。孤独なタマの唯《ゆい》一《いつ》のよりどころは、自分たち夫婦とお稲だけになっている。

お稲は勝気で健康だが、タマは内攻的な性格で病弱気味でもある。どのようにこの後生きてゆくことができるか心もとなかったが、お稲と共にすごしてゆけば、いつかは性格も明るくなって逞《たくま》しい生き方をしてくれるにちがいない、と思った。

お滝は、酒をみたした杯《さかずき》を白い腕をのぞかせて一気に傾けた。

翌日になっても、タマの熱はさがらなかった。お滝は粥《かゆ》をつくってタマにあたえた。夕刻頃から、タマは咳《せき》をするようになった。時折り頭痛も訴えた。お滝は、手拭《てぬぐい》を冷い水に濡《ぬ》らして額にあててやっていた。

朝になってタマは粥と梅干を口にしたが、午後になると食欲を失ったらしく少量の粥を口にしただけであった。

高熱におそわれたのは、翌朝であった。咳が一層はげしくなり、息苦しそうに咽喉《のど》を鳴らす。顔が青ざめ、体が痙攣《けいれん》しはじめた。

お滝は、時治郎と相談し、店の者に医者を呼びにやらせた。

やがてやってきた医者は、診察すると、

「重い風邪だ」

と、つぶやくように言った。

医者の指示で、火鉢《ひばち》がさらに一つ持ちこまれ湯が沸かされた。さらに額に濡れ手拭がのせられ、煎《せん》じ薬があたえられた。部屋の中に湯気が立ちのぼり、タマの体のふるえがとまった。が、その頃からタマは、

「胸が痛い」

と、訴えるようになった。

医者は、お滝と時治郎に送られて戸口に出ると、

「悪い風邪がはやっていて亡《な》くなる者もいる。部屋をあたたかくしておくように……」

と言って、去っていった。

午後になると、お稲が漢学塾《じゆく》からもどってきて気づかわしげに病室に入り、タマの額におかれた手拭のとりかえを手伝ったりした。

夕刻近くになってもタマの熱はさがらず、呼吸が困難になった。胸が痛いと訴えていたタマの意識もうすれたらしく、うわごとを言うようになった。

再び医者が呼ばれ、脈診がおこなわれた。腹部がふくれはじめているのに気づいた医者は、

「むずかしい」

と、言って顔をこわばらせた。

医者が去ると、お滝は、

「この子を死なせることはできない」

と叫び、仏壇の前に坐《すわ》った。そして、燈明《とうみよう》をあげ線香をともすと、

「姉《あね》さま、タマを助けてやって下さい」

と、顔をひきつらせて祈りはじめた。

お滝は、それだけでは不十分だと思ったらしく、お常の墓に行って力を借りてくると言い出し、時治郎の制止をふりはらって戸外に飛び出した。

お滝は、凍《い》てついた夜道を提燈《ちょうちん》も手にせず走った。家並の中をぬけ、皓臺寺《こうたいじ》の墓所に通じる石段をのぼった。息が苦しく足の感覚もうしなわれていたが、彼女は階段を休むこともなく駈《か》け上った。

墓所にたどりつくと、お滝は姉の墓の前にのめりこむように手をついた。タマが死にかけている、タマを助けてやって下さい、姉さまは母親だ、母親なら助ける力があるはずだ、助けて欲しい……と、お滝は荒い呼吸をしながら手を合わせ、祈りつづけた。髪はみだれてとけ、衣服は土によごれていた。下駄《げた》はぬげ足袋だけになっていた。

提燈が石段をゆれながらあがってきた。それは店の者を連れた時治郎で、かれはお滝の姿を呆然《ぼうぜん》と見つめた。お滝が狂ったのか、とかれは思った。墓前に這《は》いつくばったお滝の姿は、尋常のものとは思えなかった。

「お滝」

かれは、かたわらに膝《ひざ》をつくと肩に手をかけた。顔をあげたお滝の眼に、涙がはらんでいた。

「タマは、きっと助かる。仏になった姉さまの力で命をとりとめることができるにちがいない。十分にお祈りをしたお前の心が、姉さまにも通じたはずだ。これ以上、このような所にいるとお前が病んでしまう。さ、家に帰ってタマの看病をしてやってくれ」

時治郎は、いたわるような眼をして説いた。

お滝が時治郎にしがみついてくると、子供のような声をあげて泣きはじめた。

「きっとよくなる。早くタマの所に行ってやろう」

時治郎が言うと、お滝はうなずいた。

お滝は、時治郎に抱きかかえられるように立ち上った。店の者が下駄をひろいあげて、お滝にさし出した。

店の者が、提燈で足もとを照らした。お滝は時治郎とよろめきながら石段をおりていった。

その夜、時治郎の家では灯《ひ》がともりつづけていた。

夜半に医者が家の中に入ると、若い使いの男が家から走り出て夜道を消えた。しばらくすると提燈の明りがつぎつぎと路上に湧《わ》いて近づき、家の中にあわただしく入ってゆく。お滝の両親をはじめ親戚の者たちであった。

夜明けに近い頃、突然、家の一室から泣声が起った。それはたちまち家中にひろがり、泣き叫ぶ声もきこえた。

遠くで鶏の声がし、次第に夜が白々と明けてきた。路《みち》の傍には、霜がほの白くうかび上っていた。

炊煙が家々から立ちのぼり、朝の陽光がまばゆくひろがった。

紋付の羽織を着た時治郎が家を出ると、麴屋町《こうじやまち》の乙名《おとな》（町役人）の家へむかった。タマの死を告げるためであった。混血児が死亡した折には、奉行所に報告する義務が課せられ、それを乙名が仲介することになっていた。

やがて、時治郎に伴われて、乙名が組頭とともに家にやってくると、奥の部屋に入っていった。そこには、お滝が泣きながらタマの金髪を唐児髷に結い直してやっていた。

乙名は、死顔を見つめると、医者に死人容体書をしたためるよう指示した。医者は諒《りよう》承《しよう》し、死亡までの経過と死亡時刻を記し署名、捺印《なついん》した。

乙名はそれを受けとると、

「死人改めがあるまで、このままにしておくように……」

と言い残して、家を出て行った。

雪がちらつきはじめ、庭が徐々に白くなっていった。

「惜しい人が逝《ゆ》くと雨が降るというが、タマの死を悲しんで仏様が雪をお迎えによこしてくださったのだ」

お滝は、肩をふるわせて泣いた。

午後、雪の中を乙名と組頭に案内されて奉行所の検使掛役、御用番役などが出張してきた。かれらは、タマの顔にかけられた白布をとりのぞいて死顔を検分し、立会の医者

に対して死人容体書にまちがいはないかをただした。医者が、

「相違ございませぬ」

と、頭を深くさげて答えると、親代りのお滝、時治郎にむかって、タマの両親、生年月日、発病から死亡までの経過等について質問し、筆者がその答を記録した。

検分は終り、検使掛役が、

「タマの遺骸《いがい》を親代りの時治郎、お滝預けとする」

と、申し渡した。

あらかじめ町の組頭から指示されていた通り、時治郎は預り証に自分とお滝の名を書き、役人に差出した。

検使掛役は預り証に眼《め》を通し、

「遺骸取り置き、さしつかえなし」

と、張りのある声で言うと立ち上った。

時治郎は、さらにその日、乙名の家に赴いてタマの埋葬届を差出し、乙名はそれを奉行所に提出した。これによって、混血児タマの死亡にともなう手続はすべて終ったのである。

戸口に忌の札が貼《は》られ、親戚、知人の弔問をうけ、その夜、タマを湯灌《ゆかん》にし棺《ひつぎ》に入れた。雪はやみ、夜空に月が出ていた。

翌日には葬儀がおこなわれ、夕刻、最後のお別れをした。棺をとりかこんだ者たちから泣声が起った。

お稲は、タマの冷い手をつかんで、

「行っちゃ、いや。行っちゃいやだ」

と、泣き叫んだ。

お滝は、懐中から白紙を折って作った簪《かんざし》をタマの金色の髪にさしてやった。泣声が、さらにたかまった。棺のふたがとざされ、石で釘《くぎ》づけされた。お稲は、お滝にしがみついて泣いていた。

出棺の時刻になり、葬列は家並の間を縫って、皓臺寺の墓所に向い、棺がお常の墓の傍に埋葬された。死亡した日に雪が舞っていたので、皓臺寺の僧は蘆雪童女という戒名をおくってくれた。

お滝は、タマの遺体をおさめた盛土を見つめていた。姉のお常も不運な人であったが、その子のタマも不幸だった、と彼女は思った。タマの父であるビュルゲルは去り、後に残されたものはだれ一人としていない。

しかし……と彼女は思った。たとえタマが生きつづけたとしても、必ず幸福な生涯《しょうがい》を送ることができるとは思えない。むしろ、親のない混血児であるタマの将来は、きわめてきびしいものになるにちがいなかった。タマは、母であるお常のもとに去った。小さな魂が母親のふところに抱かれるのは幸いというべきなのかも知れぬ。

彼女の眼に、お稲が香煙の中で泣きじゃくりながら手を合わせている姿が映っていた。


飢饉は、本格化していた。

前年は五穀の収穫も順調であったが、天保六年春から不作の兆《きざ》しがあらわれ、五、六月になると霖雨《りんう》がつづいて気温はあがらず、そのために稲の発育が悪く秋の収穫は大減収になった。

関東地方では二百十日の七月十八日に大暴風雨にみまわれ、家屋の損傷がいちじるしく河川の氾濫《はんらん》をみた。さらに八月一日にも、二百十日に倍する嵐《あらし》が襲来、またも洪水《こうずい》によって田畠《たはた》は流れた。これらの災害も加わって穀物は凶作になり、江戸をはじめ近隣の諸地域の住民は深刻な米不足にあえぎ、江戸ではお救い小屋が設けられ、粥を難民に支給しているという話もつたえられた。

長崎でも米不足による米価の高騰《こうとう》がいちじるしく、人心の動揺は増していた。そうした中で、十一月二十三日、罪人の獄門と斬首《ざんしゅ》があり、町は騒然となった。処刑されたのは、東中町の佐助と引地町の小兵衛という二人の男であった。

佐助はその年の三月以来、唐人から羅紗《ラシャ》等の物品の密輸をくわだて、小兵衛を誘い入れて千二百五十両相当の物品を入手した。

抜け荷と称される密貿易は、貿易を官営事業とする幕府の眼をぬすんでひんぱんにおこなわれた。抜け荷をおかした者は厳罰に処せられていたが、佐助と小兵衛の犯行も発覚し、十月二十七日に捕えられて投獄された。

吟味の末、「御禁制を犯候《そうろう》段不届至極《だんふとどきしごく》」ということで佐助は獄門、小兵衛は死罪の申渡しをうけ、両名に抜け荷の羅紗等を売った唐人も国外退去を命じられた。さらに佐助と小兵衛の処刑は、唐人に対する見せしめのため唐人屋敷の門前で執行されることになった。

その日、佐助は、裸馬にのせられて長崎の町の中を引廻《ひきまわ》され、唐人屋敷の門外でおろされた。かれは、ただちに首を斬《き》り落され、門前に設けられた獄門台に首が据《す》えられ、その後三日二夜さらされた。また、同じ日に小兵衛も唐人屋敷門前で斬首された。

長崎の者たちは、門前にむらがって刑の執行を見つめた。その情景は目撃者の口から町々にひろがり、血なまぐさい話題になった。

その頃《ころ》、唐人たちの間に不穏な動きがみられ、奉行所では厳戒態勢をしいていた。唐人は唐人屋敷から外に出ることを厳禁されていたが、役人の目を盗んでは集団で外出し、町の女にたわむれたり唐の品物をしめして物品の交換をもとめたりするという情報がしきりだった。

奉行所は、そのような唐人の行動に態度を硬化させ、強圧的な姿勢でのぞんでいた。

その意思表示の一つとして、佐助、小兵衛を唐人屋敷門前で処刑し、密貿易が重大な犯罪行為であることを唐人たちにあらためて認識させた。また、入港してくる唐船に対しても港外で停船させ、乗員に日本の国法を守る誓約書を書かせた上で入港を許可する方法もとるようになっていた。

しかし、このような奉行所の処置は、逆に唐人たちの不満をつのらせ、十二月十三日には思わぬ騒動をひき起した。

その日、唐船の船主の孫である漁村という者が病死したので、検使と御小人目附が唐人屋敷に出張し、検分した。遺体は興福寺に埋葬することに定められ、船主や水主《すいしゅ》たち百三十七名が寺へ赴くことになり、九ツ（正午）頃、出棺になった。位牌《いはい》、香花についで人夫にかつがれた棺をかこむようにして唐人たちは列を組み、検使をはじめ町の小役人数名が同行した。

葬列が籠町から船大工町をへて本石灰町《もとしっくいまち》の思案橋附近まで来た時、六、七名の唐人が、突然列からぬけ出して走り出した。唐人が町内を勝手に歩くことは禁じられているので、小役人が追いかけ五人を捕えたが、その中の一人は小役人に傷を負わされ血まみれになった。

それを見た唐人たちが一斉《いっせい》に騒ぎ出し、役人の制止もきかず棺を置いたまま船大工町の方へ引き返しはじめた。人夫もその騒ぎに驚いて逃げたが、役人は人夫を集め、わずかに残った十四人の唐人とともに棺を興福寺に送りとどけた。

道を引き返した唐人たちは、丸山の遊女屋である筑後屋等に入りこみ、他の者たちは唐人屋敷にもどると口々に荒々しい声をあげながら大門《おおもん》をうちこわしにかかった。それに同調して、唐人屋敷に残った者たちも二の門の外へ走り出て門をくだき、門番所、乙名部屋等に土足でふみこんで、国法を記した板をはじめ備品をたたきこわした。検使も屋敷内の小役人も逃げ出し門前の大番所に走りこんだが、唐人たちは番所に投石し、そこも危険になったので役人たちは裏口から逃げた。

通報を受けた奉行所ではただちに長崎警護の任にあたる筑前藩の蔵屋敷に連絡、毛谷主水《もんど》が総大将となり足軽二百名ほどをひきいて急行、唐人屋敷門前に陣をしいた。また筑前藩沖番所からも足軽百五十名ほどが、大番頭の指揮で後詰の位置についた。その勢に恐れをなした唐人たちは構内に逃げもどり、騒ぎもやんだ。

奉行所では船主周藹亭、楊西亭と唐人屋敷総代五名を大徳寺に招き、狼藉《ろうぜき》をはたらいた唐人たちを差出すよう命じた。

船主らは唐人屋敷にもどったが、騒動に参加した者の名を告げることをためらい、夜に入った。筑前勢は、門外の四個所に篝火《かがりび》を焚き、高張提燈《たかはりぢょうちん》数百張《はり》を押し立てて威嚇《いかく》し、足軽たちは鉢巻《はちまき》と白だすきの合戦装束で警戒にあたった。

交渉は翌日の九ツ（正午）までつづけられたが埒《らち》があかず、奉行は毛谷主水に対し唐人屋敷にふみこんで狼藉をはたらいた唐人たちの召捕りを命じ、もし手向いした唐人がいた場合は切捨御免とつたえた。唐人屋敷内には、唐人三百三十一名がいた。

毛谷主水は、唐人屋敷の裏手に搦手《からめて》として五十人の足軽をまわし、約三百人の足軽をひきいて喚声をあげ一気に構内に押し入った。

足軽たちは鳶口《とびぐち》で家の戸をやぶり、身をかくしている唐人を手当り次第に引っ捕える。唐人たちは逃げ、高塀《たかべい》を越して傷を負う者や屋根に這《は》いあがる者もいた。その中を、唐人行きの遊女や禿《かむろ》たちが悲鳴をあげて逃げまどった。

毛谷主水は門前に床机《しょうぎ》を据えて指揮をとり、筑前勢は、えい、えいと声をあげて唐人を追い、手向った十名ほどの唐人を木刀で打ちすえて傷を負わせ、高手小手にしばりあげた。

七ツ（午後四時）頃、捕り方は終った。捕縛したのは百八十名で、その中からあきらかに狼藉をはたらいたと思われる者七十名と思案橋附近で逃げたところを捕えた五名を、その夜のうちに大村に連行し、大村藩の牢《ろう》に投じた。

十二月十七日、唐人船主たちは、会所調役高島四郎兵衛に斡旋《あっせん》を乞《こ》い、奉行に御赦免を哀訴した。

奉行は、狼藉を煽動《せんどう》した者を差出せば考慮の余地があることを伝え、船主たちも同意して十三名の者を差出した。その結果、奉行所では、それら十三名の唐人と先に捕えた五名をのぞく唐人たちを放免した。そして、それら十八名の唐人は翌々年の天保八年四月まで牢に押しこめ、出牢後ただちに国外への永久退去を命じ、帰帆する唐船に乗せた。

あわただしい年の暮れで、長崎の町の者たちは騒動が無事にしずまったことに安堵《あんど》していた。

十六

天保七年（一八三六）正月、世情は騒然としていた。天明以来の大飢饉《だいききん》に見舞われる不安がたかまっていた。

全国的に飢饉のきざしがあらわれたのは天保四年で、春の天候不順につづいて初夏から夏にかけて気温が低く、土用にも袷《あわせ》を着なければ肌寒《はださむ》いほどであった。さらに初秋には、大暴風雨が襲来、河川の氾濫《はんらん》によって田畠は冠水し大凶作になった。

翌五年は、豊作であったが、六年に入ると春は天候定まらず、夏も気温が低く五穀は大減収で、米価は高騰《こうとう》した。凶作は全国的な規模でくりひろげられていたが、殊《こと》に関東から東北地方にかけて甚《はなは》だしく、多数の餓死者が出ているという話がしきりにつたえられていた。

九州各地でも凶作による米価の高騰は、いちじるしかった。

長崎の米不足は深刻で、米の価格が天保四年以来徐々にあがり、遂《つい》に一升百四十六文に達した。

かれらは、口々に四十九年前の天明七年にみられた打ちこわし騒動が再び起るのではないかと噂《うわさ》し合った。

天明七年には大凶作による米不足で、米価が一升百二十四文から百三十八文になったが、米穀商の工作によって価格が高騰しているという説が専《もっぱ》らで、長崎の町の中には不穏な空気が濃くなっていた。そうした空気を察知した奉行所では市中の警戒を厳にしていたが、五月二十八日夜、町の者多数が集り、集団を組んで次々に米穀商を襲い、店や居宅に打ちこわしをかけた。襲われたのは、本五島町、浦五島町、恵美須町、東築町、麹屋町、西浜町、古町、今鍛冶屋町《いまかじやまち》、豊後町の有力な米穀商十四軒で、町は大混乱におちいった。

やがて打ちこわしを煽動《せんどう》した五十三名の者が捕えられて入牢《じゅろう》を命じられたが、奉行所では、町の者たちの不満が再び爆発することをおそれ、それぞれ過料一貫文を科しただけで放免した。

その折に比較して米価が一升百四十六文に達したことは異例の高騰で、打ちこわし騒動の再発が危惧《きぐ》された。

しかし、町の者たちは、長崎の米価が他の地よりはるかに低いことに気づき、全国各地の米不足が想像以上に深刻なものであることを知っていた。近くの各藩内での米価は、米一升四百文という驚くべき高値をしめし、領民が飢えに恐れおののいているという話がつたえられていたのである。

長崎奉行所では、米不足に対する施策として、役人を諸国に派して米の購入にあたらせ、それと並行して町の者たちに節米を呼びかけ、また長崎に来ている旅人たちに食糧人口をへらすため故郷へ帰ることを強くすすめた。さらに貧しい者たちには米、麦を支給し、米穀商には米不足に便乗して不当な利益をあげることのないよう厳命した。このような処置によって、長崎の米価は一升百四十六文で定着した。

諸国の飢饉《ききん》の話がしきりにつたえられ、江戸、大坂では餓死者が相つぎ、幕府はお救い小屋を設けて窮民の救済につとめ、節食をするよう指示しているという。

長崎奉行も、幕府の施策に応じて町の者たちに贅沢《ぜいたく》な生活をあらためるよう勧告し、町の者たちの重要な楽しみである凧揚《はたあ》げも禁じた。そして、近隣の諸藩から米の供給をもとめたが、回漕《かいそう》されてくる米の量は需要をみたすのに不十分で、保存米も遂に千石を割った。

長崎の者たちは、飢えに対する不安におびえるようになった。

その年、各地では異常気象がつづき、米作地では例年通り田植えがおこなわれたが、稲はみのらず、その上に九月下旬に霜がおりる地方もあって、作物の収穫は絶望になった。その傾向は諸国に共通し、享保《きょうほう》、天明につぐ大凶作になった。各地の作柄《さくがら》は、平年作にくらべて四割ほどの収穫しかみられなかった。

長崎の町の穀類の欠乏はさらに増し、米価も一升百六十八文に高騰、奉行は筑前《ちくぜん》、佐賀の両藩主にそれぞれ米五千石、肥後藩主に千石の米を回漕するよう依頼した。また唐船から規定量以外に銀十貫に相当する物品を輸入させ、それによって生じる利益で毎年籾《もみ》を購入して貯蔵し、凶作の年の食糧にあてる処置もとった。

そうした間にも飢饉は進行し、東北地方の餓死者が十万名にも達したことがつたえられ、甲斐国都留郡《かいのくにつる》の天領八十余村で農民一揆《いっき》が起り、約一万名の農民が富農、米穀問屋、村役人宅を襲って打ちこわしをかけたという話も流れた。また、それにつづいて三河国でも一揆が発生し、打ちこわしが続発したという話もつたえられた。参加したのは七町二百四十ヵ村、人数一万三千名という大規模なもので、鎮圧に岡崎、尾張、挙母《ころも》の三藩があたり、大坂でも雑穀商に対する打ちこわし騒動があったという。

長崎奉行所では奢侈《しゃし》禁止令を出し、盂蘭盆《うらぼん》その他の行事もひかえめにするよう触れ書を出したので町の空気は暗かった。

そうした中で、十二月七日、お滝の姉よねが病死した。長女お常につづいて次女のよねも世を去ったのである。

よねは他に嫁《か》していた身であったので、お滝は時治郎とともによねの嫁ぎ先でおこなわれた葬儀に参列した。よねの戒名は釈妙証信女であった。

天保八年の正月は、よねに対する服喪から欠礼し、お滝たちは墓所に参詣《さんけい》しただけでひっそりと家にこもって日を過した。近隣の家々でも、奉行所からの通達を守って静かに正月を祝っているようだった。そうした中で、鳴物を入れて正月の祝宴をはった商人が役人にきびしくとがめられたという話も伝ってきた。

時治郎の家では収入も多く、高い米を買うことも不可能ではなかったが、役人の眼《め》をおそれて米飯の代りに粥《かゆ》をすすることも多かった。

その頃《ころ》、大坂で大騒動が起ったという報《しら》せが長崎に入り人々は顔色を失った。それは、一揆というよりも幕府に対する叛乱《はんらん》に等しいものであった。

大坂では、米不足による米価の騰貴《とうき》がいちじるしく、餓死者が絶えず盗賊の横行もあって、治安は乱れていた。そうした中で、さらに飢饉の甚しい東北地方に米を送って巨利を得ようとする商人が多く、町奉行跡部山城守良弼《あとべやましろのかみよしすけ》も幕府への忠誠心から米を江戸に回漕することにつとめ、市民の反感を買っていた。このような事態に不満をいだいた大坂町奉行与力《よりき》大塩平八郎は、跡部に窮民の救済を訴え、豪商にも貧しい者にも救いの手をさしのべるような指示をして欲しいと要請したが、いずれも拒否された。

激怒した平八郎は同志を糾合して、挙兵を決意し計画を進めたが、一党の中で密告者があらわれたので二月十九日、予定をはやめて行動を起した。参加したのはわずかに七、八十名であったが、一行は大砲をひいて檄文《げきぶん》をまき、町々に火を放ち、打ちこわしをおこないながら進んだ。そのうちに人数も数百名にふくれ上り、一党は大砲を放って気勢をあげた。

町奉行所では狼狽《ろうばい》したが、大塩一党の人数は少く、乱は一日で鎮圧された。その間に大坂の市街地の約五分の一が焼きはらわれた。平八郎父子はのがれて姿をかくし、幕府はきびしく探索したが行方はわからなかった。が、ようやく一ヵ月余たって大坂市内に潜伏していることをつきとめ包囲し、平八郎父子は自殺した。

この乱は幕府に深刻な打撃をあたえ、長崎の町でも大きな話題になった。

町の者たちは、

「恐しい世の中になった。末世だ」

と、口々にささやき合った。

五月に入ると長崎の町に疫病《えきびょう》が流行し、六月八日には大暴風雨が襲来、殊に浦上《うらがみ》の被害は甚大《じんだい》で、家屋九十四戸が潰滅《かいめつ》した。町の者たちは、災害の続発におびえ神社仏閣へ参詣する者が多かった。

その年の九月、お滝もその名を知っていたオランダ小通詞名村元次郎が獄門の刑に処せられた。罪状は、オランダ人からサフランを買いながら代銀を支払わなかったためであった。サフランは、オランダ船ではこばれてくる南ヨーロッパ原産のアヤメ科の多年草で、秋に薄紫色の花をつける観賞植物であったが、同時にその花柱を陰干しにすれば健胃剤として卓効のある薬草でもあった。入手したサフランの量は二十五斤《きん》で代銀は十三貫十二匁《もんめ》五分であったが、名村は、銀五貫五百匁をオランダ人に渡した後、虚偽の理由を申し立てて残銀を支払わなかったのである。

奉行所では、オランダ人からの訴えによって名村をその年の正月十八日に捕えて入牢を申しつけ、通詞として約束の代銀を支払わなかった行為は不届き至極であるとして、獄門の刑を申し渡した。それによって、九月二十三日、名村は、市内引廻《ひきまわ》しの上斬首《ざんしゅ》され、出島の門前で梟首《きょうしゅ》された。また、名村の長子であるオランダ稽古《けいこ》通詞名村林太郎も父が梟首された日に役職を剝奪《はくだつ》され、町の外に出ることを一切禁じられた。

町の者たちの間には、名村元次郎の不運をなげく声がたかかった。名村が代銀をすべて支払えなかったのは、不況のためにサフランの買主があらわれなかったからで、商人たちは米をはじめとした穀物の入手に専念し、サフランどころではなかったのである。

その事件によって、町の空気は一層暗いものになった。役所からの奢侈禁止の指示は徹底していて、ひかえ目な祭礼がおこなわれても人出がほとんどない。それは、節倹の令を確実に浸透させようとしている役人たちの眼をおそれたためで、人心は萎縮《いしゅく》していた。

役人たちは町々を巡回し、少しでも贅沢な生活をしているような者を発見すると、節倹令に違反しているとなじり、処罰するとおどす。それに便乗して、町の者たちの中には密告する者も出るようになり、役人がその家に踏みこんで検索することも多かった。

町の者たちは他人の眼をおそれるようになり、家屋がいたみ塀《へい》が破れたりしても修理せず、新しい衣類を買う者もなく食物も最低限のものを口にするだけになった。そのため商業はふるわず、人夫の仕事も激減して貧窮する者が増した。

長崎奉行は、このような傾向をうれえ、役人に対して節倹を町の者に強《し》いるのも程々にするよう厳命した。


天保九年の正月が、明けた。

飢饉に加えて、外国からの脅威が増大し、人心はさらに激しくゆれ動くようになった。

前年の六月末、アメリカ船モリソン号が漂流民七名をのせて江戸湾に来航、通商を求めた。これに対し浦賀《うらが》奉行は、異国船打払令にもとづいて砲撃し、追いはらわれたモリソン号は七月に薩摩《さつま》湾に入ったが、そこでも同様の砲火を浴びて去った。

お滝は、時治郎、お稲、さだとともにタマの死後も麹屋町のお常の家に住んでいた。

そして、朝、お滝は時治郎とともに東築町の俵屋に行き、夕刻になってお常の家にもどることを繰返していた。すでにお常、タマは亡《な》く、ビュルゲルも国外に去ったので家を売り払うこともできたが、時治郎は閑静なお常の家が気に入っていて、その家で夜をすごすことを楽しみにしていた。俵屋の店には、番頭夫婦が住みついていた。

十二歳になったお稲は体も成人同様に成育し、背丈もお滝とほとんど変らぬほどになっていた。容姿は一層美しさを増し、その可憐《かれん》な美しさは長崎の町の者たちの口にものぼるようになっていた。鼻筋が通り、青みをおびた瞳《ひとみ》が印象的であった。

お稲は、食べざかりであったが粗食にも不服そうな表情はみせなかった。彼女は、飢饉による米不足が町の者たちを困窮させていることを十分に知っていた。

その年の正月、長崎奉行は江戸幕府に対して米不足に対する施策を報告した。長崎七十七町の人口を一五、七五一人であると記し、町民が一日に口にする米の量として、男五、五六二人……一人に付き五合ずつ、女五、五一一人……一人に付き三合ずつ、子供四、六七八人……一人に付き二合ずつという割合で計算し、一日の総消費量を五十三石六斗九升九合、つまり百三十四俵（四斗入り）と九升九合と報告している。長崎は田が少く近くの諸藩から米をまわしてもらっているが、それもとどこおりがちで困惑していること、奉行の命令で白米の価格を一升百四十六文に据《す》え置いているので米穀商は欠損を生じ、奉行所では唐貿易による利益六百十貫九百匁をそれにあてさせていることなどをつたえた。また、米を買えぬ貧しい者たちには、お救米を支給していることも書き添えた。

長崎に餓死者はみられなかったが、農作物を他国にたよらねばならぬ性格上、飢饉に対するおびえは強かった。

その年の春も天候が定まらなかったが、四月四日には、思わぬ大災害が起り、町の機能は麻痺《まひ》した。

その夜五ツ（午後八時）すぎ、お滝は、遠くで半鐘の音が起り、それが各町に湧《わ》きひろがってゆくのを耳にした。

彼女は、家の外に出た。北西の方向の空が赤らんでいる。俵屋は南西の方向にあたっているので、彼女は安堵《あんど》した。時治郎は、回漕の仕事で俵屋に詰めていた。

家々から人が路上に出て、不安そうに火の手のあがる方向を見つめている。親戚《しんせき》や知人の家がその方向にある者たちは、あわただしく走っていった。

「風が強い故《ゆえ》、大事にならねばよいが……」

お滝は、傍に立つ妹のさだに不安そうな顔を向けて言った。お稲も雇い女も、眉《まゆ》をしかめて夜空に眼を向けていた。

火の手は強風にあおられて勢を増し、夜空に火の粉が舞い上るようになった。人声が交叉《こうさ》し、路《みち》を走ってきた者が、

「火元は小川町だ」

と叫びながら去っていった。

「恐しい」

お稲が、お滝の体に身を寄せてきた。

「俵屋は大丈夫でしょうか」

妹のさだが、顔をこわばらせて言った。

「気づかうことはあるまい、東築町は風上《かざかみ》にあたっている」

お滝は、樹木の梢《こずえ》を見上げて言った。たしかに風向きは北西で、類焼の危険はなさそうだった。

発火場所は小川町の与蔵方で、火は同町の八十五軒をなめつくし、内中町へとのびた。風は一層つのり、火は恵美須町、豊後町、新興善町、後興善町、本興善町へとひろがり、唐通事会所も焼け落ちた。

長崎の町は、騒然となった。四年前の二月、恵美須町を火元とした大火以上の火災になったのだ。

お滝は、火炎の逆巻く夜空に眼を据えていたが、次第に顔がこわばりはじめた。風向きが北になるかと思うと、にわかに東に転じたりし、俵屋のある東築町も安全な地ではないことを知るようになった。火勢は激しく、噴火でもしたように火炎と火の粉がふき上り、家の焼け落ちる音や人声がきこえてくる。

火は、新町、船津町、堀町、今町へと移り、大八車に家財をのせて避難してくる人や着のみ着のままの男女が路上を埋めるようになった。

「店へ行ってみる。お前たちは家に残っていなさい。この町へ火がのびてくるとは考えられぬが、万一火がせまったら、御位牌《おいはい》を手に身軽で逃げるように……」

お滝は、さだたちに言いふくめた。

家に入ったお滝は、仏壇に線香をあげて合掌すると、あわただしく家を走り出た。川沿いの道に出たお滝は、下流方向に壮大な炎が乱舞しているのを見た。

お滝は、立ちすくんだ。

炎は、夜空を背景にはげしく逆巻き、家々の焼けはじける音と人声が重り合って、海嘯《かいしょう》の押し寄せるような轟音《ごうおん》がひろがっている。家々が焼け落ちるらしく、無数の火の粉が一斉《いっせい》に湧き上り、太鼓の乱打される音もきこえていた。

お滝の体は、痙攣《けいれん》しはじめた。彼女にとって、そのようにすさまじい炎の乱舞を眼にするのは初めてであった。川沿いの道は、着のみ着のままで逃げてきた者や大八車に荷を満載した者たちで雑踏している。それらの避難する者たちに、組頭らしい男が早く進め、と怒声に似た声をあびせかけていた。

お滝は、人の流れにさからって下流方向へ走った。人にぶつかり、何度もよろめいて膝《ひざ》をついた。火災のために起ったのか、かなりの強風が吹きつけてきていた。

俵屋のある東築町が、近くにみえてきた。お滝の胸に安堵がわいた。炎を背景に黒々とした家並がつらなっているのがみえる。その中に、川沿いに立つ俵屋の建物もあった。

彼女は、人と荷物と大八車に埋れた橋を辛《かろ》うじて渡り、東築町に走りこんだ。あたりは、真昼のように明るく、家も路も石もすべて朱色に染っていた。

前方の辻《つじ》に、刺子《さしこ》を身につけた男や半纏《はんてん》を着て鉢巻《はちまき》をしめた男たちがむらがっていた。かれらは、長鳶《ながとび》、大鳶、刺股《さすまた》、釣瓶《つるべ》、梯子《はしご》などを手にしていた。その中に龍吐水《りゅうどすい》がおかれているらしく、「龍吐水」と書かれた提燈《ちょうちん》も高々とかかげられていた。それは木製の手押し放水器で、宝暦四年（一七五四）に長崎で発明され、十年後の明和元年に江戸の町火消の御曲輪《おくるわ》十三組にそなえられ、その後町火消六十四組に一台ずつもれなく配布された。それまでは破壊が主であった消防に、有力な消火具になったのである。

お滝は男たちの間をすりぬけると、俵屋の店に走りこんだ。家の裏手におかれた井戸の釣瓶の音が絶え間なくきこえ、雇い人たちが用水桶《おけ》や樽《たる》などに水をみたしている。飛火をおそれて、家の周囲におかれた可燃物を家の中にとりこんでいる者もいた。

奥の間に入りかけたお滝は、声をかけられてふりかえった。夫の時治郎が、台所に通じる廊下に立っていた。

「なぜ来た？」

時治郎は、呆《あき》れたように眼《め》をみはった。

「火が店の方角に見えたものですから、気がかりで……」

お滝は答え、時治郎の顔を見つめた。

時治郎の眼には、落着きを失った色が濃くうかび出ている。顔は変貌《へんぼう》し、口もとがひきつれていた。

「火の具合はどうです」

お滝が問うと、時治郎は、

「わからぬ。こちらに火の流れがむかってくるなどとは思ってもいなかったが、風向きが変って……」

と言って、おびえたように庭に眼を向けた。

火の燃えさかる音、家の焼けくずれる音、人声などが重り合ってきこえてくる。夜空には、強風にあおられた火の粉がウンカの大群のように乱れ飛んでいた。

番頭が廊下を走ってくると、

「小僧がみてきましたが、本五島町に火が入ったそうです」

と、叫んだ。

本五島町との距離は、三町（約三〇〇メートル）ほどしかない。風は北東から吹きつけていて、俵屋のある東築町は風下《かざしも》からわずかにそれているが、類焼の危険は大きかった。

「荷物を出すか」

時治郎が、ふるえをおびた声で言った。

「私もそのように思いましたので、小僧たちに荷物を出させています」

番頭が答えた。

「船は？」

お滝が、番頭に問うた。

「船を焼いては元も子もなくなりますから、二艘《そう》とも港へ出すよう言いつけました」

「それもいいが、一艘だけは残してそれに家財を積み、川上にのぼらせた方がよくはありませんか。道は人と車がひしめき合い、逃げようにも逃げられません。麹屋町からここまでくるのがやっとでした」

お滝は、口早やに言った。

番頭は、へいと答えると店の方に走っていった。

雇い人たちが、あわただしく荷物の運び出しをはじめた。そのうちに、店に出入りの者たちも手伝いに駈《か》けつけてきて、荷物の持出しにかかった。

お滝は、位牌、先祖の絵像を布につつみ腰にくくりつけ、部屋部屋を走りまわりながら雇い人たちに持出し荷物の指示をした。

火は、本五島町から樺島町《かばしままち》に移ったという報《しら》せが入り、さらに堀をへだてた平戸町へのびたこともつたえられた。火勢は一層つのり、海岸に近い地域を炎はつつみこんでいるようだった。

お滝に、時間の観念は失われていた。彼女は、家の中を走りまわり、声をからして雇い人に指示をつづけた。

「高島四郎太夫様のお邸《やしき》が焼け落ちたそうです」

番頭が、お滝に声をかけた。町年寄高島家の邸は大村町にある。火は、やや南東方向に転じているようだった。

火の流れはにわかに速度を増したらしく、島原町、外浦町を焼き、やがて今下町にものびた。火は、確実に俵屋のある東築町方向に急速に進んできていた。

突然、町内に太鼓の乱打する音が起った。それは、火が迫ったことを告げるもので、人声が一層たかまった。避難が一斉にはじまったらしく、大八車の車輪の音が所々からきこえてきた。

「逃げるんだ。荷物はもういい」

お滝は、部屋部屋を走りまわって雇い人に外へ出るよう命じ、家の中にだれもいないのをたしかめると店の前の道に走り出た。

戸外は、鮮やかな朱色に染っていた。隣接の西築町に火が入ったらしく、夜空に炎が逆巻き、のしかかってきている。火の粉があたりに落ちてきていた。

お滝は、川にもやわれた船に走りこんだ。船には家財が積まれ、その周囲におびえたような眼をした雇い人たちが身を寄せ合って逆巻く炎を見つめている。時治郎は、舳《へさき》のあたりに坐っていた。

船が、水主《すいしゅ》たちによって川上へ動きはじめた。

火消連中が、小さい桶で川水をすくうと走って行って大溜桶《おおためおけ》に入れることを繰返している。すでに破壊消防がさかんにおこなわれていて、大鳶、長鳶で民家がこわされ、砕かれて倒れている家々も多かった。

黒ずんだ煙が流れてきていて、お滝たちは激しく咳《せき》こんだ。燃焼作用で空気中の酸素が欠乏しているのか、呼吸も苦しかった。

船は、橋の下をくぐって川上へのぼってゆく。火が、東築町をつつみ、俵屋のある家並をおおうのが見えた。

「焼ける、焼ける」

時治郎が、坐ったままうつろな表情で言った。

雇い女が、悲鳴のような声をあげて泣きはじめた。

やがて俵屋をふくむ家並は、炎にのまれた。


鎮火したのは、翌朝であった。

被害は、甚大《じんだい》であった。

小川町から発した火は、内中町、恵美須町、豊後町、新興善町、後興善町、本興善町、新町、船津町、堀町、今町、金屋町、本博多町、浦五島町、本五島町、樺島町、平戸町、大村町、島原町、外浦町、今下町、本下町、江戸町、西築町、東築町の二十五町を焼き

つくした。焼失家屋は、総計千三百九十三戸、土蔵六十棟に及んだ。その中には唐通事会所をはじめ、対馬《つしま》、小城《おぎ》、鹿島《かしま》、諫早《いさはや》、筑前の各藩が長崎にもうけていた家老の邸や、町年寄高島四郎太夫、後藤市之丞、高木清右衛門の居宅もふくまれていた。さらに、火消しによる破壊消防で崩壊した家が三十五戸、逃げおくれて焼死した者三名、逃げ場をうしない火熱に堪えきれず井戸に飛びこんで水死した者が三名いた。

火災に乗じて、不心得をする者もいた。

まず、鎮火してから八日後に、船津浦の由太郎、太三次、大黒町の恒次郎の三名が召捕られ、投獄された。

かれらは、樺島町の用助という者の家に行き、火が迫ったので荷物をはこび出し船にのせた。その後、三名は共謀して積荷の中から大黄《だいおう》三斤《きん》を、また河岸《かし》に運び出されていた衣類九点を盗んだのである。

取調べの末、罪状明白になったので主犯由太郎が「入墨之上敲《たたき》」の申渡しをうけた。犯罪者に科せられた入墨は、罪をおかした土地をあきらかにするためそれぞれ特徴のある印がつけられていたが、長崎では、手首から三寸（約九センチ）ほど上方に一寸五分ほどの長さの線を二本横に引いた印をいれることになっていた。由太郎も入墨をいれられた後、素裸にさせられて蓆《むしろ》の上に腹這《はらば》いにさせられ、打ち役のふりおろす箒尻《ほうきじり》で百回たたかれた。また共犯の恒次郎、太三次も「始末不埒《フラチ》ニ付」五十日間の手鎖《てじよう》を申し渡された。

その後、火災に乗じて同様の罪をおかしたかどで伊勢町の茂助、西古川町の秀次郎が共に入墨の上敲、西山郷の久助、布津村の長之助が敲、浦上村の九平、野母村の茂助が居村払、同村の徳兵衛が急度叱《きっとしかり》の刑をうけた。

大火は、長崎の町に大きな影響をあたえた。

相つぐ飢饉《ききん》による米不足で米価は高騰《こうとう》し、それにともなって諸物価もあがり庶民生活は重大な危機にさらされていた。その上、有力なよりどころであった貿易も沈滞ぎみで、町の空気は暗かった。唐船の来航隻《せき》数は、天保《てんぽう》六年十一艘、七年八艘、八年七艘と漸減《ぜんげん》し、オランダ船も、天保二年までは二艘ずつ入港してきていたが、それ以後は一艘だけになっている。当然、交易品の数量も少く、それによって得られる利益金も減少していた。そうした中で、稀《まれ》にみる大火におそわれた長崎の経済は、かなりの混乱をしめした。

奉行所では、まず罹災民《りさいみん》の救済措置として、乏しい貯蔵米の中から百二十石七斗五升の白米を無償で支給した。が、それは罹災者一戸あたり一斗にもみたない支給量で、一人に一升から二升ほどのわずかな米にすぎなかった。

罹災者の中には、身を寄せる縁者のない者も多く、それらは八幡《やはた》町《まち》の芝居小屋に収容された。

罹災者たちは、家の再建に手をつけたが、建築に従事する人夫たちは引っぱり凧《だこ》で、賃金がうなぎのぼりに高くなった。奉行所では、町役人に命じて賃金の抑制につとめさせたが、効果はほとんどみられなかった。

お滝たちは、お常の居宅であった麹屋町の家に身を避けた。船は、麹屋町に近い橋のたもとにもやわれ、積まれた家財は家に運び入れられていた。

鎮火した日の午後、時治郎は、番頭たちと東築町を見に出掛けていった。お滝は、女たちと握り飯を作って雇い人たちに食べさせ、荷物の整理に立ち働いていた。

一刻《いっとき》ほどすると、時治郎が番頭とともに帰ってきた。

「焼けた。なにもかも焼けた」

かれは、悲痛な声を出すと、くずれるように畳に手をつき、肩をふるわせて泣きはじめた。

お滝は、時治郎の肩に手を置くと、

「こんな時こそ、しっかりしてもらわなくては困ります。船は焼けずに残りましたし、暖簾《のれん》をはずすこともなくすんだだけでもありがたいと思わなくてはいけません。番頭をはじめ雇い人たちの力を借りて、店を建て直しましょう」

と、はげました。

時治郎は、顔を伏したままうなずいていた。

お滝は、時治郎が幼い子のように思えた。年齢はお滝より一歳下だが、時治郎もすでに三十一歳になっている。男として思慮分別も十分にそなわっている年齢だが、家が焼失したことを嘆き、使用人の前で泣いている時治郎が心もとなく感じられた。が、同時に、そうした夫が彼女にはいとおしくも思えた。

翌日から、お滝たちは総出で俵屋の焼跡に行った。

お滝は、お稲たちと焼跡の前で呆然《ぼうぜん》と立ちつくした。瓦《かわら》をつらねた町々の家並は失《う》せ、遠く焼残物がひろがっている。焼けた黒焦《くろこ》げの材木から煙がただよい出ていて、広大な焼跡では多くの人々が灰おこしをはじめていた。

お滝は、気をとり直すと雇い人たちとともに焼跡に足をふみ入れた。雇い人たちが鳶や鍬《くわ》で焦土を掘り起しはじめた。土中からあらわれる金具などは使用にたえそうだったが、陶器類はかけたりもろくなったりしていた。

翌日は雨が降って家にとどまっていたが、次の日から毎日焼跡へ通った。家を建て直すには焼残物をとりのぞき、整理しなければならない。時治郎も雇い人たちとともに鍬をふるっていた。

お滝たちは、男たちの食事の仕度をしたり、掘り起した物の整理に立ち働いていた。お稲の姿はみられなかった。お稲は、鎮火した翌日、焼跡に来ただけでその後はやってこない。漢籍を習いに出掛けていて、帰宅しても机の前に坐ってオランダ語を学ぶことにつとめている。驚くほど勉学に熱心で、外に出ることも稀になっていた。

お滝は、焼跡に手伝いにこないお稲が不満で、夕刻、焼跡から帰るとお稲を部屋の隅《すみ》に連れていって低い声で叱りつけた。

「俵屋がどのようになっているか、お前にもわかっているであろう。店の人たちも働いてくれているというのに、書物や横文字にばかり気をとられて……。店の者に申訳ないとは思わぬのか」

母の言葉に、お稲は眼を伏した。

「女には学問など不要のものだ。書物などを読むと気位ばかり高い女になり、行く末は必ず不しあわせになる。それに、家にとじこもっていれば体も弱くなる。タマが、いい例だ。あの子はおてんとう様にあたることが少かったから、風邪がもとで命を落してしまった。お前は私のただ一人の子だ。私の生き甲斐《がい》でもある。もしもお前がタマのようになったら、私は生きてゆけぬ。よいか、学問は、もうここらでやめて女の身につけねばならぬ習いごとをし、家の仕事も手伝うように……。それが、お前にとって最も望ましいことなのだ」

お滝は、じゅんじゅんと説いた。

彼女は、お稲が寺子屋で群をぬいた聡明《そうめい》さをしめしていることを知っていたし、松村直之助についてオランダ語を学ぶことに異様なほど熱心であることも知っていた。母親としては、子供が心をかたむけているものを取り上げたくはなかったが、お稲が女としての幸福を得るためには、学問は害になると思っていた。

「よいな。もう学問はやめにするのだ」

お滝は、強い語調で言った。

お稲が顔をあげ、お滝の顔を見つめた。

「明日から、焼跡に行ってお手伝いをいたします」

お稲の言葉に、お滝はうなずくと、

「そうしなければ、申訳が立たぬ。一心にお手伝いをするように……」

と、言った。

「ただ」

「ただ、なんだというのです」

お滝は、いぶかしそうにお稲の顔をみつめた。

「学問だけはつづけたく思います」

お稲が、澄んだ声で言った。

お滝は、お稲の顔を見つめた。

「学問をつづけたい？」

彼女は、甲高い声をあげた。

女に学問は不要であり、むしろ害になると説いたのに、お稲がそれに反撥《はんぱつ》する態度をとったことが意外であった。

「母の言うことに従えぬと言うのか」

お滝は、お稲に怒りをふくんだ眼《め》を向けた。

お稲は、頭を垂れた。

「女には、女として身につけねばならぬ習いごとがある。容易なことと思えるかも知れぬが、並大抵のことではない。針仕事なども晴衣を縫うまでには心をこめて針の運び、反物の裁ち方を習わねばならぬ。料理にしても、塩加減一つで料理が生きもし死にもする。それらのことをしっかり身につけておかねば、嫁いでもその家のとりしきりはできぬ。習いごとに十分に長じておれば、嫁いでも旦那《だんな》様を喜ばせ、生れてくる子供にも喜ばれる。そして、それらを雇い女たちに教えることもできる。今が大切な時期で、もうお前も一、二年たてば嫁の話がくるようになる。学問などしているひまはない」

お滝は、声を荒らげて言った。

女子は、早ければ十三歳ぐらいで嫁に行く。お稲はすでに十二歳で、年が明ければ結婚してもおかしくない年齢になる。お滝は、時治郎との間に子供もなく、ただ一人の娘であるお稲に聟《むこ》をとらせたいと思っていた。今後、時治郎との間に男児が生れれば、その時はお稲を分家させればよいとも考えていた。

お滝は、お稲に乞《こ》われるままに通詞の松村直之助にオランダ文字を習わせたことを後悔した。

「立派な嫁御《よめご》になるためには、異国の文字などに心を奪われていてはならぬ。母の言うことに従うのです」

お滝は、頭を垂れたお稲に視線を据《す》えた。

「私は、嫁には参りません」

お稲が、眼を伏したまま低い声で言った。

お滝は、呆《あき》れたように眼をみはった。

「なんということを口にするのだ。女は、嫁いで子をうみ、家を守るものだ。それが、女の道なのだ」

お滝は、お稲をみつめた。

お稲が、顔をあげた。頰《ほお》に血の色がうすれていた。

「私は、あいのこです。普通の女とはちがいます」

お稲の言葉に、お滝はすぐには声が出なかった。

「あいのこだから、なぜ嫁御にならぬと言うのです」

お滝は、辛《かろ》うじてそれだけを口にした。

お稲は、再び視線を膝《ひざ》に落した。

お滝は、あらためてお稲の姿を見つめた。

毛髪は、姉のお常が産んだタマが金髪であったのとは異なって、やや茶色味をおびている程度で、一般の女とほとんど変りはない。瞳《ひとみ》が青いが、それはむしろつぶらな眼を一層美しいものにしている。外観的に、お稲は一般の女と余り変りはない。それに、長崎の町では、異国人の血をひく人間を蔑視《べっし》するような風潮はなく、むしろ異国の文化の導入者である異国人の血をひく者に対して生れつき常人と異なった要素をそなえているのではないかという期待をいだいている傾向すらある。お稲が異国人の血をひいていても、それは結婚の決定的な障害になるはずもなく、進取の気性のある家では歓迎されるかも知れなかった。

しかし、お滝は、お稲の口にしたあいのこという言葉に衝撃をうけた。シーボルトとの情事の末にうまれたお稲が、もしも混血であることに卑屈感をいだいているとしたら、それは自分のおかした罪だとも思った。

「あいのこであることが、いやだというのか」

お滝は、青ざめた顔で問うた。

「いえ、そのようには思いません」

お稲は、落着いた声で答えた。

「それなら、どうだというのです」

お滝は、安堵《あんど》を感じた。

「お母様は、私のお父様が偉い異国のお医者様だと言われました。私は、そのお父様の血をうけたあいのこです。私は、お父様と同じように学問を身につけたいのです。そのためには、女に必要な習いごともおろそかになり、立派な嫁御にはなれそうにありませぬ。でも、私はそれでよいと思っています。私は、普通の女のように嫁御にならず、学問をした方がよいと思うのです」

お稲は、淀《よど》みない口調で言った。

お滝は、呆れたようにお稲の顔を見つめていた。

翌日から、お稲は、お滝たちとともに焼跡に行って、灰おこしや時治郎たちの食事の仕度を手伝ったりするようになった。が、夕方、帰宅すると、お稲は行燈《あんどん》をひきよせて書物を読んだり筆写などをしたりしていた。紙にオランダ文字を書いていることもあった。

お滝は、ある夜、部屋に入ってくると、

「お稲」

と、鋭い声をあげた。

書物から顔をあげたお稲は、おびえたようにお滝の顔を見上げた。

「母の言うことに従えぬのか。学問などやめるのだ。女らしくするのだ」

お滝は、強い語気で言った。

お稲は、眼を伏した。

「そのようなことは、もうやめるのだ。第一、燈油《とうゆ》がもったいないではないか。家があのように焼けてしまい、諸国では飢え死にする人々も多いというのに、なんの用にも立たぬ学問のために大切な燈油を使っては世間様にも申訳が立たぬ。それに、夜ふかしをすれば体にもさわる。今後、そのようなことをするようなら家には置けぬ」

お滝の声は、怒りにふるえていた。

お稲は、お滝の強い言葉におびえ、机の上の書物や紙をあわただしく片づけた。

「お許し下さい」

お稲は、畳に手をついた。

お滝は、返事もせず行燈に近づくと灯《ひ》を吹き消し、部屋を出て行った。

長崎の町に、端午の節句の幟《のぼり》がひるがえるようになった。

焼跡に、新しい柱がところどころに立ちはじめた。時治郎の家の焼跡にも、船ではこばれてきた材木が積み上げられ、それが男たちの手で一本ずつ立てられてゆく。家づくりの職人の手間賃は高く、前金をはらっても体があかずやってきてはくれない。が、幸い番頭の縁者に大村在の職人がいて、泊りがけで仕事に取り組んでくれていた。

家は、とりあえず半分ほど建てることになり、七月下旬には棟上げがおこなわれた。

時治郎は、番頭たちとともに回船業に精を出した。二艘《そう》の船が焼けずにすんだことは幸いで、船は、家の前の川岸にもやわれていた。

その年のオランダ船の入港は一艘のみで、唐船は二艘しか姿をみせなかった。入港してきた唐船の船主の話によると、この後も年内に二艘程度しか来ないだろうという。前年は七艘の唐船が入ったのに、今年の入津《にゅうしん》がその半ばにも達しないことは、長崎の経済に大きな影響を及ぼすことになる。

俵屋にとって、唐船の入港隻数の激減は打撃だったが、焼跡で家屋の再建がさかんにおこなわれているので、それに使用する建築材料の運搬の仕事が多く、俵屋の船は休む間もなく出帆、帰帆を繰返していた。

しかし、それらで得た金も家の再建についやされ、家の経済は苦しかった。米不足は一層深刻化していて、時治郎の家でも粥《かゆ》をすることも多くなった。

お滝は、毎日新築現場に行っていたが、お稲は家に残っていた。お稲は、母に学問を習うことを禁じられたが、それを放棄することはしなかった。寺子屋と漢学塾《じゅく》で女子としては高度な教養を身につけたが、彼女の関心はもっぱらオランダ語にそそがれていた。

彼女は、母のお滝が俵屋へ出掛けてゆくと、ひそかに通詞の松村直之助の教えをうけて作った紙綴《かみつづ》りを机の上にひろげる。その紙には、A、B、C……が書かれ、片仮名文字で、ア、ベ、セ、デ、エ、エハ、ゲ、ハ、イ、イエ、カ、エル、エンマ、エンナ、ヲ、ペ、キウワ、エラ、エッサ、テ、ユ、イハ、ドブルトイハ、エキサ、エイ、セイダットと発音も添えられていた。またその紙には、「エイ（Y）の字　如レ此《かくのごとく》も書《かく》」とあってÿの文字が書かれていた。

お稲は、A、B、C……と文字を筆で丁寧に書きながら低い声で発音する。その口つきは、日本の言葉を発する時とは異なった動きをしめした。

A、B、Cの次の紙にはa、b、cの小文字の書き文字も丁寧に筆写され、それにも発音が付されていた。他の紙綴りには、「和蘭《オランダ》文字《もじ》寄合《よりあわせ》」と表題がつけられ、「ア、べの二字を寄合《よりあわせ》てアッブと読《よむ》なり」とあり、その実例がab アップ、eb エッブ、ib イッブ、ob ヲッブ、ub ユッブと記され、他の組合わせも書きとめられていた。

通詞の松村直之助は、オランダの数字も教えてくれていた。お稲は、筆でそれらの文字を繰返し練習した。1、2、3、4、5、6、7、8、9、10につづいて百、千、万を100、1000、10000と書くことも知っていた。

さらに、次の紙には「時計等ニ用《モチイ》ル員数字」という表題の下に、Ⅰ、Ⅱ、Ⅲ、Ⅳ、Ⅴ、Ⅵ、Ⅶ、Ⅷ、Ⅸ、Ⅹ、Ⅺ、のローマ数字が書かれていた。そして、Ⅵの下には、「コレハ五ヘ一ヲ加ヘテ六トスルナリ」と註が付され、Ⅸの下には、「コレハ十ノ内ヲ一引テ九トスルナリ、四ヲⅣカクノ如クモ書ナリ」とも記されていた。

単語の文字も、二十語ほどではあったが書きとめられていた。赤が rood、白が wit、黒が zwart、紫が purper で、それぞれロード、ウイット、ズワルト、ピュルペルと発音が付されていた。その他、voet 足・フート、nagel 爪《つめ》・ナゲル、hand 手・ハンドなどの文字もみえた。

お稲は、それらのオランダ文字に接するたびに、心が浮き立つのを感じていた。遠い世界の果てにあるオランダという異国で使われている文字や言語を、自分が少しでも知っていることが嬉《うれ》しくてならなかった。

彼女にとって、松村直之助は驚くべき存在であった。奉行所の命をうけてオランダ人と接触し、役人の意志をオランダ人につたえる。自由に会話を交し、オランダの書面を和解《わげ》（和訳）し、日本の書面をオランダ語に訳す。そのようなことができる直之助が、お稲には、神秘的な才能と知識をもった人間に思えた。

彼女は、自分の得た知識が、初歩の域にも達しないものであることを知っていた。オランダ語の奥は深く、それを究《きわ》めるためには、天性の才と長い歳月にわたるたゆまぬ努力がなければ不可能であることにも気づいていた。

しかし、彼女は、自分も直之助の域にまでたどりつきたいと念願していた。私の血の半ばはオランダ人の血だ、と彼女はひそかに胸の中でつぶやいていた。純粋な日本人である直之助ら通詞たちがオランダ語に通じているのに、オランダ医官であったシーボルトを父とした自分が、かれらと同じようにオランダ語を理解できぬはずはないと思うのだ。

お稲は、母の眼をぬすんでオランダ文字の学習をつづけ、時折り松村直之助を訪れて、新しい単語を教えてもらっていた。

秋風がたちはじめた頃《ころ》、お稲がオランダ語の学習をつづけていることに、お滝は気づいた。

お滝の怒りは激しく、物差を手にするとお稲をたたいた。

「母の言うことが、なぜきけぬ」

彼女は、怒声をあげて物差をふるいつづけた。

「許してやれ。女は体が身上だ。そのように激しくたたいて傷でもつけたらどうするのだ」

時治郎は、お滝を制した。

「このような娘は傷を負ってもいいのです。オランダ文などにうつつをぬかして、こんな娘は嫁にもいけません」

お滝は、いきり立った。

時治郎は、お滝をおしとどめると、

「お稲。母の言うことになぜ従わぬ。お滝は、お前の行く末を考えて学問など不要だと言っているのだ。どうして、それにそむくようなことをする」

と、お稲をたしなめた。

お稲は、畳に手をつき、口をつぐんでいた。眼には、涙が光っていた。

「それとも、どうしても学問を習いたいのか？」

時治郎が、お稲の顔をのぞきこんだ。

「はい、習いとうございます」

お稲は、思いつめた表情で答えた。

「まだ、そのようなことを言っているのか。心根をたたき直してやる」

お滝は、再び物差をとりあげるとお稲の肩にふりおろした。

お稲は、畳に手をついたまま母の打擲《ちょうちゃく》に堪えていた。


その夜、お稲の体に変調がみられた。

お稲は、母に打擲された後、夕食の膳《ぜん》にもつかず肩や背の痛みに堪えながら部屋の隅《すみ》に坐《すわ》っていた。眼《め》には涙がうかび、鬢《びん》のほつれが頰にかかっていた。

お稲は、ふと下腹部に異常を感じ、厠《かわや》に立った。

月の光に、彼女は朱色のものを眼にした。お稲には、それが何を意味するものかわからなかった。母に激しくたたかれたために、体に故障が起ったのだ、と思った。

意識がかすみ、眼の前が暗くなった。彼女は、厠をよろめくように出ると廊下を部屋の方に歩いたが、部屋の入口で前のめりに倒れた。

お稲は母の名を呼んだが、それは声にならなかった。だれかが走り寄り、自分の体を抱き上げてくれたのが、ぼんやりと意識できた。それは、お滝であるのか時治郎なのかわからなかった。

死ぬのかも知れぬ、とお稲は思った。想像もしなかった血を眼にしたことに、彼女の気持は乱れていた。頭にわずかながら温《ぬく》みがもどり、行燈の淡い明りが感じられた。

彼女は、眼前に自分をのぞきこんでいる母の顔を見た。

「お母様」

彼女は、かすれた声で言った。

涙が、あふれ出た。母にすがって死の恐怖からのがれたかった。

「恐しい」

お稲は、涙声で言った。

「なにも恐れることはない」

お滝が、言った。

お稲は、母の顔を見つめた。出血しているというのに、母が落着いているのが意外だった。

彼女は、母の顔に微笑すら湧《わ》いているのに気づき、自分の眼をうたがった。

「お仲間入りなのだよ」

お滝が、やわらいだ眼をして言った。

お稲は、母の顔を見つめた。

「女になったしるしだ。一人前の女のお仲間に入ったのだ」

お滝は、言った。

お稲には、まだ母の言葉が理解できなかった。

お滝は、いぶかしそうな表情をしたお稲に、

「御来潮だよ」

と、低い声で言った。

お稲は、眼をみひらいた。その言葉は彼女も知っていた。

お稲の顔に血の色がのぼり、手で顔をおおった。恥しかった。自分の体が女としての機能をそなえたのかと思うと、母の顔を見るのも照れ臭かった。

彼女は、いつの間にか自分の下腹部に布が巻かれているのに気づき、一層顔を赤く染めた。失神している間に、母のお滝が手ぎわよく処置してくれたものにちがいなかった。

初潮は十四、五歳でみられるのが普通で、十二歳のお稲は他の少女よりもかなり早い。が、お滝は、背も高く発育のよいお稲が早目に初潮を迎えることを予想し、布を箪笥《たんす》の

中に入れてその日にそなえていたのだ。

お滝は、自分が折檻《せっかん》した衝撃でお稲が初潮を迎えたのかも知れぬ、と思った。はかなく揺れ動く娘の気持がいじらしかった。

翌日の夜、お滝は小豆飯をたき、なますを作ってひそかにお稲の初潮を祝った。時治郎は、紅白の帯じめをお稲に贈った。

お滝は、小豆飯を食べているお稲を見つめているうちに、眼に熱いものがにじみ出るのを意識した。体の発育はよいが、お稲はまだ十二歳の少女である。その体に、早くも女としての生殖機能がそなわったことに哀れをおぼえた。お稲の女としての生活が、これからはじまる。それが幸せなものになるか、それとも逆の結果をうむか、いずれともわからない。

お滝は眼をしばたたき、小豆飯を口にはこんでいた。

空気が冷えを増し、十月一日には、お滝の家でも他の家にならって炬燵《こたつ》をひらいた。

その頃《ころ》、お滝は、自分の月のものがとまっていることに気づき、落着きのない日々をすごしていた。もしや？　という思いが胸の中を繰返しかすめすぎる。

時治郎のもとに五歳のお稲を連れ子にして嫁いでから、早くも七年が経過している。

時治郎は、お滝の変らぬ美しさに魅せられ、彼女の容姿をじっと見つめていることが多いが、夜の情交は淡い。お滝は、時治郎の子をみごもることはないかも知れぬ、とひそかに思っていた。時治郎は、男としての機能が弱く、自分の体に子種を植えつけさせることはなさそうに思えた。その証拠に、嫁いできてからすでに七年もたつのに、妊娠の気配を感じたことはない。時治郎は、お稲を可愛《かわい》がってくれているし、自分たち夫婦はお稲を唯一《ゆいいつ》の子として考えるべきなのだろうとも思っていた。

彼女は、月のものがとまったことを時治郎には伝えなかった。それは妊娠をしめすものではなく、おそらく火災につぐ家の新築やお稲に対する心労などで生理が乱れているにすぎないのだろうと思った。彼女は、三十二歳であった。

月のものはとまったままで、翌月の予定日にも生理はみられなかった。

お滝は、ひそかに産婆《さんば》の家をおとずれた。産婆は、彼女の体をしらべると、おだやかな表情で祝いの言葉を口にした。

お滝は、体を熱くした。驚きと同時に、喜びも大きかった。シーボルトの愛をうけてお稲をうみ、シーボルトが去った後、時治郎のもとに嫁した。シーボルトとの過去が彼女には負い目になっていたし、お稲という子供を連れ子にしたことも気がかりであったが、時治郎は過去を責めることはなく、お稲を自分の娘のように扱ってくれている。そうした時治郎に深い感謝の念をいだいてきたが、かれの子をみごもったことによって、その寛大な愛情にこたえることができたように思えた。

お滝は、焼跡の新築現場にむかって歩いた。足が宙をふんでいるような浮き立った気持であった。

新築現場に、時治郎の姿がみえた。かれは、職人の仕事をながめていた。お滝は、時治郎のかたわらに歩み寄った。

時治郎がお滝の気配に気づいてふりむくと、

「年が明ければ、新しい家に入れそうだ」

と言うと、再び職人の動きに眼を向けた。

お滝は、しばらく黙って時治郎のかたわらに立っていたが、

「チイヨ（赤子）が……」

と、低い声で言った。

「チイヨ？」

時治郎が、彼女の顔に眼を向けた。

お滝は、顔を染めた。時治郎に嫁いでから七年もたち、三十二歳になって初めて夫の子をみごもったことが恥しかった。

「チイヨが……出来たようです」

お滝は、伏し目になって言った。

「だれに……。まさか、お前」

時治郎が、お滝の顔を見つめた。

「今、コゼババサン（産婆）の家に行って体をみてもらいましたら、チイヨが出来ていると言われました」

お滝は、遠くを見つめるような眼をして言った。

「本当か、お滝。チイヨが出来たのか。よかった、よかった。おれの子が生れる」

時治郎は、はずんだ声をあげた。

お滝は、頬《ほお》をゆるめた。それほど嬉しそうな夫の顔を見たのは初めてであった。

ふと、お稲のことが思われた。時治郎は、お稲を実の娘のように可愛がってくれてきたが、やはり自分の子供が欲しかったのだ、と思った。それは当然のことではあるが、お滝はお稲が孤立しているようにも感じた。

「こんな所に立っていてよいのか。体が冷える。家に帰って炬燵にでも入っていた方がいい」

時治郎は、気づかわしげな眼をした。

「そんな必要はありません。体を動かしていないと、元気なチイヨが生れませぬ。生れるのは、夏です」

お滝は、夫がいじらしかった。

「めでたい、めでたい。新しい家でおれの子が生れる。今日は、いい日だ」

時治郎は、歌うような口調で言った。

その年も暮れ、天保十年の正月を迎えた。飢饉《ききん》はつづいていて、奉行所の通達にしたがって正月の行事も質素におこなわれた。お滝の両親から、腹帯が贈られてきた。父の佐兵衛と母きよの喜びは大きかった。

お滝は、時治郎とともに諏訪《すわ》神社に参詣《さんけい》した。無事出産を祈り、神社に緒を懇望した。社殿の前の軒には丸い銅製の鰐口《わにぐち》が吊《つる》され、そこから垂れた太い綱をつかんで参拝人が鰐口をたたき鳴らすが、その綱の中から引きぬいた緒を腹帯にそえると安産疑いなしと言われているのである。

神社側では、出産後、新しい緒を神社に奉納することを条件に緒を渡してくれた。

お滝は、戌《いぬ》の日に腹帯をしめた。その日は実家の父母等を招待し、内輪の祝宴をひらいた。

時治郎の表情は明るかったが、お滝は時々思案するように庭に眼を向けたりしていた。

彼女は、お稲が自分の眼をぬすんでオランダ語の筆写などをしていることに気づいていた。激しい叱声《しっせい》をあびせかけ打擲までしたのに、お稲が意を曲げぬことに呆《あき》れていた。頑《かたく》なな娘だ、と彼女は胸の中で繰返しつぶやいた。すでに初潮の訪れもあり、婚期を間近にひかえているのに異国の言語などに興味をもつお稲の行く末が案じられた。家産がかたむいたことによってオランダ行きの遊女になり出島に出入りした過去をもつお滝は、自分の娘だけは尋常な道を歩かせたかった。習い事にも熟達させ、家事にたけた女として嫁がせたかった。

彼女は、時治郎の力を借りてお稲を翻意させることも考えた。が、時治郎はやさしい男で、たしなめるどころか逆にお稲の希望をかなえさせてやりたいなどと言い出すおそれがあった。自分に子供が生れれば、当然その子供が家をつぎ、お稲は家を出てゆかねばならぬ身になる。そうしたことを考えると、お稲が無用の学問などに心を奪われていては困る、とも思った。彼女は思案した末、通詞の松村直之助の家を訪れた。直之助は非番で、在宅していた。

お滝は、事情を訴えた。そして、今後、お稲に頼まれてもオランダ文は教えないで欲しいと懇請した。

「私の方からお願いし、直之助様もお忙しいお役目をおもちになりながら、年端《としは》もゆかぬ娘の乞《こ》いを入れて御親切に御教え下さりましたのに、今になってこのようなことを口にいたします筋合いでないことは、十分に承知しております。が、なにとぞ私の願いをおいれ下さい」

口をつぐんでいた直之助は、

「よくわかりました。実は、私もお稲殿にオランダ語を教えることが決して好ましいことではないと思っていました。お稲殿にも、女は女としての習い事を身につけることが大切で異国語をならうなどということはおやめなさい、と、それとなくさとしたこともあります。学問は、音曲《おんぎょく》、踊りなどの楽しみごととはちがい、世の役に立たせるもので、女であるお稲殿にはそのようなものを身につけても世の中で通用させることはできません。それに、オランダ語は意味合いをさぐるだけでも並大抵のことではありませぬ。一言にして言えば、お稲殿がオランダ語を習うのはママゴト遊びに近いものです。オランダ語の習熟は至難のことで、私など日夜勉学につとめてもほとんど同じ場所で足ぶみしているようなものです」

直之助は、深く息をついた。その顔には、オランダ語の習得に対する苦悩の色が濃くにじみ出ていた。

お滝は、しきりにうなずいていた。

「今後、お稲殿にはオランダ語を教えることはやめにします。拙宅に訪れてきた折には、きびしくさとしましょう」

直之助は、けわしい表情をして言った。

「よろしくお願いいたします」

お滝は礼を述べ、直之助の家を辞した。

その後、お滝はひそかに娘のお稲をうかがっていた。お稲は、お滝の眼のとどく範囲で机の前に坐ることはしなくなったが、オランダ語を書き記した紙綴《かみつづ》りを手に出てゆき、近くの神社や寺の境内でひらいているようであった。

一月下旬、松村直之助から手紙が来た。それによると、二日前にお稲がやって来たので、女に学問は無用であることをさとし、今後はオランダ語を教えることをやめる旨をつたえたと記されていた。が、末尾に、お稲が翻意する気配はみられぬとも添えられていた。

お滝は、当惑した。お稲は口数も少く、自分と視線が合うのを避けようとしている。むろん、それは学問をやめさせようとしているお滝への反撥《はんぱつ》にちがいなかった。

お滝は、お稲が大切にしているオランダ語を書きとめた紙綴りをとり上げ焼いてしまおうか、と思った。が、お稲の暗い表情を眼にすると、そのような方法をとることもためらわれた。お稲は、初潮をみて以来、毎月、生理も順調につづいているようだった。肉体的に大きな変化があった時でもあり、もしもお滝が強硬な手段をとれば、思わぬ行為に出ることも予想された。お滝は、たよりになる相談相手が欲しかった。

ふと、お滝は、二宮敬作のことを思い起した。

敬作はシーボルトに師事し、国禁事件に連坐《れんざ》して長崎を追われ、故郷の伊予国に去った。シーボルトは、敬作をケイサキと呼んで信頼し、敬作もそれにこたえてシーボルトに忠実に師事した。そうした事情から、シーボルトは国外に去る時、お滝とお稲の後事を高良斎と二宮敬作に託した。

お滝は、敬作に好意をいだいていた。敬作は、容貌《ようぼう》は醜男《ぶおとこ》の部類に入るが誠実で、思慮深い。お滝にやさしく接し、幼いお稲も可愛がってくれた。敬作からは、困った折にはどのような助力もすると温情のこもった手紙が寄せられていたし、敬作ならば親身になって相談に乗ってくれるはずであった。

お滝は光明を見出《みいだ》したような気持になった。敬作に事情を説明し、お稲の将来について敬作からお稲に忠告してもらおうと思った。敬作はオランダ語をはじめ医学その他知識も豊かで、専門家の立場からお稲に説得してもらえれば、お稲もそれに従うにちがいなかった。

お滝は、早速筆をとった。お稲が十三歳になったこと、嫁ぐ準備もととのえねばならぬ身であるのにオランダ語に心を奪われていることを記し、お稲にきびしく忠告する手紙を送って欲しいと書きつづった。そして、自分が時治郎の子をみごもっていることも書き添えた。お滝は、手紙を飛脚に託した。

十七

二月下旬、抜け荷を犯した者の処刑があった。

正月十八日、樺島町の亀太郎という者が捕えられ、投獄された。亀太郎は、唐船の丸荷役であった。丸荷役とは、入港した唐船に積まれている梱包《こんぽう》したままの荷を、荷漕船《にこぎぶね》で陸揚げする仕事に従事する人夫のことである。

かれは、唐人の魏得榜という者と密貿易をくわだて、夜、浦上村の繁五郎、吉太郎、左市、樺島町の忠五郎、江戸町の三郎太を水主《すいしゅ》に雇い入れて唐船に小舟を乗りつけた。そして、唐人の林扶福に魏からの依頼書をしめして大黄《だいおう》三百二十五斤《きん》を受け取り、忠五郎という商人に密貿易品ではないと偽って売りはらい、代金三十六両一歩をうけとった。

やがてこの一件が発覚、亀太郎についで繁五郎ら抜け荷に関係した者がつぎつぎに捕えられ、牢《ろう》に投げこまれた。吟味の末、亀太郎は死罪を申し渡され、二月二十七日、唐人への見せしめのため唐人屋敷の門前で斬首《ざんしゅ》された。また、水主に雇われた繁五郎、吉太郎、左市、忠五郎、三郎太は、唐人屋敷門前で重敲《じゅうたたき》の上長崎に住むことを禁じられ、その他、七名が手鎖《てじよう》、押込、急度叱《きつとしかり》の刑を申渡された。また、唐人魏得榜は再渡航を禁じられて追放された。

飢饉《ききん》はいっこうにやむ気配もなく、殊《こと》に奥羽《おうう》地方では餓死者の激増がつたえられ、長崎の町の者たちを不安がらせていた。

春の気配が、濃くなった。

お滝の腹部のふくらみは、次第に目立つようになった。入浴した後、体を休めていると腹部で胎児の動くのが感じられる。時治郎は、それが珍しく、お滝の腹部に手をあてる。

「動いた」

と、声をあげて眼《め》をかがやかす。かれには、妻の胎内に自分の血をうけつぐ新しい生命がやどっていることが嬉《うれ》しくてならないようだった。

建築がすすめられていた家も、三月上旬にはようやく壁ぬりも終り、建具も入った。が、壁土に湿気が残っているうちは体に害があり、殊に妊婦のお滝の体には好ましくないので四月一日まで待って入居した。

家は以前の三分の二ほどの広さであったが、お滝は、新しい木の香のみちた家が嬉しく、家の中を時治郎とともに歩きまわった。お滝は、俵屋で十日ほどすごしたが、分娩《ぶんべん》にそなえるため麹屋町《こうじやまち》の家にもどった。

それから三日後、お滝のもとに飛脚がやってきて書簡をとどけてくれた。差出人は、二宮敬作であった。

お滝にとって、待ちに待った返事であった。お稲は、相変らずひそかにオランダ語の学習につとめているようだった。それをやめさせるため叱りつけ打擲《ちようちやく》までしたが、お稲は屈する様子もみせない。通詞の松村直之助もオランダ語の勉強を放棄するようにとお稲に忠告してくれたが、効果は全くみられなかった。

お滝には、二宮敬作だけが頼りであった。敬作から女にとって学問が無用のものであることを記した手紙をもらえば、それをお稲にしめして翻意させることができるだろうと期待した。

お滝は、書簡をひらいた。敬作のなつかしい文字が、眼に映った。彼女は文字を眼で追った。

まず、お滝とお稲が達者にくらしていることを喜び、お稲が十三歳になったことを信じがたいことだと述べ、美しく成長した姿を見たいと記されていた。またお滝の懐妊に祝意をしめし、無事に出産することを祈っている旨《むね》もしたためられていた。

ついで、敬作自身の近況についてもふれていた。かれは、西家の息女イワと結婚後、天保四年の春、宇和島藩主伊達《だて》宗紀《むねただ》の内命もあって宇和島に近い東宇和郡卯之町《うのまち》に移住し、医業をひらいているという。その地にある光教寺《こうきようじ》の近くに薬草園をもうけ、さまざまな種類の薬草を採取して投薬にもちいているとも書かれていた。

そうした前置きにつづいて、お滝のお稲についての訴えに対しての回答がしたためられていた。

お滝は、文字を追ううちに自分の顔がこわばってゆくのを意識した。想像もしていなかった返事であった。敬作は、お稲が学問殊にオランダ語の学習に熱心であることを、さすがに師シーボルトの血をうけついだ娘であると感嘆し、嬉しくて涙がとまらなかったと熱っぽい筆致でつづっていた。

お滝が、女子に学問が無用のものであるという意見をもっていることは同意できるが、それは一般的な女子に言えることで、特殊な例外もある。その例外がお稲の場合ではないかと言う。シーボルトは偉大な医家であり、その血を正しくうけついだお稲を、一般の女子と同じように扱ってはならない。遊びたいさかりであり美しく装いたいという年齢であるのに、それらには関心をもたず、母親に反対されても学問に強い熱情をいだいているのは、お稲が非凡な才をもって生れてきた証拠ではないか、という。

そのような星のもとに生れたお稲から、学問を強引に取り上げることは、神仏の意にそむくことでもあり、むしろお稲の学問に対する情熱を尊重すべきだ、と説いていた。

最後に、敬作は、お稲を自分のもとに引きとって学問を教え授けたいと書いていた。そして、もしもその意志があるなら、至急手紙を欲しいともつけ加えてあった。娘の旅は危険が多いが、無事に旅のできる方法があるとも書かれていた。

手紙を読み終えたお滝は、放心したように庭をながめていた。

お滝は、敬作がお稲を買いかぶっている、と思った。敬作は、シーボルトを尊敬するあまり、その血をうけつぐお稲をも過大評価している。一般の女子とはちがう身なのだから学問をつづけさせるべきだと言っているが、女には学問で身を立てるなどということはできない。無責任だ、と、お滝は胸の中でつぶやいた。お稲の行く末を心から案じているのは、母親である自分だけなのだ、とも思った。

お滝は、苛立《いらだ》った表情で、敬作の手紙を簞笥《たんす》の抽出《ひきだ》しにしまった。

胎児の発育は順調らしく、お滝の腹部は一層目立つようになった。

お滝は、時治郎の子をみごもったことにお稲がどのような気持をいだいているか、気がかりであった。再婚したお滝がみごもったことに、十三歳のお稲が打撃をうけているような不安を感じていた。

たしかにお稲は初めの頃《ころ》は戸惑った表情をしていたが、お滝の腹部が目立つようになるにつれて表情が明るさを増してきていた。

「チイヨ（赤子）を早く見たい」

お稲は、お滝にしばしば言うようになった。

「チイヨは、月がみちて生れてくる。それまでは、母親の胎内でゆっくりと体をこしらえているのだ」

お滝は、微笑して答える。

お稲が月のものをみるようになってから、お滝は、娘と女同士のような親しさで話し合えるようになっていた。お滝は、お稲に月のものがどのようにはじまり終ったかをたずねることもあった。

だし、お稲も口ごもりながら答える。お稲が、処理方法についてたずねることもあった。

「生れてくるのは男のチイヨがいいか、それとも女か」

と、お滝は問うた。

お稲は、

「男のチイヨ」

と、即座に答えた。

「なぜ、男の子がいい」

お滝は、たずねる。

「チイヨが生れてくれれば、お母様は、私をほっておいてチイヨを可愛《かわい》がります。女のチイヨだとしゃくにさわりますが、男のチイヨなら心も乱れませぬ。私も、お母様に負けぬように可愛がります」

お稲は、まじめな顔をして答える。

「やきもちやきの娘だ」

お滝は、笑う。

「それに、生れてきたチイヨも男であった方がしあわせです。男なら、なにをしても許されますから……」

お稲は、低い声で言った。

「男なら学問ができるが、女ではできぬと言うのであろう。お前の頑固《がんこ》にも呆《あき》れたよ」

お滝は、苦笑した。

お稲は、母が怒りもせず頬《ほお》をゆるめていることをいぶかしんだ。母の気持が少し軟化したのか、それともお稲が学問を習いつづけるなどということはあり得ぬとたかをくっているのか、いずれとも判断がつきかねた。

五月末に井戸さらえがあり、六月に入ると祇園《ぎおん》社の祭礼があったが、奢侈《しゃし》禁止の布達によって参詣《さんけい》道にならぶ店の数もわずかであった。

六月二十三日にオランダ船の来航を告げる狼煙《のろし》があがり、翌二十四日には小舟にひかれたオランダ船が入港してきた。その船には、新任の商館長エドワルド・フランジスソンが乗船していた。

その日、産婆《さんば》の指示で産俵が二つ作られた。米の代りに糠《ぬか》を入れた俵で、産婦がそれにもたれて子をうむのである。また、その年の方位を占ってもらい、産室を奥の部屋に定めた。

陣痛が起きたのは、三日後の深夜であった。家の中のあわただしい気配に、お稲は眼をさました。身を起し、奥の部屋をのぞいたお稲は、汗を顔にうかべた母が産俵に身をもたせかけているのをみた。

やがて、産婆が足早やに家に入ってくると産室に入っていった。

「まだ、まだ」

産婆の落着いた声がし、なにか笑いながらお滝に話しかけている声もきこえた。

時治郎は、台所に行ったり産室をのぞいたりしていた。台所では、お滝の妹のさだと雇われ女が釜《かま》に湯を沸かしていた。仏間に入った時治郎は燈明《とうみよう》をともし、落着きなく廊下を往《ゆ》き来していた。

お稲は、ふとんに身を横たえた。母の分娩が恐しいことのように思えた。もしかすると、母が死ぬのではないかとも思った。

半刻《はんとき》ほどした頃、お稲は、異様な声を耳にして体をかたくした。それは地を這《は》うような低い声であった。長く尾を引くような声であった。

お稲は、それが呻《うめ》き声であることに気づき恐怖におそわれた。

「よーし、よし」

産婆の明るい声がきこえてくる。その声は、母をはげましているような力強さにあふれていた。

呻き声が急にたかまり、再び地を這うような低い声に変る。その起伏が次第に激しさを増し、呻き声と呻き声の間隔も短くなった。

お稲は、体をかたくし闇《やみ》をみつめていた。呻き声が母のものとは思えなかった。

「よーし、よし」

産婆の太い声が、繰返しきこえている。

しばらくすると呻き声がたかまり、不意にそれが絶えた。深い静寂がひろがった。

お稲の耳に、赤子のはじけるような泣声がきこえた。

「よーし、よし、よし」

産婆のはずんだような声がし、笑い声もきこえた。

お稲は、体が急にけいれんするのを意識した。眼に熱いものがつきあげ、お稲は肩をふるわせてすすり泣いた。

明るいざわめきが、家の中にひろがった。

「男のチイヨ」

という言葉もきこえた。

時治郎のうわずった声と、それにつづいて笑い声が起っている。

部屋に人の足音がして、

「お稲」

と、声をかけられた。さだの声であった。

「男のチイヨがうまれたよ」

さだの声に、お稲は顔を枕《まくら》に押しつけたまま、こらえていたものを一時に吐き出すように声をあげて泣きはじめた。号泣に近いものだった。なぜ泣いているのか自分にもわからなかった。母が無事に出産を終えたことが嬉しいのか、それとも女が子をうむ折の厳粛さに打たれたのかも知れなかった。

「泣いたりして、変な子だね。おめでたいのだから泣いたりなどしないように……」

さだは言ったが、その声もうるんでいた。

夜が明け、お稲は初めて嬰児《えいじ》をみた。皺《しわ》の寄った小さな顔が、ふとんのえり元からのぞいている。嬰児はしきりに顔をゆがめ、口をうごかしていた。

お滝は、お稲にやわらいだ眼をむけてきた。疲労が甚《はなは》だしいらしく息をつくと眼をうすくとじた。

分娩して七日目の夜、産婆を招いてささやかな祝宴がひらかれた。その席で、産婆から時治郎に乳母を雇う必要があるという注意があった。お滝はお稲をうんだ時も乳母を雇ったが、今度も乳の出が少いのだ。

時治郎は、産婆に乳母を紹介して欲しいと依頼した。

数日後、荷役の仕事をしている男の妻が、産婆に伴われてやってきた。産婆は、お民というその女の胸をひろげ乳房をつかんだ。乳が乳首から幾筋も放たれ、乳房の上をしたたり落ちた。

「たっぷりと乳が出るでしょう」

産婆は、誇らしげに言った。

女の乳房は小さく、黒い乳首が突き出ていた。

「お滝さんの方がはるかに立派な乳房をしているのに、お民さんの方が乳がよく出る。乳房が大きいから乳がたくさん出るわけではない。もしかすると、お稲さんもオカサマに似て乳の出は少いかも知れぬ」

産婆は、お稲に眼を向けながら笑った。

お稲は、顔を赤らめた。彼女の胸は豊かな隆起をしめしていた。

産後の経過は順調で、お滝は床をはなれた。

出産して三十一日目、宮詣《みやまい》りがおこなわれた。お滝は時治郎とともに盛装し、嬰児を抱いた乳母、お稲、さだを連れて諏訪神社に参拝した。夏にしては涼しい日で、潮風が快かった。港には、オランダ船の明るい船体がうかんでいた。

神社でオミクジをひき、神主に嬰児の名をつけてもらいたいと申し出た。神主は、生れた日、両親の名、生年月日などを参考にし、名を紙に書いて渡してくれた。そこには文作という文字が記されていた。

「いい名でございます」

時治郎は、眼をかがやかせて神主に厚く礼を述べた。

その日、かれらは、お滝の実家をはじめ主だった親戚《しんせき》、知人の家々をまわって挨拶《あいさつ》した。その都度、時治郎は、

「文作という名でございます。よろしくお願い申し上げます」

と、お滝たちとともに嬉しそうに頭をさげた。

秋が、深まった。

文作の成長は順調で、あやすと声を立てて笑う。腕をもち膝《ひざ》にのせて立たせると、元気よく足をはねさせたりした。

お稲は、文作のかたわらにいることが多かった。柔い頰《ほお》を指で軽く突くと、文作は眼を細めて笑う。彼女は、幼児語で文作に話しかけたり、抱いて部屋の中を歩きまわったりしていた。

十月上旬、百日祝の日を迎えた。男子の場合は生れてから百十日目におこなわれる行事で、その日、小豆飯が炊《た》かれた。小豆飯を重箱に入れると、使いの者がそれを手に親戚や知人の家へ持ってゆく。米価は高く、かなりの出費になるのでお滝は控え目にする

ことを主張したが、初めての子に恵まれた時治郎はかなりの量の米を買い入れて小豆飯を所々方々にもれなく配らせた。

お滝の両親や親戚の者も祝いにやってきて、家には夜まで明るいにぎわいがつづいていた。

お稲が家を出たのは、翌日の夕方であった。行き先は銅座跡にあるお滝の両親の家であった。

夕食時に姿を見せぬお稲をいぶかしんでいたお滝は、訪れた父佐兵衛の口から、お稲が銅座跡の実家に行っていることを知った。

「お稲が困ったことを言っている。私の所に置いてくれと言って泣いている」

佐兵衛は、顔をしかめた。

「なぜ、そのようなことを……」

お滝は、驚いたように佐兵衛の顔を見つめた。

「この家には帰りたくないと言うのだ」

佐兵衛は、息をついた。

お滝は、顔色を変えた。

百日祝の直後だけに、お稲がそのような行動に出たのは文作が原因にちがいないと思った。お稲は文作を可愛がっているようにみえるが、内心では母が再婚した時治郎の子をうんだことに平静ではいられないのかも知れない。

家族の関心は、幼い文作に集っている。それまで母の愛情を一身にうけていたお稲だけに、文作が生れてから自分がのけ者にされているような淋《さび》しさを感じているのだろう、と思った。

「お稲は、どのようなことを言っております」

お滝は、不安そうにたずねた。

「家に帰りたくないというばかりで、なぜかと問うても泣くだけでなにも言わぬ」

佐兵衛は、さだの運んできた茶にも手を出さず、再び深く息をついた。佐兵衛も、お稲の家出が文作と関係があると思っているようだった。

「この年になって、心配ごとはたくさんだ。私たちには手におえぬ。お前なり時治郎さんなりが、お稲をさとすように……」

佐兵衛は白い眉《まゆ》をしかめ、大儀そうに腰をあげた。

「申訳ございません」

お滝は立つと、佐兵衛を家の外まで送りに出た。

「今夜は、お稲を私の家に泊める」

佐兵衛は、お滝に眼《め》を向けると路《みち》をゆっくりと去って行った。

お滝は部屋にもどると、胸もとをひろげて文作に乳をふくませた。父の異なる子供を二人産んだが、その一人にそむかれたことが悲しかった。

しばらくすると、時治郎が店からもどってきた。夜気は冷えているらしく、時治郎の顔は青白かった。

「お稲は？」

夕食の膳《ぜん》についた時治郎が、お滝にたずねた。

「銅座跡の家に行っております」

お滝が答えると、時治郎はいぶかしむ風もなく、

「そうか」

と言っただけで、箸《はし》をとった。

お滝は、口数も少く時治郎とともに食事をすませた。

時治郎は、ふとんに横たわる文作をあやし、小さな手をにぎったりしている。文作は眠いらしく、むずかっていた。

お滝は、文作のおしめを替えながら、

「先程、銅座跡の父が参りました」

と、時治郎に言った。

「なにしに？　文作の顔を見に来たのか」

時治郎は、頬をゆるめた。

「そうではありません」

お滝は顔を曇らせ、佐兵衛が訪れてきた理由を口にした。

「なぜ家を出たいなどと言うのだろう」

時治郎は、頭をかしげた。

お滝は、文作のことが原因にちがいないと思ったが、それを口にすることはできなかった。連れ子であるお稲が、文作に好ましくない感情をいだいていることを時治郎が知れば、夫婦の関係に亀裂《きれつ》が生じるおそれもある。

しかし、お滝は、現実に文作が生れたかぎり、それに正面から立ちむかい、最も好ましい解決の道を見出《みいだ》す以外に方法はないと思った。

「申訳ありませんが、銅座跡に行ってお稲の気持をきいてやっていただけませんか。父が申すには、お稲は私のもとに帰りたくないと申しておるそうで、私が出掛けてゆきますと、あの子も言いたいことも言えぬでしょうから、あなたに行っていただきたいのです」

お滝は、口ごもりながら言った。

「よし、行ってくる、お稲もむずかしい年頃《としごろ》だから、なにか考えていることがあるのだろう」

時治郎は、気さくに言うと、外出の身仕度をはじめた。

時治郎は、一刻ほどしてもどってきた。

「今夜は、冷える」

かれは、手をこすりながら炬燵《こたつ》に足を入れた。

「どんなことを言っておりました」

お滝は、時治郎の表情をうかがった。

「口をきかず、手こずった。学問をつづけたいと言うのだ」

時治郎は、煙管《きせる》を手にしながら言った。

「まだ、そんなことを……」

お滝は、呆《あき》れたような声をあげた。

「お前が学問をすることを反対しているので、家に帰りたくないと言うのだ。自分の生きる道は学問しかない、と泣いていた。これからは銅座跡に住《す》まわせてもらい、オランダ文や唐の書を読みたいと言っていた」

時治郎は、煙草《たばこ》をすった。

「なんというききわけのない娘でしょう」

お滝は、顔をゆがめた。

腹立たしい気持がつのったが、お稲の家出の原因が文作と無関係であることを知って、安堵《あんど》を感じた。

「変った娘だな、学問がしたいなどと言って……。お滝、どうしたらいいと思う？」

時治郎は、煙の行方を眼で追った。

二人はしばらく黙っていた。

「どうだ。お稲は異人の血をひく娘だし、思うままにさせてやった方がいいのではないか。学問に対する執念は並大抵ではない。お前が、今まで何度も叱《しか》り、たたきまでしたのに心をひるがえすどころか、家を出てまで学問をしたいと言う。お前が母親として反対するのはよくわかる。女が学問をしたところで百害あって一利なしだ。学問で身を立てることができるのは男だけで、女にはさしさわりにしかならぬ。しかし、異人の血をひいているお稲は、世の娘とはちがうのかも知れぬ」

時治郎は、思案するように言った。

お滝は、顔をこわばらせて口をつぐんでいた。その眼には心の動揺が落着きのない光になってうかんでいた。

その夜、お滝は眼がさえて眠れなかった。十三年間育ててきた娘が自分からはなれたいという気持をいだいていることが悲しかった。お稲にはシーボルトの存在がしみついているのだろうか、とも思った。夫の時治郎が口にしたように、異国人であるシーボルトの血をうけたお稲は、一般の娘とはちがうのかも知れぬ。

どうしたものだろう、と、お滝は胸の中で繰返しつぶやいた。このまま反対をつづければ、お稲はどこかに行ってしまうかも知れない。もしかすると、命を絶つような思いきったこともしかねないだろう。

二宮敬作からの手紙の文面が思い起された。敬作は、お稲が学問をつづけたいと願うのは偉大な医家であるシーボルトの血をうけているからで、その意志をさまたげるのは神仏の意にもそむくことだと書いていた。

神仏の意か、と、お滝は胸の中で反芻《はんすう》した。敬作は、お稲を養育し、学問を修めさせたいとも述べていた。いっそお稲を敬作に託してみようか、とお滝は思った。

自分と時治郎の間には文作という男の子がいる。俵屋は当然文作がつぎ、お稲は外に出て行かねばならぬ身である。どうせ他家の者になるのであるなら、敬作にすべてを一任しても同じかも知れない。

お滝は、誠実な敬作がお稲を不幸にさせるはずはない、と思った。いつかはお稲が学問を修める意志を失うかも知れないし、そのような折には、敬作がしかるべき家に嫁がせてくれるにちがいないとも思った。

お滝は、気持の整理がついたような安らぎを感じて、眼を閉じた。

翌日、お滝は、妹のさだを銅座跡の実家へ使いに出した。半刻ほどして、お稲がさだに連れられて家にやってきた。

「お坐《すわ》り」

お滝は、部屋に頭を垂れて入ってきたお稲に言った。

お稲は、体をかたくして坐った。

「昨夜は眠れたかい」

お滝は問うた。

「いえ」

お稲が、低い声で言った。

「私も眠れなかったよ。お前が学問をどうしてもつづけたいと言うことをきいて、私は悲しかった。しかし、お前はいずれは他家の者になる身だ。少し早いが、私はお前をないものと思って家から出してやろうときめた」

お滝は、顔をこわばらせて言った。

お稲は、顔をあげた。眼におびえの光がうかんでいた。

「実は、お前が学問をつづけたいと言うので、それを諫《いさ》めていただこうと思い、二宮敬作様という方に手紙を出した。二宮様は、お前のお父様であるしほると様の御門人で、学問のよくおできになる立派なお方だ。二宮様から返事がきたが、それには、もしお前が学問を修めたいと言うなら自分のところで教えてもよいと書いてきた。家から出してやる……というのは、お前を二宮様にあずけてもよいという意味だ」

お滝は言った。

お稲の顔に放心したような表情がうかんだが、すぐに眼がかがやきはじめた。

「学問をつづけてもよいのでしょうか」

お稲は、うわずった声で言った。

「お前がどうしてもと言うのだから、やむを得まい。私は、諦《あきら》めた。二宮様のところにお世話になるか？」

お滝は、お稲の顔に視線を据《す》えた。

「もしお母様が許して下さるなら……」

お稲の顔に、喜びの色があふれた。

「ただし、二宮様のおられるのは伊予国だ。海を渡ってゆかねばならぬ遠い地だが、それでも行くか」

お滝は、お稲の表情をさぐった。

「学問を教えて下さるならば、どのように遠い所でも……」

お稲は、即座に答えた。

「そうか、行くか」

お滝は、力なく言った。娘が自分とはなれてまで学問を修めたいと願っていることが、淋しかった。

文作が、ぐずり出した。部屋に乳母が入ってきて文作を抱きあげ、乳首をふくませた。お滝は、乳母に抱かれた文作をうつろな眼でながめていた。

数日後、お滝は二宮敬作宛《あて》に手紙を書いた。敬作からの手紙をもらったが、返事を書くのがおくれたのは、お稲に学問を放棄させたいと願っていたからだと述べ、結局お稲を翻意させることができないことを知ったので、敬作にお稲を託したいと書いた。つづいて、お稲も敬作のもとに行くことを切望しているが、まだ十三歳の娘であるので道中が心もとなく、安心して旅のできる方法を教えて欲しい、と書き記した。

お滝は封をすると、手紙を飛脚屋に渡した。

その頃、長崎の蘭学者の間に高野長英が江戸で幕府のおとがめをうけているという話がつたえられ、それはお滝の耳にも入った。長英は、シーボルトが創設した鳴滝塾《なるたきじゅく》の俊才で、殊《こと》にオランダ語についての知識が一段とぬきんでた洋学者であった。

長英は、渡辺崋山《かざん》とともに、アメリカ船モリソン号に対して砲撃を命じた幕府の態度を批判し、異国船打払令を廃棄すべきだとして、「戊戌夢物語《ぼじゅつゆめものがたり》」を著わした。

幕府の儒官林述斎《じゅつさい》の次男である鳥居《とりい》耀蔵忠耀《ようぞうただてる》は、蘭学者に激しい嫌悪《けんお》をいだいていて、この機会に崋山、長英らを抹殺《まっさつ》することを企て、幕府に対して崋山らが国政に反する危険分子であると告げた。その結果、まず、その年の五月十四日に崋山が同志らと北町奉行所に逮捕され、ついで長英も四日後の五月十八日に自首したのである。

お滝は、そのような事情については知るはずもなかったが、長英の才気にみちた顔をおぼえているだけに、眉をしかめていた。

お稲は、明るい表情で日々をすごしていた。温い日には、文作を背負って外に出ることもあった。文作は、短時間だが坐ることもできるようになっていた。坐ったまま背をまるめて、足の指を吸ったりすることもある。抱きあげると、お稲の鼻をつかもうとしたり指を口に持っていったりした。

文作を抱いたり背負ったりしていると、お稲は、自分が幼児であった時のことを思い出して感傷的な気持になった。

母のお滝にきいたが、出島の商館内に住んでいた頃には、シーボルトの従僕であったオルソンという黒人少年に背負われたりしていたという。オルソンは、自分を岸壁の上にねかせて、海にとびこみ泳いだりしてお滝に叱責《しっせき》されたともいう。お稲は、むろんオルソンのことは記憶にない。はっきりとおぼえているのは、母の背に負われて月光を見上げながら「アトシャマ」という童謡《わらべうた》をきいたことであった。

お稲は、文作を抱きながらその子守唄《こもりうた》を歌った。

アトシャマ　トート（お月さま　どうぞ）
ゼンゼ　ヒャーク　オーセッケ（銭百文下さい）
アーブラ　コーテシンジョ（油を買ってあげます）

その素朴《そぼく》なリズムが、お稲の胸にしみ入る。彼女は、澄んだ声で繰返し歌った。

十二月に入ると、初雪がちらついた。お稲は、二宮敬作からの返事を待っていたが、便りはなかった。

十八

天保十一年（一八四〇）の正月が明け、控え目ではあったが長崎の町には墓参や神社へ参拝する者たちの往来がしきりだった。

正月七日、家々では七草粥《ななくさがゆ》がたかれた。粥には七草以外に宝袋の形をした餅《もち》やスルメなどが加えられていた。

その日、お滝のもとに二宮敬作からの手紙がとどいた。

敬作は、お滝がお稲の学問修業をゆるす気になったことを喜び、自分も親身になってお稲を教育したいと述べていた。そして、念のためシーボルトから共にお稲の将来を託された高良斎の意見もきく必要があるので、良斎にも手紙を出したという。

良斎は、シーボルトが国外に去った後、天保元年に故郷の徳島に帰ったが、七年秋には大坂へ移り北久太郎町で医業を開業した。しかし、天保の大飢饉《だいききん》に加え大塩平八郎の乱などもあって患者の訪れは少く、日々の暮しにも困窮するほどであった。そのうちに豊かな学識をそなえたかれの存在が徐々に知られて学徒が門をたたくようになり、それにつれて治療を乞《こ》う者もようやく増して生活も安定してきていた。

良斎は、敬作からの手紙に対してお稲が学問修業を志していることを喜び、敬作が教育をひきうけることに賛同する旨《むね》の返書を送ってきたという。

お稲を敬作のもとに引きとる上で懸念《けねん》されるのは、道中のことであった。

敬作の住居《すまい》は四国の宇和島藩領東宇和郡卯之町にあって、長崎から九州を横断し海を渡って陸路をたどらねばならない。かなりの長い道中で、それを女一人で旅をするなどということはできるはずもなかった。金品をかすめ取ろうとする者も多いだろうし、肉体をもてあそぼうとする男たちもいるはずだった。

お稲は十四歳の正月を迎えたばかりの娘で、淫《みだ》らな男たちの好餌《こうじ》になるおそれが多分にあった。

母のお滝もその点が気がかりであったが、それについては敬作が書簡の中で十分に安心できる方法をしめしてくれていた。

まず、二宮敬作は、卯之町までの道程について簡単に説明していた。長崎から九州を横断し、豊後《ぶんご》水道に面した臼杵《うすき》に行く。そこから船で豊後水道を渡って四国の八幡浜《やわたはま》に上陸すれば、卯之町は一日の旅で到着する。

問題は、九州を横断して臼杵につくまでの道中だが、幸いなことに臼杵と長崎を往復している信頼のおける商人がいる。それは、長崎の桶屋町《おけやまち》に店をもつ茶屋甚四郎だという。

甚四郎の先祖は、百五十石取りの臼杵藩士小笠原善次左衛門の実弟で、長崎におもむき片淵村御抱え屋敷預けとして商人になった。屋号を茶屋とし、名を喜左衛門と改めた。かれは商才にめぐまれていて、手広く商いもするようになった。そして、文化十年八月には臼杵藩御用達《ごようたし》になり、十人扶持《ぶち》を賜って三階菱《さんがいびし》の紋も許された。その後、子にめぐまれず家が断絶したので、別家の甚四郎が臼杵藩の御用達となって店をひきついでいるという。

茶屋は、長崎での臼杵藩の出張所に似た性格をそなえていた。主として長崎奉行所の動向、オランダ、唐船の入港と貿易状況についての情報をあつめ、それを定期的に臼杵藩に報告し、洋学に理解のある藩主の指示で長崎へ遊学する藩士やその子弟の世話も引きうけていた。また、輸入品を買い入れて臼杵にはこぶこともしていたので、臼杵との往来はしばしばあった。

二宮敬作は、故郷の宇和島藩領から長崎に遊学した折も、人を介して茶屋甚四郎を紹介され世話になった。その代償として甚四郎をはじめ家族や雇い人たちの病気治療をひきうけ、親しい間柄《あいだがら》になっていたのである。

敬作は、書簡の中で、茶屋甚四郎にお稲の旅について親身に相談に乗ってやって欲しいという手紙を送っておいたから、近々のうちに茶屋を訪れて、旅の便があった折に同行させてもらいたいと申し出るように指示していた。

お滝の顔に、驚きの色がうかんだ。茶屋のある桶屋町は川をへだてた隣町で、橋を渡った表通りにたしかに三階菱の紋を染めぬいた暖簾《のれん》の垂れている茶屋という商家がある。麹屋町のお滝の家からは一町（約一〇〇メートル）足らずしかへだたっていない。構えも大きく、お稲を託しても心配はないように思えた。

お滝は、時治郎に茶屋甚四郎のことを話した。

「茶屋なら、私も知っている。あのお店の荷物の回漕《かいそう》をしたこともある」

時治郎は、即座に言った。

節倹の布達が出ていたが、家々では正月の行事がおこなわれていた。殊《こと》に、商家ではその年の商売繁昌《はんじょう》を祝う行事がつづいた。

十日は、十日恵美須《えびす》であった。それは商人の祝日で、俵屋でも恵美須神を祭り、出入りの者や雇い人たちを集めて酒宴をひらいた。また翌日は帳祝いがおこなわれ、雇い人にも雑煮《ぞうに》が振舞われた。そして、夜になると、お滝は正装し、雇い人に箱提燈《はこぢょうちん》をもたせて親族、知人の家々をまわり、また町の組頭の家にも赴いて新年の挨拶《あいさつ》をした。

一月中旬もすぎた日の午後、お稲は時治郎、お滝とともに家を出た。中島川にかかった橋を渡って桶屋町に入ると、東本願寺の末寺である光永寺の前を通り、茶屋甚四郎の店の前に立った。

時治郎が、二宮敬作の紹介をうけて主人の甚四郎にお目にかかりに来たと告げ、店先で待っていると、奥へ入った番頭が出てきて、かれらを奥の座敷に招じ入れてくれた。すぐに主人の甚四郎が、部屋に入ってきた。背の低い肥満した体つきの五十年輩の男であった。

時治郎は、甚四郎に商売で世話になっている礼を述べ、お滝とお稲も挨拶した。時治郎は、お稲が伊予国卯之町に住む二宮敬作のもとに学問修業のために赴く希望をもっていることを述べた。

「敬作先生からお稲様のことはよくきいて存じております。お稲様が敬作先生のところへ参られるようなお年になられたのかと驚いております」

甚四郎は、細い目で感慨深げにお稲を見つめた。

時治郎は、

「いかがでございましょうか。こちら様で臼杵の方へどなたか参られる折に、お稲をおともさせていただけませんでしょうか」

と、言った。

「そのことは、喜んで……。先日敬作先生からも十分に配慮するようにというお手紙を頂戴《ちようだい》いたし、御事情はよく承知しております。私どもにおまかせ下さい。御心配には及びません」

甚四郎は、頬《ほお》をゆるめた。時治郎は、お滝と安堵《あんど》したように顔を見合わせた。

甚四郎の妻が茶菓をもって入ってきて、時治郎たちと挨拶を交した。

「こちら様から臼杵へどなたか旅をなさるのは、いつ頃《ごろ》でございましょうか」

お滝が、たずねた。お稲と別れるのが辛《つら》く、なるべくおそい方がいいと思った。

「先月も、便がありました」

と、甚四郎は言った。

例年、年の暮れに臼杵藩から武士一人と足軽数名が長崎にやってくる。それは臼杵藩領内で正月におこなう絵踏みにそなえるためで、長崎奉行所に絵板二枚を借りる。絵板は櫃《ひつ》に入れられ、人夫にかつがれて臼杵にはこばれる。それら一行の世話をするのも茶屋甚四郎のつとめで、臼杵に帰る藩士たちに店の者がしたがって行くこともあるという。

「途中、寒気もきびしく、それに臼杵から八幡浜に渡る海も冬期は荒れる日がありますから……」

甚四郎は頭をかしげていたが、

「二月中旬すぎから四月初旬頃までがよろしいでしょう。その頃になれば海もおだやかになります」

と言った。

「その頃、こちら様でも臼杵へ？」

お滝が問うた。

「左様です。その頃には毎年必ず店の者を臼杵に出します」

甚四郎が、答えた。

甚四郎は、臼杵は長崎によく似ている、と言った。臼杵に城が築かれたのは二百八十年ほど前の永禄《えいろく》五年（一五六二）で、大友宗麟《そうりん》の手になるものであった。宗麟はキリスト教に深く帰依《きえ》し、外人宣教師を迎えてキリスト教の教会、礼拝堂などを建てた。が、天正十四年、島津義久に攻められ会堂、僧院、神社、寺院が焼きはらわれた。当時の臼杵はポルトガル船、唐船の入港もあって外国貿易港として繁栄し、現在でも商業はさかんであるという。

大友家が追われ、慶長五年（一六〇〇）、稲葉貞通が臼杵に封ぜられて本格的な城の修築と町づくりにとりくんだ。その後、城と町の整備がつづけられ、城下町としての形をととのえた。

「臼杵には今でも唐人町が残っていて、唐人のあいのこも多く住みついています」

甚四郎は、言った。

「唐人町が……」

時治郎とお滝は、驚いたように声をあげた。

「南蛮人も昔は道を往き来し、キリシタンも多く、そのため今でも長崎の御役所から絵板を借りうけ、正月に各町々で絵踏みをおこなっているのです」

甚四郎は、答えた。

お稲は、甚四郎の話をきいているうちに旅の不安がうすらぐのを感じていた。長崎では混血の者に対する蔑視《べっし》は少いが、他国に行けば珍奇な存在として注目を浴びるにちがいない。その点、南蛮人、唐人と過去に深く接触し唐人町という町まで残っている臼杵では、冷い扱いをうけることもないように思えた。

「それでは、こちら様でお使いが臼杵に出ます折に、ぜひお稲を……」

時治郎が、あらためて甚四郎に頼んだ。

「承知いたしました。店の者を臼杵に出します時には、なるべく早目にお伝えいたしましょう」

甚四郎は、答えた。

「よろしくお願い申し上げます」

お稲は、時治郎、お滝とともに頭をさげた。

かれらは、甚四郎夫婦に見送られて店を出た。

橋の上にかかると、時治郎が、

「いつでも旅に出られるように仕度をしておかねばなるまい。早ければ二月中旬に、と言っておられたが、もう一ヵ月もない」

と、お滝をふりかえって言った。

お滝は、かたい表情をしてうなずいていた。

時治郎は、町の組頭にお稲が近々のうちに旅に出る予定を立てているが、御許可を得たいと申し出た。組頭は、ただちに乙名《おとな》につたえ、乙名から奉行所に報告された。

その間、乙名は、茶屋甚四郎から、お稲を臼杵まで送り、さらに信頼すべき知人に託して卯之町の二宮敬作方に送りとどける予定であることをたしかめた。ついでお滝宛《あて》の二宮敬作の手紙も提出させ、お稲の旅の目的地がまちがいなく敬作宅のある卯之町で、敬作がお稲の身をあずかる意志があることも確認した。

混血の者の旅は異例のことで、奉行所では慎重に協議した。その結果、お滝母子《おやこ》はシーボルトが国外に退去後、市井人《しせいじん》としての生活を守っていて、お稲の旅にもなんの支障となるべきものが見出《みいだ》せないので、旅に出ることを許可することに決定した。ただ、旅への出立《しゅったつ》前にあらためてお稲に絵踏みをさせることになった。

旅立ちの仕度がはじまり、お稲はお滝の指示にしたがって衣類づくりにはげんだ。旅なれした人にたずねて、道中所持すべき品々をそろえることにもつとめた。矢立《やたて》、扇子《せんす》、糸、針、懐中鏡、櫛《くし》、提燈、蠟燭《ろうそく》、火打道具、麻綱、日記帳、手拭《てぬぐい》、甲かけ、足袋、紙、大財布、小財布、耳かき、菅笠《すげがさ》、手《て》行李《ごうり》等。また薬類として、熊《くま》の胆《い》、奇応丸《きおうがん》、返魂丹《はんごんたん》が腹痛、消化不良に、三黄湯《さんおうとう》が便秘に、油薬、白龍膏《はくりゅうこう》、梅花香《ばいかこう》が切り傷、腫《は》れ物、虫さされなどにそれぞれ効果があるので買いもとめた。

お稲は、それらの仕度がととのえられてゆくのを眼をかがやかせてながめていた。携行する品々の中には、通詞松村直之助から習いおぼえたオランダ文字を書きとめた紙綴《かみつづ》りもあったし、シーボルトから送ってもらった初歩文法書もあった。

お稲は、松村直之助のもとに別れの挨拶に行った。

直之助は、学問修業のために遠く伊予国まで行くというお稲の言葉に呆《あき》れたように眼《め》をみはった。かれにはその行為をどのように判断してよいのかわからぬらしく、言葉少なにお稲の挨拶にうなずいているだけであった。

お稲は、嬉々《きき》として旅立ちの仕度をつづけた。

お滝は、そうしたお稲を淋《さび》しそうな眼でながめていた。敬作のもとに行ってしまえば、いつお稲と再会できるかわからない。いつ帰ることができるか、期限は定《き》まっていないのだ。十四歳になったお稲は、大人同然の体をしているが、お滝にとっては幼い子供のようにしかみえなかった。世間的な知識にもうといお稲を遠い地に送り出すことが、彼女には心もとなく思えてならなかった。

彼女は、旅立ちの日がやってくるのをおそれていた。茶屋甚四郎は二月中旬以降に出立したいと言っていたが、その日はすでにすぎていた。不意に茶屋から使いの者がきて、旅立ちの日を告げるような不安におそわれていた。

気温がゆるみ、春の気配が濃く感じられるようになった。汗ばむ日がつづくこともあった。

二月末日、茶屋の雇い人が手紙をとどけに来た。それは甚四郎からのもので、三月七日から数日間の晴天の日をえらんで使いの者を臼杵に出立させると書かれていた。

時治郎は、早速、甚四郎を訪れて礼を述べ、道中の予定についてきいてきた。それによると、長崎から諫早《いさはや》まで歩き、船に乗って熊本城下に達する。そこから陸路をたどって臼杵に赴く。それが、最も安全な道だという。

時治郎は、早速、乙名に旅立ちが決定したことを報告し、道中の関所を通るのに必要な切手の交付もうけた。その切手には、「此者《このもの》……宗旨は代々禅宗にて御法度《ごはっと》の切支丹にては御座無く候《そうろう》」という文字が見え、「……国々御関所相違無く御通し下さるべく候」とも書かれていた。

お稲の絵踏みもとどこおりなく終り、出立の日を待つだけになった。

お稲は、茶屋甚四郎が旅立ちを三月七日またはそれ以降にえらんだ理由に気づいていた。七日から三日間、諏訪《すわ》社で五穀豊饒《ほうじょう》、唐紅毛船入津《にゅうしん》繁栄、氏子中《うじこじゅう》安全の祈禱《きとう》があり、七日間は祇園《ぎおん》社で祭礼がもよおされる。それは旅立ちにふさわしい祝日がつづく期間で、道中の安全が期待できた。

三月六日夕、茶屋甚四郎の店の者が、明早朝出立することをつたえて去った。

西の空は茜色《あかねいろ》に染り、翌日の好天を約束していた。

天保十一年三月七日——

お稲は、母のお滝に肩をゆすられて眼をさました。部屋の中には行燈《あんどん》の灯《ひ》がともっていた。戸外は暗く、暁の気配もきざしていなかった。家の内部にはにぎやかな人声がしていた。お稲の旅の安全を祈って親族、知人の者たちが集り、酒を酌《く》み交わしていた。

お稲は起きると、裏手の井戸に行って顔を洗い丹念に口をすすいだ。空は、満天の星であった。

お稲が部屋にもどり髪をととのえていると、お滝が部屋に入ってきて、無言でお稲の手から櫛をとると髪をくしけずりはじめた。

お稲は、母の気持を察して眼頭を熱くした。母は自分との別れを悲しんでいる。再会はいつになるかもわからず、これから当分の間、娘の髪を結ってやることもできぬと思っているにちがいない。もしかすると、娘の髪にふれる最後の機会かと思っているのかも知れなかった。

髪を結い終ったお滝は、

「座敷に御挨拶に出るように……」

と、沈んだ声で言うと部屋を出て行った。

お稲は、旅装用に仕立てた着物に着かえると、人声のする部屋に入っていった。お滝と時治郎が立ってきて、お稲と並んで坐《すわ》り、時治郎が親戚《しんせき》や知人たちに見送りに来てくれた礼を述べ、お稲も挨拶した。

「道中御無事に……」

人々は、お稲に言葉をかけた。

昼食の弁当もととのえられ、お稲は新しい草鞋《わらじ》をはき、時治郎にうながされて家を出た。

時治郎、お滝をはじめ親族、知人の者たちにかこまれて、橋を渡り桶屋町に入っていった。星の光が幾分うすらぎはじめていた。

かれらは、桶屋町にある茶屋甚四郎の店の前で足をとめた。店の内部には、灯がともされていた。

時治郎が、酒と肴《さかな》を手に店に入り挨拶すると、茶屋甚四郎が同じように酒と肴をたずさえて路上に出てきた。そして、時治郎に返礼の酒肴《しゅこう》を渡すと、お滝たちに旅立ちを祝う言葉を述べた。つづいて旅装を身につけた二人の男と一人の女が店から出てきた。男は四十年輩の番頭と二十二、三歳の手代で、女は奉公の年季があけて臼杵の在に帰る雇い女であった。

かれらは、甚四郎夫婦に頭をさげ時治郎夫婦にも挨拶した。

「よろしくお願い申し上げます」

時治郎とお滝は、何度も頭をさげた。

お稲は、吉兵衛という番頭たちとともに歩き出し、その後から時治郎夫婦、親戚、知人や茶屋の店の雇い人たちが従った。夜が明けはじめ、路《みち》の両側につづく家々から炊煙もただよい出ていた。

かれらは、諏訪社の青銅の大鳥居をくぐり、社殿にぬかずいて旅の安全を祈り、大手橋を渡った。新大工町に入った頃には、朝の陽光が家並の上にひろがっていた。桜馬場を過ぎる時、お稲は左の方向に眼を向けた。そこには小川が流れ、川上にシーボルトが創設した鳴滝塾がある。お稲も廃屋同然になっている塾の建物を見に行ったことがある。それは早春の頃で、塾の附近には梅の花が芳香をただよわせていた。

なだらかな坂をのぼり、石橋を渡った。前方に、蛍《ほたる》茶屋がみえてきた。一行は、茶屋の前を過ぎ、さらに登り坂をたどった。道の両側に、小高い山が迫ってきた。かれらの額には、うっすらと汗がにじみ出ていた。

一ノ瀬の村落に入ると、かれらは石橋の袂《たもと》で足をとめた。別離の時がやってきた。見送る者たちはそこから引き返し、蛍茶屋で酒宴をひらく。それは別離の悲しみをいやす「後賑《あとにぎ》やかし」と称されている宴であった。

見送る者は、「道中御無事に……」と口々に挨拶し、旅に出る者たちは見送ってくれた謝辞を述べた。

お稲は、お滝に歩み寄った。母の眼に涙が光っているのを眼にした彼女は、胸に熱いものがつき上げるのを意識した。

「体に気をつけて……」

お滝が、頰《ほお》に流れる涙をぬぐいながら言った。

お稲は、嗚咽《おえつ》した。

「便りを必ず出しておくれ」

お滝が言うと、お稲は何度もうなずいた。

お稲は、母にさからって学問修業を志し遠く伊予国の二宮敬作のもとに赴く自分が、不孝な娘に思えた。学問など志すことさえなければ、長崎で母の身近にいて安穏《あんのん》な生活をおくれる。それを母も望んでいたのだが、母をふり切るように遠い地へ行こうとしている自分が、人間としての道に反した女に思えた。

「不孝をお許し下さい」

お稲は、泣きながら辛《かろ》うじてそれだけを口にした。

お滝は、懐中から櫛をとり出すと無言でお稲の髪にさした。それは、シーボルトからの初めての便りとともに送られてきた玳瑁《たいまい》の櫛であった。

「涙は、旅立ちに無用だ」

時治郎が、近寄って言った。

「さ、参りましょう」

番頭の吉兵衛が、お稲に声をかけた。

再び見送る者と旅立つ者の間で、別れの言葉が交された。お滝は、お稲の顔を見つめていた。お稲は頭をさげ、吉兵衛の後について歩きはじめた。

橋を渡ったお稲は、何度もふり返った。時治郎が手をふり、お滝は、硬直したように身じろぎもせず立っている。

道の曲り角に来た。お稲は、かすかに手をあげた。涙でかすんだ眼に、母の立ちつくす姿がぼんやりと見えた。

一行は、一ノ瀬街道をすすんだ。ゆるい登り坂で路傍に地蔵が多く、かれらは、その前を通るたびに掌《て》を合わせた。

道はせまくなり、山中に入った。野鳥のさえずりがしきりで、鶯《うぐいす》の鳴き声もきこえた。路が急坂《きゅうはん》になった。長崎の出入口ともいうべき日見峠《ひみとうげ》への山道にかかったのである。

一行は、息をあえがせて坂をのぼった。峠の中腹に茶屋があったが、かれらは休むこともせずその前を通りすぎた。

やがて峠が近くなり、七曲り路にかかった。番頭と手代は、時折り歩みをとめてお稲と雇い女の近づくのを待っている。新しい草鞋で足がこすれ、痛かった。ようやく峠の頂きにたどりついたかれらは、茶屋に入って休息をとった。空は晴れ、緑が眼にしみいるように鮮やかだった。

お稲は、茶屋の縁台に腰をおろしたまま登ってきた坂の下方に眼を向けた。長崎を去る悲しみが、胸にせまった。

汗をぬぐい、茶で咽喉《のど》をうるおした一行は、茶屋を出ると坂をくだった。眺望《ちょうぼう》がひらけ、右手に橘《たちばな》湾の海の輝きがみえた。それはお稲にとって長崎湾以外に初めて眼にする海で、長崎をはなれたことが実感になって意識された。

渓流《けいりゅう》ぞいの道をたどって日見の村落に入り、腹切坂にかかった。三十二年前の文化五年、イギリス艦フェートン号がオランダ国旗をかかげて長崎に入港、オランダ商館員を捕えるなどの狼藉《ろうぜき》をはたらき、食糧、薪水《しんすい》を要求して去り、その責を負って、長崎奉行松平図書頭《ずしょのかみ》は自刃《じじん》した。その年の長崎港の警備は佐賀藩が担当していたが、藩兵の大半は帰藩していて、フェートン号に対する処置をほどこすこともできなかった。佐賀藩士早田助兵衛以下十六名の者は、藩に失態を報告するため日見峠を越してこの坂にかかったが、自責の念にかられ自刃して果てた。その後、坂は腹切坂と呼ばれるようになり供《く》養塔《ようとう》も立てられていた。

田の浦川にかけられた石橋が、前方にみえてきた。

番頭の吉兵衛が、お稲に声をかけた。橋のたもとに番所がもうけられていて、往来の者の切手をあらためている。

「切手を……」

お稲は、身をかたくして吉兵衛の後にしたがった。吉兵衛は番所の者と親しいらしく、係の者は切手を一瞥《いちべつ》しただけで通してくれた。

橋を渡ると、諫早領の矢上の宿であった。白壁の家並がつづいていて、吉兵衛は顔なじみの旅宿に入り早目に昼食をとった。そして、半刻《はんとき》ほど休息した後、川沿いの道を古賀村に向い喜々津、久山、貝津の村落をすぎた。路はくねっていて坂が多く、左手に大村の海がみえた。かれらは、茶屋や路傍でしばしば足を休めた。

その日の泊りは諫早で、長崎からは七里二十五町（約三〇キロ）の道のりで、一日の行程ではあったが、女にはかなり辛《つら》い道中であった。吉兵衛は、茶屋で休む時、草鞋をはいたまま縁台に腰をかけたお稲に、

「草鞋をぬいで縁台にあがり、坐るようになさい。それでないと足のほてりが消えず、くたびれがとれません」

と、旅なれした男らしく注意してくれたりした。

日が、西に傾いた。お稲には、ひどく長い道のりに感じられた。やがて、前方に家のつらなりがみえてきた。

一行が諫早にたどりついたのは、家々に灯が入った頃《ころ》であった。

同行してきていた雇い女は千代と言い、十七歳であった。十二歳の時に親の前借で茶屋甚四郎のもとに奉公し、三月四日の出替りを迎え、借金も消えたので故郷に帰るのである。千代は瘦《や》せていて、お稲よりも背が低かった。殊勝な性格らしく番頭の言葉に澄んだ声で返事をする。道中も苦しそうな顔はみせず、番頭たちにおくれまいと歩いていた。

宿に入ったお稲は、足をひいていた。疲労が甚《はなはだ》しく、足の裏が痛かった。旅がこれほど辛いものとは思わなかった。

「だいぶくたびれたようですね」

吉兵衛が、同情するような眼をして言った。

お稲は、素直にうなずいた。

「足をひいていなさるが、足にまめができたのではないかな」

吉兵衛が、足もとに眼を向けた。

お稲は、黙っていた。

「遠慮はしないように……。これからも旅をつづける上で足にまめができていては辛い。痛みをいやす良法を知っています。足をみせるのは恥しいでしょうから、千代に手当をさせます。足にまめができているのでしょう?」

吉兵衛は、やわらいだ表情をして言った。

「はい」

お稲は、眉《まゆ》をひそめた。

「それでは、千代」

吉兵衛は、部屋の隅《すみ》に坐っている千代を招き、木綿針と糸を出すように命じた。そして、矢立をとり出し千代が針に通した木綿糸に墨をたっぷりとふくませた。

「針でまめを横に刺しつらぬき、糸を通せ」

吉兵衛は、千代に言った。

お稲は、衝立《ついたて》のかげに入ると足を畳の上にのばした。千代が、針をまめに突き刺し、墨をふくんだ糸を通した。まめから液が流れ出て、糸をひきぬくとつぶれたまめの中に墨が残った。

「まめがつぶれて黒くなったろう？」

吉兵衛が、衝立の向う側から千代に声をかけた。

千代が、その通りになったと答えると、

「それでまめはつぶれ、痛みも消える」

吉兵衛は、答えた。

その夜、吉兵衛は手代の仁助と交代に風呂《ふろ》へ行き、帰ると足先から足裏にかけて口にふくんだ焼酎《しようちゆう》を吹きかけた。それも足の疲れをいやす方法だという。

また就寝する折に、吉兵衛は、

「ふとんの上にこれを散らして置くように……」

と言って、野草を渡してくれた。それは苦参《くじん》という草で、それをふとんの上に置くと蚤《のみ》が近づくことはないという。

お稲は、吉兵衛に言われた通りに草を敷ぶとんの上にまき、衝立のかげで千代とふとんを並べて身を横たえた。旅の疲れで、お稲はすぐに深い眠りの中に入っていった。

翌朝七ツ半（午前五時）に床をはなれたお稲は、足の痛みが消えているのを知り、吉兵衛に礼を述べた。

朝食をすますと、お稲は、吉兵衛たちと宿を出た。時刻は六ツ（午前六時）であったが出立する旅人が多く、道の往来はしきりだった。多くは、諫早から大村をへて小倉街道に向う者たちで、荷をつけた馬も北へと向ってゆく。吉兵衛は、かれらとは異なった東への道をたどった。船便の都合で諫早から竹崎に向い、そこで船に乗ることになったのだ。

諫早の家並の間をぬけると、右手に有明海のひろがりがみえた。空は晴れ、海上にうかぶ白帆が海の色と対比されて美しかった。坂の多い海ぞいの道をたどり、高来《たかく》村で昼食をとった。

お稲は、千代と親しく言葉を交した。

「故郷へ帰ったら、どうするのです？」

お稲が問うと、

「このような年になってしまいましたから、すぐにでも嫁ぎたいと思います」

と、千代は答えた。

お稲は、無言でうなずいた。女には、嫁ぐことにしか生きる道はない。十七歳の千代は、婚期もすぎているので帰郷したらすぐに嫁ぎたいという。それが世の常だが、自分はすでに嫁ぐのに適した年齢になっているのに学問修業のため遠く伊予国まで出掛けてゆく。お稲は、自分を学問修業にかり立てるものはなんなのか、とあらためて反芻《はんすう》した。おそらくそれは、名医とうたわれた異国人の父の血をうけついだためなのだろう、と思った。

その日の旅は、前日の旅でわずかながらもなれたのか、歩くのも苦痛ではなかった。海の色が疲れをいやしてくれるのかも知れなかった。

暮六ツ（午後六時）すぎに、竹崎という海ぞいの地につき、旅宿に入った。吉兵衛は、あらかじめ宿の主人に依頼していたらしく、船便について話し合っていた。かれは、その地から船に乗り、熊本の城下に渡る予定を立てていた。

「打ち合わせ通り明早朝、船が出る。風の具合も悪くなさそうだと言っている」

吉兵衛は、部屋に入ってくると安心したように表情をやわらげた。

お稲は、二階にある部屋の廊下から海の方向に眼《め》を向けた。道をへだてた家のかげにかくれて海はみえなかったが、波の寄せる音がきこえてきていた。長崎港の海とは異なって、潮の匂《にお》いがかなりきついようだった。

その夜も、お稲は、吉兵衛の渡してくれた苦参を敷ぶとんに散らし、千代とふとんを並べて寝た。波の音が、闇《やみ》の中をつたわってきこえていた。母の顔がよみがえった。一ノ瀬の橋のたもとで身じろぎもせず立ちつくしていた母の姿が、切ないものに思えてならなかった。

お稲は涙ぐみ、眼を閉じた。傍で千代のかすかな寝息が起っていた。

翌日、空は晴れていたが風向きが悪く、出船はとりやめになった。夜になると、欠けた月がのぼった。海上には、碇《いかり》を投げて風待ちする船が三艘《そう》、月の光に淡く船体をうかびあがらせていた。

四ツ（午後十時）頃、船頭からの使いが宿にやってきて、風が順風にかわり海の状態も良好なので船を出すと報《しら》せてきた。海の事情にくわしい船頭は、しばしば夜の航海もするという。

吉兵衛は、お稲たちをうながして急いで身仕度をととのえさせ、宿で弁当を作らせると夜道を急いだ。磯《いそ》には提燈《ちょうちん》を手にした水主《すいしゅ》が待っていて、吉兵衛たちを小舟に乗せ三百石積みの船にみちびいた。小舟は磯との間を三度往復し、その都度、旅人を本船に連れてきた。

潮が満ち、碇が引き上げられた。船は三分帆で水面下に没した岩礁《がんしょう》を避けながらゆっくりと進み、やがて帆があげられた。帆は、風をはらんでふくれ上った。

吉兵衛は、

「これをふくめば、船に酔うことはない」

と言って、一同に梅干を一粒ずつ配ってくれた。

船は、すべるように月光で明るんでいる海を進んでゆく。お稲は、はなれてゆく陸影を見つめた。生れ育った長崎の地が遠くなったのを感じた。

「少しでも、まどろみなさい」

吉兵衛が、手代の仁助のはこんできた茣蓙《ござ》をひろげた。

お稲は、船のへりに背をもたせて茣蓙の上に坐った。海を渡る風が肌寒《はだざむ》かった。仁助が蓆《むしろ》を配り、お稲はそれを体にかけた。

彼女は、いつの間にか眠っていた。夜明けに、お稲は寒さで眼をさました。少し波が出ていて、船は揺れていた。左方に陸岸がみえ、船はかなりの速さで進んでいる。前方に小高い山がほのかにみえた。お稲は、再び眼を閉じた。

どれほど経《た》った頃か、彼女はまばゆい陽光に顔をしかめ眼を開けた。船は停止し、帆もおろされていた。そこは河口に近い海上だった。

彼女は、川上におびただしい人家の集落を眼にした。密集した家並の中から壮大な城が突き出ている。それは威厳にみちた大きな城で、天守閣が強大な武力を象徴しているようにそびえている。熊本城であった。

千代が笊《ざる》にのせた握り飯を艫《とも》の方からはこび、吉兵衛の前に置いた。お稲は、身づくろいをして吉兵衛たちに朝の挨拶《あいさつ》をした。白湯《さゆ》がはこばれ、一同朝食をとった。

「潮の満ちるのを待って、川に入る。それまでは、ここで船をとめているのだ」

吉兵衛は、つぶやくように言った。

船は九ツ（正午）頃まで待ち、ようやく潮が満ちてきたので帆をあげた。そして、河口に入り、しばらく行くと水深も浅くなったので舵《かじ》をひき上げ、水主たちは櫓《ろ》を漕《こ》いで船を進めた。

船が船着場につき、お稲は吉兵衛たちと岸にあがった。熊本は、長崎よりも人家の多い町だった。道に人馬の往来がしきりで、活気にみちている。

お稲は身をすくめるように馬糞《ばふん》の散った道を歩き、吉兵衛の後から構えの立派な旅宿に入った。その日は、熊本で泊り、翌早朝出立することになった。

翌十一日、夜が明けた頃、宿を出て川沿いの道を進んだ。道はいかにも大藩の街道にふさわしい広さで、前方から米俵、薪《まき》などを背につけた馬が絶え間なくやってくる。それらは、熊本の城下町の中に次々に消えていった。道の両側には杉の樹木が立ちならび、花の散った桜樹《おうじゅ》も所々にみえる。道はよくふみかためられていて、歩行は楽であった。

三里木という村落で昼食をとり、さらに東へ進んで夕刻に大津《おおづ》の町に入った。大津は主要な宿場町で、肥後藩主細川侯の御蔵をはじめ本陣等があり、人家も三百戸ほどあった。お稲たちは、吉兵衛の常宿である大津の旅宿に入った。

翌日は小雨が降っていたが、早朝に出立した。宿の者が、風向きからみて雨はあがると保証したからであった。天堤という地に茶店が三軒あり、そこで休息をとった。そして、山道を進み中茶屋で弁当をひらいた。そこにも茶店が五軒あった。

一行は、二重峠《ふたえのとうげ》への道にかかった。かなりの急坂で、お稲たちは息をあえがせてのぼりつづけ、ようやく峠の頂きにたどりついた。宿の者の言葉通り、雲は切れて青空がひろがった。

峠の頂きに家が一軒あり、細川侯の御駕《おかご》置場も設けられていた。眺望は絶佳で、肥後国はもちろん天草や雲仙嶽《うんぜんだけ》もみえた。そこで休息し、坂をくだり、刈尾村を経て内牧《うちのまき》の宿場泊りになった。阿蘇嶽《あそだけ》の谷あいに営まれている町で、附近に出湯《いでゆ》も多かった。

翌日は、かなり激しい雨に見舞われて宿で釘《くぎ》づけになり、一泊した後、内牧を出立した。両側に山肌のつづく阿蘇谷の路《みち》を進んだ。右方に噴煙を吐く阿蘇嶽がそびえていた。硫黄のにおいがあたりに満ち、お稲は、地獄にでも足をふみ入れたような恐しさを感じた。草木はなく白っぽい山肌がひろがっていた。

宮地という村落に入った一行は阿蘇宮という神社に参拝し、さらに道をたどって坂梨という村落にたどりついた。空気は肌寒く、道は急な登りになっていた。

「大坂に坂なし、坂梨に坂ありと俗に言われているが、この地の坂は誠にきつい。東海道の箱根にもひとしい難所だ」

吉兵衛は、息をあえがせながら言った。

たしかに道は急坂で、お稲は、胸がしめつけられるような息苦しさを感じた。足の感覚は麻痺《まひ》し、眼がかすんだ。

半里ほどのぼると、ようやく坂の頂きにたどりついた。そこに茶店が三軒あり、お稲たちは縁台に崩れるように坐った。かなりの高地で、桜も開花には間があるという。三月中旬とは思えぬほどの寒さであった。

その地で昼食をとり、笹倉を経て草原をぬけた。前方に熊本、岡両藩の境界をしめす標識が立っていた。そこには、「従是《これより》西　細川越中守領分」「従是東　中川修理太夫領分」という文字が記されていた。

夕刻近く、お稲たちは岡藩領の菅生《すごう》村に着き、吉兵衛の親しくしている小太郎という村民の家に泊った。その村の家々は、風をふせぐための杉の樹《き》にかこまれていた。

翌朝、肌寒い空気の中を出立した一行の行く手に臼杵の山々がみえてきた。渓流沿いの道を進み、玉来に入った。道幅の広い町で家の造りもいい。殊に松屋という屋号をもつ質商の矢野勘三郎の家は目立って大きく、代々七十人扶持、一代限り二十人扶持、計九十人扶持《ぶち》を藩から賜っているという話であった。

町の中をぬけ、川沿いに進むと岡城の天守閣が見えてきた。そこは別名竹田という七万四百四十石岡藩の城下町で、臼杵へは十三里の地であった。城は両側が川で、三重の天守閣が高々とそびえていた。

一行は城下町をぬけ、行ケ瀬村を過ぎた。その附近には長さ百二十間（約二一六メートル）、幅六間（約一一メートル）の中川侯の馬場があり、馬場の左右に桜樹が植えられ花がわずかに咲きはじめていた。井上、野尻、牧口、柿木の各村落を過ぎ、岩戸川という川のほとりに出た。その川の中に塚《つか》が立っていて、対岸は臼杵領という文字がきざまれていた。

一行は渡し舟で川を渡り、番所で切手の改めを受け、玉田村をへて夕刻に三重《みえ》の町に着いた。その地の庄屋《しようや》多田家は茶屋甚四郎と親交が篤《あつ》い家で、吉兵衛は同家に泊った。当主の多田福之丞は、吉兵衛たちを歓迎し、風呂も立ててくれた。それまでお稲と千代は入浴も一度しかしていなかったので、男たちが入浴した後に湯を使わせてもらった。

多田家では米飯を出してくれたが、天保の飢饉《ききん》の影響で臼杵藩では極端な節倹令をくだし、粥《かゆ》がほとんど常食になっている、と福之丞は言った。

「いよいよ、明日は臼杵です」

吉兵衛は、お稲にやわらいだ眼を向けた。

三月七日早朝に家を出てから八日が経過していた。天候に恵まれたことが幸いし、早くも明日には臼杵の城下に入れることが夢のように思えた。足にはまめが所々に出来、その度に千代が墨をふくませた糸を通してくれる。湯に入ったお稲は、よごれた体を丹念に洗った。

翌朝六ツ半(午前七時)に、多田家を出た。川沿いの道をたどって野津に至り、昼食をとった。臼杵への道の丁度中間であった。かれらは道を急ぎ、日が傾いた頃臼杵の町に入った。

臼杵は城下町らしい町で、城を中心にいかめしい造りの家がならんでいた。寺や三重塔が家並の間にみえ、道は防禦《ぼうぎょ》の必要からかしばしば直角に曲っていた。

お稲は、茶屋甚四郎の縁戚《えんせき》である薬種商の家に身を寄せた。甚四郎からの依頼の手紙も来ていて、お稲を伊予国に船で送る手筈《てはず》もととのえてくれていた。また二宮敬作からの手紙も一月ほど前にとどいていた。それによると、豊後水道を渡り伊予国の八幡浜に着船したら、旧家である高橋家を訪れるようにと記されていた。高橋家とは古くから親交があるのでお稲をあずかるよう依頼してあるから心配はいらぬという。お稲は、敬作の温い配慮に安堵《あんど》を感じた。

天候が悪化し、風をまじえた雨が二日にわたって降りつづいた。海も荒れ、出漁する船もなかった。

三重の町の大庄屋多田福之丞の話通り、臼杵城下の生活は、藩の倹約令が徹底していて質素であった。全国的に諸藩の財政は窮迫し、それぞれに打開策をたてていたが、臼杵藩は緊縮政策を強化し持続することによって、改革が目ざましい実をむすんでいるようだった。

お稲の身を寄せた薬種商の家でも米飯をたくことは一度もなく、麦まじりの粥をすすっていた。主人の妻の話によると、武家も粥を常食にし、百姓は団子汁しか口にしないという。正月の門松、盆踊りは禁止され、歌舞音曲《かぶおんぎよく》の類《たぐい》も廃されていた。また履物も下駄《げた》をはくことを許されているのは、大庄屋と藩の御用商人に限られているという。臼杵の町の者たちは、そうした生活に不服を述べる者もないらしく、町には活気が感じられた。

お稲が最も美味に思ったのは、魚の醤油《しようゆ》漬けであった。季節に応じて山菜を加えるというが、その魚を口にしながら粥をすするのはうまかった。

薬種商の妻は、黄飯《きめし》の話もしてくれた。それは冬期にかぎられる食物で、米にクチナシの実をすってしぼり出した黄色い汁を入れて炊《た》くのだという。副食物はカヤクと称される脂《あぶら》の多い食物で、鍋《なべ》に食用油をたぎらせ、豆腐、ゴボウ、大根、人参《にんじん》を入れ、エソという魚をのせてふたをする。煮えた頃、エソの骨を除きネギを入れて食べる。

「南蛮人のつたえた食物です」

妻は、おだやかな眼をして言った。

天候が恢復《かいふく》し、海もおだやかになり、臼杵について五日目の夜、荷船の船頭の使いの者が薬種屋に来た。風向きもよいので、明朝八幡浜に出船することをつたえにきてくれた。

その夜は吉兵衛と仁助もやってきて、お稲に別れの挨拶をした。

お稲は二人の好意に厚く礼を述べ、

「千代さんは、どうしました」

と、たずねた。

「生家へもどってゆきました。喜んで駈《か》けてゆきました」

吉兵衛は、答えた。

千代は、自分よりも二歳下の十二歳の時に長崎の茶屋甚四郎方に奉公し、五年間働きつづけた。睡眠時間は短く、夜明け前に起き夜おそくまで働く。親の前借を返済するための奉公だったが、ようやく自由な身になり生家へともどっていった。

お稲は、千代の喜びがよくわかるような気がして、眼をうるませた。

翌朝、早く眼をさましたお稲は粥をすすり、旅仕度をととのえた。手行李《てごうり》の中には、母が別れる時に髪にさしてくれた櫛《くし》が入っていた。

主人夫婦に礼を述べ、手代とともに家を出た。船が出るのは、臼杵の町の南東にある下江《したのえ》であった。

お稲は、手代の後について歩いていった。その道は佐賀ノ関に通じる重要な道で、牛馬の飼料にするらしい青草を背負って歩いてくる農家の男女や旅人たちと何度もすれちがった。

やがて、前方に海が見えてきた。岩礁にくだける波が、白々と眼に映った。下江には、船持ちの回漕《かいそう》業者が十数軒もある。娼婦《しょうふ》を置いた茶屋も並んでいる。臼杵から伊予国に米等をはこぶことが多く、下江は活気にあふれていた。海には岩礁が多く魚類も豊富で、漁船の数も多かった。

手代は、お稲を二百石積みの船の傍に案内した。船には米俵が積みこまれ、商人二人と商家の妻らしい子連れの女が乗っていた。

お稲が船にのると、すぐに帆があげられた。船は岩礁を巧みに避けて進んでゆき、陸岸からはなれた。舵《かじ》が定まり、舳《へさき》が正しく東方に向けられた。老いた船頭が近づくと、

「薬種屋に厄介《やっかい》になっていた旅の娘さんだね。長崎から来たそうだが、長い旅をしてきたね」

と、にこやかな表情で言った。

「よろしくお願いいたします」

お稲は、頭をさげた。

「心配はいらない。今日は、船出にはいい日和《ひより》だ。それにみさき（佐田岬《さだみさき》）の鼻のかげに入るので、波が立つことは少い。風の具合では八ツ半（午後三時）頃には八幡浜につくだろう」

と、船頭は帆のふくらみ加減を見上げながら言った。たしかに船の動揺はみられない。

帆は風をはらみ、船はなめらかに進んでいった。

半刻《はんとき》（一時間）ほどすると、瀬戸内海の方向からの潮流に押されるらしく船がわずかにゆれはじめたが、それも半刻もたたぬうちにやんだ。

船内で、弁当を使い終った頃、前方に遠く島がかすんで浮び上った。

「あれが、八幡浜の前にある島だ」

船頭が大きな声で言った。

船は、佐田岬半島ぞいに進んでゆく。海の色が濃紺で美しかった。

船が島かげをまわると、前方に湾がみえ、深くくびれた奥に家の集落がみえた。漁船の数が多く、網をたぐっている者の姿もみえる。漁師の中にはこちらに顔を向けている者もいた。

帆がわずかにおろされ、船はゆっくりと湾の奥に入ってゆく。右手の岸には船大工の家があるらしく新造されている船がみえた。

帆がおろされ、水主が櫓《ろ》を使いはじめた。船着場が、近づいた。お稲は、丘にまでせり上るようにひしめく家並を見つめた。遂に伊予国に来た、とお稲は胸の中でつぶやいた。

船着場にあがったお稲は、他の旅人たちとともに役人によって切手の改めを受けた。役人は、お稲の行き先が卯之町《うのまち》の二宮敬作宅であることを聴取すると、

「行け」

と、言った。

歩き出したお稲は、あらためて八幡浜の家並に眼《め》を向けた。山が三方から迫っていて、家々が海岸線にへばりつくようにひしめいている。山の傾斜にも家が点在していた。前方の丘に鳥居がみえた。それは八幡神社で、浜に上陸した応神天皇の神霊が祭られていて文永《ぶんえい》、弘安《こうあん》の蒙古軍《もうこぐん》襲来をしりぞける力になったと伝承されている。むろん八幡浜の名は、その神社の名からつけられたのである。

細い流れに沿った道を歩き、橋のたもとで足をとめたお稲は、前方からやってきた老婆《ろうば》に高橋家の所在をたずねた。老婆の口にする言葉は初めて耳にする伊予国の言葉であったが、大意は理解でき、高橋宅が橋を渡ってすぐであることを知った。

お稲は老婆に礼を述べ、橋を渡って細い道を進んだ。高橋家は道の右手にあった。旧

家らしく屋根は瓦《かわら》ぶきで、構えの大きな家であった。

お稲は、格子戸《こうしど》をあけた。案内を乞《こ》うと二十七、八の女が出てきて、

「お稲さんでは？」

と、言った。

お稲は、

「はい」

と、答えた。

「お待ちしていました」

女は、眼をかがやかせるとあわただしく奥に入っていった。

すぐに廊下に足音がして、小柄《こがら》な男が姿をあらわした。疱瘡《ほうそう》にかかったことがあるらしく、浅黒い顔にはおびただしいくぼみがひろがっていた。主人の高橋弥八であった。

お稲は、弥八夫婦にうながされて足を洗い、家にあがった。

座敷に通されたお稲は、あらためて名を告げ、二宮敬作の手紙にしたがって当家を訪れたことを述べ、

「よろしくお願い申し上げます」

と、頭をさげた。

弥八は、敬作から手紙をもらっていて事情はよく承知し、お稲のくるのを待っていた

と言った。そして、長崎から八幡浜までどのように旅をしてきたかをたずねた。お稲が筋道を追いながら答えると、弥八夫婦の口からは、

「気丈な」

という感嘆の言葉が、何度ももれた。

お稲は小部屋に案内され、旅装を解いた。足にできた豆はつぶれ、墨を入れた部分が淡い青色に変化していた。

その日、弥八の妻がお稲の無事到着を祝って小豆飯《あずきめし》を炊《た》いてくれた。長崎では小豆飯というが、弥八夫婦は赤飯《あかめし》と言った。

翌朝、弥八は、雇っている若い男を卯之町に出発させた。敬作にお稲が八幡浜に到着したことを告げるとともに、お稲をどのように卯之町に送りとどけるか指示を得るためであった。

お稲は、弥八の妻の案内で八幡神社に参拝した。港町ではあるが、八幡浜は長崎と比較にならぬほど小さな町だった。弥八の妻の話だと戸数も三百戸ほどで瓦ぶきの家は数軒しかないという。港にうかぶ舟も、小舟ばかりであった。

橋を渡る時、お稲は、川面《かわも》を泳ぐ異様な生き物を眼にし、立ちどまった。

「かわそです」

弥八の妻も橋のてすりに手を置き、川面を見下した。

お稲が初めて眼にした生き物だ、と言うと、

「かわそは人をだまします。余り長い間見つめていると、たたりがあります」

と、弥八の妻は言った。

お稲は眉《まゆ》をしかめ、弥八の妻の後から歩いていった。

翌日の夕刻、卯之町に使いに出た若者が五十年輩の男ともどってきた。男は敬作の家に雇われている太吉という者で、お稲を卯之町に案内するように敬作から命じられてやってきたのである。

翌朝、お稲は、弥八夫婦の好意を謝し、太吉とともに家を出た。気温は高く、空は曇っていた。

家並の間をぬけると、道はすぐに山中に入った。道は、細い川に沿って南へむかっている。道幅はせまく両側から生いしげる樹葉が道の上におおいかぶさり、薄暗かった。

太吉が荷物を持ってくれているので、お稲は杖《つえ》をついてうねりくねった山道をのぼった。しばしば道の前方から、荷を背負った者や旅の商人らしい者が通りすぎる。人の往来は多かった。やがて、前方に畠《はたけ》がみえてきた。山肌《やまはだ》をひらいて作られた段々畠で、農家も点在していた。徳雲坊という村落であった。

お稲は太吉とともに村落をぬけ、急な山路をたどった。道ぞいの川幅はさらにせまく、

流れも急になった。二人は半里ほど山路をたどり、河舞《かわまい》という村落で路傍に坐《すわ》って休息をとった。道がせまいので大八車などは通れぬらしく、小車や馬が荷をのせて通るだけであった。気温が低く、汗ばんだ肌に空気が快かった。段々畠に水桶《みずおけ》をはこぶ農夫の姿がみえた。

再び、お稲は太吉とともに歩き出した。夫婦者らしい遍路姿の男女とすれちがった。山路はかなりの急坂《きゅうはん》で、渓流《けいりゅう》にかけられた橋を渡った。流れのかたわらで憩《いこ》うている旅人の姿もあった。

半里余歩いた頃《ころ》、太吉は再び足をとめ、お稲に休息をとるように言った。太吉は、敬作に言われてきたらしくお稲の足をひどく気づかっているようだった。その地は若山という村落で、太吉は農家に入ってゆくと、茶碗《ちゃわん》に冷い水を入れて持ってきてくれたりした。

草鞋《わらじ》を新しいものにはきかえ、お稲は太吉の後から歩き出した。山はけわしく、しばらく進むと渓流が左右にわかれて谷間に消えた。その附近から路の傾斜は一層激しくなり、釜《かま》の倉《くら》という地をすぎると笠置峠《かさぎとうげ》への急坂にかかった。空気はさらに冷え、樹木の密度も増した。

お稲は胸が息苦しく、しばしば足をとめて息をととのえた。足が麻痺《まひ》したように無感覚になり、草鞋にすれた足の甲の痛みが感じられるだけであった。お稲は息を喘《あえ》がせ、杖にすがるようにして山路をのぼった。太吉の顔にも汗が光り、肩が波打っていた。ようやく、峠の頂きに近づいた。茶店がみえた。

お稲は、茶店の前に一人の男が立っているのに気づいた。

男は、二、三歩こちらに歩きかけたが足をとめると、お稲に眼を向けたまま身じろぎもしない。その気配に異常なものを感じ、お稲も視線を男に据《す》えた。

三十七、八歳の丸顔の男であった。中肉中背の質素な衣服を着た男だったが、その風《ふう》貌《ぼう》には知的なものが感じられた。

「先生様だ」

太吉が、言った。

お稲は、歩みをとめた。

二宮敬作が出迎えのために峠の茶店までやってきて待っていてくれたのだ。

敬作は、お稲に視線を据えたまま立ちつくしている。お稲は、その凝視に羞恥《しゅうち》を感じ眼を伏した。

お稲が、太吉の後について男の前に立つと、

「お稲さんか」

と、男はうめくように言った。

お稲は、顔をあげ、

「稲でございます」

と、答えた。

「大きくなられた、美しくなられた、立派になられた」

男は、感動をおさえきれぬように言った。

お稲は、男の眼に光るものが湧《わ》いているのを眼にした。

「長崎からよくここまで来られた。私が敬作です。あなたの御尊父であられるシーボルト先生に、西洋の学問をお教えいただいた二宮敬作です。よく、このような遠い地まで来て下さった。この笠置峠は難儀な場所だ。さ、茶店に入られて足をお休めなさい」

敬作は、いたわるように言うと、お稲をうながして茶店に入った。

お稲は、敬作の温い言葉に眼をうるませ、草鞋をといて小座敷にあがった。

「よく来られた」

敬作は、再び感慨深げに言った。

お稲は、あらためて敬作の顔を見つめた。母のお滝は、敬作を学問のよくできる医者だと言っていたが、敬作は医者というよりは武士のような風貌をしている。決してととのった顔立ちではなく、色は黒いし殊《こと》に鼻がつぶれたように低い。が、眼だけは「学問のよくできる医者」らしく澄みきっていた。

「あなたのことは、シーボルト先生から行く末をよくみて欲しいと頼まれました。御存《ごぞん》知《じ》のことと思いますが、あのいまわしい事件で先生が長崎を去られる時に、高良斎《こうりようさい》殿と私があなたの後事を先生から頼まれたのです。それだけに、私があなたのお世話をできるようになったことは先生の御恩にお報いできることでもあり、まことに嬉《うれ》しい。大坂にいる良斎殿も、この度のことを心より喜んでくれています」

敬作は、生真面目《きまじめ》な表情で言った。

さらに敬作は母のお滝のことや通詞の松村直之助のことをたずね、お稲が、お滝も直之助も達者で暮していると告げると、安堵《あんど》したようにうなずいていた。

茶店で昼食をとった。麦が多量にまじった飯と漬物《つけもの》だけであった。敬作の質問にこたえて、お稲が最近の長崎の町のことを話すと、敬作はなつかしそうに耳をかたむけていた。

「私は、あなたが赤子であった時に抱いたことはあるが、このように大きくなられるとは……。先生の面影《おもかげ》が、あなたの顔にもよくあらわれている」

敬作は、眼をしばたたいた。

一刻ほど休んだ後、一行は茶店を出た。路《みち》は急な下りになって、前方から坂をのぼってくる人も馬も息をあえがせている。十町ほどさがると道は平坦《へいたん》になり、所々に池の水の輝きがみえた。

道は山裾《やますそ》を縫うようにつづいていて池のふちに沿って進み、一里近く歩いた頃、石崎という村落にたどりついた。そこにも茶店があって、お稲は敬作たちと休息をとった。

「あと一里で卯之町につく」

敬作は、お稲をいたわるように言った。

かれらは、再び街道を進んだ。

「このあたりは土地が低く、出水騒ぎのある地です」

敬作は、前方にひろがる平地に眼を向けながら言った。

池が所々にみえ、水の溜《たま》りもある。その間に水田が散在し、農夫の姿もみえた。

道は南へ直線的に伸び、永長《ながおさ》という村落に入って直角に東へ曲っていた。敬作のことを知っている者が多いらしく、女が菅笠《すげがさ》をとったり、男が頰《ほお》かぶりをした手拭《てぬぐい》をとったりして道の傍《かたわら》に寄り、腰をかがめて挨拶《あいさつ》する。その度に敬作は、親しげな眼を向けて会《え》釈《しゃく》した。

村落をぬけ、川にかかった橋を渡り下松葉《しもまつば》の村落を過ぎた。左手に山が見え、かれらは山ぞいの道を進んだ。その附近には桜樹《おうじゅ》が所々にあったが、長崎よりも開花がかなり遅いらしく、花が微風の渡るたびに散っていた。

「卯之町は寒く、ようやく花が終ったところです」

敬作は、桜樹に視線を向けているお稲に言った。

やがて、前方に卯之町の屋根のつらなりがみえてきた。日が西に傾き、路傍の樹木の影が長く伸びていた。

お稲は、敬作の後について家並の中に入っていった。

敬作の家は、中ノ町にあった。その一郭は、卯之町の商業の中心地であった。造り酒屋の大きな家や土蔵が並び、白壁妻入《しらかべつまいり》の商家も軒をつらねている。旅宿では軒提燈《のきぢょうちん》に灯《ひ》が入れられ、人通りがしきりだった。

敬作の家は大きく、旅宿の前にあった。

お稲が敬作にともなわれて家の土間に立つと、門弟らしい三人の若者と二十七、八歳の小柄な女が出迎えた。

「お稲さんだ」

敬作が女に声をかけると、

「よくおいで下さいました」

と言って、敬作の妻のイワだと名乗り、手をついて挨拶した。

お稲は、イワの丁重な挨拶に戸惑いを感じた。おそらく敬作はお稲が尊敬する師の娘で、敬意をはらってお世話するようにイワに命じているにちがいないと思った。

イワは、お稲を湯殿に案内し行水を使わせた。

その間に夕食の仕度がととのえられていた。無事に旅を終えたことを祝って、赤飯が膳《ぜん》の上にのっていた。副食物は煎海鼠《いりこ》と切干し大根を煮たものであった。

敬作は酒を飲み、イワは逸二《いつじ》、終吉という二人の男児とともに食事をした。幼い子供は赤飯に眼をかがやかせていた。

敬作は、長崎からの旅についてお稲に問うた。

お稲は、茶屋甚四郎のもとに養父時治郎、母お滝とともに挨拶におもむき、茶屋の番頭、手代、帰郷する雇い女とともに長崎を出立、竹崎から船で熊本城下につき、陸路を臼杵城下にたどりついたこと。それから臼杵の薬種商の好意で船に乗り、八幡浜の高橋宅に世話になったことなどを詳細に述べた。

「かれらも依頼通りにしてくれたらしい」

敬作は、上機嫌《じようきげん》に言った。

お稲は、あらためて敬作の周到な配慮を謝した。

「長崎からよく来られたものだと感じ入っております。どうぞ、これからは私どもの家をわが家とも思い、くつろいでお過し下さい」

イワは、言った。

敬作は酔いがまわると、

「幼い女児であったのに、よくこのように大きく美しくなられた」

と、何度も同じ言葉を繰返した。そして、お稲の顔に視線を据えると、

「シーボルト先生に、ひと眼でもおみせしたい」

と、感慨深げに言った。

膳が片づけられたが、敬作は杯《さかずき》を重ねた。廊下に門弟の声がし、障子がひきあけられた。正坐《せいざ》した門弟が、患家から往診を乞《こ》うてきたことを告げた。

「どこだ」

敬作は、杯を手にしたままたずねた。

「上松葉《かみまつば》でございます」

門弟は、答えた。

「夕刻、通ったばかりだな。よし、すぐに駕籠《かご》を用意しろ」

敬作は、杯を置くと立ち上った。

酒は強いらしく、足もとはしっかりしていた。

「今夜は、ゆっくりとお休みなさい」

敬作は、お稲におだやかな眼を向けると廊下に出ていった。

その夜、お稲は二階建の離れ家に案内された。それは庭の隅《すみ》に立っていて、小門を通して露地に面していた。階下には六畳と三畳の二間つづきの座敷があり、机が置かれ筆《ひっ》硯《けん》もそなえられていた。

「手狭かと思いますが、この部屋をお使い下さい」

イワは、庭石をふんで去った。

お稲は、畳の上に放心したような眼をしてしばらくの間、坐っていた。
遠くで、夜まわりの小太鼓の音がきこえていた。

（下巻につづく）

吉村昭著
戦艦武蔵
菊池寛賞受賞

帝国海軍の夢と野望を賭けた不沈の巨艦「武蔵」――その極秘の建造から壮絶な終焉まで、壮大なドラマの全貌を描いた記録文学の力作。

吉村昭著
星への旅
太宰治賞受賞

少年達の無動機の集団自殺を冷徹かつ即物的に描き詩的美にまで昇華させた表題作。ロマンチシズムと現実との出会いに結実した6編。

吉村昭著
高熱隧道

トンネル貫通の情熱に憑かれた男たちの執念と、予測もつかぬ大自然の猛威との対決――綿密な取材と調査による黒三ダム建設秘史。

吉村昭著
冬の鷹

「解体新書」をめぐって、世間の名声を博す杉田玄白とは対照的に、終始地道な訳業に専心、孤高の晩年を貫いた前野良沢の姿を描く。

吉村昭著
零式戦闘機

空の作戦に革命をもたらした〝ゼロ戦〟――その秘密裡の完成、輝かしい武勲、敗亡の運命を、空の男たちの奮闘と哀歓のうちに描く。

吉村昭著
陸奥爆沈

昭和十八年六月、戦艦「陸奥」は突然の大音響と共に、海底に沈んだ。堅牢な軍艦の内部にうごめく人間たちのドラマを掘り起す長編。

吉村昭著
脱出

昭和20年夏、敗戦へと雪崩れおちる日本の、辺境ともいうべき地に生きる人々の生き様を通して、〈昭和〉の転換点を見つめた作品集。

吉村昭著
長英逃亡（上・下）

幕府の鎖国政策を批判して終身禁固となった当代一の蘭学者・高野長英は獄舎に放火させて脱獄。六年半にわたって全国を逃げのびる。

吉村昭著
冷い夏、熱い夏
毎日芸術賞受賞

肺癌に侵され激痛との格闘のすえに逝った弟。強い信念のもとに癌であることを隠し通し、ゆるぎない眼で死をみつめた感動の長編小説。

吉村昭著
仮釈放

浮気をした妻と相手の母親を殺して無期刑に処せられた男が、16年後に仮釈放された。彼は与えられた自由を享受することができるか？

吉村昭著
桜田門外ノ変（上・下）

幕政改革から倒幕へ――。尊王攘夷運動の一大転機となった井伊大老暗殺事件を、水戸薩摩両藩十八人の襲撃者の側から描く歴史大作。

吉村昭著
ニコライ遭難

〝ロシア皇太子、襲わる〟――近代国家への道を歩む明治日本を震撼させた未曾有の国難・大津事件に揺れる世相を活写する歴史長編。

吉村昭著
天狗争乱
大佛次郎賞受賞

幕末日本を震撼させた「天狗党の乱」。水戸尊攘派の挙兵から中山道中の行軍、そして越前での非情な末路までを克明に描いた雄編。

吉村昭著
プリズンの満月

東京裁判がもたらした異様な空間……巣鴨プリズン。そこに生きた戦犯と刑務官たちの懊悩。綿密な取材が光る吉村文学の新境地。

吉村昭著
わたしの流儀

作家冥利に尽きる貴重な体験、日常の小さな発見、ユーモアに富んだ日々の暮し、そしてあの小説の執筆秘話を綴る芳醇な随筆集。

吉村昭著
アメリカ彦蔵

破船漂流のはてに渡米、帰国後日米外交の先駆となり、日本初の新聞を創刊した男――アメリカ彦蔵の生涯と激動の幕末期を描く。

吉村昭著
生麦事件（上・下）

薩摩の大名行列に乱入した英国人が斬殺された――攘夷の潮流を変えた生麦事件を軸に激動の五年を圧倒的なダイナミズムで活写する。

吉村昭著
島抜け

種子島に流された大坂の講釈師瑞龍は、流人仲間と脱島を決行。漂流の末、流れついた先は何と中国だった……。表題作ほか二編収録。

吉村 昭著 **天に遊ぶ**

日常生活の劇的な一瞬を切り取ることで、言葉には出来ない微妙な人間心理を浮き彫りにしてゆく、まさに名人芸の掌編小説21編。

吉村 昭著 **敵（かたきうち）討**

江戸時代に美風として賞賛された敵討は、明治に入り一転して殺人罪に……時代の流れに抗しながら意志を貫く人びとの心情を描く。

吉村 昭著 **大黒屋光太夫**（上・下）

鎖国日本からロシア北辺の地に漂着し、帝都ペテルブルグまで漂泊した光太夫の不屈の生涯。新史料も駆使した漂流記小説の金字塔。

吉村 昭著 **彰義隊**

皇族でありながら朝敵となった上野寛永寺山主の輪王寺宮能久親王。その数奇なる人生を通して江戸時代の終焉を描く畢生の歴史文学。

山本一力著 **いっぽん桜**

四十二年間のご奉公だった。突然の、早すぎる「定年」。番頭の職を去る男が、一本の桜に込めた思いは……。人情時代小説の決定版。

井上 靖著 **孔子** 野間文芸賞受賞

戦乱の春秋末期に生きた孔子の人間像を描く。現代にも通ずる「乱世を生きる知恵」を提示した著者最後の歴史長編。野間文芸賞受賞作。

藤沢周平著
たそがれ清兵衛
その風体性格ゆえに、ふだんは侮られがちな侍たちの、意外な活躍！ 表題作はじめ全8編を収める、痛快で情味あふれる異色連作集。

藤沢周平著
橋ものがたり
様々な人間が日毎行き交う江戸の橋を舞台に演じられる、出会いと別れ。男女の喜怒哀楽の表情を瑞々しい筆致に描く傑作時代小説。

藤沢周平著
用心棒日月抄
故あって人を斬り脱藩、刺客に追われながらの用心棒稼業。が、巷間を騒がす赤穂浪人の動きが又八郎の請負う仕事にも深い影を……。

池波正太郎著
堀部安兵衛
（上・下）
因果に鍛えられ、運命に磨かれ、「高田の馬場の決闘」と「忠臣蔵」の二大事件を疾けた赤穂義士随一の名物男の、痛快無比な一代記。

池波正太郎著
人斬り半次郎
（幕末編・賊将編）
「今に見ちょれ」。薩摩の貧乏郷士、中村半次郎は、西郷と運命的に出遇った。激動の時代を己れの剣を頼りに駆け抜けた一快男児の半生。

池波正太郎著
剣の天地
（上・下）
戦国乱世に、剣禅一如の境地をひらいて新陰流の創始者となり、剣聖とあおがれた上州の武将・上泉伊勢守の生涯を描く長編時代小説。

新潮文庫最新刊

芦沢央著
神の悪手
棋士を目指し奨励会で足掻く啓一を、翌日の対局相手・村尾が訪ねてくる。彼の目的は一体。切ないどんでん返しを放つミステリ五編。

望月諒子著
フェルメールの憂鬱
フェルメールの絵をめぐり、天才詐欺師らによる空前絶後の騙し合いが始まった！ 華麗なる罠を仕掛けて最後に絵を手にしたのは!?

午鳥志季・朝比奈秋
春日武彦・中山祐次郎
佐竹アキノリ・久坂部羊著
遠野九重・南杏子
藤ノ木優
夜明けのカルテ
―医師作家アンソロジー―
その眼で患者と病を見てきた者にしか描けないことがある。9名の医師作家が臨場感あふれる筆致で描く医学エンターテインメント集。

霜月透子著
祈願成就
創作大賞（note主催）受賞
幼なじみの凄惨な事故死。それを境に仲間たちに原因不明の災厄が次々襲い掛かる――日常を暗転させる絶望に満ちたオカルトホラー。

大神晃著
天狗屋敷の殺人
遺産争い、棺から消えた遺体、天狗の毒矢。山奥の屋敷で巻き起こる謎に満ちた怪事件。物議を呼んだ新潮ミステリー大賞最終候補作。

カフカ
頭木弘樹編訳
カフカ断片集
―海辺の貝殻のようにうつろで、ひと足でふみつぶされそうだ―
断片こそカフカ！ ノートやメモに記した短く、未完成な、小説のかけら。そこに詰まった絶望的でユーモラスなカフカの言葉たち。

ふぉん・しいほるとの娘《むすめ》（上）

新潮文庫　よ－5－31

平成 五 年 三月二十五日 発 行
平成二十一年 二 月 二 十 日 八刷改版
令和 六 年 八 月 五 日 十 四 刷

著 者　吉《よし》村《むら》昭《あきら》

発行者　佐藤隆信
発行所　株式会社 新潮社
郵便番号 一六二―八七一一
東京都新宿区矢来町七一
電話 編集部(〇三)三二六六―五四四〇
読者係(〇三)三二六六―五一一一
https://www.shinchosha.co.jp
価格はカバーに表示してあります。
乱丁・落丁本は、ご面倒ですが小社読者係宛ご送付ください。送料小社負担にてお取替えいたします。

印刷・TOPPAN株式会社　製本・株式会社大進堂

ISBN978-4-10-111731-7 C0193